御製

佛光恩照　三千大千　隨緣徧滿
恒沙法界　普度衆生　悉證菩提
身心安泰　年時豐稔　風雨調順
日月升恒　乾坤清寧　百昌蕃熾
上下樂利　中外協和　庶物咸亨
萬善圓成　情與無情　同登正覺

大清雍正十三年四月初八日

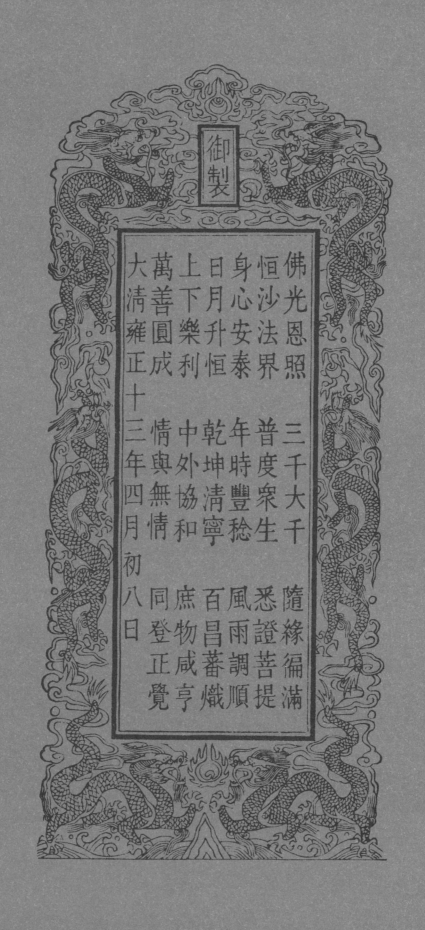

第一六〇册　此土著述（五〇）

曇無德部四分律刪補隨機羯磨

唐京兆崇義寺沙門道宣　撰集
清金陵華山後學比丘讀體　續釋

清刻龍藏佛說法變相圖

曇無德部四分律刪補隨機羯磨卷第五

唐京兆崇義寺沙門道宣　撰集
清金陵華山後學比丘讀體　續釋

○諸界結解篇第二之二

○結解食界法第三

佛言有四種淨地一者檀越淨若爲僧作伽藍未施與僧二者院相不周淨若僧住處半有籬障多無籬障都無籬障若垣若牆若塹若柵亦如是三者處分淨初作僧伽藍時檀越若經營人分處如是言某處爲僧作淨地四者作白二羯磨疑結若疑先有淨地應解已更結

釋文引藥揵度中四種淨地皆爲攝食障僧而立令僧不犯內煑內宿二過故名淨地一檀越淨者彼雖建寺已成未施與僧

既未施僧處所屬他於中煑宿皆由檀越自作衆僧非主無犯故名爲淨二院相不周淨者由其不周與外相通以無阻隔是故名淨若院相周則有內外不結淨地便名不淨三處分淨者由初作伽藍時處分淨地基址已定故不須更秉羯磨結也四作白二羯磨疑結者若無上三種緣應作法結之若疑先有淨地應解已更結

○結攝食界法

時有吐下病比丘未及得粥便死佛言聽在伽藍內邊房靜處結淨厨應唱房若温室若經行堂處若出家五衆房得作除去比丘

釋此先明制緣也律云時有吐下病比丘使舍衛城中人煑粥突有因緣城門晚開未及得粥便死佛知故聽結淨厨律中但言淨地文云淨厨厨者伺食之所既聽結淨地本爲粥食隨病所伺故云厨也温室即暖室經行堂謂禪思昏沉必經行審諦故僧舍別有經行堂出家五衆房俱得作淨厨若比丘所住者人去房空方得若不別居則無病犯宿煑若沙彌房亦爾結罪有異此以僧界論之如尼界中例准僧界可知故云五衆房也

五分云若於一房一角半房半角或中庭或通結僧坊內作淨地並得

釋本部但云温室若經行堂處結淨地然以温室及經行處恐事難久遠未便衆故復引五分或一或半或中則彼此無妨也或通結僧坊內者坊乃邑里之名今以僧

房多故借稱謂隨僧寺內無礙之處量度而結須知法勿違制處不一定

律令唱相令結法時僧在院外遥唱遥結應唱相言

釋遥唱遥結者若結作法界原爲攝僧故集界內令結淨地本爲障僧故集院外令其遥唱遥結也一知僧事比丘應具儀唱相言

大德僧聽我比丘爲僧唱淨地處所此僧伽藍內東廂廚院中若諸果樹下並作淨地如是三說

若更唱餘處住時據量隨事通局羯磨處作是白言

釋又中但舉東廂有果樹處唱相若更唱餘處應住立少時據處量度或是果樹或樹無果或樹果俱無或一房一角半房半角並須隨事曉了通局之相於羯磨處先作前方便答云結淨地羯磨羯磨者作是白言

大德僧聽若僧時到僧忍聽僧今結東廂廚院中若諸果樹下作淨地白如是

大德僧聽僧今結東廂廚院中及諸果樹下作淨地誰諸長老忍僧結東廂廚院中及諸果樹下作淨地者默然誰不忍者說僧已忍結東廂廚院及果樹下作淨地竟僧忍默然故是事如是持

釋律云若樹根在不淨地生枝葉陰覆淨地不得安淨物在上若樹上果自墮風吹雨打諸鳥觸墮若不作意淨若作意使墮不淨若樹根在淨地生枝葉陰覆不淨地

得安物在上果墮亦淨　比一羯磨因病者藥食事故作乃屬一人之私若爲久存以待僧病者是屬公也

【非】其法非謂依文牒秉實處相乖等　事非謂唱相聚內立標分畔　餘非准常

○解淨地法

律云若有緣者解已更結不出解文例准解法應言

【釋】結制遙結解應遙解衆集院外已羯磨者作前方便答云解淨地羯磨應如是言

大德僧聽若僧時到僧忍聽僧今解某處淨地白如是

大德僧聽僧今解某處淨地誰諸長老忍僧解某處淨地者默然誰不忍者說僧已忍解某處淨地竟僧忍默然故是事如是持

【非】此中唯異法事法非謂說乖先結等事非謂院內集解也　餘俱如前

【釋】按十誦律中佛在舍衛國諸比丘作淨地羯磨佛言從今不應結淨地若作者突吉羅蓋佛智徹知末世比丘受僧常食者多淨地難奉烟厨不免故爾佛自遮止一絕白衣之譏次決緇流之疑而令僧徒安樂進道也宣祖依法集列爲明結界三種宗意故今續釋引律開條爲就時宜行用有據故

○結庫藏法　差人守庫藏法

【續】此二法准白二綱目今依衣揵度續入

律云時諸比丘大得可分衣物各相推倚不肯藏舉遂失佛言及有見者應收舉又客比丘來移衣物著餘房不堅牢故聽別

房結作庫藏白二羯磨唱房名若溫室若重樓若經行屋集僧作前方便答云結庫藏羯磨秉法者作如是白云

大德僧聽若僧時到僧忍聽僧結某甲房作庫藏屋白如是

大德僧聽僧結某甲房作庫藏屋誰諸長老忍僧結庫藏屋者默然誰不忍者說僧已忍結某甲房作庫藏屋竟僧忍默然故是事如是持

此一羯磨為事故作是屬公也

【非】唯異法事法非謂房名錯唱等　事非謂處不堅牢風雨易入等　餘非准前

時彼庫藏無人守不堅牢聽差守庫藏人白二羯磨作前方便答云差守庫藏羯磨作如是白言

大德僧聽若僧時到僧忍聽僧差某甲比丘作守物人白如是

大德僧聽僧差某甲比丘作守物人誰諸長老忍僧差某甲比丘作守物人者默然誰不忍者說僧已忍差某甲比丘作守物人竟僧忍默然故是事如是持

此一羯磨亦為事作是屬公也

【非】人非謂所差乏德等　餘非同上　第二諸界結解篇竟

○諸戒受法篇第三之一

戒法理通義該道俗以五戒有犯則具戒成難故須條貫始終體相明練七衆所受次如下列

【釋】戒法而言諸者此篇總攝唯三開列四十二法初二句引善生經出義彼經優波離問佛菩薩摩訶薩云何成就戒成就善

戒成就利益衆生戒佛答言先當具優婆塞戒沙彌戒比丘戒若不具優婆塞戒得沙彌戒者無有是處不具沙彌戒得比丘戒者亦無是處若言不具如是三種戒而得菩薩戒者亦無是處譬如重樓四級次第而登不由初級至二級無有是處乃至不由三級至四級者亦無是處故云戒法理通義該道俗次二句引薩婆多論申明上義彼論云破五戒中重戒若更受八戒十戒具戒禪無漏戒一切不得若破五戒中重戒已若捨五戒更受者無有是處八戒十戒具戒亦爾今撰文云以五戒有犯則具戒成難也故須始從三歸終至具戒條貫出法其中若體若相預當明練七衆所受次如下列

○受三歸法

釋此受三歸並下五戒八戒法今唯依文釋義其授受開導懺悔加儀准別集授三歸五戒八戒正範詳明

薩婆多論云以三寶爲所歸欲令救護不得侵凌故也

釋以三寶爲所歸者由三寶具足無量眞淨功德欲愍慈愍救護於己俾四魔諸苦不得侵損顯通論云是救濟義以歸依三寶能息無邊生死苦輪遠離一切大怖畏故義同多論毘尼母論云有五種三歸一翻邪三歸二五戒三歸三八戒三歸四十戒三歸五具戒三歸此乃第一也所言翻邪者佛未出世邪師說法言皆是妄法不契理盲引癡愚欲昇反墜佛出世間智證

無等窮徹因果稱性説法濟拔衆生引入正道故云翻邪三歸此法如來始遊波羅柰國耶輸伽父信歸發起人到於今咸沾恩錫

歸依佛者歸於法身謂一切智無學功德五分所成

(釋)歸於法身佛者佛具三身於法身中攝報化故法身有二一理法身理即性德也謂性淨明體本來離念等虛空界無所不徧諸佛衆生皆同一相是名理法身二功德法身謂如來往昔經三祇劫修六度萬行功德爲因而成法身之果故名功德法身文云一切智等所成正明功德法身以含理法身也三世如來皆具此二種法身今言佛者謂歸依三世諸佛故下二句釋上若詳明之一切智者謂於一切内法内名能知能解一切外法外名能知能解内法名者謂理内所詮法相及能詮名字蓋佛教依理而説故名理内也外法名者即理外所詮法相及能詮名字蓋外道等違理横計故名理外也此乃能觀之智用無漏功德者謂發心修行於中不求人天小果皆願迴向菩提濟度衆生故云無漏佛證法身由此無漏功德五分所成法身言五分者分謂分齊法即戒定慧諸法也身者聚也聚積諸法以成其身也一戒身因持淨戒戒法成就得證此身二定身因修無漏淨禪得證此身三慧身因修無漏智慧得證此身四解脱身解脱有二一有爲解脱謂以無漏智斷有漏煩惱二無爲解

脱謂一切煩惱滅盡無餘煩惱既盡理本無爲由二種解脱得證此身五解脱知見身知以智知見以眼見謂因此智眼於一切法知覺照了當體即空悉皆如幻得證此身故云五分法身也

歸依法者歸於自他盡處謂斷欲無欲滅諦涅槃

釋法言自他盡處者自謂我執就中有二一俱生我執二分别我執如原序所明他謂法執亦有二種一俱生法執謂諸衆生無始時來虚妄熏習於一切法妄生執著恒與身俱二分别法執謂於邪教及邪師所説之法分别計度執爲實法盡處二字謂二空理觀也一人空人空即我空亦曰生空也謂凡夫如上執我佛爲破此計故説五蘊無我二乘悟之入無我理是名人空二法空謂二乘人未達法空之理猶計五蘊等法實有佛爲破此執故説般若深慧徹見五蘊自性皆空菩薩悟之入法空理是名法空下二句釋上謂二空理者是斷欲無欲滅諦涅槃也若詳明之此二句總攝四諦法斷欲無欲即集諦由知三界生死實苦推因諦審煩惱惑業實能招集生死之苦若斷諸煩惱苦因不集則生死輪息永無苦果然以集諦煩惱衆多而特舉欲者蓋我法二執貪欲爲本貪欲若斷諸惑易除滅諦涅槃者滅即寂滅由厭生死極苦諦審涅槃實爲寂滅之樂必依戒定慧道修行二空理顯方能通至涅槃

歸依僧者歸於第一義僧謂良祐福田聲

聞學無學功德也

釋第一義僧者准成唯識論中四勝義諦釋之此是證得勝義也謂聲聞證得二空眞如之理即是勝妙之義下二句釋上謂第一義僧是眞淨福田所具功德能福祐衆生若歸依者獲益無量然此聲聞功德復分有學無學所言聲聞者謂聞佛聲教依修悟入有學謂前三果並四向是無學謂四果阿羅漢諸漏已盡無復煩惱准經律中凡夫僧能持禁戒者皆稱福田僧以戒體爲良福田故

善見論云並須師授言音相順若言不出或不具足不稱名不解故不成應言

我某甲盡形壽歸依佛歸依法歸依僧

如是三說得屬法已

釋得屬法者一切衆生若未受三歸已前則屬於魔被生死諸苦所繫不得解脫故若至誠信歸三寶已後則屬於佛以法救護故諸魔邪等莫如之何向下結成所歸

我某甲盡形壽歸依佛竟歸依法竟歸依僧竟

三結已律無受法諸論文具出此但受歸法無有戒法故論云三歸已下有所加得歸及戒若無加者有歸無戒也

釋凡受三歸竟當曉得失以便遵守然在所授者教之准善生經云若有人能歸三寶已雖不受戒斷一切惡修一切善雖復在家如法而住是亦名優婆塞也又云若有造作種種業爲受樂故修於善事如市易法其心不能慈愍衆生如是之人不得

三歸又云若人爲護舍宅身命祀祠諸鬼是人不名失三歸若聞諸天有曾見佛功德勝已禮拜供養是人不名失三歸若是人信其能救一切怖畏禮拜一切外道則失三歸或時禮拜自在天主應如禮拜世間諸王長者貴人亦復不失三歸雖復禮拜所說邪法慎勿愛之　處處經佛告彌勒偈云汝所三會人是吾先所化九十六億人受吾三歸者次是三破人九十二億者一稱南無佛皆得成佛道文此明但受歸法而無戒法向下准論明三歸已下有所加得歸及五戒八戒法法也

〇受五戒法

經云有善男女布施滿四天下衆生四事供養盡於百年不如一日一夜持戒功德以戒法類通情非情境故也

釋世間欲求安樂事無一不從三寶生若無三歸五戒則人天之徑絕矣故先引經校證謂此布施雖境寬人多供養如意年歲復久其功德可爲殊勝然不如一日一夜持戒功德者以示戒法利益通於情境非情境故薩婆多論云於衆生上得四戒於非衆生上得不飲酒戒若衆生可殺不可殺可盜不可盜可婬不可婬可妄語不可妄語一切得戒下至阿鼻地獄上至非非想處及三千世界乃至如來一切有命之類盡得此四戒以初受戒時一切不殺乃至一切不妄語無所限齊故得不飲酒戒時此一身始終三千世界内一切所有酒上咽咽得戒色以受戒時一切酒盡不

飲故設酒滅盡戒常成就而不失也由是功德倍於布施滿四天下衆生

論云由戒故施得清淨也

釋薩婆多論畧優婆塞戒經亦有此義謂優婆塞行施有二種一物淨謂非偷盜聖遮物非供衆物非三寶物非施一人迴與多人不惱他得不誑他得不欺人得二心淨施時不爲生死善果名稱勝他得色力才不斷家法眷屬多饒唯爲莊嚴佛果菩提故施調伏衆生故施此明持戒之人公平守分資生不欺凡有布施俱是淨財一切捨中皆兼二利若反此者則施不清淨故所引也

當於受戒前具問遮難故善生經云汝不盜現前僧物不於六親所比丘比丘尼所行不淨行不父母師長有病棄去不殺發菩提心衆生不如是等具問已若無者應語言此戒甚難能爲聲聞菩薩戒而作根本

釋此明慎重戒法應擇機施若非具問於前授受恐無利益現前僧物者乃淨信誠敬所施報福最爲殊勝若盜取此物罪報亦復殊勝六親者父六親謂伯叔兄弟子孫母六親謂舅姨兄弟兒孫父母者父恩等天母恩配地生成覆育粉骨難酬師長者此有二種一世俗教訓有恩之師二僧倫教誡佛法之師菩提者畧也具云阿耨多羅三藐三菩提此翻無上正等正覺發此心者決志上成佛道下化衆生若殺此人是斷佛種也如是七難一一具問已若

答無者應語言此優婆塞五禁戒甚是難受難持能爲聲聞菩薩戒而作根本宜當愼敬切勿輕心

善男子戒有五種始從不殺乃至不飲酒若受一戒是名一分優婆塞具持五戒名爲滿分優婆塞汝今欲受何分之戒當隨意受爾時智者應隨語爲受

【釋】五戒聽開一分少分半分多分滿分受者欲顯持守功德故全五戒則人相具足兼十善則天報恒隨一戒二戒尚得人身壽夭尊卑由戒多少設臨時不忖受後多犯一戒能持猶勝不受佛慈就機善導如是

阿含等經云於受前懺罪已然後受法應如是授言

我（某甲）歸依佛歸依法歸依僧一日一夜盡形壽爲（一戒一分五戒滿分）優婆（塞夷）如來至眞等正覺是我世尊

三授已告云向授三歸正是戒體今又三結示戒所歸也

我（某甲）已歸依佛竟歸依法竟歸依僧竟（一日一夜盡形壽爲一戒一分五戒滿分）優婆（塞夷）如來至眞等正覺是我世尊

【釋】梵語多陀阿伽度此翻如來若云無所從來亦無所去故名如來即約法身釋若云如法自性來成正覺即約報身釋若云乘如實道來度衆生即約化身釋也梵語阿羅訶此翻應供亦翻應眞今翻至眞爲世福田故名應供實自眞性故名至眞由實眞故堪作福田也梵語三藐三佛陀此

翻正徧知今翻等正覺等即徧義具明差別法門名之爲等此異二乘深知無差別性名之爲正此異凡外也今於十號中唯舉三號餘七皆攝以顯三德故如來是法身德應供是解脫德正徧知是般若德也

三結已告言今當示汝戒相汝諦聽受之

盡形壽不殺生是優婆塞夷戒能持不答言能持

盡形壽不盜是優婆塞夷戒能持不答言能持

盡形壽不邪婬是優婆塞夷戒能持不答言能持

盡形壽不妄語是優婆塞夷戒能持不答言能持

盡形壽不飲酒是優婆塞夷戒能持不答言能持

並准上具問答已餘有六重二十八輕諸雜行相廣如善生經及行事鈔中說發願同行八戒

釋 准上具問答已者此結但受五戒竟薩婆多論云欲受五戒者先受三歸受三歸竟爾時已得五戒所以說五戒名者欲使前人識五戒名故此五戒前四是實罪飲酒一戒是遮罪飲酒得與四罪同類結爲戒者以飲酒是放逸之本能犯四戒如昔迦葉佛時有一優婆塞以飲酒故邪婬他婦盜他雞殺他人問言何以故爾答言不作以酒亂故一時能破四戒文贅云問答已餘有六重二十八輕者謂優婆塞如是受五戒已欲發大心乞受在家菩薩戒者當依善生經受此六重二十八輕戒乃預示法儀以備用故令對梵網以觀機故謂諸雜行相廣如善生經及行事鈔中說者然鈔依經撰文以明得失是非故鈔雖無有經可據今復錄二三俾知大槩彼經云

佛言一切施中施無怖畏最爲第一是故我說五大施者即是五戒如是五戒能令衆生離五怖畏故　又云有五善法圍繞是戒一慈二悲三喜四忍五信若人能破重邪見心無疑網則具正念莊嚴清淨根本清淨離惡覺觀若能遠離五惡事者是名受戒遠離一切身口意惡若言離五戒已度生死者無有是處欲度生死大海應當至心受持五戒是五戒中四於後世成無作戒唯愛難斷故不得成以是因緣愛欲纏綿應當至心慎無放逸　又云如是五戒有五種果一無作果（謂以清淨五戒爲因漸得出家受具成就無作戒體故）二報果（謂以五戒因兼修上品十善報感生天受諸妙樂故尚不能超脫以第三戒未淨故）三餘果（謂持五戒爲因得人道由戒功德未盡復生人中受世諸樂故）四作果（謂持五戒者能守護一戒感一戒之善果報若犯一戒感一戒之罪果報故）五解脫果（謂當來世修行入道解脫輪廻得證聖果皆以此五戒而爲根本正因故）又云若優婆塞常能出至寺廟僧坊到已親近諸比丘等咨問法味聽已受持憶念不忘能分別義轉化衆生是名優婆塞自利利他若不能習學所說輕慢比丘爲求過失而往聽法無信敬心奉事外道見其功德深信日月五星諸宿是優婆塞不名堅固如法住　又云雖不自作五惡之業教人作若先取他物許爲了事若典知關津稅賣估物若計價治病治已賣物若違官私制如是皆非如法住若自不作惡不教他作心不念惡名如法住　又云若優婆塞因客煩惱所起之罪作已不生慚愧悔心非如法住若爲身命故作諸惡事非如法住　按

薩婆多論云優婆塞得聽販賣但不得作五業一者不得販賣畜生以此爲業二者不得販賣弓箭刀杖以此爲業三者不得沽酒爲業四者不得壓油爲業以油多蟲故五者不得作五大色染爲業此謂據經論畧明鈔義也文云發願同行八戒者謂例後八戒法之願文雅改八關齋三字爲五戒餘詞無異也

○受八戒法

善生經增一阿含云佛告優婆塞當於八日十四日十五日往詣長老比丘所一一受八戒一一受之勿令失次

【釋】此先明受戒期限及施戒之師也准佛說齋經云道弟子六齋之日受八戒六齋日者謂月初八日十四日十五日二十三日二十九日三十日四天王經佛說六齋日若於初八日二十三日四天王差使者下察人間善惡若於十四日二十九日四王太子下察人間若於十五日三十日四王自下人間觀察衆生布施持戒孝順父母少者便上忉利以啟帝釋諸天心皆不悅而言阿修羅種多諸天種減少若布施持戒孝順父母多者諸天帝釋心皆歡喜而言減損阿修羅增廣諸天衆今但言八日十四日十五日者以單攝雙故往詣長老比丘所受者謂崇德臘也

論中令五衆授之成實云若無人時但心念口言乃至我持八戒亦得成受

【釋】薩婆多論令出家五衆授之者此開有二義一爲應期二爲擇人然此八戒必在

六齋八王日受恐過期則少利益若無比丘就比丘尼所受乃至若無沙彌就沙彌尼所受此謂應期也擇人者其施戒人必自持戒乃可爲師若有比丘不持戒應從持戒尼所受乃至若有沙彌不持戒應從持戒沙彌尼所受復引成實論若無人時但心念口言受者雖亦應期急用然機不能攝其初心須久發心一往恒受八戒者方知戒相自言無紊設有如法人而故作心念縱說明了若有疑慢亦不成受俱舍論云若先作意於齋日受者雖食竟亦得

釋薩婆多論亦有此說今准釋之彼云若人欲受八齋先恣情女色或作音樂或貪欲飲噉種種戲笑如是等放逸事盡心作已而後受齋不問中前中後盡不得齋若本無心受齋而作種種放逸事後遇善知識即受齋者不問中前中後一切得齋若欲受齋而以事難自礙不得自在事難解已而受齋者不問中前中後一切得齋俱舍引者正此後一義故今以廣之

前受戒者下心合掌隨施戒人語勿前勿俱若違不成

釋此明法儀也前受戒者謂如前長老比丘及五衆所受戒者並須起敬法謙下之心拈香頂禮長跪合掌隨施戒人語待彼說竟聽明後答不得未竟前答亦不得彼此俱言若違則不成受謂人法事皆非也論云若受八戒應言一日一夜莫使與終身戒相亂成實云五戒八戒隨日月長短

或一年一月乃至半日半夜重受減受並得

釋薩婆多論云佛本制一日一夜不得過限若有力能受一日過已次第更受如是隨力終身戒謂盡形受持之五戒也復引成實云隨日月長短者此謂一受經年歷月不須日日頻受今亦附者致備用有據也而云半日半夜受者法無如是爲顯戒德故重受者若年若月竟欲受再重受減受者謂不足年月隨意約期受但有至誠心並得若受時施戒者應如是授言

我（某甲）歸依佛歸依法歸依僧（一日一夜／一年一月）爲淨行優婆（塞／夷）（如是三授）

我（某甲）歸依佛竟歸依法竟歸依僧竟（一日一夜／一年一月）爲淨行優婆（塞／夷）竟（三結已次授戒相言）

如諸佛盡壽不殺生（某甲）一日一夜不殺生能持不（答言）能持

如諸佛盡壽不盜（某甲）一日一夜不盜能持不（答言）能持

如諸佛盡壽不婬（某甲）一日一夜不婬能持不（答言）能持

如諸佛盡壽不妄語（某甲）一日一夜不妄語能持不（答言）能持

如諸佛盡壽不飲酒（某甲）一日一夜不飲酒能持不（答言）能持

如諸佛盡壽離花香瓔珞香油塗身（某甲）一日一夜離花香瓔珞香油塗身能持不（答言）能持

如諸佛盡壽離高勝牀上坐及作倡伎樂故往觀聽（某甲）一日一夜離高勝牀上坐及作

倡伎樂故往觀聽能持不（答言）能持如諸佛盡壽離非時食（某甲）一日一夜離非時食能持不（答言）能持

阿含經云如上次第授已當教發願言

我今以此八關齋功德不墮惡趣八難邊地持此功德攝取一切衆生之惡所有功德惠施彼人使成無上正眞之道亦使將來彌勒佛世三會得度生老病死

【釋】凡修行業應當發願若有行無願其行必孤若有願無行其願必虚若行願相資乃成慧用也八關齋者以不非時食而爲齋體以八事閉惡而助成齋良由生死正因無如婬欲生死助縁無如飲食故首楞嚴云一切衆生皆依婬欲而正性命一切衆生皆依食住其居家二衆不能永捨家業眷屬縁累所以終身五戒但除邪婬不禁非時食若受八戒唯制一日一夜者嚴禁過午之食不令入咽婬欲之念不得毫動一一皆如諸佛盡壽堅持其功德故超勝於五戒也不墮惡趣八難者此明自願離惡持此功德攝取一切衆生之惡者亦願諸衆生皆離惡也八難者一在地獄難謂南贍部洲下過五百由旬有八寒八熱等地獄衆生因惡業所感墮於彼處長夜冥冥受苦無間障於見佛聞法名地獄難二在畜生難謂畜生種類不一亦各隨因受報常受鞭打殺害或互相吞噉受苦無窮障於見佛聞法故名畜生難三餓鬼難謂餓鬼有三種一業最重者長劫不聞漿水之名二業次重者唯在人間伺求蕩滌

膿血糞穢三業輕者時或一飽加以刀杖驅逼填河塞海受苦無量障於見佛聞法故名餓鬼難四長壽天難謂此天以五百劫爲壽即色界第四禪中無想天也言無想者以其心想不行如氷魚蟄蟲外道修行多生其處障於見佛聞法故名長壽天難五在北鬱單越難梵語鬱單越華言勝處謂此處感報勝東西南三洲也其人壽一千歲命無中夭爲著樂故不受教化是以聖人不出其中不得見佛聞法故名鬱單越難六盲聾瘖瘂難謂此等人雖生中國而業障深重盲聾瘖瘂諸根不具值佛出世而不能見佛雖說法亦不能聞故名盲聾瘖瘂難七世智辯聰難謂世間之人邪智聰利者唯務耽習外道經書不信出世正法故名世智辯聰難八生在佛前佛後難謂佛出現於世爲大導師令諸衆生離生死苦得涅槃樂人有緣者乃得值遇其生在佛前佛後者由業重緣薄既不見佛亦不聞法故名生在佛前佛後難所有功德惠施彼人使成無上正眞之道者此明自他願種成佛之因也亦使將來彌勒佛世三會得度生老病死者此明自他得值佛解脫之願也三會者准彌勒下生經云彌勒菩薩即於出家之日便得成佛坐於龍華樹下花林園中三會說法第一會度九十六百億聲聞衆記云若諸國王大臣長者居士男女一切施主於今釋迦牟尼佛正法中能作佛事自種善根或教他種以七寶金銀鍮石銅鐵木石泥土或繒

縷或綵画作佛像及窣堵波若大若小乃至最小如指節大或以香花諸妙供具而爲供養由如是善根力故至彌勒如來成正覺時善得人身於第一會中剃髮出家乘宿願力便得涅槃第二會度九十四百億聲聞衆記云若國王及以臣庶於今釋迦牟尼佛正法中能爲法事謂於諸大乘經典或律或論若讀若誦或恭敬供養或於經卷以諸雜綵而嚴飾之由是善根力故至彌勒如來成正覺時善得人身於第二會中剃髮出家乘宿願力便得涅槃第三會度九十二百億聲聞衆記云若諸國王及臣庶等於今釋迦牟尼佛正法中能爲僧事自種善根或教他種於每月初一日或初八日十五日設齋供養比丘比丘尼或供養修禪定者或供養說法者或施坐卧等具供養衆僧由是善根力故至彌勒佛成正覺時善得人身於第三會中剃髮出家乘宿願力便得涅槃今文故云亦使將來彌勒佛世三會得度生老病死也經云設有善男子善女人不發此願而持八齋者得少許福田引古證云

釋謂上發願準經乃引古爲證以出其文若不如是廻向發願是自利心不求解脫所以但得少許福田是故凡受五戒八戒者日日以持戒功德至晚課竟向諸佛菩薩像前焚香禮拜長跪合掌至誠發願祈聖證盟以遂所欲也今復畧明行相俾知功德有無據持不唐準薩婆多論云若受八戒已鞭打衆生齋不清淨雖即日不鞭

打若待明日鞭打亦不清淨以要言之若身口作不威儀事雖不破齋齋不清淨設身口清淨若心起貪欲瞋恚惱害之念亦名齋不清淨若受八戒已精修六念是名齋清淨所言六念者一念佛謂念佛具足十號大慈大悲智慧光明神通無量能拔衆苦我以清淨質直之心得親近佛心生歡喜以歡喜故身得快樂以快樂故其心得定以得定故其心平等修念佛觀必趣涅槃是名念佛　二念法謂念法是如來所有功德即十力四無所畏等我以清淨質直之心得親近法心生歡喜乃至修念法觀必趣涅槃是名念法　三念僧謂僧是如來弟子得無漏法具戒定慧能爲世間衆生作良福田應當恭敬我以清淨質直之心得親近僧心生歡喜乃至修念僧觀必趣涅槃是名念僧　四念戒謂念諸禁戒能遮諸惡煩惱我以清淨質直之心得親近戒心生歡喜乃至修戒念想必趣涅槃是名念戒　五念施謂念已所施獲得善利一切世間爲慳嫉所覆我於今者得離如是慳貪之垢住捨心中於一切物心無悋惜持用布施既布施已我心應喜以喜心故身得快樂乃至修念施想必趣涅槃是名念施　六念天謂念欲界天等悉因往昔戒施善根得生彼處受天快樂我亦見有如是戒施功德捨命之時必生彼天以念天故離於惡法心生歡喜心歡喜故身得快樂得快樂故其心得定以得定故其心平等修念天想必趣天道是名

念天此則持八戒爲因六念爲助也須知第六念天因非涅槃果招有漏而亦令念者其義有二一彰戒施功有所歸故二明念專齋無所染故所以諸經通明六念

毗尼作持續釋卷第五

音義

檀越 或云檀那譯云施主由行檀捨自可越度貧窮苦故 垣墻 音圓低者垣高者墻 柵 音拆編木而成 經營 縱廣日經回旋日營 伺 音四偵候也偵音稱採伺食也 廂 音湘廡也廊也東西室也 四魔 梵語魔羅此云奪命又云殺者謂能奪智慧命而殺出家善根故一蘊魔謂色受想行識等聚積而成生死苦果此生死法能奪智慧命故云蘊魔　二煩惱魔謂三界中一切煩惱妄惑修行人爲此惱亂心神不能成就善提故云煩惱魔　三死魔死者四大分散天喪殞沒修行人爲此天喪不能續延慧命故云死魔　四天魔此魔即欲界第六天若人勤修勝善欲趣三界生死而此天魔爲作障礙種種擾亂之事令修行人不能成就出世善根故云天魔 四勝義諦 准成唯識論一世間勝義謂於世間五蘊虛妄

之法而說眞如勝妙之義也　二道理勝義謂聲聞觀苦集滅道之理即是勝妙之義也　三證得勝義謂聲聞證得二空眞如之理即是勝妙之義也　四勝義勝義謂一眞法界之理唯有諸佛盡知盡證乃勝義中之最勝義也 祐 神助也 沃 音屋肥也 壤 柔土無塊也 典 主也 稅 租也 蟄 沈入聲虫藏也 切利天 梵語忉利此云三十三智論云昔有婆羅門姓憍尸迦與知友三十二人共修福德命終皆生須彌山頂憍尸迦爲天主名帝釋三十二人爲輔臣周圍列居而帝釋獨處其中 瘖瘂 謂有口不能言也 長者十德 出翻譯集一貴姓謂勳威尊貴世稱閥閱之族閥音伐史記云明其等曰閥積其功曰閱　二位高謂居卿相台輔爲百僚之首　三大富謂寶貨豐饒所須具足　四威德謂威嚴厚重人所敬畏　五智深謂智慮深遠越格超羣所謀皆當　六年者謂齒高望重爲物儀表人所尊仰　七行淨謂持心律已廉公潔白所行如言皆無瑕玷　八禮備謂威儀庠序世所式瞻　九上歎謂才德秉備言行可則爲在上者所喜歎服　十下歸謂謙以處已寬以御衆爲在下者所仰歸向 坯 音丕未燒陶瓦

曇無德部四分律刪補隨機羯磨卷第六

唐京兆崇義寺沙門道宣　撰集

清金陵華山後學比丘讀體　續釋

○諸戒受法篇第三之二

○出家授受戒法

七分明之一明出家功由菩薩二明有益超世三明障出大損四明既出家已行於罪行五明既出家行凡福行六明出家修道要業七明大小正行三學爲本廣如鈔中

釋此乃總標大義廣釋詳如鈔中者今准經律畧釋則鈔義不無也

一明出家功由菩薩者菩薩即護明菩薩降生淨飯王宮名曰悉達太子乃釋迦佛之因號也迦葉佛出人壽二萬彼佛滅度已後經歷正像末法人壽漸減以至於百世間衆生長夜癡冥不聞三寶唯造諸惡備嬰衆苦趣三途以爲故宅受四生猶如更衣護明菩薩愍斯沉淪將補佛處出世利生橫約諸有無思離染故樹出家樂處閑靜若有貪著終成金鎖引出方便唯此一道華嚴經云若有不識出家法樂著生死不求脱是故菩薩捨國財爲之出家求寂靜按普曜經釋迦如來初欲出家發此四誓願度脱衆生一謂願濟衆生困厄謂我設成正覺得一切智時衆生困厄被諸惱患我當濟脱令斷恩愛二謂願除衆生惑障謂衆生沒在生死苦海無明暗蔽悉無所知我當爲其顯示如清淨眼內外無障令其出離三謂願斷衆生邪見謂衆生

在世我慢自大尊已賤彼心存邪見不慕聖道我當開化令入正真四謂願度衆生苦輪謂衆生處於生死之苦輪轉無際滅智慧眼不能自濟我當爲其說法令得度脱故云出家功由菩薩也

二明有益超世者謂真誠出家怖四惡苦思不遷性諸佛數内豈無有我雜類報中何以甘受辭六親至愛捨五欲深著如是出家方可紹隆三寶度脱四生應知剃染非是泛流超俗還須上志故云有益超世也

三明障出大損者謂好心出家續賢聖種爲衆生眼世若無僧三寶絶斷滔滔苦海孰架慈航茫茫業徑誰指迷道准出家功德經云若能放人出家受戒功德無量譬如四天下滿中羅漢百年供養不如有人爲涅槃故於一日一夜出家受戒功德謂猶前施雖多有竭是欲界繫爲法出家非三界業故說過前又云若障出家爲作留難緣此罪報墮三惡道常盲無眼若生爲人在母腹中受胎無眼於百歲中以無礙智說是罪報亦不可盡於四道中常盲我終不記此人得解脱故由障出家故又法苑珠林引經云若爲出家苦作留礙破壞抑制此人即斷佛種諸惡集身猶如大海現身癩病死入黑闇地獄無有出期准經損義兼二一自損二損他故云障出大損也

四明既出家已行於罪行者謂初心向道避苦求安落髮披緇背安趣苦四口三破豈任恣爲繫草鵝珠寧無倣效今不憶古

欲昇反墜皆由自愚志不超凡之師良導按遺教經云不得販賣貿易和合湯藥占相吉凶節身時食清淨自活不得忝預世事通致使命呪術仙藥結好貴人親厚媟嫚皆不應作當自端心正念求度不包藏瑕疵顯異惑衆於四供養知量知足趣得供事不應畜積若依經奉行者是名梵行若違教輒作者是名罪行故云既出家已行於罪行也

五明既出家行凡福行者謂眞心脫塵家出二死凡福勤修因非聖乘教談三無漏學內徒熏修律明七有爲福外衆隨辦否則自棄涅槃而求暫樂樂盡苦生人天道險若能以智爲先導事事迴向衆生莊嚴佛國無取著心無求報想則行攝普賢益難讚述由無智用致行成凡故云既出家行凡福行也

六明出家修道要業者謂凡情未盡道業難成未盡之情愛欲爲本難成之道淨戒爲基出家要業唯持戒斷欲而爲先務四十二章經云人懷愛欲不見道者譬如澄水致手攪之衆人共臨無有覩其影者人以愛欲交錯心中濁興故不見道當捨愛欲愛欲垢盡道可見矣遺教經云依因此戒得生諸禪定及滅苦智慧是故當持淨戒戒爲第一安隱功德住處故云出家修道要業也

七明大小正行三學爲本者三謂戒定慧皆云學者學猶飾也器不飾則無以成美觀人不學則無以成聖德故依此而修者

必證聖果名曰正行良以衆生迷心爲惑動慮成業由業感報生死無窮欲脱苦果當除苦因故先以戒治其業次以定慧澄其惑業分善惡故止作兩行以相翻惑唯昏散故定慧二法而對破病因藥差機藉教修然後業盡惑除情亡性顯教門雖廣豈越於斯大小同修證中有別故云大小正行三學爲本也

○乞度人法

時諸比丘輙便度人不知教授已愚癡故彼不被教授不按威儀著衣不齊整乞食不如法處處受不淨鉢食於大食小食上高聲大喚如婆羅門聚會法諸比丘以此事白佛佛言聽僧與授具足戒者白二羯磨彼欲度人者當往衆中偏露右肩脱革屣禮僧足右膝著地合掌應作如是乞言

釋 准通儀式應先鳴椎集衆彼欲度人者具修威儀先禮僧中上座已合掌跪乞言

大德僧聽我某甲比丘求衆僧乞度人授具足戒願僧聽我某甲比丘度人授具足戒慈愍故

三乞律中准羯磨文爲授具足戒者須乞畜衆法若按受戒揵度中前具列和尚德已總結文云如是畜依止畜沙彌亦爾故知並須以無德不合故也

釋 此准律明例用之法也前具列和尚德者按律中佛言有五法成就不得授人具足戒無信無慚無愧懶惰多忘成就五法得授人具足戒反上五法復有五法不得破增上戒增上見增上威儀少聞無智慧反上五法

得授復有五法不得一不瞻視病弟子不能使人瞻視乃至令差若命終二若弟子不樂住處不能方便移至異處三若有生疑事不能開解其意如法律除之四不能敎捨惡見住善見五若減十歲（反上五法得授）復有五法不得不知增戒增心增慧不知白不知羯磨（反上五法得授此但畧錄四五廣如律中）不得與依止得與依止不得畜沙彌得畜沙彌所制具德咸如和尚此則爲師不易具德實難也

○與度人法

佛言當觀察此人若不堪敎授復不以二事攝取一者法二者衣食當語言大德止勿度人若有智慧堪能敎授又以二事攝者應與羯磨

釋彼三乞已作禮起立羯磨者作前方便答云與度人法羯磨秉法者作是白言

大德僧聽此（某甲）比丘今從衆僧乞度人授具足戒若僧時到僧忍聽僧今與（某甲）比丘度人授具足戒白如是

大德僧聽此（某甲）比丘今從衆僧乞度人授具足戒僧今與（某甲）比丘度人授具足戒誰諸長老忍僧與（某甲）比丘度人授具足戒者默然誰不忍者說僧已忍與（某甲）比丘度人授具足戒竟僧忍默然故是事如是持

釋乞度人授具乃爲和尚也梵本正名鄔波遮迦傳至于闐翻爲和尚傳到此土什法師翻名力生此義准舍利弗問經云夫出家者捨其父母生死之家入法門中受微妙法蓋師之力生長法身出功德財養

智慧命功莫大焉若無佛法法身慧命不能生長若無衣食色質道器不能資助若此二事無乏十臘滿已衆中羯磨僧方忍聽　此一羯磨爲人法故作是屬私也

非一人非一界不和十臘未滿少聞不善毘尼多愚有犯過等　二法非乞詞錯脫羯磨顛倒言說不明紊前方便　三事非二攝有闕等　四人法非乃至七具三非取前互後合具顯非

○度沙彌法

律中度羅睺羅爲最初

釋此出制緣也羅睺羅此翻覆障謂阿修羅食月時障月明也羅睺羅六年處母胎所覆障故因以爲名舊云羅怙羅准受戒揵度云佛住迦毘羅國尼拘律園時佛時到著衣持鉢入城乞食食已還出城於時羅睺羅與母在高樓上見佛來語子言彼來者是汝父時羅睺羅疾疾下樓至如來所頭面禮足在一面立世尊以手摩彼頭彼自念從生以來未曾得如是細滑柔輭樂佛問言汝能出家學道否答云能出家佛舒一指與羅睺羅將至僧伽藍中告舍利弗言汝度此童子出家與受沙彌十戒此制緣也

僧祇云若年七歲解知好惡與出家過七十卧起須人不得度若能修習諸業聽出家若初欲出家者爲說苦事一食一住一眠多學問答能持者度

釋此引僧祇明稱量機宜也彼律中因諸比丘度八十九十歲人出家頭白背僂諸

根不禁進止須人洟唾汚僧淨地世人譏
呵佛故制此若年七歲解知好惡者聽度
謂知世是苦出家寂靜此則年雖少宿根
正見終成道品若過七十卧起須人者不
得度此非無慈不納正是憐愍遮之謂出
家所須來處由信道業不修施報當酬卧
起尚且須人功行終無克辦若過七十形
雖潦倒色力精强志不自惰此亦許度凡
欲出家無論老少當先爲說出家苦事令
彼忖量可否若問欣樂答能斯則信無疑
退若憂慮默然此則怖恐未堪而事言苦
者謂寒暑不遷精勤不怠唯道可修無身
可惜此苦乃出世之樂因也一食謂非時
不餐一住謂跏趺修定一眠謂夜三時中
初後加功以補晝之不足中夜神疲聽其
惜養寢安多學謂讀律攻行受經問義此
四以禪誦熏修食眠練質若果能者則諸
行業俱無憚矣梵語沙彌此翻云息慈謂
息世染之情以慈濟群生也又云初入佛
法多存俗情故須息惡以行慈也最下七
歲至十三者皆名驅烏沙彌若年十四至
十九名應法沙彌若年二十已上皆號名
字沙彌

○與剃髮法

時諸比丘輙度人故衆僧不知佛言汝若
欲僧伽藍中剃髮當白一切僧若不得和
合房房語令知已與剃髮若和合作白已
剃髮

釋此引制緣也按受戒揵度中有一巧師
子至僧伽藍中求諸比丘出家爲道諸比

丘輒度之時彼父母啼泣來至伽藍問諸比丘皆報不見父母即於僧房中求覓得已譏嫌衆僧故有此制應知既出家已則居止同僧施沾僧分若衆不知來源語已未允剃髮豈但諱俗譏訶恐玷法門抑且盜用僧物罪歸師範寧無慎歟而令房房語知爲衆集難若僧和集作單白羯磨已然後剃髮此是俗不現前制應遣求出家者離聞處衆中能羯磨人作前方便答云與剃髮羯磨作是白言

大德僧聽彼（某甲）欲求（某甲）比丘剃髮若僧時到僧忍聽與（某甲）剃髮白如是

作白已喚入衆中與剃髮度人法式廣如鈔中五分云先與受五戒已後受十戒

【釋】度人法式余曾撰集剃度沙彌正範於內兼五分授法儀式詳明辯論有據閱之自了指歸行用誠補玄化茲不繁引

○授十戒法

佛言若在僧伽藍中度令出家者當白一切僧已聽與出家應作如是白

大德僧聽此（某甲）從（某甲）比丘求出家若僧時到僧忍聽與（某甲）出家白如是

【釋】此二單白羯磨制有先後用知總別若前日剃髮次日授十戒者二法前後俱用羯磨應各作前方便前答與剃髮羯磨後答與出家羯磨此謂用有別也若剃髮已即隨授十戒者唯作前白後白畧之僧既聽忍二皆無過以剃髮中攝受戒故此謂用有總也此二羯磨是爲人作皆屬私也

(非)餘非准上　其間唯異人非謂受者老
少違制等

○受戒體法

善見云阿闍黎告言汝隨我語教汝受三
歸答言爾又應問某遮難發戒緣起准如
經律例須具問方乃授云

(釋)梵語阿闍黎此翻軌範亦云正行謂能
令弟子效其軌則以糾正心行故其和尚
臨座並畧問遮難等俱載三壇傳戒正範
詳明此唯明阿闍黎授歸戒法云

我某甲歸依佛歸依法歸依僧我今隨佛出
家某甲爲和尚如來至真等正覺是我世尊

三授已便得戒

我某甲歸依佛竟歸依法竟歸依僧竟我今
隨佛出家已某甲爲和尚如來至真等正覺
是我世尊

三結已與戒相

盡形壽不殺生是沙彌戒能持不答言能持

盡形壽不偷盜是沙彌戒能持不答言能持

盡形壽不婬欲是沙彌戒能持不答言能持

盡形壽不妄語是沙彌戒能持不答言能持

盡形壽不飲酒是沙彌戒能持不答言能持

盡形壽不著華鬘香油塗身是沙彌戒能持
不答言能持

盡形壽不得歌舞倡伎及故往觀聽是沙彌
戒能持不答言能持

盡形壽不得高大牀上坐是沙彌戒能持不
答言能持

盡形壽不非時食是沙彌戒能持不答言能持

盡形壽不得捉持生像金銀寶物是沙彌戒

能持不答言能持

此是沙彌十支淨戒盡形壽一一不得犯能持不答言能持

釋此沙彌十支戒前四是性重根本若犯則應滅擯不得與清淨沙彌同法事及共止宿亦不得如餘沙彌得與大比丘過二宿後六是遮罪有犯容懺心度故誤罪結重輕唯一突吉羅治其間釋義當閱雲棲要畧欲明開遮應學隨律威儀

如請僧福田經沙彌應知五德一者發心出家懷佩道故二者毀其形好應法服故三者永割親愛無適莫故四者委棄身命遵崇道故五者志求大乘爲度人故

釋此引諸德福田經然斯五德不特小衆終身行之始終通於五衆俱堪物養師範人天故使誦持無輕受體及形服也彼經云時天帝釋白佛夫人種德欲求景福豈有良田果報無限種絲髮之德本獲無量之福乎佛告天帝衆僧有淨德名曰福田一發心出家乃至志求大乘此五事名曰福田爲良爲美爲無旱衰供之得福難爲喻矣此五下句乃宣祖事鈔所註也一發心出家懷佩道故者謂出家之人發勇猛心脫離凡俗習佛菩提而能懷佩妙道爲世福田是爲初淨德也二毀其形好應法服故者謂出家之人剃除鬚髮毀壞相好去世俗之塵衣著如來之法服具佛威儀爲世福田是爲第二淨德也　三永割親愛無適莫故者謂既已投佛出家割絕父母情愛無復專主俗業眷戀不肯斷捨

當一心精進修道以報父母生成之德兼能爲世福田是爲第三淨德也　四委棄身命遵崇道故者謂出家之人能委棄身命無所顧惜唯務一心求證佛道兼能爲世福田是爲第四淨德也　五志求大乘爲度人故者謂出家之人常懷濟物之心專志勤求大乘之法度脱一切有情爲世福田是爲第五淨德沙彌應當習具也

如僧祇律應爲説十數一者一切衆生皆依飲食二者名色三者痒痛想四者四諦五者五陰六者六入七者七覺意八者八正道九者九衆生居十者十一切入其列數釋相對治顯正並廣如行事鈔説

釋此之十數今准教典仍列法數釋相俾知觀境對治以顯正修不晦聖制也

一謂一切衆生皆依飲食者按楞嚴經云如是世界十二類生不能自全依四食住演義鈔云一段食段即分段食有資益之義謂以香味觸三塵爲體入腹變壞資益諸根古譯經律皆爲摶食以手團曰摶後譯復言漿飲等不可摶遂譯爲段食　二觸食觸即對也謂六識所對色等諸塵柔輭細滑冷暖等觸而生喜樂俱能資益諸根故名觸食設觸非食何以觀戲劇等終日不食而不饑也　三思食思即意思謂第六識思於可愛之境生希望意而能潤益諸根如人饑渴至飲食處望得飲食而身不死故名思食　四識食識以執持爲義即第八識也由前三食勢分所資能令此識增勝執持諸根故名識食若約三界

辯之叚食唯在欲界以色無色界無香味二塵餘之三食徧通三界故云一者一切衆生皆依飲食也

二謂名色者准智度論云一切諸法中但有名與色若欲如實觀但當觀名色雖癡心多想分別於異事更無有一法出於名色者一名者心但有字故曰名也即是心及相應所法雖有能緣之用而無質礙可尋既異於色復有心意識及諸所數法種種之別名故謂之爲名也　二色者有形質礙等法謂之爲色即世界一切依報及五蘊之初皆是質礙之法並無知覺之用既異於心意識故稱爲色故云二者名色也

三謂痒痛想者准阿差末菩薩經云菩薩自觀痛痒觀他痛痒而得意止擇求聖慧慕樂求寂正使遭樂不係在欲然此痒痛想即三受中之苦受也受乃領納義謂六根之識領受六塵之境三受者一苦受謂於六塵違情之境而有逼迫之苦是名苦受　二樂受謂於六塵之境而有適悅之樂是名樂受　三不苦不樂受謂於六受不違不順之境所受非苦非樂是名不苦不樂受故云三者痒痛想也

四謂四諦者准四教儀藏教生滅四諦釋之藏教者三藏之教也生滅者此教詮因緣生法有生有滅四諦者諦即審實之義謂聲聞人用析空觀諦審苦集滅道之法一一不虛（因緣生法者六根爲因六塵爲緣根塵相對所起之心名爲生法析空者析即分析謂分析五蘊等法皆空也）一苦諦苦即逼迫

之義有三苦八苦總而言之不出三界生死聲聞人諦審生死實苦故名苦諦　二集諦集即招集之義謂聲聞人諦審煩惱惑業實能招集生死之苦故名集諦　三滅諦滅即寂滅謂聲聞人既厭生死之苦諦審涅槃實爲寂滅之樂故名滅諦　四道諦道即能通之義謂聲聞人諦審戒定慧之道實能通至涅槃故名道諦故云四者四諦也

五謂五陰者准大乘廣五蘊論云蘊者積聚之義謂衆生由此五法積聚成身復因此身積聚有爲煩惱等法能受無量生死也亦名五陰陰即蓋覆之義謂能蓋覆真性也蘊陰合而言之謂積聚有爲蓋覆真性故一色蘊色即質礙之義謂眼耳鼻舌身諸根和合積聚故名色蘊　二受蘊受即領納之義謂六識與六塵相應而有六受和合積聚故名受蘊　三想蘊想即思想之義謂意識與六塵相應而成六想和合積聚故名想蘊　四行蘊行即遷流造作之義謂因六識思想諸塵造作善惡諸行和合積聚故名行蘊　五識蘊識即了別之義謂以眼耳鼻舌身意六種之識於諸塵境上照了分別和合積聚故名識蘊故云五者五蘊也

六謂六入者准法界次第云入即趣入之義謂六根爲六識所依能入六塵故名六入一眼入謂眼根爲識所依能入於色二耳入謂耳根爲識所依能入於聲三鼻入謂鼻根爲識所依能入於香四舌入謂舌

根爲識所依能入於味五身入謂身根爲識所依能入於觸六意入謂意根分別五塵能入於法故云六者六入也

七謂七覺意者准法界次第云亦名七覺分又名七覺支覺即覺了所修之法是眞是僞也分謂此七種法各有支派分齊不相雜亂故名分名支也擇進喜三覺分屬慧除捨定三覺分屬定念覺分兼屬定慧修此七覺即得入道一擇法覺分擇即揀擇謂用慧智觀察諸法之時善能簡別眞僞而不謬取虛僞之法故名擇法覺分

二精進覺分不雜名精無間名進謂修諸道法之時善能覺了不行無益苦行而於眞正法中常能用心專一無有間歇故名精進覺分　三喜覺分喜即歡喜謂心契悟眞法得歡喜時善能覺了此喜不從顛倒生住眞法喜故名喜覺分　四除覺分除即斷除謂斷除諸見煩惱之時善能覺了除去虛僞之法增長眞正善根故名除覺分　五捨覺分捨即捨離謂捨離所見念著之境善能覺了虛僞不實永不追憶故名捨覺分　六定覺分定即禪定謂發禪定之時善能覺了諸禪不生煩惱妄想是名定覺分　七念覺分念即思念謂修諸道法之時善能覺了常使定慧均平若心昏沉之時當念用擇法精進喜三覺分觀察諸法令不昏沉若心浮動之時當念用除覺分除身口之過非用捨覺分捨於觀智用定覺分入正禪定攝其散心令不浮動是名念覺分故云七者七覺意也

八謂八正道者准法界次第云謂此八法不依偏邪故名爲正復能通至涅槃故名爲道一正見謂修無漏道見四諦分明破外道有無等種種邪見是爲正見　二正思惟謂見四諦時正念思惟觀察籌量令觀增長是爲正思惟　三正語謂以無漏智慧常攝口業遠離一切虛妄不實之語是爲正語　四正業謂以無漏智慧修攝其心住於清淨正業斷除一切邪妄之行是爲正業　五正命謂出家之人當離五種邪命利養常以乞食自活其命是爲正命　六正精進謂勤修戒定慧之道一心專精無有間歇是名正精進　七正念謂思念戒定慧正道及五停心助道之法堪能進至涅槃是名正念（五停心者多散亂衆生數息觀多貪衆生不淨觀多瞋衆生慈悲觀愚癡衆生因緣觀多障衆生念佛觀）八正定謂攝諸散亂身心寂靜正住眞空之理決定不移是名正定故云八者八正道也

九謂九衆生居者准釋氏要覽云即三界九地也謂欲界雜居一地色界四禪分爲四地無色界四空分爲四地共爲九地地者有持載義九界衆生依之而居忉利天以下及四趣皆爲地居夜摩天已上至非非想天皆爲空居一五趣雜居地五趣者欲界六天人餓鬼畜生地獄也本該六趣以阿修羅通於諸趣故但言五雜居者五趣果報苦樂不同總居於欲界故也　二離生喜樂地即色界初禪天謂此天已離欲界欲惡之法得覺觀禪定而生喜樂住於此定一切苦惱皆不能逼也（覺觀者初心在緣曰）

覺細心分別曰觀也

三定生喜樂地即色界二禪天謂此天已離初禪覺觀動散攝心在定澹然凝靜而生勝定喜樂住於此定如人從暗室中出見日月光明朗然洞徹也　四離喜妙樂地即色界三禪天謂此天已離二禪天喜之踊動因攝心諦觀泯然入定而得勝妙之樂住於此定樂法增長徧滿身中也　五捨念清淨地即色界四禪天謂此天捨二禪之喜及三禪之樂心無憎愛一念平等清淨無雜住於此定空明寂靜萬象皆現也　六空無邊處地即無色第一天謂此天厭色界色質爲礙不得自在故加功用行滅一切色相而入虛空處定住於此定其心明淨無礙自在也　七識無邊處地即無色界第二天謂此天厭空處無邊轉心緣識與識相應心定不動三世之識悉現定中住於此定清淨寂靜也　八無所有處地即無色界第三天謂此天厭空處無邊識處三世流轉無際捨此二處而入無所有處定住於此定怡然寂靜諸想不起也　九非非想處地即無色界第四天謂此天厭無所有處如癡故捨之而入非非想處定住於此定不見有無相貌泯然寂絶清淨無爲也故云九者九衆生居然此九界皆非聖位不能超越生死得大解脱出家志趣涅槃故令知九界乃衆生所居也

十謂十一切入者即十徧處定也准法界次第云智度論謂八背捨爲初門八勝處爲中行徧一切爲成就此三種觀具足禪

體始得成就此定謂之徧一切處者從所觀境徧滿得名也　一青徧一切處定謂於定中還取八背捨八勝處中所見青色使徧一切處皆青故名青徧一切處定其黃赤白地水火風空識九徧一切處定亦爾故云十者十一切入也

毘尼作持續釋卷第六

音義

嬰 音英繫也

五欲 一財欲即世間一切資財也謂以財物爲養己之資故致貪求戀著不捨　二色欲即世間青黃赤白男女等色也謂人以色欲悦情適意故致貪求戀著不能出離三界　三飲食欲即世間餚饍衆味也謂人必假飲食資上沛命故致貪求樂著無厭　四名欲名即世間之聲名也謂人因聲名能顯親榮己故致貪求樂著而不知止　五睡眠欲即情識昏昧而睡眠也謂人之睡眠亦有時節若怠情放縱樂著無厭是名睡眠欲

三破 謂破戒見威儀也

媟嫚 上音屑下音慢謂汚也

二死 謂分斷變異二種生死也

繫草 昔有比丘途次逢羣賊得物而歸恐彼比丘洩露欲害賊中有一人知比丘法即將比丘就生草以草繫其法衣比丘守戒寧至饑死不傷於草也

鵝珠 昔有比丘乞食至一珠師家珠師篤信即起取食與比丘有一赤珠落地其家養一鵝鵝見赤珠即吞入腹後珠師將食比丘視不見珠謂比丘偷取索之比丘言不取汝珠彼怒痛打比丘垂死此比丘守戒故寧死不言鵝吞恐傷牛命故彼珠師怒極鵝在前遊彼一脚蹋死比丘見鵝已死乃言汝珠是此鵝吞爾珠師割鵝得珠求悔增信也

七有爲福 一興立佛圖僧房堂閣　二園果浴池樹木清涼　三常施醫藥療救衆病　四作堅牢船濟渡人民　五安設橋梁過度羸弱　六近道作井渴乏得飲　七造作圖廁施便利處是爲七事布施轉身得生梵天受福報故

華屣 生曰華熟曰皇皮履也

瘻 音閭曲脊也

寢 卧也

景 大也

適 音的專主也

十二類生 一卵生即魚鳥黿蛇之類　二胎生即人畜龍仙之類　三濕生即含蠢蠕動之類　四化生即轉蛻飛行之類　五有色即休咎精明之類　六無色即空散銷沉之類　七有想即神鬼精靈之類　八無想即精神化爲土木金石之類　九非有色即水母以蝦爲目之類謂水母本無自類之色相故曰非有色相以水沫爲身以蝦爲目故曰成色也　十非無色即咒詛厭生之類咒詛亦呼召

耳厭即禱也如蝦蟇以身附卵然後生長非辟則壞又如孔雀雌者聞雄者鳴即有娠生離此等物類由厭禱而生也　十一非有想即蒲盧等異質相成之類蒲盧者螺蠃也取青虫以爲已子青虫非蒲盧之類故日非有想相而能成已之子故成想也　十二非無想即土梟等附塊爲見及破鏡鳥以毒樹果抱爲其子子成父母皆遺其食之類

劇 音極增也甚也戲也

三苦 一苦苦謂有漏五陰之身性常遍迫名苦　又與苦受相應即苦上加苦故名苦苦　二壞苦謂樂相壞時苦相即至名爲壞苦即樂極悲生是也　三行苦行苦者即有漏之法四相遷流常不安隱也

八苦 謂生老病死愛別離怨憎會求不得五陰熾盛八也

澹然 謂恬靜無爲貌

八背捨 背謂違背捨即捨棄大智度論云背此淨潔五欲捨此著心故名背捨修此觀故發無漏智慧斷三界見思惑盡證羅漢果欲界色聲香味觸名麤弊五欲色界無色界色等名淨潔五欲也　一內有色相外觀色謂行人先觀自已色身相狀壞爛不淨不可愛樂一心靜定更想皮肉肬落但見白骨有八色光明八色光明者謂見地色如黃白淨地見水色如淵中澄清之水見火色如烟新清淨之火見風色如無塵清風見青色如金精山見黃色如蒼蔔花見赤色如春朝霞見白色如珂雪也故云內有色相又爲欲界貪欲難斷雖已自觀內色不淨故須復以不

淨觀於他人之色令生厭惡以求斷除故云外觀色此初背捨位在初禪天定　二內無色相外觀色謂行人爲入二禪已滅內身色相故云內無色相又爲欲界貪欲難斷故猶觀外不淨之相令生厭惡以求斷除故又云外觀色此即第二背捨位在二禪大定　三淨背捨身作證淨即緣於淨相也謂行人於第二背捨後除棄外色不淨之相但於定中練習八色光明清淨皎潔猶如妙實之色故云淨背捨心既明淨樂漸增長徧滿身中悉皆怡悅故云身作證此即第三背捨位在三禪天定　四虛空處背捨謂行人於欲界後已除棄自身不淨之色初背捨後又除棄內身白骨之色第二背捨後又除棄外身一切不淨之色尚餘八種淨色皆依心住若心捨色色即謝滅一心緣空與空相應即入無邊虛空處定故云虛空處背捨此即第四背捨位在四禪天定　五識處背捨謂行人若捨虛處一心緣識入定時即觀此定依五陰等悉皆無常苦空無我虛妄不實心生厭背而不受著故云識處背捨　六無所有處背捨謂行人若捨識處一心緣無所有處入定時即觀此定依五陰等悉皆無常苦空無我虛妄不實心生厭背而不受著故名無所有處背捨　七非有想非無想處背捨謂行人若捨無所有處一心緣非有想非無想入定時即觀此定依五陰等悉皆無常苦空無我虛妄不實心生厭背而不受著故名非有想非無想背捨

八滅受想背捨受即領納想即思想即五陰中受想二心也謂行人厭患此心散亂欲入定休息故背滅受想諸心共名滅受想背捨

八勝處

謂修八背捨後觀心純熟禪變自在若淨若不淨隨意能破也初二勝處位在初禪第三第四勝處位在二禪第五乃至第八勝處位在四禪三禪不立勝處者以三禪天樂多心純故不立也一內有色相外觀色少若好若醜是名勝知勝見謂行人先觀自已色身相狀壞爛不淨不可愛樂一心靜定更想皮肉脫落但見白骨有八色光明故云內有色相又以觀道未增若觀多色恐難攝持故觀少色是以自觀已身不淨亦觀所愛之人身亦不淨故云外觀色少若好若惡者謂觀外諸色善業善果故名好惡業惡果故名醜或時繫心一處觀欲界中色能生貪欲者是淨色名爲好能生瞋恚者是不淨色名爲醜勝知勝見者謂觀心純熟於好色中心不貪愛於醜色中心不瞋恚也　二內有色相外觀色多若好若醜是名勝知勝見謂行人先觀自已色身相狀壞爛不淨不可愛樂一心靜定更想皮肉脫落但見白骨有八色光明故云內有色相觀於內身色相既熟則觀外色雖多亦無妨礙所謂諦觀一死屍至十百千萬等死屍若觀一胖脹時悉見一切胖脹乃至壞爛青瘀剝落亦復如是故云外觀色多若好若醜勝知勝見如上　三內無色相外觀色少若好若醜勝知勝見謂行人入二禪已滅內心色相故云內無色相又以觀道未增若觀多色恐難攝持故觀少色是以自觀已身不淨亦觀所愛之人身亦不淨故云外觀色少若好若醜勝知勝見如上　四內無色相外觀色多若好若醜勝知勝見謂行人入二禪已滅內身色相故云內無色相觀內身色相既無則外色相雖多亦無妨礙餘同上二中無異蓋行人爲欲界煩惱難破故於第二禪中重修第三第四勝處滅欲界煩惱令無遺餘亦令觀道增進牢固不失工夫轉勝也　五青勝處謂行人觀青色照耀勝於背捨八色光明中所見青相不起法愛故名勝處　六黃勝處謂行人觀黃色照耀勝於背捨八色光明中所見黃相亦不起法愛故名勝處　七赤勝處及八白勝處此二如上青黃勝處釋

曇無德部四分律删補隨機羯磨卷第七

唐京兆崇義寺沙門道宣　撰集
清金陵華山後學比丘讀體　續釋

○諸戒受法篇第三之三

○比丘受戒法

佛言善來比丘破結使比丘三語比丘邊地持律五人受戒比丘第五中國十人受戒比丘上列五受並正律文善來三語唯局佛在餘三通於滅後也

釋善來比丘者按母論云佛初遊波羅柰國至鹿野苑爲阿若憍陳如等五人三轉法輪陳如等見法證法深解法性具儀禮佛白言世尊唯願聽我出家修於梵行世尊告言善來比丘聽汝於我法中修於梵行盡於苦際此憍陳如即得出家即得具足戒世尊言已身上所著婆羅門服乃至鬚髮即皆墮落沙門法服自然在身威儀庠序手執應器如二十年學法者如是等千二百五十人皆豪貴巨富本是外道佛出世已受語時至皆來詣佛欲求出家其最後者名須跋羅如此人等俱是善來比丘其所得果俱是無漏最後身者何以故如來自神口所説故爾餘人邊不能得也

破結使比丘者亦名上受具准母論云如有一人盡一切漏未滿二十已受具足即於比丘法中而生疑心同住比丘知其生疑往白世尊佛語漏盡比丘汝數胎中年乃至閏月皆數滿否答言不滿佛即問諸比丘此比丘得阿羅漢耶諸比丘白佛得阿羅漢佛言此是上受具也若詳明破

結使者結謂結縛由塵發知因根有見根境對待貪著結縛繫於三界生死不能脫離也使謂十使煩惱分五利五鈍五利者一身見謂衆生於五蘊法中妄計爲身故二邊見謂於身見中或斷或常各執一邊故三邪見謂邪心取理撥無因果斷滅一切善根故四見取謂於非眞勝法中謬計涅槃心生取著於邪見中生正故五戒禁取謂諸外道於非戒中謬計爲戒如持牛狗戒等以爲眞戒取以進修故此五種妄惑動念即生造次恒有故名利使也五鈍者一貪謂貪著世間五欲恣縱心情引取無厭足故二瞋謂於逆情境上起諸瞋恚忿怒惱亂自他故三癡謂迷心緣境於一切法不能明了故四慢謂自恃種姓富貴有德有才輕篾於他故五疑謂迷心乖理於諸法猶豫不決不能通達故此五種惑由推前五利而生對利説鈍故此十通名使者使以驅役爲義能驅役衆生心神流轉三界故通受使名也准三界開爲八十八使以苦集滅道攝之謂苦下具一切成三十集滅各除三除身邊戒禁取各具七成四十二連前苦下三十共七十二道除於二見除去身邊各具八成二十四連前共九十六上界不行瞋又於色界無色界除瞋惑八止有八十八使也若斷此三界八十八品見惑盡即得初果須陀洹華言入流又云預流謂此人預入聖道法流也又三界九地每地有九品微細思惑其欲界上上品要二生斷上中品上下品共要

二生斷謂獨也二共也二中上品要一生斷中中品中下品共要一生斷謂獨也一共也一若斷此欲界六品思惑盡即得二果斯陀含華言一來謂此人欲界九品思惑中斷前六品盡後三品猶在須更來欲界一番受生也下上品要半生斷下中品下下品共要半生斷謂獨也半共也半若斷此欲界下三品思惑盡即得三果阿那含華言不來謂此人斷欲界後三品盡更不來欲界受生也上二界共八地有七十二品思惑若斷盡得四果阿羅漢華言無學謂此人斷色無色界思惑盡四智已圓已出三界已證涅槃無法可學也此約漸斷而言若是利根則三界見思一斷頓斷不須欲界往返七生故云破結使比丘也

三語比丘者於集法緣成篇對首羯磨中已明　邊地持律五人受戒比丘者按皮革揵度云大迦栴延尊者居阿槃提國彼有億耳受優婆塞戒已後乞出家受具此國少比丘爲僧數難滿三年乃得後以此因緣白佛佛言自今已去聽邊國五人受具足戒　中國十人受戒比丘者即下授法是也然上所列五種受具並同諸部正文其善來是佛神口所召三語爲僧初出敎化此二唯局佛在世時餘三則通於佛滅度後今總列五種者俾知始末而名同受別故也

○授比丘戒緣

戒是生死舟航正法根本必須緣集相應有違雖授不得今解二種羯磨具足五緣

方成

釋此文將出授具之法先示戒德難思功愈衆行令曉緣集詳揀壞成也戒是生死舟航者良以一切衆生輪迴六道生死無休謂之沉淪苦海若受持具戒依戒精脩能證涅槃謂之得到彼岸故廣律頌云譬如人渡河用手及浮囊雖深無没憂便能到彼岸如是佛弟子脩行禁戒本終不迴邪流沉溺生死海故云戒是生死舟航也正法根本者謂如來滅後時臨末運大道將隱微言且絶斯際唯戒匡維持續慧命遺敎經云汝等比丘於我滅後當尊重珍敬波羅提木叉此則是汝等大師如我住世而無有異故云戒是正法根本也必須緣集相應有違雖授不得者謂三如可以臨壇七非切勿授受也二種羯磨者卽法中二部授具羯磨具足五緣方成者是句總標下文别釋

一能受之人有五種一是人道故律云天子阿脩羅非人畜生不得戒故論云三歸五戒唯人有餘道所無

釋初句就五緣中别標其一以明能受之人復有五種一者六道衆生唯是人道堪受謂受具入僧見聞起信爲世福田化利令欣設無種族不從親生此則有異人倫興俗疑畏難堪弘道無益法門故引律論證明也若准論文云天龍鬼神若受五衆戒大小不得盡得受三歸今云三歸五戒餘道無者是以出家五衆歸戒遮之就聲聞乘而言住世僧寶也若大乘戒則宗義

復別不在斯例
二者諸根具足律云若狂若聾若瘂身相不具百遮等人一切能汚辱衆僧者皆不得故
釋諸根具足者謂人相非虧六無殘闕上云唯人得受是對餘道聽允此謂人中猶含遮難理須揀擇葢玉有瑕非良璧材若樗非棟梁故引律證狂者自心不能審其得失聾者師前聽授莫知秉宣瘂者心雖明了領奉難言身相不具百遮等人廣如受戒揵度中說緣由世俗譏嫌有辱僧倫故制直至今時受具咸遵縱能發最上心唯於大乗戒中乃可收之比丘戒中無聽雜糅
三身器清淨薩婆多云先受五戒八戒曾破重者更受十戒不得故律云先受戒破於重戒還來受者名邊罪難又白衣沙彌造諸重業並十三難攝故
釋身器者以父母之生身爲載道之法器謂清淨妙戒必須清淨身心方能領受若是破穢之器不能盛載上選外相此簡內器故先引論以明破諸戒之根本重樓絶登次復引律以明破比丘之性重元體難發又若白衣時及沙彌時所造諸重業制不容受者並攝十三重難如正法中二處嚴詰者是也
四出家相具律云應剃髮著袈裟與出家人同若著俗服外道服衆莊嚴具裸形等不名受具故
釋出家相具者揀非類俗若緇素不分則

法道滅矣故引律制云雖始出家方求進具必要剃除鬚髮身著袈裟與久出家修梵人同不得有異此謂毀其形好應法服故著俗服者西域居家皆用白氎覆肩纏頸繞身而下外道服者謂以輭草樹葉鳥羽獸毛及皮等作衣衆莊嚴具者謂耳鐶手鐲項圈臂釧等彼國男女以此莊嚴也裸形者謂赤體無衣披覆故佛言如是等人不名受具此亦因世譏呵故禁不聽

五得少分法律云不與沙彌戒而受具戒衆僧得罪故

〔釋〕此謂受者至誠無疑故成受具秉制躐等過責師家准律十僧皆犯越毘尼罪

第二所對有七一結界成就以結界不成羯磨無所依故

〔釋〕已上但明能受之人此明所對有七內復兼三一者謂界爲所依一切僧法爲能依若所依不成就則一切能依皆不成就故律云若大界衆有不同意者聽界外別結小界授戒爲令羯磨有所依託故

二有能秉法僧以白四聖敎非法衆者不合秉故

〔釋〕謂受具羯磨是法王金口自須成善之法須一往持戒知法者方能秉宣若縱知羯磨自不清淨難容白唱猶宣天子之勅豈用有過之臣哉

三僧數滿足非謂頭數滿十毘尼母云和尚二阿闍黎並須如法七僧爲證皆清淨明曉故律云若無和尚若十衆不滿如不滿數中所明皆不成就故

釋此正明中國十人受具然十中亦有遮聽非謂人數滿十而已故引母論釋明於三師云並須如法於七證云皆清淨明曉此乃譯文互兼分則語殊合則義同若非清淨明曉之人於十師僧一無堪任按增一揵度中佛言比丘成就五法應授人大戒知威儀戒知增淨行知波羅提木叉知白知羯磨（反上五法不應授）復有五法應授人大戒知犯知懺悔知犯已懺悔清淨知白知羯磨（反上五法不應授）復有五法應授知有難法知無難法知白知羯磨滿十歲（反上五法不應授）豈但數滿不知法者不聽即是如法臘不滿十亦遮故第二分受戒揵度云若無和尚若十衆不滿不名受具如不滿數中所明者謂十誦中睡眠亂語憒鬧壞心如是等人不成受戒足數此文所以總結云皆不成就故嗟今或懸像受具禮過去僧爲師或遥請臨壇以未面者作證味斯律檢寧不思歟

四界内盡集和合律云更無方便得别衆羯磨故

釋於作法時先鳴槌集衆僧中請師次入戒場禮佛登壇待衆出已方秉羯磨由請在大界所以集衆而授在戒場所以羯磨場界非一畔各有分蓋遵斯制故不索欲若處無戒場即在大界受具者准後差人問緣時應先和僧索欲不得例場不索欲也

五有白四教法毘尼毋云羯磨如法故

釋母論云羯磨不成者或言語不具亦前

後不次第說不明了羯磨成者言語具足前後次第說亦明了今云如法者謂成也六資緣具足律云若無衣鉢若借他衣鉢並非法故

釋若論比丘資緣道具應有六物隨身謂三衣一鉢尼師壇漉水囊也今始登壇乞戒唯衣鉢是其正緣全則聽受闕則當遮故律制授時兩處嚴審四翻重詰若無衣鉢形類白衣僧相莫顯若借衣鉢授已還主仍同自無邇來牢籠新學私聽借已登壇公故問而應事沿習倍多革非有幾七佛法時中毘曇論云若至法滅一切結界受戒皆失沒故

釋此叙時慶慎也佛法時中者謂今雖未面覩相好親聞妙法幸而能依律結界受戒為僧利生是名末運善住正法佛後豈攝難中宜當慶慎須知遭際難逢也准論若至末法滅盡之時欲求結界受戒皆不可得由世無真僧毘尼隱沒故

第三發心乞戒律云若受戒人自不稱名不稱和尚名教乞而不乞若眠醉瞋恚若無心受皆不得戒故

釋發心者雖多生受熏善因自具非藉外緣無由感發此以見聞為緣見者謂自閱經教信戒功能及見諸善知識或幽居蘭若清雅行豊或法幢高顯弘化德重以是見樂發心聞者謂雖自不閱教及見他人然聞讀誦講演通讚持戒為修行本以是聞樂發心既發心已依投明師乞受戒法於正授受時須自稱名識師尊諱一心諦

受如渴思飲若應言不言教乞不乞不識師名不採法音心散神馳念無正信者皆不得戒故引律證之其眠醉瞋恚於前別衆義中明矣

第四心境相應或心不當境或境不稱心或心境俱不相應並非法故

（釋）心境相應者此以二義釋之一唯内二兼外唯内者此心即第六散位獨頭意識也此識緣受所引色謂不對五根緣五塵境是緣五根受過五塵境也所以將秉白四感發戒體和尚先爲開導緣境發心若開導明了受者聞解已所緣與開導無異戒體同境徧周是爲心境相應若開導之境周徧而能緣之心下劣是爲心不當境若受者之心廣大而開導之境徧局是爲境不稱心若受者發心未真開導不契機宜是爲心境俱不相應也兼外者若壇儀整肅作法精嚴十師清淨可恭受者發心至誠是爲心境相應若儀式草率作法無規以不喜者臨座爲師受戒人心存異念是爲心不當境境不稱心若無心粿入受衆作法多違制意是爲心境俱不相應故總結云並非法故

第五事成究竟始從請師終於受竟前後無違得名辦事正授戒體前具八法

○初明請師法

律云弟子無師教授故造作非法佛言當立和尚弟子看和尚當如父母想敬重相瞻視又病比丘無人看故便置命終佛言當立弟子應共相敬重瞻視便得正法久

住增益廣大和尚看弟子當如兒想

釋此引受戒揵度造作非法者謂多犯威儀故教授者謂自諳法律威儀躬行復能教誨後學令彼聞記於心如教而行故立和尚以統攝之弟子者梵語室灑謂學在我後名弟解從師生名子古以和尚弟子稱云師資謂師有匠成之能學者具資稟之德資則捨父從師敬師如父師之謙讓處資如弟彼此敬重互相瞻視正法得以久住增益廣大者實由師資相攝財法兩濟日新業進行久德固若師無率誘之心資闕奉行之志二彼相捨不互敬瞻别妄流鄙境欲令僧尊道重廣大法門安可得爾故先引緣俾知制意也

善見云以初不請故後便違教佛制令請也若依本律請法不在僧中今依十誦僧祇令受戒人先入僧中教使次第一一頭面禮僧足然後請之

釋此引律明請證法有據今唯依科釋義其加儀登壇須閱二壇傳戒正範

當偏袒右肩脫革屣右膝着地合掌教如是請言

大德一心念我某甲今請大德爲和尚願大德爲我作和尚我依大德故得受具足戒慈愍故

三說已僧祇云衆中請已和尚應語彼喜心律本言

可爾教授汝清淨莫放逸

依佛阿毘曇中二阿闍黎亦有請師法即准上文餘師義例

釋餘師義例者謂律制七僧作證而無請法今應准義例之亦加請法也而云受具足戒者决定論云比丘具足戒四分義攝一受具足謂白四羯磨以三羯磨通前單白故名白四二隨具足謂從他向後隨一一戒常持覆護三護他心具足謂比丘一分威儀具足名護他心四具足守戒謂於小罪見畏不犯若有犯者悉皆發露清淨其體也

○二安受者所在

佛言受戒之人不得在空隱沒離見聞處若在界外其和尚及足數人亦不得在空乃至界外佛言當立受戒者眼見耳不聞處立也

釋文中引律前明揀人非後明安所在爲單二白四一切羯磨非未受具者得聞今諸師已入戒場登壇將秉單白差屏教師所以安沙彌立處葢有二義一者且令遥瞻壇儀師範欣增誠信故二者防恐問中有犯輕遮仍是沙彌故根本部云教其一心合掌向衆虔誠而立也

○三差人問緣

時有欲受戒者將至界外脫衣看稽留受戒事佛言不應爾自今已去聽於先問十三難事然後受戒師當問云衆中誰能與某甲作教授師若有者答言我某甲能戒師應和僧索欲已白言

釋作此前方便答云授具足戒羯磨白言

大德僧聽彼某甲從和尚某甲求受具足戒若僧時到僧忍聽某甲爲教授師白如是

○四出衆問法

五分律云應安慰言汝莫恐懼須臾持汝著高勝處等已取其衣鉢示語言

釋文云著高勝處等已按彼律云單白差教師已教師一問和尚二問阿闍黎至和尚所具儀問云已度此人未爲作和尚未弟子衣鉢具否若言已度已作已有衣鉢應如是安慰今唯取安慰之語餘並畧之但云等已所以畧者由今非佛世乃各從方來衣鉢自備已經乞請若如彼律問者言事皆虛反侮正制故所言高勝處者謂天人魔梵婆羅門衆中比丘僧最爲第一如是安慰者令生希有想慶預僧倫故取彼衣鉢示之者爲令知其名相守持故應言

此是安陀會此是鬱多羅僧此是僧伽黎薩婆多云此三衣名九十六種外道所無唯佛法中有今故示汝也此是鉢多羅十誦云鉢是恒沙諸佛標誌也此衣鉢是汝有不（答言）是

釋衣鉢名相三壇正範詳明外道者謂邪心見理發於邪智不稟正教故名外道九十六種皆六師之裔派不越斷常二見准輔行云六師元祖是迦毘羅（此翻黃色）支流分異遂爲六宗一富蘭那迦葉此人邪見謂一切斷滅無君臣父子忠孝之道二末伽黎此人邪見謂衆生苦樂不由自行而得皆是自然三删闍夜毘羅此人邪見謂道不須求八萬劫滿自然得道四阿耆多此人邪見非因計因著麤弊衣自拔其髮以烟熏鼻及五熱炙身修諸苦行爲道自謂

今身併受諸苦則後身常得樂也五迦羅鳩馱此人謂諸法亦有相亦無相即邪見也六尼揵子此人謂罪福苦樂本有定因要當必受非道所能斷如此計者即是邪見也鉢是恒沙諸佛標誌者按受戒揵度云佛始成道於菩提樹下跏趺而坐七日不動受解脫樂有二賈客車載財寶去菩提樹不遠而過樹神篤信佛故與二賈客宿爲知識欲令得度往至彼所教以蜜麨奉獻世尊二人聞喜如教禮奉世尊作念過去諸佛以何受食時四天王立佛左右知佛所念即往四方各取一石鉢奉上世尊白言願以此鉢受彼賈人麨世尊慈愍以四鉢合成一鉢受彼麨已說法開化二人受二歸而去准教中釋迦世尊亦以衣鉢授之飲光尊者於雞足山入定待彌勒佛出故知佛佛出世皆以衣鉢而爲標誌也

諸部中亦即加受法者也（受法已明正範）應語言

善男子諦聽今是至誠時實語時我今當問汝汝隨我問應答若不實者當言不實若實言實汝不犯邊罪耶（答）無（答言無者應語言）汝應不識此罪名謂曾受佛戒已犯於四重即是佛法海外人故名邊罪汝不有耶

義決云凡問難有無意在相解故中邊不相領解尚不成犯戒捨戒今雖問而不識者與不問無別律云不成受戒故以下類此可知之

（釋）謂此是十三難之初問以下十二難問名已復出義更如此問之下並畧汝不有

耶之句類此可知之
汝不污比丘尼耶答無僧祇律云謂白衣時
污淨戒尼梵行
釋准十誦云若以婬污比丘尼未受者不應受已受者應滅擯若以身相觸比丘尼未受者應受已受者不應滅擯尼先自壞後彼壞者不名污尼攝邊罪中
汝非賊住耶答非謂白衣沙彌時盜聽說戒羯磨同僧法事
釋准十誦云若再三聽布薩是人未受不聽受受已滅擯若一布薩或聽或不聽未受聽受已受不應滅擯然同布薩謂盜僧臘若同利養謂盜僧物
汝不破內外道耶答無謂曾作外道來受具足戒後復入外道今又重來受具足戒者

汝非黃門耶答非謂非生揵妒變半月自截等六種者
釋生謂人從生來男根不具名生不男揵謂人以刀去男根名揵不男妒謂男根似無見他行婬因生妒心遂感有根名妒不男變謂能變現也遇男則變爲女遇女則變爲男名變不男半謂半月能男半月不能男名半不男自截者亦揵不男攝由分自他故云六
汝非弒父耶答無　汝非弒母耶答無
釋弒者以下殺上乃大逆也十誦律中佛言若知是父母無有異想不誤殺未受不應受已受應滅擯
汝非弒阿羅漢耶答無
釋漏盡聖果爲他害者乃最後身必受之

報然作此業者未受不應受已受應滅擯緣興阿練若如律所明

汝非破和合僧耶答無　汝非惡心出佛身血耶答無

僧祇云此二難佛滅度後無佛久涅槃依舊文問

釋破和合僧即破僧倫也薩婆多論云破僧倫下至九人一人自稱作佛界內界外盡破但破俗諦僧唯在南洲犯逆罪偷蘭遮不可悔此並出佛身血皆謂達於佛所起惡心爲也今非佛世故引僧祇云云爾

汝非是非人耶答非謂諸天鬼神等變爲人形而受戒者

汝非畜生耶答非謂有龍畜能變形爲人而來受戒者

汝非二形耶答非謂此身中具男女二根正乖道器汝今有不

應一一具解問已若答無者

汝今字誰答某甲　和尚字誰答上某下某

年歲滿不答滿

此三事及十三難並須一一問答以不具故不得戒

釋前問十三總屬重難此三並下皆攝輕遮今以輕例重者謂已字年庚此所必知和尚尊名由聞歸禮斯三不請則至愚極矣律制倍嚴羯磨文中牒顯此三故例同重問也

衣鉢具足不答具　父母聽汝不答聽　汝非負債人不答無　汝非奴不答非　汝非官人不答非

釋若辟君親已棄名爵負債主允已得自由事無拘礙並可容受若反此應遮

汝是丈夫不（答）是

律本云年滿二十者能耐寒熱風雨饑渴持戒一食忍惡言及毒蟲十事是丈夫相

釋律制十種逆境堪忍者以表居丈夫之相倘受具有年輙稱上座而不禁過午或三壇戒竟即勸任餐此則與律相違遠矣其丈夫之名位安在哉

僧祇云二十已上七十已下有所堪能是丈夫位得與受戒若過若減縱有所堪及是應法而無所堪者並不得與受戒

釋僧祇律於度沙彌云若過七十能修習諸善業得度此云若過七十若減七十縱有所堪不得受戒前許者但令植出世因僅持十戒而已今復遮者謂力雖少健記誦無能恐入僧數隨摩和羅類也及是應法而無所堪者應法謂年十四至二十之沙彌輩是

丈夫有如是病癩（即疥癩）癰疽（六腑不利則生癰五臟不利則生疽）白癩（即大瘋病）乾痟（即渴勞病也）癲狂（謂失本心）汝無如此諸病不　並依有無具答

釋前於緣內以明身相不具百遮等人一切汚辱衆僧者皆不得受大戒此間但問五病者是以後制總攝前緣此遮彼亦盡遮准律云時摩竭國界有此五病人求耆婆治者云我唯醫王及佛弟子彼等思已即出家受具復就治之病好罷道路逢耆婆問知其故耆婆白佛故有此最後五制也

如我今問汝僧中亦當如是問如汝向者答我僧中亦當如是答（教授師應正理威儀已便告言）待至僧中召命當來

○五白召入衆法

佛言彼教授師問已還來衆中如常威儀相去舒手相及處立當作如是白言

大德僧聽彼（某甲）從和尚（某甲）求受具足戒若僧時到僧忍聽我（某甲）已問竟聽將來白如是

作此白已應喚言汝來來已當爲捉衣鉢在戒師前右膝着地合掌當教如是乞

【釋】喚來已爲捉衣鉢者此儀是律受唯一人今時從開以三人一受衣准他部受之著身鉢掛右肩非手自捧故師但名來教乞爾

○六明乞戒法

彼教授師如前教已（將受者登壇於諸師前長跪合掌）應語言計乞戒法（計吉列切音結）汝應自陳但以不解故我教汝應言

大德僧聽我（某甲）從和尚（某甲）求受具足戒我（某甲）今從衆僧乞受具足戒（某甲）爲和尚願僧慈愍故拔濟我　三乞已教師復坐

【釋】時來多有依稀受具教授問已他引教乞須思教授非差莫任他人豈替稱名斯則法犯相似人隨全非既爲人師何惜倦勞而干正制

○七戒師和尚問法

【釋】此科目標云戒師和尚問法者乃雙標單用也若問難羯磨任在戒師其開導發體必依和尚若云和尚位尊全不言者何

以謂從和尚乞受具足戒耶豈請啞羊僧登壇而乞木偶人爲範會究其由爲撰集弘戒法儀始於輔化意急流布朦朧主座者謂和尚位尊不須開言作法秉白俱在闍黎如是莫過暫時行用遂以爲恒執肯反之

應作白言戒師作白

大德僧聽此某甲從和尚某甲求受具足戒此某甲今從衆僧乞受具足戒某甲爲和尚若僧時到僧忍聽我問諸難事白如是

○八正問法　應言

此安陀會鬱多羅僧僧伽黎鉢多羅此衣鉢是汝有不答言是　又語言

善男子諦聽今是至誠時實語時今隨所問汝當隨實答僧祇律云汝若不實答便欺誑諸天魔梵沙門婆羅門諸天世人亦欺誑如來及以衆僧自得大罪也

【釋】此引僧祇先誡勸眞實也謂天見其隱動念即知人見其顯既作焉諱若有答無便欺諸天世人而諸天世人亦可欺佛既天人不敢欺誑於佛其受者又豈可欺誑天人若欺自得妄語罪也

汝不犯邊罪耶答無　汝不犯比丘尼耶答無　汝非賊心受戒耶答非　汝非破內外道耶答非　汝非黃門耶答非　汝非弑父耶答無　汝非弑母耶答無　汝非弑阿羅漢耶答無　汝非破和合僧耶答無　汝非惡心出佛身血耶答無　汝非非人耶答非　汝非畜生耶答非　汝非二形耶答非

汝字何等答某甲　和尚字誰答上某下某

年滿二十未答滿　衣鉢具足不答具
父母聽汝不答聽　汝不負人債不答無
汝非奴不答非　汝非官人不答非　汝是
丈夫不答是　丈夫有如是病癩癰疽白癩
乾痟癲狂病汝今有如是病不答無
並依問已有無具答詞義相領同前教授
(釋)先差屏問者令師審驗身根揀選全器壇上復審詰者令衆僧察聽證盟可否所以二處所問之事是一兩制之意不同已上請師至此明前具八法竟

○二正授戒體法

薩婆多毘婆沙云凡欲受戒先與說法引導開解令於一切境上起慈悲心便得增上戒應與彼言六道衆生多是戒障唯人得受猶含遮難不必並堪汝無遮難定得受戒汝當依論文發增上心所謂救攝一切衆生以法度彼

(釋)此明羯磨正授戒體和尚須先准論開導也若開導不明則授受未獲大益良由衆生從無始來於一切境上造諸惡業而惡徧法界故如來隨造惡之境制無邊之戒欲令受戒者以現前第六識心之思業方用運想法界一切情非情境於此境上誓願斷惡修善以法濟度衆生斯謂之起慈悲心便得增上戒若聞開導已不能緣如是廣大境復不能發慈護無損害念者謂之下品心但得下品戒然以心緣境時而境從心現其所現境非有表色即是一切塵境之體亦即受戒之因若未聞開導未緣想已前此境於已無繫一緣想已後

此法界塵境體恒依自心念念守護刻刻不忘是故戒爲能依心是所依心法和合不一不二是名正白四授戒時感發無作之當體也

又戒是諸善根本能作三乘正因又戒是佛法中寶餘道所無又能護持佛正法久住又羯磨威勢衆僧大力能舉法界勝置汝身心中汝當一心諦受

釋此讚戒令增信敬也初句謂以戒爲本修因方能成就無漏功業故次句謂戒是佛法中解脱寶一切外道所無故第三句謂世有僧伽嚴淨毘尼能令如來正法久住故羯磨威勢者謂依白四聖教能轉沙彌性體成比丘性體故衆僧大力者謂藉十僧戒功德力乃克成就戒身故末句總結而云舉置者謂不聞開導不知緣境發心亦聞知已如法受持永無遺忘故云舉置身心中也

戒師應作白言

大德僧聽此某甲從和尚某甲求受具足戒此某甲今從衆僧乞受具足戒某甲爲和尚某甲自說清淨無諸難事年滿二十三衣鉢具若僧時到僧忍聽僧授某甲具足戒某甲爲和尚白如是

僧祇云作白已問僧成就否乃至羯磨第一第二第三亦如是

釋羯磨應成之制諸部咸闕若白唱已不一一問成者則七僧臨壇虛設證戒以何爲憑故引僧祇以全原制也

十誦云羯磨受戒時當一心聽莫餘覺餘

思惟應敬重當正思惟心心相憶念應分別之違者突吉羅罪

釋復引十誦者乃誡勉授受之人也謂凡登壇爲師座雖列十願必是同並須心存制典念切利生息滅異緣量度非是庶不愧其所任爾彼乞受者應澄神靜慮內則發心緣境外則諦聽羯磨自慶須臾即入僧數否則師干侮制資罔勞形二俱無益所以古壇儀中十師就座將作法時壇主先白衆者皆准此十誦之義也已上單白下正羯磨云

大德僧聽此某甲從和尚某甲求受具足戒此某甲今從衆僧乞受具足戒某甲爲和尚某甲自說清淨無諸難事年滿二十三衣鉢具僧今授某甲具足戒某甲爲和尚誰諸長老忍僧與某甲授具足戒某甲爲和尚者默然誰不忍者說是初羯磨第二第三亦如上次第問答無違者得僧已忍與某甲授具足戒竟某甲爲和尚僧忍默然故是事如是持

善見論中及律並云受具足已和尚阿闍棃等爲當記春夏冬時某月某日乃至量影等時受具足戒

釋凡三小衆出家受戒已但論生年若二部受具入僧後唯序夏臘此出世禮制不容紊所以白四竟受具戒已和尚阿闍棃等爲彼新比丘言當令記識受戒年月日時無忘以便座次受施稱尊作禮西域國風每歲三際無秋此方時令一年四季分節今准東土春夏秋冬月日誌之量影者復於一日中明受具時也根本百一羯磨

云作法了時即應量影苾芻足度其影便過佛言應作商矩可取細籌長二尺許折一頭四指豎置日中度影長短謂曰商矩一一商矩所量之影皆悉名爲一人此影長齊四指時看自身影與身相似若增減准此應思量影訖時應告彼云汝在食前近圓或在食後影長爾許若一指二指一人半人二人三人等如其在夜或是晝陰即可准酌告之謂是初更夜半乃至天明等若按本律云和尚應語和尚不語者阿闍棃等應語如十僧中無一人語者皆得越毘尼罪

○次説隨相法

時有比丘受具足已衆僧捨去既不識犯便造重罪佛言自今已去作羯磨已當先與四波羅夷法

釋此引制緣時受具已師僧先去彼有本二去此不遠因勤作最後事故犯衆僧問何故後來彼具説之衆僧訶擯彼云汝何不先語我我當避之以是因緣佛制羯磨竟即隨爲説四重戒相令知持犯也

善男子聽如來至真等正覺説四波羅夷法若比丘犯一一法非沙門非釋子汝一切不得犯婬作不淨行若比丘犯不淨行受婬欲法乃至共畜生非沙門非釋子

爾時世尊與説譬喻猶如有人截其頭終不能還活比丘亦如是犯波羅夷法已不能還成比丘行汝是中盡形壽不得作能持不答

能持

釋此四重戒犯相輕重於止持中詳明今

但畧合法喻也如來至真等正覺如前三歸法所釋而云沙門釋子者長阿含經云佛言有四姓出家無復本姓但言沙門釋子所以然者生由我生成由法成其猶四大河皆從阿耨泉出有四一是釋子非沙門乃王種二是沙門非釋子乃婆羅門三是沙門是釋子乃比丘四非沙門非釋子乃二賤姓文此土稱釋子始自東晉安法師受業佛圖澄乃謂師莫過佛宜通稱釋子後長阿含經至相符方知安法師是印手菩薩示生也若犯婬喻猶有人截其頭不能還活者謂所具戒身由白四發體而生故梵行清白戒身增長五分漸圓果超諸漏若犯婬波羅夷法戒身破壞不能還成比丘梵行猶如人死不能還活諸根敗壞不復增長

一切不得盜下至草葉若比丘盜人五錢若過五錢若自取教人取若自破教人破若自斫教人斫若自燒教人燒若埋若壞色者彼非沙門非釋子譬如斷多羅樹心終不復更生長比丘犯波羅夷法亦如是終不更成比丘行汝是中盡形壽不得作能持不答能持

釋若犯盜譬如斷多羅樹心終不復更生長者謂萬善根源唯戒為本若犯盜波羅夷法終不更成比丘梵行如斷樹心根本枯朽一切枝葉華果不復更生故梵語貝多羅樹此翻岸形然此樹直而且高極高者長八九丈西域記云南印土國有此樹林其葉長廣其色光潤諸國書寫莫不採取

一切不得故斷衆生命下至蟻子若比丘故自手斷人命持刀與人教死歎死與人非藥若墮胎若厭禱殺自作方便若教人作非沙門非釋子譬喻者說言猶如針鼻缺不堪復用比丘亦如是犯波羅夷法不復成比丘行汝是中盡形壽不得作能持不 答 能持

釋 若犯殺喻如針鼻缺不堪復用者針乃縫紩要具器雖微而用銳能合散以成一若犯殺波羅夷法不復成比丘梵行功德法財盡皆散失如針鼻缺不堪復用錦帛碎散不能紩一故

一切不得妄語乃至戲笑若比丘非真實非已有自說言我得上人法得禪得解脫得定得四空定得須陀洹果斯陀含果阿那含果阿羅漢果天龍來鬼神來供養我彼非沙門非釋子譬喻說者譬如大石破爲二分終不可還合比丘亦如是犯此波羅夷法不可還成比丘行汝是中盡形壽不得作能持不 答 能持

釋 若犯妄語譬如大石破爲二分終不可還合者謂石大完美四靚奇觀比丘戒淨人天欽仰若犯妄語波羅夷法不得還成比丘梵行布薩羯磨不共衆僧如石兩分破壞本質失衆敬瞻棄置不盻故 然此四喻因分對四重而言故今各合四法之名其犯一重與四喻無異所以後文於比丘尼八重總以四喻明也

○授四依法

時世饑儉乞求難得有外道輒自出家受戒後僧無食便即休道佛言先與四依然

後受戒復有外道求僧出家先與四依彼即報言我堪二依若納衣腐藥不堪此二便即休道佛言此外道大有所失自今已去後受四依

釋此引受戒揵度以明創制受之於先隨開受之於後是故毘尼有一制二制乃至多制者非若世人意識思惟於事未决反復再三此是如來具一切智善知時機隨順物情或有事制後無礙者以一制爲定或有事制後有益者以多制乃定所以持律者須知制意善閑開遮自古諸大律師凡遇多制之條莫不咸遵最後即此羯磨南山聖師亦爾或有捨隨開而顯異執創制以成儀斯與佛諍何益之有根本部云佛言若預先説四依後與近圓者得越法罪故今崇古不墮非法應如是授言

善男子聽如來至眞等正覺説四依法比丘依此得出家受具足戒成比丘法

釋此總標下分釋蓋出家受具本爲三業垢染莫蠲除以修梵行故制四依知足令熏習以成聖種此四法名曰知足行亦名聖種行知足行者謂始受具人於此四事絶貪止望不被境風所鼓聖種行者謂兩乘進修莫不依此四行爲本俱至聖果無疑故制出家受具者能依是法得與出家得受具戒得成比丘清白梵行也若不能依律不聽受下文一一授之應語言

比丘依糞掃衣依此得出家受具足戒成比丘法是中盡形壽能持不答能持

若得長利檀越施衣割壞衣得受

釋本部緣畧今引僧祇時佛度千二百人已內中有歲比丘（謂受具有夏臘）著好新淨染衣往禮佛足過餘時著垢膩衣往禮佛足佛知而故問云汝先著好衣到我所今著衣破壞乃爾答言此故是新衣但歲久破壞佛言汝不能補治耶答言能治但無物可補汝不能巷內拾故弊衣淨浣染補耶答言糞掃衣不淨我甚惡之佛語比丘云止止莫作是語糞掃衣少事易得應淨無諸過隨順沙門法服依是出家受具足戒成比丘法佛故集僧制此初依也糞掃衣者謂世人所棄弊垢之衣視同糞土掃除不用故准毘尼增一法中有十種糞掃衣一牛嚼衣二鼠齧衣三火燒衣四月水衣（此四種西域忌不吉所以棄之）五塚間衣六初虛衣（謂初被風吹或烏所啣從虛空落下無主者）七神廟衣八願衣（此二種謂世人祈祥遂願或掛衣神廟或置路途任人取用者）九立王衣（謂立灌頂王於四衢道敷衣踏行事畢即棄而不用者）一往還衣又有五種謂火燒水漬鼠咬牛嚼妳母所棄　十誦有五種一有主衣道路棄二無主衣糞掃處三往還衣河邊棄四死人衣蟻穿破五糞掃衣破碎衣　智度論云好衣因緣故四方追逐墮邪命中若受人好衣則生親著若不親著檀越則恨又好衣是未得道者生貪著處好衣因緣招致賊難或至奪命如是等患故受弊衣納衣法也今唯此法中初令盡形守持決志斷絕貪好之念後即隨緣開聽許可無望得已任受但有攀謀則違斯教下三依法亦爾然此四法乃畧抖擻十二是廣世尊極讚頭陀行者

由彼封此開也長利者長去聲多餘也若比丘真誠持戒少事無求則知識歸仰者廣所供四事愈多故謂之長利下皆准此割壞者割謂割截以成長短條相壞謂浣染以壞五大上色衣謂三衣卧具也

比丘依乞食比丘依是得出家受具足戒成比丘法是中盡形壽能持不答能持

若得長利若僧差食檀越若送食月八日食十五日食月初日食若僧常食檀越請食得受

釋乞食者謂出家修行人若無飲食則身疲力倦命且不支豈能進道若得飲食資益於身則心安體健乃可精修故依乞食清淨活命以立梵德也然論乞食之法一日止七家爲限　寶雲經云比丘乞食應分四分一分奉同梵行者謂凡乞食時必有同修行人看守房舍或有老病不便行履者若得食歸時則與一分奉之令其飽滿亦得安心進道

一分與窮乞人謂乞得食時遇有窮苦求乞之人當起憐憫心作自饑想亦應分施一分與之令其飽滿勸彼修善　一分與諸鬼神謂乞得食時以淨器盛貯一分咒願加持普施鬼神令其飽滿出離苦趣悉得解脱　一分自食謂乞得食時除前三分之外唯留一分或多或少則自食己安心行道庶不虚受信施以具二利也　若得長利僧差食者謂有檀越請僧福田隨差次赴供也檀越送食者謂居家善信或歸敬爲師或尊其行德送食伽藍無勞分

衛月八日食十五日食月初一日食者此三日是西域每月一定大會設齋普請十方僧伽如此土聖會道場宜當往受僧常食者謂招提僧物同衆無私請食者謂檀越專意特請非普供衆僧也除是因緣須行乞食

依樹下坐比丘依此得出家受具足戒成比丘法是中盡形壽能持不答能持

若有長利若別房尖頭屋小房石室兩房一戶得受

釋唯僧祇律云佛在舍衛住祇園中五日一按行見一比丘在樹下坐作是語汝門出家修梵行在樹下苦晝則風吹日炙夜則蚊䖟所螫我不堪佛言比丘止止莫作是語樹下坐少事易得無諸過隨順沙門法依是出家受具足戒成比丘法佛故集僧制此第三依也然出家道業大略有二一者讀誦二者禪思欲期正定須依樹下靜修長利而云別房者謂不同衆居獨止一室尖頭屋者乃阿練若團瓢以把茅蓋頭也小房者謂內深一丈九尺二寸廣一丈一尺二寸唯作小房羯磨可知石室者謂起不礙頭坐容轉側兩房一戶者揀非爲衆同住之大房也

依腐爛藥比丘依此得出家受具足戒成比丘法是中盡形壽能持不答能持

若得長利酥油生酥蜜石蜜得受

釋唯僧祇云佛在舍衛國祇樹園中五日一按行見一比丘羸瘦痿黃佛知故問比丘汝氣力調和不答言我病氣力不調和

佛言汝不能服隨病藥隨病食耶答言我無藥直復無施者是故病苦佛言汝不能服陳棄藥耶答言陳棄藥不淨我不能服佛言止止莫作是說陳棄藥少事易得依此出家隨順沙門法佛因集僧制此第四依也然此酥等諸藥對病療治之方如第四衣藥篇所釋向下結勸文分三節

和尚應語云

汝已受戒已白四羯磨如法成就得處所和尚如法阿闍黎如法衆僧具足滿汝當善受教法

釋此文出受戒揵度中今初明結勸受學也汝已受戒者謂由汝是人中丈夫諸根具足身器清淨無有難遮出家相具衣鉢如法先受十戒今求具戒乞詞無錯名號不忘心境相應運想周徧諦聽羯磨念不餘覺以此殊勝心故得增上戒皆仗壇上師僧之大力也成就得處所者謂自今已去得與衆僧同集一處羯磨誦戒成滿數僧故又此丘爲因阿羅漢是果若能持戒無染梵行具足直趣涅槃不漏三有故云得處所汝當生大慶幸善受教法莫負好心

應當勸化作福治塔供養衆僧

釋此明轉化世俗也謂汝今已入僧倫爲福田相更當謹慎持戒威儀莫闕令見聞生信敎化植福准福田經中佛言有七法廣施名曰福田行者得福即生梵天一興立佛圖僧房堂閣佛圖即浮圖謂塔也二園果浴池樹木清涼三常施醫藥療救衆

病四作堅牢船濟渡人民五安設橋梁過度羸弱六近道作井渴乏得飲七造圊厠施便利處是爲七事得梵天福今文但舉初而攝其餘律中比丘教化檀越皆令作此七福也

和尚阿闍黎若一切如法教不得違逆應學問誦經勤求方便於佛法中得須陀洹果斯陀含果阿那含果阿羅漢果汝始發心出家功不唐捐果報不絶餘所未知當問和尚阿闍黎

（釋）此明勉學勸修也一切如法教不得違逆者謂人生於世孰不喜逸憚勞厭繁惡簡境順則欣境逆則感習氣挽動即發人我磕著便生此所謂熱惱凡夫非出家道品汝今已獲近圓居止同僧教必依師僧行不得麤浮四儀須合准繩謙恭遜德爲法忘軀儻若俗態仍存違逆師教則道出非法俗懷傲慢袈裟下失却人身法門中一無所補是故今當學問毘尼讀誦經典從聞思修勤求方便止作精潔心白慧現於佛法中得四道果不被結使縛留九有汝始發心出家其間功德庶不虛棄所謂有如是因感如是果皆由善順師教依律行持今於壇上但此畧敘餘所未知者下壇之後一一請問和尚阿闍黎及如法上座等若聞而不採則負聖恩並師誨教之婆心也

佛言當令受具戒者在前而去弟子當日三時問訊和尚朝中日暮當爲和尚執作二事勞苦不得辭說一者修理房舍二者

補浣衣服和尚一切如法教盡當奉行違者如法治也

釋令受戒者在前而去師僧十位應在後而行弟子當日三時問訊和尚等者此但畧引侍和尚法廣如律藏第三十三卷末若真誠受具體制敬師者請閱奉行則深入孝名爲戒之旨也　此中三單白並白四羯磨皆爲人故作是屬私也　其間非相於前列受具五縁已明故不再出

毘尼作持續釋卷第七

音義

波羅柰國　中印土境有河名波羅柰去其不遠造立王城名江遶城

鹿野苑　波羅柰古國王養鹿之所

憍陳如等五人　佛初出家入山修道父王思念乃命陳如等五人尋訪隨侍及佛成道因念五人當先度脫故在鹿苑先調其根性爲說四諦之法而得解脫是爲初度五人也一憍陳如華言火器婆羅門種由先世事火故乃佛之舅氏也二馬勝亦云馬師乃佛之家族也三小賢乃佛之家族也四十力迦葉亦佛之舅氏非大迦葉亦非三迦葉也五拘利太子乃斛飯王之長子即佛之從弟也

三轉法輪　以苦集滅道四諦之法三番而說名爲三轉世間車輪則有摧碾之用佛之說法則能摧碾衆生惑業故名轉法輪　一示轉示即指示如云此是苦此是集此是滅此是道是名示轉　二勸轉勸即勸勉也如云此是苦汝應知此是集汝應斷此是滅汝應證此是道汝應修是名勸轉　三證轉證驗也謂引已所證以驗之也如云此是苦我已知不復更知此是集我已斷不復更斷此是滅我已證不復更證此是道我已修不復更修是名證轉

筏　木細枝也

持牛狗等戒　涅槃經中有六苦行外道一自餓不進飲食長恐饑虛執此苦行以爲得果之因　二投淵寒投深淵恐受凍苦執此苦行以爲得果之因　三赴火常熱炙身及熏鼻等甘受熱苦執此苦行以爲得果之因　四自坐常自裸形不拘寒暑露地而坐執此苦行以爲得果之因　五寂默於屍林塚間以爲住處寂然不語執此苦行以爲得果之因　六牛狗自謂前世從牛狗中來即持牛狗戒食草噉汚唯望生天執此苦行以爲得果之因也

猶豫　猶獸名多疑慮每聞人聲輒登木久久無人然後下須臾又上如此非一故不

決曰猶豫四智已圓涅槃經云羅漢四智一我生已盡謂阿羅漢斷見思惑盡不受三界生死二梵行已立謂阿羅漢由戒定慧之行成就得證三所作已辦謂阿羅漢本求出離三界修諸梵行生死既盡梵行既立故云所作已辦四不受後有謂阿羅漢生死惑業既盡更不受後世之身故云不受後有迦旃延華言不空南天竺婆羅門種善解論議於十大弟子中故稱論議第一也預參預也依稀謂彷彿不真也朦朧朦月將入朧月將出謂不明不暗之義也四姓西域四種人妄計我從梵天而生一婆羅門華言淨行或在家或出家世世相承以道為業自計從梵天口生是梵天苗裔守道居貞潔白其操故謂之淨行二剎帝利華言田主為世間大地之主自計從梵天膊生即王種三毘舍即商賈自計從梵天脇生四首陀即農人種自計從梵天脚生是為四姓也四河一殑伽河又名恒河從阿耨達池東面銀牛口流出繞池一帀入東南海二信度河從阿耨達池南面金象口流出繞池一帀入西南海三縛芻河從阿耨達池西面瑠璃馬口流出繞池一帀入西北海四徙多河從阿耨達池北面水精獅子口流出繞池一帀入東北海或云潛流地下出積山為中國之河源也紩音姪縫也銳音位利也齧音孽噬也漬音恣浸也妳音乃乳毋也蟻大者

蚍蜉小者蟻子螫音釋虫行毒也樗音樞偶音耦像也木像曰木偶土像曰土偶酌音灼取善而行曰酌又斟酌盼攀去聲顧也視也儉鉗上聲歲歉也五日一按行世尊五日一按行以五事利益故一聲聞弟子不著有為事不二不著世俗言論不三不著睡眠不四觀病比丘不五年火出家見如來威儀庠序起歡喜心蝱音萌齧人飛虫感音戚憂也磕開去聲態音泰意也情也嬌也

曇無德部四分律刪補隨機羯磨卷第八

唐京兆崇義寺沙門道宣　撰集

清金陵華山後學比丘讀體　續釋

○諸戒受法篇第三之四

○請依止師法

時有比丘和尚命終若休道若決意出界外以無人教授故種種破戒作非威儀佛言聽有阿闍梨當共相奉敬瞻視如和尚法

釋此法出受戒揵度若新受具者應恒依和尚順其教授學持毘尼由和尚命終永別乃至決意出界不還既失依止故有諸過佛聽有阿闍梨當依止阿闍梨看弟子如子想弟子看阿闍梨如父想當共相奉敬瞻視便得正法久住增益廣大故云如和尚法也

彼求依止者當具修威儀如是請云

大德一心念我（某甲）今求大德為依止願大德與我作依止我依大德住（三說已彼受請已應報言）

可爾與汝依止汝莫放逸

弟子當為執作二事不得辭說請經問義有所解至滿五歲得離依止若無所知誦戒不利盡形依止

釋此明侍師之行自學之益以定期限也律云朝中日暮當為師執二事勞苦不得辭憚一修理房舍二為補浣衣服師如法所教事盡當奉行若遣往方面周旋不得辭勞假託因緣住若辭勞者如法治准根本百一羯磨中佛言五法成就五夏已滿得離依止人間遊歷五法者（前四同後師德）第五

於別解脫經善知通塞及能誦持優波離尊者問世尊云若滿四夏五法成就有滿五夏未閑五法得離依止不佛言不得以五歲滿成就五法爲定量故又問苾芻善明三藏證會三明已除三垢繞三夏亦須依止師不佛言不由未得已得未證已證未悟已悟得離依止然由順所制事要滿五夏五法成就得離依止若生年八十滿六十夏於別解脫經未曾讀誦不了其義亦須依止老者如無老者小者亦得唯除禮拜餘悉應作此人名老小苾芻也

阿闍黎須具五德知犯知不犯知輕知重滿十歲方得攝他若無此德不依無過和尚之德類此

【釋】此取和尚之德以類畜依止者如前乞度人法中所明其阿闍黎亦須乞畜衆法如和尚法不異也必須有法有衣食五德實具方得攝濟弟子若五德有缺二事不具者不依止無過若師德具請依止已不得離宿若離得罪又准百一羯磨云不作歇心更求依止得停五夜有部雜事云若依止師有心顧戀門人無顧戀心若門人有顧戀心依止師無心顧戀若二俱有顧戀心皆不失依止若二俱捨名失依止

此一對首羯磨爲法故作是屬私也

【非】一人非德事不具受請攝人等　二法非乞請並與言詞不明等　三事非聖前作法威儀不修等　後四非者准知

○與外道住法

【續】此准白二羯磨綱目今依受戒揵度續

法律云有一外道善能論議求僧出家受具戒已由信不决仍入外道諸比丘以此因緣白佛佛言聽與外道衆僧中四月共住白二羯磨以驗其信也根本百一云請一苾芻作鄔波馱耶於四月內著鄔波馱耶衣食僧常食應問障法若遍淨者應可攝受律云先剃髮已著袈裟脫革屣右膝著地合掌作是言

大德僧聽我（某甲）外道歸依佛歸依法歸依僧我於世尊所求出家爲道世尊即是我如來至真等正覺（如是三說）

我（某甲）外道歸依佛法僧已從如來出家學道如來即是我至真等正覺（如是三說）

○次教受戒

（釋）此受十戒同沙彌所持無異故不重出然中不同者沙彌受十戒唯於二師前受此在衆中以僧爲證盟故稱大德僧聽也

佛言彼外道受十戒已應先至衆僧中偏露右肩脫革屣禮僧足已右膝著地合掌教作如是說

（釋）前受三歸十戒雖云僧爲證者然僧未曾普集非秉僧法故此乃白二羯磨正行僧事理當鳴槌集界內僧彼和尚阿闍黎應將外道至僧中先教具修威儀禮僧足已令跪合掌作如是說

大德僧聽我（某甲）外道從衆僧乞四月共住願僧慈愍故與我四月共住

如是三說已安彼外道著眼見耳不聞處衆中應差堪能羯磨者如上作白

（釋）此乃不現前羯磨也羯磨者作前方便

答云與外道四月共住羯磨如上作白云

大德僧聽彼某甲外道今從衆僧乞四月共住若僧時到僧忍聽與彼某甲外道四月共住白如是

大德僧聽彼某甲外道從衆僧乞四月共住僧今與彼四月共住誰諸長老忍僧與彼四月共住者默然誰不忍者說衆僧已忍與彼外道四月共住竟僧忍默然故是事如是持

佛言彼外道行共住竟令諸比丘心喜悅然後當於衆僧中受具足戒白四羯磨若彼外道心故執外道白衣法不親近比丘親外道不隨順比丘誦習異論若聞人說外道不好事毀呰外道師教便起瞋恚聞說佛法僧非法事便踊躍歡喜若有異外道及外道師來讚歎外道事好便歡喜踊躍若如是者不令諸比丘喜悅若反上者是謂外道共住和調心意令諸比丘喜悅也

釋此羯磨共住驗心爲人故作是屬私也

非一人非受戒無僧不安離聞等　二法非詞隱外道乞秉不明等　餘非如常

○尼衆授戒法

善見云尼者女也摩者母也重尼故稱之智度論云尼得無量律儀故應次比丘後佛以儀式不便故在沙彌後

釋西域通稱婦女爲尼摩今畧去摩以重女故但稱尼也而引智論者令知序戒也若就戒之多寡序位分者則比丘前無初基而尼亦闕進步所以爲便二部儀式故制尼在沙彌之後若尼圓具亦從本部小

衆爲始也論云尼得無量律儀者據本論文尼受戒法畧則五百廣則八萬僧則畧有二百五十廣亦同尼律儀文律中僧列二百五十戒戒本具之尼云五百此疑今決然以兩列定數畧指爲言故諸部通載不必定數論其戒體唯一無作約境明相乃量塵沙比丘僧且指二百五十以爲持犯蹊徑尼有三百四十八戒可得指此而爲所防但淨身心莫究五百

愛道經云女人但惑色畜衆知須臾事故制依大僧也

釋 按彼經中阿難白佛言佛所說比丘尼法律亦自備足莫不得度者恐佛泥洹後當復有女沙門者便可比丘尼作師不佛言長老比丘尼戒法具足可爾雖爾當由比丘僧若衆可得爾一比丘不肯不得作沙門也所以者何女人多欲態但欲惑色益畜弟子亦不欲學問但知須臾之事是故當須比丘也文如經所說蓋爲女人智淺多欲情易被色惑唯喜恣容增益徒衆不察根器堪學問不既無遠慮法門但知俄頃之事故制受具當依大僧稱量問難羯磨應成可否

○授沙彌尼戒法

其畜衆羯磨剃髮法出家法具如上僧中唯加尼字爲異

○授式叉摩那尼法

律本諸尼輙度人出家受戒以不知戒相故造作非法佛言應與戒羯磨十誦中輙度妊身女人過起佛言與二歲羯磨可知

有無然六法淨心二歲淨身
釋梵語式叉摩那尼此翻學法女僧祇律云式叉摩那在大尼下沙彌尼上坐

○乞學戒法

佛言聽十歲曾嫁（義在後釋）及十八童女欲二歲學戒者當詣僧中偏露右肩脫革屣禮尼僧足兩膝著地合掌敎作乞言云

大姊僧聽我某甲沙彌尼今從僧乞二歲學戒某甲尼爲和尚願僧與我二歲學戒慈愍故

三乞已沙彌尼應往離聞處著見處立
釋姊者女兄也而云大姊是律語尊稱猶言大德也若乞學戒時應先集僧已後方敎乞乞已令沙彌尼離聞立見處合掌遥瞻此是不現前羯磨也

○與學戒法

彼尼衆中羯磨者應言
釋准常式先作前方便答云與學戒羯磨羯磨者應言

大姊僧聽彼某甲沙彌尼今從僧乞二歲學戒某甲尼爲和尚若僧時到僧忍聽與某甲沙彌尼二歲學戒某甲尼爲和尚白如是

大姊僧聽彼某甲沙彌尼從僧乞二歲學戒某甲尼爲和尚僧今與某甲沙彌尼二歲學戒某甲尼爲和尚誰諸大姊忍僧與彼某甲沙彌尼二歲學戒某甲尼爲和尚者默然誰不忍者說是初羯磨（第二第三亦如是說）僧已忍與某甲沙彌尼二歲學戒某甲尼爲和尚竟僧忍默然故是事如是持

○次說戒相法

佛言應喚入衆與説六法名字

（釋）加儀者彼聞喚已至僧中如常作禮長跪合掌尼和尚云

其甲諦聽如來無所著等正覺説六法不得犯不淨行行婬欲法若式叉摩那行婬欲法非式叉摩那非釋種女若與染汙心男子身相觸鈌戒應更與戒是中盡形壽不得犯能持不答能持

不得偷盗乃至草葉若式叉摩那取人五錢若過五錢若自取教人取若自斫教人斫若燒若埋若壞色非式叉摩那非釋種女若取減五錢鈌戒應更與戒是中盡形壽不得犯能持不答能持

不得故斷衆生命乃至蟻子若式叉摩那故自手斷人命持刀與人教死讃死若與非藥若墮胎若厭禱咒術自作教人作者非式叉摩那非釋種女若斷畜生命不能變化者命鈌戒應更與戒是中盡形壽不得犯能持不答能持

不得妄語乃至戲笑若式叉摩那不眞實非已有自稱得上人法得禪得解脱三昧正受得須陀洹果斯陀含果阿那含果阿羅漢果天來龍來鬼神來供養我此非式叉摩那非釋種女若於衆中故作妄語鈌戒應更與戒是中盡形壽不得犯能持不答能持

不得非時食若式叉摩那非時食鈌戒應更與戒是中盡形壽不得犯能持不答能持

不得飲酒若式叉摩那飲酒鈌戒應更與戒是中盡形壽不得犯能持不答能持

佛言式叉尼一切大尼戒應學除自手取

食授食與他此學法女具學三法一學根本即四重是二學六法謂染心相觸盜減五錢斷畜生命小妄語非時食飲酒也三學行法謂大尼諸戒及威儀並制學之若犯根本戒法者應滅擯若缺學法者更與二年羯磨若違行法直犯佛教即須懺悔不壞本所學六法

釋而云犯佛教者謂犯越毘尼罪乃重突吉羅也　此一羯磨爲人故作是屬私也六犯更與未受先學有異諸受故

非一人非童嫁減年衆不和集等　二法非宣授不明缺示三學等　餘非准前

○授比丘尼戒

佛言有八敬比丘尼善來比丘尼破結使比丘尼羯磨受中有遺信比丘尼十歲曾嫁比丘尼十八童女二歲學戒二十衆比丘尼邊万義立十衆比丘尼前二唯局佛世後五通於像末

釋八敬比丘尼者律云佛在迦毘羅國時摩訶波闍波提（此翻大愛道）與五百釋種女俱詣佛所禮足求度出家佛止不聽異時佛在舍衛祇園時大愛道聞知與五百釋種女共自剃髮被袈裟在祇桓門外立涕淚脚破塵土坌身悲乞流淚阿難見已問其所由啓白世尊佛告阿難且止莫欲令女人於佛法中出家受大戒若出家受大戒則令佛法不久譬如有長者家男少女多則知其家衰微又如好稻田而被霜雹即時破壞阿難復白佛言摩訶波闍波提於佛有大恩德佛母命過乳養世尊長大佛

言如是如是我亦於彼有大恩若有人因他得知佛法僧因他得歸三寳受持五戒知苦集滅道於此四諦無有狐疑若得須陀洹果斷諸惡趣得決定入正道如是種種恩一一非四事可能報我出世令摩訶波闍波提知三寳歸佛法僧乃至決定得入正道亦如是阿難復白世尊若女人於佛法中出家受大戒得須陀洹果乃至阿羅漢果者願佛聽出家受大戒阿難如是三請巳佛告阿難令爲女人制八敬法盡形壽不可違若能行者即是受戒何等爲八一雖百歲比丘尼見初受戒比丘應起迎逆禮拜與敷淨座請令坐第二比丘尼不應罵詈比丘呵責不應誹謗言破戒破見破威儀第三比丘尼不應爲比丘作舉作憶念作自言不應遮他覓罪遮說戒遮自恣比丘尼不應呵比丘比丘應呵比丘尼第四式叉摩那學戒巳從比丘僧乞受大戒第五比丘尼犯僧殘罪應在二部僧中半月行摩那埵第六比丘尼半月從僧乞教授第七比丘尼不應在無比丘處夏安居第八比丘尼僧安居竟應比丘僧中求三事自恣見聞疑如是八法一一應尊重恭敬讚歎盡形壽不可違阿難依教傳宣大愛道等一一頂受奉行尼部自斯建立故云八敬比丘尼也阿難於佛成道十二年後大目犍連方勸化出家令阿難請佛度尼在出家二年間矣　善來比丘尼及破結使比丘尼此二同比丘授中唯異尼也　羯磨受中有遺信比丘尼者按薩

婆多論云佛遣阿難與大愛道八敬受具戒已於十四年後制白四受具故云羯磨受中律云時有舍夷拘黎諸比丘尼將欲受大戒者詣僧伽藍道路遇賊毀犯比丘尼語諸比丘諸比丘白佛佛聽遣使受具此法准律續後　十歲曾嫁比丘尼十八童女二歲學戒者下正授法是　二十衆比丘尼者中國尼受具戒二部僧各十人少一不得授者治罪下文二部羯磨自顯　邊方義立十衆比丘尼者邊國五人受具緣起比丘故開尼居邊國開聽亦爾二部各減其半故云邊方義立十衆比丘尼也

○乞畜衆法

佛言尼滿十二歲欲度人者應具修威儀禮諸尼僧足如大僧法三乞已文同故不出其度沙彌尼式叉尼大戒尼並須別乞以年年度弟子犯罪故或捨畜衆法等故

釋准尼戒相於一百七十八單墮法中自一百二十一度小年童女受具乃至一百三十三乞授具愚癡不聽謗共十二戒皆緣非法授具所制故云以年年度弟子犯罪故或捨畜衆等法故是故比丘尼若欲度沙彌尼式叉尼大戒尼並須別別乞法可也

○與畜衆法

佛言尼僧當觀此人堪能教授二歲學戒二事攝取者當與羯磨文亦如上若不堪教授攝取者羯磨非法也

○正授戒前具八緣一明請和尚

佛言若十歲曾嫁二歲學戒年滿十二若十八童女二歲學戒年滿二十者應與受戒具修威儀教言

釋十歲曾嫁者本律云小年曾嫁年十歲二歲學戒年滿十二應與受具足戒薩婆多論云男聽年二十因不耐寒苦十事尼十二得者爲夫家所使任忍衆苦加厭本事也按一切有部百一云若是曾嫁女生年十二應與六法二年令學若問障遮時云汝年滿十四未也若是童女諸部皆以十八歲爲限今附百一以便應機無疑例前十誦僧祇令受戒尼先詣尼僧中教使次第一一頭面禮僧足然後請之當偏袒右肩脱革屣兩膝著地合掌教如是請言

大姊一心念我某甲求阿姨爲和尚願阿姨爲我作和尚我依阿姨故得受大戒慈愍故三請已答言可爾乃至請二闍黎七證戒人亦爾也

釋阿者謂大也姨者母之姊妹也此乃尼部中最尊之稱

〇二佛言當安受戒人離聞著見處立

釋有部百一云安已教一心合掌向衆虔誠而立意令渴仰不起餘覺也

〇三差教師法

是中戒師應問言誰能與某甲作教授師有者答言我某甲能應作白差如是言也

釋此中作前方便答等一一准前受比丘戒法無異

大姊僧聽彼某甲從和尚尼某甲求受大戒若僧時到僧忍聽某甲爲教授師白如是

○四教師出衆問法
當起禮尼僧足已往受戒者所語言
妹此是安陀會此鬱多羅僧此僧伽黎此僧祇支此覆肩衣此鉢多羅此衣鉢是汝有不（答言）是

釋百一中尼五衣者第四厥蘇洛迦即尼之下裙長四肘寬二肘兩頭縫合入中抬上過臍後掩繫以腰條第五僧脚崎（譯為掩腋襯衣）長五肘寬二肘用掩肩腋佛制恐汙三衣先用通覆兩肩然後於上披法服繞頸令急級帕紐於肩頭其衣拘與衫帕相似衣總覆身元不露膊雙手不出斂在胸前同阿育王像乃至敬禮三寶及受食之儀曾不許露出胸膊肩在寺時法皆如是僧亦同此然受食禮敬之時僧便露膊五天皆然本律以僧祇支謂裙更名覆肩衣此方儀失雖久然制法着用宜應知之

妹聽今是真誠時實語時我今問汝實當言實不實當言不實汝不犯邊罪不（答）無（若答無者應語言）汝應不識此罪名謂曾受五戒八戒十戒犯四重已及受大戒犯八重已還俗訖今重來者名邊罪人汝不有耶（應答云）不犯
下難遮並准上問以彼此不解者非問答故

汝犯淨行比丘不（答）無　汝非賊心受戒不（答）非　汝不破內外道不（答）無　汝非黃門不（答）非（女黃門五種謂螺筋鼓角脉也）　汝非弒父不（答）無　汝非弒母不（答）無　汝非弒阿羅漢不（答）無　汝非破和合僧不（答）無　汝非惡心出佛身血不（答）無　汝非非人不（答）非　汝非

畜生不（答）非　汝非二根不（答）非　汝字何等（答）某甲　和尚字誰（答）上（某）下（某）　年歲滿不（答）滿　衣鉢具不（答）具　父母夫主聽不（答）聽（隨當時有者言之不得兩牒若無言無）　汝不負債不（答）無　汝非婢不（答）非　汝是女人不（答）是　女人有如是諸病癩癰疽白癩乾痟顛狂二形二道合道小常漏大小便涕唾常流出汝有如此病不（答）無（並答言無者又應告言）　如我向問汝事僧中亦當如是問如汝向者答我衆僧中亦當如是答

○五喚入衆法

佛言彼教授師問已來至衆中舒手相及處立已應作白名言

大姊僧聽彼（某甲）從和尚尼（某甲）求受大戒若僧時到僧忍聽我已教授竟聽使來白如是

即遥語言汝來來已爲捉衣鉢令入僧中也

○六明乞戒法

當禮僧足在戒師前兩膝著地合掌教師教乞言

大姊僧聽我（某甲）從和尚尼（某甲）求受大戒我（某甲）今從衆僧乞受大戒和尚尼（某甲）願僧濟度我慈愍故（如是三乞）

○七戒師白和尚法　彼戒師應白言

大姊僧聽此（某甲）從和尚尼（某甲）求受大戒此（某甲）今從衆僧乞受大戒和尚尼（某甲）若僧時到僧忍聽我問諸難事白如是

○八對衆問法　彼戒師應問言

汝諦聽今是眞誠時我今問汝有當言有無

當言無汝不犯邊罪耶答無　汝不犯比丘
耶答無　汝非賊心受戒耶答非　汝非破
內外道耶答無　汝非黃門耶答非　汝不
弒父耶答無　汝不弒母耶答無　汝不弒
阿羅漢耶答無　汝不破和合僧耶答無
汝不惡心出佛身血耶答無　汝非非人耶
答非　汝非畜生耶答非　汝非二形耶答
非　汝字何等答某甲　和尚字誰答上某
下某　年歲滿不答滿　衣鉢具不答具
父母夫主聽汝不答聽　汝不負人債不答
無　汝非婢不答非　汝是女人不答是
女人有如是諸病癩癰疽白癩乾痟顛狂二
形二道合道小常漏大小便涕唾常流出汝
有如是病不答無

○正授本法羯磨文

彼和尚當隨機示導令發增上心便具本
法已戒師應白言

大姊僧聽此某甲從和尚尼某甲求受大戒
此某甲今從衆僧乞受大戒和尚尼某甲某
甲自說清淨無諸難事年歲已滿衣鉢具足
若僧時到僧忍聽今與某甲受大戒和尚尼
某甲白如是

釋此間如前大僧受具中准僧祇律作白
及羯磨皆問答成就不

大姊僧聽此某甲從和尚尼某甲求受大戒
此某甲今從衆僧乞受大戒和尚尼某甲某
甲自說清淨無諸難事年歲已滿衣鉢具足
僧今爲某甲受大戒和尚尼某甲誰諸大姊
忍僧今爲某甲受大戒和尚尼某甲者默然
誰不忍者說是初羯磨第二第三亦如是說僧已忍與

某甲受大戒竟和尚尼某甲僧忍默然故是事如是持

○本法尼往大僧中受戒法

五分律云彼和尚阿闍黎復集十比丘尼僧往比丘僧中在羯磨師前小遠兩膝著地乞受戒等義准尼僧自結大界護別衆過等

釋本律云彼受戒者與比丘尼僧俱至比丘僧中五分律云復集十比丘尼僧往比丘僧中宣祖研義謂此准尼僧自結大界護別衆過等本律云俱至比丘僧中者謂盡界内尼僧同往此則衆多不應時機恐譯筆之誤俱也故引五分爲便事法令加儀以明復集然理無默往若作本法竟或當日或次朝鳴槌集界内尼僧彼和尚尼應通白云世尊爲我等制八敬法第四云式叉摩那學戒已從比丘僧乞受大戒當尊重恭敬盡形壽不可違今有某甲十歲曾嫁二歲學戒年滿十二或年十二曾嫁二歲學戒年滿十四或十八童女二歲學戒年滿二十遵律問難羯磨本部作法受竟我等作法十比丘尼將彼受具者同至大僧中乞受大戒大姊僧和合忍不衆尼僧應齊答言可爾如是復集通白而往故云義准尼僧自結大界護別衆過也文云等者謂非特此律制一切僧法皆不得別衆故此乃二十衆比丘尼受具戒法若邊方雖開減半其復集同往准此無異

○請羯磨師法

律無正文准前具有應教言所具禮儀並同前受

大德一心念我某甲今請大德爲羯磨阿闍黎願大德爲我作羯磨阿闍黎我依大德故得受大戒慈愍故三請已師應答言可爾

○乞受戒法

佛言彼受戒者禮僧足兩膝著地合掌敎乞言

大德僧聽我某甲從和尚尼某甲求受大戒我某甲今從大僧乞受大戒和尚尼某甲願僧拔濟我慈愍故

三說已尼敎授師當復本座

釋當復本座者理應加儀尼衆繞受戒者到僧中已比丘應鳴槌集衆僧如前僧中禮足乞請羯磨師畢十衆大僧同十尼僧至授戒所禮敬畢大僧上座尼僧列座尼敎授師敎乞戒已當復本座

○戒師和尚問法

此中戒師應索欲問答訖應如是白言

大德僧聽此某甲從和尚尼某甲求受大戒此某甲今從大僧乞受大戒和尚尼某甲若僧時到僧忍聽我問諸難事白如是

○正問遮難法

應安慰法如上已便語言

釋安慰法如上者准前五分律云族姓女汝莫恐怖須臾間令汝得清淨大戒成比丘尼入僧數也

汝諦聽今是眞誠時我今問汝有當言有無當言無汝不犯邊罪耶答無　汝不犯比丘耶答無　汝非賊心爲道耶答非　汝非壞二道耶答非　汝非黄門耶答非　汝非弒父耶答無　汝非弒母耶答無　汝非弒阿

羅漢耶答無　汝非破和合僧耶答無　汝非惡心出佛身血耶答無　汝非非人耶答非　汝非畜生耶答非　汝非二根耶答非並令識相分明顯答以不解故無由得戒也　汝字何等答某甲和尚字誰答上某下某　年歲滿不答滿衣鉢具足不答具　父母夫主聽汝不答聽　汝不負人債不答無　汝非婢不答非　汝是女人不答是　女人有如是諸病癩癰疽白癩乾痟顛狂二根二道合道小大小便涕唾常出汝無如是諸病不答無　汝學戒未即應答言已學戒復應問言清淨不復重答言清淨復應問餘尼言某甲已學戒未餘尼答言已學戒重問言清淨未餘尼答言清淨

○正授戒體法

戒師應畧說發戒方便如大僧受戒中所說以得戒在大僧理須知正法羯磨云

大德僧聽此某甲從和尚尼某甲求受大戒此某甲今從大僧乞受大戒和尚尼某甲某甲所說清淨無諸難事年歲已滿衣鉢具足已學戒清淨若竹時到僧忍聽僧今為某甲受大戒和尚尼某甲白如是

大德僧聽此某甲從和尚尼某甲求受大戒此某甲今從大僧乞受大戒和尚尼某甲某甲所說清淨無諸難事年歲已滿衣鉢具足已學戒清淨僧今為某甲受大戒和尚尼某甲誰諸長老忍僧與某甲受大戒和尚尼某甲者默然誰不忍者說是初羯磨三說如上成就已應問言僧已忍為某甲受大戒竟和尚尼某甲僧忍默然故是事如是持

受已亦如上為說記春夏冬時節示語言

釋所以本法羯磨但作方便未示語時節者非正受具故二部僧不滿二十衆故

○次授戒相

族姓女聽此是如來無所著等正覺說八波羅夷法犯者非比丘尼非釋種女

釋族姓女者史記云天子賜姓命氏諸侯命族族者氏之别名也今文云族姓女謂大族大姓家之女乃美稱之辭

不得作不淨行行婬欲法若比丘尼意樂作不淨行行婬欲法乃至共畜生此非比丘尼非釋種女汝是中盡形壽不得犯能持不 答 能持

不得盜乃至草葉若比丘尼偷人五錢若過五錢若自取教人取若自斷教人斷若自破教人破若燒若埋若壞色彼非比丘尼非釋種女汝是中盡形壽不得犯能持不 答 能持

不得故斷衆生命乃至蟻子若比丘尼故自手斷人命若持刀與人教死讚死若與非藥若復墮人胎厭禱咒詛殺若自作教人作彼非比丘尼非釋種女汝是中盡形壽不得犯能持不 答 能持

不得妄語乃至戲笑若比丘尼非眞實非已有自稱言我得上人法我得禪得解脫三昧正受須陀洹果斯陀含果阿那含果阿羅漢果天來龍來鬼神來供養我此非比丘尼非釋種女汝是中盡形壽不得犯能持不 答 能持

不得身相觸乃至共畜生若比丘尼有染汙心與染汙心男子身相觸從腋以下膝以上若捺若摩若牽若推若逆摩順摩若舉若下

若捉若急捺此非比丘尼非釋種女汝是中盡形壽不得犯能持不答能持

不得犯八事乃至共畜生若比丘尼受染汙心男子捉手捉衣入屏處共立共語共行身相近共期犯此八事彼非比丘尼非釋種女犯八事故汝是中盡形壽不得犯能持不答能持

釋律云彼此有染汙心捉手乃至共行以爲樂以身相倚一一偷蘭遮於七事中若不發露懺悔罪未除若犯第八事共期者即犯波羅夷不共住

不得覆藏他罪乃至突吉羅惡說若比丘尼知他比丘尼犯波羅夷罪若不自舉不白僧若衆多人後於異時此比丘尼若罷道若滅擯若遮不共僧事若入外道後便作是說我先知有如是如是事彼非比丘尼非釋種女覆藏重罪故汝是中盡形壽不得犯能持不答能持

不得隨舉比丘乃至守園人及沙彌若比丘尼知比丘爲僧所舉如法如律如佛所教不隨順不懺悔僧未與作共住而隨順是比丘尼諫是比丘尼言汝妹知不令僧舉此比丘如法如律如佛所教不隨順不懺悔僧未與作共住汝莫隨順是比丘尼諫是比丘尼時堅持不捨是比丘尼當三諫捨此事故乃至三諫捨者善不捨者彼非比丘尼非釋種女由隨舉故汝是中盡形壽不得犯能持不答能持

五分律云說八重已總說四譬應如是告言

族姓女聽如來無所著已說八波羅夷又說四種譬喻若犯八重如斷人頭已不可復起又如截多羅樹心不更生長又如針鼻缺不堪復用又如析大石分爲二分不可還合若比丘尼犯八重已不得還成比丘尼行汝是中盡形壽不得犯能持不答能持

○次說四依法又應告言

族姓女聽如來無所著等正覺說四依法比丘尼依此得出家受大戒成比丘尼法

依糞掃衣得出家受大戒成比丘尼法汝是中盡形壽能持不答能持

若得長利檀越施衣割壞衣得受

依乞食得出家受大戒成比丘尼法汝是中盡形壽能持不答能持

若得長利若僧差食檀越送食月八日食十四日食十五日食若月初日食若衆僧常食若檀越請食應受

依樹下坐得出家受大戒成比丘尼法汝是中盡形壽能持不答能持

若得長利別房尖頭屋小房石室兩房一户得受

依腐爛藥得出家受大戒成比丘尼法汝是中盡形壽能持不答能持

若得長利酥油生酥蜜石蜜應受

釋律中因比丘尼獨住阿蘭若有難事起佛已遮不聽樹下坐令仍依舊文俾知四依也此並下文畧釋皆准前比丘受具中

汝已受大戒竟白四羯磨如法成就得處所和尚如法阿闍黎如法二部僧具足滿汝當善受教法應勸化作福治塔供養衆僧若和

尚阿闍黎一切如法教授不得違逆應學問誦經勤求方便於佛法中得須陀洹果斯陀含果阿那含果阿羅漢果汝始發心出家功不唐捐果報不絕餘所未知當問和尚阿闍黎

應令受戒人在前餘尼在後而去也

（釋）前授比丘戒緣文云今解二種羯磨具足五緣方成此比丘尼受大戒乃第二種羯磨也此中羯磨皆爲人作所屬是私並明非相俱准大僧受具無異故不重出

第三諸戒受法篇竟

毘尼作持續釋卷第八

音義

憚 壇去聲勞也　三明 一宿命明謂但知過去宿世受生之事名宿命通復知宿世至百千萬生如是姓名受苦受樂等事皆悉能知名宿命明○二天眼明謂但見死此生彼名天眼通復見我及衆生死時生時及身口意所作善惡之業行或生善道惡道皆悉能見名天眼明○三漏盡明謂衆生因三界見思之惑墮落生死故名爲漏唯阿羅漢斷見思盡而得神通名漏盡通復知漏盡已後更不受於生死名漏盡明　三垢 即三毒能障自性故名垢　苾芻 苾芻乃雪山香草也有五種德以喻比丘亦具此德故稱爲苾芻一體性柔軟以喻比丘能折伏身口意業之粗獷也二引蔓旁布以喻比丘傳法度人延綿不絕三馨香遠聞以喻比丘戒德芬馥爲衆所聞四能療疼痛以喻比丘能斷煩惱毒害之痛苦　五不背日光以喻比丘正見思惟常向佛日而不背也　坌 焚上聲塵埆也　鄔波馱耶 譯云親敎師即和尚也　階 音皆級也　露膊 下止演切旃上聲　捺 難入聲手按也　恂紐 上音樞衫恂也下音鈕結會衫紐也　詛 阻去聲以禍福之言相要曰詛　疼 音滕痛也　狐疑 上音乎獸名鼻尖尾大善爲妖魅性淫多疑人　腋 音亦左右肘脊之間曰腋　膊 音博肩膊也

曇無德部四分律删補隨機羯磨卷第九

唐京兆崇義寺沙門道宣　撰集
清金陵華山後學比丘讀體　續釋

○衣藥受淨篇第四之一

釋衣身之章也上曰衣衣隱也下曰裳裳障也所以隱形自障蔽故涅槃經云三衣者如世衣裳障覆形體大論云釋子受持禁戒是其性剃髮染衣是其相律中凡資身法服並卧具等總名衣也藥者治病之草此土以草根木皮及五金八石等皆可爲藥西域多用酥油蜜等治病爲藥也葢有形之軀難免饑渴寒暑不無四大相違故律制僧徒凡著用衣藥俱有受淨之方以表戒行也故爾類聚列於第四篇此篇中共有二十法總是但對首及但心念二種羯磨皆爲事作俱屬私也下不繁釋

時諸比丘多畜衣服佛言當來善男子不忍寒苦畜三衣足不得過

釋此先引制緣也律云時佛與千二百五十比丘遊行王舍城見諸比丘在途次行擔重擔衣爾時冬際天大寒世尊著一衣於露地坐至初夜已覺寒又著一衣中夜過已覺寒又加一衣不復寒苦世尊作念言當來比丘不耐寒苦著此三衣足以御之我今爲諸比丘當制三衣不得過也大智度論釋云外道裸形無耻白衣多貪重著佛聖弟子住於中道故著三衣也

僧祇云三衣是沙門賢聖標幟故

釋此引律明衣之尊勝也幟者幡也立木繫帛於上曰標幟以表殊勝故今喻三衣

凡聖同執表顯道儀是真沙門釋子乃至果位賢聖莫不身著法服體具威儀令生物敬以異居塵律云三世如來並著如是衣也警訓云世尊處世深達物機凡所施爲必以威儀爲主葢謂身不離衣故薩婆多云爲五意故障寒熱除無慚愧入聚落在道行生善威儀清淨故方制三衣

(釋)論謂一衣不能障寒熱三衣足能障寒熱安樂無苦迫故一衣不能障慚愧三衣能障諸慚愧不令露形醜故一衣不能入聚落三衣隨身入村落能生他信敬故一衣不能行途生善三衣具足在道行能攝心生善故一衣不能淨威儀三衣能更換入衆令威儀清淨故爲此五意方制三衣也

律本云不得以犯捨墮物及邪命得衣作不成受若以錦衣五大上色不得受應染作袈裟色

(釋)此引律明衣體須淨方成受持也犯捨墮物者謂犯畜長衣若過十日若過一月衣未捨罪未懺此乃不淨財不得作三衣受持邪命得衣者准大智度論云邪命有五一詐現異相謂諸比丘違佛正教於世俗人前詐現奇特之相令其心生恭敬而求利養二自說功能謂諸比丘以辯口利詞抑人揚已自逞功能令所見者生敬信心而求利養三占相吉凶謂諸比丘攻學異術卜命相形講談吉凶而求利養四高聲現威謂諸比丘大語高聲詐現威儀令人畏敬而求利養五說所得利以動人心

謂諸比丘於彼得利於此稱說於此得利於彼稱說令人動心而求利養是爲五種邪命若佛弟子宜愼誡之又業䟽云但有邪心有涉貪染爲利賣法禮佛讀經斷食諸業所獲贓賄皆曰邪命物正乖佛化故持制也如經中說比丘持糞掃衣就河所浣諸天取汁用洗自身不辭穢也外道持淨氎次後將洗諸天遥遮勿汚池也由邪命得體不淨故故云邪命得衣作不成受縱是檀越自發施心以諸錦帛並五大上色衣財供養雖順彼心受之應染作袈裟色薹法衣順道布服是恒流俗所貪故齋削也袈裟者梵語具云迦羅沙曳此翻不正色章服儀云袈裟之目因於衣色如經中壞色衣壞色者謂以青黑木蘭三種色而壞其五大上色也

聽以長二肘廣四肘衣作安陀會長三肘廣五肘作鬱多羅僧僧伽棃亦爾五分云肘量長短不定佛令隨身分量律云度身而衣故也

釋此引律明衣量也以一尺八寸爲一肘則下衣三尺六寸長豎量也七尺二寸廣橫量也中衣豎量五尺四寸橫量九尺上衣亦爾五分謂肘量長短不定聽隨自身量作衣須知上衣不過踝骨下衣縮於中衣中衣縮於上衣如是次第掩之乃名如法然人軀長短由敬慢之業所招故世尊先制定量令身長者須遵後開度身令軀短者得便否則衣體不稱威儀失准故律云度身而衣故也

若作新衣一重作安陀會欝多羅僧二重作僧伽棃若故衣者三重作安陀會欝多羅僧四重作僧伽棃若糞掃衣隨意多作

釋此引律明衣財新故也衣分厚薄者三衣制意本爲障寒西域比丘除三衣及下裙更無餘者披著此方身衣重重三衣唯用單作傳習已久故不能隨新故之財造厚薄之衣國風如是唯生信仰而增慚愧爾

應五條不應六條乃至應十九條不應二十若過是條數亦應畜應法稻田畦畔齊整聽以刀截成沙門衣不爲怨賊所剥故

釋此引律明作衣之相也衣揵度云世尊出王舍城南方遊行中道見有田畦畔齊整告阿難汝見此田不答言已見復問阿難汝能爲諸比丘作如是衣不答言能阿難汝往王舍城敎諸比丘作如是衣阿難還城敎衆作如是割截衣世尊南方遊行已還見諸比丘多著割截衣告阿難言汝聰明大智慧我爲畧說而能廣解義過去未來諸佛世尊弟子著如是衣如我今日刀截成沙門衣不爲怨賊所劫從今已去聽諸比丘作割截衣故有此三衣條相之式所以若作五條衣不應作六條作七條衣不應作八條作九條衣不應作十條乃至十九條不應二十條若過是條數亦應畜者即下三九大衣是若以法喻言者謂田畦貯水生長禾苗以養形命衣相福田潤以四利之水增其三善之苗養以法身慧命也

薩婆多云從九條至十三條下品大衣二長一短從十五條至十九條三長一短從二十一條至二十五條四長一短名如法作若互增減成受持著用得罪

釋此引論明僧伽棃分上中下三品開九衣者爲就衣財省緣知足故九條十一條十三條皆兩長一短名下品大衣十五條十七條十九條皆三長一短名中品大衣二十一條二十三條二十五條皆四長一短名上品大衣所以長增而短少者爲法服敬田能利諸有表聖增凡減也

律云應法四周有緣五條十隔應自浣染舒張揲治裁縫大衣中衣要割截若少褋葉作五納衣亦爾若下衣得襵葉

釋應自浣染揲治者律制比丘不得使非親里尼浣染打衣故如法之服須四周有緣五條十隔一長一短作下衣若大中二衣先應度量其財堪割截條相長短足者善設少不足不須割截即就此財作褋葉衣褋者重也謂別帖條相於上五納衣亦爾者非謂衣有五聽以五種糞掃衣納作三法服足與不足割截褋葉亦如大中二衣故若下衣得襵葉者謂襵合少許作葉如衣襵也雖聽褋襵作葉必須內通水道周流無壅於相交處不得俱縫若縫塞者非田畦相以通水道也

十誦云若少減量作若縵作

釋減量作者莫過度身減縮一二寸爾大減則不稱體也縵作者梵語鉢吒唐言縵條即是一幅氎無田相衣佛法至此一百

八十七年出家未識割截秖著此衣

僧祇云葉極應廣四指極狹如穬麥律本云應知此長條此短條此是葉此是第一縫第二縫此中縫葉兩向聽葉作鳥足縫十誦云要須却刺前去緣四指施鉤後八指施紐

釋葉極應廣四指者如後文説淨中云廣如來四指長八指足可作大衣條相飛邊隨意若衣財少飛邊極狹如穬麥形僅可四五分律本詳分此長條乃至葉兩向者恐割截零星縫時條錯不應法故鳥足縫者鳥足前後有指謂一前刺復一後刺又一前刺不得一順長縫俗謂鉤針縫是也十誦云却刺者却謂退後亦同鳥足縫故去緣四指施鉤謂胸前之緣下四寸後八指施紐謂從右腋後繞左肩上下緣八寸此准常人指言也

薩婆多云三衣破但緣不斷不失受持

釋謂比丘三衣中有年久損壞不任修補者但四周之緣未斷亦不失受持此爲少知識難辦權開設有所望得財豈可容緩

三千威儀云令帖四角律本令襟障垢膩處若衣壞隨孔大小方圓補及如二指大

釋令帖四角者制取堅用令訛謂四天王也襟垢膩處者謂衣財有餘襟肩及背緣之處護衣令潔免致汗污若三衣少有損破不得便棄更求好者應隨孔大小方圓補治及如二指大亦應補准佛指四寸大常人指二寸大制令補者此有二意一對治貪愛之心故二增益檀施之福故

十誦云護三衣如自皮著大衣者不得揵土石草木雜使若不持三衣入聚落犯罪

釋三衣喻如自皮者令生護愛之心故揵者搬運負擔也大衣者凡說法利生入里乞食降伏外道時方著豈可披著尊服而爲雜使故制不宜釋子沙門內稟禁戒外著袈裟入市雜俗緇白須分若不持三衣則體失僧儀無所表矣故犯罪結捨墮

僧祇云當敬如塔想不著者擗褺舉之入俗人處不著紐者家家得罪

釋三衣譬如佛塔者令生尊敬之想故若恭敬供養佛塔獲生善滅惡功德敬衣亦爾若入聚落時大中二衣不著者應擗褺舉之隨身又緣比丘入里乞食於俗人前風吹衣墮露醜招譏故制入俗人處若不著紐者逾一家則獲一越毘尼罪也

五分云若衣下壞亦令倒著上下安鉤紐

釋緣諸比丘衣下數數壞故制倒著又因在雨中倒著行水入葉中復聽順披所以上下俱令安鉤紐也今以片布安中條之上謂曰須彌山復以二小片安於左右二條之上謂曰日月宮若倒著者則日月下墜須彌倒懸然所訛者爲律令帖障垢膩於裏錯分三片安之於外其緣上安一片名貧婆衣有經中說云王舍城有一貧婆見人供佛及僧自愧前世不植福德現生受諸貧苦思無所供即脫身上故衣禮佛供奉佛慈愍故受之令諸比丘人各分一片置其衣上令植福田因授記得當來如意福報故名貧婆衣斯有據

律中聚落外令反著衣比丘所行之處衣鉢恒隨猶如飛鳥餘如鈔明

釋初句者律云時諸比丘聞佛不聽反著衣入聚落畏慎不敢聚落外反著衣被風塵日曝蟲鳥汚穢緣此白佛故聽比丘所行之處衣鉢恒隨猶如飛鳥謂餘如鈔明者今按緇門警訓引事鈔云十誦獲三衣如自皮鉢如眼目乃至云所行之處與衣鉢具無所顧戀猶如飛鳥僧祇亦云比丘三衣一鉢須常隨身違者出界結罪除病敬三衣如塔想五分云三衣謹護如身薄皮常須隨身如鳥毛羽飛走相隨四分云行則知時非時不行所行之處與衣鉢俱猶如飛鳥羽翮相隨諸部並制隨身今時但護離宿不應敎矣所以衣鉢常隨身者由出家人虛懷爲本無有住著有益便停故制隨身若任留者更增餘習於彼道分曾無思擇故制有由此謂如鈔明也下文續引聖敎以顯三衣功德故

按悲華經云如來於寶藏佛所發願願成佛時我袈裟有五功德一者入我法中或犯重邪見等四衆於一念敬心尊重必於三乘授記二者天龍鬼神若能恭敬此人袈裟少分即得三乘不退三者若有鬼神諸人得袈裟乃至四寸飲食充足四者若有衆生共相違背念袈裟力尋生慈心五者若在兵陣持此少分恭敬尊重常得勝他若我袈裟無此五力則欺十方諸佛

大悲經云但使性是沙門汚沙門行形是沙門披着袈裟者於彌勒乃至樓至佛所

得入涅槃無有遺餘
瓔珞經云若天龍八部鬪爭念此袈裟生慈悲心
海龍王經龍王白佛如此海中無數種龍有四金翅常來食之願佛擁護令得安隱於是世尊脫身皁衣告龍王汝取是衣分與諸龍皆令周徧於中有值一縷之者金翅鳥王不能觸犯持禁戒者所願必得
賢愚經云佛告阿難古昔無量阿僧祇劫此閻浮提於山林中有一師子名踈迦羅毘（上音茶翻云堅誓）軀體金色光相明顯時獵師剃頭着袈裟內佩弓箭以毒箭射之師子警覺即欲馳害見着袈裟念言此人不久必得解脫所以者何此袈裟者三世聖人標相我欲害之則爲惡心向三世聖賢

法滅盡經云佛告阿難吾涅槃後法欲滅時五逆濁世魔道興盛魔作沙門壞亂吾道着俗衣裳樂好袈裟五色之服乃至袈裟變爲白色也
感通傳中天人云佛法東傳六七百載南北律師曾無此意安用殺生之財而爲慈悲之服師何獨拔南山答曰余因讀智論見佛着麤布伽黎因懷在心何得乖此及聽律後便見蠶衣卧具縱得已成並斬壞塗埵由此重增景仰又見西來梵僧咸着布氎具問答云五天竺國無着蠶衣由此興念着布衣也然今爲僧不思古人德風遥符法滅懸讖多着紫花墨色並細輭紬綾任情不禁厭棄緇服反謂福緣理應無咎嗚呼寸絲千命孰憶於斯傷慈愛好乖

僧儀制

○受安陀會法

(釋)將受三衣須識衣名然此三衣名諸部並無正譯唯事鈔准義釋之謂大衣名雜碎衣以條相多故若從用爲名則曰入王宮聚落時衣乞食說法時着七條名中衣從用云入衆時衣禮誦齋講時着五條名下衣從用云院內行道雜作衣下文正明受法

佛言三衣應受持若疑捨已更受若有衣不受持突吉羅而不出受法令准十誦加持若以青黃赤白黑五大色及上色染律論並不成受若如法衣應云

(釋)然此受衣而言應云者法須依律一定儀當准義令加謂凡受衣者應詣一持戒知法比丘前先具儀作禮畢起立自手捧衣對前人應云

大德一心念我比丘(某甲)此安陀會五條衣受一長一短割截衣持(三說)

(釋)三說竟所對者合掌(答言)善受衣者(答言)爾如前作禮兩別若受衣者是上座所對者是中下座受者唯合掌鞠躬但立說作法旣竟其所對者應禮上座足向下諸衣藥受捨時加儀別座皆准此

下衣有四種謂割截襵葉褋葉縵作就中有正從二品先明正有三種從有二十種若作襵葉褋葉二種衣者加受文時餘詞同上但改下襵葉衣持

(釋)品者類也明正有三種者謂四種安陀會上已受割截餘有襵葉褋葉縵作三種

若作襵葉褋葉二種衣受者加受文時餘詞同上但改其衣持也從者隨也若四安陀會俱闕隨僧伽棃欝多羅僧有長者權受作下衣守持應法免離衣過須知從衣守持但從其名不從其相唯聽隨身不聽披着而云從有二十種者謂僧伽棃三品九衣聽割截褋葉二種作共有十八欝多羅僧聽割截褋葉二種作故云從有二十種衣也

若從衣受持者應如是加云

大德一心念我（某甲）比丘此安陀會二十五條衣受四長一短割截衣持（如是三說）

乃至九條七條類此取解其欝多羅僧僧伽棃各有正從加受差互準上可知

釋加受差互者謂三衣條相長短差別若彼此互從受持文詞准上改稱可知此以一從法而例顯諸從法也

若加縵安陀會餘文如上應言

此縵安陀會受持（三說）

若擬作欝多羅僧僧伽棃者並准安陀會法唯約衣上下增減爲異

釋此准十誦縵作三衣之制若財少者揣度欲作中衣大衣並准安陀會法通縫一幅不分田相長短唯約大衣下過中衣若干中衣下過安陀會若干若上覆下則善不得下長於上以此識知三衣着用皆有誌也故云唯約衣上下增減爲異

○受欝多羅僧法

此衣正有二謂割截褋葉七條也從有二十二

釋從有二十二者僧伽黎割截襟葉各九安陀會割截襵葉襟葉縵作四共二十二也

若受割截衣餘文准上下文加法云

此欝多羅僧七條衣受兩長一短割截衣持三說

若襟葉衣若從衣並准改

○受僧伽黎法

此衣正有十八種謂割截襟葉各有九品

從有六種

釋從有六種者謂安陀會割截襵葉襟葉縵作有四欝多羅僧割截襟葉二種是也

若受割截衣餘詞如上准改下云

是僧伽黎若干條衣若干長若干短割截襟葉衣持三說

乃至九條准上例受若有從衣可例如前矣

○受縵衣法

律本云下三衆若離衣宿得突吉羅薩婆多云應持上下二衣一當安陀會一當欝多羅僧

釋下三衆離衣結罪乃隨律威儀所制論云沙彌得畜上下二衣一當安陀會令行來時着一當欝多羅僧令清淨入衆着所言當者不似比丘條相長短割截之衣但聽受持加五七之名裁縫非五七之相唯分衣量增減識知着用由未入大僧衣故異也

若得如法衣應言

大德一心念我沙彌某甲此縵安陀會受持

律雖不出受法今准十誦五分律中如法

三說

釋法雖准制儀當異僧若沙彌於和尚及比丘前受衣者先應禮足然後跪捧縵衣如法三說彼（答云）善沙彌（答云）爾答已復應禮足不得類於比丘也

○捨衣法

本律云有疑當捨已更受不出捨文僧祇云有緣須捨者具修威儀加云

大德一心念我比丘（某甲）此僧伽棃是我三衣數先受持今捨

一說便止下二衣乃至尼五衣等須捨亦爾

釋受衣必三說以敬心重故捨衣但一說以棄心輕故五分云所受三衣不捨便受餘衣以先衣淨施及施人得名更受亦名淨施施人但不捨得突吉羅罪　以上受捨衣法義立七非於首篇已明故不重顯

○尼受餘二衣法

釋凡比丘尼受捨等法具儀准上比丘亦分上下座也

時比丘尼露胸膊行爲世人譏慢故白佛佛言當畜僧祇支覆肩衣今准僧祇加云

大姊一心念我比丘尼（某甲）此僧祇支如法作我受持（三說）

若准作祇支廣四肘（六尺四寸）長二肘（三尺二寸）是祇支本制今則改變止可義准其覆肩衣廣長亦如祇支法今取所着者或減量作不必依文應准改加法（謂如法作三字改云減量作加文也）

大姊一心念我比丘尼（某甲）此覆肩衣如法作我受持（三說）

若有換易須捨者亦准上文其式叉尼沙彌尼受四衣亦准同前

（釋）尼二小衆無僧伽黎若受五七二縵衣准前若受祇支及覆肩衣同大尼加法

○心念受捨衣法

五分云獨住比丘三衣中須有換易者具修威儀手執衣心生口言加法云

（釋）獨自受衣無人可對而云具修威儀者爲敬衣如塔想理應三業至誠心生受衣之念手捧所受之衣口言加法應如是云

我比丘某甲此僧伽黎若干條今捨已一說

然後受所長之衣如前威儀加法云

我比丘某甲此僧伽黎若干條受三說

餘二衣等受捨亦爾所捨長衣如後心念淨施法餘四衆受捨並准此也

（釋）餘二衣等者等其大衣二九七條有二安陀會四種條相割截襵褋縵作若欲受時加法各隨其衣如有紊制准實定非可曉

（附）根本部云時有苾芻暫出擬還不持衣去謂少持一衣非謂全無也至彼日暮恐離衣宿即侵夜歸被蟲賊所害諸苾芻白佛佛言若其本意即擬還來有緣不及歸者當於彼宿不應夜行可於同梵行邊借餘三衣守持克事餘者謂長衣也先守持衣應心念捨後守持新應對首受明相現已後守持新應對首捨先守持衣應心念受今附此者以便遘緣行用有據

○受尼師壇法

佛言爲身爲衣爲卧具故制畜之長用四

尺廣三尺更增半磔手者律本善見云令於縷際外增之十誦云新者二重故者四重

釋此明尼師壇制意並量也律本云作尼師壇當應量作長佛二磔手廣一磔手半更增廣長各半磔手磔謂張指大跨也佛一磔手准唐尺一尺六寸則長量並增者用四尺廣量並增者用三尺二寸今云三尺恐筆之誤耳五分准姬周人謂佛一磔手二尺此則不合唐尺也制意云爲身者恐坐地上有所損故次爲衣者恐無有籍三衣易壞故爲卧具者恐身不淨汚僧牀褥故善見令增縷際外謂接頭縫非通長增故十誦令新故二四重作者意取堅用也

僧祇云不得趣爾持故物作及屈頭緼量水濕量若乾大者犯墮受用犯小罪此是隨坐衣不得淨施及取薪草盛物雜用應中摺左肩上而行至坐處取坐之若置本處當中掩之欲坐徐舒先手按後乃坐

釋據感通傳天神黃瓊云元佛初度五人及迦葉兄弟並制袈裟左臂坐具在袈裟下西國王臣皆披白氎搭左肩上故佛制衣角居臂異俗後度諸衆徒侶漸多年少比丘儀容端美入城乞食多爲女愛由是制衣角在左肩後爲風飄聽以尼師壇鎮上後外道達摩多問比丘肩上片布持將何用答曰擬將坐之外道難言袈裟既爲可貴有大威靈豈得以所坐之布而居其上比丘不能答以事白佛由此佛制還以衣角居於左臂坐具還在衣下但不得垂

尖角如象鼻羊耳相等此引僧祇云應揲中在左肩上行者乃依次制然宣祖不以天神所告而引律爲僧祇譯自東晉感通傳於大唐所以不用已知而用衆知若如神語恐生他疑今既無疑故依後制具在衣下也

十誦云不應受單者離宿突吉羅五分云須褋四角不褋則已摩得勒伽云若離宿不須捨律論制受闕文應義加云

大德一心念我比丘(某甲)此尼師壇應量作今受持(三說)

必有餘緣准上捨衣法

(釋)然引勒伽所明恐類離衣作捨此云必有餘緣准上捨衣法者謂有受亦必有捨若此尼師壇隨身坐卧年久豈無破壞新得換易等緣有則准上衣法先捨後受

(非)人法壞相同前受衣　三事非謂單作增量緣配上色等　後四合曉

○受鉢多羅法

僧祇云鉢是出家人器少欲少事非俗人所宜

(釋)梵語鉢多羅此翻應量器謂體色量三皆應法故出家人者形超俗表心遊塵外寡欲無貪少事息緣一鉢資身三慧爲業非俗人所宜者謂應器非廊廟所陳染衣異朝宗之服也

五分云佛自作坏以爲後式

(釋)此引制緣也雜揵度云時佛遊化到蘇摩國自作鉢坏以爲式而令陶師燒彼便多作合燒開竈視之皆成金鉢生大怖懼

此是大沙門神力若王聞者必當謂我多有金寶便取埋藏世尊復作令燒皆成銀鉢亦如上埋藏世尊復作令燒乃成銅青鉢如閻浮提樹諸比丘不敢受白佛佛故聽畜故云佛自作坏以爲後式也

律中不得畜雜寶銅鐵木石鉢大要有二種泥鐵是也

釋此明鉢體也雜揵度云時佛在給孤園王舍城瓶沙王深信佛法聽僧出入内庭時王以宮人着屏處聽若比丘有所言説便來語我彼内宮以貴價香材爲柱諸比丘見已作是言以此貴價香材作柱也爲諸比丘作鉢不亦佳乎時宮人白王王即敕更換持作鉢施僧佛不聽畜此是外道法畜者如法治王復以石鉢施僧佛制不聽此是如來法鉢若畜得偷蘭遮王復以金銀瑠璃等雜寶鉢施僧佛皆不聽此是白衣法畜者如法治除雜寶香木石鉢不畜大要鉢有二種應法當畜一泥鉢爲上次鐵鉢因比丘麤行失手隨鉢佛故聽之所以爲下有謂鐵鉢爲上非也

應熏作黑赤二色

釋此明鉢色也雜揵度云時諸比丘畜鉢不熏生垢患臭佛令作熏爐若釜若坻種種泥塗以杏子麻子泥裹以灰平地作熏場安支以鉢置上鉢爐覆下以灰壅四邊手按令堅四邊燒之當作黑赤二色也泥鉢律制亦令熏者准西域多用乳酪酥油易生垢故有惡味故

世中時有𣭈油漆素綊紵等鉢並非佛制

不成受持諸部唯有熏鉢一色

釋此簡非也焜油漆素者焜同混是以薄木圈胎外加油漆磨退混色顯出光耀乃純黑純紅爲之素淨退光漆鉢也綊紵者是以紵布重綊爲胎表裏生漆加灰令堅復上熟漆精細描金爲之託沙漆鉢也等謂青白磁鉢故引諸部明非以誡後愚也

十誦律及論云上鉢受秦升三升毘尼母云不滿升半若過三升不成受持

釋此明鉢量也以十誦及論同明量者此律論總是薩婆多部出故而云秦升者十誦律乃羅什法師於姚秦時譯復引母論下鉢不滿升半上鉢若過三升則非者母論失譯人名亦附秦録故則中鉢在上下之間可知矣若就古今身軀明食量者不須局升數律云量腹而食度身而衣趣足而已然通增減必准正教有所據也

善見云若穿破失受持

釋彼律云破如粟大失受持按五百問經云若縁闕穿穴裂不捨盡失受持所言失受者謂比丘一日不持鉢受食食犯越毘尼

律云鉢破食入但淨洗食不出者無犯應謹護不得乃至足令破

釋此准雜揵度明之若鉢有星隘孔食入中摘出壞鉢隨可摘出便摘出餘者不可出無苦應謹護不得乃至者謂不得安鉢盤石欲墮處棚閣上道路中石上菓樹下牀角頭不得足令破鉢者此句是減五綴求好鉢之行法於止持中三十事之第二

十二詳明令爲足成謹護之制故引也
毘尼母云當用細澡豆洗律本云若葉若汁取令除膩應作囊若襆盛之繫口外向帶絡肩上挾鉢腋下五分云𤭖鉢應近地洗若非法洗得越毘尼罪
釋律論令以細澡豆洗謂用皂角爲細末若葉謂先乾擦後洗若汁謂以器盛水漬牛屎澄去沙用此皆取其除油膩此方斟諸油膩但用水淨洗亦可盛以囊襆襆謂帛三幅名襆帊繫口外向者緣比丘帶絡掛鉢肩上挾於腋下口向脇間道行遇雨失足倒地鉢隱脇遂成病故聽口外向也令人謂律制食已鉢口向内未食令口外向皆無憑也五分令𤭖鉢近地洗者天竺諸國僧俗受食俱是就地設低牀坐跏趺而食若立蕩高洗皆越毘尼故所結罪
十誦云鉢是諸佛標誌不得惡用及洗手敬之如目律中若破以白鑞鉛錫補
釋三世諸佛出世成道化利群生並着衣鉢現聖威儀故云標誌也惡用謂盛諸雜物敬如目者眼目乃清淨光明纖塵不受爲人一身之主珍護愛惜至極以喻敬鉢亦爾若破依律補之白鑞即錫鉛乃青金亦錫類也
律無受法准十誦云云也
大德一心念我比丘某甲此鉢多羅應量受常用故說三
善見云若無人時獨受持鉢即准上文其尼等四衆亦准此若捨故受新並准前上
釋並准前上者前謂准但對首法上謂准

對首心念法若獨住比丘皆可便用

非餘非同前　唯興事非謂體乖兎鐵色殊衆持

○受藥法

佛言有四種藥時藥非時藥七日藥盡形壽藥應手受之

釋此引藥揵度以明受法也葢患累之軀有所資待無病憑食有疾須藥藥乃通名別則分四一時藥者從旦至中聖敎聽服事順法應不生罪咎二非時藥者諸雜槳等對病而設時外開聽限分無違三七日藥者約能就法盡其分齊從以日限用療深益四盡形壽藥者勢力旣微故聽久服方能除患形有三種一盡藥形二盡病形三盡報形此四藥依制應以手受之

薩婆多論云受食有五義

釋彼論文中云凡受食者一爲斷竊盜因緣故二爲作證明故三爲止誹謗故四爲少欲知足故五爲生他敬信故無智小兒皆不聽授 文 初義謂授受分明心離私取若食從他人授與爲斷竊盜因緣故二義謂蠲除業染防習更萌若食從他人授與爲作證明故三義謂授取有證無過可加若食從他人授與爲止誹謗故四義謂癡覆多貪智朗觧脫若食從他人授與爲少欲知足故五義謂禁戒嚴持遐邇欽仰若食從他人授與爲生他敬信故然此五義總論爲受四種藥也

律本無口受法准十誦及論制令口受時藥手口互受餘三藥具兼二受

○受時藥法

佛言蒲闍尼有五種謂飯麨乾飯魚肉佉闍尼有五種謂枝葉華果細末食名爲時藥謂從旦至中也若欲受者先知藥體後知授受餘藥並准此

釋蒲闍尼翻云正食佉闍尼翻云不正食佉闍尼律中不止五種更有油食胡麻食羔食譯者總攝細末食中此二五食皆名時藥者何也准佛地論云食者以任持名食謂能任持色身令不斷絕長養善法身依食住命託食存流入五臟充浹四肢補氣益饑身心適悦故名時藥從明相現至午中不得過有病無病俱聽非如餘三隨病藥有病則開無病不聽按薩婆多論食有十五種隨噉何食若過午皆結犯墮十五種者謂一切麥粟稻蔴菽米作麨餅盡名似食若變成麨飯餅盡名正食以五正五不正五似謂十五種食也按律於五正食中聽諸比丘食五淨肉謂一不見殺二不聞殺三不疑爲我殺四自死五鳥殘斯乃世尊隨其國土誘物歸眞方便資形豈通化境一概行用首楞嚴中佛言我令比丘食五淨肉此肉皆我神力化生本無命根汝婆羅門地多蒸濕加以砂石草菜不生我以大悲神力所加因大慈悲假名爲肉汝得其味柰何如來滅度之後食衆生肉名爲釋子　又涅槃經云若比丘食肉以突吉羅治故知權終非實因機暫開顧命教嚴廢權不用今律仍依舊文以列魚肉況此東土悉是大乘演化之所不橾小

乘若沙門食肉者法道敗壞毁謗彌興護世譏嫌斯爲最要准經附辯俾曉律開也

○藥無七過

一非内宿二非内煑三非自煑四非惡觸五非殘宿六非販賣得七非犯竟殘藥等

釋此明稱量染淨也藥無七過者葢顯遮非護淨之義前於結界篇中已明攝僧攝衣攝食三種界畔今云内者謂在攝僧界内也准藥揵度云一時國土穀貴人民饑饉乞求難得佛聽比丘八事謂界内共食宿界内煑食自煑食緣使淨人煑或分取食或都食盡故聽自手取食使淨人受如上故聽受早起食謂殘宿食聽早起受從食處持食來胡桃果等食水中食物足已不作餘食法食於後年豐穀㮣佛言不得界内共食宿等八事若食如法治今故云非内宿内煑自煑也惡觸者時有比丘相嫌便觸他淨食作念云令他比丘得不淨食彼比丘不知淨不淨白佛佛言觸者是不淨不觸者淨觸犯突吉羅又有比丘嫌比丘於彼小沙彌邊觸彼淨食作念云令彼和尚阿闍黎得不淨食彼白佛如上治今故云非惡觸也五非殘宿者已攝上八事中六非販賣得者即三十事之第十九種種販賣若犯此戒得者是七非犯竟殘藥等者謂過限非時漿及滿七日藥也斯由佛世界内伽藍不立烟厨比丘正命唯依乞食若干此七種中一一過者皆名不淨食也

○授有三種

一分別知是食非食二有施心三者如法授與

釋此明稱量施者並所施之食也授者付也若比丘托鉢乞食得已應分別了知此是五正食是五不正食若是正食不須更別乞若是不正食仍復乞足之若是粥者濃則不須再乞亦可足食淡則可以復乞令足故云分別知是食非食也二有施心者令觀檀越之敬慢故若詳明之布施有五種相對一謂田財相對二謂輕重相對三謂染淨相對四謂空有相對五謂多少相對各有四料揀一田財相對四句者田是福田財是所施一謂田勝財劣如童子施沙供佛二財勝田劣如以寶施貧人三田財俱勝如以寶施如來四田財俱劣如以草施畜生　二輕重相對四句者一謂心重財輕如貧女以麤氎施衆僧二財重心輕如王夫人慢心以珍寶施衆僧三財心俱重如王以恭敬供佛四事四財心俱輕如以一飲水施栴陀羅　三染淨相對四句者一謂施者清淨受者不清淨如阿闍世施提婆達五百乘車飲食二施者不清淨受者清淨如以金銀珍寶施持戒比丘僧三施受俱淨如觀世音分瓔珞供多寶釋迦佛四施受俱不淨如栴陀羅惡律儀人施破戒比丘　四空有相對四句者一謂空心不空境謂雖學空觀照惜財不施還得貧果二空境不空心如知其財施得福弘多樂捨得福三心境俱空破能所相入三解脫四心境俱不空貪着無厭一

毛不施餓鬼報成人天路斷 五多少相對四句者一謂施多得少福如愚人祭祀用多福少二施少得多福如慈心供道人三施少得少福如惡意施邪人四施多得多福如建塔供佛是故比丘得施時宜觀檀越捨心然後可不方受爲善故云有施心也三如法授與者謂見僧具儀逆迎有禮化少供多留麤捨細不坐授與不愁顏與不支手與不呼字與乃恭敬而與如斯謂之如法授與也

毘尼作持續釋卷第九

音義

章音張表也謂身外之威儀也 御音遇用也 詐阻去聲僞也又詭譎也 逞稱上聲矜而自逞也 抑音益按也寃屈也 贓賄上音臧下灰上聲財也金玉曰貨布帛曰賄凡非理所得財賄皆曰贓賄也 削襄入聲去也 曳

音商也 踝骨上華上聲脛兩旁內外曰踝骨 畦音奚田五十畝爲畦 畔田界 四利之水謂檀越布施飲食衣服臥具湯藥四事供僧也 三善之苗謂三業發生衆善而增長一切功德也 褋音疊重也 襵音摺衣襵也 穬音礦 磔音窄開張也 擗音辟開也 褺音褋重衣也 翮音核羽莖也 皁同皂 兗音冲溝也 鎮壓也 廊廟所陳謂如宗廟俎豆陳設進退之事俎豆祭器也 朝宗之服謂冠冕也 坏音丕未燒瓦也 鑯音蠟錫也 釜音輔鍑屬無足也 坻音射瓦器也 綊音挾合也 摘音惕挑也 棚音彭閣也 細澡豆乃皂角子爲末也 襆同幞音僕 帊音怕 倩千去聲假借使人也 五臟臟者藏也精藏於腎神藏於心魂藏於肝魄藏於肺志藏於脾也 浹音接浹洽謂潤澤周徧也洽音狎 荍音喬 蒸音烝熱氣也 稔壬上聲穀熟也 三解脫一空解脫二無相解脫三無作解脫

曇無德部四分律删補隨機羯磨卷第十

唐京兆崇義寺沙門道宣　撰集

清金陵華山後學比丘讀體　續釋

○衣藥受淨篇第四之二

○自受三法

一別知食體與淨人所受之食者心境相當非錯彼此二有心自食非爲餘事三如律手授具二五法無非威儀事者

釋此明知食相應及受儀也言食體者謂知有形段食以香味觸三塵爲體入腹變壞資益諸根具三德六味故三德者涅槃經云諸優婆塞爲佛及僧辦諸食具種種備足其食甘美有三德焉一清淨德謂精潔無有葷穢二柔軟德謂柔軟甘和而不麤澀三如法德謂隨時措辦制造得宜六味者俱舍論云凡調和飲食之味各有所宜無出此之六種雖進修道行之人不尚於味然滋益色力亦由於此所謂身安則道隆故有六味之須也一淡味淡者味之本也能受諸味故二鹹味其性潤能滋肌膚故調諸味必以鹽爲首三辛味其性熱能暖腑臟之寒故味之辣爲辛四酸味其性涼能解諸味毒故味之酸爲酢五甘味其性温能和脾胃故味之甜爲甘六苦味其性冷能解腑臟之熱故味之冷者爲苦如此五正食時中與淨人所而受之是謂心境相當若五不正食及薄粥等此非足食不宜時中受若受是謂心境不相當於如是足食不足食並須了知非錯彼此又按根本一切有部云若先食五嚼食（此即五不）

正食取嚼齒之義後食五噉食無犯此即五正食取含噉之義
若先食五噉食後食五嚼食罪犯單墮故
二有心自食非爲餘事者由精修道業支
持幻軀知足忖施觀時而受非爲貪饕美
好無慚過受也三如律手授具二五法無
非威儀事者此謂授食之法有其二五如
律云受有五種手與手受或手與持物受
若持物授手受若持物授持物受若遥過
與與者受者俱知中間無所觸礙得墮手
中復有五種若身與身受若衣與衣受若
曲肘與曲肘受若器與器受若有因緣置
地與如是二五授受之法皆論威儀所制
故云如律手授具二五法無非威儀事者

○正食五觀

初計功多少量藥來處一自知行德全闕
應供三防心離過貪等爲宗四正事良藥
爲療形枯五爲成道業故並律論正文非
唯抑度廣相如鈔

釋抑者治也度者法也謂正受食具五觀
者非唯自治之法並出律論正文而云廣
相如鈔者准一覽中引事鈔云沙門凡受
食時先作五觀然後方食一計功多少量
藥來處計功多少者智度論云此食墾植
收穫蹂治舂磨淘汰炊煑及成工用甚多
計一鉢之飯作夫流汗集合量之食少汗
多此食作之功量辛苦如是量藥來處者
僧祇律云施主減其妻子之分求福故施
也二謂自知行德全闕應供者毘尼母律
云若不坐禪誦經營三寶事及不持戒受
人信施爲施所墮則不宜受食德行若全

則可應供受食也三防心離過貪等爲宗者明了論疏云出家先須防心三過謂於上味食起貪下味食起瞋中味食起癡以此不知慚愧墮三惡道也四正事良藥爲療形枯者謂饑渴爲主病四百四病爲客病故須以食而爲醫藥用調其身也五爲成道業故謂不食則饑渴病生道業何成增一阿含經云多食至苦患少食氣力衰處中而食者如秤無高下比丘凡受食時當作此五觀是爲有正智者受供也

(非)人法同前　三事非謂食體干過不淨心境相違懷瞋等　後四非如前取顯

○受非時藥法

佛言聽以梨棗甤蔗等汁作漿若不醉人應非時飲亦不應今日受漿留至明日若飲如法治

(釋)此明非時藥體及受法也非時漿即非時藥律中緣起時有施盧婆羅門是外道師聞佛生信敬心自思當持何物見佛即念言今有八種漿是古昔無欲仙人所飲一梨漿二閻浮漿三酸棗漿四甘蔗漿五甤果漿六舍樓漿七婆樓師漿八蒲萄漿此中二五六七是西域果名未見飜譯　彼持是八種漿詣佛所問訊却坐世尊爲彼方便說法開化令得歡喜即以此八種漿施供比丘僧諸比丘不敢受白佛佛言聽飲八種漿若不醉人應非時飲若醉人不應飲若飲如法治亦不應以今日受漿留至明日若留當如法治

僧祇五分律開受蜜漿若諸果汁澄如水

色以水渧淨已義加受法

釋諸果即本律八種未明造法故復引之彼律謂以諸果漉汁去其滓濁澄清如水一切聽飲若多日漿變作酒色酒香酒味者一切不得飲若持漿來者應作淨以水滴灑之若器底有殘水若天雨墮中若洗器有殘水若車載石蜜被雨若船載水濺如是等即名作淨又須知漿有時非時分別時漿者一切米汁粉汁乳酪漿是也非時漿者一切豆一切麥漬浸須不坼者是也根本部云其不漉者爲時其淨漉者爲非時仍須以水滴之爲淨律中有受無詞義加受法云

大德一心念我比丘某甲今爲渴病因緣此是蜜漿爲欲經非時服故今於大德邊受三說

餘漿准此若無渴病犯罪

釋廬山東林遠公示疾垂終有弟子進蜜漿於前公止之云請律閱證有開緣不蓋由除渴病外則無聽爾此法自手捧漿口對前人如是受之

非事非謂味甘非薄未澄藥不應病輒受等　餘非准前

○受七日藥法

佛言有酥油生酥蜜石蜜世人所識有病因緣聽時非時服

釋此明七日藥體及受法也律中時諸比丘秋月得病顏色憔悴形容枯燥癬白佛作念云有五種藥酥油生酥蜜石蜜是世常用者聽諸比丘食之當藥不令麤相現如食飯麨法此初制也諸病比丘得種種

美食至中不能食況復五種藥至中能食然藥雖多病人不能及時服故復聽若時非時服之今所依者是第二制也

僧祇云諸脂亦七日服

〔釋〕彼律中佛言若病宜應者聽服魚熊羆猪等脂若論膏脂之別謂戴角者脂無角者膏今云脂義兼膏故　應義加云

大德一心念我比丘（某甲）今爲熱病因緣此酥七日藥爲欲經宿服故今於大德邊受（三說）

律本云風病服油及五種脂僧祇律云具有對病設藥法云之矣

〔釋〕本律中因舍利弗患風病醫教服酥油及魚熊羆猪鹿五種脂聽時受時漉時煑如油法也僧祇具有對病設藥法云者彼律謂病有四百四病風病一百一當用油脂治火病一百一當用酥治水病一百一當用蜜治雜病一百一雜謂兼風火水當用上三種治今受法中但以熱病受酥故引僧祇令知應病受藥便更名也按律攝云受七日藥正服之時應告同梵行者云我以一日服藥訖餘有六日在乃至七日准知若爲好容儀或著滋味或求肥盛或詐僞心服食諸藥皆惡作罪

〔非〕法非謂病實錯稱藥名交互等　事非謂貪味詐受漉煑非時等　餘非如前

○受盡形壽藥法

佛言一切鹹苦酢辛不任食者有病因緣聽盡形服乃至灰土大小便等亦手受加口法云

〔釋〕此明盡形藥體及受法也鹹苦酢辛非

恒入咽灰土便等世所厭惡以此不堪任食者而聽受爲盡形藥一則息貪味之心因病強服次則免俗譏之念無過可求若受時應自手持口對前人受法云

大德一心念我比丘（某甲）今爲病因緣此薑椒盡形壽藥爲欲共宿長服故今於大德邊受（三說）

若有餘藥或白朮散丸湯膏煎等但不任爲食者牒名加法薩婆多云如五石丸隨牒一名餘藥通攝

釋論云若以時藥終身藥助成七日藥作七日藥服無過以七日藥勢力多故又助成七日藥故或以時藥七日藥以成終身藥作終身藥服無過或以終身藥七日藥以成時藥作時藥服隨勢力多故相助成故若分數勢力等者隨名取定如五石丸隨石作名作終身藥服故云如五石丸隨牒一名餘藥通攝也按藥書中有陽起石滴乳石紫石英白石英青蒙石蘆甘石雲母石滑石石羔乃至硃砂雄黃等皆石之類文云五石亦大約言

非人非謂氣血未虛病不恒舉等　事非謂藥違盡形等　餘非准常

○衣說淨法

佛言長衣長如來八指廣四指應淨施不者犯隨除波利迦羅衣不現前等佛指四面廣二寸也

釋長衣者若受持三衣足更得多餘衣財名曰長衣長八指廣四指者明應量也謂多餘衣財極狹短者長一尺六寸濶八寸

應須淨施然律制有聽畜十日及畜一月內淨施者若過十一日及三十一日見掌文時不淨施即犯隨罪此於止持中詳載今唯明淨施法也波利迦羅衣是梵語華言云雜碎衣除此不須現前作淨等者謂小片糞掃衣也

薩婆多云不應量者過十日捨作突吉羅悔乃至錢寶穀米等亦爾

釋論云長物凡有五種一重寶二錢及似寶三若衣若衣財應量已上四一切不應量若衣若衣財五一切穀米等一切錢寶比丘不應畜若僧中次第付者應即向比丘說淨錢寶應與同意淨人不者至十一日地了時應量衣應捨對首作波逸提懺不應量衣應捨作突吉羅懺若比丘得穀米等即日應作淨若無白衣四衆邊作淨謂優婆塞並小三衆若不作淨至地了時穀米應捨作突吉羅懺故云乃至錢寶穀米等亦爾下文金粟法是也

○請施主法

佛言有二種淨法眞實淨展轉淨法

釋此引衣揵度眞實淨施者是實施與人也展轉淨施者乃作方便法也薩婆多云九十六種無淨施法佛大慈悲方便力故教令淨施令諸弟子得畜長財而不犯戒非眞實淨也佛法以少欲爲本是故結戒不畜長財而衆生根性不同或有多預畜積而後行道得證聖法是故如來先爲結戒而後設方便於法無礙衆生有益如昔時有比丘來白佛言與我清淨房舍旛幢

華蓋繒綵被褥以香塗地絲竹音樂種種莊嚴佛救阿難處處求索即與具足比丘在中心安行道佛隨所應而爲說法即於是處斷結漏盡成阿羅漢以是因緣佛法通塞衆生根性唯佛知之此比丘從第六天來生人間隨本所習因而度之是故既作淨施得畜長財而不犯戒

薩婆多云應求持戒多聞者而作施主亦無請文義加請法

釋請持戒多聞者則不生貪着知物非已爲順聖敎與作方便若不知戒少聞謂物施我非他所有恐起諍端淨反不淨若請者應具修威儀作如是請云

大德一心念我比丘某甲今請大德爲衣藥鉢展轉淨施主願大德爲我作衣藥鉢展轉淨施主慈愍故說三

其眞實淨主及錢寶穀米等俗人爲主並唯請之

釋謂若請眞實淨施主者改展轉二字作眞實若請俗人爲淨主者改大德二字作長壽改衣藥鉢三字作錢寶穀米餘詞無異唯至誠叉手向說不須禮拜也

○正說淨法

善見云若衣物衆多衣段段說之欲總說者並縛相著加重法云矣

釋若段段說之名單非重若總言衆多非單名重故云欲總說者並縛相著加重法云矣凡說淨時當至一如法持戒比丘所若問施與誰或展轉施或眞實捨應稱先請施主名恭敬具儀手捧衣云

大德一心念此是我(某甲)長衣未作淨今爲淨故施與大德爲展轉淨故(彼受者言)長老一心念汝有是長衣未作淨爲淨故施與我我今受之(受已言)汝施與誰(彼當言)施與某甲(受淨者言)長老一心念汝有是長衣未作淨爲淨故與我我已受之汝與某甲是衣某甲已有汝爲某甲故善護持著用隨因緣(說)

長鉢殘藥文並同准

釋此法所得長物既施有主則我貪隨觸心境不執聖慈雖聽著用隨因緣者令作親厚想取用故設若仍存有我恐難免過由物作淨其心不淨若鉢藥長者文同准此亦攝眞實展轉二種施也

非人非謂先不請主或對主施等　法非謂展轉眞實說問互錯等　事非謂衣財違制應量莫分鉢藥越律愛好貪味等

後四非相据前明壞

○心念說淨法

五分云應偏袒右肩胡跪手捉衣心生口言云

我比丘某甲此長衣淨施與某甲(於五衆中隨意與之)隨彼取用(得至十一日復如前威儀言)我某甲此長衣從某甲取還(得至十日復如初言)我某甲此長衣淨施與某甲隨彼取用(如是捨故受新十日一易)

釋准此心念唯聽獨住比丘由無同侶離喧遠衆故聽於出家二大三小衆中但有親厚知識者任其稱名與取若非獨住比丘必依正說淨法行持也

非人非謂有侶同居等　法非謂心念不言及言不了等　事非謂衣財越制等

餘非合具准知如前
○金粟淨法
薩婆多云錢寶穀米並同長衣十日說淨
釋此引例證也論云若得應量不應量衣亦至十日過十日長物捨罪應懺一切穀米等亦不得過一宿同比丘法而云過一宿者謂至次日同比丘法者然比丘法不應捉畜錢寶穀米若畜過一日例同比丘畜長衣法也本部無此故引證便用
律本云當持至可信優婆塞所若守園人所如是告言
此是我所不應汝當知之
釋此乃對俗捨寶法守園人者古養鳥獸曰苑苑有垣曰園此以鹿野苑標名即僧伽藍民也無論近事男及守園人須是一往具信不昧因果知比丘法者方可持錢寶等至彼所捨之此是我所不應者謂捉畜寶等是我比丘法所不應爲汝當知之者謂佛有教爲淨故方便與汝也此即說淨法若彼取還與比丘者比丘當爲彼人物故受敕淨人使掌之若得淨衣鉢尼師壇針筒應持貿易受持之廣如止持中明
論云除錢及寶等一切長財並五衆爲長主若說淨錢寶希得衣物施不須施
釋若一切錢寶等非出家人所畜持者不得請爲長主故爾除之若一切長財是出家人理應持畜所以五衆並可請爲長主也若說淨錢寶希得衣物施不須施者希謂少也若守持之衣具少者以說淨錢寶買得受持此則不須說淨復施此准論云

若說淨錢寶後留一切衣財作三衣鉢器入百一物數不須說淨自百一衣物外一切說淨百一者大約多少而言非謂實有之數

僧祇云施主若死等不得過十日更覓施主說淨

【釋】諸部並論但云施主死或遠去他國須別請施主不定期限唯僧祇不得過十日而無主若無長財主應復請出家五衆若無金粟主應速覓居家信實者義謂過期獲罪

毘尼母云若衣物未說淨點淨縫衣著已淨者則名衣和合淨若色非法縫著如法者是名色衣和合淨更不須別淨

【釋】點淨者律云除受持三衣外餘得點作淨點但三五七不得點如華形今謂未點淨者縫著已淨衣上也彼論云衣和合者若衣作淨納未作淨縫納著衣上若衣未淨納已淨者縫衣著納上此二皆名淨衣若得上色納以此納縫著條衣上故名和合應畜猶如酒若和藥得飲不和不得飲上色與下色合得畜若上色錦上色白雖和合不應畜今宣祖準義潤文也

【附】按地持論云菩薩先於一切所畜資具爲非淨故以清淨心捨與十方諸佛菩薩如比丘將現前衣物捨與和尚阿闍黎等今時講學專務名利豈念聖言自下壇場經多夏臘至於淨法一未霑身寧知日用所貿無非穢物箱囊所積並是犯財慢法欺心自貽伊戚學律者知而故犯餘宗者

固不足言誰知報逐心成豈信果由種結況大小兩乘通名淨法儻懷深信豈憚奉行輔行記云有人言凡諸所有非己物想有益便用說淨何爲今問等非己財何不任於四海有益便用何不直付兩田悲敬二田而閉之深房封於囊篋實懷他想用必招愆盜犯忽謂己財仍違說淨說淨而施於理何妨任己執心後生傚傚故知不說淨人深乖佛意兩乘不攝三根不收若此出家豈非虛喪　第四衣藥受淨篇竟

〇諸說戒法篇第五之一

釋說戒即誦戒也而云諸者唯說戒揵度始從僧法終至心念共有一十六法類聚爲篇次之第五今但依文釋義續法其誦戒加儀恒式俱載黑白半月布薩正範詳明

摩得勒伽論云云何布薩捨諸惡不善法證得白法究竟梵行半月自觀犯與不犯清淨身口也

釋惡法謂結使煩惱我愛爲本報感三途極苦白法謂無漏道業梵行爲本果證涅槃寂樂欲證涅槃必須究竟梵行故於前白半月至後黑半月其間自觀犯與不犯若憶有犯應對無犯者說露冀改前愆一則遮現在之更爲二則懲未來之慢法若不犯者身口清淨知梵行無虧也

善見云何得知正法久住毘尼母云清淨者名布薩義

釋唯此二論原文善見云何得知正法久住若說戒法不壞者是母論云若犯七衆

不淨人前應止不説戒名布薩義今文以善見爲問毋論爲答其義俱收布薩愈顯矣所以世尊制諸比丘半月半月並須盡集聽別解脱經合善法而增茂住持之本斯其上歟

○僧説戒法

釋創制之縁佛在羅閲城時諸外道月八日十四日十五日集會諸人往來共爲知友給與飲食極相愛念缾沙王登閣遥見問知其由王即下閣往禮世尊白所見事願佛今勅比丘亦三時集會我及群臣亦來聚會佛黙允已王禮辭去故聽比丘三時集會但是説法後乃復制布薩佛在僧中親自説戒一時布薩日大迦賓㝹在仙人住處黒石山側於靜處思惟作念云我

今若往説戒若不往我常第一清淨爾時佛知從耆闍崛山没於黒石山出在迦賓㝹前敷座而坐迦賓㝹禮世尊足已世尊知而故問彼答云爾佛言如是如是如汝所言説戒法汝當恭敬尊重承事若汝不恭敬布薩承事者誰當恭敬尊重承事是故應往説戒不應不往應當歩往不應乘神足往我亦當往彼受教而往世尊以此因縁告諸比丘聽一住處和合一處説戒今標云僧説戒法者由佛不在僧中故准律復有縁起一時佛在瞻波國伽伽河側十五日説戒世尊露地而坐衆僧前後圍遶初夜已過阿難起座禮佛足請説戒世尊黙然如是中夜已過復請説戒佛亦黙然至後夜已過明相出現阿難復再三請

佛說戒佛告阿難衆中有不淨者若衆中有不淨者欲令如來在中說戒無此理也時目連觀衆人心見有一不淨人去佛不遠而坐既非沙門非梵行而稱沙門言是梵行目連訶責捉手牽出門外已還請世尊說戒因此制自言治告諸比丘自今已去汝等自作羯磨說戒有犯者不得聞戒不得向犯者解罪有犯者不得受他解罪此乃僧法說戒之定制也

若四人已上當白已說戒於十四日十五日十六日說戒聽上座於布薩日白僧言

釋四人已上者謂若十二十乃至百千比丘也當白已說戒者白有二種一者由界廣衆多房散住別恐衆不知集會之處白衆知已至時便往即此白詞是二者白即羯磨即後所續說戒和法是於十四日十五日十六日說戒者佛言若說戒日有客比丘來少客比丘十四日說戒舊比丘十五日說戒客比丘當從舊比丘若不者如法治（此謂少者就多同十五日說戒如法治乃越毗尼罪）若客比丘來等亦如是若客比丘來多客比丘十四日說戒舊比丘十五日說戒舊比丘少應從客比丘求和合彼與和合者善若不與和合舊比丘應出界外說戒（求和合者欲客比丘同集也）若客比丘十五日舊比丘十四日客十六日舊比丘十五日亦如上當從及求和合准斯三日說戒嚴制則外來此住客舊雖殊布薩之法必須和合今遭末世希見欽遵推情有二一者或自干禁章含羞覆過懼衆不臨次者欠學毘尼偏執爾我故

不隨集嗟夫於通計別違佛語而恣癡心布薩敗壞正法沒矣律云聽上座於布薩日唱言今日衆僧說戒今此白詞是據唱潤文其爲上座者應如是白言

大德僧聽今白月十五日若黑月大十五日若黑月小十四日布薩白衆僧集某處說戒說一

如是白已上座應教年少比丘具淨水燈火舍羅聽作時若打揵槌及餘時法若告言諸大德布薩說戒時到僧集已比座共相檢校知來者不來者其諸莊嚴說戒衆具廣如鈔中

釋文云其諸莊嚴說戒衆具廣如鈔中者斯爲聖制尊嚴在行持者整肅其規儀範草匆由作辦時彷佛於事故引鈔文宜當如法今谁律畧釋表法以明鈔義也律中佛言若半月半月布薩日掃灑敷座偹燈火水器舍羅爲上座者當教年少比丘而年少者依教作辦若上不教下不辦者俱犯越毘尼罪掃灑其處者以地喻心地掃灑如懺愆表半月布薩清淨身心凡有微細過咎必須一一懺除也敷座有二一是高座爲說者登一是下座爲聽者設其高座宜列香花以香表信花表因故非正信淨因修證無從也復偹燈火預防夜暗燈火表智暗喻癡障以顯智起則無明破也當具水器就中分二一者謂洗足水瓶恐足垢汙僧地敷二者謂淨手盆欲手潔禮僧無慢以水表定垢譬塵煩不籍定力則塵情渾濁莫能澄靜也舍羅此翻云籌乃記數之軌極短五指齊極長一拳肘麤如

小指細不過筋用有二別一者知報僧數而受施襯二者能滅諍事以同法食餘時法者謂除鳴槌聽作時集若稱其時若量影時若白言此制隨同住衆多寡便用也

○說戒和法

續上文但云僧集已比座共相檢校知來者不來者未明其法今准單白綱目依說戒揵度續入律云爾時說戒日住處有一比丘入房閉戶而眠諸比丘說戒畢從座起而去眠者聞聲即起問云諸大德欲何處去不說戒耶報云我等已說戒竟汝向者在何處來答言我閉戶眠耳諸比丘以此事白佛佛言不得說戒日在房中眠自今已去聽比座者共相檢校知來者不來者應先白然後說戒作如是白

大德僧聽今十五（四）日衆僧說戒若僧時到僧忍聽和合說戒白如是

釋上云白即羯磨此法是也白已隨緣廣略如法說戒　其間七非於集法緣成篇內業已詳明茲不重揀

續一往黑白半月誦戒藏中佛陀耶舍尊者別譯四分戒本流通卷首有十二頌作前方便問答單白和集羯磨誦戒序次第誦二百五十戒相畢有七佛略教誡偈並回向頌其首尾之頌乃結集者所置由分止作各攝歸門故於止持會集中闕而不載今錄附此僧說戒法略釋其義俾知廣誦大綱餘有誦戒儀規俱明兩乘布薩正範內

○初明卷首十二頌　分爲九釋

稽首禮諸佛及法比丘僧今演毘尼法令正法久住

（釋）此一頌上二句是歸敬三寶下二句顯戒當説能住持正法也凡作法事必須先禮三寶以求加被使内障潛消外魔無嬈稽首者謂下首至地少久乃起禮者履也進退有度尊卑有分之儀西域以五體投地爲之致敬此方以稽首爲之盡恭令隨國風故云稽首也又稽首者身業致敬身致敬時口稱德號心存觀想是爲三業供養佛者具云佛陀此翻云覺覺具三義一自覺悟性真常了惑虛妄二覺他運無緣慈度有情衆三覺行圓滿窮源極底行圓果滿法者乃如來隨機稱性所説清淨法要衆生信依修行得大解脱必趣涅槃若以義釋法是軌持之義謂軌生物解任持自性一切諸法各守自性任持不捨各守自性如水就於下火揚於上性各决定此是法體軌謂軌範可生物解如火熟食用水浮舟各取其則是爲法用也比丘僧者含三義具六和准前所釋十誦云有五種僧一無慚愧僧破戒者是二羺羊僧凡夫鈍根無智慧如諸羺羊聚在一處不知布薩不知布薩羯磨不知説戒不知法會三別衆僧於一界内處處別作羯磨四清淨僧凡夫持戒人五真實僧學無學人此中所禮正禮後之二僧由真實僧能令勝義正法久住由清靜僧能令世俗正法久住令演毘尼法者令謂正當説戒之時揀非過未演乃宣布流通也梵語毘尼此翻滅

然滅有三義一滅業非謂不偷盜等故律中有犯毘尼有諍毘尼二滅煩惱煩惱是發業之本故律云治伏貪等令盡是故如來制增上戒學三得滅果故經云戒淨有智慧便得第一道宣祖云毘尼翻滅及調伏者是從功用爲名非正譯也正翻云律律者法也從教爲名斷割重輕開遮持犯非法不定俗有九流法流居一故世法律皆約刑科道與俗違刑名乃異至於處斷必依常法故翻律也令正法久住者正法是出世無漏聖道也正法住世教行果三悉皆具足由秉羯磨清淨布薩則戒身成就定慧發生無漏聖果庶可希冀若廢布薩戒行不淨則正法滅亡無日矣五分律云毘尼是佛法壽命毘尼住則正法久住故云令演毘尼法令正法久住

戒如海無涯　如寶求無厭　欲護聖法財　衆集聽我說

釋此一頌上二句顯戒功德下二句勸聽獲益也揵度云海水有八奇特法所以阿修羅娛樂住一者一切衆流皆往投之二者潮不失限三者五大河投海而失本名四者河及天雨盡歸而無增減五者同一鹹味六者不受死屍七者多出珍寶八者大形所居我法中亦有八奇特使諸弟子見已於中而自娛樂一者我諸弟子漸次學戒皆歸我法二者我諸弟子住於戒中至死不犯三者四姓捨家皆稱沙門四者於我法中以信堅固捨家學道入無餘涅槃界而涅槃界無增無減五者同一解脫味六者犯界惡法雖在衆中坐常遠衆僧

衆僧亦離彼遠七者多出珍寶所謂四念處乃至八賢聖道八者受大形所謂四向四果根本律云毘柰耶大海涯際淼難知差別相無窮豈我能詳悉大師律教海甚深難可測故云戒如海無涯也如寶求無厭者寶即海中清淨如意珠王能隨衆生所求於念念中雨滿閻浮提一切樂具而寶體終無損減佛法海中尸羅皎潔能念念中出生一切念處正勤如意根力覺道等諸勝善品乃至三乘聖果而尸羅體終無變易如彼珠王求施無厭也聖法財者畧則即信戒聞捨慧慚愧七法廣即三十七品助道法也然此法財非戒無能守護而戒有防非止惡之功如强兵猛將能伏怨敵如堅城深塹能禦魔賊不令得便而使侵凌故是以欲護此聖法財衆集聽我說衆謂四清淨比丘已上乃至百千集謂身心和集聽謂耳根發識聞其如律宣說在座比丘各各如說奉持也

欲除四棄法及滅僧殘法障三十捨墮衆集聽我說

【釋】此一頌明聽戒離過也四棄即四重根本僧殘即十三僧伽婆尸沙捨墮即三十尼薩耆波逸提如止持中釋然戒法五篇今止言三者餘二從輕文畧義攝豈但聞戒而能生諸善品守護法財實能永斷業非清淨汚染是故欲除棄滅殘障止捨墮僧伽應和集聽我宣說而遠離斯過也

毘婆尸式棄毘舍拘留孫拘那含牟尼迦葉釋迦文諸世尊大德爲我說是事我令

欲善說諸賢咸共聽

釋此前一頌總舉七佛後一頌述說囑聽也毘婆尸亦云維衛此名有四義以其智圓滿如月則云徧見魄盡惑亡則云淨觀既圓且淨則云勝觀又云勝見式棄亦名尸棄此翻云火亦翻持髻謂無差別智最爲尊勝處於頂心毘舍具云毘舍浮亦名毘葉羅此翻徧一切自在以其智圓果滿兩足稱尊已上二佛在過去莊嚴劫末後出世也拘留孫此翻所應斷亦翻作用莊嚴謂能斷一切煩惱永盡無餘萬德莊嚴拘那含牟尼此翻金寂又翻金仙金者體堅五色以黃爲上光最明艷寂者表無礙智寂然不動謂此世尊得堅固無上無礙智寂然不動迦葉此翻飲光謂身光顯赫呑蔽一切光明故釋迦文又名釋迦牟尼此翻能儒亦翻能仁寂默寂默故不住於生死是自利義能仁故不住於涅槃是利他義內冥智理外揚德化智悲雙運立斯嘉號也已上四佛於賢劫初次第出世化道所以處處說此七佛者一謂在百小劫內淨居天人所曾見故二謂本師修相好業從毘婆尸佛時爲始故世尊者十號具足九界同仰爲諸天人師居衆聖中王世出世間極尊無等大德者謂諸世尊等濟群生具大慈德折攝教化具大威德故爲我說是事者此句正明師資授受顯非臆說也我即現前衆中說戒者自稱是事即四事十三事乃至一百衆學事等言善說者謂如法如律如佛所教而說詞句無差

謬也諸賢咸共聽者此句遮揀别衆不和故諸者從初近圓無夏比丘乃至百臘上座皆應集聽始從戒序乃至七佛偈經潊處合掌一心諦聽也賢乃有德之稱猶云大德僧令以世尊稱大德故僧以諸賢易之爾

譬如人毀足不堪有所涉毀戒亦如是不得生天人欲得生天上若生人間者常當護戒足勿令有毀損

〔釋〕此前一頌上二句設喻下二句法合以明障生善道也後一頌上二句示生善趣下二句法喻雙舉誡護善因也譬如者乃假設之詞毀謂破壞涉謂躡蹴天謂欲色無色三界諸天也人謂四有洲中人倫也而言生人天者以西域人多是求樂生天佛出世間隨彼所欲爲説人天因果然非聖意亦非律旨雖云人天實爲涅槃所謂先以欲鉤牽後令入佛智也根本律云或願人間或求天上勤修梵行者得生人天暫受快樂彼命終後入地獄中是故當求涅槃以修梵行勿樂人天而致勞苦律攝云險途有二一是生天二是惡道雖復生天受諸勝樂報盡之後還墮惡趣是則人天非所當欲又戒喻以足無遠不至義在深幽謂戒足不可毀故毀則人天尚不能生何況涅槃又復具諸戒行乃是上品正因往生淨土於一念頃親近供養他方十萬億佛還至本國聽聞妙法如是不可思議神足力皆由護戒無損之所致也

如御入險道失轄折軸憂毀戒亦如是死

時懷恐懼

釋此一頌上二句設喻下二句示知過患也前頌中引律但約人天名爲險道今單指三塗爲障道軸乃車輪之轉軸轄是軸頭之鐵死時自知破戒必墮惡道猶如險道中途失轄折軸恐怖慞惶無依無救也行願品云關閉一切諸惡趣門開闡人天涅槃正路實由嚴持禁戒之功能也

如人自照鏡好醜生欣感説戒亦如是全毀生憂喜

釋此一頌上二句設喻下二句顯戒完闕也如人以鏡自照其面容端則欣喜貌陋則憂感今正説戒之時聞已當自反觀思察所受持戒其間若全淨無瑕則内懷欣喜外不愧人若有所毀汚則内生憂感外耻於他也

如兩陣共戰勇怯有進退説戒亦如是淨穢生安畏

釋此一頌上二句設喻下二句明戒得失也如兩陣共相交戰勇者奮而前進怯者畏而退縮今衆集説戒正與煩惱魔軍共戰戒淨則堅持之力勇猛與衆同居身心俱安戒穢是受行之志怯弱雖與衆居情色實畏不能降伏煩惱魔軍返被煩惱所勝也

世間王爲最衆流海爲最衆星月爲最衆聖佛爲最一切衆律中戒經爲上最如來立禁戒半月半月説

釋此前一頌舉喻歎德也凡受比丘戒者名曰大沙門梵語摩訶此翻云大而大舍

三義一者大天人中尊故二者多富有福慧故三者勝超諸外道故所以佛言於天人魔梵沙門婆羅門衆中釋子沙門最爲第一也令初句即約大喻歎次句即約多喻歎第三句即約勝喻歎第四句總約大多勝喻歎後一頌正以法合一切衆律中戒經爲上最者謂諸世間之國禁及外道等之邪宗亦各有律不能令人脫纏出界唯佛律乃能救濟衆生超凡入聖又佛律中之五戒八戒十戒亦不如比丘具足戒又定共道共戒亦不如波羅提木叉戒根本律云諸佛證菩提獨覺身心淨及與阿羅漢咸由律行成三世諸賢聖遠離有爲縛皆以律爲本能至安隱處故云一切衆律中戒經爲上最所受之戒律上最而令能受之者亦成最也如來立禁戒者此顯戒唯佛制非餘所堪如國家賞罰號令必從王出臣下僭越庶人不信敗亾無日佛法亦爾若容他說群生不奉法不久住是以禁戒唯佛自立也半月半月說者以黑白半月用表善惡二業欲黑盡而白圓又白表智德黑表斷德故立此一定之期限說戒根本雜事中佛言我令汝等每於半月半月說波羅提木叉者當知此則是汝大師是汝依處若我住世無異也

毘尼作持續釋卷第十

音義

措粗去聲布施也　辣蘭入聲　酢同醋　穫黃入聲刈禾也　蹂音柔往來蹂踐也　蕤與蕤同誰上聲音蘂　渧音帝水滴也　濺音箋水激蕩也　漬音恣水浸也　坼音策裂也分開也　熊音雄獸似豕山居於冬蟄當心白脂

俗呼熊好舉木引氣謂之熊經美在掌**狹**音押窄也**捃**均上聲拾取也**自貽伊戚**謂憂戚皆造而成非關他事猶云自作孽不可活之謂也貽音夷遺也**篋**音怯藏也謂箱篋**懲**音呈止也戒也**鄴**音業**魅**音妹精怪也**轚**音吸能齋肅事神明也**揭**手打也**拽**與曳同牽也**輿**兩手對舉之車又轎謂肩轝**冐**音帽犯也**羺**耨平聲羺㹳胡羊䍮音倪**阿修羅**華言非天以其果報最勝隣次諸天而非天有四種謂卵胎濕化所生故**淼**音藐大水也**禦**音御止也拒也**赩**音虩大赤**赫**亨入聲明盛貌又赫赫高明顯盛貌**僭**尖去聲假也又僭越也

曇無德部四分律删補隨機羯磨卷第十一

唐京兆崇義寺沙門道宣　撰集

清金陵華山後學比丘讀體　續釋

○諸說戒法篇第五之二

○此明戒序 分爲四釋

諸大德我今欲說波羅提木叉戒汝等諦聽善思念之若自知有犯者即應自懺悔不犯者默然默然者知諸大德清淨

釋諸大德我今欲說波羅提木叉戒者此乃標宗立體告衆令知今說戒時至各當攝持三業慎其散亂也大德如前釋是律語尊稱波羅提木叉此翻別解脫律攝云別解脫者由此別解脫經如說修行於下下等九品諸惑漸次斷除永不退故於諸煩惱而得解脫故名別解脫又云保解脫謂戒淨絕瑕發生定慧如來保任必證涅槃故汝等諦聽者誡令諦實而聽入於語義以成聞慧也善思念之者謂當如思義憶念勿忘以成思慧也既聞思擇義當去其不善擇其善者而修之以成修慧也若自知有犯者即應自懺悔謂染淨自知豈可覆藏若有所犯罪事未曾向他發露求悔於此說戒時即應自言露罪懺悔已仍允聞戒不離於衆勿俟他舉而令遮聽懺悔者懺名修來悔名改往往日所作鄙而惡之故爲悔也往日所棄一切善法今日以去誓願勤修故爲懺也棄往求來合名懺悔不犯者默然不犯謂一往本無所犯或犯即說悔已當一心靜默至誠而聽默然者知諸大德清淨謂僧衆純潔和合理

應如律如法說戒也

若有他問者亦如是答如是比丘在衆中乃至三問憶念有罪不懺悔者得故妄語罪故妄語者佛說是障道法

釋若有他問者亦如是答謂如餘時中被他舉問實答此說戒時問亦應如實答如是比丘等者比丘指犯罪之人衆中謂現前所集清淨僧衆三問是令語詞圓滿離廣畧故畧則闇鈍者卒難知覺無慚者不生悔心廣則恐延時久令衆坐倦所以律制作法唯三問也若憶念有罪而不發露懺悔得故妄語罪然雖不言由現身相表語業故縱曾有犯今不憶知此則無妄語罪於一一問中隨憶得罪若三問三憶得三妄語罪障道法者佛說故妄語障初禪乃至四禪障初果乃至四果障涅槃之道也

若彼比丘憶念有罪欲求清淨者應懺悔懺悔得安樂

釋此謂若具慚愧比丘憶念有罪欲求戒身清淨理應自言懺悔非畏他詰問治罰而露說懺悔得安樂者身心寂定煩惱不侵爲之安遠離過非獲證道果爲之樂也

諸大德我已說戒經序今問諸大德是中清淨否三說諸大德是中清淨默然故是事如是持

釋此乃結問也戒經序者謂此爲二百五十別解脫經之由緒以此爲先者能令餘說得生起故是事如是持者持是了知義已三詰問衆皆清淨由其一衆清淨默然

故此事我今如是了知堪爲宣說戒經也
誦此戒序及次第誦戒相畢復總結云諸大德我已說戒經序已說四波羅夷法已說十三僧伽婆尸沙法已說二不定法已說三十尼薩耆波逸提法已說九十波逸提法已說四波羅提提舍尼法已說衆學法已說七滅諍法此是佛所說半月半月說戒經中來若更有餘佛法是中皆共和合應當學

釋此文結前勸修也謂非但半月半月和集一處聽說戒法嚴持無犯而已更有諸揵度内所制等法及修多羅阿毘曇定慧之法於是中皆共精習乃比丘應當學者彼此和合策勉勤修庶幾增戒增心增慧也

○此明七佛偈
忍辱第一道佛說無爲最出家惱他人不名爲沙門
此是毘婆尸如來無所著等正覺說此戒經

釋忍辱者以其内心能安方可忍外所辱之境忍有二種一生忍二法忍生忍復二一謂於恭敬供養順情境中能忍不著則不生憍慢二謂於瞋罵打害逆境中能忍則不生忿恨怨惱是爲生忍也法忍亦二一者非心法謂寒熱風雨饑渴老病死等二者心法謂瞋恚憂愁婬欲憍慢等若於此二法能忍不動是名法忍也復以正慧觀察生法性空忍不可得苦空無我孰爲忍者忍辱既空無生理顯便證涅槃此忍

辱是涅槃之捷徑故名第一道無爲即涅槃謂湛然常寂無所造作超絶有爲之境越度生死之流更無有法勝於此者故名爲最沙門者阿含經云捨離恩愛出家修道攝御諸根不染外欲慈心一切無所傷害遇樂不欣逢苦不慼能忍如地故號沙門若出家不行忍辱而反怨報惱於他人則違無諍之道豈稱沙門之行欲得第一道當不惱他人欲希無爲樂當具沙門行所以忍辱是出世之因無爲是出世之果惱他人是生死之因非沙門是生死之果善惡兩彰淨穢齊舉其有智者應擇而趣之此是毘婆尸等者上明所説之法此明能説之佛也三世諸佛皆有通別二號毘婆尸乃別號如前釋如來無所著等正覺乃通號梵語多陀阿伽度此翻如來梵語阿羅訶此翻應供亦翻無所著梵語三藐三佛陀此翻正徧知亦翻等正覺此畧十號之三也於後六佛釋號准知不繁

譬如明眼人能避險惡道世有聰明人能遠離諸惡

此是尸棄如來無所著等正覺説此戒經

【釋】上二句舉喻下二句法合謂世間若有聰慧之者能信佛聞法正見現前即知是道非道非道乃六趣險途是道謂八正平衢險途由不善所感平衢藉勝慧所詣故須遠離諸惡因務修出世要終抵涅槃常樂之處譬如明眼之人前境昭昭不趣險難之徑遠諸怖畏而終至安隱之處也諸惡謂三界見思無明等惑尸棄如來通別

二號如前所釋律攝云尸棄佛出現於世諸聲聞多爲生天而修梵行希求後世受天妙樂爾時彼佛爲欲對治弟子衆說此畧教

不謗亦不嫉當奉行於戒飲食知止足常樂在空閑心定樂精進是名諸佛教

此是毘葉羅如來無所著等正覺說此戒經

釋謗是口業嫉是意業欲離此二當奉行於戒戒淨則三業頓捐何患口意之不清淨飲食屬口常樂屬意知足則息妄馳求空閑則諸念自寂由是心澄入定起慧斷惑唯樂精進頭陀乃能空閑者是阿蘭若寂靜之處依此處而勤修定門必獲聖果三世如來同斯軌轍以教弟子故云是名諸佛教此佛通别二號准前釋

譬如蜂採華不壞色與香但取其味去比丘入聚然不違戾他事不觀作不作但自觀身行若正若不正

此是拘留孫如來無所著等正覺說是戒經

釋喻遊蜂採華但持蘂味而去不壞華之色香如比丘入聚落乞食時亦然不違戾他事違是違背戾是罪戾謂比丘乞食趣得資身助道隨施而受知足而歸勿以過求戾他壞彼淨信敬心正同蜂採華不壞色與香也不觀作不作者謂既不戾他亦莫觀人得失以亂身心妨修道業但自觀身所行而省察之若自無非則身淨端設有過則行穢僻故云若正若不正也此佛

通別二號准前所釋律攝云拘留孫佛出現於世諸聲聞衆多希利養慢於善品爲遮彼故説斯畧教

心莫作放逸聖法當勤學如是無憂愁心定入涅槃

此是拘那含牟尼如來無所著等正覺説是戒經

釋由不放逸故能勤學聖道由學聖道故令憂惱之惑能除由除憂惱等惑故心寂靜而入正定由得定故證涅槃而樂無爲此乃斷集修道證滅也若心放逸造集惡因則招憂愁之苦果若不修道見諦證滅雖獲定心而煩惑未除仍輪三有憂苦焉脫此佛通別二號如前釋

一切惡莫作當奉行諸善自淨其志意是則諸佛敎

此是迦葉如來無所著等正覺説是戒經

釋一切惡者謂三毒煩惱發生身口所造性遮等罪諸善者謂三十七品及一切法門誡惡莫作此令以戒防禁七支三毒性業遮業皆得清淨勉善奉行此令增修三學廣積衆善梵行圓成利已濟他自淨其志意者謂依持木叉修習禪定發真無漏智慧破諸邪倒了妄無生心本自淨離染垢相一切皆空故云自淨其志意法海雖廣此三攝盡三世如來隨機濟物不異於斯故云是諸佛敎也此佛通別釋號准前

善護於口言自淨其志意身莫作諸惡此三業道淨能得如來行是大仙人道

此是釋迦牟尼如來無所著等正覺於十

二年中爲無事僧說是戒經從是以後廣分別說諸比丘自爲樂法樂沙門者有慚有愧樂學戒者當於中學

【釋】諸佛出世觀機設教法非一定釋尊出此五濁惡時人多好諍不護口言及濁心垢重縱無現境而憶曾所經事發起欲思造作身業不善是故如來誡之以次第防之於未萌若能如是善護自淨不作即三業清淨十善道法成就然此十善道法若人天聲聞緣覺菩薩諸佛無不依之故云是大仙人道如來爲天中天仙中仙人中尊故稱大仙人也釋迦如來通別二號已釋於前於十二年中爲無事僧說是戒經者無事僧謂不犯戒也如來成道五年已前衆僧皆知足修行無事可犯無戒可制但拈大意而畧訓之從是五年以後僧中有漏法生爲斷彼有漏法故乃廣結二百五十戒法於間復有根本從生開遮輕重是比丘所受持者而言十二年中以聲聞藏攝阿含教其阿含總談十二也自爲樂法樂沙門者法即戒法清淨持戒是沙門無漏之因證阿羅漢是沙門無漏之果若因不具則果無從立故云樂法樂沙門也有慚有愧樂學戒者慚者內自羞耻愧者發露向人世間若無慚愧二法悉皆違越清淨聖道趣向諸惡險途然此波羅提木叉戒非無慚愧愚癡之人而能堅信樂學當於中學者謂當於此二百五十別解脫律儀及七佛畧戒經中精習勤修謹護無違以度生老病死之大苦患亦不墮啞羊

之訶也

○此明卷末回向頌分爲六釋

明人能護法能得三種樂名譽及利養死得生天上當觀如是處有智勤護戒戒淨有智慧便得第一道

釋前一頌是世間因果後一頌是出世間因果舉世間而彰出世間也明人者謂了達三途因惡業所招人天樂境由善業所感故當捨惡修善戒乃衆善之本唯明達者能護非愚迷不别因果者堪持三種樂者一名二譽三利養是現在華報之樂死後得生天上是未來果報之樂名謂稱德譽謂讚美利養謂四依聖種謂能如律奉持之人戒香芬馥遐邇普聞四事助道不求自至也當觀如是處者謂世間樂果無戒尚不能獲則出世聖道豈離於戒有智之者應精勤嚴護所受之體皎潔絶瑕諸有可超故云戒淨有智慧便得第一道也

如過去諸佛及以未來者現在諸世尊能勝一切憂皆共尊敬戒此是諸佛法若有自爲身欲求於佛道當尊重正法此是諸佛教

釋前一頌半舉諸佛共成道以證之後一頌示欲求佛當重正法以勸之能勝一切憂者一切煩惱諸惑結縛衆生故名爲憂三世如來皆尊奉波羅提木叉淨極圓明破盡諸惑而大解脱故名爲勝自爲身者謂專爲此身超越生死求於佛道非希暫樂以持戒品此中意旨幽邃揀非二乘别解律儀乃令究竟戒性故學者切勿錯其

宗趣自陷偏小之坑狂者速宜自責反省以雪譏貶之罪縱然迹現是小意本實誘歸大况乎戒海無涯量同太虛隨物受益等施無二根器雖有大小之殊法無廣狹之别欲脱二死之深淵早投一眞之彼岸庶得自爲不乖求佛有冀矣正法即戒法所謂有秉羯磨說戒則正法不滅世間以戒是苦海舟航涅槃徑路不同外道邪僻之律輪王十善治世之術故此佛戒特名曰正法也

七佛爲世尊滅除諸結使說是七戒經諸縛得解脱已入於涅槃諸戲永滅盡尊行大仙說聖賢稱譽戒弟子之所行入寂滅涅槃

釋前一頌半謂諸佛弟子奉持戒經得脱諸縛已入涅槃故舉以證之後一頌謂今佛弟子尊佛所說依戒修行便獲涅槃果樂故示以勸之諸結使者謂諸煩惱驅使行人心神流轉三界不得解脱故云結使畧則十使廣則八十八使乃至八萬四千塵勞也七佛爲世導師爲欲滅除諸弟子結縛故乃說此戒經弟子奉行則諸煩惱結縛因斯解脱證無生果已入涅槃一切有無戲論永滅盡矣七佛大仙所說之經是一切賢聖所讚之戒今凡爲佛弟子者能如教修行則無不證入寂滅涅槃者也寂滅涅槃是華梵雙舉

世尊涅槃時興起於大悲集諸比丘衆與如是教誡莫謂我涅槃淨行者無護我今說戒經亦善說毘尼我雖般涅槃當視如

世尊此經久住世佛法得熾盛如是熾盛故得入於涅槃若不持此戒如所應布薩喻如日沒時世界皆闇冥

釋初一頌明佛垂誨也如來說法四十九年化緣已畢垂將涅槃重以戒法顧命弟子慇懃付囑示誨諄諄是知此戒誠爲佛法之元基慧命之正脉成聖之保任利生之要軌苟不頂戴受持豈但自干汨沒生死海抑且有辜如來付囑念當思慈誨奉遺法而忘軀策進信志敬木叉而盡壽是爲知恩報恩者莫謂我涅槃乃至如是熾盛故得入於涅槃此兩頌半正明示教也謂諸比丘汝等莫謂我如來涅槃世間空虛修淨行者無有依護我今已爲汝等說二百五十戒經亦說毘尼作持等法我雖入般涅槃此波羅提木叉戒在世即是如來法身常住不滅故令汝師之以作依護若波羅提木叉久住熾盛則教行理果皆悉熾盛由熾盛故修淨行者得入涅槃而無遺也若不持此戒乃至世間皆闇冥此一頌重申誡喻也謂淨行者有護是令護體蠲染以立梵行如所應受持戒品依制布薩若不布薩以何依護則罪垢日增失智慧明不覩聖道便墮三塗喻如日沒闇冥無所見故即墮坑落塹矣

當護持是戒如犛牛愛尾和合一處坐如佛之所說

釋此一頌誡令堅志遵持也謂比丘當護戒自珍堅其信志寧死不犯猶如犛牛愛尾不顧身命乃名遵制持戒和合一處坐

者使離别衆之過如佛所說者謂黒白半月如佛所敎而作布薩說戒愼勿有干七非而背法律敎三如也

我已說戒經　衆僧布薩竟　我今說戒經　所有諸功德　施一切衆生　皆共成佛道

【釋】前半頌明自他作辦事畢後一頌以所作事回施有情共成佛道作辦之事而言功德者謂一一戒中嚴護清淨所生止作之力用名曰功德此聲聞之法而云回向佛者何也此是開顯之後涅槃顧命所謂眞是聲聞以佛道聲令一切聞唯有一乘法無二亦無三又戒本防非止惡詎聲聞之獨持比丘體通大小豈羅漢之自目又在家菩薩持在家戒名曰菩薩近事出家菩薩持出家戒名曰菩薩比丘是知比丘之戒非局小心出家菩薩何容不護三世諸佛同斯法敎不唯今之釋尊獨爾或曰聲聞持戒名菩薩破戒聲聞破戒名菩薩持戒然斯義者以聲聞自度爲急故止之名持菩薩利生爲本若不廣作衆善名之爲犯此正責小心自利爲過非謂大心利他共成佛道者在列縱曰自利乃兼利他故一一戒中不離護他斯實如來善巧方便寄以珠繫衣裏令其終獲大用今人不達聖意而生擬論若解了開顯之後則無疑此頌云我今說戒經所有諸功德施一切衆生皆共成佛道也

已上附誦戒本釋竟已下皆原卷之法

○僧同犯識罪懺白法

佛言若僧集說戒犯罪不得說戒不得聞

戒不得向犯者懺悔犯者不得受他懺悔
彼比丘白已當懺悔應作如是白言
大德僧聽此一切衆僧犯罪若僧時到僧忍
聽此一切僧懺悔白如是
如是白已然後説戒律本更不悔本罪
釋此法律中更不悔本罪者謂犯單墮及
衆學威儀戒等由臨布薩忖思聖制難廢
急欲同誦木叉各生慚愧發露求淨如此
正契布薩捨諸惡不善法究竟梵行之旨
不須更悔若犯初二篇並三十捨墮不得
例斯也
○僧同犯疑罪發露白法
佛言若説戒時一切僧於罪有疑者應作
白言
大德僧聽此一切僧於罪有疑若僧時到僧
忍聽此衆僧自説疑罪白如是
然後説戒此但露罪得聞説戒本罪仍説
已懺
釋上云識罪者謂自知了了無疑此云疑
罪者因自不知罪種名相爲犯不犯生疑
既將説戒且先陳露待白已説聽竟仍須
向知法者問决所犯自言求悔此識疑
二法皆爲人法故作兼屬公私也
○尼差人請教授法
於説戒日集僧索欲問緣答云差人請教
授羯磨作白文言
釋於説戒日者律聽比丘十四日布薩比
丘尼十五日布薩若有因緣比丘十五日
布薩尼十六日布薩此謂二部相依結界
今惟十五日大僧正説戒尼界集僧差人

作白云

大姊僧聽若僧時到僧忍聽僧差比丘尼某甲爲比丘尼僧故半月往比丘僧中求教授白如是

大姊僧聽僧差比丘尼某甲爲比丘尼僧故半月往比丘僧中求教授誰諸大姊忍僧差比丘尼某甲爲比丘尼僧故半月往比丘僧中求教授者默然誰不忍者説僧已忍差比丘尼某甲爲比丘尼僧故半月往比丘僧中求教授竟僧忍默然故是事如是持

律本云應白二差一人已彼獨行無護更差二三人爲伴往僧寺中

釋更差二三尼爲伴者乃方便命隨爲護更無白差之法須擇老練持戒者同往非但以尼數二三而已唯增一法云尼若有五過不應將作伴行一喜太在前行子喜太在後三喜抄斷人語次四不別善惡語善語不稱讚美惡語五如法得利不以時爲彼受及此五過聽僧差伴庶兩獲益無諸損惱

至所囑比丘所義唯應差人承受彼囑授尼應具陳所請已至十六日更往僧寺中求可不時若得畧教授已還至寺鳴槌集尼衆不來者説欲已然後使尼如僧中所告者在尼衆中具宣僧勅訖諸尼合掌頂戴受律無文唯僧祇律文義如此若僧尼兩衆欲滿五人已上方行此法故律本云若衆不滿若不和合者至時禮拜問訊

釋若僧尼兩衆樂欲依制奉行此法者各滿五人已上二部方可羯磨差使本律乃

互明兩衆謂縱和不滿滿已乖和至僧布薩日尼唯恭敬往禮以遵八敬盡形不敢違也此一羯磨爲法故作是屬公也

(非)人非謂衆減不和無伴獨行等　餘非唯前無異

◎教誡尼法

佛言於僧說戒時上座問言比丘尼衆遣何人來耶今但取當時說戒者問之受囑授者即起具修威儀爲白僧言

大德僧聽某處比丘尼僧和合僧差比丘尼某甲半月半月頂禮比丘僧足求請教授尼人

三說已義加云彼應至上座所云大德慈濟能教授比丘尼不若答言不堪者乃至二十夏已來一一具問若無有者還至上座所白言遍問衆僧無有堪者上座即應畧教戒法告囑授人云此衆無堪教誡師明日尼來請可不時應報言昨夜爲尼遍請無有堪者雖然上座有勑勑諸尼衆精勤行道謹慎莫放逸

○差教授尼師法

(續)此准白二網目今依九十事之二十一續入上明畧教爲無堪者若問有者彼受囑授比丘還至上座所白言衆中某甲上座大德堪能教授比丘尼按律中因六群發起佛言衆僧中差教授比丘尼人白二羯磨作如是白

大德僧聽若僧時到僧忍聽差某甲比丘教授比丘尼白如是

大德僧聽此某甲比丘教授比丘尼誰諸長

老忍僧差某甲比丘教授比丘尼者默然誰不忍者說僧已忍差某甲教授比丘尼竟僧忍默然故是事如是持

佛言成就十法者然後得教授比丘尼一具足多聞二誦二部戒利三決斷無疑四善能說法五族姓出家六容貌端正尼衆見便歡喜七堪任與比丘尼說法勸令歡喜八不爲佛出家而披法服犯重九若滿二十歲十若過二十歲　又增一云有五法應教尼一具持波羅提木叉戒二多聞善巧三語言辯說四不爲佛出家而犯重罪五二十臘若過二十　五分云五法不應差差已應捨一誦經戒而多忘失二諸根不具三多欲四現爲惡相五教比丘尼親惡人

（釋）此但續差法白二其儀規備載於教誡比丘尼正範中　此一羯磨爲法屬公並顯非皆同上無異

○告清淨法

佛言說戒日客來若少者當告舊比丘清淨應如是告言

大德僧聽我比丘某甲清淨一說

若說戒序竟方陳此言必有犯者舉過告僧已餘者次第聽

（釋）布薩本爲改往除愆勤修冀淨雖然因緣遊行遇處有僧說戒理應就聽必不可違若僧集已說前頌竟至不須告淨當具儀作禮敷座而坐若說戒序竟至則座上已經問淨方陳此言應知廣說八處問淨故若自知有犯先舉過告僧已餘者隨坐

次第聽終仍准所犯求懺　此一法爲法作是屬私也

○識罪發露法

佛言當至一清淨比丘所具威儀說所犯名種白言

大德憶念我某甲犯某罪生疑今向大德發露後如法懺悔三說

說戒時憶者須用此法若餘時中依法懺悔十誦云發露比丘不須更發

釋說戒時憶者揀非日前知而不悔今謂因值布薩倏爾憶所犯事且用此法容聽戒故聽罷應即乞除若餘時識犯生疑陳露求決依法懺悔而引十誦者謂布薩日前已曾發露正布薩時不須更露聽懺之

○疑罪發露法

律本比丘犯罪有疑復遍說戒佛言應發露已得聞戒義准云

大德憶念我比丘某甲於某處犯生疑今向大德發露須後無疑時如法懺悔三說

釋須後無疑時者非謂任其久緩乃指聽竟之後言也

○說戒座上憶罪露法

律本爲在座上忽憶本罪向比座說之舉衆閙亂佛令發露心念應義准云

釋律云於說戒時有一比丘犯戒而在座間思世尊制犯者不得說聽戒等我當云何語彼說戒人言止止莫說戒我犯某罪欲從長老懺悔舉衆閙亂諸比丘以此事白佛佛言其人自憶罪而發露彼比丘當語邊人言我犯某罪今向長老懺悔復作

是念設語旁人者恐閙亂衆僧不成說戒彼比丘當心念須罷座已當如法懺悔作如是已得聽戒今例心念法但聲須細莫令衆聞應義准云

我某甲犯某罪爲遏說戒恐衆閙亂故待竟當懺三說

疑罪准此

釋上三法皆爲法故作是屬私也

○畧說戒法

佛言若王賊水火病人非人惡蟲及有餘緣者若牀座少露濕天雨布薩多夜已久或鬪諍說法等久者畧說戒

釋此明開緣先列八難一王難者王乃自在意信則興隆佛法不信則毀滅三寶二賊難者賊乃爲害之稱賊是林中王能作不饒益事三水難者謂海嘯江潮奔流泛漫四火難者謂火性無恒寄託諸緣能焚燒林野五病難者謂同界病多就榻說戒處艱容衆故六人難者謂不信白衣或往來遊觀擾礙僧事或起意不端阻行善法七非人難者謂或山精顯異或邪魅現形八惡蟲難者謂惡獸出沒聲色驚人是名八難也牀座少者謂衆多處迮牀敷不足露濕天雨者謂覆蓋欠周恐冒風寒布薩多夜已久者謂後夜將竟時臨次朝鬪諍者謂言諍水火說法者謂演教太延有如是餘緣並逢八難皆聽畧說戒也

五分僧祇並爲多緣開聽畧說說前方便亦如廣說隨緩急廣說之

釋此引他部明開緣俱同本律也雖云畧

說然集已必作前方便可緩則廣說若急則畧說此則廣畧不定其作前方便是定也

律中則有三五畧說隨緣遠近文非明了

（釋）說戒揵度中列三種五法畧說第一五種者一說至九十波逸提二說至三十尼薩耆波逸提三說至二不定四說至十三僧殘五說至四重第二五種者一說戒序二說至四重三說至僧殘四說至二不定五廣說第三五種者一四重至僧殘二四重乃至二不定已三四重乃至捨墮已四四重乃至單墮已五廣說此由譯筆交互文非明了

今依毘尼母論云若序說問清淨訖應告言之

諸大德是四波羅夷法僧常聞

十三僧伽婆尸沙乃至衆學法並云

諸大德是衆學法僧常聞

諸大德是七滅諍法半月半月說戒經中來

（釋）此文中七滅諍法畧僧常聞四波羅夷法乃至衆學法又畧半月半月說戒經中來說則前後足之一一並問是中清淨不

已上依文廣說若難卒至應隨到處云已說至某處餘者僧常聞若難緣逼近不得說序者僧祇云

諸大德今十五日或十四日布薩時各正身口意莫放逸

便各各隨意去律本至布薩日不得不說

若無者應說法誦經亦得也

（釋）安慰煩惱造諸不善等業由發三毒行

於七支故佛制戒以禁止之此引僧祇雖明更畧然義已收廣矣本律中佛言至布薩日若無能說戒者差一人說法誦經下至一偈諸惡莫作衆善奉行自淨其意是諸佛教不得不說此不攝畧誦法乃因無說人故暫開非恒聽許以佛世無卷可讀唯親聽佛制心記口說今已結集梵文東傳藏有律卷縱不能熟背朗誦應對卷數宣亦名如法布薩若至布薩輒講說餘經者此則不可按法苑珠林引云齊鄴東大覺寺釋僧範戒行清高行持無缺常宿他寺意欲聞戒至十五日說戒之夜衆議共停說戒乃爲法集有陞座乃欲豎義叙云豎論法相深會聖言布薩常聞擊難爲勝忽見一神形高丈餘貌甚雄傑涌聳驚人來到座前問豎義者今是何日答曰是布薩日神即以手搗之擲下座來委頓垂死次問上座問答同前陵害二三上座已神即掉臂而去當時道俗共覩非一範師見此異乃自以勤力兼策大衆至於一生不敢說欲縱有病不堪勝輿請僧就病人所恭敬說戒於後大興戒法是以布薩日不得故廢說戒而講論法也

○非時和合法

續此准單白網目今依說戒揵度續入佛言衆僧破爲二部時諸比丘欲於舍衛（言舍衛國者是准緣起今則隨處言之）和合自今已去聽白已然後和合當集僧已問緣不得與欲答云衆僧和合羯磨作如是白

大德僧聽所由諍事令僧鬭諍彼此不和彼

人犯罪爲作舉已還爲解罪僧塵已滅若僧時到僧忍聽僧和合白如是

釋作是白已法食仍同一界共居　此一羯磨爲人故作是屬公也

非人非謂現前不殘與欲准集等　餘非同前應知

○諍滅説戒法

續此准單白綱目今依説戒揵度續入佛言若衆僧所因事令僧鬪諍而不和合衆僧破壞令僧塵垢令僧别異分爲二部若能於中改悔不相發舉此則名爲衆僧以法和合自今已去聽先白然後説戒集僧已問緣不得與欲答云衆僧欲和合説戒作如是白

大德僧聽衆僧所因諍事令僧鬪諍而不和合衆僧破壞令僧塵垢令僧别異分爲二部彼人自知犯罪事今已改悔除滅僧垢若僧時到僧忍聽和合説戒白如是

作是白已然後和合説戒

釋此乃中間布薩和僧之法不須如常再宣和白故云作是白已然後和合説戒此羯磨爲法故作是屬公也　顯非准前合具

○第一增説戒法　第二增説戒法

續此二法准單白綱目今依遮揵度續入律云時有異處衆多比丘説戒日聞彼處有比丘喜鬪諍罵詈共相誹謗口出刀劍欲來此説戒我等當云何即往白佛佛言若有如此事起應作二三種布薩若應十五日説十四日作若應十四日説十三日

作若聞今日來即應疾疾集一處布薩若聞已至界內應出外布薩若言已入寺應掃除浴室設洗浴具問上座已然火彼客比丘入浴室浴時應一一從浴室出界外說戒若客比丘喚舊比丘共說戒應答言我曹已說戒若舊比丘說戒已客比丘遮說戒者不成遮若客比丘說戒時舊比丘遮說戒成遮若能如是者善若不能應作白却說戒日作如是白言

大德僧聽僧今不說戒至黑月當說戒白如是

應作如是白却說戒若客比丘便待不去彼比丘應作白第二却說戒應如是白

大德僧聽僧今不說戒至白月當說戒白如是

應作如是白第二却說戒若客比丘不去至白月舊比丘應如法强與客比丘問答

【釋】强與問答者令舊比丘鳴槌共集而問客比丘云佛有明教制斯却白汝等何以久待不去惱亂衆僧故礙布薩彼若答言不去者舊比丘應語云汝等不去我曹當遵律治罰汝等然後清淨說戒過在汝而不在我故云强與問答也　此二羯磨皆爲人法故作是屬公也　明非同前

○與狂癡法並解

【續】此二法准白二綱目今依說戒揵度續入律本云時有一比丘心亂狂癡或時憶說戒或不憶說戒或時來或不來諸比丘白佛佛言自今已去與彼比丘作心亂狂癡白二羯磨僧中差堪羯磨人作前方便

答云與狂癡羯磨當作如是白
大德僧聽此某甲比丘心亂狂癡或憶說戒或不憶說戒或來或不來若僧時到僧忍聽與此比丘作心亂狂癡羯磨若憶若不憶若來若不來僧作羯磨說戒白如是
大德僧聽此某甲比丘心亂狂癡或憶說戒或不憶或來或不來今僧與某甲比丘作心亂狂癡羯磨若憶若不憶若來若不來作羯磨說戒誰諸長老忍僧與此某甲作狂癡心亂憶不憶或來或不來作羯磨說戒者默然誰不忍者說僧已忍與某甲比丘作狂癡心亂憶不憶來不來作羯磨竟僧忍默然故是事如是持
佛言有三種狂癡一者說戒時憶不憶來不來二者或有狂癡說戒而來三者或有狂癡不憶說戒不來是中第一僧應與此羯磨其第二第三狂癡者不應與此羯磨
釋此三種狂癡第一者謂或時舉發不憶若不舉則憶知由病不定故與羯磨其二病輕每憶而來三乃病重全不憶集故爾不應與法若與衆僧有過須當稱量梭善見律云見火而捉如金無異見屎而捉如栴檀無異是名癡狂心亂　此一羯磨爲人作屬私也
非人非謂機不應法等　餘非准前
○解狂癡法
佛言若狂者與羯磨已後狂癡病止應與作白二羯磨解應如是解彼比丘應往僧中偏露右臂脫革屣右膝著地合掌白言
大德僧聽我某甲比丘先得狂癡病說戒時

或憶或不憶或來或不來衆僧與我作狂癡病羯磨作已還得正念求解狂癡羯磨（如是三說）

僧中差羯磨者索欲問緣答云解狂癡病羯磨作如是白

大德僧聽此（某甲）比丘先得狂癡病彼說戒時或憶或不憶或來或不來衆僧與作狂癡羯磨與作已狂癡病還得止今求解狂癡病羯磨若僧時到僧忍聽與解狂癡病羯磨白如是

大德僧聽此（某甲）比丘先得狂癡病說戒時或憶或不憶或來或不來衆僧與作狂癡病羯磨與作已狂癡病還得止今求衆僧解狂癡病羯磨誰諸長老忍僧與（某甲）比丘解狂癡病羯磨者默然誰不忍者說僧已忍與（某甲）比丘解狂癡病羯磨竟僧忍默然故是事如是持

律本云若復更狂癡隨狂癡病時與作羯磨狂止還解

○對首說戒法

佛言若一比丘住處於說戒日當詣說戒堂掃灑令淨敷坐具辦澡水瓶然燈火具舍羅若客比丘來若四人以上應白說若有四人應集白說戒若有三人不得受欲應各三語說戒如是言

二大德憶念今僧十五日說戒我（某甲）清淨

餘二人亦如是三說若二人共住亦准此

若犯罪者向清淨者發露若懺悔已方得加法若有罪不發露者不應清淨法也

【釋】若犯罪者謂於布薩時或憶犯或識犯或疑犯准前僧法中說露此則不應加清

淨法若布薩日前已經悔過者方得加清淨法倘犯已未曾露懺者加則非法　此法爲法故作乃公中之私也
㊀非人非謂三人受欲等　法非謂妄加清淨等　事非謂非二種界中辦具等　餘四非相准知
○心念説戒法
佛言一比丘於説戒日如前辦衆具待客比丘若無應言
今僧十五日説戒我某甲清淨說三
五百問事云如上加法已有罪者向四方僧懺悔已獨坐誦戒至竟
㊂五百問結界品中若一住處有界一比丘亦可打揵椎廣説戒先向四方僧懺悔然後亦可三説三説者謂三語今文云如上加法已者謂亦可三説即此心念説戒法是三説已獨坐廣誦四分戒本竟有罪者向四方僧懺悔者謂若有犯待客比丘來清淨者應向露懺若無來者當作心念發露云我某甲犯某罪待有客比丘來當如法懺悔然後獨坐誦戒本竟今引以便時機也
比丘尼式叉摩那沙彌沙彌尼爲別餘詞同上
㊂戒法衆分大小布薩理須通遵唯各別名爲異若謂下三衆無布薩者則半月淨染莫知戒品以何爲持律所遮者乃令不諳大僧法也　第五諸説戒法篇竟
毘尼作持續釋卷第十一
音義

鄙音彼薄也捷疾也御治也險脅上聲凡不可犯者皆險抵音邸至也

犛音茅牛尾可爲旌旄旌音精旄音毛析羽爲旌謂分析鳥羽爲之竿頭則綴以旄牛尾也旄首所以精進士卒也兲子旌高九仞諸侯七仞大夫五仞也擬音蟻揣度也

曇無德部四分律刪補隨機羯磨卷第十二

唐京兆崇義寺沙門道宣　撰集

清金陵華山後學比丘讀體　續釋

○諸衆安居篇第六

釋上明布薩每歲二十四次此明安居四季重夏九旬乃比丘之要務誡加行之嚴制也而云諸衆者律聽五衆法開四種類以成篇序居第六

時諸比丘一切時遊行蹋殺生草木斷衆生命根世人譏訶蟲鳥爲群佛言不應一切時遊行聽三月夏安居有通訶别制出在尼律也

釋此先引制緣也律云六群比丘於一切時春夏冬人間遊行夏月天瀑雨水大漲漂失衣鉢卧具針筒蹋殺生草木時諸居士見已譏嫌云沙門釋子不知慚愧於一切時遊行漂失衣具蹋殺生草斷他命根外道尚三月安居且蟲鳥亦有巢窟止住沙門釋子云何如是諸慚愧樂持戒比丘以此白佛故制三月夏安居也文云有通訶别制出在尼律者通訶謂比丘尼亦如是不應一切時人間遊行乃至聽三月夏安居别制者尼八敬戒中第七比丘尼不得在無比丘處夏安居第八比丘尼安居竟應比丘僧中求三事自恣見聞疑然尼八敬制之於後而僧安居制之於前今云通訶者何蓋安居通制出家僧徒訶一衆則五衆通訶矣

○安居法

如佛言有三種安居前安居中安居後安

居前安居者住前三月後安居者住後三月

釋安居者形心攝靜曰安要期住此曰居靜處思惟道之正軌理須假日追功策進心行隨緣託處志唯尚益不許馳散亂道妨業故律通制三時文偏約夏月者據緣發起情在三過然以三際分之一夏四月何爲但結三月斯含二義一生死待形必假資養故結前三月後開一月爲成供身衣服故二若四月盡結則四月十六日得成設有差脫便不得結教法太急用難常准故如來善順物機開其一月續結令成復於一月内聽三種安居初四月十六一日是前安居十七巳去至五月十五日名中安居五月十六一日名後安居前安居者住至七月十五日名前三月後安居者住至八月十五日名後三月其中安居者以後足前住滿三月云按西域記云前代譯經律者或云坐夏或云坐臘斯皆邊國殊俗不達中國正音或方言未融而傳譯有謬正應安居也然今有入安居時作蠟人至七月十五日取以視驗一夏之功過者豈止迷制犯非抑且不別臘蠟矣

十誦律佛制五衆並令安居律云尼不安居波逸提僧等四衆突吉羅

釋引十誦者明收小衆本律尼不安居犯波逸提此違八敬嚴訓故餘四犯突吉羅由不護世俗譏嫌故准制如斯未有夏際不安居而名釋子者也

明了論云無五過處得在中安居一太遠

聚落求須難得二太近城市妨修行道三多蚊蟻自他兩損四無可依人人具五德一未聞令聞二已聞令清淨三能决疑綱四通達無滯五正見五無施主供給藥食並不可安居

釋佛世僧徒或受請安居或擇處結夏今文引論出五過者爲明如法方成安居也初過謂往返乞食途涉疲勞致使心形俱不寂靜二過謂居家來往黙之恐招譏談之復礙道虚費時功本業未辦三過謂害物傷慈違本制緣四過謂聞解期入訓必由師止作義深非學莫曉故擇具德者而爲所依五過謂四事資生咸藉信檀若處乏施主則助道爲艱是故有此五過並不可安居反之則修道獲益亦利居家得植福田也

律本云安居有四種一對首二心念三忘成四及界並有據緣如下具列

釋此總標下別列然此安居儀式諸部未全唯義淨律師親遊西域見聞躬行已經多次後請梵本歸唐翻譯有載今續依行

續准百一羯磨云明日安居今日受籌其籌不得麤惡曲捩以香水洗安淨槃中鮮花覆上以淨物覆之文准下法式應四月十五日於集衆所正中上面供娑婆教主本師釋迦牟尼佛位正中下側供護法韋馱尊天位左右敷衆僧座鳴槌集界内僧於中設一低桌將籌槃置上上座應索欲問緣答云受籌羯磨衆中堪羯磨者作如是白

大德僧伽聽今僧伽十六日欲作夏安居若僧伽時至聽者僧伽應許僧伽今日受籌明日安居白如是

作是白已若衆中未有曾受差者准第十篇内白二羯磨差之若有已受差者上座問云誰能爲僧行舍羅彼答言某甲堪能卽起座具儀禮上座已仍復本座合掌白云

大德僧聽若僧時到僧忍聽我某甲比丘爲僧行舍羅白如是單白綱目標云行舍羅應有白卽此是也

作白已起座擎籌槃者在前收籌者持空槃隨後先至佛位前籌槃付與收者具儀頂禮三拜捧籌跪白云某年月日安居會上娑婆教主本師釋迦牟尼佛受第一籌白已一拜起立於傍接彼二槃在手彼頂禮收籌仍各擎持次向上座前住上座離本座蹲踞受取其籌行籌者至第二座前收者近上座前上座將籌置空槃内如是行收至末若有沙彌安居者彼和尚或阿闍梨代爲受籌後至韋天前執籌鞠躬白言某年月日安居會中護法韋馱尊天受末後籌亦如前儀收之既總行已於屏處數其籌數復至上座前白言某年月日於此住處現受籌者比丘有爾許求寂爾許白已復云我某甲爲僧行舍羅竟上座答言善應云爾仍安籌槃前處作禮歸位大衆同音誦受籌功德殊勝行等畢起禮上座次第各歸本所此謂採續以全其法儀也

○對首安居法

律本云應白所依人言我於此處安居已

口言

[釋]此明第一種安居法凡來僧界安居者應先對所依律師言我願於此處夏三月安居律中但云口言今加儀方表如法旣先說已然後至期具修威儀作禮長跪合掌口言

大德一心念我比丘(某甲)今依(某伽藍某聚落)前三月夏安居房舍破修治故(三說五分十誦云彼人告所白者言)知莫放逸(答言)受持(律本云夏中當依第五律師廣誦二部律者若違得波逸提春冬依四種律師違者突吉羅理准律意應問彼言)依誰持律者(答言)依(某甲)律師(律師告言)有疑當往問(答言)爾

五分云佛言當於持律者安居若處所迮鬧者應七日得往返處心念遙依若檀越村野林樹山巖房舍等安居者並同上文唯改伽藍爲異若修治破壞之語局僧住處隨事量度其四衆作法唯改言比丘尼式叉摩那沙彌沙彌尼爲別餘詞同上也

[釋]若處迮鬧謂迫促衆不安靜由攝心形勉策進道故聽七日得往返處自作心念遙依安居倘避衆憚勞任情適意故作心念遙依則不成安居房舍破修治故者准律本於安居前僧差五德人分房白二羯磨先白上座言大德上座如是房舍卧具隨意樂便取次第至第四上座亦如是白時有一比丘得鈌壞房心念云我不受是房恐使我修治佛言應受隨力修治今文依制所說按僧祇云若有房舍破漏春末月應當治(謂四月十六日已前一月)若草若瓦隨而補之然今東土寺院皆設禪堂縱有破鈌常住料理其來安居者無此事故是句不必

說說則反虛若實有修治者乃可如文說也　此羯磨約期進道爲法禁止遊行爲人護諸物命爲事是屬公中之私也

【非】人非謂所依越制等　事非謂五過不擇等　餘非類前

○後安居法

律中有比丘四月十六日欲前安居不至所在十七日乃到佛言後安居應准上文言後三月夏安居餘文並如上如是乃至五月十六日後安居法並准前

【釋】若論三種安居者四月十七日應改云中三月夏安居今由有前故爾開後佛於異時告諸比丘有三種安居則改中三月不無所據律中因舍利弗目揵連發起二尊者不用神足飛空速至類同世人履地而來明期不及請佛開此誠乃大權示現以垂後式　此法具三緣與夫顯非並准上

○心念安居法

佛言若無所依人可白應心念安居文言

我某甲比丘依某僧伽藍前三月夏安居餘詞同上

【釋】此明第二種安居是對首心念法律中制緣時有比丘住處無所依人生疑不知成安居不成佛言成意爲安居故自今已去若無所依人聽心念安居而云意爲安居者謂決志九旬精修不怠此法唯前安居者行之其中後安居者不以爲例　此法屬私並所爲之緣同上

【非】一人非有依故念等　二法非中後作

法等　三事非三業不恭等　餘四取合

○忘結便成法

時諸比丘來至所住處安居忘不結佛言若安居故來便成安居

釋此明第三種安居是法從上心念法中開據律云時諸比丘於住處欲安居無所依人對白忘不心念安居有疑不知成安居不成以此白佛故開聽此法也

律中爲客比丘本有要期外來託處有忘開結必有住人不在通限若本有方便通客主也

釋宣祖恐有舊比丘處例行故復辯明通別謂客比丘始發足時本意先有要期進道故從外來託居此處到已既無所依對白又忘心念安居故佛決疑允成若住處必有所依人則不在此法通收然此法獨限於客故若律本有方便聽者乃可通客主也

○及界與園成安居法

時有比丘往餘處安居一脚入園及界便明相出如是兩脚入園及界便明相出如是兩脚入園及界便經明相佛言並成安居若准人解後二種法應在前後十六日若在中安居隨日得結

釋此明第四種安居界謂作法大界亦是攝衣之限四方有標内屬衆僧梵語伽藍此翻衆園即僧寺也界繞園外園於界中雖有遠近之分但一脚入界内一脚在界外或一脚入寺門一脚在門外便明相出明相者謂天星垂隱東方明現如是兩脚

入園及界亦爾如是兩脚入園及界便經明相旭日將昇本爲安居故來並成安居若准人解此入園及界二種法者若爲四月十六日前安居來正當四月十七日早若爲五月十六日後安居來正當五月十七日早律制前後安居各唯一日若在四月十七日乃至五月十五日中安居者隨日得結坐不以此論也

○受日法

時有佛僧塔事及父母檀越召請受戒懺悔等緣並瞻病求藥問疑請法如是諸事不知云何佛言不及卽日還聽受七日去不及七日還聽受十五日去不及十五日還聽受一月日及一月日應還其三種受日並不通夜不同他律

釋義由比丘始念安居諸緣休息要期結坐必滿方行若事利他豈絕施濟故隨事給日事訖卽還聖慈所以開聽者令功歸二利期准九旬也律云若父母信樂若有病若諸憂惱遣信請比丘欲相見若父母不信樂教令信樂若惡戒教令持戒若慳貪教令布施若無智教令有智兄弟姊妹親里亦爾若檀越布施四事請比丘若信樂及不信樂大臣欲相見比丘若有請治覆藏本日治摩那埵出罪（此兼僧尼）若式叉摩那犯戒請懺悔更受若二部請受大戒若爲病人求覓隨病藥食若爲求同誦經人欲人間遊行若經營比丘有作事欲林樹間往之有如是諸事彼處遠不及卽日還如是三種受日法並不通夜唯論日盡不

同他律受若干夜法也

又所爲之緣但是破戒非法事並非正緣不成受日及破安居

【釋】於上開聽並是正緣若是破戒等者事旣非僧所爲法寧給日出界不但不成受日抑且自破安居准僧祇破安居不得衣施

十誦云應五衆安居五衆受日若往赴在道事盡卽須返界以無法故

【釋】若往赴在道等者謂因事受日往赴在道未至於彼聞事已終卽須返界不必前行以法應事而施事終則法亦無託若仍故往者則干無事遊行反以破夏治之

明了論中有重受七日法

【釋】彼論云七日有難隨意行善解三種九品類釋曰若人受夏月安居行出界外於此人有九種分別一有事先成七日因緣後更成七日因緣二有事先成七日因緣後成有難因緣三有事先成七日因緣後成隨意因緣（此初三品）四有事先成有難因緣後更成有難因緣五有事先成有難因緣後成七日因緣六有事先成有難因緣後成隨意因緣（此中三品）七有事先成隨意因緣後更成隨意因緣八有事先成隨意因緣後成七日因緣九有事先成隨意因緣後成有難因緣（此後三品）然論准事雖明三種變開九品者必須量人若一往少信無慚變開則成非法

僧祇律云比丘尼無羯磨受日法若有緣開七日

釋僧聽羯磨受日而遮尼者斯有二義一者比丘尼無侶不得獨行夏各進修孰廢追隨二者尼倫勸化但獲少益縱有急要事緣律制唯聽七日恐尼例僧故引明之十誦律雖云五衆受日除比丘餘亦爾

○事訖羯磨受日法

僧祇律第四十卷云路遠緣長爲塔事僧事應作求聽羯磨事訖應還有人加僧忍聽此妄增聖教彼羯磨例同之也

釋僧祇律四十卷此受日法在二十七卷安居中後人録寫多一第字若爲塔事僧事受日出界路遠緣長不能尅期求僧寬限事訖方歸彼時有用斯法秉白加僧忍聽之詞既云求聽寬限僧已允可作法何須再加此白若加者則妄增聖教例彼餘羯磨法犯相似非也若行此依正文秉宣如常作前方便答云與事訖受日羯磨應如是白云

大德僧聽某甲比丘於此處雨安居若僧時到僧某甲比丘於此處雨安居爲塔事僧事出界外行還此處住

諸大德僧聽某甲比丘爲塔事僧事出界行還此處安居僧忍默然故是事如是持

釋雨安居者按西域記云印度僧徒依佛聖教坐雨安居或前三月或後三月前三月當此從五月十六日至八月十五日後三月當此從六月十六日至九月十五日良以方言未融傳譯有謬分時計月致斯乖異故以四月十六日安居七月十五日解安居也文中准緣雙舉塔僧事說行時

隨緣雙单實白可也若非塔僧之事用之則不善稱量

此一羯磨爲塔僧事故作是屬公也

非法非謂事单雙牒等　事非謂途近事不夊等　餘非准常

○羯磨受日法

佛法東流數本羯磨乞受日法全鈌不同皆自意言未尋正教今學所宗但依律本本既無乞不可妄加又括諸部並無加乞應告情已羯磨者如是言

釋藏中有前魏康僧鎧律師譯曇無德律雜羯磨二卷有受過七日法文三乞羯磨曹魏曇諦律師集曇無德部羯磨二卷有受過七日乞羯磨文復隨釋云據此以驗舊本受日羯磨文少不足故宜須詳准改以從正故今文云佛法東流數本羯磨乞受日法全鈌不同皆自意言未尋正教下申明正教之義謂今撰集隨機羯磨所宗但依四分藏本藏本既無三乞作法不可妄加豈特本律無載又括撿諸部並無加乞應告情已羯磨告情者待僧集已先向衆言今爲某事不得不往七日不及還欲受半月日或一月日出界衆量度已作前方便答云與受日羯磨如是白

大德僧聽若僧時到僧忍聽比丘某甲受過七日法十五日一月日出界外爲某事故還來此中安居白如是

大德僧聽比丘某甲受過七日法十五日一月日出界外爲某事故還來此中安居誰諸長老忍僧聽比丘某甲受過七日法十五日一月日出界外

爲（某）事故還來此中安居者默然誰不忍者說僧已忍聽比丘（某甲）受過七日法（十五日一月日）出界外爲（某）事故還來此中安居竟僧忍默然故是事如是持

釋文中受過七日法一句由受七日法開聽在先今欲白後開之遠限先出陳始開之近期謂今所受非七日法是過七日法欲受十五日（一月日）出界爲某事故所以白羯磨文兼此一句　此一羯磨所爲之緣總攝三寶事應據現前之情以判屬公私也

非餘非准常　唯異法非謂先三乞已然後秉白等

○對首受日法

律論但聽受七日並無正法傳羯磨白中義亦無失

釋上句明有受無法下句明應有受法謂律論有受日雖無受法然今集此羯磨傳流益後於對首白中其義亦不可失故下引他部以出白詞

十誦云若無比丘當從四衆受應告言長老一心念我比丘（某甲）今受七日法出界外爲（某）事故還來此中安居白長老知（三說）

釋下三衆稱改准知其准緣判公私據實十誦律云開獨住比丘心念受日應准上文唯除所對之言爲別

釋除所對之言者謂不須前後二句也按翻譯集引事鈔云縱令前事止一日皆須七日法律云不及即日還聽受七日去夏末一日在亦作七日法今故附之以便考

用

○命梵二難出界法

律中若安居中本二大童女婬女伏藏欲來誘調比丘又有惡鬼怨賊毒虫惡獸不得如意醫藥使人我若此住必爲我淨行及命作留難佛言聽去准毘尼母論云移夏不破安居諸部無文開

釋本二者是在家時之婦也以夫尊婦次出家已故稱本二惡鬼者時有鬼神語比丘此處有寶藏若是本二等伏藏欲來誘調罷道名爲梵行難若惡鬼乃至使人等謂之命難故云我若此住必爲我淨行及命作留難佛言若有如是事聽去諸部無文開受今法准母論移夏不破安居謂因難事移就他處修持仍允一夏功圓得同

衆僧自恣

○受日出界逢難法

律中比丘受七日出界爲父母兄姊等至意留過日或水陸道斷遂卽過限佛言不失歲

釋據此二種開緣一爲父母之命難違兄姊之情敬切欲令增信故過日限二爲偶爾道阻斷絶往來並攝難緣不失一歲安居

僧祇云若受日在道不得迂迴當日若了卽還本處也

釋迂者遠也謂凡受日法事了卽歸不得在道故意久遠必待日滿方回此則有悞正修不思初志故引爲證寧有餘日速歸乃名如法結夏　第六諸衆安居篇竟

毘尼作持續釋卷第十二

音義

踴音踊踐踴也　市時上聲買賣之所市者持也養贍老小以不乏也　涉音攝涉行厲水也古者渡水不裸體故著衣而渡水深至衣以上渡曰厲也　捩音列折也　迮音則迫也　鬧鐃去聲不靜也　括官入聲檢也　迂音於遠也

曇無德部四分律刪補隨機羯磨卷第十三

唐京兆崇義寺沙門道宣　撰集

清金陵華山後學比丘讀體　續釋

○諸衆自恣法篇第七

釋上篇明四月十六日入安居此明七月十五日解安居諸經律中以七月十六日是比丘五分法身生來之歲則七月十五日是臘除也比丘出家不以俗年爲計乃數夏臘臘者接也謂新故之交接今故以安居竟諸衆自恣法列於第七篇

時諸比丘共住受持瘂法佛種種訶責言此是白羊外道法自今已去聽共相檢校知有罪無罪有十利故便得正法久住應安居竟自恣

釋此引制緣也廣如自恣揵度十利准止持中詳釋自恣者此是自言恣他舉罪非謂自恣爲惡所以制在安居竟者若論夏初創集將同期欸九旬立要齊修出離若逆相舉發恐成怨諍遞相沿及廢道亂業是以夏末方自恣也

○僧自恣法

佛言應十四日十五日十六日自恣餘辦具如說戒中比丘不知何時佛言聽小食大食上上座應唱白云之也

大德僧聽今白月十四日（餘日准此）衆僧集（其處）自恣

○差受自恣人法

佛言聽作時若打揵椎若告言諸大德自恣時到僧集已應先差人應具兩種五德一自恣五德不愛不恚不怖不癡知自恣

未自恣二具舉罪五德知時如實利益柔輭慈心也

釋應差恣舉二五德人者謂三月修道精練身心人多迷已不自見過理宜仰憑清衆垂慈誨示縱宣已罪恣僧舉過内彰無私隱外顯有瑕疵身口託於他人故制恣舉之人也自恣人若有愛則親厚之情惜護他有過而不言若有恚則怨恨之念積懷他無罪而言有若有怖則怯畏之心早存遇強懼且緘口逢懦輙與搜求若有癡已尚冡昧無知他人持犯莫曉若不知自恣未自恣則現前座衆不諳有幾未來說欲全不識人無此五過能持戒者則具自恣五德也舉罪人若不知時則不知今僧集坐何爲斯際應作何法若不如實則三根未確脫舉亂衆延久疲勞若不利益則不能如法濟拔反令淨者生疑若不柔輭則出言多乖律語性剛不善漚和若不慈心則知他有過不舉請恣視同罔聞反此五過者是名具舉罪五德也所以僧集已度選恣舉利攝自他一夏功圓法不徒制矣

十誦五分並差二人以上若衆止五人前後单差若有六人一時雙牒而作羯磨應和問答已白言

釋僧法羯磨有四滿數是以五人不得同差若有六衆一時雙牒十誦五分雖聽差三四五六人者不得僧差僧亦須如法應作前方便答云差受自恣人羯磨秉法者白言

大德僧聽若僧時到僧忍聽僧差比丘某甲某甲作受自恣人白如是

大德僧聽僧差比丘某甲某甲作受自恣人誰諸長老忍僧差比丘某甲某甲作受自恣人者默然誰不忍者說僧已忍差比丘某甲某甲作受自恣人竟僧忍默然故是事如是持

作此法已兩五德者方從座起至上座前禮僧足已然後互跪和白

釋受差已而令禮僧足者此有二義一者謝僧和忍量差次則不矜己德輕人所謂謙下諸比丘遠離自高慢衆見如斯執不深生慚愧愈增敬仰聖制安衆之方與俗迴別多矣然後互跪和白者卽下正自恣法若僧不和則不得互跪對白自恣也

○白僧自恣法

佛言自恣時應知比丘有來不來者聽先白已然後自恣作是言也

大德僧聽今日衆僧自恣若僧時到僧忍聽僧和合自恣白如是

佛言比丘應十四日自恣比丘尼應十五日自恣此謂二衆相依住法若有緣者三日俱得自恣

釋若非二衆相依結界住准制比丘僧定以十五日自恣而云三日俱得者如說戒中因客比丘故

○正自恣法

佛言應偏袒右肩脫革屣互跪合掌應一一從上座作次第應離坐自恣五分云取草布地令在上自恣老病者隨本座應對

前五德者言

釋此但略出本制今准五分布草加儀應先令沙彌或淨人採吉祥草擇去萎黃唯取鮮好以十二葉爲一束若年逢閏束十三葉其束隨人多少備之於露地敷僧座具已未集僧時將草安新槃以鮮華覆上置上座前低桌上鳴椎集僧問和索欲差二五德人白和法已竟受差者起座至低桌前以手擎草槃口隨誦偈云吉祥長者施輭草如來受已成正覺我等比丘學佛慧坐草自恣淨三業誦畢從上座次第行草衆皆起座立受草束各各口誦此偈手卽解草散地敷已坐具於上端身跏趺而坐如是行周五德者至上座前白云爲僧行草竟上座答云善以空槃仍置前處然後正自恣因病比丘互跪三說時久病卽更增佛聽老病者隨身所安受自恣謂不必跪也五德者應從上座先作法彼此互跪合掌上座對五德者言

大德衆僧今日自恣我比丘某甲亦自恣若有見聞疑罪願大德長老哀愍故語我我若見罪當如法懺悔三說

釋若三根實有不虛者卽應語其所犯若無五德者應答云善如是次第乃至末座律本云若說錯忘一一受之其二五德准僧祇云各至本座處自恣不得待僧竟其衆僧自恣已五德至上座前告云僧一心自恣竟便如常禮退出十誦律

釋文中雙牒大德長老說時應別之若五德者是上座彼應跪五德立稱云大德長

老若五德是同輩或下座應彼此互跪而稱大德也於前篇制五衆安居此篇云諸衆自恣者故今例明儀式不致遺法待大僧自恣畢應召沙彌入衆先禮僧足三拜已令在後一行次第立五德者如前行草沙彌等亦各受草散地誦偈敷具坐上五德者至一一前沙彌合掌跪乞自恣文詞准上唯更沙彌爲異如是作法已周五德者至上座前合掌告云僧一心自恣竟上座答善三拜而起復歸本座大衆同聲迴向誦自恣功德殊勝行等已齊起座禮上座三拜隨卽詣大殿禮佛畢次序各散故云如常禮退此告白出十誦律又十誦云若應與依止羯磨與竟乃至應與惡邪不除擯羯磨與竟若應與別住摩那埵本日治出罪等羯磨一一與竟僧應自恣本律云自恣卽是說戒翻譯集引事鈔云十五日自恣已不得出界破安居由夜分未盡故　此中羯磨皆爲法作是屬公也

非一人非謂乏德受差僧不滿制等　二法非謂白誦錯脫以僧差僧等　三事非謂衆具不辦等　後四非相准取合明

○畧自恣法

佛言若有八難及餘緣如說戒中事者畧說自恣但對首有二略單白已有三略如鈔所明若難事可得廣說便廣說若再說若一說若不者應如法治

釋律制說戒自恣二皆時事其難緣是同而略中有異說戒開略者乃誦總問淨由戒本恒持所以聽總則知別也然此解夏

自恣者是三事中任他舉發願說已罪乞淨之義若不一一請恣人人染淨莫決是故有異文云但對首者但字是助語之辭非指但對首法三言此自恣法若衆或增至百千人或減至三二人皆名衆法對首法律中单白已衆法對首有二略復畧衆法對首開聽共同三說此文巧將单白已置於前後之間今故依律續明其略也

續 准自恣揵度中佛言若難事不遠不得廣說三語自恣應作白已當再說自恣白言

大德僧聽若僧時到僧忍聽僧今再說自恣白如是

佛言若不者應如法治

釋 再說即二說本制三說自恣由難來不遠大衆不得三說開聽略其一說人各對首二說自恣此謂单白已衆法對首有一略也如法治者謂應與越毘尼罪

佛言若難事近不得再說自恣應作白已即應一說自恣作如是白

大德僧聽若僧時到僧忍聽僧今一說自恣白如是

佛言若不者應如法治

釋 此由難事將近大衆不得再說復聽略其二說人各對首一說自恣此謂單白已衆法對首有二略也

佛言若難迫近不得一說自恣者應作白已各共三語自恣白言

大德僧聽若僧時到僧忍聽僧今各共三語自恣白如是

佛言若不者應如法治

釋此由難事急迫大衆不得人各對首一說又開衆僧普向五德人彼此互跪准前僧法一齊同聲三說自恣此復略其衆法對首再說一說故云單白已有三略也此上三略皆爲法作是屬公故

非法非謂再一互錯三共滅詞等　事非謂難來近遠不度等　餘非准常

○四人以下對首法

佛言若有四人不得受第五人欲更互自恣應盡集自恣若有四人應更互自恣作如是白言

三大德一心念今日衆僧自恣我某甲比丘清淨三說已

若有三人二人亦准此法唯改對首人數爲異又不得別衆及以有犯並不應此法

○一人心念法

佛言若自恣日往說戒堂掃灑敷坐具盛水器洗脚器然燈火具舍羅爲待客比丘若無來者應心生口言

今日衆僧自恣我比丘某甲清淨三說

○尼差人自恣法

佛言比丘尼夏安居竟聽差一比丘尼爲尼僧故往大僧中說自恣若僧尼二衆各不滿五至自恣日比丘尼往至比丘所禮拜問訊若衆滿者應索欲問緣答云差人自恣羯磨應云

大姊僧聽若僧時到僧忍聽僧差比丘尼某甲爲比丘尼僧故往大僧中說三事自恣見聞疑白如是

大姊僧聽僧差比丘尼某甲爲比丘尼僧故往大僧中說三事自恣見聞疑誰諸大姊忍僧差比丘尼某甲爲比丘尼僧故往大僧中說三事自恣見聞疑者默然誰不忍者說僧已忍差比丘尼某甲爲比丘尼僧故往大僧中說三事自恣見聞疑竟僧忍默然故是事如是持

佛言彼獨行無護者應差二三人爲伴往大僧中禮僧足已曲身低頭合掌作如是語

比丘尼僧夏安居竟比丘僧夏安居竟比丘尼僧說三事自恣見聞疑罪大德僧慈愍故語我我若見罪當如法懺悔

尼三說已良久大僧上座告言

徒衆上下各並默然者實由尼等內勤三業外無三事故不見犯雖然上座有勅勅諸尼衆如法自恣謹慎莫放逸

使尼禮僧足辭退至本寺已集尼衆等傳僧教勅如說戒法所明也此自恣說戒略教授法律本文缺義明前後兩臨事必須理不容默故且略標一句以表常式得時行用未必依文也

釋此自恣說戒法等者正明比丘尼八敬法之嚴制也彼第六云比丘尼於半月當從衆僧中求索教授人第八云比丘尼安居訖當詣衆僧中求三事見聞疑自恣但律本文辭缺略而義明前後前卽尼部中若半月若九旬預期應如常差尼或囑教或求恣後卽大僧中若布薩若夏竟集僧應如常問或請教授或求自恣此乃二部

大僧兩臨時事必須之要法理不容點故且略標一句以表顯自恣即是説戒皆律宗蠲染萁淨之制不可違也若此僧界外無尼衆相依住者此則不須故云得時行用未必依文也　此一羯磨爲法故作是屬公也　其間非相准説戒中

○修道增自恣法　諍事增自恣法　第二增自恣法

續此三法准單白綱目今依自恣揵度續入

○修道增自恣法

佛言若衆多比丘結夏安居精勤行道得增上果證恐自恣當移餘處不得如是樂即應作白增益自恣羯磨者作前方便答云作增益自恣羯磨如是白云

大德僧聽若僧時到僧忍聽僧今日不自恣四月滿當自恣白如是

作是白已四月自恣

釋增上果證者謂九夏精修漸增證入而獲學無學果恐自恣竟隨方來者仍隨方去不得受是禪定樂故開住至八月十五日夏滿自恣此法當於七月十五日集衆作白若非安居中實證者不得妄用是法

○此一羯磨爲人法故作是屬私也

非一人非謂自無增證等　二法非謂行不精修妄白等　三事非謂貪久供利等　後四准知

○諍事增自恣法　第二增自恣法

佛言若有住處衆多比丘共住自恣日聞異住處比丘鬬諍不和合欲來此自恣彼

比丘應減自恣若十五日減作十四日若十四日減作十三日聞今日來如增說戒中方便得作自恣者善若不能者應作白增上自恣羯磨者作前方便答云作增上自恣羯磨作如是白言

大德僧聽若僧時到僧忍聽今日僧不自恣至黑月十五日當自恣白如是

佛言作白已若客比丘住至黑月十五日應作白第二增自恣問答同上如是白云

大德僧聽若僧時到僧忍聽僧今不自恣後白月十五日當自恣白如是

佛言作是白已若客比丘不去舊比丘應如法律強和合自恣

釋如法律強和合自恣者謂舊比丘等容出界外別結小界自恣也　此二羯磨皆爲人法作是屬公也　非相准說戒篇所明

○受功德衣法　差人守功德衣法　付功德衣法　捨功德衣法

續受捨二法准單白綱目差付二法准白二綱目今皆依迦絺那衣揵度次第續入

○受功德衣法

律本云時有衆多比丘夏安居十五日自恣竟十六日往見世尊道路值天雨衣服皆濕僧伽黎重疲極又有衆多糞掃衣比丘在寒雪國異處安居亦如是往見世尊皆到佛所頭面禮足已却坐一面佛慰衆勞諸比丘以此因緣白佛佛故集僧告云安居竟有四事應作應自恣應解界應結界應受功德衣受功德衣已有五事利得

畜長衣離衣宿別衆食展轉食食前食後不囑比丘入聚落

釋此乃發起之制緣也梵語迦絺那衣此翻功德衣令衆僧同受是衣俱獲五利功德故古翻賞善罰惡衣賞前安居人後安居人不得明了論翻難活以貧人取活爲難捨少財入此衣功德如以須彌大衣聚施也若論五利者前二攝捨墮後三攝單墮並如止持中釋此但明開以顯有利無過

佛言應如是受功德衣若是檀越所施新衣物帖作淨若是糞掃故衣浣已納作淨不以邪命得不以相得不激發得不經宿得不捨墮作淨卽日來應法

釋此明二淨方堪受作功德衣而獲五利也二淨者一謂夏滿九旬行淨二謂任緣得財衣淨若是檀越所施新衣者此有二種一由敬信福田特爲僧辦二謂已成備用持施與僧糞掃故衣准四依法所釋若是新衣已曾淨之物帖上作淨此則不須更浣若是故衣應浣潔已補納作淨不邪命得者謂非辯口利詞抑人揚己自逞功能諂曲得衣不以相得者謂非於俗人前詐現奇相令生敬仰由是得衣不激發得者謂非說所得利以動人心激發令喜例施得衣不經宿得者律制雖夏未竟唯聽受急施衣除此九旬內若得衣財不容隨身經宿不捨墮作淨者謂不得用過十日或過一月已捨懺作淨之財必須七月十五自恣日所施者卽將作功德衣方是清

淨衣財故云卽日來應法也

四周有緣五條十隔如是衣僧受作功德衣若復過是者亦應受應自浣染舒張輾治裁作十隔縫成應在衆僧前受

釋上明衣財此明衣相也五條十隔卽五衣若復過是者亦應受謂七衣大衣僧祇十誦善見諸律皆云若僧伽黎鬱多羅僧安陀會隨一一衣得受作功德衣律中又聽貴價衣財亦可受作功德衣而云應自浣染舒張輾治者爲制不得使非親里比丘尼等浣染打不得以五大上色故令染也僧祇律云若浣時應言浣是迦絺那衣僧當受如是三說若裁時縫時皆一一三說以表至誠信受佛語故此方雖令匠作者多若比丘經手付與財時應言令令匠作是功德衣僧當受此則亦不違制也

縱自浣染乃至縫成若是邪命得等若不在僧前受皆不成受功德衣

釋此重顯非法以誡如法受也今准義加儀應於七月十六日寅卯時分令沙彌或夏少比丘灑掃淨處敷僧座已正中設一低桌將功德衣安新槃內以鮮花散覆置之桌上然後鳴槌集此界安居僧各序臘次就座已僧中上座索欲問緣答云受功德衣羯磨差羯磨者作如是白

大德僧聽今日衆僧受功德衣若僧時到僧忍聽衆僧和合受功德衣白如是

○差人守功德衣法

佛言作是白已與一比丘上座應問言衆中誰能持功德衣若有者答言我某甲能

羯磨人如是白云
大德僧聽若僧時到僧忍聽僧差某甲比丘爲僧持功德衣白如是
大德僧聽差某甲比丘爲僧持功德衣誰諸長老忍僧差某甲比丘爲僧持功德衣者默然誰不忍者說僧已忍差某甲比丘爲僧持功德衣竟僧忍默然故是事如是持

○付功德衣法

佛言僧即應羯磨衣與持功德衣比丘作如是白言

大德僧聽此住處僧得可分衣現前僧應分若僧時到僧忍聽僧持此衣與某甲比丘此比丘當持此衣爲僧受作功德衣於此住處持白如是

大德僧聽此住處僧得可分衣物現前僧應分僧今持此衣與某甲比丘此比丘當持此衣爲僧受作功德衣於此住處持誰諸長老忍僧持此衣與某甲比丘受作功德衣者默然誰不忍者說僧已忍與某甲比丘衣竟僧忍默然故是事如是持

佛言彼比丘應起捉衣隨諸比丘手得及衣言相明了作如是言

釋如五分僧所與衣比丘復行言根本部名張羯耻那衣張者開示也然皆義存儀略今會加云僧已羯磨付衣與之彼比丘應起座兩手捉衣先開張示衆令知五條十隔四周有緣（此謂安陀會若七衣大衣亦如是示之）然後轉身至下立中向上作如是言

此衣衆僧當受作功德衣此衣衆僧今受作功德衣此衣衆僧已受作功德衣竟

如是三說已將衣斂褺手捧巡行衆僧座次先至上座前上座欠身離座以手及所捧之衣而口言云

其受者已善受此中所有功德名稱屬我（行衣者應答言）善

釋 其受者已善受謂衣財離過縫治如法張受不違毘尼一衆和合忍可也此中所有功德名稱屬我者謂九旬結夏同界進修此衣受已五事開聽人各均霑聖恩衆故皆云屬我從上座乃至最下座如是次第巡說若是中後安居者越之但令集和隨喜制無受衣彼行衣者旣作法畢仍至下中向上座前告云爲僧受功德衣竟上座答言善彼答言爾彼復持衣就座而坐大衆齊誦迴向偈云受衣功德殊勝行等如常禮而退其受差守衣者於此界内必須住滿五月餘者若有因緣聽往不局

附 僧祇云受迦絺那衣者有作時非受時是中有値作時受不値受時受得名受有受時非作時是中値受時受非作時受得名受有作時受時是中値作時受時是名作時受時有非作時非受時是中不値作時受受時受應隨喜言長老憶念是住處僧受迦絺那衣我某甲比丘隨喜齊冬四月隨彼住處滿我當捨是名受功德衣法律攝云有十種人不合同受羯耻那衣一未有夏人二破夏人三坐後夏人四餘處坐夏人五張衣時不現前人六行徧住人七徧住竟人八行意喜人九意喜竟人十授學人

釋僧祇律內不值受時得名受者爲有緣受日出界開聽此中爲故不來者遮之今附二律明其可否便行　此中受衣持付三羯磨皆爲事作是屬公也

非法非謂持守白受顛錯不明等　事非謂手不及衣行次未周等　餘非如前

○捨功德衣法

律本云諸比丘不出功德衣意欲久得五事放捨故佛言不受功德衣一月受功德衣五月聽冬四月竟衆僧應和合出功德衣

釋前安居人受功德衣已五月得五事利此從七月十六日至十二月十五日後安居人不受功德衣得一月五事利此從八月十六日至九月十五日其中安居人不受功德衣各隨滿三月已於外聽一月五事利聽冬四月竟出功德衣者此准西域三際言之謂從八月十六日至十二月十五日是出功德衣分齊也應於是日衆僧和集作前方便答云出功德羯磨秉法者如是白

大德僧聽今日衆僧出功德衣若僧時到僧忍聽僧今和合出功德衣白如是

佛言應如是出功德衣若不出過功德衣分齊突吉羅有八因緣失功德衣（此八法今列釋之）

一去捨若比丘受功德衣竟出界外作不還意出去去便失功德衣

釋此謂和合受功德衣竟自誓住界必滿冬四月今旣違願而去意實不還於出界

之日卽失功德衣也此不論一月五月之開

二竟捨若比丘受功德衣竟出界外作衣彼作衣竟便失功德衣

釋此謂和合受衣竟作念云我出界作衣若作竟當捨功德衣彼作竟之日便失功德衣准日如上

三不竟捨若比丘受功德衣竟出界外作如是念亦不作衣亦不還衣所不竟失功德衣

釋此謂和合受衣竟起念出界原爲作衣成已還回受衣本界住既出界去復轉念云不作衣不還界此則心口相違事無終始故失功德衣准日如上

四失捨若比丘受功德衣竟出界外作衣竟彼比丘衣失功德衣亦失

釋此謂和合受衣竟出界作衣時舉念云我此衣作成已中間如有壞失當捨功德衣於後其衣壞若失功德衣亦失准日如上

五斷望捨若比丘受功德衣竟出界希望得彼比丘便至希望得衣處比丘見已不得衣望斷更無所望處彼望斷失功德衣

釋此謂和合受衣竟出界之意實望其檀越處必得衣財作衣去至彼處乞不得衣更無他處可求衣財彼比丘望斷功德衣亦隨失准日如上

六聞捨若比丘受功德衣竟出界外作衣作衣竟聞衆僧出功德衣彼聞便失功德衣

釋此謂和合受衣竟出界作衣時舉念若衣成即還界及至衣成未還聞界內衆僧已出功德衣彼聞便失功德衣此並下二皆是滿月而言非同上五

七出界捨若比丘受功德衣竟出界外作衣竟數作還意在界外衆僧出功德衣彼在界外失功德衣

釋此謂和合受衣竟出界外徐徐作衣久久方成數作還意而不還界衆僧在界內出功德衣彼在界外亦失功德衣

八共出捨若比丘受功德衣竟在界外作衣彼衣若竟若未竟還住處彼比丘和合出功德衣是爲八事

釋此謂和合受衣竟出界外求衣財作衣因緣不就多日乃得將滿冬四月分齊時所作之衣若成若未成當速還本界與衆和合共出功德衣是爲如法出衣也此八事前五以作念釋者准例十誦義故諸律緣起皆同爲久受功德衣不出多貪五事利故制之是中若衣失日若滿冬四月分凡過畜等俱犯依本罪治之　第七諸衆自恣篇竟

毘尼作持續釋卷第十三

音義

恣 資去聲縱事也蕭何傳發縱指示　欵 寬上聲敬也親也　沿 音延從流而下　緘 音兼封也　懼 音具恐怖也　懦 乃箇切音糯弱也柔也　矜 音京驕矜自負也　萎 音萎草木枯也　輾 年上聲轉輪治轂也　扇 吹揚也

曇無德部四分律删補隨機羯磨卷第十四

唐京兆崇義寺沙門道宣　撰集
清金陵華山後學比丘讀體　續釋

○諸衣分法篇第八

釋出家六和利均爲一抱道無貪名眞釋子衣揵度中佛慈頻制此撰集内祖復廣明當思採補之心莫作泛常之語遇事奉行最爲急要故編諸衣分法列於第八篇也

於中得施有二初謂七衆所施爲僧得二謂道俗所施爲現前若約縁就時不出六種

釋是中七衆卽道俗道俗卽七衆由其發心不同故有二別一爲發心行施欲通十方來者故言爲僧得二爲發心唯施此處之衆故云爲現前通十方者應羯磨分施現前者但照人派故有約縁就時不出六種之說下文列分詳明

○一二部僧得施法

時有住處二部僧多得可分衣物時比丘僧多比丘尼少佛言分作二分無比丘尼純式叉摩那亦分作二分若純沙彌尼亦分作二分若無二衆比丘僧應分若比丘尼多僧少若無應分作二分若乃至無沙彌者比丘尼應分得物已至當部中皆須作羯磨分

釋若二部大僧互無聽分與二部小衆者其小衆乃大僧之屬分小衆卽與大僧猶父財子受以明二部皆得施也得物已至當部中者此准二義一謂大僧持物至當

部界中二謂小衆得物還本住處若有大僧入界或復小衆外來倘逢羯磨分物現前俱各有分此明分中復分也

所以名僧得者以施主心普均一化物遍通十方但有僧尼皆沾其分故名僧得還須僧法羯磨遮約十方來者既作法已現前自分羯磨如後

釋此文徵釋僧得之義謂所以名僧得者僧乃世尊一化境中正亞二部大僧也而指如是寬廣之境以能施之主發心普均而無限所施之物遍通十方而亦然但有僧尼皆沾其分所以指一化境言之故名僧得此揀非施現前也還須僧法羯磨者羯磨之約以禁止後來之人便於分派也若鳴槌時十方來者現前有分若已羯磨竟十方來者遮之無分故云既作法已現前自分羯磨如後者准後第六非時僧得施法行用

〇二二部現前得施法

爾時世尊三月靜坐唯除一供養人時有六十頭陀比丘徃至佛所爲佛所讚諸非頭陀比丘捨衣成大積佛言應布施僧衆若與一人聽與比丘尼非衣若行波利婆沙摩那埵比丘應分與分七羯磨人應置地與若使人與若沙彌應等與若與半若三分與一守僧伽藍人應等與若至四分與一分若不與不應分若分應如法治

釋世尊妄盡體眞動靜一如而云我欲三月靜坐思惟無使外人入唯除一供養人獨讚頭陀任便禮覲者然讚中有訶揚卽

是抑奪人貪著生人淨信乃示發起之由是故令諸非頭陀比丘見聞已莫不願效頭陀十二行或有住阿蘭若者或有不受請常乞食者或有捨檀越施衣持糞掃衣者或有捨長衣持三衣者乃至有常坐不卧者故爾捨衣而成大積聚梵語頭陀此翻云抖擻謂能抖擻煩惱塵垢即精進也十二行者一住阿蘭若處謂比丘當於空閑寂靜之處遠離憒閙不染欲塵永絕攀緣求解脫道是爲頭陀行　二常行乞食謂比丘離諸貪求不受他請常行乞食以資色身助成道業若得食時或好或惡不起分別增減之心若不得食亦無嫌恨得與不得心常不遷是爲頭陀行　三次第乞食謂比丘乞食之時不輕衆生不擇貧富平等一心次第而乞是爲頭陀行　四一食謂比丘修道應作是念我求一食尚多有防何況小食後食若不自減其飡則失半日之功不能一心難辦道業故所斷數數食受一食法是爲頭陀行　五節量食謂比丘所乞之食當作三分若見饑乏者以一分施之又將一摶食置空靜處施諸禽獸若不見困乏者但食三分之二亦留一分不得盡食如斯則身輕安樂易消無患用彰慈德愍及衆生是爲頭陀行六過中不飲漿漿即果蜜等漿謂比丘修道日若過中種種漿汁悉不得飲飲則樂著其味貪求無厭不能攝心勤於道品故以不飲漿是爲頭陀行　七著弊衲衣謂比丘不愛服飾不求好衣但於聚落中拾

陳舊棄物浣濯令淨作爲衲衣障除寒熱不露形體若貪新好則多追求又能招致賊盜故所著弊衲衣是爲頭陀行　八但三衣三衣者九條七條五條袈裟謂比丘少欲知足衣取蓋形不多不少有異白衣非同外道佛弟子捨此二邊但受三衣是爲頭陀行　九塚間坐謂觀無常苦空是佛法入道初門能厭離三界不執四大比丘住於塚間恒見死屍臭爛狼籍鳥啄火燒則無常不淨之觀易得成就故坐塚間是爲頭陀行　十樹下坐謂比丘少事心樂寂修就不彫蓊鬱之樹聊遮雨露以免日炙時到乞食歸彼跏趺念絕更無餘慮道業可冀克成故爾樹下坐是爲頭陀行　十一露地坐謂比丘晝則食罷經行夜則敷具露坐風清月朗境寂心閑以此豁達襟懷易入無相正定故所露地坐是爲頭陀行　十二但坐不臥謂比丘思斷五蓋先遣睡眠主人不迷賊不得便以精勇清淨身心發生真無漏定慧唯除乞食便利晝夜恒坐是爲頭陀行此畧釋抖擻十二行也須知上法云二部僧得施是通十方僧故此法云二部現前得施不通十方僧故佛言應布施衆僧若與一人聽與比丘尼非衣者非衣謂鉢囊針筒腰帶帽巾等若行僧殘二種行比丘應分與分者爲彼慚愧乞法隨順衆僧欲冀出罪清淨故七羯磨人應置地與若使人與者與衣分由彼是僧故令置地或使人與爲行折伏使其知非自悔速求解此羯磨故沙彌應

等與若半若三分與一者謂衆和則等與衆若聽與半與少亦隨之守僧伽藍人應等與若至四分與一分亦爾若有沙彌及守僧伽藍人若不與者不應分若分應如法治謂衆僧違佛語並得越法罪

○三時現前得施法

時有比丘在異處結夏安居已復於異處住不知何處取物分佛言聽住日多處取若二處俱等聽各取半若大得可分應隨數人分或隨籌分乃至一人直攝取不作心念法

釋此法自四月十六日爲始無論在界精修有緣出界凡在此處同安居者盡是現前安居中數由檀越發心本爲施此處安居僧故云時現前得施也此一夏所得施物至七月十五自恣竟方分文云結夏安居已復於異處住者謂因事開聽移居所以兩處之物皆有其分而聽住日多處取者是捨少就多不論本移若二處俱等聽各取半者謂准現前他人所得之分於一分中但取其半以二處合聚仍准一分也若大得可分應隨現前人數取一全分又云或隨籌分者此與下非時擲籌不同此防安居不和而言彼爲現前均平而說准律中因安居僧破爲二部佛令隨籌各取也乃至一人等者律中有一居士比丘住處集諸處僧供養飲食以衣布施諸比丘不知云何以此白佛佛言若與比丘比丘僧應分若與比丘尼尼僧應分若與二部二部應分若與一人應屬一人不作心念

法今文云乃至者義用一人法故爾畧餘由檀越唯供一人安居物故聽一人直收取無心念法可作非同後時僧得施也

〇四非時現前得施法

時現前僧大得可分衣物佛言聽數人多少若十人爲十分乃至百人爲百分若好惡相參應使不見者擲籌分之不合羯磨也

釋此法除夏安居物餘一切時所施者同住比丘分之不通十方僧故曰非時現前得施也准律中有檀越送種種好衣與諸比丘諸比丘不知云何白佛佛言當數人多少若十人爲十分乃至百人爲百分分衣時好惡相參時彼分衣者輙自取分佛言不應自取分應使異人分使異人取分當擲籌分彼比丘自擲籌佛言不應自擲籌聽不見者擲籌此謂書比丘名諱於籌上令餘不見名諱比丘擲之意令至公無私息其諍論以表利和同均如是分已不合羯磨也

〇五時僧得施法

時有比丘未分夏衣便去後分衣而不得來又忘不出行者分不知成分不佛言成分衣應相待亦應出彼分羯磨分之如非時僧得施法

釋前第三名時現前得施此第五名時僧得施者前法唯局本處安居現前物不通十方此則凡是夏安居僧若本處有緣出界若他處復有來者遇現前分衣盡皆得分故别立科名文引二緣正明安居僧中

不現前者應得施分律云有一比丘未分夏衣便去後分衣已彼行還問言分夏衣未答言已分取我分不答言不取彼比丘嗔責餘比丘諸比丘作念成分衣法不佛言成分衣應相待還亦應出彼分亦應囑授後人受夏衣分又有比丘未分夏衣出行囑授一比丘爲我取夏衣諸比丘分時問言誰取某甲比丘衣分授囑比丘忘不取彼還問言分衣未答言已分問言取我衣分未答言不取彼比丘嗔責餘比丘我在此安居而不爲我取衣分諸比丘如上作念佛言成分衣應取彼分羯磨分之羯磨如後第六科此明衆僧分時衣向下明一人受時衣

佛言若一比丘安居大得僧夏安居衣應心念口受言

此是我物

如是三說已若受不受更有餘比丘來不應與分也

釋此乃衆法心念綱目中所列受僧得施法原卷付於第五科之末今故別釋也若一比丘安居大得僧夏安居衣者此謂信心檀越已知此處唯一比丘安居供養所須而無乏少自恣日恐異處安居者來所以多備衣財意欲通施其日若無來者檀越本爲僧施故令作衆法心念法可爾受得僧施如制三說已若取不取更有比丘來不應與分爲心念羯磨竟已遮後來人也

續此准衆法對首綱目中所列受僧得施

法令依律續入佛言若二比丘住處大得僧夏安居衣應更互三語受如是言長老憶念此住處若衣若非衣現前僧應分此處無僧此是我等分三說若三比丘亦爾唯異二長老憶念餘詞同更有餘比丘來不應與分

○六非時僧得施法

得施有二若道俗作檀越欲以施物者並通十方皆與施福故律云時有異住處現前僧大得可分衣物分衣時有客比丘數數來分衣疲極佛言應差一人令分白二羯磨與其正法如後分亾人輕物中說

釋道乃出塵梵衆俗謂居家士女道施但隨所長六物俗捨多約四事布施然由離世脫凡須行檀施而得越度是以道俗俱稱檀越也其所施之境並通十方皆與能施者爲生福之緣故佛言應差一人令分白二羯磨與此法即白二綱目中分四方僧物法爲僧物兼時非時故上時僧得施法並此皆准後分亾人輕物中說者乃漸例明據也

二者若亾五衆所有衣物佛言應一切屬僧然僧四方現前不同故物則重輕兩別又約輕重物中分處非唯一軼具如後十毀

○初明五衆死物之所屬

十誦有比丘死衣物衆多王家親屬欲並取物佛言王親不合僧應得之乃至今時雖依三寶出家財法必緣僧得佛法非分故入二僧廣如鈔中說之

釋此引緣先明物有所屬乃至今時等四句畧陳鈔中興廢是非之義故末云廣如鈔中說之今准畧以推其廣也若論世俗凡物者人生有親依國有主商估出內王境生財貴祿榮豊君恩欽給乃至農耕其產藝習其業自立祖遺足須餘積有嗣則父子相承無後則盡入王家理難越分法有定判若論出家物者辭別君親非俗臣子不務耕織淨五德以爲福田隨受檀施遵正命而辦道業自佛勸斷以來乃至今時雖依三寶出家四事必緣僧得僧有過現現則自增施福過則物任存分猶若海潮泛之衍布四流漳之還歸於海比丘既爾尼部亦然而云佛法非分制別三施應入二僧果因如是准文財兼法者謂不特利養必緣僧得今佛滅涅唯法住世若欲從學聞思決疑進道冀定水浣滌塵心希慧炬焚燒業種已利濟人轉凡成聖苟無弘化導迷之僧焉遂捨家趣向本志故雙舉財法以推其源然法且置此但明所得之財也嗟斯末世披緇盈篋恪不行施律教封函怠無勤學沒後相傳以爲已業現前作法斟有依持豈知遺毒沿風愚迷孰反今遵正制故析詳明此謂鈔中之廣義也

○二分法十種

一者糞掃取如五分律水漂死者

釋彼律一比丘被水漂死衣鉢掛界內樹上衆見謂屬僧不敢取佛聽作糞掃衣取

二現前取如十誦學悔人擯人守戒人共

住互死者

釋彼律云一住處一守戒比丘一被擯比丘共住若守戒者死衣鉢屬被擯者若被擯者死衣鉢屬守戒者餘比丘來不應與一守戒二被擯三四被擯亦如是又有學沙彌死是衣鉢不知云何佛言當死時現前僧分

三同見取如律此彼二部互死者

釋律云時有一比丘往彼部未至便死諸比丘不知其衣鉢當與誰佛言隨其所欲往處應與文　須知此見非眼見也今謂見和同解故欲往之即隨同解處應與

四功能取如律云三舉人死同羯磨舉僧

釋律中有一比丘被舉已命終諸比丘不知衣鉢當與誰佛言隨所共羯磨舉僧應分文　功能者有益於事曰功善辦成就曰能三舉者謂初作舉作舉已作憶念作憶念已與罪處所也乃七羯磨後三所制此顯羯磨功德難思衆僧能依律濟彼雖命終成濟已辦故立名云功能取也

五二部僧取如律無住處死薩婆多二界中間死

釋律云有一比丘人間遊行到無比丘住處村到已命終諸比丘白佛佛言若有信樂優婆塞若守園人應掌録之掌謂主掌録謂收拾檢束也　若五衆前來者應與論云若比丘二界中間死隨先見者所取文　律云前來論云先見雙引證明者以誡後來後見慎勿強爭取也

六面所向取如論二界中死

釋此謂二界邊畔隣近於彼此所隔之中死也由其心欲往而面所向此推亾者之情根本部中佛言於兩界中間死隨頭所向得衣鉢若頭在兩界二處俱得義亦同論

七入同羯磨和尚僧祇云沙彌死衣物令和尚知

釋沙彌生時所乏衣物皆和尚以長物與之律明以二事攝弟子故僧中分物沙彌不定須憑僧忍度量而與所以死後衣物若干令和尚知隨彼和尚或將散衆或給一人不同比丘亾物此未受具人無僧法可作

八入所親白衣薩婆多云滅擯人物

釋此謂受具爲僧與比丘共戒同戒既犯四重體是白衣滅擯絶迹非僧所攝是故死後所有衣物仍歸俗眷親里此制死以警生清淨衆理不宜取分

九隨所在得如十誦寄人不寄處等

釋彼律云有一比丘處處寄衣物是比丘死有衆多看病人現前僧分物竟諸比丘語看病者言彼處處所寄衣物索取（以現前物與寄物處鬬諍不與令彼等自索取也）往取不得便共鬬諍令謂寄物比丘死於何處即隨處分物餘所寄物彼處自有僧分不得索取致興鬬諍律攝亦同此義謂若亾人寄物即於所在處衆共分之故云寄人不寄處等

十在衆中死羯磨取廣亦如鈔說

釋大約分亾物不逾下文八法其事制已備是非已明復贅云廣亦如鈔說者非謂

更有作法之式莫過潤文之廣耳若能精諳此下八法於廣義自徹無疑矣

○三同活共財法

律無正斷若取分别共財則除隨身之物已外中分入僧同活則任在者籌量出處多少但取實情生死同志則無負犯若涉私懷具招兩過

釋此法律無正斷若依理判所取分别共財者如二比丘一向契悦同活共財一切所有盡屬二人一人既死物各應半一半屬在一半屬亡其隨身衣物是各自有者除此之外所存共財若干應入僧中分散然彼同活共財大衆莫知此則唯任在者籌量從公而言出處多少但取實情絲毫無隱方爲生死同志則無負犯若涉私懷其負亡者之慾及盜僧物之咎豈能逃乎故云具招兩過

○四負債法

佛言應問言誰負病者物病人負誰物知已應索取若負他者聽持長衣償若無賣三衣償有餘與瞻病人僧祇云當深察前人可信可證明者與之反此不得

釋負債之緣多約衣故比丘三衣無缺止持詳載四事任緣聖行已彰若緣鮮欲新難求逼惱縱避外譏貸内早露凡染未蠲倏爾無常相摧後悔持戒不淨負債生可易償因果死將孰代若非佛慈開聽令酬則死負生者極苦而生負死者亦然

○五明囑授

佛言僧問瞻病人言病人有囑授不若云

病人臨終時言此物與佛與法與僧與塔與人若我終後與者佛言應索取現前僧分五分若生時與人未持去者僧應白二羯磨與之

釋本律云終後與者死非物主與即用僧物故所以索取僧分五分云生時與者物已屬主僧不合取分故應須羯磨與之不則二俱攝盜故須詰問

○六分物時

僧祇言若病者死不可信應持戶鉤付僧知事人然後供養舍利毘尼母云先將亾者去藏殯已送喪僧還來至寺取亾人物著僧前然後依法集僧分之也

釋若病者死不可信者謂是人在日多貪毫不惠施口每言無其囊多畜故制應鎖彼戶鉤付維那然後供彼身骨一則防恐遺失次則俾衆無疑本律鈌殯殮送喪復引母論以明還時如法集僧分之也

○七斷輕重物

十誦病人死無看病者取衣物浣洗曝卷擗除擔入衆中

釋此明亾者無看病人僧應取物洗浣曝乾擗開襵已除垢淨潔擔入僧中若與上毘尼母送喪還寺分之而會用者謂供亾身或三朝一七於此日內應浣洗潔淨至送喪日還寺時集衆分也若即亾即送者事可權開不局先浣下引本宗白者若有看病並無看人通用無異

律云彼持亾者衣物來在衆中當作是言

大德僧聽某甲比丘此彼住處命過所有衣物

此住處現前僧應分如是三說
毘尼母云並取衣物在僧前著已遣一人處分物可分物不可分物各別一處也
○正明處分
佛言若比丘死若多知識若無知識一切屬僧若有園田果樹別房及屬別房物銅瓶銅瓫斧鑿燈臺繩牀坐蓐卧蓐氍氀車輿守僧伽藍人水瓶澡灌錫杖扇鐵作器木作器陶作器皮作器竹作器及諸種種重物並不應分屬四方僧
[釋]知識者聞名曰知覩相曰識知識而云多者由此比丘名遠德布信仰趨歸弘化以樹法門匡衆而居師位意懇攀緣供盈無乏故爾長物致多此所謂多知識比丘也無知識者然彼比丘或方始受具隨衆依棲化利未堪名行靡悋或獨善其身濟志絶舉幽遯林野稀詣檀門助道雖弗欠處衣物僅足無餘此所謂無知識比丘也一切屬僧此句總標准律文中且就多知識亾比丘物釋之若園田果樹別房等據制緣由瓶沙王請佛及僧百日供養所差辦供俗人必信作食不如法諸比丘求食時惱亂王知白佛言我今當供養田宅具足隨意佛言聽之是故有園田果樹別房及屬別房物等如是並非所分之物盡屬四方僧故下明可分之物也
氍氀長三肘廣五肘毛長三指剃刀衣鉢坐具針筒俱夜羅器現前僧應分之律文正斷如此餘有不出者當於諸部律論聯類斷判

釋氍乃毛席氀是毛布也西域用以敷卧准量長計四尺八寸廣該八尺毛長三指者乃輭厚之極也此以五印所産而言梵語俱夜羅翻云小小物並剃髮刀衣鉢坐具針筒等此是可分物本宗律文正斷如此餘有不出者當於諸部律論中閱取聯其本宗可分不可分之類判斷　若據五分律云若舍勒（譯爲內衣似今短裙也）單敷襯身衣被線囊漉水囊大小鉢戶鉤如是等物是可分現在僧盡應分之若錦若綺雨浴衣覆瘡衣蚊㡡經行敷遮壁風單敷坐卧床盛藥物繖蓋錫杖等是不可分應屬僧用　母論云若有奴婢應放令去若不放使作僧祇淨人駝馬牛驢與寺常住運致此亡比丘若有生息物在外應使寺中淨人推覓取之得已入此寺常住僧凡鐵所作應可分物鐵鉤鐵鐲鑷釿斧刀子剪刀鐵杖香爐火爐槃桯香筒　律攝云若知事苾芻身亡之後所有資生與三寶雜亂不可簡別者此死人物三寶共分今准上律論所明以聯本部之類斷判也

當觀律本判意不容緩急自欺必欲廣知具如量處重輕物儀中

釋律本判意不容緩急自欺者凡是亡物詳細檢束送喪還寺集僧應分若多日緩佇恐生私弊若即刻急辦致物遺忘必欲廣知具如量處輕重儀中者此儀是事鈔之一科也彼云僧祇分四種常住量處分之梵語僧祇此翻四方僧物一者常住常住謂衆僧厨庫寺舍衆具華果樹林田園

僕畜等以體局當處不通餘界但得受用不通分賣故重言常住二者十方常住如僧家供僧常食體通十方唯局本處此二名僧祇物三者現前現前謂僧得施之物唯施此處現前僧故四者十方現前如亾五衆輕物也若未羯磨從十方僧得罪若已羯磨望現前僧得罪此二名現前僧物

文准此第四謂亾衆物是僧有分不定客舊若未鳴椎作法前倘私心存留或以故易新得物直五錢過五錢減五錢是盜十方僧物計直成罪若已鳴椎作法時或詐稱生與設妄言負欠得物多少計錢成罪是盜現前僧物不思有相皆壞凡物咸虛無常若空人生孰免正宜觀境對治繫念勤修何得癡心愛著因物興非此謂袈裟下失却人身解脫中自反縈縛智者覩斯則人境歸已彼亾若此我復亦然爲加行增上之勝緣作越苦眞修之對治物雖有分意不在茲因體集和故參來衆是以揵椎爲分亾物其中警策實益現前

○八量德賞物

佛言五法成就應與病人衣物故知不具則不得賞一知病人可食不可食可食應與

【釋】藥食應病必有深益病藥相乖無益有損是以莫遂病人之情唯善調理之方若不可食者縱彼瞋恨亦不應與若可食者雖彼嫌惡愈勸令飡然則病須藥治食資爲先疾因食成斷食爲本此爲看病之初德也

二不惡賤病人大小便唾吐

釋沉疴枕席坐起實艱汙穢不淨誠爲嬰苦若能憐之朝夕更換浣洗早晚除潔唾器令彼寢息身心獲安不以卧敷穢惡增苦此爲看病之第二德也

三有慈愍心不爲衣食

釋出家雜處以戒爲親安則同修病則互看若非慈心何得痛癢相關醫藥瞻視因懷愍念不爲衣食待訊起捐卧揗此爲看病之第三德也

四能經理湯藥乃至差若死

釋土產草木性稟溫涼醫諳方脉劑别群主丸散則服按時節湯煎則火須文武若能經理病籍藥差設遇定業岐黃難治心盡始終至逝乃畢此爲看病之第四德也

五能爲病者說法已身於善法增益

釋草根木皮但療形疾無上法藥乃除業瘡用形藥而參法藥令身安以致心安於是在病者了解苦空無眷戀之情在已分能觀幻化入勝義之理二利緣斯六和名稱此爲看病之第五德也按十誦云病人有五事難看一惡性不可共語二看病人敎不信不受三應病飲食不應病飲食不知自節量四不肯服藥五不肯自忍節量若反此五法則病人易得看也

僧祇律有四種暫作若僧差作自樂福作邪命作並不合賞若爲饒益病者欲令速差下至然一燈遇命終者便得此物

釋一者暫作謂非舉念願爲乃偶爾作之既無多日故不合賞　二者僧差作謂界

同居止病應相贍衆若雜臨反增煩亂故所輪差值日以侍湯藥若不看病毘尼訶責無慈梵網罪結輕垢古德勉僧看病云四海無家病比丘孤燈獨照破牀頭寂寥心在呻吟裡粥藥須人仗道流由是差往看病故爾不合賞之　三者自樂福作謂八福田中悲田福勝因思敎明看病報感多刼無災佛兜羅綿手亦由愍病撫摩所獲既爲發心求福此則不合物賞　四者邪命作謂本無慈心愍苦不爲求福願作因見病者藥食豐足囊篋貯長外託贍侍内存惡貪豈特理無譽賞推情法應訶責設若比丘實爲饒益病者善能料理隨病藥食欲令速差不致彼店如是慈心極切下至然一燈遇病者命終便得此物

五分云多人看病與究竟者

【釋】此有二義一謂久病延纏看者疲極不無相替息勞故有多人更看二或看病人自有緣牽始終不能其事故以多人續看看者既多難賞故制唯與究竟若病者臨終時有二人三人在前俱名究竟賞時均與

律云應當與受持衣若不知者當極與看病與上三衣隨看中下與衣亦爾

【釋】言受持衣者揀非長也長衣入僧可分物中若不知是受持不受持衣者當度量看病人德與之若極用心求覓藥餌復善說法安慰病者此則五德全具應與上三衣於五德中不能說法但具三四者應與中三衣若具一二無後第五者應與下三

衣此就不知衣而察其人與也
十誦云若不信者與不好不惡六物
釋若不信者謂瞻病人自言德具曾爲病者頻頻説法衆僧應察彼人若一往少學未諳法律當於六物内擇取中者與之此就自言難信者賞爾
五分十誦云比丘病二衆合得比丘尼病三衆得
釋此明二部五衆各攝大小部既有殊物難混取嗟今末運生時投木桃於白衣結爲知友死後分布帛於居家反認俗親豈知生前惠俗早已爲施所隨終復給分仍盗僧物邀人准斯出家僧尼尚且有禁而亾遺物安得任已私情知律者寧無慨歎
摩得勒伽云白衣看病應與少許尼三衆同之
釋白衣者或僧寺執役淨人或私畜行童隨侍由無僧德但發好心衆和量宜應與少許而云尼三衆看比丘病准同此者佛世尼流持戒精純或有親里尼而瞻看病者乃興悲運慈敬僧猶佛亦非槩允必觀其人然今刼濁僧誰如律訓尼尼未並尊於僧縱彼持戒清貞雖死不宜令侍譏嫌當避但可知此慎勿行此今文引者爲明看病之廣制也
十誦云看病人爲病者出外乞食衣藥者留待還付之五分外界看病者依法賞之也
釋薩婆多部云看病者出界非已因緣本爲病人不辭勞涉病人既終僧分物時應

留賞分待還付之彌沙塞部云若界內比丘病異界比丘來看雖住止不同由道誼契合聞知不忍相棄慈憐故就躬瞻此二皆推心稱德故引證以爲後式也

○正明賞法

佛言應與瞻病者六物謂衣鉢坐具針筒盛衣貯器應如是與

釋准常作前方便答云分亾僧物羯磨應如是白二羯磨與之

大德僧聽某甲比丘命過所有三衣鉢坐具針筒盛衣貯器隨當時有者牒入此現前僧應分若僧時到僧忍聽僧今與某甲看病比丘白如是

大德僧聽某甲比丘命過所有三衣鉢坐具針筒盛衣貯器此現前僧應分僧今與某甲看病比丘誰諸長老忍僧與某甲看病比丘三衣鉢坐具針筒盛衣貯器者默然誰不忍者說僧已忍與某甲看病比丘衣物竟僧忍默然故是事如是持

律本具明有德合賞若無德者理非僥倖必知事勞無有法益者可入輕物作法然後和僧准論隨功賞贈

此一羯磨賞德爲人故作是屬公也

非一人非謂看病乏德集眾少和等　二法非謂持秉失儀文詞違律等　三事非謂衣錯好惡有持與長等　後四非相准前

九分輕物法

毘尼母云五人共住一人死不得作展轉分律中出法少不具足令准非時僧得施羯磨具有展轉之言則五人已上須用此

法律文當差一人令分白二羯磨如是與之有人存三番作法此思文未了亦有存二番法者今准羯磨文中具舍付分二法餘無故不出准律羯磨云

釋先引母論爲證人法次例展轉故引非時僧得施也展轉即下文中牒云僧今持是衣物與比丘某甲某甲當還與僧若用此法必須五人已上方不隨非以成辦事據本律當差一人令分白二羯磨有人存三翻羯磨亦有存二翻羯磨復闕展轉之言者此由不善思文未了作持今准羯磨文中具舍付分二法餘二所存制無可據故不出准正羯磨云

大德僧聽某甲比丘命過所有衣物現前僧應分若僧時到僧忍聽僧今持是衣物與比丘某甲某甲當還與僧白如是

大德僧聽某甲比丘命過所有衣物現前僧應分僧今持是衣物與比丘某甲某甲當還與僧誰諸長老忍某甲比丘命過所有諸衣物現前僧應分僧今持與比丘某甲某甲當還與僧者默然誰不忍者說僧已忍持此衣物與比丘某甲某甲當還與僧竟僧忍默然故是事如是持

作此法已隨人多少取其衣物依數與之不宜別施更招漏染非佛制故

釋不宜別施更招漏染者謂將僧物爲己有以公分作私情既非衆和必招漏落三途之苦逾制輒行更犯汙染無作之愆

五分云若不遍者和僧與一無衣比丘

釋此謂無知識比丘終後衆多物少開聽

雖云與一無衣比丘亦須衆僧和合量度不容逐情衺制也

善見云若一衣極好不須割破衆並有者從上行之須者直付之

釋極好衣者乃貴價上衣其所分物以好惡相叅均之無偏令謂衆人既皆有分若餘貴價之衣此則不須割截聽從僧中四上座次第行若用者應直付之准義有二一護惜檀施而不廢次彰無貪好以敬尊止心非物驗知足莫曉境不隨還乃名持

凡一羯磨差人分物爲事故作是屬……物者心存憎愛集衆中有……三事非謂謂不言展轉錯失文……輕等後四准知

○四人分法

毘尼母云若但四人應作直分羯磨其賞看病物義唯三人口和以衣付言

釋四人即滿僧數應作前方便不得受欲問答如上直分羯磨者謂無展轉之語四人中一人看病其賞物法准義三人唯聽口和以衣付彼言

諸大德憶念今持亾比丘（某甲）衣鉢（坐具等隨有言之）與（某甲）看病比丘（三說）

自餘輕物應准作直分羯磨

大德僧聽若僧時到僧忍聽（某甲）比丘命過所有衣物現前僧應分白如是

大德僧聽比丘（某甲）命過所有衣物現前僧應分誰諸長老忍僧今分是衣物者默然誰

[illegible]忍分是之[illegible]僧忍默然故

[illegible]是持[illegible]眾並准上

若捨衣[illegible]來說欲等　二法非謂秉

釋[illegible]三事非謂物不相叅等　後

[illegible]准常配取

[illegible]多人分法

毘尼母云四人共住一人死應展轉分捨

衣已賞勞法任二人口和付言

大德憶念我等持是亾某甲比丘衣鉢坐具針筩盛衣貯器與某甲看病比丘

三說已其輕物者准本律云應彼此三語

受共分應言

二大德聽此亾比丘某甲衣物應屬我等三說

餘人亦爾有二人亦須准上其賞勞直付

三語雖了分物未入手客來須一與分

釋若物入手已屬主故是現前僧物客來

不與若未入手無屬主故是十方僧物客

來有分罪福因果善須稱量　此一衆法

對首法爲事屬公顯非並准上

○一人心念法

毘尼母云一相應法者二人共住一人死

在者取衣口言

此某甲亾比丘物應屬我

作此三說已手執物故後來不得

○十得受衣法

僧祇云若爲病人求醫藥衣食及爲塔事

僧事雖當時不在並應與分

釋前十誦已明爲病者出外乞食衣鉢[illegible]

留還付此復明者因續塔僧等事之功而爲援引也

善見云若界外比丘入亦須與分謂在羯磨時

釋此意上明而重出者俾知彼此制同無擬疑也

律中有比丘無想別衆不成分衣又現前施中得與沙彌淨人分等或半如前分別

釋有比丘無想別衆不成分衣者准律有六句此乃畧引第三句也一謂有住處有比丘有比丘想別部分衣佛言不成分得突吉羅罪二謂有住處有比丘有比丘疑別部分衣不成分得罪同上三謂有住處有比丘作無比丘想不成分無罪四謂有住處無比丘有比丘想別部分衣成分得突吉羅罪五有住處無比丘疑有比丘別部分衣成分得罪如上六謂有住處無比丘無比丘想成分不犯又現前施中等者以此例彼沙彌淨人與分可知也

十誦云比丘有衣鉢寄尼者若死比丘索取先見者分之

釋前十種分法中已引十誦寄人不寄處者是比丘寄比丘處不須取之即彼處僧分也此乃寄於尼處者尼是亞衆不合得大僧衣鉢故制索取還本界分之縱非共住者若先見索取亦當赴集同衆分分故若在白衣家死輕物隨五衆現前分重物任意遠近有僧法寺付之

釋隨五衆現前分者此就死期而言於五衆中不論次第但先來者現前分之有僧

法寺付之者揀非無界伽藍及二三人止處謂有作法界能秉羯磨行僧事之處將亾者所遺重物付彼以作僧祇常住物也若無五衆者律令信樂檀越應守掌若無五衆來者應送與近處僧伽藍僧餘如鈔中也

【釋】此引本律合十誦以明輕物也檀越而云信樂者信則因果分明不昧彼此樂則供養三寶不惜已財如是之人乃可守掌亾物以待五衆臨分若數期並無來者應送隣近僧寺如法分之餘如鈔中者此句示知分物是非於鈔明也審夫捨家趨家捐世好如涕唾視榮富若弊屣厭愛欲之境心不隨逐滌習染之氣道恒佩懷累行勤修以報四恩聚德厚深乃可二利唯貴道重何患身貧設爾因緣卒湊見檀供似箭攢思酬施猶負石隨獲隨淨付之兩田非貪非畜僅資四大若果德隆而無餘長則芳名千古見聞仰範此可謂僧寶也今時行業不充染習未褫謀攀交徃過畜無厭唯勸俗捨以破慳自不樂行於檀度眼光落地不思何是我有儘囊托出方顯癡迷慳藏若在僧寺亾者得依僧法均給若在俗舍死者准制五衆並分如是豈特亾沾生濟幸爾逍遥抑且施福益增令獲廣博倘或病篤昏昧物被私匿又若分處非法竊爲已有此則因貪自墜緣盜牽人俱入泥犁報感極苦夫物是毒佛口親言毒傷慧命敎每頻説故知出家爲僧勿以自毒毒他共傷慧命致喪戒身也毘尼母云

若有比丘用僧祇物以自資命此亦是賊是故一切屬四方僧物不應獨用然鈔中興廢大約是非義亦若斯今且畧釋一班以補鈔之云爾　第八諸衣分法篇竟

毘尼作持續釋卷第十四

音義

屬 音孰附也類也
囂 音鴞喧也交易市合則囂市散則墟墟音區故城也
頻 音貧數數也
憒 音膾心亂也
遷 音千徒也移也
彫 音雕零落也
蓊鬱 上音翁下蘊入聲草木茂盛貌
軼 音鐵車相出也
潬 音烏水回日潬
殯 音贅殯殘也
擗 同擘開也
靡 音米無也
遯 豚上聲隱也
綺 音起謂繒如細綾也
幮 音除厨帳也
鐲鑼 上音孰下音羅溫器也
桎 音質
弊 音備敗也惡也
揖 音冒手扶也
揗 音旬手相安慰也
岐黄 岐謂岐伯黄謂黄帝其醫之始黄問而岐答也
癐 音膾病甚也
偶 音藕適然也
八福田 佛聖人僧此三爲敬福田和尚阿闍黎父母此四爲恩福田救濟病人爲病福田亦名悲福田　一佛田者謂覺道具圓位登極果世出世間最勝無比人能恭敬供養豈但獲一切福亦能滅一切罪故名佛福田　二聖人田謂菩薩緣覺聲聞出離三界證悟聖道具足無量功德智慧人能恭敬供養即獲勝福故名聖人田　三僧福田僧者和合衆謂處衆和同敬順無諍是佛弟子人能恭敬供養即獲福利故名僧福田　四和尚福田謂出家者因師教誨之力生長法身其恩實重人能供養恭敬即獲福利故名和尚福田　五闍黎田謂此師能糾正弟子之行即教授得戒等師也因依此戒得生禪定智慧其恩實重人能供養恭敬即獲福利故名闍黎福田　六父田父爲資形之始有生成之德自孩提以至於長教誠育養其恩罔極爲人子者故當竭力奉養豈有求福之念設若心之至孝之純則自然獲福故名父福田　七母福田謂母始自懷孕分娩以至乳哺鞠育護持長養慇念劬勞其恩罔極爲人子者固當竭力奉養豈有求福之念設若心之至孝之純則亦自然獲福故名母福田　八病田謂見人有病即當念其苦楚用心救療給與湯藥則能獲福故名病福田
痼 音故久病也
延 音沿長遠也
餌 音耳謂餈稻餅也餈之言滋也餌之言堅潔也餈音慈
貯 除上聲積也盛也
投木桃 詩云投我以木桃報之以瓊瑤
邀 音腰招人也
慨歎 上開去聲懷激也下音于歎辭也
貞 音征正而固也又治潔也
僥倖 上音驕下音幸優者有不遇劣

者有僥倖謂不當得而得也充音冲備也實七褫音耻脱也奪也

曇無德部四分律刪補隨機羯磨卷第十五

唐京兆崇義寺沙門道宣　撰集

清金陵華山後學比丘讀體　續釋

○懺六聚法篇第九之一

○懺悔法

釋將懺六聚先明機器後出懺法懺者謂披陳衆失發露過咎不敢隱諱悔者謂斷相續心厭悔捨離能作所作合棄故言懺悔此篇中一切重輕羯磨皆爲人故作盡是屬私於下文不再贅釋唯非相則隨事別明

律云有二種人一者愚癡謂不見犯雖見犯不能如法懺悔二者智人卽反上句

釋此論機之利鈍也愚癡卽無明由無明深厚障其本心慧用未朗是故犯已自不見犯雖見所犯復不能識了罪相如法懺悔此乃鈍根人也智人者謂是凡夫無明淺薄智慧少現犯已卽見見已卽能識罪懺悔此是利根人也

未曾有經云前心作惡如雲覆日後心起善如炬消暗故經律俱明懺悔

釋心卽第六識心此心乃善惡之首勲染淨之基本前心作惡如黫雲迷覆杲日喻癡惑障心無惡不造後心起善如大炬消滅昏暗譬智起惑亡無善不具此則善惡一心染淨反復昇沉之殊唯在智愚故經律中俱明懺悔是如來慈濟之方便也然懺法多種若作事懺但能伏業易奪若作理懺則能燋業滅業

釋上明機有利鈍善惡一心則作業之主

已知能懺之人已別此正明懺悔之法也懺法多種者准淨名疏以三法收之一謂作法懺滅違無作罪依毘尼門二謂觀相懺滅性罪依定門三謂觀無生懺滅妄想罪依慧門以違無作罪障戒性罪障定妄想罪障慧今復以前二攝事後一是理也若作事懺但能伏業易奪者伏謂不能斷除煩惱業根但以持戒力用增勝強捉伏之而令不起是奪惡心易爲善心爾若作理懺能燋業滅業者謂煩惱堅固如稠林根深慧力殊強猶猛火熾盛若能入理起慧斷除煩惱似猛火焚林根本盡枯永不復生其慧力過於戒力事懺不及理懺也

先論利根依理斷業如涅槃經云若有修習身戒心慧能觀諸法猶如虛空設作惡業思惟觀察能轉地獄重報現世輕受

釋修習身戒乃至猶如虛空者身戒謂嚴持木叉防禁七支心慧者心乃吾人靈明覺體清淨本心慧卽覺體之用觀謂奢摩他名空觀也若妄想顛倒念慮紛紜則無明覆心煩惱障慧隨所作業輪廻生死若能修習淨戒入奢摩他觀除却妄想分別都無則本有心體靈明不昧以無相慧照了諸法元無所有從妄想生當體如如唯一實相猶若虛空寂然澄湛設作惡業能如是思惟觀察者則能轉地獄極重苦報而於現世輕受以免之

若於小罪不能自出心初無懺不能習善覆藏瑕疵雖有善業爲罪垢汙現世輕報轉爲地獄極重惡果是爲愚癡

釋小罪謂所犯者輕不能自出謂口不露陳心初無懺者謂犯時已知無慚愧心不思懺悔此人既不能修習身戒覆藏瑕疵雖有善業皆爲罪垢所汙初則覆輕續復犯重致使現世輕報轉爲地獄極重惡果是爲愚癡

若犯四重五逆謗法名爲破戒有因緣故則可拔濟若披法服常懐慙愧生護法心建立正法我説是人不名破戒

釋四重謂四根本五逆者逆則不順於理謂弑父母和尚阿闍黎破羯磨轉法輪僧也謗法者謂不信大乘方等言非佛説斷學般若撥無因果此乃極重之惡若犯一一名爲破戒毘尼宗中不通懺悔今云若有因緣故則可拔濟者須知機非泛常悔非輕易此之悔法如還丹一粒點鐵成金至理一言轉凡成聖應察其人若犯重已不欲罷道樂披法服常懐慙愧發露無隱生護法心願度含靈建立正法誓紹佛種此謂堪可拔濟因緣也我説是人不名破戒者此是如來觀機設教誠實之語以證依理斷業而顯懺悔力用難思也如昔勇施比丘犯婬殺二重即時心生大悔憂惱自知身終當墮惡道誰能免我如是之苦從一精舍至一精舍惶怖馳走衣服落地作如是言我今即是地獄衆生至鼻揉多羅菩薩所舉身投地菩薩爲彼湧身虚空令生深信復入諸佛境界大乘妙門如來寶印三昧身放光明光中出無量佛同聲説實相妙法勇施見佛神通變化聞清淨

實相了萬有虛幻思惟遐擇離諸蓋纏得無生忍乃至成佛號曰寶月如來又無垢光比丘犯婬文殊引至佛所佛爲說實相法彼得無生忍授記當來成佛號曰功德蓮華最勝妙行如來斯皆所謂有因緣故則可援濟也

成實論云有我心者則業煩惱集若無我者則諸業不能得報以不具故

【釋】初句謂若心計我則有我所以虛幻身境妄執爲實是故諸業煩惱集聚因果酬償不無次句謂了妄無生真如湛寂我尚本空將何爲業故云以不具故諸業不能得報所謂皮既不存毛將安附也

未曾有經云夫人修福須近明師修習智慧悔重惡業

【釋】教中一切善行統收六度前五屬福業後一屬慧業此約單論若前五兼後是爲福慧雙修也今云修福者且就修持身戒而言若欲增修智慧以期入理者須近實證實悟大乘法師從聞而思精習觀行觀成慧發則能悔除極重惡業此明得法從師修習無謬

華嚴經云譬如幻師能幻人目諸業如是知是名清淨真實悔過

【釋】幻者無而忽有曰幻准教以三細六麤釋之幻師喻第一業相卽真如不守自性最始一念妄動之根本無明惑也幻師正在作幻幻出諸男女時喻第二轉相亦名見相謂依初動業識轉成能見之相也幻師正在作幻幻出樓臺殿閣林池花果種

種物時喻第三境界相亦名現相卽依轉相分別初動之境界相由前轉相則境界相現也幻師幻法已成列於人前而人見時不知是幻念念不忘計著名相以喻六麤也言麤者由三細而生一智相謂依第三境界相不了自心所現妄起分別於染淨境生好醜故二相續相依前智相分別於好醜愛不愛境生樂生苦覺心起念相續不斷故三執取相依前相續念苦樂等境心起著故四計名字相依前執取分別假名言說之相故五起業相依前名字執取生著造種種業故六業繫苦相苦卽生死之苦依前起業繫縛生死逼迫不得自在故故云譬如幻師能幻人目也諸業如是知者此以法合業卽三細六麤所造一切諸業知卽觀智也若能如實觀照求覓業性內外中間了不可得則諸緣起本無自性因妄有生妄滅亦滅如彼幻師所作幻法是名清淨真實悔過已上引經明依理斷業也

二者鈍根依事懺者若依大乘則佛名方等具列行儀依法懺悔要須相現准教驗心

釋此明定律二門依事懺悔以就中下之機而言鈍者是對最利上機非實愚鈍也大乘者揀非聲聞乘以梵網並千佛名經等俱攝大乘方等教梵網經云若有犯十重戒者教懺悔在佛菩薩形像前日夜六時誦十重四十八輕戒苦到禮三世千佛得見好相若一七日二三七日乃至一年

要見好相好相者佛來摩頂見光華種種異相便得滅罪若無好相雖懺無益千佛名經云若有衆生欲得除滅四重禁罪欲得懺悔五逆十惡欲得除滅無根謗法極重之罪當勤禮敬諸佛名號如是或誦或禮必須淨結壇場嚴設香花尅期求悔要見相現准教驗心此則依定門觀相懺也若依律宗必須識於罪名種相隨有牒懺若疑不識不合加法唯除不學者隨犯結根本此但滅犯戒罪也

釋此明律宗作法懺也言作法者謂依佛所制懺有請乞白秉准之必須識於罪名種相隨其所犯牒入懺文罪名者有五篇六聚之名罪種者有根本等流之類罪相者有重輕開遮之條若於犯有疑或不識犯相者此則不合加牒作法唯除不學者隨犯結根本外更加一無知不學戒波逸提如此懺悔但滅違犯無作之罪也

故智論云戒律中雖復微細懺則清淨犯十善戒雖懺三惡道罪不除如比丘犯諸性戒等

釋此准論結判二種事懺也十善戒是防禁三業之聖制三惡道罪是諸性罪之重條如比丘犯諸性戒等此指第三篇後分而為證也謂依大乘方等准教驗心懺者能滅性重故若依律宗懺者性重不除如斬草害命二罪同名作法滅二違無作滅害命不滅雖違無作滅性罪未滅也

○懺波羅夷法

佛言若比丘比丘尼若犯波羅夷已都無

覆藏心當如法懺悔與學戒羯磨奪三十五事盡形行之若衆僧說戒羯磨時來與不來無犯若更犯重應滅擯

僧祇云犯重巳啼泣不欲離袈裟者又深樂佛法應與學戒比丘不淨食彼亦不淨彼不淨食比丘亦不淨得與比丘過食除火淨五生種及金銀自從沙彌受食

十誦云佛所結戒一切受行在大比丘下坐不得與大僧過三夜自不得與未受具過二夜得與僧作自恣布薩二種羯磨不得足數餘衆法不得作得受歲

律云不得衆中誦律無者聽之

毘尼母云與學悔法巳名清淨持戒但此一身不得超生離死障不入地獄

○懺僧伽婆尸沙法

佛言若犯僧殘巳覆藏者隨覆藏日與波利婆沙行波利婆沙巳與六夜摩那埵行摩那埵巳當二十僧中出罪若犯罪不覆藏僧應與六夜摩那埵行此法巳便二十僧中與出罪羯磨若二種行法中間重犯隨所犯者與本日治行此法巳然後出罪若行波利婆沙者得羯磨巳奪三十五事在僧下行八事失夜白僧發露供給衆僧盡覆日行之其摩那埵法與別住法並同唯在僧中宿爲異

○懺偷蘭遮法

罪緣兩種初明獨頭偷蘭有三差別如破法輪僧盜四錢盜僧食等名上品若破羯磨僧盜三錢以下互有衣相觸等名中品若惡心罵僧盜一錢用人髮食生肉血裸

身著外道衣等名下品二明從生者十誦云從初篇生重應一切僧中悔若初篇生輕二篇生重應界外四比丘衆中悔若僧殘生輕一比丘前悔薩婆多云懺法與波逸提同前獨頭偷蘭懺法亦准從生上中下懺應知

已前三懺罪事非輕悔法繁容理須精練自可持律行用是常餘者博尋終成虛托必欲清薄卽是智人觀緣執法固無有失縱舒撰次非學不知徒費時功未辦前務故闕而不載必臨機秉御大鈔詳委

釋此文明畧示制綱未出全法之意謂已前列初二三懺罪事非類餘輕悔法極爲繁密一是無殘猶人已死二雖有殘命在呼吸非者婆妙用起死靈丹則難救矣若

于斯者求覓清淨僧伽如制秉宣不易獲之亦復如是其爲比丘者理須精攻熟練佩心自可持律行用是常若餘淺信者博尋罔守終成虛托於已奚濟必欲清薄世染决志冀立梵行但奉四依卽是智人更有何心可肆何境可侵設恐習重防興觀緣對治執法有憑斯則固無有失縱舒撰次非學不知在已則徒費時功於紙筆在他則未辦前務於事人故斯三法闕而不載必臨機秉御曾於大鈔詳分源委今因無鈔討探仍准所列原文分三逐一依律續釋然雖續釋便行復請閱廣方徹切莫認漚作海以斯爲足也

○續初懺波羅夷法

佛言若比丘比丘尼若犯波羅夷已都無

覆藏心當如法懺悔與學戒羯磨

釋此卽白四羯磨綱目中與學悔法也波羅夷如止持中明都無覆藏心者謂業境現前業心黏發由無堅勇持戒之力用故𡚁被煩惱所使以毀戒體隨犯卽深生慚愧痛責癡迷造重極惡求哀懺悔毫無隱覆如是者爲之都無覆藏心也當如法懺悔與學戒羯磨者佛言敎犯罪比丘到衆僧中偏露右肩脫革屣䠒跪合掌作如是言

大德僧聽我某甲比丘犯不淨行都無覆藏心今從僧乞波羅夷戒願僧與我波羅夷戒慈愍故

如是三說已僧中上座應差堪能羯磨者作前方便答云與波羅夷戒羯磨作如是白

大德僧聽此某甲比丘犯不淨行都無覆藏心今從僧乞波羅夷戒若僧時到僧忍聽僧今與某甲比丘波羅夷戒白如是

大德僧聽此某甲比丘犯不淨行都無覆藏心今從僧乞波羅夷戒僧今與某甲比丘波羅夷戒誰諸長老忍僧與某甲比丘波羅夷戒者默然誰不忍者說是初羯磨第二第三亦如是說

僧已忍與某甲比丘波羅夷戒竟僧忍默然故是事如是持

佛言如是與學戒羯磨已奪三十五事應盡形行之

釋奪者衆僧遵制而強革也三十五事又云七五事律云一不得授人具足戒此謂不得受請登壇與人作三師七證二不

得與人依止此謂一往具德可堪今已羯磨不允豈但新求依止奪之若先有者亦當辭却　三不得畜沙彌同上　四不得受差教誡比丘尼此謂旣已求懺學戒唯自深慙護已安能往教淨衆　五設差不應往教此謂淸淨已前曾受僧差今則理無復聽　六不應爲僧說戒此謂律制犯者不得說戒今雖無覆已經羯磨仍屬治罰故爾革之　七不應在僧中問答毘尼此謂衆中若有於犯生疑於法未諳倘遇決疑請問不應獨當答之答則自違治罰令人輕信　八不應受僧差使作知事人此謂量德任差分僧物等一一絶分　九不應受僧差別處評斷事此謂若以現前毘尼滅言諍時不得參簡智人屏處斷諍

十不應受僧差使命此謂差白覆鉢及懺白衣等　十一不得早入聚落逼暮還此謂由見染存心故犯不淨若非禁止恐復潤生　十二當親近比丘此謂依隨淨衆易得束斂身心其學悔人更宜親近　十三不得親近外道白衣此謂外道邪執白衣少信不能助益生善交往多有大損　十四當隨從比丘法此謂沙門戒持五篇過禁三業故令隨從以爲淨緣若能進修可躅染習　十五不得說餘俗語此謂聞熏般若佛法應談避招口業俗語誡愼如昔比丘共論法則神鬼散花方雜語則擲土瞋慢況與學悔理宜攝心　十六不得衆中誦律若無能誦者聽此謂聖世誦律唯記無卷末犯雖能學悔不聽若遇布

薩一衆無者權開代誦非許恒爲　十七不得更犯此罪餘亦不應此謂棄罪有四已犯其初辛無覆隱僧慈拔濟若更犯此或干餘三縱無覆藏制當滅擯　十八若相似此謂根本四重各有等流雖輕相似俱不應犯　十九若從生此謂從婬所生重輕偷蘭罪名方便實婬爲本能成重罪之因故所誡令自厭　二十若重於此者此謂非理七逆惡倍四重若犯於斯法無救濟　二十一不得非僧羯磨及作羯磨者此謂僧集秉辦設違三墮七不得衆中呵法呵人來與不來自非僧數　二十二不得受清淨比丘敷具此謂與衆敷具皆新比丘所爲彼雖夏小由絶染犯若往衆中宜自敷之設與敷者善却勿受　二十三洗足水二十四拭革屣二十五指摩身二十六禮拜二十七起迎二十八問訊二十九不應受清淨比丘捉衣鉢如是七事不應受者律制比丘彼此恭敬凡是界内舊住者若見外來比丘或是遠方客僧或是上座親識卽應起身相迎爲捉衣鉢問訊逆勞然後取與洗足水拭去革屣塵事訖方行禮拜若洗浴時當爲揩摩身垢乃至去復送之斯並清淨比丘恭敬旣歷羯磨俱不應受　三十不得舉清淨比丘爲作憶念此謂比丘清淨本無有犯被諸比丘數數詰問故制憶念毘尼羯磨巳令衆憶念不得更詰令學悔人不但遮舉亦不得爲作憶念故　三十一作自言治此謂僧中縱有犯者不得令作自言露罪治罰

三十二不得證正人事正者以正人之不正也此謂學悔者與衆同居不得以見聞疑證正人過　三十三不得遮清淨比丘說戒三十四不應遮自恣此謂衆僧說戒及自恣無論緣之成壞不應遮僧時事

三十五不得與清淨比丘共諍此謂犯重聽悔實僧慈愍應生恭敬乞求喜悅豈可反慢而共相諍如是三十五事一一盡壽奉行苟一不遵罪結越毘尼　向下羯磨凡有制奪事者釋義准此不再繁出

若衆僧說戒羯磨時來與不來無犯

釋謂比丘犯重已非僧無覆乞羯磨已似僧是以來則容之似僧故不來則隨之無別衆過故

僧祇云犯重已啼泣不欲離袈裟者又深樂佛法應與學戒比丘不淨食彼亦不淨彼不淨食比丘亦不淨得與比丘過食除火淨五生種及金銀自從沙彌受食

釋文中先引本律唯明都無覆藏心復引僧祇明深樂佛法不離袈裟然據二律合度方可與羯磨若深樂佛法犯已覆夜緩露若都無覆藏機非深樂佛法斯皆不應與學戒啼泣者無聲出涕細哭也此有二義一怖地獄惡報苦故二不欲捨衣罷道故樂法亦有二義一自欲修出離道故二愍苦弘法利生故斯符涅槃經云有因緣故則可拔濟也而云比丘不淨食彼亦不淨彼不淨食比丘亦不淨者此謂九十事中第三十五不作餘食法三十八畜殘宿食三十九不受食食如是三戒名不淨食

今文互明若學悔人犯則同比丘犯故五生種者謂穀子根節核有五種淨法一火淨二刀淨三瘡淨四鳥啄破淨五不中種淨律制比丘不得自手受食自捉金寶自手作淨今學悔人得自手受食與諸比丘唯除火淨五生種及捉金寶不聽應自從沙彌受食不得自取食食

十誦云佛所結戒一切受行在大比丘下坐不得與大僧過三夜自不得與未受具過二夜得與僧作自恣布薩二種羯磨不得足數餘衆法不得作得受歲律云不得衆中誦律無者聽之

釋此引十誦者以補本律奪中未具之事也佛所結戒卽比丘所持五篇是不得謂我是學悔似僧可以棄之不受行應一切受行若未犯重時會坐序臘既與學戒不論臘次應在一切大僧下坐居於沙彌之上不得與大僧過三夜自不得與未受具人過二夜者住止雖容同界宿卧不聽共房得與僧作自恣等者謂二種時事羯磨雖得與僧同作然非僧數所攝餘衆法不得作者此如本律所奪之事也得受歲者既許自恣故得受歲但令記其年臘而已坐則必居一切僧下律云不得衆中誦律無者聽之此乃畧示所奪之第十六一事爾爲布薩誦律制不可違故特舉此以開之

毘尼母云與學悔法已名清淨持戒但此一身不得超生離死障不入地獄

釋彼論文云作白四羯磨除波羅夷但此

一身不得超生離死證於四果亦不得無漏功德然障不入地獄爾喻如樹葉落已還生樹上無有是處若犯初篇得證四果獲無漏功德亦無是處此人雖與僧同在一處但僧與其方途隔也准斯論義謂今身纏使未斷所以有界難超辛仗羯磨功勳故爾惡道遮障自此以去實能持戒皎潔亦可作將來出世遠因三會記莂決參其中矣

（非）一人非謂能與所與乖制等　二法非謂白秉奪事錯遺等　三事非謂界違宗義等　後四合具准知

若更犯重應滅擯

（續）此法白四綱目無今准原文依律續入

時諸比丘白佛言若與波羅夷戒比丘重犯復得與波羅夷戒不佛言不應爾應滅擯與作舉作舉已為作憶念作憶念已與罪處所羯磨者作前方便答云與滅擯羯磨作如是白

大德僧聽此某甲比丘犯婬波羅夷罪無覆藏心已從僧乞波羅夷戒僧已與某甲比丘波羅夷戒此比丘於學悔中重犯某波羅夷罪若僧時到僧忍聽僧今與某甲比丘重犯某波羅夷罪滅擯羯磨不得共住不得共事白如是

大德僧聽此某甲比丘犯婬波羅夷罪無覆藏心已從僧乞波羅夷戒僧已與某甲比丘波羅夷戒此比丘於學悔中重犯某波羅夷罪僧今與某甲比丘重犯某波羅夷罪滅擯羯磨不得共住不得共事誰諸長老忍僧與

某甲比丘重犯某波羅夷罪滅擯羯磨不得共住不得共事者默然誰不忍者說是初羯磨第二第三亦如是說僧已忍與某甲比丘重犯某波羅夷罪滅擯羯磨不得共住不得共事竟僧忍默然故是事如是持

【非】餘非同前　唯異注非謂三舉四白增滅錯脫等

○犯波羅夷覆藏者與滅擯法

【續】此法綱目無今依律增續也佛言若犯波羅夷覆藏者僧應作舉等問答同上作如是白言

大德僧聽此某甲比丘犯某波羅夷罪若僧時到僧忍聽僧今與某甲比丘某波羅夷罪滅擯羯磨不得共住不得共事白如是

大德僧聽此某甲比丘犯某波羅夷罪僧今與某甲比丘某波羅夷罪滅擯羯磨不得共住不得共事誰諸長老忍僧與某甲比丘某波羅夷罪滅擯羯磨不得共住不得共事者默然誰不忍者說是初羯磨第二第三亦如是說僧已忍與某甲比丘某波羅夷罪滅擯羯磨不得共住不得共事竟僧忍默然故是事如是持

【非】餘非同上　唯異事非謂人不現前等

○續二懺僧伽婆尸沙法

佛言若犯僧殘已覆藏者隨覆藏者隨覆藏日與波利婆沙行波利婆沙已與六夜摩那埵行摩那埵已當二十僧中出罪

【釋】僧殘如止持中所明覆藏者佛言若比丘犯僧殘罪謂犯波羅夷偷蘭遮乃至惡說覆藏者是謂不覆藏若犯僧殘罪作僧殘意覆藏應敎作突吉羅懺悔已與覆藏

法而云先教作突吉羅懺悔者謂犯僧殘已經夜覆藏隨夜展轉覆藏二品從生經僧説戒黙妄語一品根本經夜覆藏隨夜展轉覆藏二品從生並犯突吉羅雖列五品小罪應隨有者言之先應至離聞見處作對首法懺並准後波逸提中隨覆藏者謂僧殘名總罪事有別隨十三中所犯何罪覆藏言之隨覆藏日者佛言犯僧殘不憶犯數不憶日數者應與清淨已來覆藏若憶犯數不憶日數者亦與清淨已來覆藏僧祇律云若不憶罪不憶夜者持律比丘應問彼言無歲時犯耶若黙然者隨年與無量別住若問言不爾更問未有歲耶一歲耶二歲耶三四五歲耶隨黙然處與作無量別住准此謂與清淨已來覆藏也

又五分云若犯一僧殘乃至衆多覆藏若與別住者但計覆藏最久者隨日與別住律本佛言若憶日數不憶犯數者彼比丘應到衆僧中乞懺偏露右肩脱革屣跪地合掌作如是乞

大德僧聽我（某甲）比丘犯（某）僧殘罪覆藏（若干）日（隨所覆年月長短稱之下皆准知）我（某甲）比丘犯（某）僧殘罪隨覆藏（若干）日今從僧乞覆藏羯磨願僧與我（某甲）比丘隨覆藏（若干）日羯磨慈愍故（如是三乞）

上座差堪羯磨者作前方便答云與覆藏羯磨應如是與法言

大德僧聽此（某甲）比丘犯（某）僧殘罪覆藏（若干）日此（某甲）比丘犯（某）僧殘罪隨覆藏（若干）日今從僧乞覆藏羯磨若僧時到僧忍聽僧與（某甲）比丘隨覆藏（若干）日羯磨白如是

大德僧聽此某甲比丘犯某僧殘罪覆藏若干日此某甲比丘犯某僧殘罪隨覆藏若干日今從僧乞覆藏羯磨僧與某甲比丘隨覆藏若干日羯磨誰諸長老忍僧與某甲比丘隨覆藏若干日羯磨者默然誰不忍者說是初羯磨第二第三亦如是說僧已忍與某甲比丘隨覆藏若干日羯磨竟僧忍默然故是事如是持

佛言得羯磨已奪三十五事在僧下行供給衆僧盡覆藏日行之

釋原文准此故云隨覆藏者隨覆藏日與波利婆沙行也所奪三十五事同上其間異者彼制盡形行之此制盡覆日行之後諸羯磨奪事亦爾非盡形之制也

○白僧行覆藏行法

佛言彼得法已即欲行者僧中具儀應作如是白

大德僧聽我某甲比丘犯某僧殘罪覆藏若干日我某甲比丘犯某僧殘罪隨覆藏若干日已從僧乞覆藏羯磨僧已與我某甲比丘隨覆藏若干日羯磨我今行覆藏法願僧憶持如是三說

佛言彼白行已應在清淨比丘後行若經行處不得在上行不得並行於小食大食時應掃灑食處具盛食器彼正食時供給所須若熱當扇取鉢浣洗仍收食器若受食者不得與清淨比丘隨次坐應在末行下坐若僧浴時應至諸比丘所問言大德洗不若答洗者應當先看浴室若有塵垢應掃除之若有老病人洗如看病法無異一一如弟子於和尚所行弟子法故原文云白僧發露供給衆僧盡覆日行之也

○八事失夜

佛言行僧殘行比丘有八事失夜一往餘寺不白二有客比丘來不白三有緣事自出界不白四寺内餘行比丘不白五有病不遣信白六二三人共一屋宿七無比丘處住八半月說戒時不白

釋佛律爲折伏一比丘改往修來而令一切比丘謹慎持戒故制此八事也一往餘寺白者欲令衆知所犯所行不以清淨客比丘禮恭遜故白二有客比丘來白者爲已乞僧與羯磨法願往來比丘共知不敢諱故白三有緣事自出界白者由犯者閙制令白衆便從此處至彼處白疲極故聽有緣事往彼處應白四寺内餘行比丘白者此則雖非入界同居凡暫往來寺中比丘亦令知之應白五有病遣信白者若自身有病行法難行即當遣人說知其由此乃告假之語六二三人共一屋宿者此爲遵制行別住行不得與清淨比丘同屋宿七無比丘處住者制令依衆慚愧行行故不聽在無比丘處住八半月說戒時白者此令乞僧憶念所行以冀期滿清淨出罪應白然此八事若違一事失一夜行犯一突吉羅罪所制是同唯五六七無白詞也

○半月說戒時白法

佛言至布薩日僧集作前方便竟彼行波利婆沙者具修威儀禮僧足已於中向上長跪合掌白言

大德僧聽我某甲比丘犯某僧殘罪覆藏若干日我某甲比丘犯某僧殘罪隨覆藏若干日已

從僧乞覆藏羯磨僧已與我（某甲）比丘隨覆藏（若干）日羯磨我（某甲）比丘已行（若干）日未行（若干）日白大德僧令知我行覆藏（如是三說）

【釋】此白詞隨現前所對之人僧及大德稱呼不定餘說無異

【非】一人非謂集和雜衆不令別住等二法非謂不詰動覺覆憶弗勘等三事非謂奪事遺落等　取前明後具七可知

○白停行法

佛言若大衆難集若不欲行若彼輭弱多有羞愧應至一清淨比丘所具儀白云

大德上座我（某甲）比丘今日捨教勅不作（三說）

【釋】大衆難集不欲行者彼欲在多人廣衆中行之緣勝行勤業心易伏故輭弱者謂色力不堅恐增病苦多羞愧者或舊檀有約問訊或大會知識衆多如是緣等聖慈聽停

○白行行法

佛言若欲行時應至一清淨比丘所具儀作是白云

大德上座我（某甲）比丘今日隨所教勅當作（三說）

作是白已如前行法一一行之

○行法滿已白僧停法

佛言若行法滿即應向僧白知至衆僧中具修威儀作如是白

大德僧聽我（某甲）比丘犯（某）僧殘罪覆藏（若干）日我（某甲）比丘犯（某）僧殘罪隨覆藏（若干）日已從僧乞覆藏羯磨僧已與我（某甲）比丘隨覆藏（若干）日羯磨我今行覆藏竟願僧憶持（如是三說）

○與摩那埵法

佛言彼比丘行覆藏竟聽僧與六夜摩那埵梵語摩那埵善見律云漢言折伏貢高亦言下意下意者承事衆僧故毘尼母云秦言意喜自意歡喜亦使衆僧歡喜也此行法唯行七日故云六夜摩那埵彼比丘應徃僧中具儀作如是乞

大德僧聽我某甲比丘犯某僧殘罪覆藏若干日我某甲比丘犯某僧殘罪隨覆藏若干日已從僧乞覆藏羯磨僧已與我某甲比丘隨覆藏若干日羯磨我某甲比丘行覆藏竟今從僧乞六夜摩那埵願僧與我某甲比丘六夜摩那埵慈愍故

如是三說已僧中羯磨者作前方便答云

與摩那埵羯磨應如是與白云

大德僧聽此某甲比丘犯某僧殘罪覆藏若干日此某甲比丘犯某僧殘罪隨覆藏若干日已從僧乞覆藏羯磨僧已與此某甲比丘隨覆藏若干日羯磨此某甲比丘行覆藏竟今從僧乞六夜摩那埵若僧時到僧忍聽僧與某甲比丘六夜摩那埵白如是

大德僧聽此某甲比丘犯某僧殘罪覆藏若干日此某甲比丘犯某僧殘罪隨覆藏若干日已從僧乞覆藏羯磨僧已與某甲比丘隨覆藏若干日羯磨此某甲比丘行覆藏竟今從僧乞六夜摩那埵僧與某甲比丘六夜摩那埵誰諸長老忍僧與某甲比丘六夜摩那埵者默然誰不忍者說是初羯磨第二第三亦如是說僧已忍與某甲比丘六夜摩那埵竟僧忍默然故是事如是持

佛言彼得法已卽欲行者於僧中具修威儀作如是白

大德僧聽我某甲比丘犯某僧殘罪覆藏若干日我某甲比丘犯某僧殘罪隨覆藏若干日已從僧乞覆藏羯磨僧已與我某甲比丘隨覆藏若干日羯磨我某甲比丘行覆藏竟已從僧乞六夜摩那埵僧已與我某甲比丘六夜摩那埵我今行摩那埵願僧憶持三說

佛言行摩那埵比丘如覆藏法一一行之應在僧中宿日日白僧故原文云其摩那埵與別住並同唯在僧中宿爲異也

○日日僧中白法

佛言若白時於小食大食上具儀至僧中跪地合掌作如是白言

大德僧聽我某甲比丘犯某僧殘罪覆藏若干日我某甲比丘犯某僧殘罪隨覆藏若干日已從僧乞覆藏羯磨僧已與我某甲比丘隨覆藏若干日羯磨我某甲比丘行覆藏竟已從僧乞六夜摩那埵僧已與我某甲比丘六夜摩那埵我某甲比丘行摩那埵已行若干日未行若干日白大德僧令知我行摩那埵三說

若經說戒並往餘寺等白同前準知若停若行緣白如上

非法非謂不白行滿與法乞秉牒事不明等　事非謂不將入衆行滅覆藏等　餘非同前准知

○白摩那埵行滿停法

佛言彼比丘行六夜摩那埵已應至僧中具儀跪白言

大德僧聽我某甲比丘犯某僧殘罪覆藏若干

曰我某甲比丘犯某僧殘罪隨覆藏若干日已從僧乞覆藏羯磨僧已與我某甲比丘隨覆藏若干日羯磨我某甲比丘行覆藏竟已從僧乞六夜摩那埵僧已與我某甲比丘六夜摩那埵我今行摩那埵竟願僧憶持三說

○與出罪法

佛言行摩那埵竟聽僧與出罪羯磨梵語阿浮訶那善見律云喚入亦云拔罪拔罪即出罪也云何喚入與同布薩說戒自恣法事共同故名喚入拔罪戒本云當二十僧中出是比丘罪若少一人不滿二十衆出是比丘罪是比丘罪不得除諸比丘亦可訶彼比丘行六夜行竟應至僧中具修威儀作如是乞

大德僧聽我某甲比丘犯某僧殘罪覆藏若干曰我某甲比丘犯某僧殘罪隨覆藏若干日已從僧乞覆藏羯磨僧已與我某甲比丘隨覆藏若干日羯磨我某甲比丘行覆藏竟已從僧乞六夜摩那埵僧已與我某甲比丘六夜摩那埵我某甲比丘行六夜摩那埵竟今從僧乞出罪羯磨願僧與我某甲比丘出罪羯磨慈愍故如是三說

衆中差堪羯磨者作前方便答云與出罪羯磨應作如是白

大德僧聽此某甲比丘犯某僧殘罪覆藏若干日此某甲比丘犯某僧殘罪隨覆藏若干日已從僧乞覆藏羯磨僧已與此某甲比丘隨覆藏若干日羯磨此某甲比丘行覆藏竟已從僧乞六夜摩那埵僧已與此某甲比丘六夜摩那埵此某甲比丘行六夜摩那埵竟今從僧

乞出罪羯磨若僧時到僧忍聽僧與某甲比丘出罪白如是

大德僧聽此某甲比丘犯某僧殘罪覆藏若干日此某甲比丘犯某僧殘罪隨覆藏若干日已從僧乞覆藏羯磨僧已與此某甲比丘隨覆藏若干日羯磨此某甲比丘行覆藏竟已從僧乞六夜摩那埵僧已與此某甲比丘六夜摩那埵此某甲比丘行六夜摩那埵竟今從僧乞出罪羯磨僧與某甲比丘出罪誰諸長老忍僧與某甲比丘出罪者黙然誰不忍者說是初羯磨第二第三亦如是說僧已忍與某甲比丘出罪竟僧忍黙然故是事如是持

非一人非謂淨衆不足滿雜餘衆等　二法非謂牒行錯脱言詞不明等　三事非謂奪事不還臘次不復等　後四准取明非

○與壞覆藏者本日治法

佛言若彼比丘行覆藏時更重犯聽僧爲彼比丘作本日治白四羯磨

毘尼母云行本事法別住時未竟又復重犯從僧乞別住僧還與本所覆藏日作白四羯磨此是新罪與舊罪合法應至僧中具修威儀乞云

大德僧聽我某甲比丘犯某僧殘罪覆藏若干日我某甲比丘犯某僧殘罪隨覆藏若干日已從僧乞覆藏羯磨僧已與我某甲比丘隨覆藏若干日羯磨我某甲比丘行覆藏時中間更重犯某僧殘罪覆藏若干日今從僧乞前犯中間重犯某僧殘罪覆藏若干日及覆藏本日治羯磨願僧與我某甲比丘前犯中間重犯覆

藏（若干）日及覆藏本日治羯磨慈愍故（三說）

僧中堪能羯磨者作前方便答云與覆藏本日治羯磨作如是白

大德僧聽此（某甲）比丘犯（某）僧殘罪覆藏（若干）日此（某甲）比丘犯（某）僧殘罪隨覆藏（若干）日已從僧乞覆藏羯磨僧已與（某甲）比丘隨覆藏（若干）日羯磨此（某甲）比丘行覆藏時中間更重犯（某）僧殘罪覆藏（若干）日今從僧乞前犯中間重犯（某）僧殘罪覆藏（若干）日及覆藏本日治羯磨若僧時到僧忍聽僧與（某甲）比丘前犯中間重犯覆藏（若干）日及覆藏本日治羯磨白如是

大德僧聽此（某甲）比丘犯（某）僧殘罪覆藏（若干）日此（某甲）比丘犯（某）僧殘罪隨覆藏（若干）日已從僧乞覆藏羯磨僧已與（某甲）比丘隨覆藏（若干）日羯磨此（某甲）比丘行覆藏時中間更重犯（某）僧殘罪覆藏（若干）日今從僧乞前犯中間重犯（某）僧殘罪覆藏（若干）日及覆藏本日治羯磨僧與（某甲）比丘前犯中間重犯覆藏（若干）日及覆藏本日治羯磨誰諸長老忍僧與（某甲）比丘前犯中間重犯覆藏（若干）日及覆藏本日治羯磨者默然誰不忍者說是初羯磨（第二第三亦如是說）僧已忍與（某甲）比丘前犯中間重犯覆藏（若干）日及本日治羯磨竟僧忍默然故是事如是持

釋若更重犯者唯此法加牒並白行等法亦隨加牒之

非餘非同前　唯異法非謂有覆無覆事乖文言不如聖制等

毘尼作持續釋卷第十五

音義

肆 恣縱也 托 音託推求也 靅 音費雲布貌 炬 束蘆燒之 稠 音酬多也 紛紜 雜亂也 精舍 謂息心所棲曰精舍非粗暴者所居豈由舍之精妙良由精練行者故名之

曇無德部四分律刪補隨機羯磨卷第十六

唐京兆崇義寺沙門道宣　撰集
清金陵華山後學比丘讀體　續釋

○懺六聚法篇第九之二

○與壞覆藏者摩那埵法

佛言彼比丘應詣僧中具儀作如是乞

大德僧聽我某甲比丘犯某僧殘罪覆藏若干日我某甲比丘犯某僧殘罪隨覆藏若干日已從僧乞覆藏羯磨僧已與我某甲比丘隨覆藏若干日羯磨我某甲比丘行覆藏時中間更重犯某僧殘罪覆藏若干日亦從僧乞前犯中間重犯某僧殘罪覆藏若干日及覆藏本日治羯磨僧亦與我某甲比丘前犯中間重犯覆藏若干日及覆藏本日治羯磨我某甲比丘行前犯中間重犯覆藏若干日及覆藏本日治羯磨竟今從僧乞六夜摩那埵願僧與我某甲比丘六夜摩那埵慈愍故

如是三說已僧應與法羯磨人作前方便答云與壞覆藏者摩那埵羯磨作如是白

大德僧聽此某甲比丘犯某僧殘罪覆藏若干日此某甲比丘犯某僧殘罪隨覆藏若干日已從僧乞覆藏羯磨僧已與此某甲比丘隨覆藏若干日羯磨此某甲比丘行覆藏時中間更重犯某僧殘罪覆藏若干日亦從僧乞前犯中間重犯某僧殘罪覆藏若干日及覆藏本日治羯磨僧與此某甲比丘前犯中間重犯覆藏若干日及覆藏本日治羯磨此某甲比丘行前犯中間重犯覆藏若干日及覆藏本日治羯磨竟今從僧乞六夜摩那埵若僧時到僧忍聽僧與某甲比丘六夜摩那埵白如是

大德僧聽此某甲比丘犯某僧殘罪覆藏若干日此某甲比丘犯某僧殘罪隨覆藏若干日已從僧乞覆藏羯磨僧已與此某甲比丘隨覆藏若干日羯磨此某甲比丘行覆藏時中間更重犯某僧殘罪覆藏若干日亦從僧乞前犯中間重犯某僧殘罪覆藏若干日及覆藏本日治羯磨僧亦與此某甲比丘前犯中間重犯覆藏若干日及覆藏本日治羯磨此某甲比丘行前犯中間重犯覆藏若干日及覆藏本日治羯磨竟今從僧乞六夜摩那埵僧與某甲比丘六夜摩那埵誰諸長老忍僧與某甲比丘六夜摩那埵者默然誰不忍者說是初羯磨第二第三亦如是說僧已忍與某甲比丘六夜摩那埵竟僧忍默然故是事如是持

釋與羯磨已一切白行等法並同前唯異隨事牒名其中七非皆准上

○與壞覆藏及壞摩那埵本日治法

釋此本日治有二種一壞覆藏及壞六夜摩那埵二不壞覆藏壞六夜摩那埵佛言彼比丘應至僧中具修威儀作如是乞言

大德僧聽我某甲比丘犯某僧殘罪覆藏若干日我某甲比丘犯某僧殘罪隨覆藏若干日已從僧乞覆藏羯磨僧已與我某甲比丘隨覆藏若干日羯磨我某甲比丘行覆藏時中間更重犯某僧殘罪覆藏若干日亦從僧乞前犯中間重犯某僧殘罪覆藏若干日及覆藏本日治羯磨僧亦與我某甲比丘前犯中間重犯覆藏若干日及覆藏本日治羯磨我某甲比丘行前犯中間重犯覆藏若干日及覆藏本日治羯磨竟已從僧乞六夜摩那埵僧已與我某甲

比丘六夜摩那埵我某甲比丘行摩那埵時中間更重犯某僧殘罪不覆藏（此中據重犯不覆者作法下並同此其重犯覆者合治自入應治中辯）今從僧乞前犯中間重犯某僧殘罪不覆藏六夜摩那埵及摩那埵本日治羯磨願僧與我某甲比丘前犯中間重犯某僧殘罪不覆藏六夜摩那埵及摩那埵本日治羯磨慈愍故（說三）

僧中羯磨者作前方便答云與壞覆藏及壞六夜本日治羯磨如是與法云

大德僧聽此某甲比丘犯某僧殘罪覆藏若干日此某甲比丘犯某僧殘罪隨覆藏若干日已從僧乞覆藏羯磨僧已與此某甲比丘隨覆藏若干日羯磨此某甲比丘行覆藏時中間更重犯某僧殘罪覆藏若干日亦從僧乞前犯中間重犯某僧殘罪覆藏若干日及覆藏本日治羯磨僧亦與此某甲比丘前犯中間重犯覆藏若干日及覆藏本日治羯磨此某甲比丘行前犯中間重犯覆藏若干日及覆藏本日治羯磨竟已從僧乞六夜摩那埵僧已與此某甲比丘六夜摩那埵此某甲比丘行摩那埵時中間更重犯某僧殘罪不覆藏今從僧乞前犯中間重犯某僧殘罪不覆藏六夜摩那埵及摩那埵本日治羯磨若僧時到僧忍聽僧與某甲比丘前犯中間重犯某僧殘罪不覆藏六夜摩那埵及摩那埵本日治羯磨白如是

大德僧聽此某甲比丘犯某僧殘罪覆藏若干日此某甲比丘犯某僧殘罪隨覆藏若干日已從僧乞覆藏羯磨僧已與此某甲比丘隨覆藏若干日羯磨此某甲比丘行覆藏時中間更

重犯某僧殘罪覆藏若干日亦從僧乞前犯中間重犯某僧殘罪覆藏若干日及覆藏本日治羯磨僧亦與此某甲比丘前犯中間重犯覆藏若干日及覆藏本日治羯磨此某甲比丘行前犯中間重犯覆藏若干日及覆藏本日治羯磨竟已從僧乞六夜摩那埵僧已與此某甲比丘六夜摩那埵此某甲比丘行摩那埵時中間更重犯某僧殘罪不覆藏今從僧乞前犯中間重犯某僧殘罪不覆藏六夜摩那埵及摩那埵本日治羯磨僧與某甲比丘前犯中間重犯某僧殘罪不覆藏六夜摩那埵及摩那埵本日治羯磨誰諸長老忍僧與某甲比丘前犯中間重犯某僧殘罪不覆藏六夜摩那埵及摩那埵本日治羯磨者默然誰不忍者說是初羯磨第二第三亦如是說僧已忍與某甲比丘前犯中間重犯某僧殘罪不覆藏六夜摩那埵及摩那埵本日治羯磨竟僧忍默然故是事如是持

釋得法已白諸行等並顯非皆同上

○與不壞覆藏壞六夜本日治法

佛言彼比丘當詣僧中具儀作如是乞云

大德僧聽我某甲比丘犯某僧殘罪覆藏若干日我某甲比丘犯某僧殘罪隨覆藏若干日已從僧乞覆藏羯磨僧已與我某甲比丘隨覆藏若干日羯磨我某甲比丘行覆藏竟已從僧乞六夜摩那埵僧已與我某甲比丘六夜摩那埵我某甲比丘行摩那埵時中間更重犯某僧殘罪不覆藏今從僧乞前犯中間重犯某僧殘罪不覆藏六夜摩那埵及摩那埵本日治羯磨願僧與我某甲比丘前犯中間重

犯某僧殘罪不覆藏六夜摩那埵及摩那埵本日治羯磨慈愍故三說

僧應如上作前方便答云與不壞覆藏壞六夜本日治羯磨作如是與云

大德僧聽此某甲比丘犯某僧殘罪覆藏若干日此某甲比丘犯某僧殘罪隨覆藏若干日已從僧乞覆藏羯磨僧已與此某甲比丘隨覆藏若干日羯磨此某甲比丘行覆藏竟已從僧乞六夜摩那埵僧已與此某甲比丘六夜摩那埵此某甲比丘行摩那埵時中間更重犯某僧殘罪不覆藏今從僧乞前犯中間重犯某僧殘罪不覆藏六夜摩那埵及摩那埵本日治羯磨若僧時到僧忍聽僧與某甲比丘前犯中間重犯某僧殘罪不覆藏六夜摩那埵及摩那埵本日治羯磨白如是

大德僧聽此某甲比丘犯某僧殘罪覆藏若干日此某甲比丘犯某僧殘罪隨覆藏若干日已從僧乞覆藏羯磨僧已與此某甲比丘隨覆藏若干日羯磨此某甲比丘行覆藏竟已從僧乞六夜摩那埵僧已與此某甲比丘六夜摩那埵此某甲比丘行摩那埵時中間更重犯某僧殘罪不覆藏今從僧乞前犯中間重犯某僧殘罪不覆藏六夜摩那埵及摩那埵本日治羯磨僧與某甲比丘前犯中間重犯某僧殘罪不覆藏六夜摩那埵及摩那埵本日治羯磨誰諸長老忍僧與某甲比丘前犯中間重犯某僧殘罪不覆藏六夜摩那埵及摩那埵本日治羯磨者默然誰不忍者說是初羯磨第二第三亦如是說僧已忍與某甲比丘前犯中間重犯某僧殘罪不覆藏六夜摩那埵及摩

那埵本日治羯磨竟僧忍默然故是事如是持

釋凡白行等法並稱量簡非一一同上

○與壞覆藏及壞六夜出罪法

釋此出罪法有四一不壞覆藏及六夜法二壞覆藏及壞六夜法三壞覆藏不壞六夜法四不壞覆藏壞六夜法其初法前已明

佛言彼比丘二行俱壞者應至僧中具修威儀作如是乞言

大德僧聽我某甲比丘犯某僧殘罪覆藏若干日我某甲比丘犯某僧殘罪隨覆藏若干日已從僧乞覆藏羯磨僧已與我某甲比丘隨覆藏若干日羯磨我某甲比丘行覆藏時中間更重犯某僧殘罪覆藏若干日亦從僧乞前犯中間重犯某僧殘罪覆藏若干日及覆藏本日治羯磨僧亦與我某甲比丘前犯中間重犯覆藏若干日及覆藏本日治羯磨我某甲比丘行前犯中間重犯覆藏若干日及覆藏本日治羯磨竟已從僧乞六夜摩那埵僧已與我某甲比丘六夜摩那埵我某甲比丘行摩那埵時中間更重犯某僧殘罪不覆藏亦從僧乞前犯中間重犯某僧殘罪不覆藏六夜摩那埵及摩那埵本日治羯磨僧亦與我某甲比丘前犯中間重犯某僧殘罪不覆藏六夜摩那埵及摩那埵本日治羯磨我某甲比丘行前犯中間重犯某僧殘罪不覆藏六夜摩那埵及摩那埵本日治羯磨竟今從僧乞出罪羯磨願僧與我某甲比丘出罪羯磨慈愍故三說

僧中如上作法荅云與壞覆藏及壞六夜

出罪羯磨作如是白

大德僧聽此某甲比丘犯某僧殘罪覆藏若干日此某甲比丘犯某僧殘罪隨覆藏若干日已從僧乞覆藏羯磨僧已與此某甲比丘隨覆藏若干日羯磨此某甲比丘行覆藏時中間更重犯某僧殘罪覆藏若干日亦從僧乞前犯中間重犯某僧殘罪覆藏若干日及覆藏本日治羯磨僧亦與此某甲比丘前犯中間重犯覆藏若干日及覆藏本日治羯磨此某甲比丘行前犯中間重犯覆藏若干日及覆藏本日治羯磨竟已從僧乞六夜摩那埵僧已與此某甲比丘六夜摩那埵此某甲比丘行摩那埵時中間更重犯某僧殘罪不覆藏亦從僧乞前犯中間重犯某僧殘罪不覆藏六夜摩那埵及摩那埵本日治羯磨僧亦與此某甲比丘前犯中間重犯某僧殘罪不覆藏六夜摩那埵及摩那埵本日治羯磨此某甲比丘行前犯中間重犯某僧殘罪不覆藏六夜摩那埵及摩那埵本日治羯磨竟今從僧乞出罪羯磨若僧時到僧忍聽僧與某甲比丘出罪白如是

大德僧聽此某甲比丘犯某僧殘罪覆藏若干日此某甲比丘犯某僧殘罪隨覆藏若干日已從僧乞覆藏羯磨僧已與此某甲比丘隨覆藏若干日羯磨此某甲比丘行覆藏時中間更重犯某僧殘罪覆藏若干日亦從僧乞前犯中間重犯某僧殘罪覆藏若干日及覆藏本日治羯磨僧亦與此某甲比丘前犯中間重犯覆藏若干日及覆藏本日治羯磨此某甲比丘行前犯中間重犯覆藏若干日及覆藏本日治羯

磨竟已從僧乞六夜摩那埵僧已與此某甲比丘六夜摩那埵此某甲比丘行摩那埵時中間更重犯某僧殘罪不覆藏亦從僧乞前犯中間重犯某僧殘罪不覆藏六夜摩那埵及摩那埵本日治羯磨僧亦與此某甲比丘前犯中間重犯某僧殘罪不覆藏六夜摩那埵及摩那埵本日治羯磨此某甲比丘行前犯中間重犯某僧殘罪不覆藏六夜摩那埵及摩那埵本日治羯磨竟今從僧乞出罪羯磨僧與某甲比丘出罪誰諸長老忍僧與某甲比丘出罪者默然誰不忍者說是初羯磨第二第三亦如是說僧已忍與某甲比丘出罪竟僧忍默然故是事如是持

釋其壞覆藏不壞六夜並不壞覆藏壞六夜此二種出罪法准類應知隨壞加牒於中七非俱如上簡無異

○犯僧殘不覆藏者摩那埵法

佛言若比丘犯僧殘罪不覆藏者聽僧與摩那埵白四羯磨彼比丘應至僧中具儀作如是乞言

大德僧聽我某甲比丘犯某僧殘罪不覆藏今從僧乞六夜摩那埵願僧與我某甲比丘六夜摩那埵慈愍故三說

僧中羯磨者作前方便答云與摩那埵羯磨應如是作白

大德僧聽此某甲比丘犯某僧殘罪不覆藏今從僧乞六夜摩那埵若僧時到僧忍聽僧與某甲比丘六夜摩那埵白如是

大德僧聽此某甲比丘犯某僧殘罪不覆藏今從僧乞六夜摩那埵僧與某甲比丘六夜

摩那埵誰諸長老忍僧與某甲比丘六夜摩那埵者默然誰不忍者說是初羯磨（第二第三亦如是說）僧已忍與某甲比丘六夜摩那埵竟僧忍默然故是事如是持

釋與羯磨已奪事並白行諸法顯非等一一同前

○與摩那埵本日治法

佛言若比丘行摩那埵時中間更犯者聽僧與摩那埵本日治白四羯磨彼比丘應至僧中具儀作如是乞云

大德僧聽我某甲比丘犯某僧殘罪不覆藏已從僧乞六夜摩那埵僧已與我某甲比丘六夜摩那埵我某甲比丘行摩那埵時中間更重犯某僧殘罪不覆藏今從僧乞前犯中間重犯某僧殘罪不覆藏六夜摩那埵及摩那埵本日治羯磨願僧與我某甲比丘前犯中間重犯某僧殘罪不覆藏六夜摩那埵及摩那埵本日治羯磨慈愍故（三說）

能羯磨者作前方便答云與摩那埵本日治羯磨作如是白言

大德僧聽此某甲比丘犯某僧殘罪不覆藏已從僧乞六夜摩那埵僧已與此某甲比丘六夜摩那埵此某甲比丘行摩那埵時中間更重犯某僧殘罪不覆藏今從僧乞前犯中間重犯某僧殘罪不覆藏六夜摩那埵及摩那埵本日治羯磨若僧時到僧忍聽僧與某甲比丘前犯中間重犯某僧殘罪不覆藏六夜摩那埵及摩那埵本日治羯磨白如是

大德僧聽此某甲比丘犯某僧殘罪不覆藏已從僧乞六夜摩那埵僧已與此某甲比丘

六夜摩那埵此某甲比丘行摩那埵時中間更重犯某僧殘罪不覆藏今從僧乞前犯中間重犯某僧殘罪不覆藏六夜摩那埵及摩那埵本日治羯磨僧與某甲比丘前犯中間重犯某僧殘罪不覆藏六夜摩那埵及摩那埵本日治羯磨誰諸長老忍僧與某甲比丘前犯中間重犯某僧殘罪不覆藏六夜摩那埵及摩那埵本日治羯磨者默然誰不忍者說是初羯磨第二第三亦如是說僧已忍與某甲比丘前犯中間重犯某僧殘罪不覆藏六夜摩那埵及摩那埵本日治羯磨竟僧忍默然故是事如是持

〔釋〕得羯磨已白行等法並揀非皆如上

○出罪法

〔釋〕此出罪有二一壞六夜法二不壞六夜法佛言若壞六夜摩那埵比丘應至僧中具修威儀作如是乞

大德僧聽我某甲比丘犯某僧殘罪不覆藏已從僧乞六夜摩那埵僧已與我某甲比丘六夜摩那埵我某甲比丘行摩那埵時中間更重犯某僧殘罪不覆藏亦從僧乞前犯中間重犯某僧殘罪不覆藏六夜摩那埵及摩那埵本日治羯磨僧亦與我某甲比丘前犯中間重犯某僧殘罪不覆藏六夜摩那埵及摩那埵本日治羯磨我某甲比丘行前犯中間重犯某僧殘罪不覆藏六夜摩那埵及摩那埵本日治羯磨竟今從僧乞出罪羯磨願僧與我某甲比丘出罪羯磨慈愍故三說

羯磨者作前方便答云與出罪羯磨作如是與之

大德僧聽此（某甲）比丘犯（某）僧殘罪不覆藏已從僧乞六夜摩那埵僧已與此（某甲）比丘六夜摩那埵此（某甲）比丘行摩那埵時中間更重犯（某）僧殘罪不覆藏亦從僧乞前犯中間重犯（某）僧殘罪不覆藏六夜摩那埵及摩那埵本日治羯磨僧亦與此（某甲）比丘前犯中間重犯（某）僧殘罪不覆藏六夜摩那埵及摩那埵本日治羯磨此（某甲）比丘行前犯中間重犯（某）僧殘罪不覆藏六夜摩那埵及摩那埵本日治羯磨竟今從僧乞出罪羯磨若僧時到僧忍聽僧與（某甲）比丘出罪白如是

大德僧聽此（某甲）比丘犯（某）僧殘罪不覆藏已從僧乞六夜摩那埵僧已與此（某甲）比丘六夜摩那埵此（某甲）比丘行摩那埵時中間更重犯（某）僧殘罪不覆藏亦從僧乞前犯中間重犯（某）僧殘罪不覆藏六夜摩那埵及摩那埵本日治羯磨僧亦與此（某甲）比丘前犯中間重犯（某）僧殘罪不覆藏六夜摩那埵及摩那埵本日治羯磨此（某甲）比丘行前犯中間重犯（某）僧殘罪不覆藏六夜摩那埵及摩那埵本日治羯磨竟今從僧乞出罪羯磨僧與（某甲）比丘出罪誰諸長老忍僧與（某甲）比丘出罪者默然誰不忍者說是初羯磨（第二第三亦如是說）僧已忍與（某甲）比丘出罪竟僧忍默然故是事如是持

【釋】七非同前　若不壞摩那埵出罪法准此唯減重犯之句為異

【附】前與壞覆藏者摩那埵法但與六夜詳思本律恐譯筆之悞何以知然正制覆藏者不得共屋住豈可與一摩那埵而已以

是推義則少一摩那埵凡犯僧殘罪不論多少若一時發露乞別住羯磨者應與一摩那埵若二次發露者其覆藏日數應隨二次所説者合總令續而共行竟當令乞二摩那埵由另發露另乞別住羯磨故此論根本初犯之罪應如是治也若行覆藏中間重犯者前後所犯愈遠理當增與二摩那埵若但與六夜者將作後犯前則乖制將作前治仍復遺後況且覆藏日數已行過者因其重犯尚不准筭必須從頭另行此摩那埵法故難盡免不行今准僧秖律以補本律所遺彼律內本罪及中間罪分別立名最詳今故列之俾臨事便用有據也

言本罪者謂比丘犯衆多罪皆覆藏後但發露一罪乞別住已復發露餘罪或行別住至半復發露餘罪律云應問言是本罪是中間罪答言本罪復問覆不覆答言覆應語言先別住者已如法行今所説覆者當更乞別住已兩罪合行別住是名別乞共行別住共行摩那埵共出罪法

若行別住竟發露者是名別乞別行別住共行摩那埵共出罪法

或行摩那埵至半更發露者皆應語言先別住摩那埵已如法行今所説覆者應更乞別住行竟更乞摩那埵是二罪合行已共出罪是名別乞別行別住別乞共行摩那埵共出罪法

若行摩那埵竟更發露者是名別乞別行別住摩那埵共出罪法

言中間罪者謂比丘別住中間復犯罪或行行未竟發露或行竟發露律云應問言是本罪是中間罪答言是中間罪問言何時犯答言別住中間犯復問言覆不覆答言覆應語言先別住已如法行但少若干夜摩那埵及出罪法皆不成就今所說覆者應更乞別住合行已更合乞摩那埵是名別乞共行別住共行摩那埵共出罪法若行摩那埵中間犯者乃至應問言覆不覆答言覆應語言先別住摩那埵已如法行但摩那埵中少若干夜出罪不得成就今所說覆者應更乞別住行已更乞摩那埵合行是名別乞別行別住別乞共行摩那埵共出罪法　此據僧祇法當如是治也然前二種行設有重重犯者重重牒犯從僧乞法羯磨唯乞重重唱白所謂悔法繁容也

○比丘尼法

㊄續律云比丘尼犯僧殘罪應二部僧中半月行摩那埵

僧祇云若比丘尼犯僧殘應二部中半月行摩那埵比丘尼眾中行隨順法應日日白二部僧是名二部僧是名比丘尼二部眾中半月行摩那埵

五分云佛告諸比丘聽二部僧白四羯磨與彼比丘尼半月摩那埵應到僧中禮二部僧足三乞二部僧已一比丘唱白羯磨與羯磨行摩那埵時應晨起掃灑比丘尼住處諸房泥治壁地應有水處皆取令滿諸有所可作皆應作之若有客比丘尼來

去皆應白又應將一比丘尼爲伴至比丘住處若有可作應如上作之若客比丘去來亦皆應白日欲暮還比丘尼處如是半月行已於二部僧各二十人中求出罪羯磨

○續三懺偷蘭遮法

罪緣兩種初明獨頭偷蘭有三差別如破法輪僧盜四錢盜僧食等名上品

釋偷蘭遮罪名雖一犯緣兩種初明獨頭偷蘭者揀非從生乃別自犯亦名自性偷蘭遮此獨頭有上中下三品就上品亦分三初破法輪僧者由本發心爲破僧而得僧若不破其罪可懺僧若破已罪不可懺二盜四錢者西域四大錢准此方六十四文小錢以初起盜心唯盜如是而已三盜僧食者謂信檀供僧一切飲食此屬現前十方僧故若衆未用私心竊餐多則一飽少則入咽皆名盜僧食而云等者按僧祇律云若瞋恚破守持應量器破守持三衣破世尊塔破衆僧房但有瞋恚俱攝上品然中破世尊塔得偷蘭遮罪業行罪報多苦於餘此謂上品獨頭三種

若破羯磨僧盜三錢以下互有衣相觸等名中品

釋此明獨頭中品三種初破羯磨僧者謂背和異部居同法分於一界中别作羯磨說戒盜三錢以下者謂盜三錢或盜二錢本念不盜四五錢物互有衣相觸者此乃僧殘第二謂有隔有隔相觸何以不攝從生而名獨頭由本意不作無隔相觸受欲

樂但作是爾等者復於一身上分觸此謂中品獨頭三種

若惡心罵僧盜一錢用人髮食生肉血裸身著外道衣等名下品

釋惡心罵僧者謂比丘以慈修身須謙敬德若懷瞋恚出言麤獷觸辱僧倫非水乳衆故所制之盜一錢者准此土十六小錢事物雖微於戒不應用人髮者輕他遺體故食生肉血者無慈助瞋故著外道衣者謂一切顯異惑衆非緇色如制之衣俱名外道衣也而云等者如母論中畜石鉢剃陰上及腋下毛皆是下品偷蘭遮此謂下品獨頭三種

二明從生者十誦云從初篇生重應一切僧中悔若初篇生輕二篇生重應界外四比丘衆中悔若僧殘生輕一比丘前悔

釋界外四比丘衆中悔者彼律云出界外令署出字由此罪劣前勝後有異於餘故懺時是僧而託別非三同倫是佛開聽不得以餘例此今引十誦分別初二篇輕重者然此從生輕重不易度判應須熟究作持有據准薩婆多論云於初篇婬戒中若男形將入女形已未還失精犯重偷蘭若已入少許已還不問失不失盡犯重偷蘭若二根黃門非人畜生亦爾若死女壞半行婬若生死女非處行婬皆犯重偷蘭於盜戒中若自起盜心欲取五錢已上至物所選擇取四錢犯重偷蘭若起盜心取四錢至彼選取四錢離本處犯重偷蘭若自盜教人盜僧物四錢犯重偷蘭若比丘

入比丘所拔房犯重偷蘭若盜取非人物五錢已上犯重偷蘭天與畜生物亦爾　於殺戒中若執刀欲殺人至彼人所刀若著身不問淺深命未斷得重偷蘭若欲殺人作坑若人墮中勇健便出坑得重偷蘭若墮坑不死亦重偷蘭若以杖打刀刺不隨手死十日應死後更有他打卽隨死此打死者犯波羅夷先打者得重偷蘭若比丘遣比丘使殺人彼至以刀著身不問淺深二俱犯重偷蘭　於妄語戒中若不誦阿含言誦阿含非阿毘曇師言是阿毘曇師非持律自言持律實非坐禪實非阿練若自言坐禪自言阿練若盡得重偷蘭此是初篇生重也

初篇生輕者論云於婬戒中欲作重婬若起還坐輕偷蘭發足趣女未捉已還及捉已失精乃至共相嗚抱其形已露將入已還不失精皆輕偷蘭二形黃門非人亦如是　於盜戒中欲取五錢已上初始發足步步輕偷蘭若選擇取三錢已還輕偷蘭始心欲取四錢取二三錢還亦爾若遣使取他物當教時輕偷蘭若盜僧物若曳不離僧房輕偷蘭　於殺戒中初持刀欲殺人步步輕偷蘭若作坑殺人作竟輕偷蘭若遣使殺人敎云若來者殺而受使者彼人去時殺比丘得輕偷蘭若殺用刀而用杖若不如本教更異方便者盡輕偷蘭　於妄語戒中若無習誦一一言習誦凡爲利養說者盡輕偷蘭此是初篇生輕偷蘭也

二篇生重者論云於初戒中若有欲心已弄不失精得重偷蘭若敎他比丘時已有欲心彼受教弄失敎者重偷蘭 失者得本罪 於第二戒中若有欲心手初近女人身得重偷蘭若是女疑非女摩已者得重偷蘭若女作女想身觸彼瓔珞具欲心受樂得重偷蘭 於第三戒中若有欲心説麤惡語一一不了了得重偷蘭麤惡語作麤惡想重偷蘭 於第四戒中生重同第三戒 於第五戒中若自受語徃彼不還報重偷蘭若聞語徃不還報重偷蘭若與語而不受便徃彼説還報重偷蘭 第六戒中作房若餘一摶泥在未竟之時皆重偷蘭 第七戒生重同第六戒 第八第九戒中若以瞋恚心至彼謗已説不了了重偷蘭除四事更以無法謗亦爾以八事謗尼亦爾 其後四戒中若作白二羯磨竟不捨者三重偷蘭此是二篇生重也

二篇生輕者論云於初戒中若有欲心初將弄手至形還得輕偷蘭 第二戒中若有欲心欲趣女人所摩觸受欲樂去時步步輕偷蘭若觸女人衣具心中有欲樂已近將摩還輕偷蘭 第三戒麤惡語中若指印遣使作相令彼女人知者一一教使輕偷蘭麤惡語作麤惡語疑輕偷蘭 第四戒生輕同第三戒 第五戒中作媒嫁若遣書字字輕偷蘭作相令知雖未至彼一一輕偷蘭 第六戒中若平地時封地作相時從第二摶泥未竟已還盡輕偷蘭 第七戒生輕同第六戒 第八第九中

若以瞋恚心欲謗清淨者初發足至前人所步步輕偷蘭　其後四戒中若集僧一白竟捨者一輕偷蘭作白一羯磨竟捨者二輕偷蘭此是二篇生輕也

薩婆多論云懺法與波逸提同前獨頭偷蘭懺法亦准從生上中下懺法

〔釋〕此引論例法也諸部所制偷蘭無異懺法唯薩婆多論云與波逸提同然同中復有不同者若僧殘生輕及獨頭下品應在一比丘前悔此則與波逸提同所以首篇但對首綱目內列懺偷蘭遮法也言不同者若是初篇生重及獨頭上品應一切僧中悔若初篇生輕二篇生重及獨頭中品應界外四比丘衆中悔此乃衆法對首法是與懺尼薩耆波逸提同非但對首法也

詳思作持失傳例法卒難曉了今故准懺列法

○對僧乞懺法

若犯初篇生重並上品獨頭者應一切僧中懺如常鳴椎集僧彼犯者應至僧中偏露右肩脫革屣胡跪地合掌作如是乞言

大德僧聽我某甲比丘犯某偷蘭遮罪今從僧乞懺悔願僧聽我某甲比丘懺悔慈愍故三說

○請懺悔主

從僧乞懺悔已應於衆僧中請一持律如法比丘爲受懺主具儀如是請云

大德一心念我某甲比丘犯某偷蘭遮罪今請大德作懺悔主願大德爲我作懺悔主慈愍故

三請已畢受懺主未得卽許應白知現前僧聽不

○和白法

僧中上座應作前方便答云受偷蘭遮懺悔羯磨受懺主禮上座已單白云

大德僧聽某甲比丘犯某偷蘭遮罪今從僧乞懺悔若僧時到僧忍聽我比丘某甲受某甲比丘懺悔白如是

作是單白羯磨已衆僧合掌一齊答云

可爾衆僧旣聽方乃作法

○正懺悔法

受懺主應知其間覆等諸罪八品分別如上僧殘懺法准後捨墮中此唯明正懺本罪法具修威儀作如是言

大德一心念我某甲比丘犯某偷蘭遮罪今向大德懺悔不敢覆藏懺悔則安樂不懺悔不安樂憶念犯發露知而不敢覆藏願大德憶我清淨戒身具足清淨布薩如是三說已受懺者應語彼云

自責汝心生厭離答云爾

此懺悔文釋義於後捨墮中明

非餘非准常　唯異法非謂將輕作重從獨不分等

○對四比丘懺法

若犯初篇生輕二篇生重並中品獨頭者界內四清淨知法比丘應將犯者出界外懺悔准義不須作前方便更無餘衆可集故彼於四比丘前具儀乞懺並請懺主文詞同上唯不得和白應口和問邊人云

若三長老聽我受某甲比丘懺者我當受三比丘言　可爾

受懺主詰問覆等小罪及正懺本罪皆同
上無異
（非）人非謂過四或減等　法非謂問和答
事等　事非在界不出等　餘四合具
○對一比丘懺法
若犯二篇生輕並下品獨頭者應至一清
淨知法比丘所其請主及懺罪俱如上然
託處不局有人聽別
已前續釋三懺因法闕而不載已後依文
列法若目有而法無並至文自顯
○懺波逸提法
悔通僧別故前列三十唯據對首後列九
十由貪慢財事輕重二心故分二位懺捨
兩據也
（釋）波逸提戒比丘制有一百二十篇居第
三聚開爲四此文初二句標捨墮次二句
標單墮然罪是一而分前後三九者前三
十由多貪財物業心則重後九十因慢教
犯事業心則輕故結集者類分二位九十
唯懺其愆法但對首三十兼捨其財悔通
僧別准律所明懺捨兩據
○前懺捨墮
佛言犯捨墮衣不得遣與人作三衣作波
利迦羅衣若數數著用衣若淨施應捨已
然後作淨此尼薩耆衣當捨與僧若衆多
人若一人不得別衆捨若捨不成捨得突
吉羅故知三種懺法又犯通僧別界分二
所並委詳思
（釋）犯捨墮衣者乃三十之首戒並第三過
一月衣戒詳明止持中今但約過畜有犯

而言此衣不得作真實淨施不得作受持三衣不得作餘雜碎衣不得數數著用故壞不得作展轉淨施應如法捨已然後作二種淨施梵語尼薩耆翻云捨若捨此衣時當捨與僧設僧數不滿當捨與衆多人謂三比丘或二比丘若無二三比丘當捨與一比丘制局住處隨人多少若有僧捨與三二一比丘若有三比丘捨與二一比丘若有二比丘捨與一比丘者捨不成捨以突吉羅罪治之故知三種懺法其中又犯通僧別衆界分二所並須委詳思之事法施必相應也

○僧中懺法

要須五人以上爲受懺者僧中捨墮有於三種初明捨財謂離罪緣中明捨心謂離罪因後明捨罪除生死業此之三捨懺法宗途義類通贍

釋此僧中懺法要須五人以上於中請一人爲受懺主餘者須滿僧數若不滿數不得行此法也今又先標三捨俾曉成濟之用苟昧其一反招違教之尤大約犯戒外依五塵境以爲罪緣內起貪取心而爲罪因因緣和合所作業成報感三塗苦倍世刑故令先捨罪緣緣既不著心亦無貪貪心既滅罪報無由生死業苦故能除斷今此三捨誠爲三十懺法之宗途義類通足矣

毘尼作持續釋卷第十六

音義

搡音桑 探音貪窺索也 勘堪去聲校也 另音令割開也 腋音亦

左右肘腋之間曰腋　敘徐上聲述陳也　贍音善足也

曇無德部四分律删補隨機羯磨卷第十七

唐京兆崇義寺沙門道宣　撰集

清金陵華山後學比丘讀體　續釋

○懺六聚法篇第九之三

○初明捨財

三十捨中乞綿作衣畜貨三寶此之三戒不對於僧餘者皆並通三境今摘取數犯者以爲標首捨法有三初五長之物二離受衣餘雜捨等辨定三說將往僧中

釋此明捨中之差別也乞綿作衣者若犯第十一雜野蠶綿作新卧具此應捨若以斤斧細斬和泥塗壁墼律云卧具乃衣之都名也畜貨者金玉曰貨若犯第十九種種賣買寶物三寶者若犯第十八自手捉錢若金銀此畜貨捉寶應捨若有信樂守園人或優婆塞當語言此是我所不應汝當知之此三戒一是自壞捨二是對俗捨不對於僧捨已罪應懺餘者二十七戒若有犯者並通三境今摘取數犯者列法乃故畜長衣以爲標首也准二十七捨法有三殊故初五長之物謂第一過畜十日衣戒第三過畜一月衣戒第二十八急施衣過後畜戒第二十一畜長鉢戒第二十六過畜七日藥戒是爲五長也二離受衣謂第二若三衣中離一一衣異處宿戒第二十九後月離衣過六夜戒是也餘雜捨等除上三七是也比丘於此三十中若有犯者欲乞懺冀淨如制捨財先須辨定三說然後將往僧中

佛言捨與僧時持往僧中偏袒右肩脫革

屣向上座作禮已互跪合掌應作如是捨言

大德僧聽我某甲比丘故畜一三五八事長衣犯捨墮故離僧伽黎宿犯捨墮自買得一事衣犯捨墮我今捨與僧一說

釋是中捨文唯三戒條念七隨犯入文准此爲式然列一三五八四字者是明犯緣之開遮也宣祖慮恐後來比丘但知畜長有十日之限及衣財不足者聽一月之法而不知時非時中開遮久近犯緣多種故出此四字於捨文使後人詳知開遮以便行用不致漏過干制也一三五是開條八乃遮制一者謂夏安居竟無功德衣比丘開十日之常限聽一月中得畜長物更過則犯此是捨墮之第三戒三者謂夏三月安居未竟開前十日得受急施衣若過前受過後畜皆犯此是捨墮之第二十八戒五者謂夏安居竟有功德衣比丘開五月中得畜長物過期卽犯八者謂八事失功德衣畜長卽犯此是遮制其八事失衣如前受功德衣中所明然畜長開遮差別雖廣一三五八四字全收則見删繁取要用文之妙無過於祖也自買得一事衣者於雜捨中且標自受錢寶買得衣犯捨墮一事明捨其餘雜捨等准犯隨牒

若知數者隨多少言之若衣財衆多乃云不憶數也唯除三衣一種以必有數若衣財多處並隨處捨已然後懺罪由通染犯故也乃至罪名多少具明牒准律如此不可疑作

釋若衣財多處等謂所畜衣財若多處寄

者並須隨處一一盡捨已然後總乞懺悔罪俱蠲除倘有一處不捨縱懺罪皆不滅物處雖異由通一貪染心犯故所以懺不能清淨也罪名多少具明牒者若犯一事牒一罪名若犯多事牒多罪名無容儱侗恐墮相似非中准律如此不可疑作疑作者義借虞書罪疑惟輕功疑惟重之謂也

○中明捨心

薩婆多云一者衣已捨罪已懺悔畜心不斷當日明日得本異財並犯由心染故二者衣捨罪未悔畜心斷者若卽日得本財異財犯突吉羅

釋本財謂是先所希得者異財謂是意外不求者若衣已捨罪已說悔畜心不斷者謂貪心相續畜念猶存於本日或明日更得本異衣財是後衣與前衣邊得捨墮由通染故犯若衣已捨罪尚未悔畜心斷者謂訶貪絶求於卽日復得本異衣財犯突吉羅由事無間隔法越毘尼故

今按諸律論捨墮還財並由僧量不自專已或永棄捨或永入僧或還本道俗或通施七衆如律本斬壞入庫之例等是也故捨心決曾無顧緣若還本財事同新得如法說淨淨應本白法

釋此引律論明法無紊也聖制捨墮還財乃剪貪刼愛磬垢雪愆少有黏帶業蔕猶存並由衆僧量度施爲不任於已專主擬議永棄捨者如捉寶戒五分律云僧應白二差一比丘作棄金銀及錢人彼比丘應棄此物著坑中或流水中或曠野中不應

誌處是也永入僧者如雜野蠶綿作具戒五分律云應捨與僧不得捨與餘人僧用敷地除捨比丘餘一切僧隨次坐是也還本道俗者如索衣六反戒若四反五反六反在前默然立不得衣者從所得衣價處語言還取是也通施七衆者如捉寶戒僧祇律云若犯捨墮物僧中捨已不得還彼比丘僧亦不應分若多者應著無盡物中無盡物中謂十方僧物庫中准此但通施出家五衆而云七者後人錄寫之誤如律本斬壞入庫之例等是也此句復以本律例其他宗證明並由僧量之義是故捨心已决曾無一念顧戀前緣若還本財事同新得卽應如法說淨著用隨自因緣其說淨法應依本律文白之

今此律宗言非虛設既捨與僧心亦無繫故律本云若不還衣若著用破壞受作三衣但犯突吉羅止是失法之罪

【釋】此明律制不虛物捨無主所以僧若不還衣等但犯突吉羅者止是失悞還法之罪

○捨罪法

佛言彼捨衣竟卽於僧中懺悔

○乞懺悔法

准律本後文出當作是乞

【釋】此謂懺罪之法准律本第一分中如後文所出先當作是乞也

大德僧聽我（某甲）比丘故畜（衆多若干）長衣犯捨墮是衣已捨與僧今有（衆多若干）波逸提罪從僧乞懺悔願僧聽我（某甲）比丘懺悔慈愍故（三說）

○請懺悔主法

佛言若一住處一切僧並犯罪者不得向犯者懺悔有犯者不得與他解罪若有客比丘來清淨無犯者當一一往彼所懺悔若無來者當詣比近清淨衆中懺此比丘當還本住處餘比丘向此比丘説犯名懺悔如是者名清淨

釋凡修善品以益前人若自不清淨令他清淨自不止斷貪慢心而欲令他止斷者皆無是處應於僧中請一如法持戒比丘以爲受懺之主也

五分律云若有命難因緣佛開同犯不同犯並得受懺若無緣者不得故律云有二種癡謂不見犯從犯者懺悔

釋此謂死限將臨怖罪心切設全遮不開則急難莫救故佛垂憐暫聽攝濟若無如是因緣不得故就犯者露懺故復引律便用而復隨誡之也

律闕請法今准義應須言

大德一心念我比丘(某甲)今請大德爲波逸提懺悔主願大德爲我作波逸提懺悔主慈愍故

三請未得答其可不

○和白法

應索欲問和已答云受波逸提懺悔羯磨

釋文但通答應隨所犯以通別言之索欲問和乃僧中上座單白和法是懺主親宣應如是白言

大德僧聽(某甲)比丘故畜(衆多若干)長衣犯捨墮此衣已捨與僧是中有(衆多若干)波逸提罪今從

衆僧乞懺悔若僧時到僧忍聽我比丘（某甲）受（某甲）比丘懺悔白如是

作是白已告知衆僧答言　可爾

〔釋〕懺悔請主爲有證盟令知清淨故雖經三請不得擅允須白僧忍然後受懺此則衆僧又與懺主作證也

○正捨罪法

其常途謹誦多有繁濫檢過則無不可妄指藏罪著用隨犯方言希故削除有則如後

〔釋〕此文示譌明法謹者專也誦乃流行謂當代司律令悔捨墮者一往專懺入品流行作辦多有繁濫應先詰機檢過無則不可妄指須知覆藏通兼著用不共隨犯某者方令次第削除有則如後對一人懺法

此正捨根本墮罪應如是言

大德一心念我比丘（某甲）故畜（衆多若干）長衣犯捨墮此衣已捨與僧有（衆多若干）波逸提罪今向大德發露懺悔不敢覆藏懺悔則安樂不懺悔不安樂憶念犯發露知而不敢覆藏願大德憶我清淨戒身具足清淨布薩（三說已應言）自責汝心生厭離（答云）爾

〔釋〕懺悔則安樂者此有三義一因安樂謂持戒知非律名智人以身居有漏心等凡流宿習既深現熏易發而能具慙說露誠意洗愆猶浣故衣垢盡仍潔毘尼作法亦復如是不爲衆遠不雜於衆故得安樂二華報安樂謂五已淨三增未強不歷惡途權受天福故得安樂三果報安樂謂無漏三學爲因有餘涅槃是果涅槃永離諸患

不受後有故云懺悔則安樂也若犯罪覆藏則二報無由三途必往故云不懺悔不安樂也憶念犯發露知而不敢覆藏者正顯自言非他所舉顧憶我清淨戒身具足者是乞懇前人爲已作證語戒身卽戒體無染無缺爲日具足由清淨具足故得同僧羯磨布薩也受懺主令自責心生厭離者此是律中自言治罪之法律攝云凡犯戒有五因緣一無羞耻心二無敬敎心三情懷放逸四禀性癡鈍五忘失正念今令自責如是等心當生厭離慎勿復起以犯聖制彼自答云爾者乃深慙痛責立誓之言縱遇失命因緣誓不再犯也

○還衣法

佛言彼捨墮衣應還比丘若不還者犯罪還法有三謂五長等有緣者展轉還非五長者卽應卽座還若無緣五長者明日還明了論中令一宿間故義須分識

釋卽座還者西域集僧就地敷座此方無論座立但衆未散應卽還衣

○初卽座轉付法

佛言若衆僧多難集此比丘有因緣事欲遠行者應問言汝此衣物與誰隨彼說便與是中有一月衣急施衣過後畜長鉢殘藥長衣此五長戒依此法還之

釋准此緣一爲界廣衆多各有行業集會時難二爲自有緣事急欲遠行不克住此故爾開聽彼此成辦令無妨羈僧應問言汝此衣物現前衆中欲與誰人耶隨所說者便應與若是一月衣等五長戒並依此

法還之作如是言

大德僧聽某甲比丘故畜衆多若干長衣犯捨墮此衣已捨與僧若僧時到僧忍聽僧今持是衣與某甲比丘某甲比丘當還此比丘白如是

大德僧聽此某甲比丘故畜衆多若干長衣犯捨墮此衣已捨與僧僧今持此衣與某甲比丘某甲比丘當還此比丘誰諸長老忍僧持此衣與某甲比丘某甲比丘當還此比丘者默然誰不忍者說僧已忍持此衣與某甲比丘某甲比丘當還某甲比丘竟僧忍默然故是事如是持

僧祇律云知識比丘僧中得此衣已屏處分付

【釋】分者施也付者授也僧中得衣物屬於已屏處施人事不共僧應教說淨或令受持若不說淨不得儲畜若不加法不得披著所謂若還本財事同新得也

○後明即座直付法

若非五長並依此法若是五長曾經宿者准此文

大德僧聽某甲比丘故離僧伽黎宿餘二衣乃至回僧物並准著犯捨墮此衣已捨與僧若僧時到僧忍聽僧今持此衣還某甲比丘白如是

大德僧聽某甲比丘故離僧伽黎宿犯捨墮此衣已捨與僧僧今持此衣還某甲比丘誰諸長老忍僧持此衣還某甲比丘者默然誰不忍者說僧已忍還某甲比丘衣竟僧忍默然故是事如是持

【釋】此作白文中贅云餘二衣乃至回僧物

並准著著者補也所以於止持內三十捨衣還法等一一僉示云此作持中詳明者葢准上捨並斯羯磨隨事改補牒名任用餘文皆同無異　其七非簡過於初篇已明故於三九法中不復再示也

○對四人已下對首法

釋此目雙標作時制別文中准例兼僧列法唯顯對首

若向四人懺者捨財文同於上懺罪須口和三人不得用單白還財得作直付羯磨如上

釋僧有四滿數前明五人以上是後三種僧此向四人懺者是第一種僧也捨財文同上者現前四人應稱僧捨懺罪須口和不用單白者一人受懺三缺非滿還財得作直付者懺罪既訖一三足數是故羯磨如上白二此謂准例兼僧於下正顯衆法對首法也

佛言若欲在三比丘前懺悔者應至三清淨比丘所如前懺法具修威儀作如是捨言

諸大德聽我（某甲）比丘故畜衆多長衣犯捨墮我今捨與諸大德（說一）

作如是捨已應懺本罪先請懺悔主其請文如上僧中無異是中懺主應問餘二比丘言

二長老若長老聽我受（某甲）比丘懺悔者我當受（彼二比丘答言）可爾

方告懺罪者言可還衣對二人亦爾

釋其懺諸罪並准此法還衣對二人亦爾

者今亦例明便用若是五長及非五長直付准此應如是言

二長老聽某甲比丘故畜長衣犯捨墮此衣已捨與我等若二長老忍者今持此衣還某甲比丘（二比丘答言）可爾

○對一人捨墮法

佛言若在一比丘前悔者至一清淨比丘所應如法懺今時行事對首懺多故須明立定式使披尋者易爲照練

釋今時行事乃至易爲照練者此是宣祖指彼時行律之人而言謂彼等雖云司持律軌皆莫知懺捨墮之差別一槩作對首懺者最多故須明立五種差別之定式使後來披尋懺法者易爲照了精練得以免過獲盃也此法名曰衆法對首謂應集僧而不向僧懺應對首而不應別衆不同單墮必於屏處對首別衆懺之而云五種定式者是將一衆法對首法貫其五懺也第一若在五人以上衆中懺悔者單白受懺及用展轉直付二法還物皆得第二若向四人懺者但口和三人直付還物不應用單白及展轉二法第三若向三人懺者應口和二人其直付法亦不得用第四若向二人懺者應口和一人第五若向一人懺者無人可和直受則已如是懺式雖列五異羯磨唯定一衆法對首法也

○捨衣法

應將一比丘至自然界中或在戒場並須盡集

釋此文雖是對一人捨必令至自然界中

或在戒場上者義含對五人以上若四人三人二人捨故知有人不得別衆則五懺之式通攝矣故云並須盡集

將所犯財並束一處已具修威儀如是捨言

大德一心念我（某甲）比丘故畜衆多長衣（故離僧伽梨宿）犯捨墮今捨與大德（一說）

請懺悔主法其文如上所說懺悔主應爲分別罪名及種與相也名謂六聚差別種謂畜長離衣三十事異相謂一多不同故律云一名多種住別異

【釋】名謂六聚差別者一四波羅夷二十三僧伽婆尸沙三從生偷蘭遮四一百二十波逸提五四可呵六一百衆學法然此名合則唯五因令懺主分別審察所以從開而論故爲六也種謂畜長離衣三十事異者種卽罪種自性以犯染之心不一則此罪種自性非彼罪種自性若擴而推之則六聚罪種亦各有異相謂一多不同者相卽所犯之罪相有犯一戒得一罪或犯一戒有多罪故引律云一名多種住別異此出第三分人揵度佛言若犯僧殘知日數不知日數知覆藏不知覆藏知等覆不知等覆一名多種自性非自性住別異也

佛言若犯僧殘罪乃至突吉羅知覆藏應先教作突吉羅懺後如法懺故知前須委問然後教悔

【釋】前於但對首綱目中列云旨露六聚法乃准此立名並攝下二種懺法也

○明懺罪法

若按捨墮具足八品突吉羅二品根本從生如後所列覆藏合有六品初二品覆本墮生中二品覆著用不淨衣生後二品覆僧說戒黙然生並經初夜二夜以去爲率

○先懺從生罪

其八品小小罪應總請一懺悔主文同波逸提唯以突吉羅懺悔主爲異次正懺悔覆藏罪

大德一心念我某甲故畜衆多長衣犯衆多波逸提罪經夜覆藏隨夜展轉覆藏並著用犯捨衣突吉羅罪經夜覆藏隨夜展轉覆藏經僧說戒黙妄語犯突吉羅罪經夜覆藏隨夜展轉覆藏並據有言之並犯突吉羅罪不憶數今向大德發露懺悔更不敢作願大德憶我一說

餘治罪立誓並如上

○懺悔二根本小罪法

善見云犯捨墮衣不捨而著隨著得突吉羅律云僧說戒時乃至三問憶念罪而不發露者突吉羅

大德一心念我某甲比丘犯著用不淨衣及經僧說戒黙妄語並犯突吉羅罪各不憶數今向大德發露懺悔更不敢作願大德憶我一說

餘詞同上此並據有犯者言之上來從生根本律合前後兩懺不出正文今義准諸懺理例可解故立正儀想無疑濫之也

釋此文決例法之疑也謂上來以從生根本八品小罪依律合會宜當前後兩懺然雖不出正文由犯則本始懺則從先今義

准諸懺法理順無乖例行可解故立正儀想閱攷者自無疑擬濫厠之論所謂必彼俱無則理通决例者是也

○懺根本罪法　應對前懺主言

大德一心念我比丘某甲故畜長衣不說淨犯捨墮此衣已捨與大德有衆多波逸提罪今向大德發露懺悔不敢覆藏

餘文如上僧中乃至呵治立誓還衣諸法並准前條其犯捨財已用壞盡必委種相及九十事並同懺悔

釋其犯捨財等者謂犯捨墮財日久已經著用壞盡必隨所犯種相一一說露罪與九十事並同故須懺悔前於捨心中唯明衣已捨罪懺悔畜心不斷衣捨罪未悔畜心斷者未明衣已壞盡罪並畜心未捨所以足成三義捨墮之法靡不罄矣

○懺後墮法

大同三十中唯無財捨爲異若懺前品從生八種或有或無如新衣過量著用並犯理須准懺如妄語掘地無因而犯亦不必並通宜隨犯多少稱實前懺不得在根本後以佛制在前若懺根本別衆得開不同三十

釋此中九十事若懺前品從生八種小罪須知有無不得妄指也如新衣過量者此句總標内攝第六十得衣不染戒第八十五綿貯牀褥戒第八十七坐具過量戒第八十八瘡衣過量戒第八十九雨衣過量戒第九十佛衣等量戒如是六事犯者並通著用其第八十四作牀過量戒第八十

六骨牙針筒戒但犯用而無著餘者八十二事如妄語掘地等著用無因不必並通宜應隨犯多少稱實發露俱在前懺若懺此根本墮罪所託界二別衆得開不同三十悔通僧別也

其請懺悔主文如上說若心正懺悔本罪文少有別應言

大德一心念我（某甲）比丘犯故妄語波逸提罪（餘有隨稱）不憶數（但犯單墮多不憶數自有者隨有言之實而非謬）今向大德發露懺悔不敢覆藏

餘詞如上乃至呵責立誓亦爾

○懺波羅提提舍尼法

謂在村巷中從非親尼自手受食或食尼指授食等

【釋】此戒相釋義如止持中明共制有四今但明初二故以等字攝其第三先作學家羯磨無病受食第四在僧伽藍內無病受食也

諸律令請一人爲主說罪名種一說便止

其詞曰

大德一心念我（某甲）比丘食比丘尼指授食犯波羅提提舍尼罪不憶數大德我犯可呵法所不應爲今向大德悔過（僧祇云前人應問言）汝見罪不（答言）見（應呵責言）愼莫更作（答言）頂戴持

【釋】而云請一人爲主文同上法其中小品著用全無餘覆隨有准實先懺

【非】一人非謂請懺所向遮簡等　二法非謂白詞增三錯漏等　三事非謂所犯疑似未決等　後四准常

○懺突吉羅法

佛言若故作者犯應懺突吉羅又犯非威儀突吉羅若不故作但犯突吉羅律本具明故悮二心唱言兩罪條别諸師不披律部但以五懺爲宗遂卽雷同一槩輕重共同懺蕩且五懺明義止是别時偷蘭及墮有無多少立法非一理須顯明凡語難依聖言易信

釋律本正文云佛言若故作犯應懺突吉羅以故作故犯非威儀突吉羅而云應懺突吉羅者是所犯之本罪正犯本罪以故作故失僧儀體兼犯非威儀突吉羅此謂同時從生犯則别立罪名懺則同時隨滅也若不故作但犯突吉羅者律本中一百衆學法具明故悮二心唱言求悔兩罪條别而律學諸師自不披研律部沿習除棄五懺爲宗遂卽雷同一槩輕重共同懺蕩且五懺所明之義止是初二篇從生偷蘭中須識别時獨頭第三篇墮內知有捨無捨三九多少犯異所以立法非一然此突吉羅豈特本犯詳分故悮並通諸戒亦爾理須顯明故下引律以證凡語難依聖言易信也

故毘尼母云若故作者對一人說懺悮作者責心懺此則與律扶同何得故執如律訶責揵度及明了論薩婆多等各有明據非唯抑度義須謹依餘有從生根本九品不同並如上准酌例取

釋非唯抑度者謂非唯抑他所行而自私度矜顯義旣准制如斯須當謹依奉持九品不同者謂本悮犯及餘八品並如上一

一酌量以例取懺法滌之也
○正明懺儀
律並無文准用前法理通除滅前明故作
者先請懺主云
大德一心念我（某甲）比丘今請大德爲突吉
羅懺悔主願大德爲我作突吉羅懺悔主慈
愍故（三請）
○捨罪法
從生根本名須兩識種相多少並委審詳
應對前人作是言
大德一心念我（某甲）比丘故不齊整著僧伽
黎（餘有准著）犯一突吉羅罪今向大德發露懺悔
更不敢作願大德憶我（一說）
訶責立誓如前
（非）一人非謂邊有餘衆等　二法非謂言
訶脱落等　三事非謂所犯互錯等　餘
非取合准常
○悮作懺法
具修威儀心生慚愧口言
我（某甲）比丘悮不齊整著僧伽黎犯突吉羅
罪我今自責心悔過（一說）
（非）人非謂對人說悔等　法非謂心念口
默等　餘非如前
○餘語法
（續）此准單白綱目今依律續法即九十事
之第十二異語惱他戒也律云若比丘犯
罪諸比丘問言汝自知犯罪不即以餘事
報諸比丘汝向誰語爲說何事爲論何理
爲語我語誰耶是誰犯罪罪由何生我不
見罪云何言我有罪佛言自今已去聽僧

白已當名作餘語准常問和索欲答云與
餘語羯磨應如是白云
大德僧聽此（某甲）比丘犯罪諸比丘問言汝今自知犯罪不即以餘事報諸比丘言汝向誰說爲說何事爲論何理爲我說爲餘人說誰犯罪罪由何生我不見罪（此依犯緣所說但以實說者牒言之）若僧時到僧忍聽當名（某甲）比丘作餘語白如是
律云作是白已名餘語若僧未白作如是說者盡突吉羅若白已如是語者一切波逸提
【非】人非謂治者不現前等　事非謂戲說不故等　餘非准前
○觸惱法
【續】此准單白綱目今依律續法緣由前作餘語已後故觸惱衆僧喚來不來不喚便來等佛言自今已去聽僧白已名此比丘觸惱如常集問答云與觸惱羯磨當作是白
大德僧聽（某甲）比丘僧名作餘語已觸惱衆僧喚來不來不喚來便來應起不起不應起便起應語不語不應語便語（以實者牒入）若僧時到僧忍聽制（某甲）比丘名作觸惱白如是
律云若未白喚來不來等盡突吉羅若白竟作如是一切盡波逸提若上座喚來不來突吉羅　篇非准上
○差說麤罪法
【續】此准白二綱目今依制續法律本提婆達多爲利養破僧故惡心害佛復將教阿闍世害父世尊告諸比丘可差舍利弗告

諸白衣大衆若提婆達多所爲事者非佛法僧事是提婆達多所作應白二羯磨差差時索欲問緣答云差使羯磨作是白言大德僧聽若僧時到僧忍聽今差舍利弗比丘向白衣大衆說提婆達多所爲事者非佛法僧事當知是提婆達多所作白如是

大德僧聽僧今差舍利弗比丘向諸白衣大衆說提婆達多所爲事非佛法僧事是提婆達多所作誰諸長老忍僧差舍利弗比丘向諸白衣大衆說提婆達多所作非佛法僧事者默然誰不忍者說僧已忍差舍利弗比丘向諸白衣大衆說提婆達多所作事非佛法僧竟僧忍默然故是事如是持

釋此乃九十事之第七向俗說罪戒中除僧羯磨是也今無此事爲知開緣故仍續

附

○護鉢法

續此准白二綱目今依律續入乃三十事之第二十二戒畜鉢減五綴不漏更求新鉢爲好故尼薩耆波逸提彼比丘應往僧中捨展轉取最下鉢與之令持乃至破應持今續此護鉢法先有與鉢白二法行鉢單白法法則依律列續儀當准義加行

○初明與鉢法

釋此法攝二十七還衣中之一也先應捨請懺罪呵責立誓如是諸法並同前其間異者不開捨與衆多人一人應捨與此住處僧亦無即座展轉直付二種還法若捨鉢除罪已上座應衆中告言明日集僧與鉢但本律義顯文缺據僧祇律云令一人

於僧中唱諸大德（某）時分各持本所受持鉢來若不唱者犯越毘尼罪若諸比丘更受下鉢持來亦得越毘尼罪（文）作是唱已次朝鳴槌時諸比丘各將自受持鉢囊盛隨掛赴集

律中佛言此比丘鉢若貴價好者應留置取最下不如者與之應白二羯磨與

【釋】由犯戒業心原是貪好今制留好與下正爲盡潔此心也僧時集已應如常序臘而坐上座索欲問緣答云與鉢羯磨復問衆中誰能羯磨有者答云（某甲）堪能長老既能當如律作法彼起禮上座畢上座以先日所捨鉢付之彼接鉢已復本位而坐

如是白云

大德僧聽此（某甲）比丘鉢破減五綴不漏更求新鉢犯捨墮今捨與僧若僧時到僧忍聽僧今與此比丘鉢白如是

大德僧聽此（某甲）比丘鉢破減五綴不漏更求新鉢犯捨墮今捨與僧僧今與此（某甲）比丘鉢誰諸長老忍僧與此（某甲）比丘鉢者默然誰不忍者說僧已忍與此（某甲）比丘鉢竟僧忍默然故是事如是持

【釋】作此白二羯磨已不得即與彼比丘鉢待行問僧周然後方與

○次明行鉢法

佛言彼比丘鉢應作白已問僧

【釋】羯磨者於本座跏趺手捧其鉢白云

大德僧聽若僧時到僧忍聽以此鉢次第問上座白如是

【釋】此乃單白綱目中行鉢法也衆僧聽白

竟各以鉢出囊安於已座前羯磨者起座捧鉢次第行問

佛言作此白已當持與上座若上座欲取此鉢與之應取上座鉢與次座若與彼比丘彼比丘應取不應護衆僧故不取謂應取卽取不須迴護衆僧不取也亦不應以此因緣受持最下鉢若受突吉羅此謂衆僧不得以此行鉢因緣故受持最下鉢換此好鉢若故持下鉢換好鉢者犯此如僧祇所制若第二上座取此鉢應取第二上座鉢與第三上座若與彼比丘彼比丘應受不應護衆僧故不受不應以此因緣受最下鉢若受突吉羅如是展轉乃至下座若持彼比丘鉢還彼比丘若持最下座鉢與

○正明護鉢法

佛言與時應作白二羯磨與作如是白

釋行問衆僧鉢法旣周若僧中受彼鉢展轉取最下座鉢與者羯磨人捧所與之鉢歸座坐定作如是白

大德僧聽若僧時到僧忍聽僧今以此最下鉢與某甲比丘受持乃至破白如是

大德僧聽僧今以此最下鉢與某甲比丘受持乃至破誰諸長老忍僧與此比丘鉢者默然誰不忍者說僧已忍與此比丘鉢竟僧忍默然故是事如是持

釋若衆僧不取彼鉢可將彼鉢仍復還之其文改云以此鉢還與某甲比丘餘詞無異白已羯磨者起座以鉢與彼比丘令彼捧鉢跪於上座前上座依律爲說護鉢法

佛言彼比丘守護此鉢不得著瓦石落處不得著倚杖下及倚刀下不得著懸物下

不得著道中不得著石上不得著果樹下不得著不平地不得一手捉兩鉢除指隔中央不得一手捉兩鉢開户除用心不得著户閫内户扉下不得持鉢著繩牀木牀下除暫著不得立蕩鉢乃至足令破不應故壞鉢不應故令失若壞不應作非鉢用根本部云若乞食時以有犯鉢盛好囊中守持者置之餘囊此比丘持有犯鉢所有行法不依行者得越法罪如上一一教已上座應與彼比丘言如是行法皆佛親宣汝一一能奉行不彼答云奉持令彼起已禮僧足衆僧各以囊盛鉢掛肩如常威儀散去

(非)法非謂白秉乖制護行不宣等　事非謂集赴無鉢等　餘非准前

○制不往學家法并解

(續)此准白二綱目今依律續入由四可呵之第三戒發起律云時有居士家夫婦俱得信樂爲佛弟子得見諦於諸比丘無所愛惜乃至身肉諸比丘至家種種供養故令貧乏愚俗譏嫌佛言聽僧與此居士作學家白二羯磨應如是作僧集索欲問緣答云與作學家羯磨差秉法者如是白

大德僧聽此某城中一居士家夫婦得信爲佛弟子財物竭盡若僧時到僧忍聽僧今作學家羯磨諸比丘不得在其家受食食白如是

大德僧聽此某城中一居士家夫婦得信爲佛弟子財物竭盡僧今與作學家羯磨諸比丘不得在其家受食食誰諸長老忍僧與彼

居士作學家羯磨者默然誰不忍者説僧已忍與彼居士作學家羯磨竟僧忍默然故是事如是持

律云作是羯磨已一切比丘不得至其家

釋凡篤信居士自然不惜所有廣行布施設若徃業臨酬頓遭貧乏但可以僧規白衆誡勅莫徃不得輕例此法以秉羯磨然此法爲見諦學家特制用則反非作法不成今所續者爲釋綱目所列不漏法故

非人非謂俗非學家等　事非謂學家未貧譏嫌不興等　餘非准常

○解學家羯磨法

佛言若彼學家財物還多從僧乞解羯磨者聽僧作白二羯磨解衆僧集已作前方便答云解學家羯磨差秉法人作如是白

大德僧聽此某城中有一居士夫婦得信爲佛弟子好施財物竭盡僧先與作學家羯磨今財物還多從僧乞解學家羯磨若僧時到僧忍聽僧今解學家羯磨白如是

大德僧聽此某城中有一居士夫婦得信爲佛弟子好施財物竭盡僧先與作學家羯磨今財物還多從僧乞解學家羯磨誰諸長老忍僧與彼居士解學家羯磨者默然誰不忍者説僧已忍與彼居士解學家羯磨竟僧忍默然故是事如是持

律云解羯磨已諸比丘仍受食食無犯

釋此制解學家二法乃不現前羯磨爲僧遮開利益居家是屬公也

毘尼作持續釋卷第十七

音義

擬音蟻揣度也　光音由過也　厠差去聲雜也　擴音廓張大也謂擴而
充之
率所律切音蟀盡也終也　閾音域門限也門下橫木為內外之限也

曇無德部四分律删補隨機羯磨卷第十八

唐京兆崇義寺沙門道宣　撰集

清金陵華山後學比丘讀體　續釋

○懺六聚法篇第九之四

○尼與僧作不禮法并解

(續)此法准白二綱目今依第三分尼揵度續入律制比丘尼八敬法第一云雖百歲比丘尼見新受戒比丘應起迎逆禮拜與敷淨座請令坐此法應盡形壽恭敬尊重不可違也佛言若有比丘罵打比丘尼若唾若華擲水灑若說麤語說詭語勸喻告諸比丘自今已去聽比丘尼僧爲作不爲禮白二羯磨應如是作尼部界内集僧已差能羯磨者作前方便答云與比丘作不禮羯磨如是白言

大姊僧聽此某甲比丘罵打比丘尼乃至詭語勸喻若僧時到僧忍聽爲某甲比丘作不禮羯磨白如是

大姊僧聽此某甲比丘罵打比丘尼乃至詭語勸喻今僧爲作不禮羯磨誰諸大姊忍僧爲某甲比丘作不禮羯磨者默然誰不忍者說僧已忍爲某甲比丘作不禮羯磨竟僧忍默然故是事如是持

此並下解俱是不現前法其羯磨皆爲人故作是屬公也

(非)一人非比丘現前尼集干遮等　二法非不指人名稱爲僧作等　餘非准前

○解不禮法

佛言若此與法比丘若隨順比丘尼僧不敢違逆從比丘尼僧乞解羯磨者比丘尼

僧應爲解作白二羯磨

釋尼僧遵制作羯磨已若見彼比丘行來時不起迎問訊禮拜不請坐及去送彼比丘慚顏俛首反遜尼衆是爲不敢違逆佛制也從尼僧乞解者不同比丘僧中三乞彼比丘應詣尼僧界内鞠躬叉手語言嚮因無智故所觸犯自今更不再爲願諸大姊與解羯磨說已辭尼出界尼衆應集界内僧差羯磨人作前方便答云與解不禮羯磨作如是白

大姊僧聽此比丘（某甲）比丘尼僧爲作不禮羯磨隨順比丘尼僧不敢違逆今從比丘尼僧乞解不禮羯磨若僧時到僧忍聽僧今爲解不禮羯磨白如是

大姊僧聽此比丘（某甲）比丘尼僧爲作不禮羯磨隨順比丘尼僧不敢違逆從比丘尼僧乞解不禮羯磨僧今爲（某甲）比丘解不禮羯磨誰諸大姊忍僧爲（某甲）比丘解不禮羯磨者默然誰不忍者說僧已忍爲（某甲）比丘解不禮羯磨竟僧忍默然故是事如是持

釋解已則尼僧仍遵八敬如違罪治單墮此中顯非同上

○諫破僧法

續此准白四綱目今依僧殘之第十戒續法佛言若比丘方便欲破和合僧受破僧法堅持不捨者彼比丘（是清淨如法比丘）當諫此比丘言大德莫方便欲破和合僧莫受破僧法堅持不捨大德當與僧和合歡喜不諍同一水乳於佛法中有增益安樂住大德可捨此事莫令僧作訶諫而犯重罪若

用語者善若不用語者復令比丘比丘尼優婆塞優婆夷異道沙門求（求謂求聽其言也）若餘方比丘聞知其人信用言者應求若用語者善若不用語者聽僧當訶諫捨此事故白四羯磨

毘尼母論云諫者有五事一知時二利益於前人三實心四調和語五不麤惡語復有內立五種因緣故應諫一利益二安樂三慈心四悲心五於犯罪中欲使遠離是名諫法

釋諫者直言以悟人也凡有智多聞堪能諫者須心存利濟口應心言以正直之語令人自覺其非此則自他有益故引母論具二五之德應行諫也彼云一知時者謂觀機可諫事宜稱時正是護法救人之際二利益於前人者謂見一人作惡如法諫捨令多人警策誠意精修三實心者謂非損他名聞令乏利養實據三根以體六和四調和語者謂善巧勸慰令信從言五不麤惡者謂言若麤獷難親語合法律調攝復有內立五緣一利益者令人悔過新善奮志梵修二安樂者令人斷結出纏獲證涅槃三慈心者令人浣染除垢捐諸業苦四悲心者令人隨順衆僧免極治罰五於犯罪中欲使遠離者令人深生慚愧悔已永不更作也凡白四中用諫捨法唯此破僧不捨制令未作白前一二比丘當屏處諫之若不納諫者復令四衆及外道等求之若不納言者令彼知友比丘求之若再三不捨者僧當作訶諫白四餘則但先一

二比丘諫而不從僧應白四所以諫中有異切勿卒爾爲之如律僧中白四羯磨者應集僧已差羯磨者索欲問緣答云與破僧作訶諫羯磨如是白云

大德僧聽此某甲比丘欲方便破和合僧堅持不捨若僧時到僧忍聽與作訶諫捨此事故某甲比丘汝莫破和合僧堅持不捨汝某甲比丘當與僧和合歡喜不諍同一水乳於佛法中安樂住白如是　作白已羯磨者應諫彼言

大德我已白竟餘有羯磨在汝今可捨此事莫令僧爲汝作羯磨更犯重罪

若用語者善若不用語者作初羯磨云

大德僧聽此某甲比丘欲受破和合僧法堅持不捨令僧與訶諫捨此事故汝莫破和合僧堅持不捨汝某甲當與僧和合歡喜不諍同一水乳於佛法中安樂住誰諸長老忍僧與某甲比丘訶諫捨此事者默然誰不忍者說是初羯磨

作是初羯磨已應諫彼言

大德我已白作初羯磨竟餘有二羯磨在汝可捨此事莫令僧更爲汝作羯磨而犯重罪

若用語者善若不用語者如上說作第二羯磨二羯磨已應諫彼言

大德我已作白二羯磨竟餘有一羯磨在汝可捨此事莫令僧更爲汝作羯磨而犯重罪

若能捨者善若不捨者如上說與作第三羯磨結云

僧已忍與某甲比丘訶諫捨此事竟僧忍默然故是事如是持

是中諫捨若初白未竟捨者突吉羅若白竟捨者一輕偷蘭遮若作白一羯磨捨者二輕偷蘭遮作白二羯磨捨者三重偷蘭遮第三羯磨竟不捨僧殘若一切未白不捨一切突吉羅罪

釋此唯續羯磨法今無是事故不顯非下助破亦爾

○諫助破僧法

續此準白四綱目今依僧殘第十一戒續法佛言若比丘作非法伴黨助破和合僧者彼比丘當諫此比丘言大德汝莫作是語此比丘是法語比丘是律語比丘此比丘所說我等忍可而此比丘非法語比丘非律語比丘汝等莫壞和合僧當助和合僧大德與僧和合歡喜不諍同一水乳於佛法中有增益安樂住可捨此事勿爲僧所訶更犯重罪若隨語者善若不隨語者聽僧當訶諫捨此事故白四羯磨

釋順從有二一法順從謂以法教授諷誦承受二衣食順從謂給與四事也應如是作集僧已差羯磨者作前方便答云與助破僧作訶諫羯磨如是白言

大德僧聽此某甲伴黨比丘順從某甲作如是言汝等諸比丘莫訶諫某甲何以故某甲是法語比丘律語比丘某甲所說我等忍可若僧時到僧忍聽僧今與某甲伴黨作訶諫捨此事故汝等莫言某甲是法語比丘律語比丘某甲所說我等忍可然某甲非法語比丘律語比丘汝莫欲壞和合僧汝等當助和合僧大德與僧和合歡喜不諍同一水乳於

佛法中有增益安樂住白如是 作白已羯磨者當諫彼言

大德我已白竟餘有羯磨在汝可捨此事勿爲僧所訶更犯重罪

若隨語者善不隨語者當作初羯磨云

大德僧聽此某甲伴黨比丘順從某甲作是語汝等諸比丘莫訶諫某甲某甲是法語比丘律語比丘某甲所説我等忍可今僧爲某甲伴黨比丘作訶諫捨此事故大德莫作如是語某甲是法語比丘律語比丘某甲所説我等忍可而某甲非法語比丘非律語比丘汝等莫壞和合僧汝等當助和合僧大德與僧和合歡喜不諍同一水乳於佛法中有增益安樂住誰諸長老忍僧訶諫某甲伴黨比丘令捨此事者默然誰不忍者説是初羯磨

作是初羯磨已應諫彼言

大德我已作白初羯磨竟餘有二羯磨在汝可捨此事勿爲僧所訶更犯重罪

若隨語者善若不隨語者如上作第二羯磨二羯磨已應更諫彼言

大德我已作白二羯磨竟餘有一羯磨在汝可捨此事勿爲僧所訶更犯重罪

若隨語者善若不隨語者如上與作第三羯磨結云

僧已忍訶諫某甲伴黨比丘令捨此事竟僧忍默然故是事如是持

是中諫捨不捨治罪同上

○諫惡性法

佛言若比丘惡性不受人語者彼比丘當諫此比丘言大德莫自作不可共語當作

可共語大德如法諫諸比丘諸比丘亦當如法諫大德如是佛弟子衆得增益展轉相教展轉相諫展轉懺悔大德可捨此事莫爲僧所訶更犯重罪若隨語者善若不隨語者聽諸比丘自今已去集僧與此比丘當作訶諫捨此事故白四羯磨應如是作衆僧集已僧中差羯磨人作前方便答云與惡性作訶諫羯磨如是白云

大德僧聽此某甲比丘惡性不受人語諸比丘以戒律如法教授自作不可共語語諸比丘言大德莫語我若好若惡我亦不語諸大德若好若惡大德且止不須教我若僧時到僧忍聽僧今與某甲比丘作訶諫捨此事故汝某甲莫自作不可共語當作可共語某甲汝應如法諫諸比丘諸比丘亦當如法諫汝如是佛弟子衆得增益展轉相教展轉相諫展轉懺悔白如是

作白已羯磨者應更求云

大德我已作白竟餘有三羯磨在大德可捨此事勿爲僧所訶更犯重罪

若隨語者善若不隨語者作初羯磨

大德僧聽此某甲比丘惡性不受人語諸比丘以戒律如法教授自作不可共語語諸比丘言大德莫語我若好若惡我亦不語諸大德若好若惡諸大德且止不須教我今僧爲某甲比丘作訶諫捨此事故汝某甲莫自作不可共語當作可共語汝當如法諫諸比丘諸比丘亦當如法諫汝如是佛弟子衆得增益展轉相教展轉相諫展轉懺悔誰諸長老忍僧爲某甲比丘作訶諫捨此事者默然誰

不忍者說是初羯磨
作是初羯磨已應更求云
大德我已作白初羯磨竟餘有二羯磨在大德可捨此事勿爲僧所訶更犯重罪
若隨語者善若不隨語者如上作第二羯磨二羯磨已應更求云
大德我已作白二羯磨竟餘有一羯磨在大德可捨此事勿爲僧所訶更犯重罪
若隨語者善若不隨語者如上與作第三羯磨結云
僧已忍與某甲比丘作訶諫捨此事竟僧忍默然故是事如是持
（釋）此中諫捨不捨治罪准上　若有餘比丘教莫捨偷蘭遮若比丘尼教亦爾
（非）餘非准常　唯異事非謂戲說非眞治以實事等

○諫惡邪法

（續）此准白四綱目今依單墮之六十八續法佛言若比丘生如是惡見我知世尊說法其有犯婬欲非障道法者彼比丘當諫此比丘言汝莫作是語莫謗世尊謗世尊者不善世尊不作是語世尊無數方便說行婬欲是障道法汝今可捨此事莫爲僧所呵更犯罪若隨語者善若不隨語者聽諸比丘自今已去集僧與彼比丘作呵責捨此事故白四羯磨應集僧已差羯磨者作前方便答云與惡邪作訶諫羯磨如是白言
大德僧聽此某甲比丘作如是語我知佛所說法行婬欲非障道法若僧時到僧忍聽僧

今與某甲比丘作呵諫捨此事故某甲汝莫作是語莫謗世尊謗世尊者不善世尊不作是語世尊無數方便說婬欲是障道法若犯婬欲即是障道法白如是　作白已羯磨者應諫彼云

大德我已白竟餘有羯磨在大德可捨此事莫爲衆僧所呵責更犯罪

若隨語者善若不隨語者作初羯磨

大德僧聽此某甲比丘作如是語我知佛所說法犯婬欲非障道法僧今與作呵諫捨比事故某甲莫作是語莫謗世尊謗世尊者不善世尊不作是語世尊無數方便說婬欲是障道法若犯婬欲即是障道法誰諸長老忍僧爲某甲比丘作呵諫捨此事故者默然誰不忍者說是初羯磨　作初羯磨已應諫彼云

大德我已白初羯磨竟餘有二羯磨在大德當捨是事莫爲衆僧所呵責更犯罪

若隨語者善不隨語者如上作第二羯磨

二羯磨已應再諫彼云

大德我已白二羯磨竟餘有一羯磨在大德可捨是事莫爲衆僧所呵責更犯罪

若隨語者善若不隨語者如上作第三羯磨結云

僧已忍爲某甲比丘作呵諫竟僧忍默然故是事如是持

是中若白未竟捨者突吉羅　若白竟捨者一突吉羅　若作白一羯磨捨者二突吉羅　作白二羯磨捨者三突吉羅　第三羯磨竟不捨波逸提　若未白前作是

語一切突吉羅　若衆僧諫以不諫餘比丘遮汝莫捨此事一切突吉羅尼及小三衆遮莫捨亦爾

釋此羯磨呵諫爲人從正爲法是屬私也於三破中是破見故　顯非同上惡性

○諫擯惡邪沙彌二法

續此准白四綱目令依單隨之七十續此二法先明諫捨後明行擯皆是破見乃不現前羯磨律云時有二沙彌共行不淨自相謂言我等從佛聞法其有行婬欲非障道法諸比丘聞知嫌責云汝等自相謂言我從佛聞法行婬欲非障道法諸比丘以此因緣具白世尊佛告諸比丘言自今已去聽僧與如是沙彌作訶諫捨此事故白四羯磨應如是作集僧已差羯磨者作前方便答云與惡邪沙彌作訶諫羯磨將此沙彌立於衆僧前眼見耳不聞處作如是白

大德僧聽彼沙彌自相謂言我從世尊聞法行婬欲者非障道法若僧時到僧忍聽呵責彼沙彌捨此事故汝沙彌莫作是語莫誹謗世尊誹謗世尊者不善世尊不作是語沙彌世尊無數方便說行婬欲是障道法白如是

大德僧聽彼沙彌自相謂言我從世尊聞法行婬欲者非障道法僧今與彼沙彌作呵諫令捨此事故汝沙彌莫誹謗世尊誹謗世尊者不善世尊不作是語世尊無數方便說婬欲是障道法誰諸長老忍僧今呵責此沙彌令捨此事者默然誰不忍者說是初羯磨（第二第三亦如是說）僧已忍呵責此沙彌竟僧忍默然故

是事如是持
釋此法名諫准律唯是秉白文中諫捨非同諫比丘及尼一白三羯磨次第諫也
非人非謂不遣離聞或著屏處等　法非謂秉白停諫等　餘非如前
佛言此沙彌衆僧呵責而故不捨惡見僧應與此沙彌作惡見不捨滅擯白四羯磨應如是作集僧已差羯磨人作前方便答云與沙彌作惡見不捨滅擯羯磨將沙彌至衆僧前立著見不聞處已作如是白
大德僧聽此沙彌衆僧呵責故不捨惡見若僧時到僧忍聽僧今與此沙彌作惡見不捨滅擯白今已去此沙彌不應言佛是我世尊不得隨逐餘比丘如諸沙彌得與比丘二宿三宿汝今不得汝出去滅去不應住此白如是
大德僧聽此沙彌衆僧呵責故不捨惡見衆僧今與此沙彌作惡見不捨滅擯羯磨自今已去此沙彌不得言佛是我世尊不應隨逐餘比丘如諸沙彌得與比丘二宿三宿汝今不得汝出去滅去不應住此誰諸長老忍僧爲此沙彌作惡見不捨滅擯者默然誰不忍者說是初羯磨第二第三亦如是說僧已忍與此沙彌作惡見不捨滅擯竟僧忍默然故是事如是持
釋此羯磨爲人法屬私顯非並皆同上
○諫隨舉比丘尼法
續此准白四綱目今依尼八棄之末戒續法佛言若比丘尼知比丘爲僧所舉如法如律如佛所教不隨順不懺悔僧未與作

共住而隨順諸比丘尼如是諫已猶故不捨告諸比丘自今已去聽僧與彼比丘尼作訶諫捨此事故白四羯磨

釋隨順有二一法隨順謂教增戒增心增慧教學問誦經二衣食隨順謂與飲食衣服床座卧具病瘦醫藥此乃隨順第二也尼界内應集僧已差能羯磨者索欲問緣答云與隨舉作訶諫羯磨如是白云

大姊僧聽是某甲比丘尼知某甲比丘僧爲作舉如法如律如佛所教不隨順不懺悔僧未與作共住而隨從某甲比丘諸比丘尼語言某甲比丘僧爲作舉如法如律如佛所教不隨從不懺悔僧未與作共住汝莫隨從而故隨從若僧時到僧忍聽僧與某甲比丘尼作訶責捨此事故大妹某甲比丘僧爲作舉如法如律如佛所教而不順從不懺悔僧未與作共住汝莫隨順白如是　作白已羯磨者當復語云

妹當知我白已餘有羯磨在汝捨此事莫爲僧所舉更犯重罪

若隨語者善若不隨語者當作初羯磨

大姊僧聽是某甲比丘尼知某甲比丘僧爲作舉如法如律如佛所教不隨從不懺悔僧未與作共住而順從某甲比丘諸比丘尼語言某甲比丘僧爲作舉如法如律如佛所教不順從不懺悔僧未與作共住汝莫隨順而故隨順僧今與某甲比丘尼作訶責捨此事故某甲比丘僧爲作舉如法如律如佛所教不順從不懺悔僧未與作共住汝莫隨順誰諸大姊忍僧與某甲比丘尼作訶責捨此事

者默然誰不忍者説是初羯磨　作是初羯
磨已當語言
妹我已與汝作白初羯磨竟餘有二羯磨在
汝可捨此事莫爲僧所舉更犯重罪
若隨語者善不隨語者如上作第二羯磨
二羯磨已當復語言
妹知不我已作白二羯磨竟餘有一羯磨在
汝捨此事莫爲僧所舉更犯重罪
若隨語者善若不隨語者如上作第三羯
磨結云
僧已忍與（其甲）比丘尼作訶責捨此事竟僧
忍默然故是事如是持
是中訶諫若作白未竟捨者一突吉羅
若白竟捨者一輕偷蘭遮　若作白一羯
磨捨者二輕偷蘭遮　若作白二羯磨竟
捨者三重偷蘭遮　第三羯磨竟不捨波
羅夷　若未白前隨順所舉比丘者一切
突吉羅　若作法時有比丘教莫捨偷蘭
遮若未作法前教莫捨突吉羅尼教亦爾
（非）人非謂比丘現前尼集違制等　法非
謂先闕屏諫作法不求等　餘非准前
○諫習近法
（續）此准白四綱目今依尼僧殘之十四續
法佛言若比丘尼共相親近住共作惡行
惡聲流布餘比丘尼如是諫時而猶故不
改悔告諸比丘自今已去聽僧與彼比丘
尼訶諫捨此事故白四羯磨
（釋）習近住者身習近謂共牀坐共器食共
出共入口習近謂染汙心數數語數數笑
數數調戲身口習近准知共行惡行者謂

自種華樹乃至以綫貫華持與人亦教他人如是作尼部中集僧差羯磨者索欲問緣答云與習近作訶諫羯磨如是白云

大姊僧聽此某甲某甲比丘尼相親近住共作惡行惡聲流布展轉共相覆罪餘比丘尼諫言大妹汝等莫相親近共作惡行惡聲流布莫共相覆罪汝等若不相親近共作惡行惡聲流布者於佛法中有增益安樂住而彼猶故不改悔若僧時到僧忍聽僧與某甲某甲比丘尼作訶諫捨此事故汝等莫相親近共作惡行惡聲流布莫共相覆罪汝等若不相親近不作惡行惡聲流布於佛法中有增益安樂住白如是

作白已羯磨者當語言

妹我已白竟餘有羯磨在宜捨此事莫爲僧所訶諫更犯重罪

若隨語者善若不隨語者作初羯磨

大姊僧聽此某甲某甲比丘尼共相親近共作惡行惡聲流布展轉共相覆罪餘比丘尼語言大姊莫相親近共作惡行惡聲流布展轉共相覆罪汝等若不相親近共作惡行惡聲流布於佛法中得增益安樂住而彼猶故不改悔今僧與某甲某甲比丘尼作訶諫捨此事故汝等莫相親近共作惡行惡聲流布莫展轉共相覆罪汝等若不相親近共作惡行惡聲流布於佛法中有增益安樂住誰諸大姊忍僧與某甲某甲比丘尼作訶諫捨此事者黙然誰不忍者說是初羯磨　作是初羯磨已當復語言

妹我已作白初羯磨竟餘有二羯磨在可捨

此事莫爲僧所訶諫更犯重罪
若隨語者善不隨語者如上作第二羯磨
二羯磨已當復如上語云云
若隨語者善不隨語者如上作第三羯磨
已結云
僧已忍與某甲某甲比丘尼作訶諫捨此事
竟僧忍默然故是事如是持
釋是中諫捨不捨並教莫捨治罪同上隨
舉唯結治本罪有異
非餘非准常　唯異法非謂屏衆無諫作
白三唱不求等
○諫勸習近住法
續此准白四綱目今依尼僧殘之十五續
法佛言若比丘尼僧爲作訶諫時餘比丘
尼教作如是言汝等莫別住當共住我亦
見餘比丘尼不別住共作惡行惡聲流布
共相覆罪僧以恚故教汝等別住餘比丘
尼如是諫已猶不改悔告諸比丘自今已
去聽比丘尼僧與彼比丘尼等作訶諫白
四羯磨令捨此事應如是作尼部中集僧
差堪羯磨者作前方便答云與勸習近住
訶諫羯磨作白云
大姊僧聽此某甲比丘尼僧與某甲某甲比
丘尼作訶諫而教作如是言汝等莫別住當
共住何以故我亦見諸比丘尼共相親近共
作惡行惡聲流布共相覆罪僧以恚故教汝
等別住若僧時到僧忍聽僧與某甲比丘尼
作訶責捨此事故汝莫作如是語言莫別住
當共住亦莫言我亦見諸比丘尼共相親近
共作惡行惡聲流布共相覆罪僧以恚故教

汝別住今正有此二比丘尼共相親近作惡行惡聲流布共相覆罪更無有餘若此比丘尼不相親近共作惡行惡聲流布者於佛法有增益安樂住白如是

作白已如上當語云云

若隨語者善若不隨語者作初羯磨

大姊僧聽此某甲比丘尼僧與某甲某甲比丘尼作訶諫而教作如是言汝等莫別住當共住我亦見諸比丘尼共相親近作惡行惡聲流布共相覆罪僧以恚故教汝別住僧今與某甲比丘尼作訶責捨此事故汝等莫言莫別住當共住莫言我亦見諸比丘尼共相親近作惡行惡聲流布共相覆罪僧以恚故教汝等別住今正有此二比丘尼共相親近作惡行惡聲流布共相覆罪更無有餘若此比丘尼不相親近者於佛法中有增益安樂住誰諸大姊忍僧為某甲比丘尼作訶諫捨此事者默然誰不忍者說是初羯磨作初羯磨已復當如上語云云

若隨語者善不隨語者如上作第二羯磨

二羯磨已當如上語云云

若隨語者善不隨語者如上與作第三羯磨已結云

僧已忍訶諫某甲比丘尼令捨此事竟僧忍默然故是事如持

【釋】於中秉白求聽並教莫捨治罪同上非相亦准上法

○諫嗔捨三寶法

【續】此准白四綱目今依尼僧殘之十六續法佛言若比丘尼輙以小事瞋恚不喜便

作是語我捨佛法僧不獨有此沙門釋子亦更有餘沙門我等亦可於彼修梵行餘比丘尼如是諫時猶故不捨告諸比丘自今已去聽比丘尼僧與彼比丘尼作訶責捨此事故白四羯磨應如是作尼部集僧已差善羯磨者作前方便答云與瞋捨三寶作訶責羯磨如是白云

大姊僧聽此某甲比丘尼輙以一小事瞋恚不喜便作是語我捨佛捨法捨僧不獨有此沙門釋子亦更有餘沙門婆羅門修梵行者我等亦可於彼修梵行若僧時到僧忍聽僧今訶責此某甲比丘尼捨此事大妹莫輙以一小事瞋恚不喜便作是語我捨佛捨法捨僧不獨有此沙門釋子更有餘沙門婆羅門修梵行者我等亦可於彼修梵行白如是

作白已當語言我已白竟餘有羯磨在可捨此事莫爲僧所訶責更犯重罪

若隨語者善若不隨語者當作初羯磨

大姊僧聽此某甲比丘尼輙以一小事瞋恚不喜便作是語我捨佛捨法捨僧不獨有此沙門釋子更有餘沙門婆羅門修梵行者我等亦可於彼修梵行今僧與彼某甲比丘尼作訶責捨此事故大妹莫輙以一小事瞋恚不喜便作是語我捨佛捨法捨僧不獨有此沙門釋子更有餘沙門婆羅門修梵行者我等亦可於彼修梵行誰諸大姊忍僧爲某甲比丘尼作訶責捨此事者默然誰不忍者說是初羯磨

作初羯磨已當復如上語云云

若隨語者善不隨語者如上作第二羯磨
作二羯磨已當復如上語云云
若隨語者善若不隨語者如上與作第三
羯磨已結云
僧已忍與某甲比丘尼作訶責捨此事竟僧
忍默然故是事如是持
釋是中訶捨不捨及教莫捨治罪並明非
相俱同上法
○諫發諍法
續此准白四綱目今依尼僧殘之十七續
法佛言若比丘尼喜鬭諍不善憶持諍事
後瞋恚作是語僧有愛恚怖癡餘比丘尼
如是諫已猶不改悔告諸比丘自今已去
聽僧與彼比丘尼作訶責捨此事故白四
羯磨尼部中應集僧差能羯磨者索欲問

緣答云與發諍作訶諫羯磨如是白云
大姊僧聽此某甲比丘尼喜鬭諍不善憶持
諍事後瞋恚作是語僧有愛有恚有怖有癡
若僧時到僧忍聽今僧與某甲比丘尼作訶
責捨此事故大妹汝莫喜鬭諍不善憶持諍
事後瞋恚作是語僧有愛有恚有怖有癡而
僧不愛不恚不怖不癡妹汝自有愛有恚有
怖有癡白如是　作白已當更語言
妹我已白竟餘有羯磨在汝可捨此事莫爲
僧所訶責更犯重罪
若隨語者善若不隨語者當作初羯磨
大姊僧聽此某甲比丘尼喜鬭諍不善憶持
諍事後瞋恚作是語僧有愛有恚有怖有癡
今僧與某甲比丘尼作訶責捨此事妹汝莫
喜鬭諍不善憶持諍事後瞋恚作是語僧有

愛有恚有怖有癡而僧不愛不恚不怖不癡汝自有愛有恚有怖有癡誰諸大姊忍僧與某甲比丘尼作訶責捨此事者默然誰不忍者說是初羯磨

作初羯磨已當如上語云云

若隨語者善不隨語者如上作第二羯磨

作二羯磨已當復如上語云云

若隨語者善若不隨語者如上作第三羯磨已結云

僧已忍與某甲比丘尼作訶責捨此事竟僧忍默然故是事如是持

釋此中捨不捨及教莫捨治罪等並七非相皆准上法

○諫習近居士子法

續此准白四綱目今依尼單墮九十九續法佛言若比丘尼親近居士居士兒共住作不隨順行餘比丘尼如是諫而故不別住告諸比丘自今已去聽比丘尼僧與彼比丘尼作訶責捨此事故白四羯磨應如是作尼界内集僧已差羯磨者索欲問緣答云與習近居士子作訶諫羯磨作如是白言

大姊僧聽此某甲比丘尼親近居士居士兒共住作不隨順行餘比丘尼訶諫言汝妹莫親近居士居士兒作不隨順行汝妹可别住汝若别住於佛法有增益安樂住彼比丘尼故不改若僧時到僧忍聽僧與彼某甲比丘尼作訶責令捨此事汝妹莫親近居士居士兒共住作不隨順行汝妹可别住若别住於佛法有增益安樂住白如是　作是白已當

更語言
妹我已作白竟餘有羯磨在可捨此事莫爲僧所訶責而更犯罪

若隨語者善若不隨語者作初羯磨

大姊僧聽此(某甲)比丘尼親近居士居士兒共住作不隨順行餘比丘尼諫言妹莫親近居士居士兒共住作不隨順行汝妹今可別住汝若別住於佛法有增益安樂住而彼故不改今僧與彼(某甲)比丘尼作訶責捨此事故汝妹莫親近居士居士兒共住作不隨順行汝妹可別住汝若別住者於佛法有增益安樂住誰諸大姊忍僧與彼(某甲)比丘尼作訶責捨此事者默然誰不忍者說是初羯磨

初羯磨已當復如上語(云云)

若隨語者善不隨語者如上作第二羯磨

二羯磨已當復如上語(云云)

若隨語者善若不隨語者如上作第三羯磨已結云

僧已忍與彼(某甲)比丘尼作訶責捨此事竟僧忍默然故是事如是持

(釋)是中捨不捨教莫捨皆准上唯結本罪異顯非亦同上

○與覆鉢法　差使告覆鉢法　解覆鉢法

(續)此三法並准白二綱目今依雜揵度續入法制有三緣同一事乃不現前羯磨也律云時有比丘瞋恚餘清淨比丘教親友知識以無根不淨法謗於僧集時往說佛令諸比丘詰彼說者汝莫以無根不淨法謗清淨比丘得大重罪彼答言其比丘清

淨無有不淨行此是某比丘教我耳佛言自今已去與彼作覆鉢不與往返言語作白二羯磨白衣家有五法應與作覆鉢謂不孝順父不孝順母不敬沙門不敬婆羅門不供事比丘有五法不應與作覆鉢反上五是復有十法衆僧應與作覆鉢一罵謗比丘二爲比丘作損減三作無利益四方便令無住處五鬬亂比丘六七八於比丘前說佛法僧惡九以無根不淨法謗比丘十若犯比丘尼如是十法但若有一僧應與作覆鉢羯磨應如是作鳴椎集僧已差羯磨者索欲問緣答云與作覆鉢羯磨白云

大德僧聽此某居士某甲比丘清淨以無根波羅夷法謗若僧時到僧忍聽僧今爲比居士作覆鉢不相往來白如是

大德僧聽此某居士某甲比丘清淨而以無根波羅夷法謗今僧爲作覆鉢不相往來誰諸長老忍僧爲某居士作覆鉢不相往來者默然誰不忍者說僧已忍爲某居士作覆鉢不相往來竟僧忍默然故是事如是持

釋此羯磨爲人故作是屬公也

非人非謂白衣現前等　事非謂俗謗非重等　餘非如常

○差使告覆鉢法

佛言與作覆鉢已聽僧差使往白衣所語如是言僧爲汝作覆鉢不相往來白二羯磨若比丘具八法者應差往能聽能說自解能令他解能受教能憶持無謬失別好惡義白二羯磨差使

釋一能聽者謂僧命委任聞持無漏二能

說者謂對多智人心無怯畏三自解者謂已心自解不須請誨四能令他解者謂知他所懷出言契意五能受教者謂受教益人語不損減六能憶持者謂事義通諳善持毘尼七無謬失者謂所說如實言非錯亂八別好惡義者謂問不傾動開導令喜然此差使者不須衆中普問唯選具如是德人委之秉法者羯磨差云

大德僧聽若僧時到僧忍聽僧今差某甲比丘爲僧使往某居士所語言今僧爲汝作覆鉢不相往來白如是

大德僧聽僧今差某甲比丘爲僧使往某居士所作如是言僧今爲汝作覆鉢不相往來誰諸長老忍僧差某甲比丘爲僧使者默然誰不忍者說僧已忍差某甲比丘爲僧使往彼某居士所語言僧爲汝作覆鉢不相往來竟僧忍默然故是事如是持

【釋】此據與作覆鉢已僧未散差法若隔宿差者仍復集僧作前方便答云作差使告覆鉢羯磨所以此法亦可屬具亦可屬單也

佛言受差比丘著衣持鉢往彼時彼居士見已前迎請入自舍應報言我不入汝家受牀坐飲食供養若彼問者答言僧已爲汝作覆鉢不相往來故彼若問以何事故比丘即爲說因緣若彼聞知極生憂惱痛悔我當作何方便解我覆鉢還相往來比丘語言應往懺悔衆僧可解

【釋】此羯磨差人爲事作是屬公也

【非】餘非如上　唯異人非謂乏德遴差委

事誤任等

○解覆鉢法

佛言若白衣隨順衆僧不敢違逆後從僧乞解覆鉢還相徃來者應爲解白二羯磨應如是作界内集衆作前方便答云與解覆鉢羯磨羯磨者白云

大德僧聽今僧爲某居士作覆鉢不相徃來彼隨順衆僧不敢違逆從僧乞解覆鉢不相徃來羯磨若僧時到僧忍聽僧今爲某居士作解覆鉢還相徃來白如是

大德僧聽僧爲某居士作覆鉢不相徃來彼隨順衆僧不敢違逆從僧乞解覆鉢不相徃來羯磨今僧爲某居士解覆鉢還相徃來誰諸長老忍僧爲彼某居士解覆鉢還相徃來者默然誰不忍者說僧已忍爲彼某居士解覆鉢還相徃來竟僧忍默然故是事如是持

釋此謂知非痛責愚癡悔過願求植福雖然律制令人倍增深信在僧行潔乃可行斯

非人非悔責不切乞僧欠恭等　餘非同上

○呵責法並解

續此二法准白四綱目今依呵責揵度續入佛言若比丘喜闘諍共相罵詈口出刀劔互求長短若復有餘比丘罵詈者即復徃彼勸言汝等好自勉力莫不如他我等爲汝作伴黨令僧中未有諍而有諍已有諍而不滅告諸比丘自今已去聽僧與彼比丘作訶責白四羯磨應如是作集僧已與彼作舉作舉已爲作憶念作憶念已與

罪衆中差羯磨者作白羯磨
釋三舉之制於白四羯磨中最嚴今先引律明法後皆准此不繁僧祇云成就五法得舉人淨身業淨口業正命多聞阿毘曇多聞毘尼若身業不淨舉他者前人應語長老自身業不淨何故舉他應自淨身業然後舉他乃至若少聞毘尼舉他者前人應語長老何故少聞毘尼而舉他罪長老亦不知在何國聚落城邑因何事制此戒善哉長老欲舉他者先當多聞毘尼然後舉他　又有五法有罵而後舉謂先惡罵已後以五衆罪中若舉一一罪是（五衆罪乃佛制比丘五篇衆罪也）　有舉而後罵謂先五衆罪中若舉一一罪已後惡罵是有即舉即罵謂惡罵已汝犯某罪是有罵而不舉謂作種種惡罵而不舉罪是有舉而不罵謂五衆罪中若舉一一不惡罵是是中前四僧不應問亦不應受若舉而不罵者應檢校若欲舉他時應先語長老我欲舉事聽舉不前人言欲舉者可爾若不問聽而舉者越毘尼罪十誦律云先不乞聽不得舉他罪令憶念若作者突吉羅是罪人於僧中教往五法一從座起二偏袒著衣三脫革屣四右膝著地五合掌在前有舉罪者亦往此五法　乞聽者有五事乞聽應語彼言我今語汝我今示汝我今舉汝我今令汝憶念汝聽我有五事與聽應言語我示我舉我令我憶念聽汝　又現前有五種與汝云何舉我見耶聞耶疑耶身耶口耶如是現前語已生怖畏　有五種事現前安慰

莫怖莫驚莫覆罪莫走莫羣黨不犯言犯犯言不犯如是安慰時彼作異種語者應以五法檢究應苦切作苦切應依止作依止應驅出作驅出應下意作下意應覓罪作覓罪（五法檢究總攝七羯磨也苦切中具四謂訶責不見不懺不捨下意謂遮不至白衣家並依止驅出是爲七）

今准義加儀先鳴椎集僧已一如法舉罪比丘具儀出衆禮上座畢合掌跪云我（某甲）今於僧中舉（某甲）比丘（此乃先作舉也）被舉者聞知亦即具儀出衆禮僧中上座已合掌跪云大德汝云何舉我見耶聞耶疑耶身犯耶口犯耶舉者語言大德莫怖莫驚我見大德於某處作某事汝當憶念所作直言莫覆藏（此謂作舉已作憶念也或聞或疑皆據實說之）令彼憶念伏首已復語云汝所犯者是某罪汝應知悔（此謂作憶已與罪也）上座當令舉者犯者俱起而立作前方便答云與作訶責羯磨差羯磨者如是白云

大德僧聽此（某甲）比丘（隨人二三牒著但不得滿僧數）喜共鬬諍罵詈口出刀劒互求長短彼自共鬬諍已若復有餘比丘鬬諍者即復往彼勸言汝等勉力莫不如他汝等多聞智慧財富亦勝多有知識我等當爲汝作伴黨令僧未有諍事而有諍事已有諍事而不除滅若僧時到僧忍聽爲（某甲）比丘作訶責羯磨若後復更鬬諍共相罵詈者衆僧當更增罪治白如是

大德僧聽此（某甲）比丘喜共鬬諍共相罵詈口出刀劒互求長短彼自共鬬諍已若復有餘比丘鬬諍者即復往彼勸言汝等勉力莫不如他汝等智慧多聞財富亦勝多有知識

我等當爲汝作伴黨令僧未有諍事而有諍事已有諍事而不除滅僧爲(某甲)比丘作訶責羯磨誰諸長老忍僧與(某甲)比丘作訶責羯磨若復後更鬬諍共相罵詈者衆僧當更增罪治忍者默然誰不忍者說此是初羯磨(第二第三亦如是說)僧已忍爲(某甲)作訶責羯磨竟僧忍默然故是事如是持

佛言爲作訶責羯磨已七五之事不應作謂不應授人大戒乃至不應共善比丘諍(此即前所奪三十五事也)有三法作訶責羯磨非法非毘尼羯磨不成就不舉不作憶念不伏首罪

復有三法作訶責羯磨如法如毘尼羯磨成就(即反上法是也)

有五法作訶責羯磨非法非毘尼羯磨不成就不在現前不自言爲清淨者非法別衆

復有五法作訶責羯磨如法如毘尼羯磨成就(即反上五法是也)

非一人非謂不和別衆等　二法非謂違制相似等(此人法二非總攝百篇僧法中七羯磨不應作者)　三事非謂所行非宜訶責等　餘非准知

○解訶責法

律云若衆僧在小食大食上若說法若布薩時被訶責羯磨人正衣服脫革屣在一面住胡跪合掌白言大德受我懺悔自今已去自責心止不復作從僧乞解呵責羯磨諸比丘白佛佛言若隨順衆僧無所違逆求解訶責羯磨者聽僧與解作白四羯磨

有七五法不應爲解訶責羯磨從授人大戒乃至共善比丘諍有七五法應解不授人大戒乃至不共善比丘諍

應如是解彼被羯磨比丘應至僧中候鳴椎集僧已偏露右肩脫革屣右膝著地合掌作如是白

大德僧聽我比丘（某甲）僧與作訶責羯磨我今隨順衆僧無所違逆從僧乞解訶責羯磨願僧慈愍故爲我解訶責羯磨（如是三說）

僧中差羯磨者作前方便答云與解訶責羯磨作如是白

大德僧聽（某甲）比丘僧爲作訶責羯磨彼比丘隨順衆僧無所違逆從衆僧乞解訶責羯磨若僧時到僧忍聽解（某甲）比丘訶責羯磨白如是

大德僧聽此（某甲）比丘僧爲作訶責羯磨彼比丘隨順衆僧無所違逆今從衆僧乞解訶責羯磨僧今爲（某甲）比丘解訶責羯磨誰諸長老忍僧爲（某甲）比丘解訶責羯磨者默然誰不忍者說是初羯磨（第二第三亦如是說）僧已忍解（某甲）比丘訶責羯磨竟僧忍默然故是事如是持

（釋）如法解已七五之事堪能任作不禁

（非）餘非同上　唯異事非謂乞情不懇奪事有干等

○擯出法並解

（續）此二法准白四綱目今依呵責揵度續法佛言若比丘依聚落住行惡行污他家亦見亦聞告諸比丘自今已去聽僧爲彼比丘作擯白四羯磨應如是作與作舉乃

至與罪

(釋)准律行惡行者謂自種華樹乃至持與人亦教人作村中有婦女共同坐起同器飲食言語戲笑歌舞倡妓等污他家有四事一依家污家從一家得物與一家所得物處聞之不喜所與物處思當報恩若與我者我當報之若不與我者我何故與二依利養污家若比丘如法得利乃至鉢中之餘或與一居士不與一居士彼得者思報恩如上三依親友污家若比丘若依王若大臣或為一居士不為一居士所為者思當報恩其為我者我當供養不為我者我不供養四依僧伽藍污家若比丘取僧伽藍華果與一居士不與一居士即作是念其有與我者我當供養不與我者我不供養是為四種污他家行此法須五人已上同往至彼住處若彼聚落是可分別白然界亦有餘比丘住中應先語期集若無住者唯往之僧同集已先與作舉乃至與罪（法儀如前）作前方便答云與作擯羯磨堪羯磨者作白云

大德僧聽此（某甲）比丘於（某）聚落（或城邑住隨處牒入）汙他家行惡行汙他家亦見亦聞行惡行亦見亦聞若僧時到僧忍聽今僧為（某甲）比丘作擯羯磨汝汙他家行惡行汙他家亦見亦聞行惡行亦見亦聞汝可離此住處去不須在此住處白如是

大德僧聽此（某甲）比丘在（某）聚落汙他家行惡行汙他家亦見亦聞行惡行亦見亦聞僧今為（某甲）比丘作擯羯磨汝汙他家行惡行

汙他家亦見亦聞行惡行亦見亦聞汝離此住處去不須在此住誰諸長老忍僧爲某甲比丘作擯羯磨者默然誰不忍者說此是初羯磨第二第三亦如是說僧已忍爲某甲比丘作擯羯磨竟僧忍默然故是事如是持

佛言作擯羯磨者七五之事不應作有三法五法作此擯羯磨不成就非法非毘尼有三法五法作此羯磨成就如法如毘尼

皆同上訶責無異

僧祇律云與羯磨已安著僧伽藍邊住

(非)餘非同上　異事非謂言戲非實等

○諫擯謗法此一法原卷綱目列於助破之下爲順僧殘戒相故今續法移於此者爲順發起因緣故其擯解合別列者爲順揵度七種羯磨皆有解故

律云諸比丘如上往彼作擯羯磨時彼比丘在僧中作是言衆僧有愛恚怖癡更有餘同罪比丘有驅者有不驅者而獨驅我諸比丘如法羯磨竟還至佛所禮足將此因緣啟白佛以種種方便遙訶責之告諸比丘自今已去聽僧與彼比丘作訶諫白四羯磨餘比丘應先諫彼比丘言大德汚他家行惡行亦見亦聞可捨此事莫爲僧所訶更犯重罪彼若隨語者善若不隨語者

鳴椎僧集已作前方便答云與作訶諫羯磨羯磨者作如是白

大德僧聽此某甲比丘在某聚落僧與作擯羯磨時便作是言僧有愛有恚有怖有癡有如是同罪比丘有驅者有不驅者若僧時到僧忍聽今僧與某甲比丘作訶諫捨此事故汝莫作是言僧有愛有恚有怖有癡有如是

同罪比丘有驅者有不驅者而諸比丘不愛不恚不怖不癡汝污他家行惡行污他家亦見亦聞行惡行亦見亦聞汝污他家行惡行白如是

作白已羯磨者應更求言

大德我已作白餘有三羯磨在可捨此事莫爲僧所訶更犯重罪

若捨者善若不捨者應作初羯磨

大德僧聽此某甲比丘在某聚落僧與作擯羯磨時便言僧有愛有恚有怖有癡有如是同罪比丘有驅者有不驅者僧今與某甲比丘作訶諫捨此事故汝莫作是言僧有愛有恚有怖有癡有如是同罪比丘有驅者有不驅者而諸比丘不愛不恚不怖不癡汝污他家行惡行污他家亦見亦聞行惡行亦見亦聞汝污他家行惡行誰諸長老忍僧與某甲比丘作訶諫捨此事者默然誰不忍者說是初羯磨

作初羯磨已應更求言

大德我已作白初羯磨竟餘有二羯磨在大德可捨此事莫爲僧所訶更犯重罪

若隨語者善不隨語者如上作第二羯磨云云

作二羯磨已如上應更求云云

若隨語者善若不隨語者如上作第三羯磨已結云

僧已忍與某甲比丘作訶諫捨此事竟僧忍默然故是事如是持

釋是中諫捨不捨及教莫捨治罪如前並顯非相亦准前

○解擯法

律云被擯比丘不喚自來至界內諸比丘白佛佛言不應不喚來至界內聽在界外住遣好伴來至僧中白大德僧懺悔自今已去自責心更不復爾彼比丘隨順衆僧不敢違逆從僧乞解擯羯磨應與解白四羯磨有七五法不應與解從授人大戒乃至共善比丘鬬如是七五法不作應與解

彼被擯比丘應至僧中候鳴槌集僧已偏露右肩脫革屣右膝著地合掌白云

大德僧聽我某甲比丘僧與我作擯羯磨我今隨順衆僧不敢違逆從僧乞解擯羯磨願僧慈愍故爲我解擯羯磨（如是三說）

僧中差羯磨人作前方便答云與解擯羯磨作如是白

大德僧聽此某甲比丘僧與作擯羯磨隨順衆僧不敢違逆從僧乞解擯羯磨若僧時到僧忍聽僧今爲某甲比丘解擯羯磨白如是

大德僧聽此某甲比丘僧爲作擯羯磨隨順衆僧不敢違逆從僧乞解擯羯磨僧今爲某甲比丘解擯羯磨誰諸長老忍僧爲某甲比丘解擯羯磨者默然誰不忍者說是初羯磨（第二第三亦如是說）僧已忍爲某甲比丘解擯羯磨竟僧忍默然故是事如是持

（釋）如法解已奪事仍聽堪爲　顯非同上

○依止法並解

（續）此二法准白四綱目今依呵責揵度續法佛言若比丘癡無所知多犯衆罪（謂犯後三篇威儀戒）共諸白衣雜住而相親附不順佛法告諸比丘自今已去聽僧爲彼作依止白四羯磨應集僧已與作舉乃至與罪（准上法儀）

作前方便答云與作依止羯磨差堪羯磨者作如是白

大德僧聽此某甲比丘癡無所知多犯衆罪共白衣雜住而相親附不順佛法若僧時到僧忍聽與某甲比丘作依止羯磨白如是

大德僧聽某甲比丘癡無所知多犯衆罪共白衣雜住而相親附不順佛法僧今爲某甲比丘作依止羯磨誰諸長老忍僧爲某甲比丘作依止羯磨者默然誰不忍者說是初羯磨第二第三亦如是說僧已忍爲某甲比丘作依止羯磨竟僧忍默然故是事如是持

佛言作依止羯磨者七五之事不應作有三法五法作此羯磨非法非毘尼不成就有三法五法如法如毘尼成就皆同上法

律云有稱方作依止羯磨彼方破壞人民反逆有稱國土彼國破壞人民散亂有稱住處彼處人民破壞有稱人彼人或三破或三舉或二擯不能增益沙門法有稱安居彼被羯磨人安居中得智慧佛言不應稱如是等作依止羯磨自今已去聽語言汝應受依止

僧祇律云雖復百歲應驅依止持戒下至知二部律十歲比丘晨起應問訊與出大小行器唾器舉置常處與齒木與掃地迎食浣衣熏鉢一切盡供給唯除禮拜按摩若病時得令按摩應教二部律若不能者教一部若復不能者應廣教五衆戒謂五篇戒應教善知陰界入十二因緣應教善知罪相非罪相威儀非威儀若學已即名爲捨謂許離依止也

根本一切有部云以無所知愚癡依止比丘應依止智慧年少比丘學律一切盡應供給唯除禮拜名曰老小比丘

〔非〕餘非准前　唯異事非謂事干初二等

○解依止法

佛言彼被羯磨者親厚多聞智慧比丘所學法毘尼得智慧隨順衆僧無所違逆從僧乞解依止羯磨應與解白四羯磨有七五法作不作不應與解應與解如前彼被羯磨比丘至僧中俟鳴槌和集已具修威儀胡跪合掌白僧云

大德僧聽我某甲比丘僧與我作依止羯磨我今隨順衆僧從僧乞解依止羯磨願僧慈愍故爲我解依止羯磨如是三說

僧中差羯磨者作前方便答云與解依止羯磨作如是白云

大德僧聽某甲比丘僧與作依止羯磨彼隨順衆僧不敢違逆從僧乞解依止羯磨若僧時到僧忍聽僧今爲某甲比丘解依止羯磨白如是

大德僧聽某甲比丘僧爲作依止羯磨隨順衆僧不敢違逆從僧乞解依止羯磨僧今與某甲比丘解依止羯磨誰諸長老忍僧與某甲比丘解依止羯磨者默然誰不忍者說是初羯磨第二第三亦如是說僧已忍與某甲比丘解依止羯磨竟僧忍默然故是事如是持

〔釋〕如法解已奪事不禁堪任隨行　其問非相准前解法

毘尼作持續釋卷第十八

音義

惡性謂不忍不受人如法教誨也詭音癸異詐也俛即俯字曲也獷音礦麤獷恚貌言無親也倡妓倡者謂俳優雜戲也妓者女樂也詈音利正斥曰罵反曰詈歎歎聲也

曇無德部四分律刪補隨機羯磨卷第十九

唐京兆崇義寺沙門道宣　撰集

清金陵華山後學比丘讀體　續釋

○懺六聚法篇第九之五

○遮不至白衣家法并解

續此二法准白四綱目今依呵責揵度續入佛言若居士有信樂作檀越多有利益供養衆僧比丘乃以下賤言罵他告諸比丘自今已去聽僧與此比丘作遮不至白衣家白四羯磨若白衣家有五法不應作此羯磨不恭敬父母沙門婆羅門所應持者而不堅持有五法應作此羯磨反上五法是比丘有十法應作此羯磨惡說罵白衣家方便令白衣家損減作無利作無住處鬭亂白衣於白衣前謗佛謗法謗僧在白衣前作下賤罵如法許白衣而不實如是十法但有一法惡說罵白衣家應與作此羯磨應如是作集僧已爲作舉乃至與罪法儀准上作前方便荅云與作遮不至白衣家羯磨秉法者如是白言

大德僧聽此某甲比丘某居士信樂檀越常好布施供給衆僧而以下賤惡言罵詈之若僧時到僧忍聽僧今爲某甲比丘作遮不至白衣家羯磨白如是

大德僧聽某甲比丘某居士信樂檀越常好布施供給衆僧而以下賤言罵詈之僧今爲某甲比丘作遮不至白衣家羯磨誰諸長老忍僧爲某甲比丘作遮不至白衣家羯磨者默然誰不忍者說是初羯磨第二第三亦如是說僧已忍與某甲比丘作遮不至白衣家羯磨竟僧

忍默然故是事如是持

佛言作遮不至白衣家羯磨已有七五事不應作有三法五法作此羯磨非法非毗尼不成就有三法五法作此羯磨如法如毗尼成就皆同上

【非】餘非准前　唯異事非謂俗不恭敬失持僧言誤戲非真等

○差人懺白衣法

【續】此准白二羯磨綱目今依呵責揵度續入佛言作遮不至白衣家羯磨竟聽僧差使至居士家爲比丘懺悔居士白二羯磨有八法應差使一多聞二能善說三已自解四能解人意五受人語六能憶持七無闕失八解善惡言義

【釋】此法釋德及列具單並准前明唯稱量現前具德實者應差作白云

大德僧聽若僧時到僧忍聽差某甲比丘爲使爲某甲比丘懺悔某居士白如是

大德僧聽今僧差某甲比丘爲使爲某甲比丘懺悔某居士誰諸長老忍僧差某甲比丘爲使爲某甲比丘懺悔某居士者默然誰不忍者說僧已忍差某甲比丘爲使爲某甲比丘懺悔某居士竟僧忍默然故是事如是持

佛言僧差使竟至居士家如是與居士懺悔僧已爲某甲比丘作罰謫彼若受懺者善若不受應安羯磨比丘著眼見耳不聞處教令如法懺悔所犯者是惡說突吉羅罪復來語居士言彼比丘先犯罪今已懺除若受懺者善若不受者犯罪比丘應自往懺悔謂自言無知以惡說相犯願求恕喜悅

十誦律云若是居士多知多識有大力勢自能作惡事惱亂衆僧若令人作僧應語是比丘汝當離是住處去若是比丘强住者衆僧無罪

僧祇律云此名發喜羯磨羯磨已應遣到所犯俗人家悔過若俗人言尊者故在精舍住耶若故在彼住者我當斷彼食及衣錢財物僧應語言此非僧過汝應更徃向彼下意令其歡喜若彼歡喜者即名爲捨

㊟一人非乏德差使等　二法非對俗懺悔等　三事非已恕復求等　餘非准知

○解遮不至白衣家法

佛言若彼被羯磨比丘隨順衆僧無所違逆從僧乞解羯磨應與解白四羯磨有七五法作不作不應與解應與解如上彼被羯磨比丘應至僧中待鳴槌集僧已具修威儀胡跪合掌如是白言

大德僧聽我比丘某甲僧與作遮不至白衣家羯磨我今隨順衆僧不敢違逆從衆僧乞解遮不至白衣家羯磨願僧慈愍故爲我解遮不至白衣家羯磨如是三說

僧中上座作前方便答云與解遮不至白衣家羯磨差秉法者作白云

大德僧聽某甲比丘僧爲作遮不至白衣家羯磨彼比丘隨順衆僧不敢違逆從衆僧乞解遮不至白衣家羯磨若僧時到僧忍聽今僧爲解遮不至白衣家羯磨白如是

大德僧聽彼某甲比丘僧爲作遮不至白衣家羯磨彼比丘隨順衆僧不敢違逆從僧乞解遮不至白衣家羯磨僧今爲某甲比丘解

遮不至白衣家羯磨誰諸長老忍僧爲某甲比丘解遮不至白衣家羯磨者默然誰不忍者說是初羯磨第二第三亦如是說僧已忍爲某甲比丘解遮不至白衣家羯磨竟僧忍默然故是事如是持

（釋）如法解已堪能授人大戒等皆聽不禁但須依制爲善　其中顯非准前解法

○不見舉法並解

（續）此二法准白四綱目今依呵責揵度續法佛言若比丘犯罪諸比丘語言汝犯罪見不答言不見告諸比丘自今已去聽僧與此比丘作不見罪舉白四羯磨應如是作集僧已爲作舉乃至與罪法儀同上索欲問緣答云與不見罪作舉羯磨善羯磨者如是白言

大德僧聽此某甲比丘犯罪餘比丘語言汝犯罪見不答言不見若僧時到僧忍聽今僧爲某甲比丘作不見罪舉羯磨白如是

大德僧聽某甲比丘犯罪餘比丘語言汝犯罪見不答言不見今僧爲作不見罪舉羯磨誰諸長老忍僧爲某甲比丘作不見罪舉羯磨者默然誰不忍者說是初羯磨第二第三亦如是說僧已忍爲某甲比丘作不見罪舉羯磨竟僧忍默然故是事如是持

佛言作此羯磨已有七五事不應作有三法五法作此羯磨非法非毘尼不成就有三法五法作此羯磨如法如毘尼成就並如前法

十誦律云僧欲作不見擯時本律云舉彼云擯也先應思惟五事我等與是比丘作不見擯不

共布薩説戒自恣不共作諸羯磨不共中食不共住止不隨上座禮迎送以是因緣故鬪諍事起相言相罵僧破僧諍僧別異思惟是已不應作若思惟五事不共布薩等以是因緣故不起鬪諍等應作犯罪比丘亦應思惟五事若諸比丘與我作不見擯不得共布薩等五何以故諸比丘樂持戒有慚愧不能爲我故隨愛恚怖癡思惟是法已應受

僧祇律云作舉羯磨者應隨順行五事等應安著僧伽藍外邊門向阿練若處若來入塔院僧院中掃地者比丘應逆掃其跡若薀洗脚處水大小行處水者應還瀉去若共行弟子依止弟子者不得喚作和尚阿闍黎弟子不應語言被舉餘人應語

非餘非同前　唯異事非謂戲非眞衆爲實作等

○解不見舉法

律云彼不見舉比丘衆僧若在大食小食上若説法若布薩時在一面住偏露右肩脱革屣右膝著地合掌白言大德受我懺悔自責心意從今已去不敢復作從僧求解不見罪舉羯磨諸比丘白佛佛言若隨順衆僧無所違逆求解不見罪舉羯磨者聽僧與解白四羯磨有七五法作不作應與解不應與解同上彼被羯磨比丘應至僧中候鳴椎集僧已正衣服脱革屣胡跪合掌白如是言

大德僧聽我某甲比丘僧與作不見罪舉羯磨隨順衆僧不敢違逆今從僧乞解不見罪

舉羯磨願僧慈愍故爲我解不見罪舉羯磨如是三說

僧中上座作前方便答云解不見罪舉羯磨秉法者作如是白

大德僧聽彼某甲比丘僧與作不見罪舉羯磨彼隨順衆僧不敢違逆今從僧乞解不見罪舉羯磨若僧時到僧忍聽今僧爲某甲比丘解不見罪舉羯磨白如是

大德僧聽某甲比丘僧爲作不見罪舉羯磨隨順衆僧不敢違逆從僧乞解不見罪舉羯磨僧今爲某甲比丘解不見罪舉羯磨誰諸長老忍僧爲某甲比丘解不見罪舉羯磨者默然誰不忍者說是初羯磨第二第三亦如是說僧已忍爲某甲比丘解不見罪舉羯磨竟僧忍默然故是事如是持

釋 如制解已奪事不禁　顯非同前

○不懺法並解

續 此二法准白四綱目今依呵責揵度續法佛言若比丘犯罪餘比丘語言汝犯罪懺悔答言不懺悔告諸比丘自今已去聽僧與此比丘作不懺悔罪舉白四羯磨應如是作集僧已與作舉乃至與罪法儀同上作前方便答云與不懺悔罪作舉羯磨差羯磨人如是白言

大德僧聽此某甲比丘犯罪餘比丘語言汝犯罪懺悔答言不懺悔若僧時到僧忍聽僧今與某甲比丘作不懺悔罪舉羯磨白如是

大德僧聽此某甲比丘犯罪餘比丘語言汝犯罪懺悔答言不懺悔僧今與某甲比丘作不懺悔罪舉羯磨誰諸長老忍僧與某甲比

丘作不懺悔罪舉羯磨者默然誰不忍者說是初羯磨第二第三亦如是說僧已忍爲某甲比丘作不懺悔罪舉羯磨竟僧忍默然故是事如是持

佛言作不懺悔罪舉羯磨已有七五事不應作有三法五法作此羯磨成就不成就並同前 顯非亦爾

准十誦僧祇思惟五法等如不見舉所明

○解不懺悔罪舉法

律云彼被作不懺悔罪舉羯磨人若衆僧在小食上乃至若布薩時具修威儀胡跪合掌白言大德受我懺悔自責心意從今已去不敢復作從僧求解不懺悔罪舉羯磨諸比丘白佛佛言若彼隨順衆僧無所違逆求解羯磨者聽僧與解白四羯磨有七五法作不作不應與解應與解如上彼被羯磨比丘應至僧中待衆僧集已具修威儀右膝著地合掌白言

大德僧聽我某甲比丘僧與作不懺悔罪舉羯磨隨順衆僧不敢違逆今從僧乞解不懺悔罪舉羯磨願僧爲我解不懺悔罪舉羯磨慈愍故如是三說

僧中上座索欲問緣答云與解不懺悔罪舉羯磨差堪能羯磨者作是白云

大德僧聽此某甲比丘僧爲作不懺悔罪舉羯磨彼隨順衆僧不敢違逆從僧乞解不懺悔罪舉羯磨若僧時到僧忍聽今僧爲某甲比丘解不懺悔罪舉羯磨白如是

大德僧聽某甲比丘僧與作不懺悔罪舉羯磨隨順衆僧不敢違逆從僧乞解不懺悔罪

舉羯磨僧今爲某甲比丘解不懺悔罪舉羯磨誰諸長老忍僧爲某甲比丘解不懺悔罪舉羯磨者默然誰不忍者說是初羯磨第二第三亦如是說僧已忍與某甲比丘解不懺悔罪舉羯磨竟僧忍默然故是事如是持

釋如法解已若先所犯罪是十三僧殘中事者推情難免仍須如制懺悔若餘有犯不須再除即此解之名曰清淨　不禁七五事並顯非准上

○不捨法並解

續此二法准白四綱目今依呵責揵度續入佛言若比丘生惡見僧與作訶諫白四羯磨已即前諫惡邪法是故不捨惡見者聽僧與此比丘作不捨惡見舉白四羯磨應集僧已與作舉乃至與罪法儀同前作前方便答云與不捨惡見作舉羯磨差秉羯磨者如是白

大德僧聽某甲比丘惡見不捨僧與作訶諫故不捨惡見若僧時到僧忍聽僧今與某甲比丘惡見不捨舉羯磨白如是

大德僧聽某甲比丘惡見不捨僧與作訶諫故不捨惡見僧今爲某甲比丘作不捨惡見舉羯磨誰諸長老忍僧今與某甲比丘作惡見不捨舉羯磨者默然誰不忍者說是初羯磨第二第三亦如是說僧已忍與某甲比丘作不捨惡見舉羯磨竟僧忍默然故是事如是持

佛言作此羯磨已有七五事不應作有三法五法不應作羯磨應作羯磨成就不成就並同上法

十誦云應以五法思惟等如不見舉中明

僧祇律云惡邪比丘不應共語不應共住不應共法食不共佛不共法不共僧不共布薩不共自恣不共羯磨得語外道欲坐便坐不得語被舉令坐若病者不應看病得語彼檀越若親里言被舉人病汝往看若無常者不應與華香供養屍不應爲作飲食非時漿供養僧不應分衣鉢不應與燒身取其所眠牀以屍著上衣鉢繫咽曳牀而出作是言衆僧事淨衆僧事淨於惡邪比丘不應起惡心何以故乃至燋炷不應起惡應作是念莫令後人習此邪惡若放牧人取薪草人持衣鉢來施者得取即彼爲施主

○解不捨法

律云彼被舉比丘如上若衆僧在小食上乃至若布薩時求僧受懺諸比丘白佛佛言若彼隨順衆僧不敢違逆乞解不捨惡見舉羯磨聽僧與解白四羯磨有七五法作不作不應解應與解如上被舉比丘應至僧中候集僧已具修威儀胡跪合掌白言

大德僧聽我（某甲）比丘僧與作惡見不捨舉羯磨今隨順衆僧不敢違逆從僧乞解惡見不捨舉羯磨願僧爲我解不捨惡見舉羯磨慈愍故（如是三說）

衆中差羯磨人作前方便答云與解不捨惡見舉羯磨應如是白

大德僧聽此（某甲）比丘僧與作惡見不捨舉羯磨今隨順衆僧不敢違逆從僧乞解不捨惡見舉羯磨若僧時到僧忍聽僧今爲（某甲）

比丘解惡見不捨舉羯磨白如是

大德僧聽此（某甲）比丘僧與作惡見不捨舉羯磨隨順衆僧不敢違逆從僧乞解惡見不捨舉羯磨僧今爲（某甲）比丘解不捨惡見舉羯磨誰諸長老忍僧爲（某甲）比丘解不捨惡見舉羯磨者默然誰不忍者說是初羯磨（第二第三亦如是說）僧已忍爲（某甲）比丘解不捨惡見舉羯磨竟僧忍默然故是事如是持

釋解已奪事不禁並顯非皆同上

○憶念法

續此准白四綱目今依滅諍揵度之二續入佛言若比丘不犯重罪波羅夷僧殘偷蘭遮諸比丘皆言犯重罪數數問彼憶犯難詰不止者聽僧爲此比丘作憶念毘尼白四羯磨（云何憶念彼比丘此罪更不應舉不應作憶念使諸比丘莫更問是）應如是與此比丘應往僧中如上具儀合掌跪白

大德僧聽我（某甲）比丘不犯重罪諸比丘言我犯重罪波羅夷僧殘偷蘭遮諸比丘問我言汝憶犯重罪波羅夷僧殘偷蘭遮我不憶犯重罪波羅夷僧殘偷蘭遮答言我不憶犯如是重罪諸長老不須數數難詰問我而諸比丘故難詰不止我今不憶念從僧乞憶念毘尼願僧與我憶念毘尼慈愍故（如是三乞）

僧中差羯磨者索欲問緣答云與憶念毘尼羯磨如是白云

大德僧聽此（某甲）比丘不犯重罪波羅夷僧殘偷蘭遮諸比丘皆言犯重罪波羅夷僧殘偷蘭遮諸比丘問言汝憶犯重罪波羅夷僧殘偷蘭遮不彼不憶犯重罪即答言我不犯

重罪諸長老不須難詰問我而諸比丘故難詰不止彼不憶念罪今從僧乞憶念毘尼若僧時到僧忍聽與彼憶念毘尼白如是

大德僧聽此某甲比丘不犯重罪波羅夷僧殘偷蘭遮諸比丘皆言犯波羅夷僧殘偷蘭遮即問言汝憶犯重罪波羅夷僧殘偷蘭遮不彼不憶犯重罪即答言我不憶犯重罪諸長老不須數數難詰問我而諸比丘故數數難詰不止彼不憶罪今從僧乞憶念毘尼今僧與某甲比丘作憶念毘尼誰諸長老忍僧與某甲比丘憶念毘尼者默然誰不忍者說是初羯磨第二第三亦如是說僧已忍與某甲比丘憶念毘尼竟僧忍默然故是事如是持

十誦律云憶念毘尼有三非法有比丘犯無殘罪自言犯有殘罪從僧乞憶念毘尼若與者非法應滅擯一有比丘狂癡還得心從僧乞憶念毘尼若與者非法應與不癡毘尼二有比丘有見聞疑罪自言我有是罪後言我無是罪從僧乞憶念毘尼若與者非法應與實覓毘尼即罪處所亦名覓罪相也有三如法有比丘被無根謗若人常說是事應與憶念毘尼一有比丘犯罪已懺除若人猶說是事應與憶念毘尼二有比丘未犯是罪將必當犯若人說是事應與憶念毘尼

薩婆多論云此法是守護毘尼五衆五篇盡與憶念必要白四羯磨小三衆不現前

【釋】是中顯非准十誦三種並首篇七非法羯磨不應作

○不癡法

續此准白四綱目今依滅諍揵度之三續入佛言若比丘癲狂心亂多犯衆罪後還得心時諸比丘言彼犯重罪波羅夷僧殘偷蘭遮數數問彼憶犯難詰不止者聽僧與此比丘不癡毘尼白四羯磨（云何不癡彼比丘此罪更不應舉不應作憶念）應如是與此比丘當詣僧中如上具儀合掌白言

大德僧聽我（某甲）比丘癲狂心亂時多犯衆罪行來出入不順威儀後還得心諸比丘問我言汝憶犯重罪波羅夷僧殘偷蘭遮不我答言先癲狂心亂時多犯衆罪行來出入不順威儀非我故作是癲狂心故諸長老不須數數難詰問我而諸比丘故難詰不止我今不癡從僧乞不癡毘尼願僧與我不癡毘尼慈愍故（如是三乞）

僧中差羯磨人作前方便答云與不癡毘尼羯磨應如是白

大德僧聽此（某甲）比丘癲狂心亂多犯衆罪言無齊限出入行來不順威儀後還得心諸比丘語言汝憶犯重罪波羅夷僧殘偷蘭遮不即答言我先癲狂時多犯衆罪言無齊限出入行來不順威儀此是癲狂非是故作諸長老莫數數難詰我而諸比丘故難詰不止此比丘今不癡從僧乞不癡毘尼若僧時到僧忍聽僧今與（某甲）比丘不癡毘尼白如是

大德僧聽此（某甲）比丘癲狂心亂多犯衆罪言無齊限出入行來不順威儀後還得心諸比丘語言汝憶犯重罪波羅夷僧殘偷蘭遮不即答言我先癲狂心亂多犯衆罪出入行來不順威儀此是我癲狂心亂非是故作諸

長老莫數數詰問我而諸比丘故難詰不止此比丘今不癡從僧乞不癡毘尼僧今與某甲比丘不癡毘尼誰諸長老忍僧與某甲比丘不癡毘尼者默然誰不忍者說此是初羯磨第二第三亦如是說僧已忍與某甲比丘不癡毘尼竟僧忍默然故是事如是持

十誦云不癡毘尼有四種非法有比丘不癡狂現癡狂相問時答言我憶癡故作他人教使作二憶夢中作三憶裸形東西走立大小便四是人乞不癡毘尼若與者非法　有四種如法有比丘實狂癡心顛倒問時答言不憶念一他不敎我二不憶夢中作三不憶裸形東西走立大小便四是人乞不癡毘尼若與者如法

薩婆多云此亦守護毘尼五衆盡與不癡毘尼必要白四小三衆不現前

釋是中非相作法不成准十誦四種並首篇七種羯磨

○罪處所法

續此准白四綱目今依滅諍揵度之五續入佛言若比丘喜論議共外道論得切問時前後言語相違於僧中問時亦復如是言語相違在僧中故作妄語及外道譏嫌者聽僧與此比丘作罪處所白四羯磨亦名覓罪相應如是與集僧已爲作舉乃至與罪法儀准前上座作前方便答云與罪處所羯磨差羯磨人白云

大德僧聽此某甲比丘好論議與外道論得切問時前後言語相違設於衆僧中問亦前後言語相違衆中故作妄語若僧時到僧忍

聽僧今與某甲比丘作罪處所羯磨汝某甲無利不善得汝得切問時前後言語相違設衆僧中問時亦復如是在衆中故作妄語白如是

大德僧聽此某甲比丘好論議與外道論得切問時前後言語相違在衆僧中問時亦復如是在衆中故作妄語今僧與某甲比丘作罪處所羯磨汝某甲無利不善得汝得切問時前後言語相違在衆中問時亦復如是在衆中故作妄語誰諸長老忍僧與某甲比丘作罪處所羯磨者默然誰不忍者說是初羯磨第二第三亦如是說僧已忍與某甲比丘作罪處所羯磨竟僧忍默然故是事如是持

佛言有三非法與罪處所毘尼不應作不作舉不作憶念不作自言有三如法應作反上是

復有三非法無犯犯不可懺罪若犯罪已懺有三如法反上是

僧祇云與覓罪相羯磨已此人盡形壽應行八事一不得度人二不得與人授具足戒三不得與人依止四不得受比丘按摩五不得受比丘供給六不得作比丘使七不得次第差會八不得為僧作說法人

薩婆多論云此覓罪相是折伏毘尼一切五篇一切五衆盡與實覓毘尼白四羯磨小三衆不現前

釋是中非相准律三三並首篇七種羯磨不應作　九懺六聚法篇竟

○雜法住持篇第十之一

釋一切羯磨制旨無越成善治罰前列已

詳後攷不滯此於前篇末收者復撮聚之編次居十審住持正法之要非戒則乏其本也

○六念法

律中並有其事而文意散落正本出在僧祇而彼言畧意廣又當世盛行故須義加文云

第一念日月數

僧祇律云念知月一日乃至十四十五日月大月小悉應知之

五分律云諸比丘應知半月數知布薩日悔過清淨

律云念知黑月白月兩種數法若入聚落先須知之

此則具含道俗兩法應作念言今朝黑月小一日乃至十四日言之若大言大也其白月者以純大故但言今朝白月一日乃至十五日

釋具含道俗兩法者道謂令出家僧徒憶黑白布薩忖已德行每於晨朝心念日數知光陰已過則壽命隨減所修道業爲勤怠不所持戒品爲淨染不若勤而清淨更當樂欲增修若怠而犯染必須慚愧懺削日日如是念之乃名如法沙門不致坐待死魔此法特爲出家者制按說戒揵度中於布薩說戒日時有長者問比丘云今是何日比丘答言不知衆僧皆生慚愧佛言自今已去當數日數日復忘故聽作三十數法以十五染黑十五染白黑月以黑者數之白月以白者數之若王改日隨王者

法所以比丘凡入聚落先須知之有問便答此法爲護世譏兼制故云具含道俗兩法也

第二念知食處

僧祇律云清旦當作施食念等今以諸部會通隨實作念言

我常乞食若言我常自食已食若言我常食僧食

釋常乞食者謂不受請食不隨僧供爲折我慢現謙俾以修淨行不擇貧富令居家而除饑饉此行徃聖通持後賢當效乃八正道之第五四依法之次制是抖擻行常自食已食者謂不納轉施不分鉢分任緣資形絕思美好止貪無望唯志真修此是居家信歸恒送食供常食僧食者謂與衆同居利均共活不須時至入里乞食是依四方僧常住之處

若不常定者應作念言

我無請處今乞食

若食已食若檀越及僧常食等例知

釋以上三種心念食法有比丘堅志所持爲一定之行此下爲隨緣受食故云若不常定也例知者若言今日無赴差請不受長施不食僧食不徃乞食我今有檀越送供而食已食若言今日無人送食不用常住僧食亦不乞食今僧應輪差我赴請食若言今日無差次食不自乞食無人送食

我今當同衆僧食常住食

若言今有請處今依背緣

佛言迦提月中若施衣若病等並開背請

釋迦提月者從七月十六日至八月十五日是梵語迦提華言昴星謂昴星直此月也背者即別衆義爲諸比丘九夏功滿三事自恣竟諸居士來請與食不敢別衆佛知開聽作衣時施衣時有病時途次行時乘船行時大會集時沙門施食時如是七緣不犯別衆然雖聽開亦是時食不得過午除迦提月外若別衆食則犯罪結單墮若但二人三人受請乞食皆無犯非僧數故

若言我有請處今捨與人

佛言若一日受衆多請自受一請餘者施與人應言

長老我應往彼今布施汝說一

釋此是但對首中捨請法乃九十事之第三十二展轉食戒所制除此餘皆是心念法若彼此不明則犯法非

僧祇云

我今得食施與某甲比丘乃至沙彌尼若言某甲比丘今朝檀越施與正食廻施比丘某甲檀越於我不繫我當食說三

釋檀越若有所繫是著相請不得迴施若雖請而無所繫者爲僧福田意無分別此則任施須簡三破

十誦律云此念法唯五種人得作謂阿蘭若獨住遠行長病饑時依親里住人如此得行心念

釋此引十誦爲證僧祇之心念法也蘭若則幽棲無侶獨住則不共衆居遠行則緣急卒往長病則乏人瞻侍饑時依親里住

者猶同獨處故知有人須作對首轉施

第三念知受戒時夏數

僧祇律云日日自憶若干臘諸部律論皆爾應言

我於某年某月某日某時若干影若云若受具戒今無夏

後若有夏隨多少稱

釋律制凡出家受具者不論生年分尊卑唯依夏臘序長幼於月日時影並須記念應知無夏無臘有臘無夏有夏有臘有夏無臘無夏無臘者謂於七月十五日已後受具未至來年安居自恣有臘無夏者謂於四月十六日已前受具即隨衆安居竟自恣有夏有臘者謂於七月十五日已後受具至次年歷安居自恣若經一夏臘零若干月日時影乃至四五十夏亦如是日日念知若會聚行坐禮敬臘次一一無紊有夏無臘者謂未圓具沙彌雖制同僧安居唯數夏數無臘可序仍以生年論長幼也

第四念知衣鉢受淨

僧祇律云當憶受持三衣及不受持作淨施者

我今三衣鉢具並受持長財並說淨

後有不受持不說者隨有念持念說念多少等

釋若不憶念受持三衣鉢者或闕或離莫知若不憶所得長財說淨者或淨不淨糅雜如是日日憶念則不干鈇畜之過爾

第五念念食同别

僧祇律云念別衆食又應念言

我不別衆食

若准佛言別衆食有七縁開者應白入若無別縁者應白出若有者白言

我有別衆縁（作此白已得食）

釋此復引出入制者非心念法亦非對首法是白衆之詞也七縁如上作衣時等別衆食者若四人若過四人五分云界內別請四人已上名別衆食若遣此開縁時則四人過四人已上並聽受食若已亦在此縁中有分者如是白衆求入白已隨上座次得往受食若此縁於已無分者即白衆求出云我無別衆食縁白已不隨次受食

第六念身強羸

僧祇律云念若病不病應言

我今不病堪行道（若有病者應言）我有病念須療治

釋修福業須藉身力強健修慧業必依心境對觀福慧雖分身心用時二皆兼濟身強若怠道業何以克成體羸若勤色力難於進辦是故調御垂慈而令比丘朝朝念身當行則行應療則療託此幻軀以立梵德也

○白同利食前後入聚法

釋此准但對首中白入聚法是九十事之第四十二若比丘前食後食詣餘家者犯故聽白已入先引開縁

爾時羅閱城中衆僧大有請處皆畏慎不敢入城受請佛言聽諸比丘相囑授入城應告同請比丘如是言也

大德一心念我（某甲）比丘先受（某甲）請今有

（某）縁事欲入（某）處聚落至（某）家白大德知（一說）

佛言若囑授已欲至村而中道還或詣不至所囑家或囑至白衣家乃更至庫藏處尼寺中若即白衣家還出如是等皆失前囑授若欲往者當更囑授除施衣時者謂迦提一月五月除此已餘時中勸化作食並施衣者若迦提時通開

【釋】更至庫藏處者謂已至所囑白衣家而往彼邊房貯積米穀處則處與囑不相應也除一五凡餘時中勸化作食並施衣者皆遵囑授若迦提時者由是安居欠未初到故爾通開也

【非】一人非謂白向小俗　二法非謂三說稱僧　三事非謂囑請兩乖　餘非准取

○白非時入聚法

【釋】此目法同上是九十事之第八十三若比丘非時入聚落不囑比丘者犯

佛言若入聚落當囑同住比丘而不出囑法前條亦爾僧祇云食雖早竟若入即名非時既無正文應義設言

長老我非時入聚落（十誦律云）至（某）城邑聚落（某甲）舍（答前人言）可爾

【釋】若比丘頻入聚落則有廢真修熏發舊習復招世譏損人淨信實遂有益因緣白已而往俾衆知其去來方所於已不違受持禁章若非時市稀緇流乃顯法道清正而僧寶之名誠不虛矣　此中非相准上

○作餘食法

【釋】此法是但對首乃九十事之第三十五若比丘足食竟或時受請不作餘食法而

食者犯單墮

佛言若比丘食有二種一者不正食謂食枝葉華果食油胡麻黑石蜜磨細末若粥出釜持草畫之無處非食非請非足食二者正食謂飯麨乾飯魚肉等是請是食是足若於正食中若食飽足已捨威儀不作餘食法得而食之咽咽波逸提

若依僧祇但前食堪足飽食咽咽已捨威儀者若更食即名犯足

又依律本諸比丘受不作餘食法者（此是頭陀行人）見上座來告云我受不作餘食法便不須起而得食竟故知前境是足若起須作餘食法

又尼敬僧戒中亦爾故知尼亦有餘食法

【釋】尼百七十八單墮之第百七十五慢新比丘戒云若比丘尼見新受戒比丘應起迎逆恭敬禮拜問訊請與座不者除因緣波逸提因緣者或一坐食或不作餘食法食或病或足食語言大德忍我有如是因緣不犯慢僧戒故今引例

若犯足者（謂已捨威儀）持食至未足者前（謂至未捨威儀者前）白言大德我已足食汝知是看是（彼取少食已還與彼若不食者亦得與言）長老我已食已止汝貪心（彼便取食之）

律云一足食毘尼作法已通一切足食者同食也

【釋】此謂五足食中以一足食依毘尼作餘食法已得食通於一切足食者同准此法作已得食也

【非】一人非彼此俱捨威儀　二法非不取

食而默然 三事非非食非請非足 餘四非准知

○呵責弟子法

爾時諸弟子不順弟子法不承事和尚阿闍黎無慚無愧不受教授作非威儀行不恭敬難與語與惡人爲友好往婬女家婦女家大童女家黃門家比丘尼精舍式叉摩那精舍沙彌尼精舍好往看龜鼈佛言和尚阿闍黎應作呵責有三種一者喚弟子現前二者出過令伏三量過設呵

釋始方剃染須恒侍師請益出要學修本業若道種熏成則習性不退發心爲僧乃弗辜爾倘背良師狎近惡友恣蕩身心濶興宿業而樂往不當往處輙看龜鼈異交思化者於生何益沒嬰極苦故佛慈憐制斯三種呵法令師範糾正有方俾弟子行止無僻一喚弟子現前者恐遥呵憚避徒費慈心人不現前孰聽譴責二出過令伏者事無本據言發成怨示過無謬聞令伏首三量過設呵者過有重輕呵有寬嚴若威儀誤失當勸誡而宥之如事徵過重應嚴折以呵之是爲如法如律善教也又自量喜怒非分暢志並反欺負

釋爲師教誡弟子時勿得心存逆愛見重過而默然棄置意或暴怒無大愆而枉言苦呵如是非分暢志者於上自欺模範不端在下負辜承事艱恒應須自量喜怒依律教呵乃名良導也

呵詞五種應言

我今呵責汝汝去若言汝莫入我房若言汝莫爲

我作使若言汝莫至我所若言不與汝語

是爲和尚呵責弟子法

釋此法五呵初重後輕一一降次攝之初呵令去者例折伏擯法次呵莫入房者雖恕同居無容親近三呵莫爲作使者役勞不用執事盡遮四呵莫至前者侍側既華承事絶分五呵不語者捨其訓策法益不施如此苦切嚴呵似大冶之鎔精金如巧匠以直曲木佛慈師恩誠難報答

阿闍黎呵責詞亦同唯改第四呵詞言

汝莫依止我

弟子被呵責已應日三時朝中日暮向和尚阿闍黎懺悔當如是懺悔偏袒右肩脫革屣右膝著地合掌作是懺悔言

大德和尚我某甲今懺悔更不敢作如是三說

若聽者善不聽當更日三時如上懺悔猶不許者當下意隨順求方便脫其所犯若下意隨順而師不受其懺者如法治亦令餘比丘爲將順故令共至和尚阿闍黎所調和令早受懺悔彼和尚若盡形壽呵責竟安居呵責又呵責病者不出過不現前並名非法反治其師

釋呵責之法猶如調象若狂奔則加以鉤挽設馴伏以免其禁治其弟子被呵隨順求悔亦復如是詎忍永棄不與慈憐按十誦云共行弟子有五事和尚不折伏得罪謂無愛無敬無慚無愧樂不應行處有五事應受共行弟子悔過謂於和尚有愛有敬有慚有愧樂應行處不受得罪此與本律不受其懺者如法治同也

若弟子被治罰未相懺悔而受供給及以依止者非法須治其師

釋呵責不容親近奉事乃苦切折伏而令愧求悔若未隨順謝愆仍受供給者此則自語相違既不令知非懺犯抑且縱無忌更爲益由循情侮法故須反治其師

若弟子被輕呵責而不爲和尚阿闍黎及餘比丘執事勞役者佛言得罪應如法治之也

釋凡乞濟度須觀品器堪可琢磨乃與出家若依族姓以驕矜或恃聰明而逆傲但任重習不受輕呵違侍師尊之職不勤供衆之勞罪與惡性同科理應如法責治

○弟子辭和尚白謝法

佛言若弟子見和尚五種非法應懺謝而去白和尚言

釋懺者懺其不能久侍巾瓶而辭別謝者謝其初始剃度洪恩以難忘應具修威儀白和尚五種非法作如是言

我如法和尚不知若言我不如法和尚不知若言我犯戒和尚捨不教呵

若弟子犯過和尚捨者得令據合呵而癡故不責不開

釋謂凡弟子犯過和尚捨置而不教呵者得令五非後三爲據合當呵辭謝去由和尚癡故不責令悔所以律制不開依止也

若有犯亦不知若言若犯而懺者亦不知

僧祇云應輭語諫師若不受者和尚應捨遠去依止師者持衣鉢出界宿明日當還更依止比丘

釋此謂居下諫上不得倉卒發言失禮僭
俟須悦顔具儀輙語進諫勿越弟子之節
若上納言仍復相依若不受諫如律遠捨
應更請知法律德實者依止
十誦云有四種和尚若法食俱與名樂住
若與法不與食者餘處覓食名爲苦住若
與食不與法慚謝而去若不與法食不問
晝夜即應捨去由出家本意志存道業俗
壞圍繞翻結生死故成實言染著眷屬愛
樂住處故墮迦陵伽等餓鬼中生餘廣如
鈔
釋若思鈔義者謂棄白披緇真寂趣修染
緣頓絶履賢聖迹以至爲期度衆生願畢
終未罄庶罔極難報之恩得以少酬多生
怨積之業仗斯盡脱雖出家本意志存如
斯然則力藉師德方生功由法濟乃克從
訓依棲必擇莫易若法食俱與者名曰樂
住當竭心承事盡壽依止若與法無食者
以法資慧命食養幻軀勿憚乞食爲苦宜
應久久親侍若有食無法者則與發心志
欲相背當須具儀慚謝别往更覓有法者
師之若法食皆無者依居徒爾似僧同俗
不論晝夜速應捨去豈壞眷屬圍繞之情
籬碎富貴縈纏之欲鎖而翻與無益綢繆
業結生死一息不返萬刼沉淪再復爲人
辦道恐如芥子投針故引成實論云染著
眷屬住處墮共命等餓鬼中生以貪愛是
生因緣故按馬鳴菩薩侍師頌云彼師及
弟子當互審其器若不先觀察同得越法
罪今擬鈔意大畧如斯

毘尼作持續釋卷第十九

音義

除饑饉謂世人貧乏未植福田比丘梵行
清白戒體圓淨開大法施利益有
情見聞生信供興四事得種福良因除當
來貧乏苦是故梵語比丘此翻云除饑饉
也廣肩無雄鶴影生鼈思生鼈伏於
黿以蛇為雄鼈淵而卵剖於陵此思生
也讁音窄責也罰也編音邊簡次也列也審熟究也羸音雷病也
困咽音烟嚥也吞也狎音洽近也親也僻聘入聲邪僻也譴牽去聲
也責謬音繆詐也妄言也差誤也暢志上音唱悅也琴曲和樂而作几問
命之曰宥音又寬也枉汪上聲屈也寃抑也暴庖去聲卒起貌挽
暢憂愁
音晚音茲反抑音技畏也循音旬順也琢音提治玉
引也言之辭忌憚也
驕矜上音嬌下音今自有所負也傲音敖慢也職音隻分也誚樵去
聲以辭相責也傏傑上音唐下音突不謙恭也庶冀也幸也綢繆上音
儔下音謬纏綿也

曇無德部四分律删補隨機羯磨卷第二十

唐京兆崇義寺沙門道宣　撰集
清金陵華山後學比丘讀體　續釋

○雜法住持篇第十之二

○諫作犯法

時有比丘欲犯波羅夷乃至惡說佛言諸比丘應如法諫作如是言

大德莫作是不應爾大德所作非法非律非佛所教

若此比丘言我今始知是法是戒經半月說戒經中來者餘比丘復應如是諫

長老汝曾經二三說戒中坐何況多汝今無利不善得何以故汝說戒時不用心念不一心攝耳聽法故

【釋】說戒之法和合共集各各默坐當憶本所受持戒品輕重故誤有犯無犯諦聽誦聲入耳一一與已心憶對驗若有犯者應求懺悔若無犯者愈加嚴持設經二三布薩同在說戒中坐自不憶念所持復不攝心諦聽者喻如覆盆不貯法水無有持戒利益不善得其安樂其罪有歸故下引律明之

然此比丘自知所作是謂他所諫非故作犯根本不從語突吉羅若自知所作非謂他諫者是故作犯根本不從語波逸提比丘無知無解隨所犯罪如法治重增無知罪波逸提若為無知人諫應反語言也

汝可問汝師和尚阿闍黎更學問誦經知諫法已然後訶諫

薩婆多云若前所諫者有六種人一心有

愛憎二鈍根無智三若少聞見四爲利養名聞五爲現法樂但欲自攝六若新出家愛戀妻子如是六人諫則有損若發教諫出言無補應反語但自觀身善不善行亦不觀他作以不作若反上六者則應展轉相諫也

釋若現前諫人者須律身清白具德多聞發語衆欽乃可遮作諫止故引論明六種進諫無補有損也一心有愛憎者謂內念先存不均外豈令人從信　二鈍根無智者謂自且愚癡昧制爲曉止作是非　三若少聞見者謂制教未練精徹事法多無本據　四爲利養名聞者謂借他術已邀名情實私謀檀供　五爲現法樂但欲自攝者謂現前初護法樂自攝厭埋他非　六若新出家愛戀妻子者謂方預僧倫之職懷抱結使纏綿如是者應反語云汝自觀身口所爲善與不善之行亦不觀他作以不作若反上六者則應展轉相諫展轉懺悔於佛法中有增益是名戒和同修也

○諫止犯法

時有比丘不學戒不讚歎戒佛言餘比丘應如法諫彼作是言

大德當學戒讚嘆戒不自破壞不犯罪不爲智者呵責受福無量長夜安樂

釋受福無量長夜安樂者准智論云持戒遍滿無量如不殺生戒則施一切衆生命如衆生無量無邊福德亦無量無邊以例餘戒亦爾此顯持而諫犯俾知罪福報等

若彼比丘言長老何用此雜碎戒爲我今

不學此戒當難問餘智慧持律比丘

（釋）雜碎戒者除初二篇餘者謂之雜碎戒

餘比丘復應重諫言

大德欲滅法故作是語耶大德既不學戒不讚戒法故亦不自破壞多犯衆罪爲智者呵責長夜受苦不得安樂

若彼諫比丘癡不解者此所不受諫比丘應報彼言

汝還問汝和尚（餘文如上）

如法諫已諫若爲知學者應當難問

（釋）諫若爲知學者謂諫時若爲了達深義習學知行者應當難問智慧持律比丘斯則無過矣此與上二種諫採九十事之第七十一反難持律戒及七十二輕呵毘尼戒立法以爲式也

佛言五種持律若誦戒序乃至三十是初持律若誦戒序乃至九十事是第二持律若廣誦戒毘尼是第三持律若廣誦二部戒毘尼是第四持律若廣誦毘尼是第五持律是中春冬依止四持律若違突吉羅夏安居應依第五若違波逸提

（釋）持律是總誦中有次古今所以稱律師而論大小者蓋准此五持之義誦者背讀也須知制緣發起隨事護遮非謂讀文熟句不味其義猶虫嚼木而已若誦戒序乃至三十者此謂僅諳二篇有餘未精具戒全旨是名初持律

若誦戒序乃至九十事者此謂五篇後二雖誦未徹前三事義已練了然是第二持律

若廣誦戒毘尼者此謂善閑比丘戒相重輕遮聽無疑是名第三持律

若廣誦二部戒毘尼者此謂詳究二部僧戒正兼制意殊同是名第四持律按十誦律佛言比丘應誦比丘尼戒莫令忘失何以故諸女人喜忘智慧散亂我涅槃後諸比丘尼當從大僧問戒法故

若廣誦毘尼者此謂精微四分律藏揵度諸法皆通尸握毘尼綱維正法名曰大律師是第五持律

春冬依止四持律 若違突吉羅夏安居應依第五若違波逸提者此謂春冬無約期之制故爾隨處隨人暫開前四但不得無依止人夏際諸衆依止安居九旬進道於戒法中若有所疑必當往問若非廣誦毘尼胡能酬答令喜由第五律師學德勝餘誨人益博不依安居治罪故重下復引律證其德用也

佛言持律人得五功德一者戒品牢固二者善勝諸怨三者於衆決斷無畏四者有疑悔開解五者善持毘尼令正法久住

釋功德者依戒自淨曰功以戒濟人曰德

一戒品牢固者此謂決信安住毘尼性遮完潔猶持浮囊欲渡大海如草繫衣損命不犯

二善勝諸怨者此謂持戒力用强勝貪欲不與一切煩惱魔怨等莫能得便擾亂障修

三於衆決斷無畏者此謂毘尼宗旨盡諳梵德威嚴處衆能量七非評斷四諍無畏

四有疑悔開解者此謂止作躬操如法五衆欽歸若有於犯生疑昧悔咸能指示罪種名相疑者俾决應懺令悔

五善持毘尼令正法久住者此謂毘尼真淨不息在僧傳持正法久住世間誠戒而爲壽命然斯五種前二明功兼德後三顯德由功皆依持律爲本本立而功德生佛所以語諸比丘者欲令堅持皎皎以具如是功德也

佛言有四種斷事人若寡聞無慚無愧若多聞無慚者在僧中言說斷事僧應種種苦切呵責令無慚者不復更作若有慚者多聞若有慚者寡聞衆中言說斷事僧應種種佐助開示若隨彼所說讃言善哉

釋若有慚愧則樂持戒體淨德備苟無慚愧於戒有虧名德靡立是故臨衆斷事不論學識之多寡但度慚愧之有無若呵若讃唯重戒德以德伏人無諍不滅

佛言有五種疾滅正法有比丘不諦受誦律喜忘文句復敎他人文既不具其義有闕

釋毘尼藏敎句句佛語准縁義含外遮内護其制事攝或單兼雙若自不諦受純熟章句即以脱落之文而復敎他者文既不具其義有闕如是展轉相授致令正制全迷舉世沿非法道衰没是爲第一疾滅正法

二爲僧中勝人上座而多不持戒但修不善後生倣習放捨戒行

釋勝人者謂夏臘拔衆推爲僧中上座所

云上座者乃律學眼目僧倫標幢應如制躬操止作並行令依瞻履迹從學欽規若自不嚴持佛戒但修非制不善業等如謂不著衣鉢以去執任飡非時以資形貪服蠶絲攀緣名利則後生做習戒行無拘匹地邪風尠諸梵德是為第二疾滅正法

三為有比丘持法持律持摩夷不敎道俗即便命終令法斷滅

〔釋〕持法謂智慧多聞窮徹敎海持律謂依制正修通達毘尼持摩夷謂總持三學主宰玄綱斯三持人關係法道理應廣宣聖化導衆趣修繼持慧命三乘接踵由其樂寂幽棲弘通念息已命既殞令法絕授是為第三疾滅正法

四有比丘難可敎授不受善言餘善比丘便即捨置

〔釋〕其為比丘者以信勤修學忍進道有過納諫知非是善必從誨策斯可有益身心紹隆正法若任情恣肆不受善言令衆厭捨軌依默擯無慚廣造諸惡糅緇大壞僧倫是為第四疾滅正法

五互相罵詈互求長短疾滅正法

〔釋〕四姓六和異形同志除憎愛心空人我相以法為親彼此恭敬四儀俱可瞻歸三業各無染犯廢僧尊俗仰律氷法熾若互相罵詈互覓長短則清涼境內反生熱惱而令世譏道喪是為第五疾滅正法

佛言若上座既不學戒亦不讚歎戒若有餘比丘樂學戒歎戒者亦復不能以時勸勉讚歎我不讚歎如是上座何以故若我

讚歎者令諸比丘親近習學其法長夜受苦我見如是上座過失是故不讚歎戒中若座下座亦如上作句次有上中下座能讚歎如此上座作句反上即是

釋不讚歎戒者謂不深讚戒法是諸佛出世利生之首賢聖修行證果之根源也審制教中佛慈調衆見有過抑斥令改而勿習見有益讚揚令效以相從褒貶逆順無非利濟其爲上座者宜遵學讚成已範人

佛言毘尼有五答一序答二制答三重制答四修多羅答五隨順修多羅答

釋答者機務應答也一序答謂有請問毘尼正義者令知戒法大槩即以黑白半月布薩所誦戒序以訓之

二制答謂有請問戒相通塞者令曉事義殊途即依律中僧尼同制别學輕重開遮條章以訓之

三重制答謂有請問戒緣重沓者令知佛智善識時機即以有漏事創制已定無開復有益緣隨聽餘時不禁據實分析以訓之

四修多羅答梵語修多羅此翻云契經乃聖教之都名也謂有擬律請問者令知律法不可凡情揣度即引經教爲證發明律中正義以訓之

五隨順修多羅答謂有請問毘尼事義不載律典者令知簡别邪正即採經中符律之語隨順其意以答之然此第五答若乖經律即同魔說亦名謗法必有據者方可言也

僧祇律言欲得五事利當應持律一建立

佛法二令正法久住三不欲有疑悔請問他人四僧尼犯罪恐怖者爲作依怙五欲遊化諸方而無有閡是謂篤信持律者五利

釋一建立佛法者謂念去聖時遠大法下衰披緇尠懷向道作事多涉貪謀人我山聳欺妄匝地悲魔屬厠亂僧流嘆獅蟲自壞内教推源無戒致法非端唯依毘尼嚴持戒檢行白道馨德豐名振令不召趨歸受化俾反邪從正洗心欲誓匡玄猷興揚正法者是故當應持律

二令正法久住者謂毘尼關係正法如人命脈相持脈絕命殞戒弛法喪欲冀佛法不潛隆者是故當應持律

三不欲有疑悔請問他人者謂欲淵操禁旨討探制宗施法善明三遮應機克成二利唯己與他决疑令悔而已無疑乞教於人者是故當應持律

四僧尼犯罪恐怖者爲作依怙此謂欲廣研二部學處善達六聚懺摩僧尼若有干犯本所受持諸禁能與除憂却怖安慰露悔者是故當應持律

五欲遊化諸方而無有閡者謂若修身絕染護體淨全無瑕疵招世譏呵唯慈愍宣佛法要不藉虚讚不顯異端如鶴翔空任徃自在者是故當應持律然斯五種勝利唯篤信堅志持律之人乃可護之

十誦律諸比丘廢學毘尼多便讀修多羅阿毘曇世尊種種呵責已讚歎毘尼比丘就優波離學律佛告諸比丘有十種法住

世令正法疾滅有比丘無欲鈍根雖誦句義不能正受又不解了不能令受者有恭敬威儀乃至不樂阿練若法又不隨法教不敬上座無威儀者令後生不學毘尼致令放逸失諸善法好作文頌莊嚴章句樂世法故正法疾滅甚可怖畏諸比丘應如是知

釋世尊呵責讀經論而讚歎毘尼者爲學不躐等戒是入道初步行遠必自邇登高必自卑豈容越之若不始於毘尼嚴守發硎則淨不知增犯不知悔三業苟汚萬行難成縱讀十二部教勤勉修行無戒爲因涅槃絕分故令先學毘尼盡蠲業染堅固道基然後學諸經論依理起解依解修行行解相應如理而證所以讚歎毘尼誠勿廢學其旨淵矣於十法中一一俱顯廢學原文以乃至二字畧而不足今依彼律錄足十法列序釋之

一有比丘無欲

釋所言無欲者非是如制呵欲斷欲之無謂情懷放逸無志樂欲毘尼似僧非僧招俗譏嫌故令正法疾滅

二鈍根

釋謂有比丘稟性癡鈍而無記功不堪讀學受持諸禁自無淨德律呵啞羊有發布薩羯磨故令正法疾滅

三雖誦句義不能正受又不解了

釋謂有比丘雖非極愚可誦章句不能一心正受思惟義旨由不解了是制成非故令正法疾滅

四不能令受者有恭敬威儀

釋謂比丘授法與人應內存敬法弘濟之心端身跏趺肅容對卷不撫案不仰倚不舒足相交不露齒共唸先當語云所誦章句待我聲止汝方學誦不得同音超越前後令作禮長跪合掌聽受如是循循善誘彼此俱恭以表尊法及人若反此者不能令受者有敬重心失儀招慢故令正法疾滅

五鬬諍相言不在阿練若處亦不愛阿練若法

釋謂比丘不樂離喧靜處亦不愛莊嚴十二與衆同居鬬論頻與法道輝掩僧倫體辱故令正法疾滅

六不隨法教隨非法教

釋謂有比丘妄執邪思莫擇正法不隨如來教勅自奉訓他反隨非法非律以爲是法由其前行後蹈故令正法疾滅

七不隨法忍隨不忍法

釋忍即智也戒淨心明方能治伏業非不逐二境此謂善隨法忍若戒受廢持體智不現凡所施爲皆被煩惱所使遇順則貪愛愈增逢逆則瞋恚便舉此謂隨不忍法若有比丘不學毘尼不隨法忍故令正法疾滅

八不敬上座無威儀上座不以法教

釋謂比丘謙恭敬臘戒法乃昌設我慢輕長律儀傾墜既下不以禮藝之於上上亦不以法教之於下故令正法疾滅

九上座說法時愁惱者令後生不學毘尼

致令放逸失諸善法
【釋】僧中上座職司法施應誨人無倦亹亹敷宣欲法明曉種種譬喻若不能慈誨同倫聞思修慧而反說法時蔟眉疲困者致令後生踈畏不學毘尼放逸身心無所禁止既失善法衆過多干故令正法疾滅

十好作文頌莊嚴章句樂世法故正法疾滅甚可怖畏諸比丘應如是知
【釋】此謂俗典文詞皆世間業非解脫法若比丘專攻討論以綺語莊飾文章用偷心題寫頌偈毘尼棄學交結白衣形同方袍情染浮俗受具既非僧寶佛法籍之誰弘故令正法疾滅佛復告云甚可怖畏諸比丘應如是知者此雖彼時耳提面命誡其現前大衆然意爲悲愍末運弟子凡納戒爲僧者應知如上十法之過甚可怖畏當奮發勤攻制教慚增三學於佛法中速求解脫是其本也此引律明滅法之害如是下復引律明住法之利殊勝利害對待取捨須知

善見毘婆沙云佛語阿難我滅度後有五種法令法久住一毘尼者是汝大師二下至五人持律在世三若有中國十人邊地五人如法受戒四乃至二十人出罪五以律師持律故佛法住世五千年
【釋】一毘尼是汝大師者謂有比丘依律修持念念不忘受體則戒身增長五分漸具如面承佛教無異於此故令正法得以久住
二下至五人持律在世者謂末運戒紊僧

不知持故令法隨人滅若世有五比丘持律清淨善能如制羯磨布薩不荒福田有裨玄化故令正法得以久住

三若有中國十人邊地五人如法受戒者謂毘尼頹隧僧廣鷄鳥皆由始受師法非制故爾終身止作雙迷若末世比丘能奉律結界建壇受具中邊僧滿定開如法作辦成濟五夏依止萬行有據故令正法得以久住

四乃至二十人出罪者謂有比丘故犯次重法密行嚴僧難遴請譬若妙藥雖療沉痾不遇良醫莫能採用僧殘出罪亦爾律制昭昭有法尠僧善秉罪不能出於末刼中果有二十清淨比丘如法和合羯磨出罪故令正法得以久住

五以律師持律故佛法住世五千年者謂末世雖有比丘識相護體慎守無犯志唯獨善其身念懼弘化之任但名持律不名律師猶細木難撐大厦劣力焉扶頹幢若比丘受持清白智願堅深能高樹戒標弘傳正範大熾法燈授繼衍輝此則以律自師以律師人慧命籍之不息故令佛法增益廣大更得住世五千年

薩婆多論云毘尼有四義餘經所無一是佛法平地萬善由之生長二一切佛弟子皆依戒住一切衆生由戒而有三趣涅槃之初門四是佛法瓔珞能莊嚴佛法具斯四義功强於彼

【釋】一是佛法平地萬善由之生長者謂佛說無量三昧萬善等法皆依戒故而得究

竟猶若世間一切草木叢林等皆依地故而得生長捨戒則佛法無基離地則萬物靡託故戒之功有勝餘經

二一切佛弟子皆依戒住一切衆生由戒而有者謂七衆所修諸善三乘隨證道果乃至趣生人天克獲妙樂僉以一戒而爲元基故戒之功强於餘經

三趣涅槃之初門者謂諸佛同證涅槃四德轉度衆生解脱二死雖法導始終教演權實總依毘尼爲入道之初門故勳獨重戒法三學冠之於首

四是佛法瓔珞能莊嚴佛法者謂聲聞人梵行皎潔四智圓成則以三明六通莊嚴無漏道果菩薩人戒德清淨萬行圓成則以相好光明莊嚴無上菩提故云戒是佛法瓔珞無戒不能莊嚴果德由功如是餘經所無

佛言有四種廣說若比丘如是語諸長老我於某村城親從佛聞受持此是法是毘尼是佛所教若聞彼比丘所說不應生嫌疑亦不應呵應審定文句已應尋究修多羅毘尼檢校法律若聽彼比丘所說修多羅毘尼法律若不相應違背於法應語彼比丘言汝所說者非佛所說或是長老不審得佛語何以故我尋究修多羅毘尼法律不與相應違背於法長老不復須誦習亦莫教餘比丘今應捨棄若聞彼比丘所說尋究修多羅若毘尼法律與共相應者應語言長老所說是佛所說審得佛語何以故我尋究修多羅毘尼法律與共相應

而不違背長老應善持誦習教餘比丘勿令忘失此是初廣說第二句從和合僧上座前聞第三句從知法毘尼持摩夷三比丘前聞第四句從一知法毘尼摩夷比丘所聞作句違順受捨亦如是是謂四廣說是故諸比丘汝等當隨順文句勿令增減違法毘尼當如是學佛說如是諸比丘聞歡喜信樂受持

釋須知律是佛勅大權影響但知敬奉餘諸賢聖無敢措詞況乎凡僧而容增減今引此四種廣說者令後學比丘聽聞所說善知檢校莫以先人之言爲是隨墮相似法非

○老病比丘畜杖絡囊乞羯磨文

釋此法特爲老病者與之而云老病簡非四大突違及食過欠之症謂生年耄耋筋力俱衰不無出入因緣非籍杖佐則不能舉趾行履若無絡囊則不能隨持衣鉢故制從僧乞法以預備之彼乞法者應至僧中具修威儀作如是白言

大德僧聽我比丘某甲老病不能無杖絡囊而行今從僧乞畜杖絡囊願聽我比丘某甲畜杖絡囊慈愍故如是三說

○僧與老病比丘畜杖絡囊羯磨法

釋彼三乞已僧中上座作前方便答云與老病畜杖絡囊羯磨差秉法者如是白云

大德僧聽比丘某甲老病不能無杖絡囊而行今從僧乞畜杖絡囊若僧時到僧忍聽比丘某甲畜杖絡囊白如是

大德僧聽比丘某甲老病不能無杖絡囊而行今從僧乞畜杖絡囊僧今聽此比丘畜杖絡囊誰諸長老忍僧聽比丘某甲畜杖絡囊

者默然誰不忍者說僧已忍聽比丘某甲畜杖絡囊竟僧忍默然故是事如是持

此羯磨爲人故作是屬私也

非餘非准常　唯異人非謂年未衰老或老仍健等

○十誦律受三十九夜羯磨文

釋此法爲緣事日多非一人能辦故開雖開作法不得僧爲僧羯磨但可爲三或二人方成准常集僧差羯磨人索欲問緣答云與受三十九夜羯磨作如是白言

大德僧聽某甲某甲諸比丘受三十九夜僧事故出界是處安居自恣若僧時到僧忍聽某甲某甲諸比丘受三十九夜僧事故出界是處安居自恣白如是

大德僧聽某甲某甲諸比丘受三十九夜僧事故出界是處安居自恣誰諸長老忍某甲某甲諸比丘受三十九夜僧事故出界是處安居自恣者默然誰不忍者說僧已忍聽某甲某甲諸比丘受三十九夜僧事故出界是處安居自恣竟僧忍默然故是事如是持

此羯磨爲事故作是屬公也

非人非謂獨行無侶等　法非謂僧爲僧等　事非謂緣不久等　餘四准三可知

○十誦律受殘夜法

若比丘受七夜未盡而還事未竟佛言聽受殘夜法

我受七夜法若干夜在受彼出說一

釋此法儀同心念無所對人故若推情理既作心念受已臨行須與知友者言之一界共住去來豈由自便

○僧祇律二十七事訖羯磨文

若爲塔事爲僧事應作求聽羯磨

釋僧祇律中僧法羯磨有四種一求聽二單白三白二四白四求聽是羯磨之名其文共有三十餘法次第而來此列於第二十七用求聽羯磨受日出界爲塔僧事故由路遠緣長期限不可預定求僧寬限事訖方歸故云事訖羯磨如常集僧差羯磨人作前方便答云與事訖受日羯磨作如是白云

大德僧聽某甲比丘於此處雨安居若僧時到僧某甲比丘於此處雨安居爲塔事僧事出界行還此處住

諸大德聽某甲比丘爲塔事僧事出界行還此處安居僧忍默然故是事如是持

如是去者要有所得如是訖夜還

釋准彼律中如是去所求索者要有所得若衣若鉢若小鉢若腰帶等及諸一切要使得一物若不得者越毘尼罪如是事訖應還若半月若一月若二月乃至後自恣應還若不還者越毘尼罪若道路恐怖賊難失命者於彼自恣無罪今文中雙牒塔僧二種事緣若作法時隨事據實而言不必依文　此羯磨爲事故作是屬公也顯非同上

凡諸部律受日又各不同後來諸師用事者各執一部不用餘部此亦是一家今詳此諸部律文及以前互用皆得所以然者如其定知前事須一夜即用十誦受一夜法乃至七夜亦如是或須三十九夜亦用

十誦羯磨受日法若須七日十五日一月日即用四分律文受日法若不定如前事幾日當了即用僧祇律文受日法後有人不解即誦四分羯磨文爲他受僧祇事了十誦三十九夜此皆非法不成何以知羯磨文中牒事各各不同故知不成也今畏諸人謬用總抄諸部律正羯磨文呈簡諸賢任見作法隨事所用也

原文止此下皆續入

○差人行籌法

(續)此准白二綱目今依滅諍揵度續入此法由用多人語現前毘尼滅言諍所制自後凡遇布薩安居時復制恒用爲知僧數便報檀施也應如常集僧巳僧中上座作前方便答云差行籌人羯磨若無五德不應差謂有愛恚怖癡不知行不行若反此應差堪羯磨人作如是白

大德僧聽若僧時到僧忍聽僧差某甲比丘行舍羅白如是

大德僧聽僧今差某甲比丘行舍羅誰諸長老忍僧差某甲比丘行舍羅者默然誰不忍者說僧巳忍差某甲比丘行舍羅竟僧忍默然故是事如是持

衆中若有巳受差者若欲行時不須再差若未受差不得行籌但聽隨之收籌也

此一羯磨爲事故作是屬公也

(非)餘非准常　唯異人非謂乏德召差無夏受使等

○離衣法

(續)此准白二綱目今依三十事之第二續

法律本云時有比丘乾痟病因緣欲人間遊行有糞掃僧伽黎患重不堪持行佛言自今已去聽僧與此比丘結不失衣白二羯磨應如是與彼比丘應至僧中具儀禮上座足已合掌胡跪作如是說

大德僧聽我某甲比丘得乾痟病此糞掃僧伽黎重有因緣欲人間行不堪持行我今從僧乞結不失衣法（如是三說）

僧中差羯磨者作前方便荅云與不失衣羯磨作如是白

大德僧聽某甲比丘得乾痟病有糞掃僧伽黎衣重有因緣事欲人間行不堪持行從僧乞結不失衣法若僧時到僧忍聽與比比丘結不失衣法白如是

大德僧聽某甲比丘得乾痟病有糞掃僧伽黎衣患重有因緣事欲人間行不堪持行今從僧乞結不失衣法今僧與某甲比丘結不失衣法誰諸長老忍僧與某甲比丘結不失衣法者默然誰不忍者說僧已忍與某甲比丘結不失衣法竟僧忍默然故是事如是持

【釋】如是與法已隨緣不持僧伽黎出入意有二開一者他爲已證故次則自無有疑故若病愈力健仍持勿離　此羯磨因病爲人作結衣爲事作是屬私也

【非】人非謂病不應法等　事非謂衣非重納等　餘非准前

○減六年卧具法

【續】此准白二綱目今依三十事之十四續法律制比丘作新卧具持至六年若減六年不捨故更作新者犯捨墮時有比丘得

乾痟病有糞掃卧具重有小因緣欲人間遊行不堪持行佛言自今巳去聽僧與彼比丘作白二羯磨此比丘當往僧中如上具儀禮上座胡跪合掌作如是言

大德僧聽我某甲比丘得乾痟病有小因緣欲至人間遊行有糞掃卧具極重不堪持行我今從僧乞作新卧具羯磨（如是三說）

僧中差羯磨者索欲問緣答云與減六年作新卧具羯磨如是白言

大德僧德此某甲比丘得乾痟病欲人間遊行有糞掃卧具重今從僧乞作新卧具羯磨若僧時到僧忍聽僧與此比丘作新卧具羯磨白如是

大德僧聽此某甲比丘得乾痟病有糞掃卧具重欲人間遊行今從僧乞更作新卧具羯磨今僧與彼某甲比丘更作新卧具羯磨誰諸長老忍僧與彼某甲比丘更作新卧具羯磨者默然誰不忍者說僧巳忍與某甲比丘更作新卧具羯磨竟僧忍默然故是事如是持

釋是中七非並羯磨爲人事屬私皆同上結離衣無異

○作小房法

續此准白二綱目今依十三事之第六續法佛言比丘若自求作屋無主自爲巳當應量作長佛十二磔手廣七磔手當將比丘指授處所無難處無妨處無難者謂無虎狼諸惡獸下至蟻子比丘若不爲此諸虫所惱應修治平地若有石樹荊棘當使人掘出若有坑陷溝池當使人填滿若畏

水淹潰當預設隄防若地為人所認當共斷無使他有語無妨者謂通草車往來無礙彼比丘看無難處無妨處已到僧中具修威儀合掌作如是言

大德僧聽我某甲比丘自乞作屋無主自為已我今從衆僧乞知無難無妨處如是三說

佛言爾時衆僧當觀察此比丘為可信不若可信即當聽使作應與羯磨若不可信一切僧應到彼處看若衆僧不去遣僧中可信者到彼看若彼處有難有妨不應與處分若妨難互相有無不應處分若無妨難應處分應如是與僧中差羯磨者白二羯磨

（釋）准義先往看處已明復還界內應鳴槌集僧已差羯磨者作前方便答云與作房處分羯磨作如是白言

大德僧聽某甲比丘自乞作屋無主自為已今從衆僧乞處分無難無妨處若僧時到僧忍聽當與某甲比丘處分無妨無難處白如是

大德僧聽此某甲比丘自求作屋無主自為已從僧乞處分無難無妨處僧今與某甲比丘處分無難無妨處誰諸長老忍僧與某甲比丘處分無難無妨處者默然誰不忍者說僧已忍與某甲比丘處分無難無妨處竟僧忍默然故是事如是持

佛言彼作房應知初安若石若土墼泥團乃至最後泥治也　此羯磨為事作屬私也

（非）人非謂乞者無信僧不往觀等　事非

謂處有妨難等　餘非如常

○作大房法

續此准白二綱目今依十三事之第七續法佛言比丘欲作大房有主爲已作當將餘比丘指授處作無難無妨

釋此中事義並准上唯異作大房而有施主也彼比丘應到僧中具儀如是言云

大德僧聽我某甲比丘欲作大房有主爲已今從僧乞指授無難無妨處如是三說

釋彼既乞已應觀察可信往看處所還界集僧羯磨者作前方便答云與作大房指授羯磨作如是白

大德僧聽此某甲比丘欲作大房有主爲已今從僧乞指授無難無妨處若僧時到僧忍聽與某甲比丘指授無難無妨處白如是

大德僧聽此某甲比丘作大房有主爲已從僧乞指授無難無妨處今僧與某甲比丘指授無難無妨處誰諸長老忍僧與某甲比丘指授無難無妨處者默然誰不忍者說僧已忍與某甲比丘指授無難無妨處竟僧忍默然故是事如是持

彼作房者應知初安石等並羯磨爲事屬私顯非皆同上

○持故房與道俗經營二法

續此准白二綱目今依房舍揵度續入制法本一而標二者由羯磨文中雙牒道俗故也律云爾時衆僧房舍故壞有異居士言若與我者我當修理諸比丘白佛佛言聽白二羯磨與之

釋異居士者謂非原日起造之主若與我

者我當修理謂十方僧寺各有檀護若舊主有智則闡修欣讚若執相未融則反生論諍是故作法與之隨意僧廣重新設不與者亦不得恃勢强爲此乃不現前法准常集僧差羯磨人索欲問緣答云與故房修治羯磨如是作白

大德僧聽若僧時到僧忍聽僧今持此房與某甲居士修治某甲比丘經營白如是

大德僧聽僧今以此房與某甲居士修治某甲比丘經營誰諸長老忍僧持此房與某甲居士修治某甲比丘經營者默然誰不忍者說僧已忍與某甲居士房修治某甲比丘經營竟僧忍默然故是事如是持

釋此法持房與俗修治而兼差比丘者若無俗則布金之主誰爲不兼僧則修治之方莫測然修梵刹迥異世居故差一如法比丘以董其事縱廣曰經回旋曰營也此一羯磨爲事故作是屬公也

非人非謂俗悋沽名僧乏才德等　餘非並同前

○差比丘料理房法

續此准白二綱目今依房舍揵度續入律云有一居士爲僧作房而無人任彼作如是言大富長者多饒財寶爲僧作房沙門釋子便在中住我曹貧窮誰當住此諸比丘以此白佛佛言衆僧應與一比丘白二羯磨應集僧已差羯磨人作前方便答云差料理僧房羯磨作如是白

大德僧聽今僧以此某甲房與某甲比丘料理若僧時到僧忍聽白如是

大德僧聽此某甲房與某甲比丘料理誰諸長老忍僧以此某甲房與某甲比丘料理者默然誰不忍者說僧已忍以某甲房與某甲比丘料理竟僧忍默然故是事如是持

㊞釋檀越所造僧房十方衆僧聽任若私料理不無論諍若置不修有退檀信故制僧中羯磨與之一令衆和默忍以息諍次使主知修緝而信增遮護兩僃制意如斯此羯磨爲事故作是屬公也

㊞非餘非准常　唯畀人非謂才短未諳修治作事多存私心等

○差分卧具法

㊞續此准白二綱目今依十三事之第八續入律本中因沓婆羅子尊者發起如是差法佛言自今已去若比丘具不愛恚怖癡知分未分此五德者聽集僧白二羯磨差之衆中善羯磨者作前方便答云差分卧具羯磨應如是白言

大德僧聽若僧時到僧忍聽差某甲比丘分僧卧具白如是

大德僧聽僧今差某甲比丘分僧卧具誰諸長老忍僧差某甲比丘分僧卧具者默然誰不忍者說僧已忍差某甲比丘分僧卧具竟僧忍默然故是事如是持

律云分僧卧具者若阿練若共同阿練若若乞食共同乞食納衣共同納衣不作餘食法共同不作餘食法一處坐共同一處坐一摶食共同一摶食塜間坐共同塜間坐露坐共同露坐樹下坐共同樹下坐隨坐共同隨坐三衣同三衣多聞同多聞法

師同法師持律同持律坐禪同坐禪

（釋）律中尊者發起羯磨願求分僧卧具差次受請飯食由綱目所列但云差分卧具故此羯磨文中略之原卷白二末贅云應有差分粥分小食分佉闍尼差請敷具分浴衣分衣可取與差比丘沙彌使此據房舍犍度後之佛語也如是八種若遇行用准例此白二差法由文通事類唯牒改現行　此羯磨正爲人故作是屬公也

（非）人非謂之德等　法非謂事錯等　事非謂不應等　餘四准知

○尼白入僧寺法

（續）此准但對首綱目今依尼單墮之百四十四續入佛言若比丘尼知有比丘僧伽藍不白而入者波逸提雖制令白而闕白詞若准義加凡比丘尼差使往大僧處請教誡並求自恣者至寺門外不得輒入若無人出尼當徵作聲使内聞知不應諵諵有失威儀若有比丘在外者一尼近前恭謹作禮一拜起立合掌白云

大德我比丘尼等今入僧寺欲囑教誡（或求自恣）願大德慈愍爲我通知（一說彼比丘答言）善可爾候彼進語出召方入若非時事准緣白入佛言除禮拜佛塔及聲聞塔不白入僧寺者無犯末世此法久迷尼故多慢僧也

○續附

竊俗仰於僧欽歸者爲崇道德僧行攝化於俗者須體制儀念必毫無圖利之心所懷唯遂悲濟之願說法藥病相投受施觀心靡雜境現不遷緣湊知足如是豈特宣

演尊師無言亦可弘化末世比丘教化作福多乖制典不護法道故附聖言以自誡亦願同志者宜慎之

毘尼母云若比丘爲在家作師教化作福者有五事不得一不應依此檀越舍止住二不應繫心貪其利養三不應爲檀越緫說法示教利喜應别教轉修餘法餘法者布施持戒受八齋法如是一一說之四不得與在家人戲樂共相娛樂五不得繫心常欲相見

復有五事不得一若檀越未親舊處不得强作舊意而往二不得求其形勢料理檀越家業三不得私共檀越竊語四不可語檀越良時吉日祠祀鬼神五不得於親舊檀越處過度所求

右道宣比丘以唐貞觀中遊諸律肆（肆音肄習也）博求異訣但見誦文信語部秩成宗及至討論赴要曾未機正乃顧命筆墨依宗本撰次雖不窮源究末庶得決事行用願以塵露山海照於萬代志之所及爲遠矣

釋此文乃原卷末所叙者宣祖於唐武德三年受具而云貞觀中謂國更二帝時歷八載間遊諸律肆精習毘尼文云博求異訣者非奇異之術謂異於沿傳講法而博求律制之正軌也下二句明討論無凴發起撰集之因意謂毘尼一宗不類義學若以非制爲制是制晦遺住持之本寧弗丧斁爲欲挽救頹風澄靖狂瀾不隨時師擬帙必覈聖言憲章豈無機正以誨將來由是依宗本制而撰簡次窮源究末行用有

歸會集大成善達時宜若非出窟師子擇乳鵝王孰能宗樹南山律振西域雖云願徹塵等於泰山涓露同於滄海以此作持照明萬代然祖之志不特如斯而已實願盡未來際正法恒存利生靡間故云志之所及爲遠矣凡諸紹宗弘持者咸入祖願共乘戒舟云爾　第十雜法住持篇竟

毘尼作持續釋卷第二十

音義

詶音儔以言答也　尸主也　握持也　衒音眩自謀也　邀音腰招求也　猶持浮囊欲渡大海浮囊乃渡海之器也昔有商人持浮囊渡海海中羅剎從乞浮囊其人不與乃乞一半亦不聽許至乞一絲亦不從願何以故命在囊故若破則海岸終不能到以喻持戒之人欲渡生死苦海設遇愛染羅剎假求一願亦終不從何以故命在戒故若有破溺生死海永無得出故　如草繫衣損命不犯昔有賊劫物歸路遇一比丘恐言其事欲殺之賊中有知比丘者以生草繫比丘衣比丘曲身就草寧饑渴而死不敢犯禁戒而傷生草　憩音契息也　殞音允沒也　褒保平聲揚美也　貶音匾諵抑也　譍音英以言對問也　沓音蹋重疊也　擬音蟻揣度以待也　揣度量也　猷音由道也　閡與礙同隔閡也　發硎下音形發硎謂精剖微細之極也　唹音於笑也　循循音旬次序也論語云夫子循循然善誘人　蔟音促攢聚也　疲音皮勞力倦也　困倦劇力乏也　耄音帽惛忘也八九十日老　耋田入聲年八十皮膚變黑如鈇又年之至也　諵音男諵諵多言也　訣音決方術要法也　秩與帙同音侄書卷編次也　機會也

毘尼關要

清金陵寶華山律學沙門德基輯

清刻龍藏佛說法變相圖

序

夫一大藏教岐而爲三曰經曰律曰論雖有頓漸大小之殊皆從佛口出以言顯道以道立行總歸之心地法門而已猶若寶鼎三足缺一則傾且覆抑何以立言行樹道德作禁戒之隄防出世之根本也哉故四分戒本爲正法關鑰諸佛以之同證菩薩以之同修衆生以之同具者以戒爲體以戒爲用顯其用則行無不立明其體則道無不備審毘尼之嚴淨殊勝於理於事實踐實履無絲毫假借調御正法以壽世者是以吾佛如來出大圓音諸菩薩弘宣波羅提木叉啟廸像季衆生迷而爲愚癡悟而爲智慧眞妄同源自他普覺乃至世出世間一切果因罪福靡不外乎是經必

須行解相應然後弘範三界化導天人惟律藏爲甚深妙旨此大部六十卷離而爲四故曰四分戒本乃大部中第一分之統要也自西域優波離尊者親承佛囑傳至東土南山澄照悟眞允堪元照諸大聖師後先弘化歷代帝主所欽賜褒崇載諸盛典元明以來正法凌替迨啟禎間千華老人乘願輪而來爲東南半壁幢幢受毘尼法者到處蜂攢蟻聚化被之盛兆乎是矣

清朝嘉運肇興繼千華而起者南來見老和尚大其家世擴充模範四方稟法之士不啻如星拱月似鳥附鳳四十載旺化南都千萬衆而得定公和尚一人焉公丱歲脫穎博綜內外典籍攷覈律藏全書采法苑之精華闡諸經之奥旨發前賢底蘊繼後啟之芳規自學地而據師位雖萬指雲臻不忘苦心勵志閱有二十餘夏而關要告成豈止加惠來學卽近世唱導之師星分碁布忽於行解汲汲于弘戒虛式而實圖利養者得覩是書立能啟其茆塞而登康衢足徵定和尚護持正法之心誠良且溥矣嗚呼余生謭劣蕪陋不文之言奚足爲是書之重然竊喜南山之道言行相符復覩全鼎於今日以救三學之通弊作季法大光明幢者吾于華山三世幸千載一遇云爾

康熙戊辰歲春仲潤州夾山弟大珍拜撰

毘尼關要卷第一

清金陵寶華山律學沙門德基輯

將釋此律大科分二初釋題目二入文

初釋題分二初釋律題二釋人題初釋律題分二初明四分次釋戒本

今初

所言四分者此律大部有六十卷分爲四分第一分二十一卷其中所明比丘二百五十戒緣起開遮輕重等法　第二分十五卷中明比丘尼三百四十八戒法及受戒犍度說戒犍度（所言犍度者此云法聚謂以相類之法聚爲一處故云法聚也善見名騫陀迦僧祇云跋渠於諸經中名品名雖差別義無有二也）第三分十三卷中明十六犍度法謂安居自恣皮革衣藥迦絺那衣拘睒彌瞻波呵責人覆藏遮破僧滅諍比丘尼法犍度等第四分十一卷其中所明六犍度法房舍雜法五百結集七百結集調部毘尼毘尼增一等法　今此戒本卽大部中第一分單明比丘二百五十戒法也卽取其經冊數目爲名故云四分

次釋戒本

言戒本者就於初分比丘戒中但明戒相兼續七佛略教誡經流通世間俾初學比丘誦習令知廣略教誡識相守持不虧戒體至於半月布薩誦此戒本以爲恒規故將二百五十條章別集成本故云四分戒本也　然有通別二名先明通次明別謂一大藏制教通名爲律梵語毘尼或云毘柰耶此翻善治亦翻調伏（謂調鍊三業制伏過非調鍊通於止作制伏唯明止惡）或翻爲滅滅有三義一滅業

非謂不殺盜等故律中有犯毘尼有諍毘尼　二滅煩惱律云調伏貪等令盡是故如來制增上戒學　三得滅果經云戒淨有智慧便得第一道

南山云毘尼翻調伏及滅者是從功用爲名非正翻也正翻爲律律者法也從教爲名斷割輕重開遮持犯非法不定猶如王法科條之制翻彼柰耶之語名之爲律

戒因緣經云鼻柰耶鼻秦言去柰耶秦言眞去若干非而就眞故曰眞也降伏此心息此心忍不起故曰眞也降伏戒也息定也忍智也　故知才舉一法三學全收若無戒善定慧不起又此戒法凡有三種一者律儀戒亦名波羅提木叉戒二者定共戒亦名禪戒三者道共戒亦名無漏戒

律儀戒者律是遮止儀是形儀能止形上諸惡故稱爲戒亦曰威儀威是清嚴可畏儀是軌範可則亦曰調御使心行調善也

定是靜攝入定之時自然調善防止諸惡　道是能通發眞以後自無毀犯如初果耕地蟲離四寸是道共力此二戒法既是心上勝用力能發戒道定與律儀並起故稱爲共　今毘尼藏正詮律儀亦攝定道由持淨戒禪定智慧自然發生則律儀爲因定道爲果由禪無漏力性業遮業悉得清淨則木叉爲果定道爲緣　薩婆多論云此波羅提木叉戒若佛在世則有佛不在世則無禪無漏戒一切時有波羅提木叉戒從教而得禪無漏戒不從教得乃至云波羅提木叉戒但佛弟子有禪戒外道俱有夫能維持佛法有七衆在世間三乘道果相續不斷盡以波羅提木叉爲根

本禪無漏戒不爾是故於三戒中最爲殊勝　善見云毘尼藏是佛法壽命毘尼藏住佛法亦住已釋通名竟

次明别

别者謂僧祇五分薩婆多十誦善見根本毘尼母戒因緣經等名之爲别今此戒本通則同名爲律别則名爲四分已論通别竟　復明經律立題義該單複而有七種謂單三複三具足一單三者以人立題如阿彌陀經以法爲題者如般若涅槃以喻爲題者如梵網經　複三者人法爲題如文殊問般若經等法喻立題者如妙法蓮華經等人喻爲題者謂如來師子吼經等具足一者謂人法喻如大方廣佛華嚴經今此戒本則人法爲題人名曇無德法名四分律亦可言單法爲題謂略去人名但言四分戒本也本題釋竟

次釋人題

言姚秦者秦乃國號姚是姓也謂主姚興今言姚秦以别餘秦也言佛陀耶舍者此云覺明罽賓國人婆羅門種年十三出家常與師遠行曠野逢虎其師欲走避師曰此虎已飽必不侵人俄而虎去前行果有餘殨(音自)其師密異之至年十五日誦經二三萬言常外分衞廢於誦習有羅漢重其聰明恒乞食供之嗣從舅氏習五明諸論(一聲明二因明三醫方明四工巧明五內明)世間法術靡不綜閑後受沙勒國太子供養待遇隆厚羅什後至從舍受學甚相尊敬什既隨母還龜茲耶舍留止頃之王薨太子卽位時符堅

遣呂光等西伐龜茲王急求救於沙勒沙勒王自率兵赴之救軍未至而龜茲已敗羅什爲光所執舍乃歎曰我與羅什相遇雖久未盡懷抱其忽羈虜相見何期停十餘年乃東適龜茲法化甚盛什在姑臧遣信要師爲國人留之欲行而不克復停歲許後語弟子云吾欲尋羅什可密裝夜發勿使人知弟子曰恐明日追至不免復還因命弟子取淨水以藥投中呪數十言與弟子洗足乘夜發行數百里始旦問弟子曰何所覺耶曰惟聞疾風耳國人追不及行達姑臧而什已入長安聞姚興勸爲非法（言非法者謂姚興愛其才識過人勸令罷道而什弗從）乃歎曰羅什如好綿何使入棘林中什聞其至姑臧勸姚興迎之興未納頃之興命什譯出經藏什曰夫弘宣法教宜令文義圓通貧道雖誦其文未善其理唯佛陀耶舍深達幽致今在姑臧願詔徵之一言三詳然後著筆使微言不墜取信千載也興卽遣使招迎厚加贈遺悉不受乃笑曰明旨既降便應載馳然檀越待士既厚脫如羅什見處則不敢聞命蓋興媵妾逼什故也（媵音孕凡女隨嫁曰媵）使還覆之興歎其幾愼重信敦喻方至長安興自出候延於逍遙園中於時羅什出十住經一月餘日疑難猶豫尚未操筆耶舍既至共相徵決辭理方定并出長阿含等涼州沙門竺佛念譯爲秦言道含筆受至十月解座緣佛陀耶舍先於本國誦四分律不賫梵本而來秦司隸校尉姚爽欲請譯出姚主以其無梵本疑其遺謬

姚主卽以藥方一卷民籍一卷可萬餘言令其誦之一日集僧執文覆之不謬一字衆服其强記由是耶舍口誦梵音佛念筆受成文卽以弘始十二年譯出四分律爲四十五卷（今分作六十卷）舍爲人端雅赤髭善解毘婆沙時號曰赤髭毘婆沙旣爲什之師亦稱大毘婆沙後還外國至罽賓得虛空藏菩薩經一卷寄賈客傳與涼州諸僧後不知所終（按蓮宗七祖初祖中云尊者義熙八年先遊同佛來接遠公在佛之側前揖師曰師志在先何來之晚遠公義熙十二年八月六日逝也）竺佛念涼州人弱年出家志業清堅外和內朗有通敏之鑒諷習衆經粗涉外典其蒼雅詁訓尤所明達少好遊方備貫風俗家世西河洞曉方語華梵音義莫不兼釋故義學之譽雖闕洽聞之聲甚著符氏建元中有僧伽跋澄曇摩難提等入長安趙政請出諸經當時名德莫能傳譯衆咸推念於是澄執梵文念譯爲晉言質斷疑義音字方明至建元二十年正月復請曇摩難提出增一阿含於長安城內集義學沙門請念爲譯敷析研覈二載乃竟自世高支謙已後莫踰於念（安息國沙門安清字世高東漢質帝時至雒譯經共九十五部月支國沙門支謙三國時至吳譯經共八十八部）在符姚二代爲譯人之宗故關中僧衆咸嘉焉後自出菩薩瓔珞十住斷結及曜胎中陰經等始就治定意多未盡遂爾遘疾卒於長安遠近黑白莫不歎惜釋題已竟

二正入文義分三初釋戒序二釋戒相三結勸迴向　初釋戒序又分爲六初述讚頌二作前方便三秉白羯磨四說

戒序五結問六勸持　初述讚頌分六初敬禮三寶二誡聽獲益三憑師傳說四戒足勿毀五戒顯全缺六讚戒勝喻

初敬禮三寶

稽首禮諸佛及法比丘僧

釋作法之始必先敬禮三寶以求加被也稽首者以首至地表身業致敬也口稱聖號表口業致敬也心存觀想卽意業致敬也此謂三業虔誠供養云何作法必先敬禮三寶耶此有七意一顯示吉祥故二令生信故三令知恩德故四爲儀式故五表有禀承故六請威加護故七隨順先聖故有此勝益必先敬禮三寶問此三何故稱爲寶耶答依寶性論有六義故名爲寶一希有二明淨三勢力四莊嚴五最上六不變如此六義似世之寶故稱三寶也　問三寶次第何故如是答約勝劣次第謂佛法僧能覺彼法所覺隨受有勝劣故若因果次第謂僧佛法由僧先修次佛圓滿後得法果若境行次第謂法僧佛以法爲境僧修勝行佛果圓滿若師資次第謂法佛僧法是佛師法先佛次後說僧寶若隨信次第謂僧法佛見僧威儀次信所證然後師佛若示現次第謂佛僧法先本是佛次示爲僧法說於後今約勝劣次第佛法僧名爲三寶　佛者半梵語具云佛陀此云覺覺具三義謂自覺覺他覺行圓滿故華嚴云奇哉大導師自覺能覺他是也自覺者謂覺知過去未來現在三世一切諸法常與無常等悟性真空了惑虛妄功成妙

智道證圓覺故名自覺二覺他者謂運無緣慈度有情界謂以平等智無心攀緣一切衆生而於一切衆生自然獲益故輔行云運此慈悲心徧覆法界故能任運救苦自然與樂是無緣慈也喻如龍王興雲霔雨平等普潤一切隨類各得生長也皆令離生死苦得涅槃樂故名覺他三覺行圓滿者謂三惑淨盡衆德悉備位證妙覺行滿果圓故名覺行圓滿三惑者見思塵沙無明之惑也是名佛也法者乃如來稱性隨機所說權實之法也若以義解有其二義一任持自體義二軌生物解義任持自體者謂本有自體眞實不變非同依他從緣假立無有自性以從無始來任持不失故論云如實不空以有自體具足無量性功德故　軌生物解者軌謂軌則物謂衆生解即智解謂諸衆生內有熏習之力於此法上而生智解物則生解故云軌生物解也　比丘者淨名疏云或言有翻或言無翻言有翻者翻云除饉衆生薄福在因無法自資得報多所饉乏出家精持淨戒是良福田能生物善除因果之饉乏也言無翻者名含三義智論云一破惡二怖魔三乞士　破惡者如初得戒時即名比丘以三羯磨發善律儀破惡律儀故云破惡若通就行解戒能防非定除心亂慧悟想虛能破見思之惡故名破惡　二怖魔者旣能破惡魔羅念言此人非但出我界域或可傳燈化我眷屬空我宮殿故生驚怖通而言之三魔亦怖三魔者一煩惱魔謂三界中一切妄惑也修行之人爲此妄惑惱亂心神不能成就菩提是名煩惱魔五蘊魔亦攝其中二者天魔此魔即欲界第六天也若人勤修勝善欲超三界生死而此天魔爲作障礙發起種種擾亂之事令修行人不得成就出世善根是名天魔三者死魔謂四大分散夭喪殞沒也修行之人爲此夭喪不能續延慧命是名死魔　三乞士者乞是乞求之名士乃淸雅之稱出家之人內修淸雅之德必須遠離四邪

下一

口食謂種植田園和合湯藥以求衣食而自活命是名下口食也二仰口食謂仰觀星宿日月風雨雷電霹靂術數之學以求衣食而自活命是名仰口食也三方口食謂曲媚豪勢通使四方巧言多求以自活命是名方口食也四維口食維即四維也謂學種種呪術卜算吉凶以求衣食而自活命是名維口食也清淨自居福利衆生破憍慢心謙下自卑告求資身以成清雅之德故名乞士因中具此三義故於果上獲得三號一殺賊從破惡以得名二無生從怖魔而受稱三應供因乞士以成德故名比丘含多義不翻仍存梵語也　言僧者半梵語具云僧伽此翻和合衆乃四比丘已上之稱和合有二義一理和謂同證擇滅擇即揀擇滅即寂滅謂諸有情用智揀擇四聖諦遠離見思繫縛即證寂滅真空之理是名擇滅如牛所駕車名曰牛車也二事和有六義一戒和同修二見和同解三身和同住四利和同均五口和無諍六意和同悅　什師云欲令衆和要由六法一以慈心起身業二以慈心起口業三以慈心起意業四若得食時減盋中飯供養上座一人下座一人五持戒清淨六漏盡智慧羣居必以六爲體方顯僧寶之尊重爲世福田也又十誦律中有五種僧一者無慚愧僧破戒諸比丘是二者羺羊僧凡夫鈍根無智慧如羺羊聚在一處不知布薩不知布薩羯磨不知法會法會者根本尼陀那云會坐如說戒自恣時有客比丘來應更說不應更說應次第聽不應次第聽先比丘應出界而出界客比丘亦爾或時客來少雖不應更說設客有重德若剛強能作鬪諍事應更說而不說如是比丘名不知法會也三別衆僧一界內別作羯磨四清淨僧凡夫持戒人及凡夫勝者凡夫勝者謂外凡內凡七賢人也一五停心二別相念三總相念名爲外凡一煖位二頂位三忍位四世第一位名爲內凡也五眞實僧學無學人

此中所禮正禮後二種由眞實僧能令勝義正法久住故（謂三乘道果）由清淨僧能令世俗正法久住故（謂法律教誡）彼前三種能作非法羯磨能令正法破壞故非所禮　復有住持三寶一體三寶言住持三寶者謂範金合土紙素丹青名爲佛寶黃卷赤牘大藏經文名爲法寶剃髮染衣名爲僧寶此三住世不絕故名住持三寶也　言同體三寶者以實相慧覺了諸法非空非有亦空亦有雙忘雙照三智圓覺名爲佛寶所覺法性之理三諦具足名爲法寶如此覺慧與理事和合名爲僧寶　所言諸佛者卽通指十方現坐道場一切大師以覺體遍故雖在他方能於此土而作良祐亦卽通指三世次第出興一切世尊以覺性常故雖示過未能於現在而垂感應故云諸佛然諸字而通法僧亦云諸法諸僧也敬禮三寶竟

二誡聽獲益

令演毘尼法令正法久住

釋令演者揀非已說未說謂正當說戒之時也演者謂宣布流通之義毘尼法者揀非經論二教　令正法久住者正法謂出世無漏聖道也正法住世教理行果悉皆具足由秉羯磨半月布薩則戒身成就定慧發生沙門道果由是可期若廢布薩戒身纖染正法亡滅矣　五分云毘尼是佛壽命毘尼住世則正法久住　善見曰云何得知正法久住如說戒法不滅者是故云令正法久住也

戒如海無涯

釋說戒犍度云海水有八奇特法所以阿修羅娛樂住一者一切衆流皆往投之華嚴五十二卷云四天下有二萬五千河流入海中二者潮不失限華嚴云謂有二萬五千河及八十億諸龍王宮中水入大海湧出有時故潮不失限也三者五大河投而失本名雜阿含經云五大河合爲一流一恒河二耶蒲那河三薩羅由四伊羅跋提五摩醯是名五河也及天雨盡歸而無增減華嚴五十一卷云海有四大寶能消衆水海水無有增減一名日藏二名離潤三名火燄光四名盡無餘若無四寶從四天下乃至有頂悉皆漂沒五者同一鹹味六者不受死屍七者多出珍寶八者大形所居我法中亦有八奇特使諸弟子於中娛樂一者我諸弟子漸次學戒皆歸我法於中學善法二者我諸弟子住於戒中至死不犯三者四姓捨家皆稱沙門四姓者一刹帝利是王種二婆羅門是淨行如此方儒流華嚴鈔云婆羅門是白色類者謂婆羅門法七歲已上出家學四圍陀十五歲已去受婆羅門法遊方學問三十恐絕後嗣娶妻五十入山修道世俗之中可謂白淨三吠奢亦云毘舍即商賈姓也四首陀即農田爲業者開元錄云秦晉以前出家者多隨師姓後彌天釋道安法師謂剃髮染衣紹釋迦種即無殊姓尊莫尊於釋迦乃以釋命姓後增一阿含至果云四河入海無復河名四姓出家皆捨本姓同稱釋子既符經律遂爲永式皆稱沙門釋子也四者於我法中以信堅固捨家學道入無餘涅槃界而涅槃界無增無減五者同一解脫味六者犯戒惡法雖衆中坐常離衆僧遠衆僧亦離彼遠七者多出珍寶所謂四念處乃至八聖道八者受大形所謂四向四果　又薩婆多論云比丘二百五十戒一切衆生上各得七戒以義分之有二十一戒如一衆生上起身口七惡凡起此惡以貪瞋癡三因緣故起以貪發於身口七支便成七惡

嗔癡亦爾故成三七二十一惡反惡心得戒於一衆生上得三七二十一戒色於一切衆生上亦爾如有五種子中破一麥一粟斷一果摘一葉如是一麥一粟一果一葉上各得三七二十一惡如不掘地戒上至須彌山頂下至金剛地際橫徧法界處於一微塵上各得三七二十一戒故情非情境上反惡得戒得爾所戒色又於一一戒中而有十利功德及三千威儀八萬細行一一清淨戒色各徧法界又復於此念念中任運成就戒法善色悉徧法界不可窮盡故　根本律云毘奈耶大海涯際淼難知差別相無窮豈我能詳悉大師律敎海甚深難可測故曰戒如海無涯也

如寶求無厭

釋寶謂如意珠王此寶於念念中能雨滿閻浮提一切樂具而寶體終無損減戒亦如是於念念中出生一切念處正勤如意根力覺道等法乃至三乘聖果而戒體終無變易如彼珠王施求無厭也

欲護聖法財衆集聽我說

釋言聖法財者廣卽念處正勤乃至覺道等三十七品助道法略則信戒聞捨慧慙愧七財者謂出世間之法財也如世財能養色身壽命法財能養法身慧命一切衆生行此七法資成道果故謂之財一信財信卽信心謂信能決定受持正法以爲成道之資故名信財　二戒財戒卽戒律謂戒爲解脫之本能防身口意之非以爲成道之資故名戒財　三聞財聞爲三慧之首聞佛聲敎則開發妙解如說而行以爲成道之資故名聞財　四捨財捨卽捨施謂若能運平等心無憎無愛身命資財隨求給施以爲成道之資故名捨財　五定慧財定慧卽止觀也定則攝心不散止諸妄念慧則照了諸法破諸邪見以爲成道之資故名定慧財　六七慚愧財慙

者慚天愧者愧人謂既能慚愧則不造作諸惡業以爲成道之資故名慚愧財也

然此法財非戒無能守護戒有防非止惡之功亦如强兵猛將能伏怨敵亦如堅城深塹能禦魔軍不令得便侵凌故也

欲除四棄法及滅僧殘法障三十捨墮衆集聽我說

釋所言棄者此中隨犯一戒即爲三十七品助道法所棄爲沙門四道果所棄爲戒定慧解脫解脫知見一切善法所棄又如人犯死罪更無生路比丘犯波羅夷永無懺悔之路故名爲棄此但消文正釋如後僧殘捨墮解在後文然戒有五篇今止言三者以重攝輕文略義足欲除四棄不犯永絕僧殘不干障隔捨墮無違衆集聽我說戒聽說之功實能離斯過也

三憑師傳說

毘婆尸式棄毘舍拘留孫拘那含牟尼迦葉釋迦文

釋毘婆尸佛亦名維衛佛華言有四以其如月圓智滿則云徧見魄盡感亡則云淨觀既圓且淨則云勝觀勝見

梵語尸棄亦名式棄華言火又云持髻謂無分別智最爲尊上處於心頂也無分別智者即根本智謂衆智之根本故

梵語毘舍浮亦云隨葉亦云毘舍羅華言徧一切自在謂煩惱斷盡於一切處無不自在煩惱即無明也已上三佛乃莊嚴劫中最後三佛也劫是梵語具云劫波華言分別時節莊嚴劫者謂此劫中多所莊嚴

梵語拘留孫亦云拘樓秦華言所應斷謂斷一切煩惱永盡無餘於賢劫中第九減

刼人壽減至六萬歲時出世成佛爲千佛首

梵語拘那含牟尼華言金寂謂金則明現寂則無礙也大智度論又名迦那迦牟尼華言金仙人謂身金色故也人壽減至四萬歲時出世成佛

迦葉梵語具云迦攝波華言飲光謂身光顯赫能飲一切光明故也人壽減至二萬歲時成等正覺

梵語釋迦文此云能儒儒者和柔也亦云釋迦牟尼摭華云此翻能仁寂默寂默故不住生死能仁故不住涅槃悲智雙運立此嘉稱發軫云本起經翻釋迦爲能仁本行經譯牟尼爲寂默能仁是姓牟尼是字姓從慈悲利物字取智慧冥理以利物故不住涅槃以冥理故不住生死又寂者現相無相默者示說無說此謂卽眞之應也此依理釋又云我佛上代從刼初時立王至淨飯王共計八萬四千二百五十五王昔懿師摩王姓甘蔗氏次夫人有四子並皆聰慧大夫人有一子頑薄醜陋大夫人恐其四子奪其國祚以情惑王令驅四子出國王依言驅擯時四子奉命其母同生姊妹咸願同去一切人民多樂隨從至雪山北舍夷林中其地平廣遂築城居焉人慕德風歸者如雲蔚成大國遂立小弟爲王名尼樓數年之後王問四子所在傍臣具答王大歎曰我子釋迦因此命氏又云直林旣於林立國卽以林爲姓此以釋迦翻爲直林寂默是字本行經云謂諸釋種立性

憍慢多言及見太子悉皆默然王云宜字牟尼稱讚淨土經名釋迦寂靜也此四如來在賢刦初次第出現於世（言賢刦者此刦中多有賢人也）所以處處說此七佛名者一謂在百小刦內淨居天人曾所見故二謂本師修相好業從毘婆尸佛爲始故

諸世尊大德爲我說是事我今欲善說諸賢咸共聽

釋世尊者謂十號具足九界同仰爲天中天居聖中聖因圓果滿世出世間無如等者故名世尊言大德者謂等濟衆生具大慈德折攝敎化具大威德故云大德也爲我說是事者此謂憑師傳說顯非臆說也是事者卽四事十三事乃至七滅諍事我今欲善說善說者謂如法如律如佛所敎言詞明了文句不顛倒錯脫不干非法别衆衆具不缺名善說也諸賢咸共聽賢乃尊稱之詞從初近圓比丘乃至百臘老比丘皆應共聽始從戒序終至七佛略敎誡經一一攝耳諦聽故云諸賢咸共聽

四戒足勿毀

譬如人毀足不堪有所涉毀戒亦如是不得生天人欲得生天上若生人中者常當護戒足勿令有毀損

釋初一頌上二句設喻下二句以法合明障善道誡次一頌上二句示生善趣下二句法喻雙舉譬者比類也卽以近事比類令深法得曉了故譬如人之有足意欲往而卽至旣毀於足豈有無足欲行無舟希渡而可得乎毀戒亦爾不得生天人天者

謂欲界六天色界無色界色界十八梵天無色界四天共前六欲二十八天也人者謂四洲人趣既毀淨戒聖果難期人天絶分欲得生天及人中者常當護戒如足勿令毀損方可得生言持戒生天人中者略有二義一謂戒足不可毀毀則人天尚且無分何況涅槃二者對機而說語涅槃則怖語人天則樂如佛度難陀而難陀惟戀妻子於修梵行心無樂欲佛知彼意同遊天宮難陀見處處天子天女嬉戲快樂復見一處唯有天女而無天子難陀問天女曰何故此處無天子耶答言佛有弟號曰難陀出家修梵行當生此處受諸快樂以待彼生也難陀心生樂欲勤修梵行後從佛遊泥犁中始知天樂未就惡果已成心生恐怖佛爲說法而證道果今說生天人然非聖意實爲涅槃所謂先以欲鉤牽後令入佛智　律攝云險途有二一是人天二是惡道雖復生天受諸勝樂報盡還墮惡趣是則人天非所當欲又復戒喻爲足者無遠不屆若欲橫超淨域上品上生若欲高登三界永絶輪迴若欲承事諸佛聽聞妙法若欲性體虚融照用自在莫不以戒爲基本也若約持戒具足釋者若持戒具足身心安樂後不憂悔故　涅槃經十一卷云愛見羅刹全乞浮囊如犯棄乞半如犯殘三分之一如犯偷蘭手許如犯墮塵許如犯吉羅囊全能渡海戒全出生死海縱使定慧不生亦决不失人天之身也

如御入險道失轄折軸憂毀戒亦如是死時

懷恐懼

釋此頌約生死爲險道也轄是軸頭之鐵軸是車輪中轉軸運載全憑轄軸正入險道之中失轄折軸不堪運載至所至處毀戒亦爾戒有任運之功從生死險道運至涅槃令得安隱既毀淨戒道果絶分死時惟懷恐懼故將生死喻如險道戒法等於轄軸毀戒則死時惡趣相現猶如險道之中失轄折軸恐怖慞惶前後無救經云關閉一切諸惡趣門開示人天涅槃正路實由堅持淨戒之功也

五顯戒全缺

如人自照鏡好醜生欣慼說戒亦如是全毀生憂喜

釋謂如人以鏡自照其面相貌嚴好則生欣喜醜陋則生憂慼故律云以戒自觀察如鏡照面像說戒亦爾當自返觀是染是淨戒若全淨則内懷欣喜外不愧人戒身染汙則内生憂慼外恥於僧也

如兩陣共戰勇怯有進退說戒亦如是淨穢生安畏

釋如兩陣交戰勇者前進怯者退敗持戒之士與煩惱魔軍共戰若守持之志勇猛則降伏魔軍故律云如有勇猛將善習鬪戰法降伏於彼敵没死不顧命佛子亦如是善學於禁戒五陰散壞時終不畏命盡從佛戒所生爾乃是眞生若持戒之心怯弱不能降伏煩惱魔軍反彼煩惱魔軍所勝若聞說戒時戒身有穢則心生怖畏淨則心生安樂故云淨穢生安畏也

六讚戒勝喻

世間王爲最　衆流海爲最　衆星月爲最　衆聖佛爲最　一切衆律中　戒經爲上最

釋前一頌舉喻歎德次半頌以法合喻凡受此比丘戒者名爲大沙門梵語摩訶此云大天台四教儀云大含三義一者大天人中尊故二者多富有福慧故三者勝超諸外道故所以佛言於天人魔梵沙門婆羅門衆中釋子沙門最爲第一而云一切衆律者謂世間國禁外道邪宗亦各有律（薩婆多論云外道亦制四重一不婬師婦二不盜金三不殺婆羅門四不飲白酒不如佛法一切不婬一切不盜一切不殺一切酒不飲一切不妄語故云邪宗也）又八戒五戒十戒亦不如比丘戒爲最故又禪戒無漏戒亦不如波羅提木叉戒最爲殊勝　薩婆多論云夫能維持佛法有七衆住世間三乘道果不絶盡以波羅提木叉而爲根本禪無漏戒不爾是故於三戒中最爲殊勝　故律云衆山須彌最衆流海爲最衆經億百千戒經第一最非但衆律之中以戒經爲上最即三藏十二部亦以戒經爲最　根本律云佛說三藏教毗柰耶爲首佛遊於世間隨處說經法律教不如是故知難值遇諸佛證菩提獨覺身心靜及與阿羅漢咸由律藏成三世諸聖賢遠離有爲縛皆以律爲本能至安隱處合上四喻一衆律中最爲其尊二最爲深大三最爲照明四經律中王若不堅持淨戒縱使多智禪定現前皆成魔道故云戒經爲上最也

如來立禁戒　半月半月說

釋如來者謂迷時背覺合塵是如去雖名爲去而體性不動故受如稱卽本覺也悟時背塵合覺名如來以如體上有淨用起反染歸淨名之爲來卽始覺義眞如體來去隨緣故取本覺名如始覺名來始本不二名究竟覺究竟者卽如與來合無始本異名曰如來復有法報化三身立禁戒者立謂創立也此顯戒法如來親口所說不通餘聖不同經論容五人說承佛印可

大智度論云五人說者一佛說謂如來金口所宣二弟子說卽聲聞緣覺菩薩諸大弟子承佛加被隨機演教化度衆生三仙人說卽佛會中諸大仙人從佛入道助宣正法四諸天說卽梵釋諸天處處經中助宣法義五化人說謂佛所化現或諸大菩薩所作化人隨機說法度有緣衆是爲五人說也律則不爾唯佛金口自說如禮樂征伐自天子出臣下聽命若容他說萬姓不遵國家敗亡矣佛律亦爾或容他說羣生不奉法不久住故是以禁戒唯佛自立半月半月說者此謂楷定說戒之恒規也此借月表顯謂從十六日至三十日名黑半月初一日至十五日名白半月以此黑白二月用表善惡二業又表智斷二德故立半月布薩也梵語布薩大論翻善宿南山云淨住淨身口意如戒而住根本云褒洒陀（卽布薩也）褒洒是長養義陀是清淨洗濯義意欲令其半月半月憶所作罪對清淨比丘披陳懺悔長養善法清淨戒身是褒洒陀義　根本雜事云我令汝等每於半

月半月說波羅提木叉當知此戒則汝大師是汝依處若我住世無有異也總說偈讚竟（以上十二偈乃佛陀耶舍從廣撮略冠之於首戒本流通故也）

二作前方便分六一集僧二問和三箇衆是非四說欲五傳請教誡六問事端緒

所言前方便者若欲作辦僧事秉宣聖教之時必先問集和僧委僧量宜作何等法事否則七非難越無一克辦故云前方便

一集僧

僧集不

釋十誦律云有四種僧一者四人僧二者五人僧三者十人僧四者二十人僧乃至百千皆名僧也若但二三人則不名僧如上四種僧中若少一人非法非毘尼羯磨不成凡秉羯磨同界比丘並須盡集否則便成別衆法不成就故今羯磨說戒之先先問僧集知事者（即維那是）應稱量答云已集

二問和

和合不

釋僧既集已必須一味一相猶如水乳不來者囑授現前應呵者不呵名爲和合方可秉法少有違諍法則不成是以問云和合不答云和合

三箇衆是非

未受具戒者出不

釋謂僧事集僧非僧不集未近圓者當驅令出防彼盜聽之愆詐稱比丘永成受具之難或露僧罪招世譏嫌故五分律云遣沙彌着不見不聞處令未秉白說戒之前

先問遣出知事人應稱量而答云已出若無答無

四說欲清淨

不來諸比丘說欲及清淨

釋謂聖開與欲本爲三寶及看病等事羈身不至僧中故聽與欲　事鈔云凡作法事必須身心俱集方成和合設有緣不開心集則機教不同將何拔濟故聽傳彼心口應僧前事方能彼此俱辦緣此故開與欲然欲有二種一時欲二非時欲云何爲時欲謂黑白半月布薩及安居竟自恣楷定規模有定時故言非時欲者謂不定其時隨機施法如受戒懺悔治擯等不定時故又律中有三事不聽與欲一者結界欲令大衆知其界畔故二者滅諍用多人語故三者若草覆地滅犯諍不聽與欲要俱現前故餘一切法事並聽與欲　先明與欲次明說欲言與欲者有五種若言與汝欲若言我說欲若言爲我說欲若現身相若廣說欲成與欲若不現身相不口說者不成應更與餘者欲又云欲與清淨一時俱說不得單說若欲廣說者應具修威儀至可傳欲者所如是言具修威儀向取欲人或問訊或觸禮若取欲者或同歲或下座但對立若取欲者是上座應胡跪合掌白云

大德一心念我比丘某甲如法僧事與欲清淨一說便止欲者樂欲也謂僧中如法作辦僧事我有樂欲之心赴集因事羈身故傳心口應僧前事不違和合故云與欲名心集也消淨者謂前布薩以來我戒身清淨無染穢也故云與欲清淨言說欲者取欲比丘至僧中已上座問云不來諸比丘說欲及清淨答云是也應起座如常威儀向上座一觸禮胡跪

合掌作如是說言

大德僧聽某甲比丘我受彼欲清淨彼如法僧事與欲清淨（一說）一拜起立還復本位四明說欲竟

五傳請教誡

誰遣比丘尼來請教誡

釋謂尼稟礙質恒拘障累故闕遊方諮受法訓兼且女性憍恣亡滅正法大聖慈鑒故制此儀令尼請僧教誡傳宣八不可違法一一遵行還令正法無滅所以半月半月必從大僧求請教誡僧令布薩故有此問若有請教誡者應答云有彼受尼囑授比丘從本位起如常威儀至上座前作禮胡跪合掌云

大德僧聽某處比丘尼僧和合僧差比丘尼某甲半月半月頂禮比丘僧足求請教授尼人（三說）一拜而起律制具足十法方許教誡尼應至第一上座前問云大德慈濟能教授比丘尼不若能者答言能若未能者答言不能如是從二十夏已上應一一徧問有堪者白二羯磨差若無能者還上座所一拜長跪合掌云我某甲比丘徧問僧中無堪教授比丘尼者上座卽應說略教誡法告彼囑授比丘云大德此衆無堪教誡師明日尼來求可否時應告彼言昨夜爲尼僧中徧請無有堪能教誡師雖然上座有勑勑諸尼衆精勤行道謹慎莫放逸受囑比丘答言爾一拜歸位（明日尼來如是告知）若無者答言此處無尼來請教誡或有禮僧足者答言但有禮僧足者令尼次第而

進作禮三拜長跪合掌　上座撫尺云諸比丘尼今乃(黑白)半月布薩之期須宣五篇聖章聽聞二部律典非僧不與之地受具方得序數諸比丘尼爾當依戒爲師依戒而住精勤行道謹慎莫放逸答云頂戴受持一拜而起欲聽戒者次第坐聽　十誦毘尼序云比丘及尼得互聽戒不得互爲説戒何以得互聽不得互説謂比丘戒中兼制尼學處尼戒中亦兼制比丘學處故容互聽不得互説者謂比丘是大僧尼乃亞僧各不相足數故也

六問事端緒

僧今和合何所作爲

釋謂僧今和集來者現前不來者囑授人非别衆所爲何等法事然所爲之緣不出三種攝盡一切一爲情事如受戒説戒懺悔治擯等二非情事如結解諸界等三爲情非情事如處分離衣畜長等此所爲事具單離合委僧量宜故對僧問其知事者答云説戒羯磨(若作餘法據事而答非錯彼此)

三秉白羯磨

釋梵語羯磨天台禪門翻爲作法南山翻爲辦事謂施造遂法必有成濟之功焉一切羯磨須具四法一人二法三事四界也律中佛言有三羯磨攝一切羯磨謂單白羯磨白二羯磨白四羯磨若輕事則用單白若事中者則宣白二若事重者則秉白四凡秉羯磨時必須具前六種方便於中仍有全缺不同唯説戒時全具六法如結界多人語草覆地等不聽與欲無請教誡

唯四法餘一切羯磨五法應具若不知法式差别一槩雷同卽成非法非毘尼也今明僧法羯磨説戒言僧法者謂四人已上也

大德僧聽今（黑月十五 白月十五）日衆僧説戒若僧時到僧忍聽和合説戒白如是

釋大德者謂嚴持淨戒有廣大德行故稱爲大德也僧者是半梵語具云僧伽此翻和合衆（理事二和如前）言聽者誡令勿生餘覺餘思耑念聽我秉宣法事於所聽法正念憶持故曰大德僧聽黑白二月如前釋衆僧説戒者顯非餘事若僧時到者謂作法之時來到僧中也僧忍聽和合説戒者卽告當時在座大衆忍可聽僧説戒勿得有餘諍論應當和合説戒也白如是者乃指法告知謂指其説戒之法事告白大衆令知故云白如是

四説戒序

諸大德我今欲説波羅提木叉戒汝等諦聽善思念之若自知有犯者卽應自懺悔不犯者默然默然者知諸大德清淨若有他問者亦如是答如是比丘在衆中乃至三問憶念有罪不懺悔者得故妄語罪故妄語者佛説障道法若彼比丘憶念有罪欲求清淨者應懺悔懺悔得安樂

釋言波羅提木叉者是最勝義以何義故名爲最勝諸善之本以戒爲根衆善得生故言最勝義　又波羅提木叉此翻别解脱律攝云别解脱者由依别解脱經如説修行於下下等九品思惑漸次斷除永不

退故於諸煩惱而得解脫名別解脫又見修煩惱其類各多於別別品而能捨離名別解脫由惑漂沒三界有情為此先應勤求別解脫經又云隨順解脫此據果立名隨順有為無為二種果故遺教經云戒是正順解脫之本又於二百五十戒中一一守持不犯於一一戒中別別得其解脫是名別解脫　汝等諦聽者諦乃審實之義謂正說戒時勿得餘覺餘思始從戒序終至迴向應當諦審詳聽否則不一心攝耳聽法之咎焉逃三慧之中即聞慧攝也善思念之者謂如說思惟憶念所持戒品淨耶穢耶聽已而思令自知淨染即攝思慧也　若自知有犯者即應自懺悔既聞已思已自知有犯應當出衆說露所犯之事依律懺悔清淨乃堪聞戒律云犯者不得說戒犯者不得聞戒故須懺悔言懺者名披陳衆失發露過咎不敢覆藏悔名斷相續心厭悔捨離能作之心所作之罪合而棄之故言懺悔又懺名修來悔名改往棄往修來合名懺悔乃修慧所攝也　不犯者默然謂本無犯或有犯已悔除亦名不犯　默然故知諸大德清淨者謂不須說言我清淨而亂於衆默然即表清淨義

若有他問者亦如是答此有二義一謂餘時中他問實答今亦如是答二他問者他處問也即指下諸篇中一一結問謂此處如實答至他處亦如是答有犯則說露無犯則默然　如是比丘在衆中者即指有犯之人也乃至三問者謂令語詞圓滿

故離廣略故略則無智者卒難了明故無慙愧者未發悔心故廣則延時令衆疲勞故唯以三問處中故三問也　憶念有罪不懺悔者得故妄語罪口雖不說由現身相表成語業也若三問三憶得三妄語罪故妄語者佛說是障道法所言障道法者此有二義一於現世障諸善品二於未來障生善趣即障初禪二禪三禪四禪空無相無願障須陀洹果乃至阿羅漢果及涅槃道故云障道法　若彼比丘憶念有罪欲求清淨者應懺悔謂憶念所犯之事欲求戒身清淨者應懺悔以毘尼法水能滌除戒身汙穢然清淨有二義一是淨因二是淨果因謂淨戒果謂涅槃欲求涅槃之淨果必須堅持淨戒爲因尠有瑕玼覆於胸襟即應斷除其根勿生覆蔭日茂敷榮致使穢花而成穢果也故云欲求清淨應懺悔　懺悔得安樂者安樂亦有二義一現世安樂二後世安樂現世安樂者謂戒身既淨心無憂悔不爲同梵行者所舉擯恒住善法之中後世安樂者謂得初禪二禪三禪四禪空無相無願初果乃至無生及涅槃樂道故名得安樂也

五結問

諸大德我已說戒經序今問諸大德是中清淨不三問

釋諸大德乃通稱之詞戒經序者律攝云經是略詮義欲明略陳戒相詮其綱目不廣釋故戒經乃二百五十戒之總名　序者由緒也謂說戒時以此爲先能令餘說得生起故今問

諸大德是中清淨否者此總結問二百五十學處中清淨也

六勸持

諸大德是中清淨默然故是事如是持

釋謂亦勸持二百五十事旣是三問默然是二百五十事清淨當如是持

欲釋戒相先明戒體

釋言無作戒體者戒體屬性戒法屬修從性起修修不離性全修在性謂正受戒時卽用第六意識然此意識具有五種一定中獨頭意識緣於定境二散位獨頭意識緣受所引色及徧計所起色諸法處色如緣空花水月鏡像彩畫所生並過去未來諸塵並法處所攝三夢中獨頭意識緣夢境四明了意識依五根門與前五識同緣五塵五亂意識是散亂意識於五根中狂亂而起如患熱病青爲黃見非是眼識所緣故受戒時唯用第二散位獨頭意識及徧行五心所作意觸受想思五種色法中第三受所引色受卽領受引卽引取如受諸戒品戒是色法所受之戒卽是受所引色又如意識領納色聲香味觸等法乃至憶念過去曾所見境界皆名受所引色（卽無表色雖無表對想實見故名無表色也）謂受戒時所起防惡發善等色（卽第二散位獨頭所緣之色法）表卽名作無表卽名無作以有漏五蘊色身胡跪合掌名爲身表三說乞戒名爲語表十師現前亦名身表秉白羯磨亦名語表憑師作法獲得無漏五蘊之戒身皆因上品心思業力用感發戒體白四羯磨畢時便得得斯體

已任運止惡任運行善即於法界情非情邊得無量戒色而此無作須假色法以之爲表見也所以者何葢戒雖非形礙之物而止持作犯亦必屬色法也成論無作品云無作屬非色非心聚古今律師咸同此說實由心感得借色表成一作之後不俟再作故名無作也

已釋戒體竟次明篇聚差别初明五篇次明七聚

今初

釋一波羅夷比丘有四尼有八法配死梵語波羅夷華言極惡謂修行之人若犯此戒道果無分死墮地獄律云如人斷頭不可還活若犯此戒不復成比丘此罪極重故以死配之

二僧殘比丘十三法尼有十七配流毘尼母云僧殘者如人爲他所斫殘有咽喉故名爲殘葢言人犯此罪僧作法除庶幾戒德可復猶如斫殘咽喉未斷早救尚可以由此罪稍輕於前故以流配之

三波逸提配徒僧有一百二十分爲二位前三十名捨墮次九十名單墮尼有二百零八法亦分二位初捨墮有三十次單墮有一百七十八法以由此罪輕於僧殘故以徒配之

四提舍尼配杖比丘制四尼制成八梵語提舍尼華言向彼悔從對境以立名僧祇云此罪應露也此罪輕於前前故以杖罪配之

五突吉羅配笞僧有百法尼亦等制善見

云梵語突吉羅華言惡作律云式义迦羅尼華言應當學謂餘戒罪重易持此戒難持易犯常須念學故不列罪名但言應當學此又輕於前故以吉罪配之是名五篇

次明七聚

釋四波羅夷名第一聚十三僧殘名第二聚一百二十波逸提名第三聚四波羅提提舍尼爲第四聚偷蘭遮爲第五聚衆學法在身爲惡作名第六聚在口爲惡說即第七聚也　二不定法因犯事不定不獨立篇聚之名而攝入篇聚也若與女人可作婬處坐行不淨行即入波羅夷中若與女人麁惡語歎身索欲屬僧殘法中若與女人說法過五六語屏處坐露地坐入波逸提中即通三篇三聚也七滅諍法何篇所攝耶准義推之三五當收若諍事如法滅已後更發起波逸提應歸第三也若以七法而滅四諍應與不與不應與而與未善滅諍施法不相當違越毘尼犯突吉羅第五當攝也　明篇聚竟

附釋偷蘭遮

善見律云偷蘭名大遮言障善道後墮惡道體是鄙穢從不善體以立名者由能成初二兩篇之罪故也（鄙穢是醜從婬盜二戒出不善是惡從殺妄二戒出）　明了論云偷蘭爲粗遮耶爲過粗有二種一是重罪方便二能斷善根過者不依佛所立戒而行故言過也（其中復有獨頭方便依事知之）

毘尼關要卷第一

毘尼關要卷第二

清金陵寶華山律學沙門德基輯

二正釋戒相有九初四波羅夷至九七佛略教誡經　初波羅夷分四初總標二別列戒相三結問四勸持

今初

諸大德是四波羅夷法半月半月說戒經中來

釋僧祇律云波羅夷者義當極惡以三義釋之一者退沒由犯此戒道果無分二者不共住非但失道果而已不得於僧中羯磨說戒共住故三者墮落非唯退沒道果不共住捨此形命墮大叫喚地獄中受苦故　律攝云波羅市迦者是極惡義是他勝義纔犯之時被他梵行者所欺勝故出家近圓爲除煩惱今破禁戒反被降伏又能害善品使消滅故又復能生惡趣之罪故名波羅市迦又被非法軍而來降伏法王之子受敗於他旣失所尊故云非沙門非釋子出家謂出煩惱家入如來家近圓者圓謂涅槃本爲親近涅槃出家受比丘戒故云近圓又云具圓亦名圓具以此具戒乃具涅槃正因故名具圓圓具也煩惱卽見修惑也律云犯波羅夷者譬如有人截斷其頭終不能還活斷多羅樹心不復更生長如針鼻缺不堪復用如大石破爲二分終不可還合一處比丘亦如是犯波羅夷罪不復成比丘行多羅梵語此翻岸形直而且高葉可書經此樹若斷其心卽便枯死永不復生也薩婆多論云波羅夷者名墮不如意處如二人共鬬一勝一負犯此戒者不聽懺悔畢竟永墮負處又如焦穀種雖種良田勤加溉灌不生苗實犯

戒亦爾雖勤加精進終不能生道果苗實問曰犯五篇戒皆名墮落何故此獨得墮落之名耶答餘篇戒中當犯之時亦名墮落但尋生悔心作法懺悔罪即消滅不同此篇纔犯之時不通懺悔永墮之墮故獨得其名也　半月半月說（如前）戒經中來（謂所誦戒從戒經中來顯非臆說也）

二別列戒相有四初婬二盜三殺四妄問何此四他勝逆次而說不如餘處殺盜婬妄耶答律攝云先婬後殺此依犯緣前後而說　又復煩惱最強盛者在前而制此四他勝其相云何謂無厭離不忍不證然無厭離最強盛者立爲初二一於婬欲二於資財不忍故行殺不證故妄語　若以酌量人情起婬多故婬乃首制又婬欲乃生死之原聲聞不起大悲惟怖生死故婬戒爲先殺者慈悲之敵大士不怖生死大悲普度故殺戒居首故不同餘處殺盜婬妄而說也每戒釋文分爲九科（或具或缺）初總釋大義二緣起處三起緣人四所立戒相五解釋文義六犯戒具緣七定罪輕重八隨緣別開九會詳經論

第一婬戒

初總釋

婬非梵行事此是共戒尼犯亦同大乘同制梵網經云一切女人不得故婬等此是性罪　律攝云由癡故因婬煩惱及婬事故制斯學處（准瑜伽言學處有七義一自利處二利他處三眞實義處四威力處五成熟有情處六成熟自佛法處七無上正等菩提處由尸羅不清淨三昧不現前以依定故方得發慧是故偏得學處之名根本能生故名爲處是處）

應學故名學處也此戒三緣合結

二緣起處

爾時佛在毘舍離名義集云毘耶離亦名維耶離鞞舍隸吠舍釐此云廣嚴西域記云吠舍離國舊謂曰毘舍離什師云毘言稱土之所宜也離耶言廣嚴其地平正莊嚴淨名略疏云此云廣博嚴淨其國寛平名爲廣博城邑華麗故名嚴淨有師翻爲好稻出好粳糧勝於餘國故也有言好道國有道砥直有言好道其國人民好樂正道自敦仁義不須君主五百長者共行道法率土人民莫不歸悅

三起緣人

時迦蘭陀村須提那子言迦蘭陀村者善見律云是山鼠之名也時毘舍離王入山於樹下眠有毒蛇欲出害王於此樹下有鼠來鳴令王覺王感其恩將邨中食供此山鼠乃號此邨爲迦蘭陀村而此邨中有一長者居金錢四十萬億王卽賜於長者之號由此邨故所以立名迦蘭陀長者也爲長者財富無量唯無子息求請神祇而生須提那此云求得於彼邨中饒財多寶持信堅固出家爲道時世穀貴諸比丘乞食難得時須提那作是念我今寧可將諸比丘詣迦蘭陁邨乞食諸比丘因我故得大利養得修梵行使我宗族快行布施作諸福德作是念已卽將比丘詣迦蘭陀邨母聞子歸卽往子所語其子言可時捨道還家何以故汝父已死我今單獨恐家財物入官卽答言我今不能捨道習此非法今甚樂梵行修無上道母如是至三勸其子再三不允乃令與婦安子使種子不斷子白母言此事甚易我能爲之時佛未制戒前不見欲過便捉婦臂將至園中三行不淨行時園中有鬼命終卽處其胎九月生男字爲種子問何故三行不淨又不停二復不至四耶答薩婆多論云爲懷妊故其母三反問得子便止如是至三方得子故三行不淨也時須提那行不淨已來常懷愁憂同梵行者問知其故往白世尊爾時世尊以此因緣

集比丘僧世尊知而問知而不問時而問時而不問義合問義不合不問世尊知時義合問須提那汝實與故二行不淨行耶如是世尊我犯不淨行 言故二者梵語褒羅那地那此云舊第二以妻次於夫故名故二也 爾時世尊以無數方便訶責須提那汝所爲非非威儀非沙門 什法師云佛法及外道凡出家者皆名沙門肇法師云出家之都名也秦言義訓勤行勤行取湼槃也阿含經云捨離恩愛出家修道攝御諸根不染外欲慈心一切無所傷害遇樂不欣逢苦不慼能忍如地故號沙門後漢書郊祀志云沙門漢言息心削髮去家絶情洗欲而歸於無爲也 瑞應云息心達本源故號爲沙門文本爲絶情洗欲出家今反爲不淨事非沙門也 非淨行非隨順行 謂非隨順湼槃之行 所不應爲汝須提那云何於此清淨法中乃至愛盡湼槃與故二行不淨行耶 言愛盡湼槃者善見律云由三界愛欲衆生所以不得出離爲愛欲所纏縛故盡即滅也愛盡者即湼槃也又湼者不生槃者不滅謂不生不滅義 告諸比丘寧以男根着毒蛇口中不持着女根中何以故不以此緣墮於惡道若犯女人身壞命終墮三惡道何以故我無數方便說斷欲法 謂如來訶欲不淨教諸有情斷除欲愛若欲愛乾枯則盡此殘質不受後有矣 斷於欲想滅欲念除散欲熱 薩婆多論云欲想者身口不動心想女人欲念者於諸婬欲非但不動身口心念亦當絶止也欲熱者二身交會欲火熾然故云欲熱也 我說欲如火 不觸則已觸則焦爛 如把草炬 安得不燒身也 亦如樹果 熟時卽墮比婬亦爾五陰熟時墮三惡趣 又如假借猶如枯骨亦如段肉 謂男女形質假借四大和合而成本是幻化非實枯骨及段肉者謂皮肉包骨而成人相一朝散壞皮肉脫落白骨相現如此不淨何得染欲 如夢所見 謂如夢中所見之事不應生喜而妄生喜心不應生瞋怖而妄生瞋怖令婬欲亦復如是不應生染而妄生染着 如履鋒刃 豈無傷身之患 如新瓦器盛水着於日中 日及新瓦器能消於水婬欲亦爾能消滅一切善法 如毒蛇頭如轉輪刀如在尖標如利戟刺 如毒蛇頭轉輪

刀者此物不可觸觸則能害身命婬欲亦爾能害法身慧命尖標戟刺者苦痛厭患婬欲亦然深可患厭也甚可穢惡佛無數方便訶責已告諸比丘自今已去與比丘結戒薩婆多論云問一切善法不言結何故但言結戒答戒是萬善之本但言結戒卽一切結也集十句義一攝取於僧二令僧歡喜三令僧安樂四未信者令信五已信者令增長六難調者令調順七慙愧者得安樂八斷現在有漏九斷未來有漏十正法得久住二百五十戒中皆集此十句義結戒以下更不重出

一攝取於僧謂如來制諸學處威儀細行清淨護持令居家男女見之不生譏謗譏謗不與自然發心發心卽受化受化卽攝歸僧寶也

二令僧歡喜謂如來制戒令諸比丘住於戒中蕩滌凡情善法日茂六和無違極善安住故云令僧歡喜

三令僧安樂如來示諸比丘此作不得罪此作得罪一切惡法制止令斷不令比丘造作諸惡而示行善道勿令有惡趣之怖令世後世令得安樂故曰令僧安樂

四未信者令信因制戒故比丘戒律愼持威儀清淨若未信心見之生信而作是言沙門釋子勤心精進戒行威儀皆悉具足見如是已而生信心故云未信者令信

五已信者令增長謂持信堅固出家者隨諸禁戒如說而行世人見聞淨信重增甚爲恭敬是名已信增長

六難調者令調順謂不慙愧者作不善法不生羞耻佛制戒已若有犯者衆僧以毘尼法治令彼更不敢作是名難調能調

七慚愧者得安樂謂佛制戒已令不慚愧比丘不得入衆羯磨說戒不得惱嬈如法比丘故令慚愧者得安樂住也

八斷現在有漏謂諸有情三毒不制放縱六根於情非情境上有漏事與如來依事制戒斷除有漏無令與起是名斷現在有漏

九斷未來有漏謂諸異生不斷五情而行惡法後身墮地獄中受種種苦毒非直一受而已輪轉在中無央數刦如來爲說此戒依戒而修令證道果不受後有之身故云斷未來有漏

十正法得久住善見律云正法有三一者學正法久住二者信受正法久住三者得道正法久住何謂學正法久住謂學三藏一切久住佛所說法是名正法久住於三藏中十二頭陀威儀細行禪定三昧是名信受正法久住四沙門果及涅槃是名得道正法久住如來結戒故令比丘隨順戒學因學戒故正心持律因持律故得入禪定因禪定故而得道果正法久住故學爲初也　欲說戒者當如是說若比丘犯不淨行行婬欲法是比丘波羅夷不共住如是世尊與諸比丘結戒時有跋闍子比丘愁憂不樂梵行即還家共故二行不淨行彼作是念將不犯波羅夷耶當云何即便語諸同學善哉長老爲我以此事白佛隨佛所教我當奉行時諸比丘白佛佛言癡人犯波羅夷不共住薩婆多論云佛訶是愚癡人者佛大慈大悲兼無惡口云何言愚癡人答曰佛是稱實之語非是惡口此具縛煩惱衆生具足愚癡故二慈悲心故訶責折伏如今和尚阿闍黎教誡弟子故稱言癡人非是惡口若有餘人不樂淨行聽捨戒還家若復欲出家修梵行應度令出家受大戒乃更結不還戒戒羸不自悔之語此第二結戒也時有一乞食比丘依林中住薩婆多論云林中住者以在衆中多事多惱妨修善法故若以智慧偏多以在衆中多聞多見多論多語雖生智慧少於禪定宜在靜處以修其心若定多者則宜在衆廣求知見以此義故在林中住有一雌獼猴先在彼林中時乞食比丘到邨乞食還在林中食食已餘食與此獼猴如是漸漸調順逐比丘後行乃至手捉不去此比丘即捉獼猴共行不淨時有衆多比丘案行住處至彼林中時彼獼猴在比丘前現其婬相時諸比丘作是念將無餘比丘作此不淨行耶屏處伺之見已即來語言如來不制言比丘不得行不淨行耶報言如來所制男女不制畜生諸比丘往白佛佛以無數方便訶

責已初入波羅夷自今已去當如是說戒

四所立戒相

若比丘共比丘同戒若不還戒戒羸不自悔犯不淨行乃至共畜生是比丘波羅夷不共住

釋義若比丘者有八種比丘一名字比丘謂如世間人爲欲呼召男女時遂立名字喚作比丘又如檀越來請比丘沙彌雖未受大戒亦入比丘之數是名字比丘也 二相似比丘謂如外道白衣自剃鬚髮着袈裟無師僧受具形貌相似比丘而實非比丘故名相似比丘也 三自稱比丘如長老阿難夜行見一犯戒比丘而問咄汝爲是誰犯戒比丘應言我是比丘又如賊住之人非是比丘而自稱言我是比丘 四善來比丘謂如來觀其根性成熟堪可化度欲求出家佛便呼言善來比丘於我法中快自娛樂可修梵行得盡苦源佛語未竟鬚髮自落袈裟在身鉢盂在手如百臘老比丘 五乞求比丘謂不受請食盡形乞食資身遠離邪命故云乞求比丘 六着割截衣比丘謂衣價直百千萬比丘得已便割截而着壞衣價直以針線刺納毀其細輭遂成粗衣而以樹皮壞其本色便是故衣能着割截衣者是名着割截衣比丘 七破結使比丘結使者即見思煩惱先明見惑後明思惑頌云苦具一切集滅七身邊見取三使無道諦雙除身邊二上不行嗔八十八謂分別我執所惑者總有十種謂五鈍使五利使鈍者即遲鈍也謂此五種妄惑由推身見等五種利使而生對利說鈍故名鈍使謂貪嗔癡慢疑 五利使者利即快利之義謂此五種妄惑動念即生造次恒有也謂身見邊見邪見見取戒禁取 今斷惑不出四諦所謂苦集滅道令知苦斷集慕滅修道謂所取之惑有障諦有不障諦於四諦之中有全具有不全具云苦具一切者謂苦諦下十使全具集滅二諦各具七使除去身邊二見與戒取故云三使無也道諦止具八使除去身邊二見也此約欲界四諦共具三十二使上界不行嗔者謂色界無色界禪定力勝所以嗔使不行故於四諦之中各除一嗔謂苦下具九集滅二諦具六道諦惟七是知上色界止有二十八使無色界亦爾三界共有八十八品故云八十八使也斷此惑已即證初果 次明俱生我執細而難斷故起修道方除也 思惑者有四謂貪嗔癡慢欲界四惑全具上二界各除一嗔故色界有三貪癡慢無色界亦爾總名十諦思惟也若將前八十八品見惑合說者名九十八使也又思惑難斷故潤七生

今三界分爲九地欲界一地名爲五趣雜居地　色界四地初禪離生喜樂地二禪定生喜樂地三禪離喜妙樂地四禪捨念清淨地　無色界四地者一空無邊處地二識無邊處地三無所有處地四非非想處地故云三界九地也　又此思惑分爲八十一品一地之中而有九品共爲八十一品也謂初果人已斷八十八使見惑復起修道位方斷欲界九品思惑所以最強難斷者以欲界五欲心強盛故潤七生也謂上上品獨潤二生二生天上二反人間上中品上下品共潤二生方斷中上品獨潤一生中中品中下品共潤一生斷此六品方證二果名爲一來果猶一來生惑未斷故下上品獨潤半生下中品下下品共潤半生如是合潤一生此謂欲界九品思惑斷盡方證三果名曰不還果住五不還天不來人間受生也已破欲界思惑盡故餘有上二界七十二品殘思以三果聖人修滅盡定時定力增勝稍易斷故若斷盡此惑即出三界名曰阿羅漢此云無生永不來三界受分段生死也　言分段者分即分限段即形段謂三界果報壽有長短分限身有大小形段皆不免於生死是名爲分段生死　已上二惑八十八使名曰見惑謂見一切住地　言一切者通三界見惑也　上客下塵　謂見思等惑皆由衆生不了外塵之境種種妄想而生若以智慧觀察惑體本空則法性理顯惑亦何有故經云不住名客是名客義二塵者謂微細之惑而能染汙清淨眞性譬如牖隙光流諸塵相現亦能亂於虛空之性若智慧發明了惑本無則理現前塵亦何有經云證寂名空搖動名塵是名塵義　三界思惑者欲界九品名曰欲愛住地色界三十六品名曰色愛住地無色界三十六品名曰有愛住地總名四住地煩惱感三界分段生死之果若能三界果喪四住因亡則證有餘涅槃此二乘人極果也名破結使比丘　八受大戒白四羯磨如法成就得處所比丘是中比丘若受大戒白四羯磨如法成就得處所住比丘法中是名比丘義是中取最後義共比丘者如餘比丘受大戒白四羯磨如法成就得處所住比丘法中是名共比丘義云何名爲同戒我爲諸弟子結戒已寧死不犯是中共餘比丘一戒謂戒體無二故同戒謂戒相無別故等戒謂百臘老比丘及新受戒比丘所行戒行俱等更無有異故是名同戒云何名爲不捨戒捨即還也顛狂捨戒心亂捨戒痛惱捨戒啞捨戒聾捨戒瘂聾捨戒顛

狂心亂痛惱瘂聾人前捨戒中國人邊地人前捨戒邊地人中國人前捨戒不靜靜想捨戒靜作不靜想捨戒戲笑捨戒若天若龍若夜义若餓鬼若睡眠人若死人若無知人若自不語若語前人不解如是等不名捨戒　云何名捨戒若比丘不樂梵行欲得還家厭比丘法常懷慚愧貪樂在家貪樂優婆塞法或念沙彌法或樂外道法或樂外道弟子法或樂非沙門非釋子法便作如是語我捨佛捨法捨比丘僧捨和尚捨同和尚捨阿闍黎捨同阿闍黎同和尚者謂同和尚一輩或戒臘同等或同師稟戒阿闍黎亦爾捨諸梵行捨戒捨律捨學事受居家法我作淨人我作優婆塞我作沙彌我作外道及作外道弟子我作非沙門非釋子如是說而了了

者是名捨戒根本律云如有苾芻情懷顧戀欲希還俗於沙門道無愛樂心爲沙門苦羞慙厭背詣苾芻所如是言　具壽存念我某甲今捨學處　薩婆多論云若捨戒時都無出家人若得白衣不問佛弟子非佛弟子但使言音相聞解人情去就亦得捨戒一說便捨不須三說人　問曰受戒時須三師七僧捨戒何故一人便捨答曰求增上法故則須多緣多力捨戒如從高墮下故不須多也又云受戒時如得財寶捨戒時如失財寶又如入海採寶無數方便然後得之及其失時盜賊水火須臾散滅捨戒亦爾戒羸不自悔者謂持戒心劣非法心盛故云羸也不自悔者不自悔改或有戒羸不捨戒或戒羸而捨戒何者戒羸不捨戒若比丘愁憂不樂梵行欲得還家厭比丘法常懷慙愧意樂在家乃至樂作非沙門非釋子法便作是言我念父母兄弟姊妹婦兒邨落城邑田園浴池我欲捨佛法僧乃至學事欲受持家業乃至非沙門非釋子是謂戒羸不捨戒　何者戒羸而捨戒若作如是思惟

我欲捨戒便捨戒是謂戒羸而捨戒 犯不淨行者是婬欲法律攝云行謂聖道淨謂涅槃由八聖道方能證會作不淨行正違彼故乃至共畜生者薩婆多論云畜生於六道中是邊鄙故云下至畜生既下至畜生凡可婬處一切盡結也是比丘波羅夷不共住是比丘指犯罪者言不共住者有二同一羯磨同一說戒不得於是二事中住是名不共住

犯緣此戒具足四緣方成本罪若緣有缺罪結方便一有欲心受樂二堪行婬境三要根全四入過限 復有五因緣而犯諸罪一無知故無所知識二放逸故放蕩縱逸不檢三業三煩惱熾盛故以貪瞋癡煩惱增盛不能制伏四不尊敬教故五無慚愧故以無慚愧故不尊敬受持如來所制清淨禁戒或可五義相躡而起由無知故放逸放逸故煩惱盛煩惱盛故不尊敬教不尊敬教故無慚愧也 善見云若長老聞此不淨行慎勿驚怪何以故如來憐愍我輩爲結戒故說此惡言若不說者云何得知波羅夷偷蘭遮突吉羅若法師爲人講聽者慎勿露齒笑若有笑者驅出何以故佛憐愍衆生金口所說汝等應生慚愧心而聽何以笑

定罪此中犯者三種行不淨行波羅夷人非人畜生 復有五種行不淨行波羅夷人婦童女二形黃門男子 於三種婦行不淨行波羅夷人婦非人婦畜生婦 如是三種童女 三種二形 三種不能男 三種男子 犯人婦三處波羅夷大便道小便道及口 非人婦畜生婦人童女非人童女畜生童女人二形非人二形畜

生二形三處亦如是　人黃門二處行不淨行波羅夷大便道及口　非人黃門畜生黃門亦如是　人男非人男畜生男亦如是　比丘有婬心向人婦女大便道小便道及口若初入波羅夷不入不犯有隔有隔（謂男女二根俱有衣隔）有隔無隔（謂女根有衣隔男根無衣隔）無隔有隔（女根無衣隔男根有衣隔）無隔無隔（男女二根俱無衣隔）波羅夷乃至畜生亦如是　若比丘婬意向睡眠婦女若死形未壞大便道小便道及口亦如是　若比丘爲怨家將至人婦女所强持男根令入三處始入覺樂入已樂出時樂波羅夷於三時中隨有一時受樂皆波羅夷乃至男子亦如是　若怨家强捉比丘大便道中行不淨行若初入時入已出時於三時中隨有一時受樂皆波羅夷（僧祇律云受樂者如饑得食如渴得飲不受樂者譬如好淨之人以種種死屍繫其頸上又如破癰熱鐵燒身不受樂者亦復如是）從道入道從道入非道從非道入道（從道入道者謂二道合或從小便道入從大便道出或從大便道入小便道出從道入非道者始從大小便道入從瘡穴中出謂瘡穴與二道連合也從非道入道者先從瘡穴而入後從二道中出）若齊限入若盡入若語若不語皆波羅夷（齊限者謂作齊限不盡入也語者告知也不語者不告彼人知如眠等人）若比丘方便求欲行不淨行成波羅夷不成偷蘭遮　若比丘教比丘行不淨行彼比丘若作教者偷蘭遮若不作教者突吉羅　比丘尼教比丘行不淨行若比丘作尼偷蘭遮不作尼突吉羅　除比丘比丘尼餘衆相教行不淨行作不作盡突吉羅（餘衆者小三衆）若死屍半壞行不淨行入便偷蘭遮　若多分壞　若一切壞偷蘭遮　若骨

間行不淨行偷蘭遮　若穿地作孔摶泥作孔若君持口中犯偷蘭遮（謂作大小便道想行婬偷蘭遮若不作道想僧殘）若道作道想波羅夷　道疑波羅夷　道非道想波羅夷　非道道想偷蘭遮　非道疑偷蘭遮　僧祇律云若比丘以染汙心欲看女人得越毘尼心悔（即責心突吉羅）若眼見若聞聲犯越毘尼罪　相觸得偷蘭遮乃至入如胡麻波羅夷　若身大雖入不觸其邊者得偷蘭遮（謂身根大）若女人裂爲二分就二分行婬者偷蘭遮繫令合行婬者波羅夷　薩婆多論云欲作重婬若起還坐輕偷蘭遮　發足趣女人未捉已還及捉已失精乃至共相嗚抱輕偷蘭　男形垂入女形已來未失精亦輕偷蘭　若失精重偷蘭　若男形觸女形及半珠已還不問失精不失精盡重偷蘭　若生女死女三處行婬若壞墮蟲食於中行婬俱得重偷蘭　若生女死女非處行婬腋下股間行婬得重偷蘭　若發足向死人女非人女畜生女二根欲作重婬得罪如前　發足向人男非人男畜生男黃門欲作重婬得罪同前　若先正爲女人上出精而已除三瘡門一切身分處精出僧殘　若先爲摩捉嗚抱而已若摩若捉盡僧殘　若欲女人身上出精手已摩捉精未出便止四人偷蘭　比丘尼波羅夷式义摩那沙彌沙彌尼突吉羅滅擯是謂爲犯

開緣不犯者若睡眠無所覺知不受樂一切無有婬意不犯　第四分云佛在舍衛

國有比丘住阿蘭若處晝日眠時有取薪女人於比丘上行婬已去比丘不遠而住比丘覺已見身不淨汙念言此女必於我身上行婬生疑問佛佛言汝覺不答言我不覺佛言不犯比丘不應如是處晝眠

不犯者最初未制戒癡狂心亂痛惱所纏善見律云初者於行婬中之初如須提那子不犯波羅夷餘者犯　十誦律云有五相名狂人卽癡狂也親里死盡故狂財物失盡故狂田業人民失盡故狂或四大錯亂故狂或先世業報故狂若雖有如是狂病自知我是比丘作婬欲得波羅夷　有五種因緣令心散亂爲非人所打故心散亂或非人令心散亂或非人食心精氣故心散亂或四大錯故心散亂或先世業報故心散亂若雖有如是散亂自知是比丘作婬欲犯波羅夷　有五種病壞心或風發故病壞心或熱發故病壞心或令發故病壞心或三種俱發故病壞心或時節氣發故病壞心雖有如是病壞心若自覺是比丘作婬欲得波羅夷若不自知不犯病壞心卽痛惱所纏　又云若此顛狂失本心故見火而捉如金無異見糞而捉如栴檀無異如是顛狂犯戒無罪

會詳楞嚴經云若諸世界六道衆生其心不婬則不隨其生死相續汝修三昧本出塵勞婬心不除塵不可出縱有多智禪定現前如不斷婬必落魔道上品魔王中品魔民下品魔女又云當觀婬欲猶如毒蛇如見怨賊先持聲聞四棄八棄執身不動後行菩薩清淨律儀執心不起禁戒成就則於世間永無相生相殺之業又云必使婬機身心俱斷斷性亦無於佛菩提斯可希冀　梵網經云持佛禁戒作是願言寧以此身投熾然猛火大坑刀山終不毀犯三世諸佛經律與一切女人作不淨行

法苑珠林云二種婬報一婦不貞潔謂因前世犯他妻妾邪行穢汙故感今生婦不貞良端潔也二得不順意眷屬謂因前世

邪婬奪人所寵令不如意故感今生眷屬常不順意也

第二盜戒

初總釋

盜乃最爲不良之事此是共戒尼犯亦同大乘同制　梵網經云自盜教人盜方便盜呪盜乃至鬼神有主物刧賊物一切財物不得故盜等此是性罪然菩薩見機得作戒本經云菩薩淨戒律儀善權方便爲利他故於諸性罪少分現行由是因緣於菩薩戒無所違犯生多功德　律攝云此由癡故因積畜事畜積煩惱制斯學處

二緣起處

爾時佛遊羅閱城耆闍崛山中言羅閱者此云七舍城大論云昔有須陀摩王精進持戒常依實語晨朝乘車與諸婇女入園遊戲出城門時一婆羅門來乞財物而語王言王是大福德人我身貧窮當見愍念賜我少多王言當相布施須我出還作此語已入園澡浴嬉戲時兩翅王名曰鹿足空中飛來捉王將去至所住處置九百九十九王中須陀摩王言我不畏死自恨失信我從生來初不妄語即語前事鹿足王言汝意欲爾聽汝還去七日布施婆羅門訖當便來還若過七日我有翅力取汝不難須陀摩王得還本國恣意布施立太子爲王大會人民懺謝之言我智不周初治多不如法當見忠恕如我今日身非已有正爾還去舉國人民及諸親戚叩頭留之願王留意慈蔭此國勿以鹿足鬼王爲慮當設鐵舍奇兵鹿足雖神不畏之也王言不得而說偈言實語第一戒實語升天梯實語爲大人妄語入地獄我今守實語寧棄身壽命心無有悔恨如是思惟已即發去到鹿足所鹿足喜言汝是實語人不失信要一切人皆惜身命汝從死得脫還來赴信汝是大人今相放捨九百九十九王亦布施汝隨意各還本國由此千王共居故名王舍此城有三名或言羅閱城亦言摩竭提亦言摩竭陁此三義一名異漢言王舍城羅者言王閱者言舍故言王舍又　翻無害從刧初以來無刑害故中印度境　善見律云王舍城國邑人民有八億萬戶邑外屬王舍城者有八萬聚落國土縱廣三百由旬　耆闍崛山者耆者鷲鳥崛者頂也耆闍鳥食竟還就山頂棲故名耆闍崛山又

有一解山頂名崛形似鷲鳥是故名耆闍崛山也

三起緣人

時羅閱城中有比丘字檀尼迦陶師子陶師者卽瓦師此比丘是瓦師之子在閒靜處止一草屋入邨乞食後有取薪人破其草屋持歸比丘乞食還作是念我今自有伎藝寧可和泥作全成瓦屋取薪牛糞燒之屋成赤色如火爾時世尊從耆闍崛山下遥見此舍色赤如火知而故問諸比丘以此因緣具白世尊世尊以無數方便訶責自今已去不得作赤色全成瓦屋作者突吉羅時世尊勑諸比丘汝等共集相率速詣打破善見律云檀尼迦比丘作屋自用物作屋成如來何故打破答曰所以破者此屋不淨故是外道法復有餘義無慈悲衆生作此瓦屋檀尼迦是瓦師家子善能和泥作屋窻牖扃悉是泥作唯戶扇是木取柴薪牛糞及草以赤土汁塗外燒之熟已赤如火打之鳴喚狀如鈴聲風吹窻牖猶如樂音也檀尼迦見屋破已時摩竭國王有守材人與檀尼迦親厚知識乃語守材人汝知王瓶沙與我材木不彼人言若王與者好惡多少隨意自取王所留要材比丘輒斫截持去梵語瓶沙此翻模實身模充實故又翻形牢亦云影堅影謂形影亦云影勝又名頻婆娑羅此云顏色端正皆取强壯姝好爲義其形長大性行雄猛常自躬爲征戰也時有一大臣統知城事至材坊見王所留要材斫截狼籍問知其故白王檀尼迦比丘後往王所王言大德應死王自念言何以少材而斷出家人命是所不應訶責已放去諸臣不平羅閱城中居士譏嫌少欲比丘聞白佛佛以此因緣集比丘僧知而故問檀尼迦比丘汝審爾不答言實爾世尊以無數方便訶責有一比丘名曰迦樓本是王大臣善知世

法迦樓或作迦留或作迦羅秦言黑此比丘是王瓶沙舊大臣善知世法故佛問之然後隨國法制戒去佛不遠在衆中坐世尊知而故問王法不與取幾許物應死比丘言若取五錢若直五錢物應死世尊告諸比丘檀尼迦癡人善見律云因癡故掘土蹋泥取火燒多諸衆生因此而死故云癡人也多種有漏處最初犯戒自今已去與諸比丘結戒

四所立戒相

若比丘若在邨落若閒靜處不與盜心取隨不與取法若爲王王大臣所捉若殺若縛若驅出國汝是賊汝癡汝無所知是比丘波羅夷不共住

釋義邨者有四種一者周帀垣墻二者柵籬三者籬墻不周四者四周有屋律攝云聚落者中有巷陌店肆名之爲聚落者邨外之家名之爲落故云聚落也閒靜處者邨外靜地僧祇云空地者垣墻院外除聚落界盡名空地聚落界者去籬不遠多人所行踪跡到處盡名聚落界五分云聚落外盡一箭道有慚愧人所便利處是名聚落所行處卽界也不與者他不捨盜者盜心取隨不與取法者若五錢若五錢直薩婆多云於閻浮提一切國法禮樂以王舍城爲正王舍國法盜五錢已上入重罪中佛依此法盜至五錢得波羅夷如閻浮提內現有佛法處限五錢得波羅夷罪若國不用錢准五錢成罪善見律云二十摩娑迦成一迦利沙槃分一迦利沙槃分爲四分一分是五摩娑迦過去未來諸佛皆以一分結波羅夷一切諸佛不異結四波羅夷不增不減是故如來以一分結第二波羅夷也十誦云一銅錢直十六小錢王者得自在不屬人貫三才主萬物無爲化世有道恩民大臣者種種大臣輔佐王捉者僧祇云王使人執或捉其手及餘身分是名捉殺者奪其命根縛者僧祇律云或以屋縛或以城縛或以材縛或着鑲絆或着杻械是名爲縛驅出國者驅出聚落驅出城驅出國是名驅出汝是賊汝癡汝無所知此訶責之詞律攝云汝是賊者是總標癡無所知等是別釋無明是賊因正作業時由癡無所知故方

便與盜無現行法怖及未來怖應知爲盜因也作如是盜者正明盜業不告主知若强若竊並名爲盜

犯緣此戒具足五緣方成本罪若緣有缺罪便開輕一有盜心二有主物三有主想四直五錢五離本處

定罪此中犯者共有七十二句今去複存單合有十句若自手取若看取若遣人取非已物想取非暫用取非本意取本字該同字恐筆悞耳他物他物想取若離本處有主有主想取他護他護想取波羅夷　處者若地處若地上處若乘處若擔處若虛空若樹上若邨若阿蘭若處若田若處所若舡若水處若私度關塞不輸稅若取他寄信物若水楊枝樹果草木無足二足四足多足衆生若同財業若要若伺候若守護若邏要道是謂處　地處者地中伏藏未發出七寶金銀眞珠琉璃璧玉硨磲碼碯生像金銀衣被若復有餘地中所須之物屬主者若以盜心取五錢若過五錢若牽挽取言牽者連地挽者引也着地牽引而去名牽挽取　若埋藏若舉離本處初離波羅夷方便欲舉而不舉偷蘭遮自下結罪皆同　地上者金銀乃至所須之物屬主　乘處者乘有四種象乘馬乘車乘步乘若復有餘乘盡名爲乘乘上若有金銀七寶乃至所須之物有主　若取乘從道至道從道至非道從非道至道從坑中至岸上從岸上至坑中　擔處者頭擔肩擔背擔若抱若復有餘擔此諸擔上有金銀七寶乃至所須之物有主　若取擔者從道至道乃至坑中　空處者若風吹毳

若刦貝若拘遮羅若差羅波尼(此云灰水乃衣名也)若芻摩若麻若綿若蠢毦嵐婆(漢言絹)若頭頭羅(此云細布)若鴈若鶴若孔雀鸚鵡鸜鵒若復有餘所須之物有主　上處者若舉物在樹上墻上籬上杙上龍牙杙上衣架上繩牀上木牀上若大小褥上枕上地敷上有金銀七寶乃至所須之物有主　邨處者邨有四種如上若邨中有金銀乃至所須之物有主　若以機關攻擊破村若作水澆或依親厚强力或以言辭辯說誑惑而得得者波羅夷不得偷蘭遮　若處者邨外有主空地彼空處有金銀七寶乃至所須之物有主　若以方便壞他空地若作水澆或依親厚强力或以言辭辯說而得田處者稻田麥田甘蔗田若復有餘田彼田中有金銀七寶乃至所須之物有主　若方便壞他田若作水澆若依親厚强力或以言辭辯說誑惑而得　處所者若家處所若市肆處若果園若菜園若池若庭前若舍後若復有餘處彼有金銀七寶乃至所須之物有主　船處者小船大船壺船(以形似壺)一木船(以大木刳空以爲船也)　舫船(方即船也)櫓船(櫓即進船之器具以爲名)鼉形船鼈形船(謂形似鼉鼈也)皮船(用皮爲之)浮瓠船(瓠即瓢也又瓠者瓦器並可浮物也)果船(亦以形爲名也)懸船(令時神廟中多以船懸於梁上供神)筏船(郭璞曰木曰簰竹曰筏編竹渡物也)若復有餘船上有金銀七寶乃至所須之物有主　若從此岸至彼岸從彼岸至此岸若順流若逆流若沉着水中若移著岸上若解移處　水處者若藏金銀七寶衣被沉著水中若水獺若魚

若鼈若失收摩羅收字或作守字善見律云鰐魚長二丈餘有四足似鼉齒至利禽鹿入水齧腰即斷又翻殺子魚廣州有之　若優盋羅華此云青蓮華　盋頭摩華此云紅蓮華　拘物頭華此云地喜華亦云拘某陁此云黃蓮華　分陀利華此云白蓮華敵師云未敷名屈摩羅將落時名迦摩羅處中盛時名分陀利體逐時遷名隨色變故有三名也及餘水中之物有主　若以方便壞他水處直五錢波羅夷減五錢偷蘭遮　輸稅者比丘無輸稅法若白衣應輸稅物比丘以盜心爲他過物若擲關外若五錢若過五錢若埋藏舉若以辯辭言說誑惑若以呪術過　取他寄信物者持寄信物去作盜心取五錢若過五錢頭上移著肩上若從右手移著左手從左手移著右手若抱中若著地舉離本處　水者若大小瓮及種種水器若衆香水若藥水以盜心取五

錢若過五錢　楊枝者若一若兩若衆多若一抱若一束若一擔若香所熏若藥塗若盜心取五錢若過五錢若牽挽取離本處　園者一切草木藂林華果有主　無足衆生者蛇魚及餘無足衆生有主　二足衆生者人非人鳥及餘二足衆生有主　四足衆生者象馬馲駝驢鹿羊及餘四足衆生有主　多足衆生者蜂鬱周隆伽此虫身有多毛而復多足類似毛虫若百足及餘多足衆生有主以盜心取直五錢若過五錢　同財業者同事業得財物當共以盜心取五錢若過五錢　共要者共他作要教言某時去某時來若穿墻取物若道路刦取若燒從彼得財物來共以盜心取直五錢若過五錢　伺候者我當往觀彼邨若城邑若

船渡處若山谷若人所居處市肆處作坊處於彼所得物一切共以盗心取直五錢若過五錢　守護者從外得財物來我當守護若所得物一切共若以盗心取直五錢若過五錢　看道者我當看道若有王者軍來若賊軍來若長者軍來當相告語若有所得財物一切共若以盗心取直五錢若過五錢如上一切初離本處波羅夷方便欲舉而不舉偷蘭遮　方便求過五錢得過五錢　得五錢皆波羅夷　得減五錢不得皆偷蘭遮　方便求五錢得過五錢得五錢波羅夷　得減五錢不得偷蘭遮　方便求減五錢得過五錢得五錢波羅夷　得減五錢偷蘭遮　不得突吉羅　教人方便求過五錢得過五錢得五錢二俱波羅夷　得減五錢不得二俱偷蘭遮　方便教人求五錢得過五錢得五錢二俱波羅夷　得減五錢不得二俱偷蘭遮　方便教人求減五錢得過五錢得五錢取者波羅夷教者偷蘭遮　得減五錢二俱偷蘭遮　不得二俱突吉羅　方便教人求五錢若過五錢受教者取異物取者波羅夷教者偷蘭遮　方便教人求五錢若過五錢受教者異處取物受教者波羅夷教者偷蘭遮　方便教人求五錢若過五錢受教者謂使取物無盗心而取得五錢若過五錢教者波羅夷受使者無犯　若教人取物受教者謂教盗取若取得直五錢若過五錢受教者波羅夷教者無犯　有主有主想不與取五錢若過五

錢波羅夷　有主疑偷蘭遮　無主有主想偷蘭遮　無主疑偷蘭遮　有主有主想滅五錢偷蘭遮　有主疑滅五錢突吉羅　無主有主想滅五錢　無主疑滅五錢盡突吉羅　根本律云起盜心與方便得惡作罪觸彼物窣吐羅底也(即偷蘭遮罪)舉離處滿五錢波羅市迦　不滿者得粗罪(亦偷蘭罪)若是畜生邊物觸彼物惡作罪舉離處滿五錢者得麤罪　不滿者惡作罪

僧祇律云有比丘多有衣盋大畜弟子彼諸弟子不修戒行作是念言可往和尚阿闍黎房中盜諸衣盋自已衣盋亦在師房中便共作要汝得衣物者與我共分若我得者亦共汝分便入房中就衣架上捉和尚阿闍黎衣徙就已衣衣不離本架者犯偷蘭遮　若舉師衣離架著已衣中者波羅夷　若師衣帶衣角若線縷未離衣架者未波羅夷　一切離已波羅夷　若彼和尚阿闍黎疑是弟子或能偷我衣盋便自藏衣盋更著餘處其弟子便入暗中誤偷自已衣盋出外不分故是中半衣邊滿者波羅夷(以先共要凡所得物一切共既誤盜已衣亦惟分半既不與分滿五錢波羅夷)若比丘在道行為賊所刦或賊少比丘多或賊藏物已更往餘處是比丘若未作失想還奪還取無罪　若已作失想還奪還取便為賊復刧賊滿五錢波羅夷又或順道去漸近聚落持物將分比丘還從乞得無罪　若以勢力恐怖令還無罪　若告聚落主方便慰令還無罪　若知令彼或殺或縛則不應告　若比丘作摩

摩帝言摩摩帝者或云毗訶羅莎弭此云寺主塔無物衆僧有物便作是念天人所以供養衆僧者皆蒙佛恩供養佛者便為供養衆僧即持僧物修治塔者此摩摩帝得波羅夷　若塔有物衆僧無物便作是念供養衆僧者佛亦在中便持塔物供養衆僧摩摩帝用者得波羅夷　若塔無物僧有物得如法貸但分明疏記言某時貸用某時得當還　若僧無物塔有物亦如是　若交代時應僧中讀疏分明付授若不讀疏越毗尼罪

若有二比丘共財應分一比丘盜心獨取除自分他分滿波羅夷　若同意取者無罪　若作是念我今用後當償還無罪

第四分云衆多比丘遣一人取他物得五錢以上共分雖各得減五錢盡波羅夷以各具盜心取他物離本處時滿五錢故於彼處得直五錢物到此處直減五錢波羅夷到此處雖得減五錢初離本處時已得波羅夷唯取當時得罪耳於彼處得減五錢物到此處直過五錢偷蘭遮到此處雖直過五錢離本處時減五錢故又物主只失減五錢物故得偷蘭遮知前人以盜心使我取物先可之後悔不往突吉羅　欲盜他衣錯取已衣偷蘭遮　他盜取物而奪取彼盜者波羅夷　前後取滿五錢者波羅夷此謂盜心相續若自受用若令他損減一切波羅夷此謂貪嗔二盜　律攝云獵師逐鹿走入寺中隨傷不傷不還無罪謂慈護衆生非同盜故也若鹿被箭入寺便死應還勿留　若與賊同心示彼舍處後時受分隨得招罪問此與教他取有何差別倘不受分豈無罪耶答教他為我取則決定得物之心物離本處即成本罪此示彼舍處不決生得物之心雖賊刼去彼物時不結罪待後受分時滿五錢方結本罪雖

不受分亦結偷蘭遮罪　若後生悔向彼物家報遣防護勿令失脫設彼賊偷皆得方便罪亦偷蘭遮後雖受分亦窣吐羅　與賊同行欲爲盜事中路而退但得惡作　同心作賊爲他守道分物受分者成犯　由怖爲伴無心共盜彼雖偷得苾芻非犯　若持自物或是他物作如是語欲偷稅得越法罪　教偷稅者從異道去得惡作罪　若作惡心指他異道冀免稅直得窣吐羅罪　若持他物過彼稅處無心取分者麁罪　未至稅處或取半分或取全分而未過稅處得窣吐羅問此既得稅直已滿五錢何不得本罪而結方便耶答雖得稅直未過稅處恐後過稅而有阻隔未作實得之心先結方便待過稅已方結本罪　若過稅處數滿本罪　若持已物到於稅處使他越過亦得本罪　實是已財決心迴與父母兄弟等告掌稅者此非我物不與汝稅或乘空去或口含或衣裹或避路並得粗罪問此亦仍同爲他越稅云何不得本罪答爲他過物利必歸已故結本罪今是已物決心迴施無利歸已罪結方便也　若爲父母及三寶事持物過稅處應爲稅官種種說法稱讚三寶說父母恩彼不取直者無犯　若猶索者應與　盜事略有五種一對面强取二竊盜取三調弄取四恩寄取五與更奪取此之五事咸是盜收　有施物來知非已分言我合得者窣吐羅罪　若受其分准數成犯　他不請食輒去食者得惡作罪　若與方便欲盜他財觸着之後便從主乞彼與得時得前麁罪　初爲貸借後欲不還決絕之時便得本罪　若他寄物先作盜心得窣吐羅後時移處便得本

罪　若先移處後心決絕亦得本罪博奕偷子迷惑取物准數成犯　凡是賭物皆得惡作　意偷彼物而錯偷此旣乖本心但得粗罪　五分云非同意人輒作同意取其衣食突吉羅　善見云若受人寄物物主還取答言我不受汝寄突吉羅　令物主狐疑偷蘭遮　主言我不得此物波羅夷　若偷人取物比丘以偷心奪取物離偷人身分若此人健又奪物去比丘雖不得物波羅夷以決定得偷心離本處故

若檀越施衆僧果樹或擬衣服或擬湯藥衆僧不得分食若以果樹爲四事布施比丘以盜心過分食隨直多少結罪　若爲作房舍施衆僧迴食得偷蘭遮應還直

若爲衣施應作衣若饑儉時衆僧羯磨和合食用無罪　以衣施作房舍以房舍施作衣食亦如是　寺中房舍多無人修治敗壞應留好者餘粗敗得壞賣爲食用爲護住處故　十誦云若水中浮物來比丘以偷奪心取選擇時偷蘭遮　若捉留住後水到前或沉著水底或舉離水直五錢以上波羅夷　盜佛舍利偷蘭遮　若尊敬清淨心取無罪 尊敬者謂見佛舍利如見佛身心生尊敬清淨心者謂無盜心以恭敬供養心取去供養無罪 盜經卷隨計直犯　盜塔寺中供養具若有守護隨計直犯　奪神像物偷蘭遮　薩婆多云若自盜他物欲取五錢五錢已上從始發足步步輕偷蘭乃至選擇取三錢已還得輕偷蘭四錢成重偷蘭　若取一錢乃至四錢亦爾　若遣使取他物當教時得輕偷

蘭取五錢已上離本處時得重罪　若盜僧物五錢已上得重偷蘭　四錢已下得輕偷蘭而報罪甚深　若舍屬一主物不異主若不離地未出家界步步輕偷蘭　若入女姊妹奴婢房中得波羅夷　若入兄弟兒房中得輕偷蘭　若出主地相亦波羅夷　比丘尼波羅夷三小衆突吉羅滅擯是謂爲犯

開緣不犯者與想取已有想取糞掃想暫取想親厚意想一切無罪（第三分云有七法是親友利益慈愍故何等七難與能與難作能作難忍能忍密事相語不相發露遭苦不捨貧賤不輕　根本雜事云凡是親友可委寄人有其五種一心相愛愍二近爲得意三是所尊重四久故通懷五聞用已財心生歡喜）不犯者最初未制戒等

會詳首楞嚴經云若諸世界六道衆生其心不偷則不隨其生死相續汝修三昧本出塵勞偷心不除塵不可出縱有多智禪定現前如不斷偷必落邪道上品精靈中品妖魅下品邪人　法苑珠林云偷盜二報一貧窮謂因前世盜他財物令彼空乏故感今生自亦貧窮也二不得自在謂因前世刼奪他財而令他人不得自在故感今生雖有財物而屬五家不得自在受用也

毘尼關要卷第二

毘尼關要卷第三

清金陵寶華山律學沙門德基輯

第三殺戒

初總釋

殺爲世間最傷慈之事此是共戒尼結罪同大乘同制　梵網經云若自殺敎人殺方便殺讚歎殺見作隨喜乃至咒殺等此是性罪釋迦成佛商怨終舒於鐵杙陀夷證聖羊瞋卒洩於兇鋒故經云假使經百劫所作業不亡因緣會遇時果報還自受非空非海中非入山石間無有地方所脫之不受報　律攝云凡爲殺者並由癡故於事不忍內懷瞋恨斷他命根制斯學處

二緣起處

佛遊毘舍離獼猴江邊講堂中（有獼猴常在此江邊洗浴故云獼猴江根本云獼猴池邊此池在毘舍離宮城外五六里菴羅女園側是昔獼猴羣集爲佛穿作此池供養世尊今此講堂或近二處隨稱一處皆可）說不淨觀歎不淨觀歎思惟不淨觀（亦名九想）

觀此九種不淨觀法想念純熟心不分散即得三昧成就自然貪欲殄除惑業消滅得證道果此之九想雖是假想作觀然用之能成大事譬如大海中死屍溺人附之即得渡也　一肨脹想謂修行之人心想死屍見其肨脹如韋盛風異於本相是名肨脹想　二青瘀想既觀肨脹已復觀死屍風吹日曝皮肉黃赤瘀黑青黤是爲青瘀想　三壞想既觀青瘀已復觀死屍風日所變皮肉裂壞六分破碎五臟腐敗臭穢流溢是爲壞想　四血塗漫想既觀壞已復觀死屍從頭至足遍身膿血流溢汙穢塗漫是爲血塗漫想　五膿爛想既觀塗漫已復觀死屍身上九孔蟲膿流出皮肉爛壞狼藉在地臭氣轉增是爲膿爛想　六蟲噉想既觀膿爛已復觀死屍蟲蛆唼食鳥獸咀嚼殘缺剝落是爲蟲噉想　七散想既觀蟲噉已復觀死屍爲禽獸所食分裂破散筋斷骨離頭足交橫是爲散想　八骨想既觀散已復觀死屍形骸曝露皮肉已盡但見白骨狼藉如貝如珂是爲骨想　九燒想既觀骨已復觀死屍爲火所燒爆裂烟臭白骨俱然薪盡火滅同於灰土是爲燒想

比丘聞已習不淨觀厭患身命求刀自殺

三起緣人

時有比丘字勿力伽難提是沙門種出家勿力伽難提此云鹿喜沙門種是姓手執利刀入婆裘園有一比丘語言大德斷我命來我以衣盋與汝即受僱斷其命於彼江邊洗刀心生悔恨我今無利非善得彼比丘無過而我受僱斷他命根善見律云鹿杖沙門殺比丘血汙手足及刀往婆裘河者世間有人言此河能洗人罪鹿杖沙門念言我當往婆裘河洗除我罪悔過尅責而長歎息故往洗之婆裘河者此云勝慧河有一天魔知彼心念立水勸讚善哉善男子汝今獲大功德度未度者時勿力伽難提悔心即滅復入園中殺諸比丘至六十人園中死屍狼藉臭處不淨狀如塚間居士譏嫌諸比丘猶自相殺況於餘人我等自今勿復承事供養勿復容止往來善見律云如來以天眼觀往昔有五百獵人共入阿蘭若處殺諸羣鹿爲業墮三惡道受諸苦惱經久得出昔有微福得生人間出家爲道宿殃未盡於半月中更相殺害諸佛所不能救於此五百人中四果聖衆生死有際有餘凡人輪轉無際是故爲說不淨觀令離愛欲得生天上本不教死但不可以神力救護是故爲說不淨觀已半月入於靜室唯聽一人送食勿使諸人作如是言佛是一切智而不能斷諸弟子相殺以世尊入定無人得往說如此事耳　薩婆多云佛一切智何故教諸比丘得如是衰惱若不知者不名一切智荅曰佛一切等教爾時不但六十人受不淨觀佛教法無有偏但受得利有多有少佛深知衆生根業始終必以此法因緣後得大利六十比丘迦葉佛時所受不淨觀法不能尚修多犯惡行命終入地獄中今佛出世罪畢得生人間墮下賤家出家入道以本緣故應受此法既命終已得生天上於天來下從佛聽法得獲道跡以是因緣佛無偏也毘舍離比丘以小因緣集在一處時佛觀衆滅少知而故問阿難具白上事佛告諸比丘有阿那般那三昧寂然快樂諸不善法即能滅之永使不生

即十六特勝法門也阿那般那此云遣來遣去遣來入息也遣去出息也　十六特勝者一知息入二知息出三知息長短四知息徧身五除諸身行六受喜七受樂八受諸心行九心作喜十心作攝十一心作解脫十二觀無常十三觀出散十四觀離欲十五觀滅十六觀棄捨　言特勝者從因緣得名如外道等並能修得四禪四空而無對治觀行故不出生死此十六法有定有觀具足諸禪能發無漏故名特勝也若以十六法横對四念處每念處有四法共成十六此易可知今約竪對三界以明修證之相　一知息入二知息出者對待數息也行者調息綿綿一心依隨於息息入時知從鼻端入至臍息出時知從臍出至鼻如是一心照息依隨不亂爾時知息粗細之相知風喘氣爲粗息相爲細息有四事一爲風二爲氣三爲息四爲喘止觀云有聲曰風守之則散結滯曰氣守之則結出入不盡曰喘守之則勞不聲不滯出入俱盡曰息守之則定　粗即調之令細如守門人知人出入亦知好人惡人知好則進知惡則遮復知輕重滑澁冷煖久近復知因入出息則有一切衆苦煩惱生死往來輪轉不息心知驚畏若闇心數息無有觀行正修證時多生愛見慢等諸煩惱病愛者愛著此數息見者謂見我能數慢者謂我能數以此慢他今隨息時即知此息無常命依於息以息爲命一息不還即便無命知息無常即不生愛知息非我即不生見悟無常即不生慢此則從初方便已能破諸結使不同數息以一心依息令心不散得入禪定故名亦

愛覺悟無常故名亦策與定相應名亦有漏觀行不著名亦無漏也知入知出正依隨息爲門三知息長短者對欲界定也外凡證欲界定時都不覺知息中相貌今此中初得定時即覺息中長短之相覺悟無常轉更分明證欲界定故名亦愛觀行覺無常故名亦策也　四知息徧身者對未到地定也凡外證未到地直覺身相泯然如虛空爾時實有身息但以眼不開故不覺不見今特勝中發未到地時亦泯然入定即覺漸漸有身如雲影覺出入息徧身毛孔亦知息長短相等見息入無積聚出無分散無常生滅覺身空假不實亦知生滅刹那不住三事和合故有定生三事既空則定無依知空亦空於空不著亦愛亦策如前說也　五除諸身行者對初禪覺觀支也言身行者欲界身中發得初禪則色界四大造色觸欲界身欲界身根生識覺此色觸二界色相依共住故名爲身身即覺支從此身分生觀知身中之法有所造作故名身行身行即是觀支言除者因覺息徧身發得初禪心眼開明見身三十六物臭穢可惡爾時即知三十六物由四大有頭等六分一一非身四大之中各各非身此即是除欲界身也又於欲界身中求色界四大不可得名除初禪身所以者何若言有色界造色者爲從外來爲從內出爲在中間住如是觀時畢竟不可得但以顛倒憶想故言受色界觸諦觀不得即是除初禪身身除故身行即滅也　六受喜者對破

初禪喜支也根本禪中喜支從隱沒有垢覺觀後生既無觀慧照了多生煩惱故不應受今於淨禪覺觀支中生喜以有觀行破析達覺觀性空則所生喜亦空於喜不著無諸過罪故說受喜如阿羅漢不著一切供養故名應供也　七受樂者對破初禪樂支也根本禪無觀慧樂中多染故不應受今知樂性空不著故無過罪說受樂也　八受諸心行者對破初禪一心支若根本禪入一心時心生染著故不應受今知此一心虛誑不實一心非心即不取著既無過罪即是三昧正受故說受諸心行也　九心作喜者對二禪內淨喜也根本二禪喜從內淨發以無智慧照了多生受著今觀此喜即知虛誑不生受著名喜覺分從正觀心生真法喜故名心作喜也　十心作攝者對二禪一心支也二禪喜動今返觀喜性既知空寂畢竟定心不亂不隨喜動也　十一心作解脫者對破三禪樂也三禪有徧身之樂凡夫得之多生愛縛不得解脫今以觀慧破析知此樂從因緣生空無自性虛誑不實觀樂不著心得自在也　十二觀無常者對破四禪不動也三禪爲樂所動故四禪名不動定凡夫得此多生常想心生愛取今觀此定生滅代謝三相所遷知是破壞不安之相也　十三觀出散者對破空處也出者出離色界散者散三種色（一可見有對色二不可見有對色三不可見無對色）又出離色界心依虛空消散自在不爲色法所縛故名出散凡夫得此謂是真空

安隱心生取著今觀虛空處定知是四陰和合而有無自性不可取所以者何若言有出散者爲虛空是出散爲心是出散若心是出散者過去心已謝未來心未生現在心不住何能出耶若空是出散者無知之法有何出散既不得空定則心無受著也　十四觀離欲者對識處也一切愛著外境皆名爲欲從欲界乃至空處皆是心外之境若虛空爲外境識來領受此空即以空爲所欲今識處定緣於内識離外空欲故名離欲凡夫得此無慧眼照了謂言心與識法相應真實安隱即生染著今以觀慧破析知三世識皆不與現在心相應故此識定但有名字虛誑不實也　十五觀滅者對無所有處也此定緣無爲法塵心與無爲相應對無爲法塵發少分識凡夫謂爲心滅深生愛著爲其所縛今觀此少識亦有四陰和合無常無我虛誑不實譬如糞穢多少俱臭不染著也　十六觀棄捨者對非想非非想也非非想是兩捨之對治從初禪來但有偏捨無有兩捨今此定雙捨有無又是捨中之極故名棄捨凡夫得此謂爲涅槃無有觀慧覺了不能捨離今知此定亦是四陰二入（意入法入）三界（意界法界意識界）及十種細心所等（觸作意受想思欲解念定慧）和合所成無常苦空無我虛誑不實不應計爲涅槃既知空寂即不受著也行者爾時深觀棄捨即便得悟三乘涅槃然未必須皆具十六或得三二特勝即便發悟亦有利根初隨息時覺悟無常即發無漏

由其從初俱發根本定故名亦有漏於中觀慧破析不著名亦無漏一往勝六妙門也

以無數方便訶責婆裘園中比丘已與諸比丘結戒

四所立戒相

若比丘故自手斷人命持刀與人歎譽死快勸死咄男子用此惡活爲寧死不生作如是心思惟種種方便歎譽死快勸死是比丘波羅夷不共住

釋義人者從初識至後識而斷其命此識即第八阿賴耶識名曰藏識以其無法不含無事不攝故又名持業識能持一切善惡種子故瑜伽論云此識最初於母腹托胎之時如磁石吸鐵是名初識乃至命將終時冷觸漸起惟有此識能執持身此識若捨四大分散是名命終識亦名後識所謂去後來先作主也又一切衆生皆以受煖識三色心相連不斷名爲命根令使彼色心不能相續名爲命斷故者故心行殺顯非錯悞也自手者謂自手行殺或身捉壓令死或手或脚或肘或膝及餘身分若持刀杖若石若塼遥擲殺人皆云自手也與人者根本云若知彼人欲得自殺以大刀剃刀剌刀等而安其前欲令自害歎譽死快勸死根本云言勸死者於三種人勸之令死謂破戒持戒及以病人往破戒人所作如是言具壽知不汝命破戒作諸罪業身語意三常造衆惡具壽汝命長存惡業增多長受地獄苦應可捨身自斷其命　云何勸持戒者往彼語言具壽知不汝既持戒修諸善法又能展手施恒常施愛樂施廣大施分布施汝有此福必生天上持戒人問曰具壽我今欲何所作報言應可捨身自斷其命　云何勸病比丘死往彼所言具壽知不汝既重病極受苦惱汝若久存病轉增劇常受辛苦汝應捨身自斷其命如是種種歎勸也咄男子咄者乃是警覺之辭男子乃是招呼之語作如是心思惟種種方便歎譽死快勸死作如是心者即歎死勸死之心非爲餘事

犯緣此戒具足四緣方成本罪若緣有缺罪便結輕一有殺心二是人趣三作人想四命根斷

定罪此中犯者若自殺若敎殺若遣使殺若往來使殺若重使殺若展轉使殺若求男子殺若敎人求男子殺若求持刀人殺若敎求持刀人殺若身現相若口說若身口俱現相若遣書若敎遣使書若坑陷若倚發若與藥若安殺具　若自殺者若以手若瓦石刀杖乃至餘物而自殺　敎殺者殺時自看前人擲水火中若山上推着谷底若使象蹋殺若使惡獸噉或使蛇螫及餘種種敎殺　遣使殺者比丘遣使斷某甲命隨語往斷命　往來使者比丘遣使往斷某甲命隨語往欲殺未得殺便還即承前敎復往殺　重使殺者比丘遣使汝去斷某甲命續復遣使如是乃至四五彼使即往殺　展轉使者比丘遣使汝斷某甲命彼使復轉遣使乃至百千往斷其命　求男子者是中誰知有如是人能用刀有方便久習學不恐怖不退能斷某甲命彼使即往斷其命　敎求男子者敎人求是中誰知有如是人能用刀有方便久習學不恐怖不退能斷某甲人命彼使即往斷其命　求持刀者自求誰勇健能持刀斷某甲命彼即往殺　敎求持刀亦如是　身現相者身作相殺令墮水火中從山上墮谷底令象蹋殺令惡獸食毒蛇螫彼因此現身相故自殺　或作是說汝所作惡無仁慈懷毒意不作衆善行汝不作救護汝生便受罪多不如死若復作是語汝不作惡暴有仁慈不懷毒意汝已作衆善行汝已作功德汝已作救護汝生便受

衆苦若死當生天上若彼因此言故便自殺　身口現相亦如是　遣使者若使往彼汝所作善惡廣説如上承此使口歎死者　遣書殺者執書言汝所作善惡廣説如上　遣使書者亦如是　坑陷者審知彼所行道必從是來往當於道中鑿深坑着火若刀若毒蛇若尖杙若毒塗刺若墮坑中死

倚發者（謂做定機關安諸殺具倚着即發也）知彼人必當倚發彼處若樹若墻若柵於彼外若著火若刀若杙若毒蛇若毒塗刺機發使墮中死　藥者知彼人病與非藥若雜毒或過限與種種藥使死　安殺具者先知彼人本來患厭身命惡賤此身即持刀毒若繩及餘死具置之於前如上一一死者波羅夷不死者偷蘭遮　若天子若龍子阿修羅子揵闥婆子夜义餓鬼若畜生中有智解人語若復有能變形者方便求殺殺者偷蘭遮不死者突吉羅　畜生不能變形若殺者波逸提不死突吉羅　實人人想殺波羅夷　人疑偷蘭遮　人非人想偷蘭遮　非人人想偷蘭遮　非人疑偷蘭遮　第四分云方便墮他胎波羅夷母死兒活母死無犯但得偷蘭遮（謂殺心在兒不在母母死無犯既未遂本心罪結方便）衆多比丘遣一人斷他命一切波羅夷　五分律云自殺身偷蘭遮　入母胎後至四十九日名爲似人過此盡名爲人若人若似人殺者波羅夷（似人者謂托母胎初得二根始處緣時父精母血相合自識處中得身命二根名爲似人過七七日六根具足成人形相故名爲人）若作書令彼殺

字字偷蘭遮　書至彼因是死波羅夷　若作相似語教人殺彼因此死波羅夷　凡發殺心時突吉羅　作方便時偷蘭遮

死者波羅夷　有二比丘相瞋後共道行於路相打一人遂死佛言無殺心不犯重瞋打比丘波逸提　從今不聽相瞋未悔者共道行犯者突吉羅　欲殺彼悞殺此偷蘭遮 謂於此人全無殺心但得方便偷蘭遮　十誦云若爲人作坑桁弶羅等人因是死波羅夷

若不即死後因是死亦波羅夷　後不因死偷蘭遮　若爲非人作非人死者偷蘭遮　人畜死皆突吉羅 謂於人畜無有殺心故　若不定一事作諸有來者皆令死　人死波羅夷　非人死偷蘭遮　畜生死波逸提　都無死者一偷蘭遮二突吉羅　自

斷指突吉羅　看病久生厭心置令死偷蘭遮　令趣得藥食便服死者偷蘭遮　摩得勒伽云欲殺凡人誤殺羅漢　欲殺羅漢誤殺凡人　欲殺父誤殺母　欲殺母誤殺父皆偷蘭遮不得重逆 問既誤殺生身父母出世聖人何故不失戒耶荅殺盜二戒論心不論事今於所欲殺者未遂其心罪結方便所誤殺者實無殺心故不得重逆三途果報寧得免哉　薩婆多云若以比丘語故征統異國兼得財寶皆得殺盜二波羅夷　若執刀欲殺發足步步輕偷蘭乃至未傷人已還盡輕偷蘭　若刀着人不問深淺命未斷已還重偷蘭

若死波羅夷　若爲殺人故作坑未成時突吉羅　作竟輕偷蘭　若人墮中勇健即能出坑得重偷蘭　若墮坑中不死亦重偷蘭　作摇作撥亦爾　若遣使殺

人當教時得輕偷蘭　若殺時得波羅夷　若遣使殺人教彼人若來者殺而受使者彼人去時殺者比丘得輕偷蘭　若教刀殺而用杖殺　若教殺此而殺彼凡不本教更興方便盡輕偷蘭　若以刀杖欲打殺人故或杖打刀刺不尋手死十日應死後更與人打即尋杖死打死比丘得波羅夷　先打比丘得偷蘭（問何以但害人得波羅夷答人中有三歸五戒波羅提木叉戒故又沙門四果多在人得佛與辟支佛必在人中得漏盡故是以害人得波羅夷餘道不得）比丘尼波羅夷三小衆突吉羅滅擯是謂爲犯

開緣不犯者若擲刀杖瓦石誤着彼人身死者　若營事作房舍誤墮墼石材木椽柱殺人　重病人扶起若扶臥浴時服藥時從涼處至熱處從熱處至涼處入房出房向廁往返一切無害心而死者不犯不犯者最初未制戒等

會詳楞嚴經云又諸世界六道衆生其心不殺則不隨其生死相續汝修三昧本出塵勞殺心不除塵不可出縱有多智禪定現前如不斷殺必落神道上品之人爲大力鬼中品則爲飛行夜叉諸鬼帥等下品當爲地行羅剎

第四大妄語戒

初總釋

妄爲欺心貪利行不眞實此是共戒尼制亦同大乘同制　梵網經云而菩薩常生正語亦生一切衆生正語正見而反更起一切衆生邪語邪見邪業等此是性罪

律攝云此由癡故因求利事及求利養煩

惱制斯學處此戒二緣合結

二緣起處

爾時佛在毘舍離獼猴江邊高閣講堂時世穀貴人民饑餓乞食難得佛告阿難諸有在毘舍離比丘盡集集已世尊告言汝等當知今時世穀貴乞食難得汝等諸有同和尚同師隨親厚知識各共於毘舍離左右隨所宜安居我亦當於此處安居何以故飲食難得念衆疲苦時諸比丘聞佛敎已各隨所安居

三起緣人

時婆裘河邊僧伽藍中安居比丘向居士自說得上人法等諸居士信樂供養不爲飲食所苦顏色光澤和悅氣力充足諸餘比丘在毘舍離安居者顏色憔悴形體枯燥衣服弊壞安居竟往見世尊慰問及比具白上事佛言汝等愚癡人有實尚不應向人說況復無實而向人說時世尊告諸比丘世有二賊一實非淨行自稱淨行二者爲口腹故不眞實非已有在大衆中故作妄語自稱言得上人法是中爲口腹故自稱得上人法最上大賊何以故盜受人飲食故（善見問此無離本處云何名爲賊荅不能得名爲賊何以故爲因虛誑妄語而得大利養故以方便取之故佛告諸比丘盜取人飲食者此名大賊以不實故）時世尊以無數方便訶責已與諸比丘結戒若比丘實無所知乃至虛誑妄語等

爾時有一增上慢比丘語人言我得道彼於異時精進不懈勤求方便證最上勝法彼作是念將不犯波羅夷耶我今云何尋語諸同意比丘爲我白佛時諸比丘往白

世尊佛言除增上慢者不犯當如是說戒

四所立戒相

若比丘實無所知自稱言我得上人法我已入聖智勝法我知是我見是彼於異時若問若不問欲自清淨故作是說我實不知不見言知言見虛誑妄語除增上慢是比丘波羅夷不共住

釋義實無所知者實無知見自稱者自稱說有信戒施聞智慧辯才人法者人陰五陰人入六入人界十八界上人法者律攝云即勝流法也謂一切凡愚五蘊等法鄙劣惡事是勝上法也諸法能出要成就言諸法者即指下文也能出要者謂此諸法是能出三界之要法也成就者即證得也謂此諸法我已證得故曰諸法能出要成就此句總標下文別釋自言念在身自言正憶念自言持戒自言有欲自言不放逸自言精進自言得定自言得正受自言有道自言修自言有慧自言見自言得自言果　自言念在身者有念能令人出離狎習親附此法修習增廣如調伏乘守護觀察善得平等已得決定無復艱難而得自在是爲自言得身念處身念處者頭等六分四大五根假合故名爲身是中觀身智慧爲念明見內身五種不淨破淨顛倒即是處也五種不淨者一種子不淨二住處不淨三自體不淨四外相不淨五究竟不淨　自言正憶念者有念能令人出離狎習親附此法修習增廣如調伏乘守護觀察善得平等已得決定無復艱難而得自在是爲正憶念憶念一切法見法得法其心得定此徧通一切法也　自言持戒謂堅持戒律慎守威儀斷一切惡　自言有欲毘尼母云何名爲欲

自言不放逸自言精進亦爾

如佛翹勤不倦故名爲欲欲爲法本以欲求故得一切法故名法本能生諸法大論云佛有時說爲欲或時說精進有時說不放逸譬人欲遠行時初欲去是名爲欲發

行不住是爲精進能勤勵不稽留是爲不放逸以是故知欲生精進精進故不放逸不放逸故能生諸法乃至得成佛道

自言得定有覺有觀三昧無覺有觀三昧無覺無觀三昧

有覺有觀者初心在禪名覺行者依未到地發初禪時色界清淨色法觸欲界身根心大驚悟爾時即生身識覺此色觸未曾有功德利益即是覺支細心分別名爲觀行者既證初禪功德即以細心分別此禪定中色法諸妙功德境界分明無諸蓋覆如是等功德欲界未有即名觀支智論問有覺有觀爲是一法爲是二法耶答二法粗心初念是名爲覺細心分別是名爲觀譬如撞鐘初聲大時名之爲覺後聲細時名之爲觀問曰如阿毘曇說欲界乃至初禪一心中覺觀相應今云何言粗心初念名爲覺細心分別名爲觀荅曰二法雖在一心二相不俱覺時觀不明了觀時覺不明了譬如日出衆星不現一切心心數法隨時受名覺觀亦復如是　無覺有觀者從初禪趣二禪時以覺知之心已息分別禪味之念猶在此謂正持中說謂中間禪也大梵六天即中間定力所感　無覺無觀者從二禪乃至滅受想定覺知之心分別禪味之念俱忘故名無覺觀定

空無相無願三昧

即三解脫門此三通名解脫門者解脫即是涅槃門謂能通謂此三法能通行者得入涅槃故名解脫門也亦名三三昧但三昧即是當體得名解脫從能通之用以受稱也證果則變名解脫　云何名空解脫門空有六空內空外空內外空空空大空第一義空　何謂內空一切內法思惟空知空解空受空以何義空以我空我所亦空常空不變易空　何謂爲外空一切外法思惟空知空解空受空以何義空以我空我所亦空常空不變易空　內外空亦如是　何謂空空如比丘成就空定行一切法思惟空空如上說　大空亦爾　何謂第一義空第一義即涅槃如比丘思惟涅槃空知空解空受空以何義空以我空我所亦空常空不變易空如是不放逸得定心住正住是名第一義空能如是通達是名空解脫門　無相解脫門者以聖涅槃爲境界名無相定行有相涅槃無相行有三相生住滅涅槃無三相不生不住不滅如是行有相涅槃無相涅槃是寂滅是舍宅是救護是明燈是依止是不終沒是歸趣是無燋熱是無憂惱思惟涅槃得定心住是名無相定　無作解脫門者若知一切法無相即都無所作是名無作所以者何若於法有所得者即於三界而有願求因是造作三有之業今一切相皆不可得故則於三界無所願求不造一切三有生死之業無業故無報是無作解脫門

自言得正受者想正受

九想一胮脹想二青瘀想三壞想四血塗漫想五膿爛想六蟲噉想七散想八骨想九燒想如

是想摧破結使山得三乘道　十想一無常想二苦想三無我想四食不淨想五一切世間不可樂想六死想七不淨想八斷想九離想十盡想修是法斷諸結使得阿羅漢

無想正受 由於人中天上秉外道邪說厭患粗相數修習力伏除欲界初二三禪貪染依第四禪滅除前六識心心所法令不現行想滅爲首名無想定得此定已不退不失命終即生無想天中六識不行共經四百四十九大劫　或先是婆羅門則如先婆羅門坐或先是無聞比丘則如先結跏趺坐

隨法正受 謂涅槃清淨無累正行之法入聖道等諸禪觀行能隨順彼圓寂之處故名隨法出於律攝

心想正受 則一心想息令心不散從一至十不多不少或云先數出息氣則不急身不脹滿身心輕利三昧易成若心輕浮繫心丹田當數入息若心昏沉繫心鼻端當數出息不許俱數恐生病故

除色想正受 虛空處背捨謂行人於欲界後已除棄自身不淨之色初背捨後又除內身白骨之色第二背捨後又除外身一切不淨之色尚餘八種淨色皆依心住厭色質礙不得自在若心捨色色即謝滅得出色籠飄颺無礙一心緣空與空定相應即入無邊虛空處定

不除色想正受 八背捨者一內有色想外觀色相云云入勝處者一內有色相外觀色少云云如此背捨勝處乃至色界四禪等俱有色相故云不除色想也

除入正受 若因勝處斷煩惱盡則知虛妄陰入皆滅爾時勝處變名八除入正受出禪波羅蜜十八卷十二連

一切入正受 一青二黃三赤四白五地六水七火八風九空十識是名十一切處行者住第四禪中已成就自在勝色爾時應用念清淨心捨七種色直念青色取少青光欲相如草葉大一心緣中即與少青相應觀心運此少青徧照十方即見光明隨心普照一切世間皆見青相徧滿停住不動如青世界是名青一切處餘七修相亦爾行者既成就入一切處欲入空一切處當入虛空背捨但背捨緣狹未名一切處今更廣緣十方虛空故名空一切處欲入識一切處亦當先入識處背捨於捨定中度觀此識徧滿十方皆見是識故名識一切處旣得一切處成若欲修一切入當以一切處爲本然後用善巧觀心於青一切中令黃白等皆入其中不壞青之本相而能於青色中具見餘色餘亦如是是名十一切入成就此法發大神通摧伏天魔破諸外道度脫衆生即是摩訶衍也

自言有道者從一支道乃至十一支道 謂於十一支道中隨修一法便得道果非謂全修諸法而獲解脫也　一支身念處二支定慧三支三三昧三解脫門四支四念處四正斷四如意足四無量心四禪定四空處定四向道四諦四斷五支五根五力五解脫處五

出界五觀定五起解脫法六支六念六出界六明分法六悅因法六無喜正覺七支七覺分七想七定因緣法八支八聖道八背捨八勝處九支九滅九次第定十支十想十直十一切入十一支十一解脫關要事義中廣釋狎習親附思惟此道修習增廣如調伏乘守護觀察善得平等已得決定無復艱難而得自在自言修者修戒修定修智修解脫慧修見解脫即修五分法身也分即分齊法者戒定慧諸法也身者聚也聚集諸法以成其身也 聚集諸法者謂聚集色受想行識之法也 一戒身謂二乘因持無作之戒戒法成就證得此身故名戒身 二乘者聲聞緣覺乘也無作戒者不作意持任運無犯名無作戒也 二定身謂二乘因修無漏淨禪得證此身故名定身 無漏者不漏落生死也淨禪者謂因修禪定能斷諸漏漏即三界煩惱 既無煩惱心則清淨故名無漏淨禪也 三慧身謂二乘因修無漏智慧得證此身故名慧身 無漏智慧者即是觀十二因緣及觀四諦之智慧也修此智慧者即能斷三界煩惱出離有漏生死也 四解脫身解縛得脫故名解脫有二種一者有為解脫謂以無漏智慧斷有漏煩惱二者無為解脫謂一切煩惱滅盡無餘煩惱既盡理本無為由此二種解脫得證此身故名解脫身 五見解脫身知以智知見以眼見謂二乘因此智眼於一切法知覺照了當體即空悉皆如幻得證此身故名見解脫身自言有智法智比智等智他心智法智者知現在法是名法智現在法謂五陰等各別自相 比智者知餘殘法名曰比智餘謂過去未來諸法次現在法後知故名比智所以者何先現知已然後比知 等智者亦名世俗智知諸有情修行差別及知諸法名字等異故名等智 他心智者知諸眾生心心所法無所滯礙故名他心智狎習親附思惟此智餘如上說自言見者見苦見集見盡見道涅槃經云我昔與汝等不見四真諦是故久流轉生死人苦海又云凡夫有苦而無諦聲聞有苦而有諦凡夫不見苦理故言無諦聲聞能見無常苦空故言有諦若復作如是言天眼清淨觀諸眾生生者死者善色惡色善趣惡趣知有好醜貴賤隨眾生業報如實知之狎習親附此見餘如上說自言得者得須陀洹果斯陀含果阿那含果阿羅漢果餘如上說我已入聖智勝法我知是

我見是聖智者即法智等勝法者即如上諸法也彼於異時律攝云異時者過後之時也若先作妄語罪雖不自說豈可不犯重聊何須說此異時等言答但令犯戒設不自說已得本罪餘人於彼但可生疑未得即作不共住事是故須有異時等言方成不共住也若問若不問律攝云有人問言長老汝得聖道果耶從何法師學得此道果汝何處得得得時云何待問方自說露不問者不問而自說律攝云以上三罪理無差別何故妄中方陳問等若據前三亦有此事緣起有故惟於此說也虛誑妄語者律攝云虛者顯所陳說無有實義誑者本所業心爲求飲食不爲勝事作斯妄說妄語者先爲妄心方陳所說故云虛誑妄語也除增上慢者慢有七種一單慢謂於劣計已勝於等計已等　二過慢謂於勝計已等於等計已勝　三慢過慢謂於勝計已勝　四增上慢未得謂得　五邪慢計無德謂德　六我慢執我自高　七卑劣慢謂於他勝計已爲劣甘爲人下不生敬仰也

僧祇律云有二比丘在阿蘭若住其一比丘暫成就根力覺道貪恚不起語第二比丘言長老我得阿羅漢後時遊諸聚落放縱諸根麁習止觀言止觀者乃三觀之總名也謂停息諸念曰止如理思惟曰觀內心不動曰定隨緣照了曰慧梵語奢摩他此云止止久曰定梵語三摩盋提此云觀觀久曰慧梵語禪那此云等該在因曰止觀在果曰定慧便起煩惱覺癡愛生還語其伴比丘言長老妄稱得過人法犯波羅夷是比丘言我非知而妄語謂爲實耳以是白佛佛言此是增上慢云何於正法中信家非家捨家出家起增上慢汝當方便除增上慢可得阿羅漢果彼時比丘大自慚愧即於佛前進精方便修習止觀除增上慢得阿羅漢果謂其不違法相錯認消息得小輕安自謂究竟乃是如心而說世尊開除故不結罪

犯緣此戒具足七緣方成本罪若緣有缺罪結方便一有虛妄心二實無所知三說過人法四所對是人五實作人想六說而

了了七前人領解

定罪此中犯者如是虛而不實不知不見向人說言我得上人法前人知者波羅夷　說而不知者偷蘭遮　若遣手印（本律手印根本云指印　根本雜事云佛聽比丘畜印以爲驗記但不聽着指環及寶莊飾聽用鍮石赤銅白銅牙角五種物作又印有二種一是大衆二爲私物若大衆印刻轉法輪像兩邊安鹿伏跪而住其下應書元本造寺施主名字若私印刻作骨鎖形像或作髑髏形欲令其見時生厭離故）若遣使若書若作知相若知者波羅夷　不知者偷蘭遮　自在靜處作不靜想口說言我得上人法偷蘭遮　不靜處作靜想口說言我得上人法偷蘭遮　諸天阿修羅乾達婆夜叉餓鬼畜生能變形有智向說上人法知者偷蘭遮　說而不知者突吉羅　若手印若違使若書若作知相使彼知偷蘭遮　不知突吉羅　畜生不能變形者向說得上人法突吉羅　若人實得道向不同意大比丘說得上人法突吉羅　若爲人說根力覺意解脫三昧正受我得是波羅夷　人作人想波羅夷　人疑偷蘭遮　人非人想偷蘭遮　非人人想偷蘭遮　非人疑偷蘭遮　十誦律云說我是阿羅漢乃至得阿那般那念不實犯波羅夷　若言我善持戒婬欲不起不實偷蘭遮　若說天來乃至羅刹鬼來互相問荅不實者波羅夷　若說旋風土鬼來至我所不實者偷蘭遮　有人問比丘言汝是阿羅漢否若默然者偷蘭遮　應言我非阿羅漢　薩婆多論云無所誦習而言我有所誦習悉偷蘭遮　如自稱過人法前人不聞不受

重偷蘭遮　摩得勒伽云若言我不墮三塗偷蘭遮　若言我已離結使煩惱波羅夷　向聾人瘂人瘂聾人入定人說偷蘭遮　若問得果不荅言得而示以手中果偷蘭遮　善見律云若有白衣作寺入我寺者是阿羅漢有惡比丘入此寺者犯波羅夷　五分律云寧噉燒石吞飲烊銅不以虛妄食人信施世間有五大賊一者作百千人主破城邑聚落害人取物二者有惡比丘將諸比丘遊行人間邪命說法三者有惡比丘於佛所說法自稱是我所造四者有惡比丘不修梵行自言我修梵行五者有惡比丘為利養故空無過人法自稱我得此第五賊名為一切世間天人魔梵沙門婆羅門中之最大賊　又云為利養故種種讚歎他戒定慧解脫解脫知見成就而客以自美偷蘭遮　為利養故坐起行立言語安庠以此現得道相欲令人知偷蘭遮　僧祇律云若作羅漢相或合眼以手自指語優婆夷言汝愚癡人不知其尊譬如優曇盋華時一出而不知貴作如是相者得越毘尼罪　比丘尼波羅夷三小衆突吉羅滅擯是謂為犯

開緣不犯者增上慢人自言是業報因緣非修得若向同意大比丘說上人法若向人說根力覺道解脫三昧正受不自稱言我得若戲笑說或疾疾說屏處獨說夢中說欲說此錯說彼不犯不犯者最初未制戒等

會詳首楞嚴經云如是世界六道衆生雖

則身心無殺盜婬三行已圓若大妄語即三摩提不得清淨成愛見魔失如來種所謂未得謂得未證言證或求世間尊勝第一謂前人言我今已得須陀洹果乃至阿羅漢道辟支佛乘十地地前諸位菩薩求彼禮懺貪其供養是一顛迦銷滅佛種如人以刀斷多羅木佛記是人永殞善根無復知見沉三苦海不成三昧又云若不斷其大妄語者如刻人糞爲栴檀形欲求香氣無有是處我教比丘直心道場於四威儀一切行中尚無虛假云何自稱得上人法譬如窮人妄號帝王自取誅滅況復法王如何妄竊因地不眞果招紆曲　第四分云死人有五不好一不淨二臭三有恐畏四令人恐畏惡鬼得便五惡獸非人所住處犯戒人亦如是一身口意業不淨二惡聲流布三諸善比丘畏避四諸善比丘見之生惡心言我云何乃見如是惡人五不與善人共住破戒人有五過失一自害二爲智者所訶三有惡名流布四臨終時生悔恨五死墮惡道復有五事一先所未得物不能得二既得不護三隨所在衆中有愧恥四無數由旬內人稱說其惡五死墮惡道　善見律云一切作諸惡法無人不知初作護身神見次知他心天人知如此之人天神俱見是故大叫喚展轉相承傳至梵天置無色界餘者悉聞　優婆塞五戒相經云佛告比丘吾有二身生身戒身若善男子爲吾生身起七寶塔至於梵天若人虧之其罪尚有可悔虧吾戒身其

罪無量　梵網經云寧以此口吞熱鐵丸
及大流猛火經百千劫終不以此破戒之
口食信心檀越百味飲食
三結問
諸大德我已說四波羅夷法
釋律攝云已說四波羅夷法者謂彰其四
事了了說竟欲令比丘重審其罪暫舒息
故故曰我已說四波羅夷法也
若比丘犯一一法不得與諸比丘共住如前
後亦如是
釋律攝問曰前是俗人無比丘分後時犯
戒與前俗人體有别不荅如前在俗不是
比丘後犯戒時與前俗人體無有異故曰
如前後亦如是薩婆多論云初犯一戒已
毀破受道器名波羅夷後更殺人得突吉
羅實罪雖重無波羅夷名以更無道器可
破故
是比丘得波羅夷罪不應共住
釋薩婆多論云不共住者不共作一切羯
磨同於僧事所以不共住者有四義一爲
生四部天龍鬼神信敬心故若行惡之人
與共同事則無由信敬二以顯佛法無私
無愛憎若清淨者共住不清淨者不共住
二者爲止誹謗故若與惡人同事外道邪
見及以世人咸生誹謗當言佛法有何可
貴不問善惡一切共事四者以持戒者得
安樂住增上善根故破戒者生慚愧心折
伏惡心故有此四義所以不共住也
今問諸大德是中清淨不三問
四勸持

諸大德是中清淨默然故是事如是持

毘尼關要卷第三

毘尼關要卷第四

清金陵寶華山律學沙門德基輯

二僧伽婆尸沙法分四初總標二別列

戒相三結問四勸持

今初

諸大德是十三僧伽婆尸沙法半月半月說

戒經中來

釋十誦云僧伽婆尸沙者是罪屬僧僧中

有殘因衆僧前悔過得滅是名僧伽婆尸

沙

根本云僧伽者若犯此罪應依僧伽而行

其法及依僧伽而得出罪伐尸沙者是餘

殘義若於四事隨犯其一無有餘殘不得

共住此十三法有餘殘可治故名僧殘

律攝云由奉衆教罪方除滅　毘尼母云

如人爲他所斫殘有咽喉名之爲殘如二

人共入陣間一爲他所害命絕二爲他所

害命根少在不斷若得好醫良藥可得除

瘥若無者不可瘥也犯僧殘者亦復如是

有少可懺悔之理若得清淨大衆爲如法

說懺悔除罪之法此罪可除若無清淨大

衆不可除滅是名僧殘　善見云僧伽者

爲僧婆者爲初謂僧中初與覆藏羯磨也

尸沙者云殘謂末後與出罪羯磨也此罪

一一從僧作法除故以境爲名　薩婆多

論問四篇皆是有殘何獨此戒名僧殘荅

四篇雖是有殘不一切盡因僧滅此十三

事一切因僧三十事中三事因僧餘則不

因九十事中七事因僧餘則不因故云僧

殘也三事因僧者第二離衣羯磨第十四減六年臥具羯磨第二十二行鉢法

餘則不因故律云若僧若衆多人若一人九十事七事因僧者第七差說粗罪法第十二餘語法觸惱法第二十二差教尼師法第六十八諫惡邪法第七十諫惡邪沙彌出二法餘則不因

二別列戒相有十三初弄陰失精乃至十三惡性不受諫

第一弄陰失精戒

總釋

此無女境事雖無其境而得受樂此是不共戒尼結不同大乘同制　梵網經云寧以利斧斬斫其身終不以此破戒之心貪著好觸　菩薩戒經云起五蓋心不開覺者是名爲犯衆多犯是犯染汙起　律攝云由癡無智故依婬事及婬煩惱制斯學處此戒二緣合結

緣起處

爾時佛遊舍衛國 律攝云遊者有四何謂爲四一者行二者住三者坐四者臥以此四法是名遊譬如世人言王出遊若到戲處或行住坐臥佛遊舍衛亦復如是舍衛者是道士名也昔有道士居住此地往古有王見此地好就此道士乞立爲國以道士名號爲舍衛也如王舍城昔有轉輪王道更相代謝止住此城以其名故號王舍城舍衛亦復如是名義集云梵語舍衛華言聞物亦云豐德以其具四德故也一具財寶德謂舍衛國中多出一切珍寶勝於餘國是名財寶德二妙五欲德謂舍衛國中五欲勝妙非餘國所及是名妙五欲德三饒多聞德饒益也謂舍衛國中財寶具足五欲勝妙聞於四方是名饒多聞德四豐解脫德豐盛也謂舍衛國中之人多修道行而得解脫是名豐解脫德也善見云此舍衛國邑內人民有五十七萬戶邑外屬舍衛國者有八萬聚落國土縱廣一百由旬偈云舍衛甚微妙觀者無厭足以十樂聲音中喚飲食豐饒多珍寶猶昔如帝釋宮

起緣人

時迦留陀夷 亦名烏陀夷此翻黑光又名粗黑由其面黑眼赤故乃婆羅門種與佛同日生本是王大臣因世尊出家成道父王思見遂命黑光往迎既至

（佛所佛爲說法喚善來比丘鬚髮自落成比丘性而情多欲後於舍衛國有婆羅門女逼爲非法而尊者不從彼懷瞋恨自破其身形反誣尊者告其父知父集五百婆羅門衆共曳尊者不能移足由尊者力大時佛觀知此是最後敎誡佛衰其力時衆共打幾死將曳王所王雖審知事虛猶三反訶責尊者極生斷愧遂至舍利弗所頂禮具陳上事舍利弗與其說法發誡發勇猛心結惑皆除證阿羅漢果既得果已念報佛恩而行敎化佛言我聲聞弟子中敎化有情令得聖果者迦留陀夷而爲第一於舍衛國敎化八十億家令得聖果）欲意熾盛顏色憔悴身體損瘦隨念憶想弄失不淨諸根悅豫顏色光澤諸親友比丘見已問言汝先時顏色憔悴身形損瘦如今顏色和悅光澤爲是住止安樂不以飲食爲苦耶如是問知其故諸比丘往白世尊佛以此因縁訶責迦留陀夷云何於我清淨法中出家作穢汙行汝愚癡人舒手受人信施復以此手弄陰墮精世尊以無數方便訶責已與諸比丘結戒不得弄陰失精結戒已有一比丘亂意睡眠於夢中失精有憶念覺已向同意比丘說時諸比丘具白世尊佛言亂意眠有五過失一者惡夢二者諸天不護三者心不入法四者不思惟明相五者夢中失精善意睡眠有五功德反上者是欲說戒者當如是說

所立戒相

若比丘故弄陰失精除夢中僧伽婆尸沙

釋義故弄者（有六種境）實心故作失精者（大論云以妄想邪憶念風吹婬欲火故內髓膏流熱變爲精）精有七種青黃赤白黑酪色酪漿色何者精青色轉輪聖王精也何者精黃色轉輪聖王太子精也何者精赤色犯女色多也何者精白色負重人精也何者精黑色轉輪聖王第一大

臣精也何者精酪色須陀洹人精也何者酪漿色斯陀含人精也　失者律攝云精離本處以腰爲處又言不然舉體有精惟除髮爪及燥乃無精若精離本處至道不至道及出乃至飽一蠅便得本罪　除夢中者律攝云謂除於夢餘皆得罪夢中雖有情識然無楷定實事可求　僧祇云夢者虛妄不實若夢真實於我法中修梵行者無有解脫以一切夢皆不真實是故諸修梵行者於我法中得盡苦際

犯緣此戒具足三緣方成本罪一舉心弄陰二作弄陰想三精離本處

定罪此中犯者若爲樂故爲自試故爲樂者謂貪其觸樂也自試者爲七種精中是何種色也爲福德故爲祠天故福德者謂弄陰失精得大福德祠天者以精祠天此俱屬外道婆羅門法爲生天故爾時有一婆羅門居閒靜處誦持呪術彼經所記若故墮精者命終生天彼欲求天道常弄陰失精特有一婆羅門出家爲道者聞此言爲生天故即便弄陰失精彼疑白佛佛言僧伽婆尸沙爲施故爲種子故施者或有人來乞求出精而施種子者或無子息以出精續其種故爲憍恣故

爲自試力故爲好顏色故憍恣者即縱恣心情不思佛教自試力者謂自試力能出多少爲好顏色者爲欲火所逼顏色憔悴如前因緣可知爲如是事弄失精一切僧殘　若於內色外色內外色水風空內色者受色外色者不爲色內外色者受不受色內謂屬內身即手及餘身有覺知冷煖澁滑故名內色受色也外謂屬無情即君持泥團等旣無覺知故云不受色也內外色者謂受不受色如前準知水者若順水若逆水若以水洒風者若順風若逆風或口吹空者自空動身問此非內色外色內外色何故得罪荅由自動身故得罪耳如上憶念弄失不淨皆僧殘　不失偷蘭遮　若比丘教比丘方便弄失不淨若失偷蘭遮　不失突吉羅　若比丘尼教比丘方便弄失不淨若失偷蘭遮　不失突吉羅　除比丘比丘尼教餘人弄失不失一切突吉羅餘人即三小衆也　第四分云若

女人捉比丘前彼動身失精僧殘　不動身失不淨突吉羅捉後亦如是捉足禮時亦如是　五分云眠時出不淨覺時發心動身偷蘭遮　眠時身動覺時發出不淨突吉羅　憶行婬事突吉羅　律攝云覺作方便夢中流泄或復翻此　作心受樂或前與方便後乃息心或作方便其精欲動即便攝念皆得麄罪　言欲動者謂精未離本處　根本云若苾芻量生支作心受樂因而泄精者得窣吐羅底　若不泄者得惡作罪　寧以手執可畏黑蛇不以染心捉生支　比丘尼波逸提薩婆多云比丘尼波逸提者爲令二衆有差別故又女人煩惱深重難拘難制若與制重則罪惱衆生又女人要在私屏處多緣多力苦乃出精男子不爾隨事能出故不同也三小衆突吉羅是謂爲犯

開緣不犯者夢中失覺已恐汙身汚衣汙牀褥若以弊物樹葉器物盛棄　若以手捺棄　若欲想出不淨　若見好色不觸失不淨　若行時自觸兩髀若觸衣觸涅槃僧失不淨　若大小便時若冷水煖水洗浴時若在浴室中用樹皮細末藥泥土浴若手指摩若大啼哭若用力作時一切不作出不淨意無犯不犯者最初未制戒等

會詳薩婆多論云佛制此故出精戒爲令法久住故又欲止誹謗故若作此事世人外道當言沙門釋子作不淨行與俗無異又欲生天龍善神信敬心故若作此事雖復私屏天龍善神一切見之又諸佛法爾婬是惡行法應制之也　大涅槃經云應

於婬欲生臭穢想乃至不生一念淨想若夢行婬寤應生悔

第二與女身相觸戒

總釋

此是不共戒尼結第五重大乘同制　律攝云隨意取樂事由癡覆故因婬煩惱制斯學處

緣起處

佛在舍衛國

起緣人

時迦留陀夷聞佛制戒不得弄陰墮精便手執戶鑰在門外立伺諸婦女來語言大妹可來入房看將至房中捉捫摸嗚口樂者便笑其所作不樂者便瞋恚罵詈出房薩婆多云諸女人何故來入寺看此有三義一以世間人多諸怱務出家人所住處寂靜安樂故二親近善知識聞法故三衆僧房中種種嚴飾彩畫房舍牀榻臥具觸目可樂是故來看問諸女人何故隨比丘入房舍中荅謂出家之人斷欲清淨信敬故隨入無疑問何故有默有不默者有云欲心多者默然欲心少者不默然有云無有父母兄弟夫主兒女有畏者默然有父母兄弟夫主兒女無畏者不默然是故有默然者有不默然者諸比丘白佛世尊以無數方便訶責已與諸比丘結戒

所立戒相

若比丘婬欲意與女人身相觸若捉手若捉髮若觸一一身分者僧伽婆尸沙

釋義婬欲意者愛染污心善見云婬亂變心者欲入身如夜叉鬼入心無異亦如老象溺泥不能自出婬亂變心隨處而著無有慚愧或心變欲或欲變心婬亂變心心即染著女人者堪行欲境有智未命終身者從髮至足身相觸者若捉摩重摩或牽或推或逆摩或順摩或舉或下或捉或捺若捉摩者摩身前後善見云捉者不摩觸者不捉不摩是

名觸也捉者捴置一處是名捉牽者牽前推者推却逆摩者從下至上順摩者從上至下舉者捉舉上下者若立捉令坐捉者若捉前若捉後捉乳捉髀捺者捺前捺後若捺乳捺髀善見云捉手者臂肘為初乃至爪甲一一身分者從髮至足一切身分

犯緣此戒具足五緣方成本罪一有婬染心二是人女三人女想四身身相觸五動身受觸樂

定罪此中犯者若比丘與女人身相觸若捉摩重摩或牽或推或逆摩或順摩或舉或下或捉或捺隨觸多少乃至隨捺多少一一皆僧殘　若女人觸比丘隨觸多少乃至隨捺多少一一皆僧殘　若天女阿修羅女龍女餓鬼女畜生女能變形者身相觸偷蘭遮　畜生不能變形者突吉羅

若與男子相觸突吉羅　若與二根身相觸者偷蘭遮　若女人作禮捉足覺觸樂不動身突吉羅　若有欲心觸衣盋尼師壇針筒草秸乃至自觸身一切突吉羅

人女人女想僧殘　人女疑偷蘭遮　人女非人女想偷蘭遮　非人女人女想偷蘭遮　非人女疑偷蘭遮　第四分云作女想與男身相觸作男想與女身相觸皆偷蘭遮　此女餘女想餘女此女想身相觸皆僧殘　與死女身未壞者相觸僧殘　半分壞多分壞者相觸偷蘭遮　女人為水所漂慈念接出不受觸樂不犯

僧祇云若比丘坐時有女人來禮足若起欲心當正身住應語言小遠住禮　若女人篤信卒來接足者應自齒舌令痛不令

覺女人細滑　若女人從比丘索水者不應自捉鑵澆女人手應以器盛與若無器令淨人與若無淨人應持鑵著牀几上令其自取　若女人落水求救者比丘作地想捉出不犯　若授竹木繩牽出不犯若言知汝雖苦當任宿命者無罪　根本云凡觸女身若是堪行婬者無衣隔時僧殘　有衣粗罪　若不堪者無衣粗罪有衣惡作　若見女人被水所漂或自縊噉毒等爲救濟時觸皆無犯　十誦云若救火難水難刀難惡蟲難惡鬼難高處墮難一切不犯　若無染心誤觸不犯　女人爲水所漂應救雖婬心起但捉一處莫放到岸不應更觸更觸得罪　若繡女畫女故觸突吉羅　善見云若摩觸女人粗厚衣偷蘭遮　若人女細薄衣手出摩觸僧殘　若比丘與女人髮髮相著毛毛相著爪爪相著偷蘭遮何以故無覺觸故若女人打比丘比丘以欲心喜受突吉羅　若女人作男子裝束比丘不知捉者無罪　戒因緣經云阿難爲摩鄧伽咒所惑不犯罪　律攝云若母來抱若女坐懷中不犯　比丘尼波羅夷三小衆突吉羅是謂爲犯

開緣不犯者若有所取與相觸若戲笑相觸若相解時相觸不犯不犯者最初未制戒等

會詳阿含經云時佛在人間遊行見火聚熾然告諸比丘若有人捉彼火捫摸及四姓女捫摸嗚之此二事何者爲善諸比丘

言捉彼等女鳴之是事爲善若捉火鳴即燒爛皮骨消盡得大苦痛不可堪耐佛言寧捉火鳴乃至筋骨消盡何以故不以此因緣墮三惡道若非沙門自言沙門乃至覆處作罪内空腐爛外現完淨不消信施墮三惡道長夜受苦是故當持淨戒受人信施一切所須能令施主得大果報所爲出家作沙門亦得成就　薩婆多論云佛所以結此摩捉女人戒一以出家之人飄然無所依止令結此戒與之作伴令有所依怙二欲止鬬諍故此是諍競根本若捉女人則生諍亂三息嫌疑故若比丘設捉女人人見不謂直捉而已謂作大惡是故止之四謂斷大惡之源欲是衆禍之先若捉摩女人則開衆惡門禁微防著五爲護正念故若親近女人則失正念六爲增上法故比丘出家跡絶欲穢栖心事外爲世楷範若摩捉女人與惡人無別則喪世人宗敬之心

第三麁惡語戒

總釋

此是不共戒尼結方便大乘同制　律攝云共爲鄙語染心調弄因招譏醜事由癡無智故依婬事及婬煩惱制斯學處

緣起處

佛在舍衛國

起緣人

時迦留陀夷聞世尊制戒不得弄陰墮精不得身相觸便持戶鑰在門外立伺諸婦女入房中向彼以欲心粗惡語諸比丘聞

白佛訶責結戒

所立戒相

若比丘婬欲意與女人麄惡婬欲語隨所說
粗惡婬欲語僧伽婆尸沙

釋義麄惡語者非梵行（根本云鄙惡語者有二一波羅市迦因起二是僧殘因起有自性鄙故有因起鄙故自性謂本性婬習深厚強熾因起謂新熏外緣強勝）婬欲語者稱說二道好惡

犯緣此戒具足五緣方成本罪一婬欲意二粗惡語三是人女四人女想五了了領解

定罪此中犯者若比丘與女人一反作粗惡語一僧殘隨粗惡語多少說而了了者一一僧殘　不了了者一一偷蘭遮　若與指印書遣使作相令彼女人知者僧殘不知者偷蘭遮　除此大小便道說餘處好惡偷蘭遮　天女阿修羅女夜叉女龍女畜生女能變形者黃門有一形粗惡語令彼知者偷蘭遮　不知者突吉羅若指印若書若遣使若現知相令彼知者偷蘭遮　不知者突吉羅　向畜生不能變形說麄惡語突吉羅　若向男子粗惡語突吉羅　粗惡語粗惡語想僧殘　粗惡語疑偷蘭遮　非粗惡語粗惡語想偷蘭遮　人女人女想僧殘　人女疑偷蘭遮　人女非人女想偷蘭遮　非人女人女想偷蘭遮　非人女疑偷蘭遮　第四分云女作男想男作女想粗惡語偷蘭遮此女作餘女想餘女作此女想僧殘性好粗惡語非欲心突吉羅　律攝云若有女人說鄙惡語以言領受情歡其事雖

不自說鄙惡之言亦得本罪　善見云若
比丘以欲心方便欲樂此事假說旁事若
女人解此語突吉羅　比丘尼偷蘭遮三
小衆突吉羅是謂爲犯
開緣不犯者若爲女人說不淨惡露觀大
妹當知此身九瘡九孔九漏九流九孔者
二眼二耳二鼻口大小便道當說此不淨
時彼女人謂說麤惡語若說毘尼時言次
及此彼謂麤惡語若從受經若二人同受
若同誦若戲笑語若獨語若疾疾語若夢
中語欲說此錯說彼一切無犯不犯者最
初未制戒等
會詳薩婆多云結戒者一爲法久住故二
爲止誹謗故三不惱害衆生令信敬增長
故四爲少欲知足行善法故

第四歎身索欲戒
總釋
謂設異方便希求欲樂此是不共戒尼結
方便大乘同制　律攝云由癡無知故因
婬事及婬煩惱制斯學處
緣起處
佛在舍衛國
起緣人
時迦留陀夷聞佛制戒不得弄陰墮精不
得與女人身相觸及粗惡語便向女人歎
身索欲諸比丘聞白佛訶責結戒
所立戒相
若比丘婬欲意於女人前自歎身言大妹我
修梵行持戒精進修集善法可持是婬欲法
供養我如是供養第一最僧伽婆尸沙

釋義自歎身者歎身端正好顏色我是剎帝利長者居士婆羅門種大妹者乃女弟之稱我修梵行者勤修離穢濁謂離汙穢不清淨法故名離穢濁也持戒精進者不缺不穿不漏無染汙言不缺者對四重而言若犯棄罪即是破器今既無違犯故云不缺也不穿者對僧殘言也若犯此篇戒者雖不名破道器而有穿孔亦不能增長勝法資財故曰不穿也不漏者漏謂滲漏也對後三篇而言之後三有違雖道器不缺不穿而有滲漏也既無違犯故云不漏也無染汙總結五篇也修集善法者善法即十二頭陀行梵語頭陀此云抖擻謂抖擻三界煩惱業報故也樂閒靜處謂離衆閙居阿蘭若身遠離故心得清淨離於欲蓋益諸善故時到乞食即常乞食也謂依法乞食當制六根不著六塵亦不分別男女等相得與不得若好若惡不生憎愛若受請食者或得不得貪恨易生若同僧食處分使人心則散亂不入道法故著糞掃衣謂拾糞掃物納作衣故以此覆障寒暑離貪遠賊無奪命難故作餘食法不食謂作餘食法妨修道業復長貪心即不知止足也一坐食謂若重食者失半日功斷數數食也一搏食又云節量食謂念身中八萬戶蟲蟲得此食皆悉安隱我今以食攝此諸蟲後得道時以法攝彼又雖一食恣貪極啜腹脹氣塞妨廢行道隨所得食三分食二身則輕安是名一搏食塚間坐謂塚間常有悲哭聲死屍狼藉無常不淨觀道易成故樹下坐謂順法故如佛成道轉法輪入涅槃皆在樹下既無房舍之貪易入道故露地坐謂樹下如半屋愛著猶生鳥喧汙穢不淨若露地處光明徧照令心明利空觀易成故常坐不臥謂若行若立心動難攝然亦不人應受常坐若欲睡時脇不著席也隨坐謂隨心所得而坐其上離所愛著不惱他人故也持三衣謂白衣好畜種種衣外道苦行裸形而已今佛弟子應捨二邊但持三衣也又離多求及守護故也唄匿此翻為靜又翻止斷又云止息由是外緣已止已斷爾時寂靜任為法事也法苑云尋西方之有唄猶東國之有讚讚者從文以結章唄者短偈以流頌比其事義名異實同毘尼母云佛告諸比丘聽汝等唄唄者言說之辭聽引十二部經中要言妙辭直顯其義故曰唄匿也多聞能說法持毘尼坐禪具三學故也如是供養第一最者善見云或讚其所須婬事此第一供養我等出家人餘供養易可得耳此婬欲供養難得故名第一供養

犯緣此戒具足五緣方成本罪一有婬欲意二歎身索欲三是人女四人女想五了了領解

定罪此中犯者若比丘作如是自歎譽己供養我來不說婬欲者偷蘭遮　若說婬欲僧殘　若在女人前一一自歎譽身一一僧殘　隨自歎多少了了者一一僧殘　說而不了了者一一偷蘭遮　若手印若書信若遣使若現知相令知者僧殘　不知者偷蘭遮除二道更爲索餘處供養偷蘭遮　天女阿修羅女夜叉女餓鬼女畜生女能變形者向自歎譽身說而了了者偷蘭遮　不了了者突吉羅　若遣使若現知相歎說身令彼知者偷蘭遮　不知者突吉羅　畜生女不能變形向彼自稱歎譽身者突吉羅　向男子自歎譽身突吉羅　人女人女想僧殘　人女疑偷蘭遮　人女非人女想偷蘭遮　非人女人女想偷蘭遮　非人女疑偷蘭遮　律攝云若對堪行婬女得本罪　若無堪者得窣吐羅　比丘尼偷蘭遮三小衆突吉羅是謂爲犯

開緣不犯者若比丘語女人言此處妙尊最上（謂讚歎如來清淨法門最爲尊上無與等者）此比丘精進持戒修善法汝等應以身業慈（鞠躬合掌低頭禮拜）口業慈（出柔軟言讚歎其德）意業慈（心存恭敬常懷戀慕）供養彼諸女意謂比丘爲我故自歎身　若爲說毘尼時言說相似而彼自謂讚歎身若從受經誦經若二人共受誦若夢中語若欲說此錯說彼不犯不犯者最初未制

戒等

第五媒嫁戒

總釋

乃爲他婬事而作方便此是共戒尼結罪同大乘同制　梵網經云應生孝順心救度一切衆生淨法與人而反更起一切人婬等此是制罪　律攝云因鄙惡事制斯學處

緣起處

佛在羅閱祇耆闍崛山中羅閱祇即王舍城也

起緣人

有一比丘名迦羅本是王大臣善知俗法羅閱城中諸有嫁娶盡問迦羅與作婚娶時諸男女得適意者便歡喜讚歎不適意者便作是言當令迦羅常受苦惱諸比丘聞白佛訶責結戒

所立戒相

若比丘往來彼此媒嫁持男意語女持女意語男若爲成婦事若爲私通乃至須臾頃僧伽婆尸沙

釋義往來彼此媒嫁者使所應可和合者是律攝云媒嫁者往來通信也　女人有二十種母護者母所保善見律云母禁制不聽出入恐慮他事又云檢斂看視不與餘處遊戲亦不聽行來出入　父護　父母護　兄護　姊護　兄姊護根本云若女人父母及夫主並皆亡沒或時散失至兄弟家而爲住止兄弟衛護　自護身得自在謂父母夫主兄弟皆亡失身自獨居　法護謂修行梵行謂女心貞潔歸依三寶受五學處清淨梵行以佛法守護　姓護不與卑下姓　宗親護爲宗親所保　自樂爲婢樂爲他作婢　與衣婢與衣爲價　與財婢乃至與一錢爲價

同業婢同供作業若未成夫婦　水所漂婢水中救得　不輸稅婢若不取輸稅謂物應輸稅直今不取其稅直而爲作婢也若放去婢若買得若家生　客作婢僱錢使作如家使人他護婢受他華鬘爲要謂聘以華鬘既受他禮即屬他人故云他邊方得婢謂抄劫得謂軍將征伐異國或賊主破壞村城獲得故名抄劫得是爲二十種男子亦如是母護男母護女遣比丘爲使語彼言汝爲我作婦　若與我私通　乃至須臾頃揀非終身爲婦也時既非多故云須臾頃一日一夜有三十須臾也犯緣此戒具足五緣方成本罪一媒嫁人女二人女想三受語四往說五還報定罪此中犯者隨媒嫁多少說而了了還報一一僧殘　說而不了了一一偷蘭遮若比丘受語往彼說不還報　不受語

往彼說還報皆偷蘭遮　若比丘受語不往彼說不還報　不受語往彼說不還報皆突吉羅　若書指印若現相令知彼知僧殘　不知偷蘭遮　天女阿修羅女龍女夜叉女餓鬼女畜生女能變形者黃門二根媒嫁說而了了偷蘭遮　不了了突吉羅　若書指印現相令彼知偷蘭遮不知突吉羅　若畜生不能變形媒嫁突吉羅　媒嫁男突吉羅　媒嫁媒嫁想僧殘　媒嫁疑偷蘭遮　媒嫁不媒嫁想偷蘭遮　不媒嫁媒嫁想偷蘭遮　不媒嫁疑偷蘭遮　人女人女想僧殘　人女疑偷蘭遮　人女非人女想偷蘭遮　非人女人女想偷蘭遮　非人女疑偷蘭遮若比丘持他書往不看突吉羅　若爲白

衣作餘使突吉羅　僧祇云若男子有衆多婦有念者有不念者比丘語言當等看視務令均平荅言當如師教比丘爾時得偷蘭遮罪　若夫婦鬭諍比丘勸喻和合得偷蘭遮　若彼夫婦不和或於佛事僧事有缺爲福事故勸令和合無罪　若有婦還家勸其早還夫舍得偷蘭遮　有二摩訶羅比丘一有子一有女即自爲婚配二俱僧殘　十誦云媒事已成比丘後來佐助偷蘭遮　根本云若比丘至施主家作是語此女長成何不出適此男既大何不娶妻若言此女何不往夫家此男何不向婦舍皆惡作罪　律攝云若指腹媒嫁若生男女若俱男若俱女若半擇迦（即不能男女人）窣吐羅　若告云彼家有女何不求之意爲媒合便得粗罪　但有片言與媒事相應皆得惡作罪　若弟子語師我欲爲他作媒事師聞此語默而許者得窣吐羅（謂師應止其惡事而師不閑律法默而許者得窣吐羅）　善見云若衆多女遣一比丘傳語語衆多男子受語往彼說還報衆多僧殘　此戒不問知與不知但受語往語還報悉僧殘　戒因緣經云解放畜生合其牝牡僧殘（問諸部媒嫁畜生不結本罪戒因緣經解放畜生合其牝牡獨結僧殘何耶荅但作媒嫁則婬機尚遠解放令合則目覩非法故雖畜生亦得本罪也）　比丘尼僧殘三小衆突吉羅是謂爲犯

開緣不犯者若男女先已通而後離別還和合　若爲父母疾患若繫閉在獄看書持往　若爲信心精進優婆塞病若繫在獄看書持往　若爲佛爲法爲僧爲塔若

爲病比丘看書持往一切無犯不犯者最初未制戒等

第六小房過量戒

總釋

此是不共戒尼不同犯大乘同制　梵網所謂惡求多求菩薩戒本所謂多欲不知足也（薩婆多云與少不足名爲多欲得一求一名不知足又復得內供養無厭名爲多欲得外利養無厭名不知足也）律攝云由住處事鄙業煩惱制斯學處

緣起處

佛在羅閱祇耆闍崛山中聽諸比丘作私房舍

起緣人

有曠野國比丘即私作大房舍功力繁多（根本云時摩竭陀憍薩羅二國中間大曠野處有五百羣賊殺害商旅人行路絕時影勝王命大將往彼屏除羣賊方便降伏即於二界中間築一新城總集諸人共住於此名曠野城）常行求索居士畏避有一比丘欲起房舍自斫樹樹神念打比丘恐違道理乃往白佛佛讚慰之時尊者大迦葉乞食曠野城中諸居士遙見避入里巷（五家爲鄰五鄰爲里直曰街曲曰巷）迦葉問知其故白佛訶責結戒

所立戒相

若比丘自求作屋無主自爲已當應量作是中量者長佛十二磔手內廣七磔手當將比丘指授處所彼比丘當指授處所無難處無妨處若比丘有難處妨處自求作屋無主自爲已不將比丘指授處所若過量作者僧伽婆尸沙

釋義自求者彼處處乞索屋者房也無主者彼無有人若一若兩若衆多自爲已者

自求索自爲作也應量者長佛十二磔手內廣七磔手磔手者謂舒指一跨也又云張手周尺人一尺佛二尺唐於周一寸上增二分一尺上增二寸蓋周尺八寸也佛一磔手准唐尺即該一尺六寸也長佛十二磔手者乃房進深之量正有一丈九尺二寸也內廣七磔手者乃是橫量寬有一丈一尺二寸也若太大則功力煩多太小則難容四儀今佛制量正處於中也 難處者有虎狼獅子諸惡獸下至蟻子比丘若不爲此諸蟲獸所惱應修治平地若有石樹株荊棘當使人掘出若有陷溝坑陂池處使人填滿若畏水淹漬當預設隄防若地爲人所認當共斷當無使他有語是謂難處妨處者不通草車迴轉往來是謂妨處彼比丘看無難處無妨處已到僧中脫革屣偏露右肩右膝著地合掌作如是白 大德僧聽我某甲比丘自乞作屋無主自爲已我今從僧乞知無難處無妨處如是三乞時衆僧當觀察此比丘爲可信不若可信即當聽使作若不可信衆僧應到彼處看若衆僧不去遣僧中可信者看若彼處有難有妨若無難有妨若有難無妨皆不應與處分若無難無妨應與處分 故云當將比丘指授處所彼比丘當指授處所無難處無妨處此戒當知緣起兩事故戒制二途應量從多求索處分則伐樹神瞋故罪結二重也 作房應知初安若石若土墼泥團乃至最後泥治訖是 若比丘有難處下違制成犯也

犯緣此戒具足四緣方成本罪一過量作二不處分三作過量不處分想四作屋已成

定罪此中犯者若不被僧處分過量有難有妨處二僧殘二突吉羅 僧不處分過

量有難無妨無難有妨二僧殘一突吉羅　僧不處分不過量一僧殘有難有妨二突吉羅　有難無妨無難有妨皆一突吉羅　僧處分過量一僧殘有難有妨二突吉羅　有難無妨無難有妨皆一突吉羅　僧處分不過量有難有妨二突吉羅　有難無妨無難有妨皆一突吉羅　僧處分過量無難無妨一僧殘　若比丘僧不處分過量有難有妨自作屋成者二僧殘二突吉羅　作而不成二偷蘭遮二突吉羅　若使他作成二僧殘二突吉羅　作而不成二偷蘭遮二突吉羅　若爲他作屋成二偷蘭遮二突吉羅　作而不成四突吉羅　若作屋以繩拼地應量作者過量作者犯　若比丘教人案繩墨作彼受教者言如法作而過量彼受教者犯　彼教人案繩墨作即如法作不還報作者犯　若教人案繩墨作即如法作教者不問如法作不教者犯　若僧不處分作不處分想僧殘　若僧不處分疑　僧不處分作處分想　僧處分作不處分想　僧處分疑悉偷蘭遮　過量過量想僧殘　過量疑　過量不過量想　不過量過量想　不過量疑皆偷蘭遮　有難有難想　有難疑　若有難無難想　若無難有難想　若無難疑咸得突吉羅　妨處亦如是　僧祇云作房時若授甎泥團及壘甎等悉得越毘尼罪　若戶牖已成時偷蘭遮　乃至作成時僧殘一切受用得越毘尼罪　十誦云若比丘語餘比丘爲我作

舍語已便去後作未成行還自成是舍不如法作犯　若得先成舍無犯　善見云若二三人共作屋若一比丘一沙彌悉不犯何以故人無一屋分故若段段分人得一屋分僧殘　薩婆多云從平地印封作相二團泥未竟已還盡輕偷蘭一團泥未竟重偷蘭作房竟僧殘　比丘尼偷蘭遮三小衆突吉羅是謂爲犯（尼偷蘭者謂比丘尼不住蘭若故也）

開緣不犯者如量作減量作僧處分作無難處無妨處作如法拼作若爲僧作爲佛圖（是佛塔廟也）講堂草菴葉庵若作小容身屋若作多人住處（即爲衆作）無犯不犯者最初未制戒等

會詳薩婆多云一爲正法久住故二爲止誹謗故三不惱害衆生令信敬增長故四爲少欲知足行善法故有此四義而結戒也

第七作大房戒

總釋

此是不共戒尼結同前大乘同制　梵網云頭陀行道乃至夏坐安居是諸難處皆不得入　律攝云妨修善業因起違諍爲防譏過制斯學處

緣起處

時佛在拘睒彌國瞿師羅園（拘睒彌者西域記云憍賞彌國舊曰拘睒彌國譌也中印度境周六千餘里國大都城周三十里土稱沃壤地利豐植秔稻多甘蔗茂氣序暑熱風俗剛强好學典藝崇樹福善　瞿師羅者是長者名也華言美音由過去世時作狗子以聲吠請辟支佛至家供養故生生中報得好音是長者身長三尺佛亦化身爲三尺以化彼令歸正法　西域記云城東南不）

（遣有故伽藍如來於此數年說法）

起緣人

時優填王與闡陀尊者親友知識（優填王者或云優陀延又云鄔陀衍那唐言出愛佛初降誕時大地震動皆放光明時憍閃毘國百軍大王初誕一子見此光明便作念言我子福力有大光明宜與名曰光明闡陀者又云闡那薩婆多云是佛異母弟優填王妹兒生大豪族出家爲道多住拘睒彌國性悷自用作種種過惡又以此中利益衆生多故多住此國後因惡性不捨衆僧與作梵罰悶絕於地阿難爲說法要即得開悟證果）語言欲爲汝作屋隨意所好何處有好地任意作報言大佳近城有尼拘律神樹多人往反象馬車乘止息其下闡陀往伐此樹（尼拘律又云尼拘盧陀此云無節又云縱廣阿含云其身圓正其葉青滑長廣子似枇杷子承蒂如柿然其種類耐老諸樹中最能高大者也）居士譏嫌世尊訶責結戒

所立戒相

若比丘欲作大房有主爲己作當將餘比丘往指授處所彼比丘應指授處所無難處無妨處若比丘有難處妨處作大房有主爲己作不將餘比丘往看指授處所僧伽婆尸沙

釋義大房者多用財物有主者若一若二若衆多人（唯除過量餘並同前）

第八無根謗戒

總釋

此是共戒尼結亦同大乘同制　梵網云若佛子以惡心故無事謗他良人善人法師師僧國王貴人言犯七逆十重等若向外人說犯重若向同法者說犯輕垢此屬性罪　律攝云由同梵行事及不忍煩惱制斯學處

緣起處

佛在耆闍崛山尊者沓婆摩羅子得阿羅漢自念此身不牢固我今當以何方便求牢固法耶我今宜可以力供養分僧臥具差次受請飯食即往白佛佛即聽許羯磨差之時有一比丘向暮上山尊者手出光明與分臥具沓婆摩羅子者沓婆是比丘名摩羅子是王名此是摩羅王之子出家故名沓婆摩羅子也尊者七歲出家剃髮落地即成羅漢　善見曰過去有佛號波頭勿多羅此沓婆摩羅子生一居士家國邑人民共作大會請佛入國有六萬八千比丘圍繞大會供養七日布施有阿羅漢於大衆中以神通力處分牀席及請飲食沓婆摩羅子見已心大歡喜往至佛所頂禮白言願我當來佛時出家學道速成羅漢爲諸衆僧分布房舍及諸飲食如今羅漢神力無異佛言汝從此百千劫已有佛號釋迦牟尼汝年七歲得出家剃髮落地即成羅漢名沓婆摩羅子必得此願今從世尊乞此二願爲滿本願也　薩婆多論問曰陀驃何故常放光明自顯功德荅曰自顯功德有二種一爲利養名聞二爲佛法衆生故若爲佛法衆生隨時自在無所障礙陀驃所以放光明者正爲止誹謗故如佛爲婆羅門女孫陀利所謗故作師子吼自說我有十力四無所畏十八不共法以表清淨如舍利弗目連爲瞿迦離所謗作師子吼我有七覺意寶如長者家庫藏中有種種衣服種種器杖自在取用我有七覺意寶亦隨意取用以表清淨目連亦作師子吼自說我生已盡不復當生所作已辦梵行已成以表清淨阿那律爲人所謗自說我入智慧樓觀自在遊戲以表清淨如莎伽陀爲人所謗言其飲酒自言我禪定能令從阿鼻地獄上至有頂滿其中火以表清淨如輸毘陀爲人所謗自說一念能知五百劫事以表清淨陀驃爲慈地所謗故常放光明以表清淨也

起緣人

有慈地比丘來隨次得惡房惡臥具便生瞋恚明日差次受請檀越聞是慈地便於門外敷弊坐具施粗惡食慈地倍生瞋恚乃倩其妹慈比丘尼誣謗尊者相犯慈地比丘常得粗惡食者先業力故又此人日夜無清淨心天龍鬼神等與作因緣令所作事悉不隨意故　尊者去佛不遠世尊知而故問汝聞不荅言聞唯世尊當知之佛言今不應

作如是報我若實當言實不實當言不實尊者白佛言我從生已來未曾憶夢中行不淨況於覺悟而行不淨耶言世尊知之者薩婆多云以實清淨故不得言爾以本業力故不得言不佛何故不說陀驃清淨一以佛平等心無親無愛故不即言一是一非二以陀驃本業果熟故過去迦葉佛時作知食人有一塚間比丘是阿羅漢儀容端正在路而行有一女人見生染愛隨觀不捨時主食人見其如是謂先與交通尋作是言是比丘必與此女人共作惡法以謗賢聖故墮地獄罪畢得出以本善業值佛得道殘業力故受此惡報世尊以此因緣訶責慈地比丘有二種人一向入地獄若非梵行自稱梵行若真梵行以無根非梵行謗之是謂二一向入地獄訶責已

結戒

所立戒相

若比丘瞋恚所覆故非波羅夷比丘以無根波羅夷法謗欲壞彼清淨行若於異時若問若不問知此事無根説我瞋恚故作是語若比丘作是語者僧伽婆尸沙

釋義瞋恚所覆者有十惡法因緣故瞋十事中一一生瞋法數云恚恨諍訟憍忿怒慳癡嫉妬瞋恚所覆者轉善心也南山鈔云比丘以六和表用以慈心爲體今言瞋恚所覆正覆此體違背六和致興謗毀也以無根波羅夷法謗者根有三根見聞疑見根者實見犯梵行見偷五錢過五錢見斷人命若他見從彼聞是謂見根聞根者若聞犯梵行聞偷五錢過五錢聞斷人命聞自歎譽得上人法若彼説從彼聞是謂聞根疑根者有二種生疑從見生疑從聞生疑從見生疑者若與婦女入林出林無衣裸形男根不淨汚身手捉刀血汚與惡知識伴是謂從見生疑從聞生疑者若在暗地聞牀聲草蓐轉側聲動身聲

共語聲交會聲若聞我犯梵行聲聞言偷五錢過五錢聲聞言我殺人我得上人法是謂從聞生疑除此三根已更以餘法謗者是謂無根薩婆多云眼根者必清淨無病見事審諦可依可信唯聽肉眼不聽天眼天眼無往不見人誰無過但有大小若聽天眼說者則妨亂事多耳根者必清淨無諍審諦可信亦不聽天耳事同天眼疑不可依疑者非是決定或謂犯罪或謂不犯不可依故欲壞彼清淨行者謂壞彼人清淨之行悉於諸勝法不復增修及同一處布薩羯磨若於異時謂過後之時也若問若不問僧祇云若檢校若不檢校問言汝見何事婬耶盜五錢耶故殺人耶不實稱過人法耶云何見何因見何處見是名檢校若不如是問者是名不檢校也知此事無根說我瞋恚故作是語此謂過後悔過自責發露虛謗之事蕩洗愆尤欲求戒身清淨作是語下結成所犯犯緣此戒具足四緣方成本罪一心有瞋恚二實無三根三所謗非比丘事四說而了了

定罪此中犯者彼人若清淨若不清淨無見聞疑三根以無根波羅夷法謗說而了了僧殘　不了了偷蘭遮　除四波羅夷更以餘非比丘法謗言汝犯邊罪乃至二根說而了了僧殘　不了了偷蘭遮　若指印書使作知相了了僧殘　不了了偷蘭遮　除此非比丘法更以無根法謗比丘即下四篇二百四十六法也及輕遮等法謂隨謗前人所犯之事而自招愆若以僧殘謗波逸提若以波逸提謗突吉羅若以突吉羅謗亦突吉羅若以八無根波羅夷法謗比丘尼說而了了僧殘　不了了偷蘭遮　若指印書使作知相了了僧殘　不了了偷蘭遮　除八波羅夷更以餘無根非比丘尼法謗說而了了僧殘　不了了偷蘭遮餘非比丘尼法者即十三重難除非比丘尼法更以餘無根法謗比丘尼者

隨前所犯　除比丘比丘尼以無根法謗餘人者突吉羅（餘人即三小衆）　薩婆多云若欲以無根法謗他先向同意說某甲比丘犯如是罪與我相助重偷蘭　比丘尼僧殘三小衆突吉羅　律攝云若鄔波索迦（即優婆塞）謗苾芻者應與作覆鉢羯磨是謂爲犯

開緣不犯者有見聞疑三根說實戲笑說疾疾說獨說夢中說若說此錯說彼不犯

不犯者最初未制戒等

會詳華嚴云一念瞋心起八萬障門開

成論云瞋恚者非出家人法出家人法忍辱是也又若比丘形服異俗瞋恚心同則非所宜若行忍者則爲自具慈悲功德又修忍者能成自利所以者何謂瞋恚者欲惱害人而返自害所有身口加惡於人自所得惡過百千倍故知瞋爲大自損滅是故智者欲令自利得免大苦及大罪者應當行忍也什師曰若能行忍則内不自果外不傷物是自護護彼也　無著禪師遊五臺遇文殊化作老翁并均提童子童子爲無著說偈云

面上無瞋供養具　口裏無瞋吐妙香
心裏無瞋是珍寶　無染無垢是真常

毘尼關要卷第四

毘尼關要卷第五　　音五

清金陵寶華山律學沙門德基輯

第九異分取片謗戒

總釋同前

緣起處

佛在耆闍崛山

起緣人

慈地比丘從耆闍崛山下見大羝羊（即牡羊也）共母羊行婬即將羝羊比沓婆摩羅子母羊比慈比丘尼語諸比丘我先以聞無根法謗沓婆摩羅子我今親自眼見沓婆摩羅子與慈比丘尼行不淨行諸比丘問知其故白佛訶責結戒

所立戒相

若比丘以瞋恚故於異分事中取片非波羅夷比丘以無根波羅夷法謗欲壞彼清淨行彼於異時若問若不問知是異分事中取片是比丘自言我瞋恚故作是語作是語者僧伽婆尸沙

釋義異分事中取片（十誦云異分者四波羅夷是若犯者非沙門非釋子失比丘法故名異分不異分者十三事乃至七止諍法若犯是事故名比丘故名釋子不失比丘法是名不異分片者諸威儀中事　文謂沓婆摩羅子在耆闍崛山下與女人共立而語此是威儀中細小之事慈地見之將非比丘法而謗故云諸威儀中事　善見云餘分者沓婆是人羊是非人以羊當沓婆是名餘分或云餘分即非波羅夷事以餘事而當波羅夷也非波羅夷下前已釋明）

犯緣同前

定罪此中犯者若比丘不犯波羅夷言犯波羅夷以異分無根法謗僧殘　若比丘不犯波羅夷謂犯僧殘乃至惡說以異分無根波羅夷法謗僧殘　若比丘犯僧殘

彼謂犯波逸提乃至惡説以異分無根波羅夷法謗僧殘　若不清淨人與不清淨人相似　若不清淨人與清淨人相似　若清淨人與不清淨人相似　若清淨人與清淨人相似名同姓同相同以此人事謗彼以異分無根波羅夷法謗皆僧殘　若見本在家時犯婬盜五錢若過五錢若殺人便語人言見比丘犯婬盜若殺若聞本在家時犯婬盜殺自稱得上人法如是以異分無根波羅夷法謗説而了了僧殘不了了偷蘭遮餘並同前故不繁出

第十破僧戒

總釋

此是共戒尼結罪同大乘同制若僧輪未破即惡心瞋心僻教戒攝若僧輪破則成逆罪　律攝云由僧伽事及邪智煩惱制斯學處

緣起處

佛在耆闍崛山

起緣人

提婆達多自欲害佛復教阿闍世王弒父惡名流布利養斷絶通己五人家家乞食

提婆達多者又云提婆達兜此翻天授亦云天與謂父母從天乞故又翻天熱以其生時人天等衆心皆驚熱故畧云調達是佛堂弟阿難親兄博通内外經書有三十相短佛六寸四月初七日生阿闍世王秦言未生怨母懷妊未生之日已有惡心於瓶沙王故名未生怨也舊翻無指初生時相師云是王怨王令升樓撲之不死但損一指故名無指也普超經云阿闍世王從文殊懺悔得柔順忍命終入賓吒羅地獄即入即出生上方佛土得無生忍彌勒出時復來此界名不動菩薩後當作佛號淨界如來通己五人者一三聞達多此人智慧才高即居於首二騫茶達婆是調達親友三拘婆離是調達弟子四迦留羅鞮舍是人姊妹有十人皆爲比丘尼有

（大勢力調達爲主故云通巳五人）諸比丘聞白佛佛以無數方便訶責已告諸比丘自今已去不得別衆食聽齊三人食所以然者有二事利故爲攝難調故爲慈愍白衣家故何以故恐彼難調人故自結別衆以惱衆僧調達即生此念未曾有瞿曇沙門乃斷人口食我寧可破彼僧輪我身滅後可得名稱言沙門瞿曇有大神力智慧無礙而調達能破彼僧輪我等今有五法亦是頭陀少欲知足樂出離勝法我等盡壽乞食盡壽著糞掃衣盡壽露坐盡壽不食酥鹽盡壽不食魚肉以此五法教諸比丘令其信樂諸比丘聞白佛佛言調達今日斷四聖種以無數方便訶責當知破和合僧甚惡得大重罪在泥犁中一劫受罪不可救療告諸比丘聽僧與調達訶諫捨此事故白四羯磨爲諸比丘結戒

所立戒相

若比丘欲壞和合僧方便受壞和合僧法堅持不捨彼比丘應諫是比丘大德莫壞和合僧莫方便壞和合僧莫受壞僧法堅持不捨大德應與僧和合與僧和合歡喜不諍同一師學如水乳合於佛法中有增益安樂住是比丘如是諫時堅持不捨彼比丘應三諫捨此事故乃至三諫捨者善不捨者僧伽婆尸沙

釋義和合者同一羯磨同一說戒僧者四比丘若五若十乃至無數（壞者即破也）破有十八事法非法（謂八聖道是法說是非法五法是非法而言是法也）律非律（八聖道是律說言非律五法非律說言是律）犯非犯（不剃髮剪

爪佛說犯戒而言爪髮有命有剃剪犯是剃髮剪爪是佛所制律云半月一剃此破恒式涅槃經云頭鬚爪髮悉皆長利是心戒之相非犯說犯者佛不制心戒而說心起三毒即是犯戒**若輕若重有殘無殘**如優盋羅龍王以摘樹葉故罪不可懺因此便言殺草木者一切是重重說輕者見須提那達尼吒等以先作故不得重罪便言婬盜等是輕**粗惡非粗惡**謂初二篇是粗惡罪言非粗惡罪下三篇非粗惡罪而言是粗惡罪上准薩婆多釋**常所行非常所行**十誦云常所行事者單白羯磨白二羯磨白四羯磨布薩自恣立十四人羯磨十四人者大沙門百一羯磨云一能作法人二能分臥具人三能敷臥具人四能分僧餅人五能處分差請人六能分處沙彌人七能分僧粥人八能處守園人九能分僧衣人十能分雨衣人十一主分藥人十二晝夜掌僧物人十三掌僧粗物人十四掌守住處人**制非制**僧祇云若比丘於十二事戒序四波羅夷十三僧殘二不定三十尼薩耆九十波夜提四波羅提提舍尼衆學法七滅諍隨順法不制者制制者便開是名制非制**說非說**八聖道是佛所說而言非佛所說五法非佛所說而言是佛所說**是爲十八住破僧法者即住此十八事是**是爲方便受壞和合僧法**堅持不捨**

正明依事制戒律攝云於破僧事堅執不捨者既思衆破攝化門徒自守邪宗多求惡黨故堅持不捨也**彼比丘應諫是比丘大德莫壞和合僧乃至堅持不捨下**乃屏處諫勸令除惡見捨離邪法**同一師學如水乳合下**顯和合勝益同一師者謂如來是我等大師種種姓出家咸稱釋子同學十二分教體無別故善見云有二義一者心同二者身同心同者心同法身同者共一和合布薩云何不同同身雖共一處心行外法是名身同心不同也如水乳一合者謂事理和合也水乳和合即同一相一味事與理一相無差同得解脫故云如水乳合也**於佛法中有增益安樂住**謂於貪瞋癡善能調伏於勝法中善能精修令佛教法得流通故住於八聖法中依此法故能獲勝果故曰於佛法中增益安樂住也**是比丘如是諫時堅持不捨**此謂屏處諫勸也**彼比丘應三諫捨此事故**此謂僧中羯磨諫也**乃至三諫捨者善**謂不犯本罪**不捨者**違諫成犯

犯緣此戒具足三緣方成本罪一欲破僧心二受持破僧法三僧中如法三諫不捨

定罪此中犯者若比丘方便欲破和合僧受破僧法堅持不捨彼比丘當諫此比丘言大德莫方便破和合僧莫受破僧法堅持不捨大德當與僧和合歡喜不諍同一水乳於佛法中有增益安樂住大德可捨此事莫令僧作訶諫而犯重罪若用語者善　若不用語者復令比丘比丘尼優婆塞優婆夷若王若大臣種種異道沙門婆羅門求（異道沙門者即外道出家者是沙門乃出家之總名也求者即求聽納諫此謂屏處諫也）若餘方比丘聞知其人信用言者應求若用言者善若不用言者應作白作白已應更求大德我已白竟餘有羯磨在汝今可捨此事莫令僧爲汝作羯磨更犯重罪若用語者善不用語者應作初羯磨作初羯磨已應更求若用語者善不用語者應作第二羯磨作第二羯磨已應更求若能捨者善若不捨者與說第三羯磨竟僧殘　作白二羯磨竟捨者三偷蘭遮　作白一羯磨竟捨者二偷蘭遮　作白竟捨者一偷蘭遮　若初白未竟捨者突吉羅　若一切未白方便欲破和合僧受破和合僧法堅持不捨一切突吉羅　若僧爲破僧人作訶諫羯磨時有比丘教言莫捨此比丘偷蘭遮　若不訶諫突吉羅　若比丘尼教言莫捨尼偷蘭遮　未作訶諫尼教莫捨突吉羅　除比丘比丘尼更有餘人教莫捨盡突吉羅（餘人即三小衆）　第三分云提婆達多行籌曰誰諸長老忍此五事是法是毘尼是佛所教者捉籌於是五百新學無智比丘捉籌隨調達去舍利

弗目揵連說法現神通將還佛令作偷蘭遮懺悔又云有二事破僧妄語相似語妄語者非佛所說言佛所說相似語者謂制五法彷彿佛語復有二事破僧作羯磨取籌若一比丘乃至二人三人雖求方便亦不能破僧亦非比丘尼等能破僧若此衆四人若過彼衆四人若過行破僧籌作羯磨是爲破和合僧泥犁中受罪一劫不療能和合者得梵天福一劫受樂　五分云我不見餘法壞人道意如名聞利養者調達所以破僧爲利養故調達成就八非法故破僧利不利稱無稱敬不敬樂惡隨惡知識有四事名破僧說五法自行籌捉籌於界內別行僧事復次若王若大臣若餘六衆令僧不和合而非破若一比丘乃至七比丘不和合亦非破若不問上座而行僧事是即不和亦非僧破若不共同食於食時異坐鬪諍罵詈亦不名破要於界內八比丘以上分作二部別行僧事乃名爲破是中主者一劫墮大地獄不可救　十誦云破僧有二種破羯磨破法輪破羯磨者一界內別作布薩羯磨破法輪者輪名八聖道分令人捨八聖道入邪道中言法輪者能運爲義謂運行人直至涅槃由八聖道能得沙門四道果故又輪者摧壞爲義謂如來以所證之法轉度與他心能壞一切衆生煩惱名之爲輪也如輪王寶能壞能安法輪亦爾壞煩惱怨安住諦理入邪道中者謂五法非趣涅槃正道是調達師心制法攝化門徒令失正智增長邪見故云入邪道中也薩婆多云破僧輪破羯磨僧有何差別答有種種差別破僧輪破羯磨僧俱偷蘭遮而破僧輪犯逆罪偷蘭不可悔破羯磨僧不犯逆罪偷蘭可悔又破僧輪入阿鼻獄

受罪一劫破羯磨僧不墮阿鼻獄破僧輪下至九人破羯磨僧下至八人破僧輪一人自稱作佛破羯磨僧不自稱作佛破僧輪界內界外一切盡破破羯磨僧要在界內別作羯磨破僧輪必男子破羯磨僧男子女人二俱能破破僧輪破俗諦僧破羯磨僧俗諦僧第一義諦僧二俱能破破僧輪但破閻浮提破羯磨僧通三天下　比丘尼僧殘三小衆突吉羅是謂爲犯

開緣不犯者初諫便捨若非法別衆非法和合衆法別衆法相似別衆法相似和合衆非法非律非佛所教若一切未作訶諫若破惡友惡知識若破方便欲破僧者遮令不破若破方便助破僧者二三人羯磨若欲作非法非毘尼羯磨若爲僧爲塔爲和尚同和尚爲阿闍黎同阿闍黎爲知識作損減作無住處破者不犯不犯者最初未制戒等（善見云最初犯者調達是也問曰餘戒最初不犯調達亦應不犯答曰以衆僧三諫不捨故所以犯罪）

第十一黨惡破僧戒

總釋

此是共戒尼犯亦同大乘同制所由之事及起煩惱如上

緣起處

佛在耆闍崛山

起緣人

提婆達多故執此五法復往敎諸比丘諸比丘諫調達時調達伴黨語諸比丘言汝莫諫提婆達多云云諸比丘白佛佛令僧作訶諫白四羯磨已結戒

所立戒相

若比丘伴黨若一若二若三乃至無數彼比丘語是比丘言大德莫諫此比丘此比丘是法語比丘律語比丘此比丘所說我等喜樂此比丘所說我等忍可彼比丘言大德莫作是說言此比丘是法語比丘律語比丘此比丘所說我等喜樂此比丘所說我等忍可然此比丘非法語比丘非律語比丘大德莫欲破壞和合僧汝等當樂欲和合僧大德與僧和合歡喜不諍同一師學如水乳合於佛法中有增益安樂住是比丘如是諫時堅持不捨彼比丘應三諫捨是事故乃至三諫捨者善不捨者僧伽婆尸沙

釋義順從有二一法順從以法教授增戒增心增慧諷誦承受（此名三無漏學增戒者戒防身口惡淨修身口無法不盡增心者心息於垢無法不周增慧者明見法相根本除惡又增戒者學律藏增心者學契經增慧者學阿毗曇經中有三修修戒修心修慧修此三學得須陀洹果乃至阿羅漢果故知學此三學攝一切學）二衣食順從者給與衣被飲食卧具醫藥伴黨者若四若過四（即乃至無數也）彼比丘語是比丘言（此非法羣黨而遮如法者諫勸）大德莫諫此比丘此比丘是法語比丘律語比丘（律攝云法語者語辭圓足律語者合理無差能引實義名曰法語出柔輭言名曰律語）此比丘所說我等喜樂此比丘所說我等忍可下（明依事制戒律攝云彼所作事咸稱我心）彼比丘言（如法比丘）大德莫作是說乃至非法語比丘非律語比丘下（勸隨正部捨背邪宗也）大德莫欲破壞和合僧乃至增益安樂住下（顯破僧罪固不小和合僧功德難思義如前釋）

犯緣此戒具足三緣方成本罪一作非法羣黨二受持非法三僧中如法三諫不捨

定罪此中犯者若比丘作非法羣黨語諸比丘言大德汝莫諫此比丘乃至我等忍可諸比丘應諫乃至增益安樂住可捨此事勿爲僧所訶更犯重罪若隨語者善若不隨語者當作白白已當語彼人言我已白餘有羯磨在汝可捨此事勿爲僧所訶更犯重罪若隨語者善若不隨語者當作初羯磨作初羯磨已當語言我已白及初羯磨餘有二羯磨在如是乃至第三羯磨竟僧殘　餘得罪輕重並同前戒　十誦云若一比丘被擯而四比丘隨之名爲破僧若多知多識多聞大德明解三藏義人不應與作不見擯若擯得偷蘭遮罪近破僧故又云若一人擯一人突吉羅一人擯二三四人隨二三四突吉羅二人三人擯二三四一人得罪亦爾若四比丘擯四比丘得偷蘭遮以破僧因緣故 問一比丘被擯四比丘隨之名爲破僧此破僧罪屬能擯耶屬所擯耶屬隨者耶荅若能擯者如法則罪屬所擯及隨擯人若能擯者非法則罪屬能擯者及僧然如法比丘雖枉受擯決不在界內別行僧事也又問若多知多識等不應與作不見擯則此等人有過豈便可容恕耶荅多知識人有過雖非可容恕但須善權誘勸令其見罪若輙作羯磨必致破僧之咎故得罪爾 比丘尼僧殘三小衆突吉羅是謂爲犯

開緣不犯者初語時捨非法別衆非法和合衆法別衆法相似別衆法相似和合衆非法非律非佛所敎若一切未作訶諫捨無犯不犯者最初未制戒等

第十二驅擯不服戒

總釋

此是共戒尼犯亦同大乘同制即因利求

利經理白衣等戒名汚他家邪業覺觀邪命自活等戒名行惡行言僧有愛恚等即謗僧戒攝　律攝云由受用鄙事故而行汚他家由家慳煩惱制斯學處

緣起處

佛在給孤獨園 須達多長者見佛聞法便獲初果爲佛造寺欲擇好處祇陀太子亦云逝多太子有園甚好長者遍布金錢就買一處未徧太子曰金未徧處還我當爲佛作寺門世尊到寺讚歎欲爲呪願太子作是念惟願世尊先説我名世尊知已廣太子心告言此祇樹給孤獨園梵語祇陀此云戰勝以戰勝時生喜爲名也今單言祇者取文省故給孤表德謂常給施孤獨本名須達多盖祇陀施樹給孤買園兼二爲名舉國令遠人知稱園令近人知故云舍衛國祇樹給孤獨園也

起緣人

時䩭連郝有二比丘一名阿濕婆二名富那婆娑 䩭連郝者迦尸國之邑名十誦云黑山土地梵語阿濕婆此云馬師梵語富那婆娑此云滿宿善見云馬師滿宿於六羣中最爲上座本是田夫同作田辛苦共相論言我等作田辛苦可共出家於佛法中衣食自然同伴荅言可爾即就舍利弗目連出家與受具足誦波羅提木叉竟滿五夏離師異住常好種華薩婆多云馬宿井宿恒造惡業佛常教化都不信受佛記二人命終生龍趣中彼亦自見於十指端有十道水將欲流出便作是念我等決定當生龍中佛復記云此二人已種獨覺菩提於當來世定成獨覺也

在䩭連郝行惡行汚他家彼作如是非法行自種華樹教人種華樹自漑灌教人漑灌自摘花教人摘花自作華鬘教人作華鬘自以線貫若繫教人線貫繫自持華教人持華自持華鬘與人教人持華鬘與人與彼村中婦女共一牀坐同一器飲食言語戲笑或自歌舞倡伎或他作已唱和或俳説 俳説即戲也又俳優雜戲也 或彈鼓簧吹貝 簧者乃笙竽管中金葉也然笙竽皆以竹管植于匏中而竅其管底之側以薄金葉障之吹則鼓之而出聲所謂鼓簧也貝乃海螺也吹之有聲 或嘯乃至受雇戲笑 僱者傭作也嘯者蹙口而出聲

也時衆多比丘乞食鞧連齊整庠序低目直前居士見之反以爲過不得飲食比丘問知其故具以白佛佛遣舍利弗目連往作擯羯磨時二比丘謗言衆僧有愛恚怖癡更有餘同罪比丘有驅者有不驅者舍利弗目連白佛佛令僧作訶諫白四羯磨已結戒

所立戒相

若比丘依聚落若城邑住汚他家行惡行汚他家亦見亦聞行惡行亦見亦聞諸比丘當語是比丘言大德汚他家行惡行汚他家亦見亦聞行惡行亦見亦聞大德汝汚他家行惡行今可遠此聚落去不須住此是比丘語彼比丘作是語大德諸比丘有愛有恚有怖有癡有如是同罪比丘有驅者有不驅者諸比丘報言大德莫作是語有愛有恚有怖有癡有如是同罪比丘有驅者有不驅者而諸比丘不愛不恚不怖不癡大德汚他家行惡行汚他家亦見亦聞行惡行亦見亦聞是比丘如是諫時堅持不捨者彼比丘應三諫捨此事故乃至三諫捨者善不捨者僧伽婆尸沙

釋義依聚落若城邑住者邨有四種如上律攝云村落巷陌街衢住處名爲邨村外遠家名爲落城邑者屬王律攝云君王都處名爲城邑家者有男有女汚他家者有四種事一依家汚家二依利養汚家三依親友汚家四依僧伽藍汚家云何依家汚家從一家得物與一家所得物處聞之不喜所與物處思當報恩即作是言若有與我者我當報之若不與我者我何

故與是爲依家汚家　云何依利養汚家若比丘如法得利乃至盋中之餘或與一居士不與一居士彼得者即生是念當報其恩若不與我者我何故與是爲依利養汚家　云何依親友汚家若比丘依王大臣或爲一居士或不爲一居士所爲者思當報恩不爲我者我不供養是爲依親友汚家　云何依僧伽藍汚家若比丘取僧華果與一居士不與一居士即作是念其有與我者我當供養不與我者我不供養是爲依僧伽藍汚家以此四事故汚家故言汚他家謂汚染他人平等淨信揀別施供也行惡行者自種華樹教人種華樹乃至受雇戲笑等汚他家行惡行亦見亦聞此明依事制戒律攝云由依汚家生衆罪故見謂眼識聞謂耳識此顯見聞疑性非爲虛妄而說也大德汝

汚他家行惡行今可遠此聚落去不須住此是驅擯之辭是比丘語彼比丘作是語大德諸比丘有愛有恚有怖有癡有如是同罪比丘有驅者有不驅者此事汚他家輩非理謗僧之語律攝云愛者於不驅者而有愛心於所驅者而有恚心怖者於逃去者不敢治罰癡者於汚家之輩不善分別應驅而不驅也僧祇云是六羣比丘聞尊者與諸比丘來爲我作驅出羯磨即生恐怖時三文陀達多摩醯沙達多走到王道聚落長老闡陀迦留陀夷便一由旬迎尊者懺悔言長老我所作非善犯諸過惡從今已去不敢復作彼二比丘既不懺悔又復不走故作羯磨驅出以非理謗僧諸比丘報言大德莫作是語乃至堅持不捨者此屏處諫也彼比丘應三諫下僧中三諫也

犯緣此戒具足三緣方成本罪一汚他家行惡行二非理謗僧三僧中如法三諫不捨

定罪此中犯者彼比丘諫此比丘言大德

汚他家亦見亦聞行惡行亦見亦聞大德汝汚他家行惡行可捨此事莫爲僧所訶更犯重罪若隨語者善若不隨語者應作白作白已應求乃至第三羯磨竟僧殘（如前二戒不異）若白二羯磨捨者三偷蘭遮　若白一羯磨捨者二偷蘭遮　若白竟捨者一偷蘭遮　若初白未竟捨突吉羅　若未白前言僧有愛恚怖癡一切突吉羅　若僧作訶諫時更有餘比丘教莫捨此比丘偷蘭遮　若未作訶諫突吉羅　若僧作訶諫時有比丘尼教莫捨尼偷蘭遮　若未作訶諫教莫捨尼突吉羅　除比丘比丘尼餘人教莫捨訶與不訶盡突吉羅（餘人即三小衆）若不看書持往突吉羅　若爲白衣作使突吉羅　薩婆多云一切女母女姊妹不問親疎一切不聽同坐以壞威儀故以香塗身熏衣四衆得突吉羅比丘尼得波逸提以女人染著深故五衆盡不聽啼哭乃至父母喪亡一切不聽四衆得突吉羅尼得波逸提以愛戀心深故一切五衆不聽大喚以壞威儀故　比丘尼僧殘三小衆突吉羅是謂爲犯

開緣不犯者初語時捨一切非法羯磨諫若未作訶諫前不犯若與父母病人小兒妊身婦女牢獄繫人寺中客作者不犯（不犯汚他家）若種華樹復教人種供養佛法僧自造華鬘教人造供養佛法僧自以線貫華教人貫供養佛法僧（不犯行惡行）若人舉手欲打若被賊若象熊羆師子虎狼來恐難之處若擔刺棘於中走避者不犯若渡河溝

渠坑跳躑若同伴在後還顧不見而嘯喚者不犯(不犯行惡行)若父母病若閉在獄若為篤信優婆塞病若閉在獄者看書持往(不犯)為白衣作使若為塔為僧為病比丘事持書往返者一切不犯不犯者最初未制戒等

會詳薩婆多云若以種種信物與一切在家人皆名污他家何以故凡出家人無為無欲清淨自守以修道為心若與俗人信使往來廢亂正業非出家所宜又復若以信物(信物者謂檀越信敬所施之物)贈遺白衣則破前人平等好心於得物者歡喜愛敬不得物者縱使賢聖無愛敬心失他前人深厚福利又復倒亂佛法凡在家人應供養出家人而出家人反供養白衣仰失聖心又亂正法凡在家人常於三寶求清淨福田割損血肉以種善根以出家人信物贈遺因緣故於出家人生希望心破他前人清淨信敬又失一切出家人種種利養若以少物贈遺白衣縱使起七寶塔種種莊嚴不如靜坐清淨持戒即是供養如來真實法身若以少物贈遺白衣正使得立精舍猶如祇桓不如靜坐清淨持戒即是清淨供養三寶若以少物贈遺白衣縱令四事供養滿閻浮提一切聖衆不如靜坐清淨持戒即是清淨供養一切聖衆　若有強力欲破塔壞像若以贈遺得全濟者當賣塔地華果若塔有錢若餘緣得物隨宜消息若有強力欲於僧祇作破亂損減若僧祇地中隨有何物賣以作錢隨宜消息若僧常臘若面門臘(常臘即十方常住僧物面門臘即現前僧物但臘字未知)

何義若有强力欲作損減隨此地中所可出物以消息之父母是福田則聽供養若僧祇役人則應與一切孤窮乞丐憐愍故應與一切外道常於佛法作大怨敵伺求長短是應與　第三分云不應爲白衣剃髮除欲出家者　第四分云不應禮白衣不應禮白衣塔廟亦不應故左遶行不應與人卜占不應從人卜占不應自作伎若吹貝供養塔聽令白衣作不應畜鸚鵡等不應畜狗不應乘象馬車乘輦輿捉持刀劍老病者聽乘步挽車若男乘避難聽乘象馬白衣持刀劍寄聽藏舉不應向暮至白衣家除爲三寶事病比丘事或檀越相喚常喜往反白衣家有五過一數見女人二漸相親近三轉相親厚四生欲意五或犯死罪若次死罪如是日親日厚婬機安得不動如乾薪觸火豈不生烟共相親近或不能觀九不淨想制伏婬心有犯不淨行如人斷頭不復活故云死罪或弄陰墮精身相觸粗惡語等如人斫傷殘有咽喉尚通懺悔故云次死罪白衣家有九法未作檀越不應作若至其家不應坐何等爲九見比丘不喜起立　不喜作禮　不喜請比丘坐　不喜比丘坐設有所說而不信受　若有衣服飲食之具輕慢比丘而不與　若多有而少與　若有精細而與粗惡　或不恭敬與是爲九　五分云不應以僧果餉白衣若乞應與學迷人呪起死人呪者偷蘭遮　十誦云比丘有五不應行處童女家寡婦婦婬女比丘尼又五賊家旃陀羅家酤酒家婬女家屠兒家　根本雜事云五非處不應住立唱令家即優俳戲樂之家婬聲美色能惑亂人道意故婬

女家酤酒家王家旃陀羅家　善見云檀越請比丘送喪不得去自念我往看葬作無常觀因此故或得道果如是去無罪　尼陀那云苾芻不應賣藥若善醫方者起慈愍心應病與藥不得受他價直　南海寄歸傳云死喪之際不得與俗同哀應爲亾者淨飾一房或可隨時權施蓋幔讀經念佛具設香花冀使亾魂托生善處方成孝子始爲報恩若比丘亾者以火焚之送者在邊坐令一能者誦無常經半紙一紙勿令疲乆各念無常還歸住處寺外連衣並浴皆用故衣不損新服別著乾者然後歸房衣服之儀曾無片別豈容號咷數月麻服三年者哉　緇門警訓云但以邪心有涉貪染爲利賣法禮佛讀經斷食諸業即打餓七水齋名爲惡求多求所獲贜賄皆曰邪命物正乖佛化言贜賄者乃貪吏所受物名亦盜賊所偷劫物名今出家人邪心獲利亦得此名

第十三不捨惡性戒

總釋

此是共戒尼結亦同大乘同制若菩薩惡性戾情難可共語四攝虧損利生無門障蔽大願佛果難期　律攝云不忍他語違如法教由惡性故遂生惱恨自損損他制斯學處

緣起處

佛在拘睒彌國瞿師羅園釋在前文

起緣人

尊者闡陀惡性不受人語語諸比丘汝莫語我若好若惡我亦不語諸大德若好若

惡諸大德且止莫有所説何用教我爲我應教諸大德何以故我聖主得正覺故言我聖主者何以故我與勤陟送佛入山學道不見諸長老一人侍從佛者佛得道已而轉法輪是故佛是我家佛法亦是我家法是故我應教諸長老諸長老不應反教我闡陀何故不言僧是我家僧爲與僧鬬諍故不言僧是我家僧也譬如大水初來漂諸草木積在一處亦如大風吹諸草木集在一處諸大德亦復如是是故諸大德不應教我我應教諸大德時諸比丘白佛佛聽僧與闡陀作訶諫白四羯磨已結戒

所立戒相

若比丘惡性不受人語於戒法中諸比丘如法諫已自身不受諫語言諸大德莫向我説若好若惡我亦不向諸大德説若好若惡諸大德且止莫諫我彼比丘諫是比丘言大德莫自身不受諫語大德自身當受諫語大德如法諫諸比丘諸比丘亦如法諫大德如是佛弟子衆得增益展轉相諫展轉相教展轉懺悔是比丘如是諫時堅持不捨彼比丘應三諫捨是事故乃至三諫捨者善不捨者僧伽婆尸沙

釋義惡性不受人語者不忍不受人教誨於戒法中如法諫已戒法者有七犯聚波羅夷僧殘波逸提提舍尼偷蘭遮突吉羅惡説　如法諫已者謂如法如律如佛所教謂於五篇七聚中依實事如法而説也自身不受諫語謂諸同學如法諫時仍守戾情不納其語言諸大德莫向我説若好若惡我亦不向諸大德説若好若惡謂已及他一切好事莫相勸惡事莫相遮正顯惡性憍慢不受諫也大德且止莫諫我且止者謂預相遮止未説之事不須復説莫諫我者不喜相聞好惡之言情不忍可彼比丘

諫是比丘言乃至自身當受諫語謂勸其納諫消息矣情也大德如法諫諸比丘乃至展轉懺悔正顯相諫獲益之義由相諫懺悔佛弟子得增益安樂住由安樂住善法增長善法增長故聖教不斷聖教相續故三乘聖果相繼不絕皆由展轉相教懺悔之功能也

問曰後畧教誡經說但自觀身行若正若不正此云展轉相教豈不相違耶荅曰佛因時制教言爭趣合不相違背若前人心有愛憎若鈍根無智少聞少見出言無補若爲利養名聞爲現世法樂若新出家愛戀父母兄弟妻子是故言但自觀身行若爲慈心有益於彼若智慧利根若博聞廣見若爲導利衆生闡揚佛法若欲以法化人使人同己若久染佛法力能兼人者則應展轉相諫相教非爲一槩而論之也

是比丘如是諫時下屏處諫及僧中三諫如前不異

犯緣此戒具足三緣方成本罪一戾情自用二遮他人敎三僧中如法三諫不捨

定罪此中犯者若比丘惡性不受人語乃至可捨此事莫爲僧所訶更犯重罪得罪輕重同前不異

十誦云若諸比丘不舉不憶念自身作不可共語突吉羅是不應約敕不應約敕者不必訶諫即用默擯也佛言惡性比丘當用梵壇法治也所言梵壇法者謂梵天天子有過則別立一壇將有過天子而置壇內一切天子不共其語惡性比丘難可共語即用此法而治罰之一切如法比丘不共語言故云梵壇法也云舉者比丘應語長老汝作某罪當發露莫覆藏當如法除滅憶念者比丘應語長老汝憶念某時某處作如是罪不比丘尼僧殘三小衆突吉羅是謂爲犯

開緣不犯者初語時捨一切非法非毘尼非佛所敎若未作訶諫前不犯若爲無智人訶諫時語彼如是言汝和尚阿闍黎所行亦如是汝可更學問誦經若戲笑語若疾疾語若獨語若夢中語欲說此錯說彼無犯不犯者最初未制戒等

會詳僧祇云佛告諸比丘過去世時有一

婆羅門於曠野中造立義井放牧行者皆就井飲并及洗浴日暮有羣野干來飲殘水有野干主不飲地水便內頭罐中飲水飲已戴罐高舉撲破瓦罐罐口猶貫其項諸野干輩語野干主若濕樹葉可用者尚當護之況復此罐利益行人云何打破野干主言我作是樂但當快心那知他事時有行人語婆羅門汝罐已破復更着之如前爲野干所破乃至十四諸野干數數諫之猶不受語時婆羅門念言是誰破罐當往伺之正是野干便作是念我福德井而作留難便作木罐堅固難破令頭易入出難持著井邊捉杖屛處伺之行人飲訖野干主如前入飲飲訖撲地不能令破時婆羅門捉杖打殺空中有天而說偈言　知識慈心語狠戾不受諫守頑招此禍自喪其身命是故癡野干遭斯木罐苦

三結問

諸大德我已說十三僧伽婆尸沙法九戒初犯四乃至三諫若比丘犯一一法知而覆藏應强與波利婆沙行波利婆沙竟增上與六夜摩那埵行摩那埵已餘有出罪當二十僧中出是比丘罪若少一人不滿二十衆出是比丘罪是比丘罪不得除諸比丘亦可訶此是時令問諸大德是中清淨不三問

釋言我已說者謂彰其事了欲令諸苾芻重審其罪故云已說　九戒初犯四乃至三諫者謂從弄陰失精至取片謗戒事成即獲其罪不從他諫而生故云初犯也從破僧至惡性不受諫此四戒本非僧殘因

三諫不捨方得此罪故曰四乃至三諫也一一法者謂十三法中隨犯一法知而覆藏者自知所犯僧殘而作覆藏心若犯僧殘謂犯波逸提提舍尼偷蘭遮突吉羅雖作覆藏心亦不名覆藏然覆藏有二種一謂覆夜二謂覆心若作覆藏心至明相出是名一夜覆藏若不知不憶雖經明相無覆藏罪故云知而覆藏也　問曰四戒三諫不捨得罪僧衆咸知何覆藏之有荅衆僧雖知自無露罪之心即名覆藏也　十誦云是比丘入僧中自唱諸長老我某甲比丘得僧殘罪若說即善若不即說者從是時來名覆藏日數　僧祇云佛訶覆藏比丘癡人此是惡事犯戒尚不慚羞悔過何以慚羞即說偈言覆蓋者則漏　開者則不漏　是故諸覆者　當開令不漏

應强與波利婆沙强與者以人從法也謂如來所被之法違犯之人依從而行其行也故云强與波利婆沙是梵語此云别住以何義故名别住謂别住一房不得與僧同處又不得與同犯者同一房住設若同處須當白僧在一切大僧下行坐不得連草食又復雖入僧中不得與僧問荅談論以是義故名爲别住　次明行法七五之法所不應行所應行法者　律攝云謂開門然燈塗掃寺宇大小便厠洗除糞穢及供土葉寒時授火熱時扇凉打揵椎嚴香火并讚歎佛應在近圓下求寂上僧伽卧具安盂之具應爲收舉制底香堂常應塗掃供給湯水應與善苾芻洗足塗油寺中

利養最後應得如是行法盡覆藏日行之是名波利婆沙行　行波利婆沙竟增上與六夜摩那埵　言增上者謂更加六夜行法摩那埵梵語秦言意喜前人自意歡喜亦生慚愧亦使衆僧歡喜前人喜者與其少日因日少故始得喜名衆僧喜者謂觀此人所行行法不復還犯衆僧歎言此人因此改悔更不起煩惱成清淨人也是故自喜亦令衆僧喜耳　善見云摩那埵者漢言折伏貢高亦言下意下意者承事衆僧　行摩那埵已餘有出罪　餘者謂別住摩那埵一一如法行竟止餘出罪一法在　善見云阿浮訶那梵語漢言喚入亦言拔罪云何喚入與同布薩說戒自恣法事共同故名喚入拔罪　摩得勒伽云

於不善處舉著善處名阿浮訶那　毘尼母云阿浮訶那者清淨戒生得清淨解脫於此戒中清淨無犯　曇諦羯磨云二篇罪重故須僧中行調伏法要有於二一者治過二者治罪初與覆藏羯磨法治過非治罪六夜出罪此二是出罪法正懺僧伽婆尸沙故　當二十僧中出是比丘罪若少一人不滿二十衆出是比丘罪是比丘罪不得除　凡欲除罪須知五緣云何爲五一由其罪謂所犯罪二由意樂謂知而覆藏三由治罪謂隨覆日與別住等四由行已謂令衆心喜五由人殊謂滿二十衆以定其數也謂此篇罪重不類餘法必借羯磨威勢衆僧大力方可拔除其罪若以行別住人足數不成滿數以行摩那埵人

足數不成足數若以授學人足數不成足數廣如不足數中准知名不滿二十衆必須二十如法清淨僧是名滿若少一人非法不成羯磨是比丘罪不得除應更作法諸比丘亦可訶　諸比丘者謂秉法之僧也不善作法應訶作突吉羅悔過　此是時　謂說戒發露結問清淨之時也

今問諸大德等結問清淨也

四勸持

諸大德是中清淨默然故是事如是持

三二不定法分四初總標二別列戒相三結問四勸持

今初

諸大德是二不定法半月半月說戒經中來

釋二不定者　此戒有二條而此罪體無定相故容有多罪不可定言　薩婆多云佛坐道場時已決定五篇戒輕重通塞無法不定此所以言不定者直以可信人不識罪相輕重亦不識罪名字設見共女人一處坐不知爲作何事爲共行婬爲作摩觸爲作粗惡語爲過五六語故言不定

二別列戒相有二

初三法不定

總釋

尼有共不共若與男子入屏處偷蘭遮行不淨行及身相觸波羅夷粗惡語偷蘭遮過五六語說法波逸提大乘同學此是性罪　律攝云此因鄔波斯迦事由婬煩惱制斯學處

緣起處

佛在給孤獨園

起緣人

迦留陀夷先白衣時有親友婦名齋優婆私顏貌端正迦留陀夷亦顏貌端正互相繫念尊者時到著衣持盔詣齋優婆私家共獨屏覆處坐時毘舍佉母有小因緣事往彼遥聞語聲作是念言或能說法即倚壁而聽聞是非法語聲即闚看見共齋優婆私共一牀坐薩婆多論問毘舍佉聰明利根大德重人知比丘與女人屏處坐何故往荅曰是人已入道跡深樂佛法佛常自說聽法有五事利益一得聞未曾聞法二已曾聞清淨堅固三除邪見四得正見五解甚深法是以毘舍佉樂法情深不以嫌疑自碍　毘舍佉母此譯爲别枝即是氐宿以生日所值宿爲名也賢愚經云此是波斯匿王弟曇摩訶羨女也因罪迯奔得乂尸利國納娶而生此女此女妙才智辯嫁舍衛國梨耆彌大臣第七兒爲婦波斯匿王聞其智辯拜爲王妹後生三十二卵卵各出一兒顏貌端正勇徤無雙一人之力能敵千夫時毘舍佉信心開解請佛及僧佛爲說法合家得須陀洹道佛後爲說法即得阿那含道於優婆夷中智慧才辯最爲第一往白世尊佛以無數方便

呵責已結戒

所立戒相

若比丘共女人獨在屏覆處障處可作婬處坐說非法語有住信優婆夷於三法中一一法說若波羅夷若僧伽婆尸沙若波逸提是坐比丘自言我犯是罪於三法中應一一治若波羅夷若僧伽婆尸沙若波逸提如住信優婆夷所說應如法治是比丘是名不定法

釋義律攝云此中由事由處由情由證以爲其體　女人者人女有智未命終是堪行婬　獨者一比丘一女人　屏覆者有二種一見屏覆若塵若霧若黑暗中不相見也二聞屏覆乃至常語不聞聲處　障處者若樹若墻壁若籬若

衣及餘物障此由處故也可作婬處坐者得容行婬處於一尋內身相逼近得爲坐臥然彼女人或相容許或不隨從說非法語者說婬欲法此由情故也有住信優婆夷者信佛法僧歸依佛法僧不殺不盜不邪婬不妄語不飲酒善憶持事不錯所說真實而不虛妄薩婆多云住信優婆夷者終不爲身爲財利而作妄語若人語言汝若妄語不害汝命若不妄語當害汝命即自思惟我不妄語害此肉身滅此一身若妄語者滅無量身兼害法身誓不妄語　又復語言汝若妄語活汝父母兄弟姊妹　一切親族若不妄語一切所親盡皆殺之尋復思惟我不妄語害此一世生死親族我若妄語流轉三惡永失人天累世親族眷屬又失賢聖出世眷屬誓不作妄語　又復語言汝若妄語與汝珍寶種種財利　若不妄語則不與汝即便思惟我不妄語失此俗財我若妄語失聖法財誓不妄語　律攝云設是異生有忠信者言行無濫亦依其語　是名住信優婆夷此由證也是坐比丘自言我犯是罪於三法中應一一治善見云是比丘自言我犯是罪者即隨比丘語治不隨優婆夷語治何以故見聞或不審諦故　有一愛盡比丘一日往檀越家入屋中坐優婆夷對比丘別倚牀而立外凡夫比丘入檀越家乞食遥見比丘與優婆夷相對謂言共牀坐諦視不已愛盡比丘自念言此比丘當言我與女人共牀坐也各還所住乞食比丘欲舉其罪至愛盡比丘房求聽打户欲入愛盡比丘逆知其心即以神力從屋棟出在虛空中坐比丘入已徧求而不得見在虛空中坐語愛盡比丘言大德有神力如此何以入白衣家獨與女人共牀坐愛盡比丘荅言長老此是獨入白衣家罪長老護我善丈此謂是而不諦當隨比丘語而治之若不實說即依優婆夷語而治也以法不定故不立緣

定罪此中犯者若比丘自言所趣向處自言所到處自言坐自言臥自言作即應如比丘所語治　若比丘自言所趣向處自言所到處自言坐自言臥不自言作應如優婆夷語治　若不自言臥不自言作乃至不自言所趣向處皆如優婆夷語治

善見云若比丘欲入聚落樂與女人屏處坐著衣持盋時突吉羅　若發去時步步

突吉羅　若至檀越家入屏處坐波逸提　若出已還坐一一波逸提　若衆多女人共坐衆多波逸提　若比丘先入在屏處女人來禮拜問訊不犯　十誦云隨優婆夷所說事應善急問（謂急急而問不得遲也）　是比丘善急問已若言我不往無有是罪應隨可信優婆夷語故與是比丘作實覓毘尼白四羯磨作羯磨已應隨順行不與他受大戒等（於滅諍法覓罪相中明）　若不如法行者盡形壽不得出是羯磨（出者解也）　薩婆多云若比丘初言爾後言不爾或言我不往不作是罪應隨可信人語與實覓毘尼所以爾者欲令罪人折伏惡心又令苦惱不覆藏罪又令梵行者得安樂住又肅將來令惡法不起與作羯磨已若說先罪應解羯磨隨事輕重治若不說者盡形壽不解羯磨

會詳論又云與諸比丘結戒者一爲止誹謗故二爲除鬪諍故三爲增上法故比丘出家迹絕俗穢爲人天所宗以道化物而與女人屏處私曲鄙碎上違聖意下失人天宗向信敬四爲斷惡業次第法故初既屏處漸染纏綿無所不至是故防之

次二法不定

所立戒相

若比丘共女人在露現處不可作婬處坐作粗惡語有住信優婆夷於二法中一一法說若僧伽婆尸沙若波逸提是坐比丘自言我犯是罪於二法中應一一治若僧伽婆尸沙若波逸提如住信優婆夷所說應如法治是比丘是名不定法（義並同前故不重釋）

三結問

諸大德我已說二不定法今問諸大德是中清淨不三問

四勸持

諸大德是中清淨默然故是事如是持

毘尼關要卷第五

毘尼關要卷第六

清金陵寶華山律學沙門德基輯

四三十尼薩耆波逸提法分四初總標二別列戒相三結問四勸持

初總標

諸大德是三十尼薩耆波逸提法半月半月說戒經中來

釋尼薩耆波逸提者　波逸提義翻爲墮　根本律云波逸底迦者是燒煑墮落義謂犯此罪者墮在地獄傍生餓鬼惡道之中受燒煑苦又此罪若不殷勤說除便能障礙所有善法此有說義故名波逸底迦此戒僧有一百二十條前列三十因財事生犯故加尼薩耆也　聲論云尼翻爲盡薩者翻爲捨因貪慢財事故强制捨入僧中故名尼薩耆波逸提亦名捨墮此乃華言從畧言之

二別列戒相共有三十條初名畜長衣乃至第三十自求僧物入已

第一長衣十日不淨施戒

總釋

薩婆多論云一以爲俗利則道利不成又失檀越信敬淨心比丘無厭與俗無別有違佛教四聖種法此是共戒尼亦同結大乘不同學菩薩普利有情以檀度爲首雖不同學然亦同須說淨　律攝云此由長衣事多貪煩惱制斯學處此戒二緣合結

緣起處

佛在舍衛國祇樹給孤獨園聽諸比丘持三衣不得長（此但遮止未曾結戒衣犍度云佛見諸比丘在道行多）

捨衣物作是念可爲制衣多少不得過喜時佛初夜在露地坐著一衣中夜覺寒即著第二衣後夜覺寒復著第三衣便安隱住乃聽比丘畜三衣不得過

起緣人

時六羣比丘薩婆多論云六羣者一難陀二跋難陀三迦留陀夷四闡陀五馬宿六滿宿二人得漏盡入無餘涅槃一迦留陀夷二闡陀二得生天一難陀二跋難陀二墮惡道生龍中一馬宿二滿宿難陀跋難陀善解算數陰陽又善能說法論義又多欲馬宿滿宿善於音樂種種戲笑事事皆能亦善巧說法論議亦解阿毘曇迦留陀夷闡陀深通射道深解阿毘曇然此六人無法不通善達三藏十二部經內爲佛法之棟梁外爲佛法之大護五人皆是釋種子王種唯迦留陀夷一人是婆羅門種六人俱是豪族共相影響相與爲友宣通佛教故名六羣比丘也畜長衣或早起衣或中時衣或晡時衣彼常經營莊嚴如是衣藏舉薩婆多論云問曰何由得如是種種衣服荅曰既是貴姓又多知識兼復多欲是故衣多何故如是畜積多衣荅本是豪族先在家時愛著瓔珞種種服飾雖樂法出家以本習故樂好衣鉢又多欲故多畜積諸比丘見已往白佛佛以無數方便訶責已結戒若比丘畜長衣者捨墮時阿難從人得一貴價糞掃衣欲以奉大迦葉大迦葉常行頭陀着此衣故大迦葉不在不知云何即往白佛佛問大迦葉何時當還阿難言却後十日當還問曰長老阿難何由得知大迦葉十日當還荅曰所以知者大迦葉欲遊行諸國時至阿難所言我欲遊行某國某日當還迦葉或遣信問訊世尊及阿難我某日當還所以知十日當還也問曰如來何故隨阿難語結戒荅曰此是制罪非是性罪是故隨阿難語制佛告諸比丘自今已去聽畜長衣齊十日欲說戒者當如是說

所立戒相

若比丘衣已竟迦絺那衣已出畜長衣經十日不淨施得畜若過十日尼薩耆波逸提

釋義衣已竟者三衣謂三衣已足或作衣已竟故名衣已竟

迦絺那衣已出梵語迦絺那衣此翻功德衣以坐夏有功五利賞德

也五利者一畜長衣二離衣宿三別衆食四展轉食五前食後食不囑入聚落此五開聽不犯律鈔引明了論本翻爲堅實能感實能感多衣故又翻難活以貪人取活爲難捨少財入此衣功德勝如以須彌大衣聚施也已言出者捨也前安居者五月謂從七月十六日至十二月十五日而出此衣後安居者不受迦絺那衣但開一月出者餘七月十一月是　畜長衣者 長者三衣之外更有餘長晉書云平生無長物是也 衣者有十種一憍賒耶衣 應師譯爲蚕衣謂野蚕絲綿作故又云高世耶衣東天竺有烏陀國秔米熟時葉變爲蚕蚕則食秔米人取絲以爲綿 二刼貝衣 此云木棉花布衣是細棉布衣 三欽婆羅衣 是毛織成之衣即如絨褐之類 四芻摩衣 此云麻衣西域記云即麻之類彼土麻少多用草羊毛織成 五識摩衣 此云粗布衣 六扇那衣 或云奢那衣乃樹名也此樹高共人等皮似麻取以織衣體如粗布說方無有 七麻衣 西域麻有多種自然青黃赤色 八翅夷羅衣 此云細布 九鳩夷羅衣 亦云細布衣 十識摩羅半尼衣 未見翻譯 長衣者若長如來八指廣四指是 如來八指者謂佛指面濶二寸八指則長一尺六寸廣四指則橫有八寸堪作衣賜是名長衣 不淨施等 淨施有二種一真實淨二展轉淨於後波逸提五十九中明不作如是二種淨名不淨施　薩婆多論云九十六種無淨施法佛大慈悲方便力故教令淨施令諸弟子得畜長財而不犯戒問曰佛何不直聽畜長財而强與結戒設此方便答曰佛法以少欲爲本是故結戒不畜長財而衆生根性不同或有多預畜積而後行道得證聖法是故如來先爲結戒而後設方便於佛法無礙衆生得益既作淨施得畜長財而不犯戒問曰淨主比丘不犯長財戒耶荅曰無犯此是方便施是他物故

犯緣此戒具足三緣方成本罪若緣有缺罪結方便一心有貪慢二畜衣應量三不施過期

定罪此中犯者若比丘一日得衣乃至十日中所得衣十一日明相出盡捨墮言一日得衣者謂衣入手日非謂月初一也若比丘一日得衣不淨施二日乃至十日得衣若淨施若不淨施至十一日明相出皆捨墮此中從第一日得衣已乃至第十日於其中間或有日得或有日不得就所得者或有淨施或不淨施其淨施者無犯其不淨施者以第一日衣勢力故至十一日明相出盡犯捨墮如是若遺與人遺者送也即送與人也有言遺與人即是展轉淨非也若失衣謂盜去若故壞謂弊爛等若作非衣謂作餘衣用若作親厚意取謂親厚者取去若忘去謂衣置此處有緣他往忘去亦爾若捨墮衣不捨持更貿餘衣一捨墮一突吉羅此捨墮衣應捨與僧若衆多人若一人不得別衆捨謂界內僧盡集不來囑授方成如法反上即名別衆也若捨不成捨突吉羅捨與僧時將至僧中偏露右肩向上座禮胡跪合

掌作如是語大德僧聽我某甲比丘故畜爾所長衣過十日犯捨墮我今捨與僧捨衣已懺罪竟僧應還此比丘衣白二羯磨懺罪法及白二羯磨還法如律廣明是比丘僧中捨衣竟不還者突吉羅若還時有人教莫還突吉羅若作淨施若遺與人若持作三衣若作波利迦羅衣善見云朱羅波利迦羅衣漢言雜碎衣若故壞謂故意壞彼衣若燒謂以火燒之若作非衣謂作餘衣受用若數數著壞者盡突吉羅此謂能作法僧應還不還乃是違法突吉羅罪僧祇云一日得衣即日作淨乃至十日得衣十日作淨十一日得衣十一日作淨犯越毘尼罪以無間故間者一日得衣更停九日二日得衣更停八日三日得衣更停七日至九日更停一日十日得衣即十日作淨十一日得衣不應受是名間也

若爲佛爲僧供養故求物集在一處雖乆未用不犯　律攝云若爲三寶畜衣非犯　或施主作如是言此是我物仁當受用雖不分別用之無犯（根本部分別即是淨施也）　根本云若犯捨墮不捨或雖捨不說悔或雖說悔不經宿隨有所得並成捨墮由前染故若捨衣說悔經宿已得皆無犯　五分云不得捨與餘人及非人捨已然後悔過（餘人者是三小衆也）　若不捨而悔者罪益深除長三衣若長餘衣乃至手巾過十日皆突吉羅若淨施不犯（言長餘衣者謂非三衣數）　薩婆多云若初日得衣即不見擯（不見罪舉）不作擯（不懺悔舉也）惡邪不除擯（不捨惡見舉）　若狂心亂心病壞心若不解擯不得本心乃至命終不犯此戒後若解擯若得本心還計日成罪　若初日得衣上入天宮北至鬱單越住若至命終不犯此戒後歸本處計日成罪　若初日得衣至五日若不見擯不作擯惡邪不除擯若狂心亂心病壞心上入天宮北至鬱單越後若解擯若得本心若還本處取前五日數後五日然後成罪西拘耶尼東弗婆提盡有比丘戒法亦同龍宮物皆有主是三處不同天上觸物自然鬱單越物皆無主二處兼無比丘戒法（三擯之人不共僧事故亦無犯）

比丘尼捨墮三小衆突吉羅是謂爲犯

開緣不犯者齊十日內若轉淨施若遣與人若賊奪想若失想若燒想若漂想不淨施不遣與人不犯若奪失燒漂取著若他與著若與作彼不犯（謂他與我衣實作彼人物想過畜無犯）

彼受付囑衣者命終若遠出去若休道若爲賊強將去若爲惡獸所害若爲水漂溺如此不作淨施不遣與人不犯不犯者最初未制戒等

會詳緇門警訓引地持論云菩薩先於一切所畜資具爲非淨故以清淨心捨與十方諸佛菩薩如比丘將現前衣物捨與和尚阿闍黎等　涅槃經云雖聽受畜要須淨施篤信檀越是也今時禪宗及與講學耑務名利不耻五邪多畜八穢但隨浮俗豈念聖言自下壇場經多夏臘至於淨法一未霑身寧知日用所資無非穢物箱囊所積並是犯財慢法欺心自貽伊戚（謂憂戚皆自造而成猶云天作孽猶可違自作孽不可活此之謂也）學律者知而故犯餘宗者固不足言誰知報逐心成豈信果由因結現前袈裟離體當來鐵葉纏身爲人則生處貧窮衣裳垢穢爲畜則墮於不淨毛羽腥臊況大小兩乘通名淨法儻懷深信豈憚奉行（憚者畏也）　荆溪輔行記云有人言凡諸所有非已物想有益便用說淨何爲今問等非已財何不任於四海有益便用何不直付兩田（悲敬二田）而閉之深房封於囊篋實懷他想用必招愆（犯盜）忽謂已財仍違說淨說淨而施於理何妨任已執心後生倣傚故知不說淨人深乖佛制兩乘不攝三根不收若此出家豈非虛喪

第二離衣宿戒

總釋

此是共戒尼犯亦同大乘同制　梵網經云菩薩行頭陀時及遊方時行來百里千

里此十八種物常隨其身此是制罪 律攝云由離衣故制斯學處此戒二緣合結

緣起處

佛在給孤獨園

起緣人

時六羣比丘持衣付親友比丘往人間遊行受囑比丘數數出衣日中曬諸比丘問知其故白佛佛以無數方便呵責已結戒不得離衣異處宿結戒已有一乾痟病比丘糞掃僧伽黎患重有因緣事欲遊行人間不堪持行即語同伴比丘白佛佛言與不失衣白二羯磨當如是說戒

所立戒相

若比丘衣已竟迦絺那衣已出三衣中離一一衣異處宿除僧羯磨尼薩耆波逸提

釋義三衣者僧伽黎（靈感傳云每轉法輪披僧伽黎南山云此三衣名諸部無正翻今以義翻大衣亦名雜碎衣以條數多故）鬱多羅僧（此云上著衣即七條衣也南山云七條名中價衣）安陀會（此云中宿衣謂近身住也南山云五條名下衣華嚴云著袈裟者捨離三毒本律云懷抱於結使不應著袈裟）離一一衣異處宿（言一一衣者謂受持三衣中隨離其一異處宿者謂人衣各異其處而經明相律攝云有三種離衣一聚處離謂在障難處而衆其衣不得重觀或因失落二失念離於安衣處更不重憶三受用離謂暫安衣即過緣隔不得受用也）除僧羯磨僧者一羯磨一說戒（善見云與不離衣羯磨者雖離衣宿而不犯尼薩耆罪問曰齊几時離衣宿答曰隨病未差得離宿若病比丘僧爲羯磨離衣宿已往餘方若病差欲還道路險難不得還恒作還意雖病差不失衣若決定作不還意失衣若過十日犯長衣罪若往餘方病差還來至衣所病復發更欲往餘方承先羯磨更不須羯磨）不失衣者僧伽藍裏有一界（謂通結一大界已復結不失衣界界內攝衣）失衣者僧伽藍裏有若干界（但結大界未結不失衣界隨有隅障俱名失衣）不失衣者樹有一界（謂五月午

日正中時日光所照枝葉徧覆日影無穿是爲一界失衣者樹有若干界謂枝葉不相交接隨日影及處即名若干界不失衣者場有一界謂此場中有一主兄弟不分此之勢分中間總是外有一尋名爲一界失衣者場有若干界謂場中兄弟各各分別即名多勢分也不失衣者車有一界謂此車有一主不分別是名一勢分失衣者車有若干界車屬多主各有分齊是名若干界不失衣者船有一界謂船屬一主名一勢分失衣者船有若干界謂船屬多主各有勢分故名若干界不失衣者邨有一界云何一邨有一勢分謂於此邨有一園林一神廟衆集之處是謂一村有一勢分失衣者村有若干界云何一村有多勢分謂此村有多園林多神廟衆集之處是謂一村有多勢分云何爲勢分荅此無勢分但齊室中不失衣者舍有一界謂此舍中惟一家長更無分別名爲一勢分失衣者舍有若干界謂此舍中有多家長分別或九十六種外道所居爲彼各執異見見既不同勢分各別是名若干界不失衣者堂有一界但屬一主無有分別失衣者堂有若干

界謂屬多主各有分別名若干界不失衣者庫藏有一界失衣者庫藏有若干界不失衣者倉有一界失衣者倉有若干界如前僧伽藍者有四種如上樹者與人等足蔭覆跏趺坐場者於中治五穀處車者若車廻轉處船者船廻轉處邨者有四種如上堂者多敞露庫者儲積藏諸車乘輦輿販賣之物倉者儲積米穀此僧伽藍界非彼僧伽藍界此僧伽藍界非彼樹界乃至此僧伽藍界非彼庫藏界亦如是此樹界非彼樹界乃至此樹界非彼庫藏界及僧伽藍界餘界作句准知僧伽藍界者在僧伽藍邊以中人若用石若甎擲所及處是名界言中人者以力處中爲離遠近故乃至庫藏界倉界亦如是言擲石所及處是名界此謂自然界之勢分或界與僧伽藍等或界小於

伽藍但結攝僧界而缺攝衣界其義可通若界大於伽藍二界並結隨界攝衣故云攝衣界攝衣以屬人令無離宿罪何用復言擲石所及處名界思之犯緣此戒具足四緣方成本罪一心有慢教二受持三衣三不心念捨四巳經明相定罪此中犯者若比丘置衣在僧伽藍内乃在樹下宿明相未出若捨衣若手捉衣若至擲石所及處若不捨衣明相出隨所離衣宿捨若不手捉衣若不至擲石所及處墮言明相出者有三種色若日照閻浮提樹則有黑色若照樹葉則有青色若過閻浮提界則有白色於三色中白色爲正除三衣若離餘衣突吉羅　若比丘留衣著僧伽藍内徃場處宿乃至庫藏倉處宿亦如是若比丘留衣樹下徃場處宿乃至倉處僧伽藍處宿亦如是若阿蘭若處無界八樹中間一樹七弓遮摩黎國作弓法長中人肘四肘言肘者臂至指端中人肘量一尺八寸爲一肘四肘爲一弓有七尺二寸也七弓則有五丈零四寸

也西國種樹之法以七弓方植一樹八樹七間共該三十五丈二尺八寸是阿蘭若自然界之勢分若比丘無村阿蘭若處留衣著此八樹間異處宿明相未出若捨衣若手捉衣若至擲石所及處若不捨衣不手捉衣若不至擲石所及處明相出捨墮　除三衣離餘衣突吉羅　僧中捨巳不還等得罪同前　雜事云若暫向餘處即擬還者任不將去復有暫出擬還至彼日暮即侵夜歸被蟲賊害當於彼宿不應夜行所受持衣應心念捨可於同梵行邊借餘三衣守持充事　僧祇云隨所住處常隨三衣持鉢乞食譬如鳥之兩翼恒與身俱　比丘尼捨墮三小衆突吉羅是謂爲犯開緣不犯者僧與作羯磨明相未出手捉衣若捨衣謂作心念捨遮重而就輕故離衣捨墮缺衣突吉羅若至

擲石所及處若刼奪想若失想燒想漂想壞想若水道斷路險難若賊難惡獸若渠水漲若强力者所執若繫縛或命難梵行難若不捨衣不手捉衣不至擲石所及處無犯不犯者最初未制戒等

會詳業疏云所以衣鉢常隨身者由出家人虚懷爲本無有住著有益便停故制隨身若任留者更增餘習於彼道分曾無思擇故有由也唐無著禪師遊五臺因往金剛窟隨喜遇文殊化爲老翁引入般若寺寺地盡是瑠璃堂舍皆輝金色翁居白牙牀指金墩令著坐之對談著欲求寓一宿翁曰持三衣不荅曰受戒已來持之翁曰此是封執處著曰亦有聖敎在若許住宿心念捨之或有强緣佛故聽許翁曰無難不得捨衣宜從急護又清涼大師願中云卧不離衣鉢之側今時禪講兩宗離衣不以爲咎不思佛語亦可慨矣

第三過一月衣戒

總釋

此是共戒尼犯亦同大乘不同制此是制罪　律攝云廢修正業制斯學處

緣起處

佛在給孤獨園有一比丘僧伽黎故爛弊壞自念言世尊結戒聽十日内畜長衣過者犯捨墮十日中間更不能辦我當云何即告同意比丘白佛佛言自今已去聽比丘畜衣乃至滿足故

起緣人

時六羣比丘聞世尊聽畜衣乃至滿足故

彼有糞掃衣及餘同者不足取中糞掃衣浣染四角頭點作淨持寄親友比丘巳入閒遊行時受寄比丘以其行久不還出衣晒之諸比丘問知其故白佛佛呵責結戒

所立戒相

若比丘衣巳竟迦絺那衣巳出若比丘得非時衣欲須便受受巳疾疾成衣若足者善若不足者得畜一月爲滿足故若過畜尼薩耆波逸提

釋義得非時衣者無迦絺那衣自恣後一月有迦絺那衣自恣後五月非時者過此限 得者從在家出家若男若女及黃門邊得 受巳疾疾成衣 既得衣巳應速速作成三衣守持衣財既足更無開畜 若足者善 足者同樣衣財滿足謂體色量體即粗細等色謂青黃等量即長短濶狹等 若不足者得畜一月爲滿足故 僧祇律云阿那律得一小段衣以水洒引令長廣佛知而故問阿那律汝作何等答言得一小段衣尺量不足欲引令長廣佛語尊者汝頗有更得衣望處不荅言有佛言何時當得荅言一月佛言從今日聽不足衣有望處者停一月爲滿足故一月聽畜不犯 若過下 遺制成犯

犯緣此戒具足四緣方成本罪一心有貪慢二衣財應量三同衣足滿四畜過制限

定罪此中犯者若十日中同衣足者應裁割若線拼若縫作衣若淨施若遺與人若不裁割縫作衣若不線拼不淨施不遺與人十一日明相出隨衣多少捨墮　若同衣不足至十一日同衣足即十一日應裁割縫作衣若線拼若淨施若遺與人若不裁割等至十二日明相出隨衣多少盡捨墮　乃至二十九日亦如是　若同衣不足三十日若足若不足若同衣若不同衣應即日裁割縫作衣若線拼若淨施若遺

與人若不裁割等至三十一日明相出捨墮僧中捨懺及不還等得罪同前善見云若二十九日得所望衣細先衣粗先衣說淨新得衣復得一月爲望同故若望得衣粗復得停一月如是展轉隨意所樂爲欲同故莫過一月律攝云有望處者謂於親友及阿遮利耶等或五年大會等我當得衣比丘尼捨墮三小衆突吉羅是謂爲犯

開緣不犯者若十日同衣足若裁割若線拼若縫作衣若淨施若遣與人如是乃至三十日若足若不足若同衣若不同衣即日應裁割若線拼若縫作衣若淨施若遣與人不犯若奪想失想燒想漂想不裁割乃至不遣與人不犯若奪失燒漂而取著若他與著若作彼不犯若受寄比丘命終遠行休道賊獸難等不裁割不線拼不縫作衣不淨施不遣與人不犯不犯者最初未制戒等

第四取非親里尼衣戒

總釋

此是不共戒尼不同犯大乘不同制謂不論親里非親里但觀可取不可取然在末法尤宜護世譏嫌此是制罪　律攝云由貪著心制斯學處此戒三緣合結

緣起處

佛在耆闍崛山

起緣人

時有一比丘著弊故僧伽梨蓮花色比丘尼見已發慈愍心即脫身所著貴價僧伽梨與之易彼弊故僧伽梨蓮花色尼者謂容貌作優鉢羅

華色比人前世久遠劫時作婆羅門女父母家人入海採寶是女在後不能自活便與諸婬女共在一處賣色自供此女色貌不豐無人往來常自咎責何以獨爾時有辟支佛一切敬仰有人語言汝能供養辟支佛者隨心所欲世世如願時彼女人即隨其語辦美飲食以優鉢羅花覆上奉辟支佛即發願言令我世世常作女人端正無雙爲人所敬無能過者又願得如沙門所得功德令我得之是故今世得作女人顏貌第一以本願故今得漏盡後著此衣見佛世尊知而故問彼以因緣白佛佛言不應如是聽汝畜持五衣完堅者餘衣隨意與人何以故婦人著上衣服猶尚不好何況弊衣世尊以此因緣結戒從比丘尼取衣捨墮是後諸比丘皆畏慎不敢從親里尼取衣佛言聽從親里尼取衣何以故若是親里籌量知有無可取不可取故聽時祇洹中二部僧得施衣共分比丘尼衣比丘錯得比丘衣尼錯得今時人言僧衣是陽邊尼衣是陰邊此乃不關律教律制尼畜五衣完堅者不聽受持上妙衣服今謂尼得上服僧得粗者故云錯得僧尼衣制無有差殊也時比丘尼持衣至僧伽藍中與諸比丘貿易諸比丘不聽白佛佛言自今已去聽貿易當如是說戒

所立戒相

若比丘從非親里比丘尼取衣除貿易尼薩耆波逸提

釋義非親里者非父母親里乃至七世非親也親里者父母親里乃至七世有親父有六親母有六親父六親者謂伯叔兄弟子孫母六親者謂舅姨兄弟兒孫言七世者謂曾祖祖父巳身子孫曾孫名七世也除貿易者以衣貿衣以衣易非衣或以非衣貿衣若以針若筒若刀若線若小段物乃至一丸藥貿衣薩婆多論云除貿易者令行者得安樂住故又使弟子無苦惱故若比丘得比丘尼所宜衣比丘尼得比丘所宜衣不貿易者以衣因緣故種種馳求廢行道故得諸苦惱是

故聽之

犯緣此戒具足四緣方成本罪一貪心爲己二尼非親里三是應量衣四取衣入手定罪此中犯者從非親里比丘尼取衣除貿易捨墮　捨懺不還等得罪同前　根本云若尼將衣施僧或爲說法故施或為受具時施或見被賊故施或尼多獲利養持衣物到苾芻所置地求受棄之而去取亦無犯　薩婆多云取應量衣捨墮取不應量衣突吉羅　若取一切鍵鎡器物突吉羅　五分云從非親里式叉摩那沙彌尼取衣突吉羅　若親里犯戒邪見從取衣突吉羅　比丘尼突吉羅三小衆亦突吉羅若沙彌從非親里比丘尼式叉摩那沙彌尼取衣突吉羅若比丘尼式叉摩那沙彌尼從非親里比丘沙彌取衣皆突吉羅是謂爲犯

開緣不犯者從親里比丘尼邊取衣若貿易爲僧爲佛圖取者無犯不犯者最初未制戒等

第五使非親尼浣衣戒

總釋

比是不共戒尼犯不同大乘同制時在末運尤宜護世譏嫌　律攝云此爲除婬染煩惱故復爲廢彼正業故又爲防其譏嫌過故亦爲數數親近女人令自煩惱轉增盛故爲斯衆過制斯學處此戒二緣合結

緣起處

佛在給孤獨園

起緣人

迦留陀夷顏貌端正偷蘭難陀比丘尼亦復端正偷蘭是大亦名粗粗即大義難陀此云歡喜是比丘尼解通三藏善

開說法六羣尼中之最者是釋種女分別功德論云是阿難妹互相繫念露形而坐欲心相視尋失不淨汚安陀會尼即爲浣即於屏處取不淨著口中及小便道中後遂有身諸尼問知其故白諸比丘諸比丘轉白世尊呵責結戒若比丘令比丘尼浣故衣若染若打捨墮後諸比丘各各畏慎不敢令親里尼浣故衣染打佛言聽令親里尼浣故衣染打當如是說戒

所立戒相

若比丘使非親里比丘尼浣故衣若染若打尼薩耆波逸提

釋義浣者下至以水一浸即名爲浣故衣者乃至一經身著五分云經體有垢膩名故衣染者乃至一入染汁打者下至將手一拍善見云得使出家女乃至孫女浣不得使出家婦兒婦浣何以故非親故

犯緣此戒具足四緣方成本罪一是非親里尼二是故衣三是爲己四浣染打竟

定罪此中犯者令非親里尼浣故衣若染若打三捨墮　若使浣染打彼浣染不打或浣不染而打或不浣而染打皆二捨墮一突吉羅　使浣染打而不浣染打三突吉羅衣一捨即淨墮罪有三二一須悔過捨懺不還等同前

善見云若比丘教尼浣衣若作竈煖水覓樵鑽火隨所作比丘一一得突吉羅罪浣竟捨墮　若浣竟欲還比丘尼自言未淨更爲重浣比丘得突吉羅罪　十誦云先自小浣更令尼浣等皆突吉羅　薩婆多云此戒應量不應量衣一切犯　摩得勒伽云使非親里尼浣尼師壇捨墮　浣褥枕突吉羅　僧祇云若爲二師持衣使

尼浣越毘尼罪　爲塔爲僧使尼浣染打無罪比丘尼及三小衆皆突吉羅是謂爲犯

開緣不犯者與親里尼故衣浣染打若病浣染打若爲僧爲佛圖浣染打若借他衣著浣染打者不犯借他衣者謂比丘衣尼借著後浣染打還比丘者不犯不犯者最初未制戒等

會詳律攝云凡洗浣衣有五種利除臭穢氣蟣虱不生身無瘙癢能受染色堪久受用不浣衣者翻成五失　著色衣亦有五利順聖形儀故令離傲慢故不受塵垢故不生蟣虱故觸時柔輭易將護故　過分浣衣有五種失能令疾破故不堪苦用故受用勞心故無益煩勞故障諸善品故著好染衣亦有五失自長驕恣生他嫉心故令他知是治容好色故能令求時多勞苦故能障善品事故過染損衣用不牢故若過打時亦有五失四過同前五過打損衣用不牢故

第六從非親乞衣戒

總釋

此是共戒尼得罪同大乘不同制爲衆生故然亦須籌量施主堪與不堪　律攝云强從索衣因生煩惱令他不樂長自貪求因譏嫌事制斯學處此戒六緣合結

緣起處

佛在給孤獨園

起緣人

時舍衛城中有長者晨朝嚴駕詣園遊觀迴車詣祇洹精舍見跋難陀釋子禮敬聽

法跋難陀辯才智慧善能説法開化勸令歡喜（薩婆多或云初説布施中説持戒後説生天福報或云前後説法但説布施福報）長者問何所須報言無所須長者故問報言止止即使我有所須不能見與長者復言但見告語我當隨所須給與長者身著廣長白氎衣跋難陀言汝所著者可與我報言明日來至我家中我當相與尊者言我先語汝正使所須不能與我長者言非爲不與但明日來若與此衣或更與好者此衣與汝我不能無衣入城長者不悅脱衣與之乘車著一衣入城守門者疑被賊刼長者説其因緣居士譏嫌諸比丘聞白佛呵責結戒不聽從居士索衣諸比丘皆畏慎不敢從親里居士索衣故更結非親里之言後有衆多比丘在拘薩羅國

安居竟執持衣鉢往世尊所晝日熱不可行夜行失正道爲賊所刦露形立祇洹門外諸比丘疑爲尼犍子報優波離問知其故即借衣著見佛佛慰勞問具白因緣世尊呵責裸形行突吉羅爾時當以輭草若樹葉覆形應往寺邊若先有長衣應取著若無者知友比丘有長衣應取著若知友無應問僧中有何等衣應分若有者當與若無者應問有卧具不若有者當與若不與者應自開庫看若有褥若地敷若氎若被應摘解取裁作衣以自覆形出外乞衣諸比丘畏慎不敢持此處物往彼處佛言聽時諸比丘奪衣失衣燒衣漂衣畏慎不敢著僧衣佛言聽彼得衣已不還本處佛言不應爾得衣已應還浣染縫治安著本

處若不安本處如法治有比丘奪衣失衣
燒衣漂衣畏慎不敢從非親里居士居士
婦乞衣佛言聽從乞衣當如是說戒
所立戒相
若比丘從非親里居士若居士婦乞衣除餘
時尼薩耆波逸提餘時者若比丘奪衣失衣
燒衣漂衣是謂餘時
釋義從非親里居士若居士婦者親里非親里如
前居士者楞嚴云愛談名言清淨自居普
門疏云以多積財貨居業豐盈謂之居士
律攝云居士者簡餘黃門謂是男子女人
方得重罪若是不男二根外道之類但得
惡作乞者若自創制之外
乞若教他乞餘時者開聽之時若比丘
奪衣若王奪若賊奪若女人起欲心奪若
父母親里欲令罷道故奪或他與衣
後還奪去失衣或失落
是名奪或忘處燒衣被火
所燒漂衣被水
所漂
也是謂餘時總結
前文
犯緣此戒具足四緣方成本罪一貪心爲

已二是非親里三衣財應量四得衣入手
定罪此中犯者從非親里居士若居士婦
乞衣除餘時捨墮　捨懺不還等得罪同
前　僧祇云若自乞若使人乞若作寒熱
相乞云何寒相若比丘冬分寒雨雪時著
弊故衣詣檀越家現寒顫相爾時檀越禮
足問言阿闍黎無時衣耶何以寒凍報言
無有汝父母在時恒爲我作時衣汝父母
去世誰當爲我作者非但汝父母死亦是
我父母無常檀越即言莫怨恨我當爲作
時衣是名寒相乞若得衣者捨墮　云何
熱相若比丘五六月大熱時著厚衲衣流
汗詣檀越家現熱相如上　若說法乞云
何說法比丘爲衣故與檀越說偈言得生
最勝處　若人以衣施　以樂布施者

人天受福報　生天得好色　天寶冠莊嚴　衣施比丘故　生生自然衣　是名說法乞得衣者捨墮　若乞漉水囊若小補衣物若繫頭物若裹瘡物若衣襟若衣中一條皆不犯　若爲和尚阿闍黎乞越毘尼罪　若爲塔爲僧不犯　根本云乞時得惡作罪所得衣物若價若色若量與所乞相應者捨墮（價者一迦利沙波拏乃至十五迦利沙波拏色者青黄等色量者五肘乃至十五肘等）不相應者無犯　薩婆多云二人共乞一衣突吉羅爲他索突吉羅得應量衣捨墮得不應量衣突吉羅從親里貧乏者索突吉羅與少更索多突吉羅若非親里先請與之後貧乏從索突吉羅若與少更索多突吉羅若爲他索亦突吉羅　摩得勒伽云從非人畜生天邊乞衣不犯（開四分爲他乞不犯僧祇薩婆多皆結突吉羅此義何從荅念他窮乏生慈愍心爲他乞衣四分開其無犯心欲望報而爲乞者僧祇薩婆多而結吉羅事一心殊故結不同）比丘尼捨墮三小衆突吉羅是謂爲犯

開緣不犯者奪衣失衣燒衣漂衣從非親里乞若同出家人乞或爲他乞他爲已乞不求而得不犯不犯者最初未制戒等

毘尼關要卷第六

毘尼關要卷第七

清金陵寶華山律學沙門德基輯

第七過受衣戒

總釋

此是共戒尼結亦同大乘不同制隨施應受此是制罪煩惱同前制斯學處

緣起處

佛在舍衛國給孤獨園

起緣人

時有衆多比丘遇賊失衣來到祇桓精舍時有優婆塞聞諸比丘遇賊失衣多持好衣來隨諸比丘意取諸比丘報言止止便爲供養已我等自有三衣不須也六羣比丘語言何不取與我等若與餘人耶而諸比丘三衣具足取居士衣與六羣及與餘人少欲比丘嫌責白佛呵責已結戒

所立戒相

若比丘奪衣失衣燒衣漂衣若非親里居士居士婦自恣請多與衣是比丘當知足受衣若過者尼薩耆波逸提

釋義若失一衣不應取若失二衣餘一衣若二重三重四重應擿作若僧伽黎若鬱多羅僧若安陀會若三衣都失彼比丘應知足受衣知足有二種在家人知足出家人知足在家人知足者隨白衣所與衣受之謂隨俗人所施衣應受縱少不足不應更從乞索也出家人知足者三衣也謂三衣既足不應更受故云出家人知足若居士自恣請多與比丘衣自恣請者善見律云擅越語比丘言若有所須隨意取是名自恣請若衣細若衣薄若不牢應取作二重三重四重當安緣當肩上應貼障垢

贓處律攝云若三衣肩上垢膩汚者於著肩處應以物替長一肘半廣一張手四邊縫著汚即拆洗也文律制本貼在應內令人以障肩外謂是須彌山謪也
安鉤紐若有餘殘語居士言此餘殘衣裁
作何等若檀越言我不以失衣故與我自
欲與大德耳彼若欲受者便受作衣之餘告主令知
即名知足受　若過下成犯
犯緣此戒具足三緣方成本罪一爲失衣
故施二貪心過受三衣財入手
定罪此中犯者若比丘過知足受衣捨墮
捨懺不還等得罪同前　善見云若比
丘尼失五衣得受二衣若失四衣得受一
衣若失三衣不得受若親友檀越自恣請
若自己物隨意受　比丘尼捨墮三小衆
突吉羅是謂爲犯
開緣不犯者若知足取若減知足取若居
士多與衣若細薄不牢若兩重三重四重
作衣安緣貼障垢膩處安鉤紐若有餘殘
衣語居士言作何等若居士言我不以失
衣故與自欲與大德若欲受便受無犯不
犯者最初未制戒等

第八求益衣價戒

總釋

此是共戒尼犯亦同大乘同制即是惡求
多求而不知足此是制罪　律攝云因相
觸惱制斯學處此戒二緣合結

緣起處

佛在舍衛國一乞食比丘入城乞食聞居
士夫婦共議跋難陀是我知舊當持如是
衣價買如是衣與彼乞食比丘還見跋難
陀即告上事問知其家

起緣人

跋難陀明日往語言若欲與我衣者當如是廣大作新好堅緻中我受持若不中我受持何用是爲居士譏嫌比丘白佛訶責結戒戒文如後唯無先不受自恣請後居士自恣請比丘言大德須何等衣比丘意疑不敢荅又有居士欲作貴價衣比丘知足欲須不如者亦意疑不敢隨意索佛言受自恣請者不犯當如是說戒

所立戒相

若比丘居士居士婦爲比丘辦衣價買如是衣與某甲比丘是比丘先不受自恣請到居士家如是說善哉居士爲我買如是如是衣與我爲好故若得衣者尼薩耆波逸提

釋義辨如是衣價者若金銀錢眞珠瑠璃貝玉瓔珞生像金持如是衣價買如是衣與某甲比丘如是衣價者一錢乃至百千錢買如是衣者色謂青黃等量或五肘乃至十五肘體乃粗細等是比丘先不受自恣請未受居士恣意之請到居士家如是說善哉居士善哉居士者善哉讚歎之詞居士稱呼之語欲令所施愈加妙好乃至爲好故求有二種一者求價二者求衣求價者檀越與作大價衣求乃至增一錢十六分之一分西國以十六升爲斗猶如此方以十六兩爲觔求衣者語居士言作如是廣長衣乃至增一線如是如是衣爲好故者律攝云更求新好堅緻謂價色及量悉皆精妙也若得衣者謂要待衣入手成犯

犯緣此戒具足四緣方成本罪一有貪好心二未受自恣請三自爲已索四衣物入手

定罪此中犯者先不受自恣請而往求貴

價廣大衣若得衣者捨墮　求而不得突
吉羅　捨懺不還等得罪同前　五分云
從親里索好者惡作罪　薩婆多云若親
里豐財多貨從索無過若貧者突吉羅
律攝云若從天等乞或乞縷纊及小帛片
等無犯　比丘尼捨墮三小衆突吉羅是
謂爲犯
開緣不犯者先受自恣請而往求索知足
減少求從親里求從出家人求或爲他求
他爲已求或不求自得無罪不犯者最初
未制戒等
第九求合作衣戒並如前緣故不重出合
作爲異
若比丘二居士居士婦與比丘辦衣價持如
是衣價買如是衣與某甲比丘是比丘先不
受居士自恣請到二居士家作如是言善哉
辦如是如是衣價與我共作一衣爲好故若
得衣者尼薩耆波逸提
第十過六反索衣戒
總釋
此是共戒尼犯亦同大乘同制息世譏嫌
長他淨信此是制罪　律攝云取不淨財
不護他意致生惱亂制斯學處
緣起處
佛在給孤獨園
起緣人
羅閱城中有一大臣與跋難陀親友遣使
持衣價與跋難陀跋難陀將此使入城持
衣價與親舊長者掌之與時大臣問使人
言跋難陀著我衣不報言不著即遣使索

還衣價跋難陀乃疾疾至長者家語言我今須衣時城中諸長者集會先有制其有不至者罰錢五百長者報言大德小待我赴會還跋難陀不允長者爲作衣竟會坐已罷衆人以其不到即輸錢五百長者盡共譏嫌比丘白佛呵責結戒

所立戒相

若比丘若王若大臣若婆羅門若居上居士婦遣使爲比丘送衣價持如是衣價與某甲比丘彼使人至比丘所語比丘言大德今爲汝故送是衣價受取是比丘應語彼使如是言我不應受此衣價我若須衣合時清淨當受彼使語比丘言大德有執事人不須衣比丘應語言有若僧伽藍民若優婆塞此是比丘執事人常爲諸比丘執事時彼使往至執事人所與衣價已還比丘所如是言大德所示某甲執事人我已與衣價大德知時往彼當得衣須衣比丘當往執事人所若二反三反爲作憶念應語言我須衣若二反三反爲作憶念若得衣者善若不得衣四反五反六反在前默然立若四反五反六反在前默然住得衣者善若不得衣過是求得衣者尼薩耆波逸提若不得衣從所得衣價處若自往若遣使往語言汝先遣使持衣價與某甲比丘是比丘竟不得衣汝還取莫使失此是時

釋義若王若大臣乃至婆羅門居士居士婦（此明能施之主）遣使爲比丘送衣價（衣價者即金銀錢寶及生像金等）持如是衣價與某甲比丘（此明受施之人）（如是衣價者或百錢乃至千錢等）彼使人至比丘所乃至我不應受此衣價（謂比丘法不應自爲受畜金銀七寶等是）

不淨物非比丘法故不應受我若須衣合時清淨當受謂順比丘須用之時或順比丘開畜之時故曰合時清淨者謂駝毛毳等由體不淨不堪為衣受持必須如法清淨也彼使語比丘言大德有執事人不乃至常爲諸比丘執事言僧伽藍民者謂充僧給使也此有二別一曰淨人二曰守園人云何淨人必爲告淨人曰清淨之業應可作之不清淨事皆不應作由作淨業故曰淨人若但防護住處名守僧園人緣從波斯匿王所施爲僧給使常事比丘言優婆塞者義名信士男亦云清淨士正翻近事男近事者親近承事諸佛法故又翻爲近住言受持戒行堪近僧住爲比丘執作衆事故云常爲諸比丘執事也此謂比丘指示執事人處謂在某城某邨某處名某甲是我執事人時彼使往至執事人所與衣價已乃至大德知時往彼當得衣謂彼使人付衣價已還報比丘我已與衣價大德當自知時或須用之時或合畜之時應往彼執事人所當得如是清淨衣須衣比丘當往執事人所若執事人若在家若在市若在作處二反三反語言我今須衣與我作衣爲作憶念者是謂告彼令知憶念不忘故云憶念也若二反三反爲作憶念得衣者善謂隨求即獲不假六反默然而得故云善也若不得衣四反五反六反在前默然立此戒體正在三反往索六反默然住得衣無過過此則犯祇云三反往索六反默然住時或緩期或僧急期若比丘至檀越所索衣時答言尊者更一月來比丘滿一月往索若復言更一月來比丘滿一月復往索若復言更一月來比丘又滿一月復往索過三月已不得復索若言半月來過三半月不得復索若言十日五日四日三日二日一日乃至三須臾過三須臾不得復索六反往默然住時檀越言我知尊者來意更一月來如足過六月乃至六須臾不得復往默然善見云云何默然口不語立不坐檀越教坐不得坐若與飲食不得受若請說法咒願悉不得爲說若檀越問言何因緣來至此答居士自當知是爲默然　僧祇云齊幾名默然住時如人入庫取物著店上頃又如裹襆物頃即應去若比丘作一語破二反默然作二語破四反默然作三語破六反默然善見云若不口語索得十二默然來若一語索破二默然乃至六語索破十二默然犯緣此戒具足三緣方成本罪一貪心希

取二違制過索三衣物入手定罪此中犯者過三反語索過六反默然住若得衣者捨墮　不得突吉羅　捨懺不還等得罪同前　十誦云是比丘語衣主已有餘因緣到執事處若問何故來荅言我有餘事故來若言持衣去荅言我已語衣主汝可往自分了若言但持去我自解語衣主爾時受衣持去不犯　根本云若苾芻遣使報已執事人來作是語聖者可受此衣應報言此衣我已捨訖汝當還彼送衣來處如是報者善若受衣者捨墮若執事人言聖者可受此衣彼之施主我共平章令其心喜若如是者取衣不犯

比丘尼捨墮三小衆突吉羅是謂爲犯

開緣不犯者三反語索得衣六反默然立得衣若不得衣從所得衣價處若自往若遣使往語言汝先遣使與某甲衣是比丘竟不得衣可還取莫使失若彼言我不須即相布施是比丘應以時輭語方便索衣　僧祇云若語物主時物主言我先施比丘遣方便更索爾時得如前三反語索六反默然住　若爲作波利迦羅衣故與以時索輭語索方便索得者不犯不犯者最初未制戒等

第十一蠶綿作臥具戒

總釋

此是不共戒尼制不同大乘爲衆生故得受但不得受用以慈悲爲體　律攝云殺諸生命增長貪求廢自善品損他正信制斯學處

緣起處

佛在曠野國界

起緣人

六羣作新雜野蠶綿臥具至養蠶家語言我等須綿報言小待須蠶熟時來六羣在邊住待看彼曝繭時蠶蛹作聲蛹者蠶所化為蛹蛹化為蛾也居士譏嫌無有慚愧害衆生命諸比丘聞白佛呵責結戒

所立戒相

若比丘雜野蠶綿作新臥具尼薩耆波逸提

釋義雜者若毳若劫貝拘遮羅乳葉草若芻摩若麻毳者乃獸毛細者是拘遮羅乳葉草未見翻譯也野蠶綿者薩婆多云此國養蠶如泰地人法蠶熟得綿名憍奢耶　僧祇云憍奢耶有二種一者生二者作生者細緜作者紡緜　善見云雜者乃至若經若緯雜憍賒耶一毛尼薩耆憍賒耶一毛者緜中微細者是也作新臥具律攝云新者有二種　謂新造二謂新得此據新造薩婆多論云此國以綿作衣法有二種一擘綿布貯如作氈法二以綿作縷織以成衣此二衣名作敷具敷具者衣之都名也作者若自作若使他作故名作新臥具

犯緣此戒具足三緣方成本罪一貪慢心二為已求三臥具已成

定罪此中犯者自用雜野蠶綿作臥具成者捨墮　作而不成突吉羅　若語他人作成者捨墮　作而不成突吉羅　為他作成不成突吉羅　此應捨是中捨者若以斤斧細剉斬和泥若塗壁若塗埵　五分云雖不自作不使他作他施而受亦捨墮　律攝云或他告言我為仁作高世耶衣意欲得故而不止遂貪心故亦得本罪　尼等四衆突吉羅是謂為犯

開緣不犯者若得已成者以斤斧剉斬和泥塗壁塗埵無犯不犯者最初未制戒等

會詳緇門警訓引央掘經云繒綿皮物若展轉來離殺者手施持戒人不應受者是比丘法若受者非悲不名破戒　涅槃經云皮革履屣憍奢耶衣如是衣服悉皆不畜是正經律　楞嚴經云若諸比丘不服東方絲綿絹帛及此土靴履裘毳乳酪醍醐如是比丘於世眞脫酬還宿債不遊三界何以故服其身分皆彼緣故東方者此東震旦國也震旦東方屬震是日出之方故云震旦樓炭經云蔥河以東名為震旦以日初出耀於東隅故得名也此土者西竺五印土也印度梵語唐言月月有多名斯其一稱良以聖賢繼軌導凡御物如月照臨由是義故謂之印度東方不無裘毳西土不無絲綿各以多分言之也衆生身分身既不服眞解脫者酬還宿債不遊三界經語甚㑀知之服其身分皆彼緣故如人食其地中百穀足不離地衆生身分況食況服豈能出離三界乎　高僧傳載南岳道休二師不衣綿並服艾絮故南山云佛法東漸幾六百載惟斯衡岳慈行可歸南岳慧思禪師少以慈恕聞於閭里常夢梵僧勸出俗乃辭親入道及稟具常習坐禪得宿命通後悟法華三昧最上乘門於陳光大六年將四十僧徑趣南岳乃告曰吾寄此山止期十載心事遠遊師習慈忍奉　菩薩三聚淨戒衣服率布寒加之以艾絮　道休禪師佰以頭陀為業住雍州新豐福祿寺南䴏山幽谷結草為庵一坐七日乃出定出山乞食施說禁戒誨人慈善如是積四十年貞觀三年夏內依期不出端拱而卒然休師出家以來常但三衣不服繒纊以傷生也所著布衣積有年稔塵朽零破見者心寒故知休之慈救與衡岳同風　薩婆多云為止誹謗故長信敬故行道安樂故不害衆生故而結此戒

第十二黑羊毛作具戒

總釋

此是不共戒尼犯不同大乘同制　律攝云由愛上色復求細輭廢業長貪遮無益故制斯學處

緣起處

佛在毘舍離獼猴江邊住樓閣諸梨車子多行邪婬作純黑羺羊毛氈被體夜行使人不見言梨車子者善見云往昔波羅奈國王夫人懷妊月滿生一肉段無有手足恐王見必生惡賤即取盛貯器中打金作薄以朱砂書題云是波羅奈國王夫人所生蓋覆器頂以王印印之使人送放江中諸鬼神營護使無風浪飄没爾時有一道士清朝往江邊澡面還見此器近已而取又見金薄朱字復見王印印上便開器看唯見一肉段而作是念若是死肉久應臭爛必有異相即取將去安於好處過半月已而成兩片復經半月二片各有五胞又過半月一片成男一片成女男作黃金色女作白銀色道士見已心生愛重如自生子以慈心力故兩手指自然出乳乳而養二子乳入子腹譬如清水入摩尼珠內外明徹道士號兒名離車子後牧牛人見道士養子疲勞即從乞此二子供養後此二子打牧牛人子諸子告父母言此無父母人打我父母報言他若打汝即應避去梵語離車此云避去亦翻薄皮又翻同皮後年十六歲見地平博縱廣一百由旬起立舍宅以男立為王女爲王夫人後時王子漸多各立舍宅故號毘舍離城離車子所居離車是其種姓正音云栗呫婆此云仙苑王種

起緣人

六羣便效而作梨車言大德我等在於愛欲爲婬欲故作汝等作此何所爲耶諸比丘聞白佛訶責結戒

所立戒相

若比丘以新純黑羺羊毛作新卧具者尼薩耆波逸提

釋義新者薩婆多論云言新者非故若得朽壞黑羊毛作敷具無犯若純黑毛者或生黑或染黑純者不雜也羺羊毛羺羖乃胡羊之名通俗文云羊卷毛謂之羺羖僧祇云此毛大貴或一錢得一兩乃至二三四金錢得一兩然此毛極細輭觸眼睛不淚出甚為難得故不聽純黑羊毛也作新卧具者薩婆多云黑羊毛作衣法亦二種一以黑毛擇治布貯作細氈二作縷織成衣此二種衣盡名敷具敷具衣之總名也此毛作三衣盡中受持

犯緣此戒具足三緣方成本罪一貪心自爲二純黑無雜三作具已成

定罪此中犯者自以純黑糯羊毛作新卧具成者捨墮 作而不成突吉羅 教他作成捨墮 不成突吉羅 爲他作成不成突吉羅 捨懺不還等得罪同前 薩婆多云若以駝毛羖羊毛牛毛若芻麻刦貝褐衣欽婆羅合作者皆突吉羅 十誦云不犯者爲塔爲僧作 尼等四衆突吉羅是謂爲犯

開緣不犯者若得已成者若割截壞若細薄揲作兩重（細薄揲作雙重即是小坐具故不犯）若褥若作枕若作方小坐具若作卧氈或作襯鉢內氈或剃刀囊或作帽或作襪或作攝熱巾或作裹革屣巾盡無犯不犯者最初未制戒等

第十三不雜色作卧具戒

總釋

此是不共戒尼犯不同大乘同制內尊僧制外護譏嫌惱事同前

緣起處

佛在給孤獨園

起緣人

六羣以純白羊毛作新卧具諸居士譏嫌似王大臣（西域以白爲上色王與大臣方著故言似王大臣也）諸比丘聞白佛訶責結戒

所立戒相

若比丘作新卧具應用二分純黑羊毛三分白四分牻若比丘不用二分黑三分白四分牻作新卧具者尼薩耆波逸提

釋義（黑義如上）白者或生白或染令白牻者頭上毛耳毛若脚毛若餘牻色毛（牻者雜色毛也律

攝云粗惡者謂頭足腹毛由頭足腹是行動處毛粗惡也若欲作四十鉢羅羊毛臥具者二十鉢羅純黑十鉢羅白十鉢羅牻若欲作三十鉢羅臥具者十五鉢羅黑七鉢羅半白七鉢羅半牻若作二十鉢羅臥具者十鉢羅純黑五鉢羅白五鉢羅牻十誦云一鉢羅四兩律攝云若作十斤毛褥五斤純黑二斤半白二斤半粗若更增減准此文謂以十斤毛分作四分純黑者應用二分故云二分黑白者用一分即四分中第三分故曰三分白牻者亦用一分即第四分故曰四分牻依制而作若比丘不用下違制成犯

犯緣此戒具足三緣方成本罪一貪心自爲二黑白過分三作具已成

定罪此中犯者不以二分黑三分白四分牻自作新臥具成捨墮　不成突吉羅　若使他作成捨墮　不成突吉羅　若爲他作成不成突吉羅　捨懺不還等得罪同前　十誦云用黑乃至多一兩捨墮用白乃至多一兩突吉羅　用牻乃至減一兩捨墮　僧祇云二分者多用黑毛而作等想等用作減想而更益　第三分多用白毛而作等想等用作減想而更益四分者少用下毛而作等想若自作教他作成捨墮受用越毘尼罪　律攝云或黑者易得餘色難求斤數減增並成無犯比丘尼及三小衆突吉羅是謂爲犯

開緣不犯者若二分黑三分白四分牻作若白不足以牻足之若作純牻者若得已成者割截壞若作壞色者作枕若作氈若褥若作臥氈若作小方坐具若作襯鉢氈若作剃刀囊若作襪作鑷熱巾作裹革屣巾一切無犯不犯者最初未制戒等

第十四減六年臥具戒

總釋

此是不共戒尼犯不同大乘同制菩薩少欲知足心無多求　律攝云爲遮不樂用故受新好者制斯學處此戒二緣合結

緣起處

佛在給孤獨園

起緣人

六羣嫌臥具或重或輕或薄或厚不捨故臥具更作新者如是常營求臥具藏積衆多諸比丘聞白佛呵責結戒唯無除僧羯磨有比丘得乾痟病糞掃臥具極重有小因緣欲人間遊行不堪持行告同意比丘白佛佛言聽僧與彼作白二羯磨自今已去當如是說戒

所立戒相

若比丘作新臥具持至六年若減六年不捨故更作新者除僧羯磨尼薩耆波逸提

釋義作新臥具持至六年（僧祇云作者若自作若使人作新者初成　律攝云六年持者縱不樂畜亦須六年滿）除僧羯磨（薩婆多云僧羯磨已得從檀越乞衣具作衣此戒體斷多貪多畜）

犯緣此戒具足四緣方成本罪一貪心自爲二減六年三不捨故作新四作具已成

定罪此中犯者減六年不捨故更作新臥具成捨墮　作而不成突吉羅　若使他作成捨墮　不成突吉羅　若爲他作成不成突吉羅　捨懺不還等得罪同前

此戒體若作衣已六年內不得從檀越乞羊毛縷種種衣具作應量衣隨織成已捨墮　薩婆多云此戒體自有衣財作若買

得衣財作皆不犯　僧祇云應當自疏記失受持故氊年月日數病差已還受持此故氊從前滿六年若病差不還補六年捨墮　比丘尼及三小衆突吉羅是謂爲犯

開緣不犯者僧聽及滿六年減六年捨故更作新者若復無故者自作若他作與若得已成者無犯不犯者最初未制戒等

第十五坐具不貼故者戒

總釋

此是不共戒尼犯不同大乘同學　律攝云爲欲遮其輕賤心故制斯學處

緣起處

佛在給孤獨園遣人請食諸佛常法諸比丘受請後徧行諸房僧祇云世尊以五事利益故五日一按行僧房一者聲聞弟子不著有爲事不二者不著世俗言論不三者不著睡眠妨行道不四者觀病比丘不五者爲年少新出家比丘見如來威儀庠序起歡喜心　見故坐具處處狼藉無人收攝聽諸比丘作新坐具取故者縱廣一磔手貼著新者上壞色故

起緣人

六羣不遵佛誨諸比丘白佛訶責結戒

所立戒相

若比丘作新坐具當取故者縱廣一磔手貼著新者上壞色故若作新坐具不取故者縱廣一磔手貼著新者上用壞色故尼薩耆波逸提

釋義作新坐具時若故坐具未壞未有穿孔當取浣染治牽挽令舒裁割取縱廣一磔手貼新者上若貼邊若中央壞色縱者豎也廣者橫也謂橫豎一磔手　善見云若不能貼細碎雜新者作亦得　五分云佛一

磔手方二尺壞色者隨意覆新者上文言二尺者即今時一尺六寸也若作新坐具不取故者下違制成犯

犯緣此戒具足三緣方成本罪一貪好自爲二有故不貼三作新已成

定罪此中犯者不取故者貼新者上捨墮不成突吉羅　若令他作成捨墮　不成突吉羅　若爲他作成與不成突吉羅捨懺不還等得罪如上　十誦云若減取作乃至半寸突吉羅　摩得勒伽云若離宿不須捨但作突吉羅悔過　比丘尼及三小衆突吉羅是謂爲犯

開緣不犯者截取故者貼新者上壞色故彼自無得更作新者若他爲作若得已成者若純故者作不犯不犯者最初未制戒等

第十六持羊毛過三由旬戒

總釋

此是不共戒尼犯不同大乘同學應息世譏嫌長他淨信　律攝云因譏嫌故制斯學處

緣起處

佛在給孤獨園

起緣人

跋難陀得羊毛貫杖頭擔在道行居士譏嫌沙門釋子云何販賣羊毛諸比丘聞白佛訶責結戒

所立戒相

若比丘道路行得羊毛若無人持得自持乃至三由旬若無人持自持過三由旬尼薩耆波逸提

釋義若比丘在道行若在住處得羊毛須者應取若無人持（謂無淨人及優婆塞等）自持至三由旬（僧祇云三由延者五肘弓二千弓名一拘盧舍四千弓半由延八千弓一由延十六千弓二由延二十四千弓為三由延自擔齎三由旬）若有人持應語彼人言我今有此物當助我持乃至彼處比丘於此中間不得助持　若無人持下（違制成犯）

犯緣此戒具足一緣方成本罪一貪心多擔二所擔羊毛三持過限齊

定罪此中犯者持過三由旬捨墮　若有人持助持過三由旬突吉羅　若令餘四衆持過三由旬突吉羅　除羊毛若持餘拘遮羅若乳藥草等過三由旬突吉羅　若復擔餘物著杖頭行者亦突吉羅　捨懺不還等得罪同前　善見云至三由旬已放地若以杖撥或以脚轉過三由旬皆捨墮　至二三由旬若虎狼賊難擔出三由旬悉捨墮　若三由旬內為賊劫奪劫奪已復還比丘比丘復得擔三由旬不犯　五分云應使淨人擔若無淨人乃聽自持不得擔擔頭戴背負犯者突吉羅　摩得勒伽云比丘空中持羊毛去與化人持去皆突吉羅　比丘尼及三小衆突吉羅　是謂為犯

開緣不犯者若持至三由旬若減三由旬若有人與持者語使持乃至某處中間更不助擔若使尼等四衆擔三由旬若毶裝（獸毛禱也）毶繩若擔頭毛項毛脚毛若作帽若作鑷熱巾若裹革屣物盡無犯不犯者最初未制戒等

第十七使尼染羊毛戒

總釋

此是不共戒尼制不同大乘同學法運像末宜當護世譏嫌迹絶尼寺之塵　律攝云因廢正修制斯學處此戒二緣合結

緣起處

佛在釋翅搜迦維羅衛尼拘律園釋翅搜者釋種也此云能仁住處迦維羅衛譌也應云迦毘羅皤窣都迦毘羅此云黃色皤窣都此云所依處上古有仙名曰黃頭依此修道西域記云劫比羅伐窣堵劫比羅亦仙人之名也因劫比羅仙洒水為界以立城故曰劫比羅伐伐者梵音此云城也或云迦毘羅衛或名迦夷此云赤澤竺法蘭對漢明帝云迦毘羅衛者大千之中也此土夏至之日猶有餘陰天竺則無故云大千之中也尼拘律西域尼拘律陀樹即東夏楊柳名雖不同樹體是一西僧指楊柳始體言意其後東僧往彼識尼拘律是東夏之楊柳兩土方言一時洞曉了焉此園在赤澤城南三四里如來成道還國遣信語父王如來不住王宮即於此園造大精舍一十六所其諸小者總六十四諸院之中皆有重閣如祇陀林等無有異佛於中住度八王子及五百釋種以樹彰名故曰尼拘律園

起緣人

六羣取羊毛作新坐具使摩訶波闍波提比丘尼染染色污手或云瞿曇彌是姓也或云憍曇彌或云瞿夷皆女聲呼也若男聲呼云瞿荅摩此云地最勝往禮世尊佛問知其故訶責六羣結戒不得使比丘尼浣染擘羊毛諸比丘疑不敢使親里尼浣染擘佛言聽親里者得浣染擘當如是說戒

所立戒相

若比丘使非親里比丘尼浣染擘羊毛者尼薩耆波逸提

釋義浣染擘羊毛浣者下至以水一漬染者下至一入染汁擘者下至擘一片

犯緣此戒具足三緣方成本罪一貪心自

爲二尼非親里三如教而作

定罪比中犯者使非親里比丘尼浣染擘羊毛者三捨墮　若使浣染擘彼浣染而不擘或浣不染而擘或不浣而染擘皆二捨墮一突吉羅　使浣染擘彼不浣染擘三突吉羅　使非親里式叉摩那沙彌尼浣染擘者突吉羅　捨懺不還等得罪同前　薩婆多云使浣染僧物突吉羅　比丘尼及三小衆突吉羅是謂爲犯

開緣不犯者使親里尼浣染擘若爲病人浣染擘若爲衆僧爲佛爲塔浣染擘無犯不犯者最初未制戒等（問使尼浣染僧物論中結罪四分無犯二義何從荅若假托浣染僧物往反當依論結罪若心實爲僧應准四分開聽）

會詳薩婆多云結戒者爲增上法故若諸比丘尼衆執作浣染廢息正業則無威德破增上法故又爲止惡法次第因緣故又爲二部衆各有清淨故結此戒也

第十八受金銀戒

總釋

此是共戒尼制亦同大乘不同制爲衆生故聽受然須淨人掌擧設無淨人者心不染著亦得自捉若貪心自畜即是多欲不知足是名染污犯此是制罪　律攝云因起譏嫌制斯學處

緣起處

佛在耆闍崛山城中有一大臣與跋難陀親舊知識彼大得猪肉即勅其婦留分與之時城中節會日作衆伎樂竟夜不眠大臣兒亦在其中竟夜不眠饑乏問母有殘肉不母言唯有跋難陀分在兒與母錢持

此錢更市肉與跋難陀此肉與我母即取錢與肉

起緣人

跋難陀晨朝詣大臣家大臣婦具告上事跋難陀言若爲我故與錢我不須肉即置地與跋難陀得錢持寄市去諸居士譏嫌時王及諸大臣集會共作是言沙門釋子得捉金銀錢沙門釋子不捨金銀錢珍寶珠瓔有一大臣名曰珠髻即語諸大臣言莫作是言沙門釋子得捉金銀錢不捨珍寶珠瓔何以故我自從如來聞沙門釋子不得捉金銀錢捨離珍寶珠瓔珠髻大臣有威勢能善說令諸大臣歡喜信解往白世尊世尊讚其所說多有所益大臣當知日月有四患不明不淨不能有所照亦無威神云何爲四阿修羅烟雲塵霧是日月大患阿修羅與天鬬時天居日月以為旗幟由日月威天常勝彼阿修羅心常忿日月欲摧滅之由諸有情業增上力盡其智術不能摧壞遂以手障令暫隱没沙門婆羅門亦有四患不明不淨不能有所照亦無威神云何爲四不捨飲酒不捨婬欲不捨手持金銀不捨邪命自活是爲四大患少欲比丘白佛呵責結戒

所立戒相

若比丘自手捉錢若金銀若教人捉若置地受者尼薩耆波逸提

釋義自手捉錢僧祇云自手者若身若身分若身相續身者一切身身分若手若脚若肘若膝身相續者若僧伽黎欝多羅僧安陀會覆瘡衣僧伽支雨浴衣若鉢下鉢鍵鎡中此名身相續咸名自手錢者上有文像外圓像天內方像地圓號居中以天地人三才合為像故云上有文像隨國土所用者是若金銀翻譯集云梵語蘇伐羅或云修跋拏此云金大論云出山石沙

赤銅中許慎云金有五色黃金為長久埋不變百陶不輕謂之曰金也梵語阿路巴或云惹多此云銀大論云銀出燒石中爾雅云白金謂之銀共美者謂之鐐若教人捉若置地受者謂不從手受如前因緣中以錢置地與也薩婆多云此戒體正以畜寶制戒不為捉故若捉他寶若捉自說淨寶但捉故得波逸提非此戒體是九十事捉寶戒非此戒攝也

犯緣此戒具足三緣方成本罪一貪心自畜二無難輒開三捉國所用錢寶

定罪此中犯者自手捉金銀若錢教人捉若置地受捨墮　此應捨是中捨者若彼有信樂守園人若優婆塞當語言此是我所不應汝當知之此是對俗捨寶法墮罪向一清淨比丘悔若彼人取還與比丘者比丘當為彼人物故受勅淨人使掌之若得淨衣鉢針筒尼師壇應貿易受持之　若彼優婆塞取已與比丘淨衣鉢尼師壇若針筒應取持之若彼取已不還者令餘比丘語言佛有教為淨故與汝應還彼比丘物　若彼取已不還餘比丘不語者當自往語言佛有教為淨故與汝汝今可與僧與塔與和尚同和尚與阿闍黎同阿闍黎與諸親舊知識若還本主何以故不欲使失彼信施故若不語彼人知是看是者突吉羅即是淨語　第三分云有比丘在塚間得錢自持來佛言不應取彼比丘須銅佛言打破壞相然後得自持去　根本云若為修營房舍等事應求草木車乘人工不應求金銀錢等若捉方國共所用錢犯捨墮　若捉非方國所用錢得惡作罪　若捉赤銅鍮石銅鐵

鉛錫者不犯　律攝云若安居時施主持衣價與苾芻衆即作委寄此施主心而受取之應可信敬淨人居士爲淨施主作施主物想執捉無犯若無施主可得應持金銀等物對一苾芻說言　具壽存念我某甲得此不淨財當持此不淨財換取淨財如是三說應自持舉或令餘人舉之今時末運此法易行古今咸採取之斷宜遵奉矣　若苾芻於行路中得金銀等爲道糧故應自持去或令淨人及求寂持去應知求寂於金銀等但制自畜不遮捉持　比丘尼捨墮三小衆突吉羅是謂爲犯

開緣不犯者若語言知是看是即是淨語若彼有信樂優婆塞守園人當語彼人言此物我所不應汝當知之若彼人受已還與比丘者比丘當爲彼人物故受與淨人掌之後若得淨衣鉢針筒尼師壇得貿易持之　若彼人取已與淨衣鉢若坐具針筒尼師壇應取持之　若彼人不肯與者餘比丘當語其人言佛有教爲淨故與汝應還彼比丘物若彼人不與自往語言佛教比丘作淨故與汝當與塔與僧與和尚同和尚與阿闍黎同阿闍黎與諸親屬知識若教使與本施主不欲令失彼信施故如是一切不犯不犯者最初未制戒等

會詳警訓引鈔云一田宅園林二種植生種三貯積穀帛四畜養人僕五養繫禽獸六錢寶貴物七氈褥釜鑊八象金飾床及諸重物此之八名經論及律盛列通歎顯過不應又律經言若有畜者非我弟子五

分亦云必定不信我之法律由此八種皆長貪壞道汚染梵行有得穢果故名不淨也乃至云律中在事小機意狹故多開畜涅槃經云若諸弟子無人供須時世饑饉飲食難得爲欲護持建立正法我聽弟子受畜金銀車乘田宅穀米貿易所須雖聽受畜如是等物要須淨施篤信檀越會正記云上明大乘機教俱急下明小乘機教俱緩律在事者違事故輕則顯經宗於理違理故重小機意狹不堪故開反上大乘堪任故重世人反謂小乘須戒大乘通方幾許悞哉

第十九貨寶戒

總釋

此是共戒尼犯亦同大乘同制菩薩應息世譏嫌即是以利求利多欲不知足　律攝云因非法貪制斯學處

緣起處

佛在耆闍崛山

起緣人

跋難陀往市肆上以錢易錢持去諸居士譏嫌沙門釋子善能賣買諸比丘聞白佛呵責結戒

所立戒相

若比丘種種賣買寶物者尼薩耆波逸提

釋義種種賣買者以成金未成金成未成金成銀未成銀成未成銀及錢互相貿易等（已成金者謂已作成瓔珞具一切器皿）錢有八種金錢銀錢鐵錢銅錢白鑞錢鉛錫錢木錢胡膠錢

犯緣此戒具足三緣方成本罪一自貪息

利二是重寶三轉易已成
定罪此中犯者種種責買寶物以成金易
成金乃至易錢捨墮　捨法同前不異
薩婆多云此戒體以重寶與人求息利當
與時捨墮　此戒直一往成罪不同販賣
戒販賣戒爲利故買已還賣成罪　律攝
云若爲三寶出納或施主作無盡藏設有
馳求並成非犯然此等物出利之時應一
倍納質求好保證明作契書年終之日應
告上座及授事人皆使同知或復告彼信
心鄔波索迦　比丘尼捨墮三小衆突吉
羅是謂爲犯
開緣不犯者如前若以錢貿瓔珞具爲佛
法僧若以瓔珞具易錢爲佛法僧無犯不
犯者最初未制戒等

毘尼關要卷第七

毘尼關要卷第八

清金陵寶華山律學沙門德基輯

第二十販賣戒

總釋

此是共戒尼犯亦同大乘同制如前 律攝云因販賣事制斯學處

緣起處

佛在給孤獨園

起緣人

跋難陀在拘薩羅國道路行往一無住處邨以生薑易食食已去時舍利弗亦在此國乞食至賣飯家默然住賣飯人見已問言大德何所求欲報言居士我須食彼人言持價來報言居士勿作此言我等所不應彼人言向者跋難陀以生薑易食食已去大德何故不應舍利弗慚愧無言又舍衛城中有外道得一貴價衣持至僧伽藍貿易跋難陀語言明日來即其夜浣故衣擣治光澤如新晨朝易之外道得衣還所止園中示諸外道中有智慧者語言汝為他所欺此外道即持衣欲相還跋難陀不允外道譏嫌諸比丘聞白佛呵責結戒

所立戒相

若比丘種種販賣尼薩耆波逸提

釋義種種販賣者以時易時以時易非時以時易七日以時易盡形壽以時易波利迦羅 以非時易非時以非時易七日以非時易盡形壽以非時易波利迦羅以非時易時（如是互相貿易准知）賣者價直一錢數數上下增賣者價直一錢言直三錢重增賣者

價直一錢言直五錢買亦如是（律攝云言種種者謂作多種販賣或賤處賤時多聚財貨貴時貴處轉賣規求或瞻相時宜預知豐儉乘時射利以求活命故曰種種販賣也）
犯緣此戒具足三緣方成本罪一有販賣
心二決作販賣三賣已得利
定罪此中犯者種種販賣得者捨墮　不
得突吉羅　捨懺不還等得罪同前　僧
祇云若肆上物先有定價比丘持直來買
置地時應語物主言此直知是若不語默
持去越毘尼罪　若彼物應直五十而索
百錢比丘言我以五十知是不名爲下
若比丘知前人欲買物不得抄買買者越
毘尼罪　若作是念此後穀當貴糴時越
毘尼罪糴時捨墮　若恐某時穀貴我今
糴此穀依是得誦經坐禪行道到時穀大
貴食長與二師或作功德餘者糶得利無
罪買鉢買藥等亦爾　五分云若欲貿易
應使淨人語言爲我以此物易彼物又應
心念寧使彼得我利我不得彼利若自貿
易應於五衆中若與白衣貿易突吉羅
根本云若爲利買不爲利賣買時惡作賣
時無犯　若不爲利買爲利故賣買時無
犯賣時捨墮　若向餘方買物而去元不
求利到處賣時雖得利無犯　律攝云若
賣買時不依實說或以僞濫斗秤欺誑於
他得妄語罪獲物之時犯盜凡持財物欲
賣買時先須定意無求利心隨處獲利悉
皆無犯　尼陀那云苾芻不應爲他俗人
斷價不應酬價高下若無俗人代酬應可
二三得自酬價過此得惡作罪　薩婆多

云此販賣罪於一切波逸提中最是重者寧作屠兒不爲販賣何以故屠兒正害畜生販賣一切欺害不問道俗賢愚持戒毀戒無往不欺又懐惡心設若居穀心恒悕望天下荒餓霜雹災疫若居鹽貯積餘物意常企望四遠反亂王路隔塞夫販賣者有如是惡此販賣物設與衆僧作食衆僧不應食若作四方僧房不得住中若作塔作像不應向禮又云但佛作意禮凡持戒比丘不應受用此物若此比丘死此物僧應羯磨分問曰不死時不受用此物何故死便羯磨荅曰此販賣業罪過深重若生在時衆僧食用此物者雖復犯戒有僧福田中故與受用以受用故續作不斷故僧福田中不聽受用今世無福後得重罪以此因緣不敢更作比丘既死更無販賣因故是故聽羯磨取物若販賣物作食噉口口波逸提若作衣著著波逸提若作蓐敷臥上轉轉波逸提　比丘尼捨墮三小衆突吉羅是謂爲犯

開緣不犯者與五衆出家人貿易自審定不相高下如市易法不與餘人貿易若使淨人貿易若悔者應還若以酥易油以油易酥無犯不犯者最初未制戒等

會詳薩婆多論云爲佛法增上故爲止鬬諍故爲成聖種故爲長信敬故而結此戒

第二十一畜長鉢戒

總釋

此是共不共戒僧十尼一大乘爲利益衆生故不同制　律攝云情貪積聚既不自

用復不施人增長煩惱妨修正業爲遮斷故制斯學處此戒二緣合結

緣起處

佛在給孤獨園

起緣人

六羣畜鉢好者持不好者置畜鉢遂多諸居士譏嫌沙門釋子求欲無厭諸比丘聞白佛呵責結戒不得畜長鉢時阿難得蘇摩國貴價鉢欲奉大迦葉以大迦葉常畜此鉢而迦葉不在白佛佛問大迦葉何時當還荅言却後十日當還佛言自今以去當如是說戒

所立戒相

若比丘畜長鉢不淨施得齊十日過者尼薩耆波逸提

釋義鉢者六種鐵鉢蘇摩國鉢烏伽羅國鉢優伽賖國鉢黑鉢赤鉢大要有二種鐵鉢瓦鉢大鉢三斗小者斗半（斗字恐傳寫之譌或是升字也 薩婆多云鉢者三種上中下上鉢受秦升三升下鉢受秦升一升半上下兩間是名中鉢若大於大鉢小於小鉢不名爲鉢也 根本云上鉢受二升米飯中鉢升半下鉢一升）此是鉢量如是應持應淨施（謂是應量鉢應受持若有餘應作淨施也）畜長鉢者（律攝云謂除受持之外所有鉢也鉢者此異外道維葉為器或手內立拱而食難養難供非福田相世尊許一非多非少異俗人外道故俗人多有畜積外道無器而食比丘惟持一鉢善順中道資身修業也）不淨施下（違制成犯）

犯緣此戒具足三緣方成本罪一有心貪畜二鉢是應量三過十日不淨施

定罪此中犯者一日得鉢乃至十日得鉢畜至十一日明相出十日中所得鉢盡犯捨墮（餘如長衣戒中不異）若犯捨墮鉢不捨更貿餘

鉢一捨墮一突吉羅　捨懺不還等得罪同前　律攝云若減量若過量若擬與餘人出家近圓濟其所用雖不分別無犯

第三分云鍵鎔小鉢次鉢聽不作淨施畜

薩婆多云若畜長白鐵鉢瓦鉢未燒一切不應量鉢突吉羅　比丘尼捨墮小三衆突吉羅是謂爲犯

開緣不犯者十日內淨施若遣與人若劫奪想失想若破想漂想　若奪鉢失鉢燒鉢漂鉢取用若他與用若受寄鉢比丘死遠行休道被賊惡獸害等不遣與人無犯

不犯者最初未制戒等

第二十二畜鉢求好戒

總釋

此是共戒尼犯亦同大乘同制少欲知足息世譏嫌　律攝云情貪好故增長煩惱招物譏嫌制斯學處

緣起處

佛在給孤獨園

起緣人

跋難陀鉢破入城從諸居士乞鉢彼破一鉢求衆多鉢畜諸居士於異時一處集各自言我今獲福無量各各相問皆共譏嫌少欲比丘白佛訶責結戒

所立戒相

若比丘畜鉢減五綴不漏更求新鉢爲好故尼薩耆波逸提彼比丘應往僧中捨展轉取最下鉢與之令持乃至破應持此是時

釋義五綴者相去兩指間一綴　綴者聯絡也僧祇云減五綴者若有一綴量減五是名減若有二綴乃至有五綴量減五是名減滿五綴

者已有五綴量亦滿是名滿若四三二一綴若無綴量滿五是名滿五綴量者破處綴間相去足一大指不漏者謂綴量不滿又無滲漏也　十誦云聽用若鐵若銅綴根本云若鉢難得隨意修理若易得處可棄之更覓好者　更求新鉢爲好故僧祇云或嫌此鉢太大太小太重太輕若粗若澁故云為好故

犯緣此戒具足四緣方成本罪一有心貪好二從非親居士乞三減量不漏四乞求已得

定罪此中犯者鉢破減五綴不漏更求新鉢捨墮　若滿五綴不漏更求新鉢突吉羅　此應捨是中捨者於此住處僧中捨　摩得勒伽云若乞得衆多鉢應捨一意所貪樂者餘者應與同意捨已懺罪竟僧應遠彼比丘鉢此鉢若貴價好者應留置取最下不如者與之　捨懺不還等得罪同前　僧祇云是比丘應請持律知羯磨者乃至五法成就僧當羯磨作行鉢人何等五不愛不恚不怖不癡知與不與是名五應羯磨差作如是說　大德僧聽某甲比丘五法成就若僧時到僧差某甲比丘作行鉢人如是白羯磨准此羯磨者應僧中唱　大德僧聽所受持鉢一切持來若不唱者犯越毘尼罪諸比丘應各各賫已所受持鉢來若有比丘捨先所受持鉢更受下鉢持來者得越毘尼罪　律云彼比丘鉢應作白已問僧作如是白　大德僧聽若僧時到僧忍聽以此鉢次第問上座白如是作此白已當持與上座若上座欲取此鉢與之應取上座鉢與次座若與彼比丘彼比丘應取不應護衆僧故不取亦不應以此因緣受持最下鉢若受突吉羅若第二上座取

此鉢應取第二上座鉢與第三上座若與彼比丘彼比丘應受不應護衆僧故不受亦不應以此因緣受持最下鉢若受突吉羅　如是展轉乃至下座若持此比丘鉢還此比丘若持最下座鉢與與時應作白二羯磨如是與　大德僧聽若僧時到僧忍聽僧今以此最下座鉢與某甲比丘受持乃至破白如是羯磨准此　彼比丘守護此鉢不得著瓦石落處不得著倚杖下及著倚刀下不得著懸物下不得著道中不得著石上不得著果樹下不得著不平地不得一手捉兩鉢除指隔中央不得一手捉兩鉢開户除用心不得著户閾内户扉下不得持鉢著繩牀木牀下除暫著不得著繩牀木牀間不得著繩牀木牀角頭除暫著不得立蕩鉢乃至足令鉢破彼比丘不應故壞鉢不應故令失若故壞不應作非鉢用　根本云此鉢不應守持不應分別亦不與人應畜二鉢倂好者安長鉢不好者安舊鉢乞食時應將二鉢得乾飯著長鉢中得濕飯著舊鉢中應於舊鉢中食先洗長鉢晒曝安置皆以長鉢爲先安龕及火熏時皆於好處先安長鉢若道行時舊鉢遣人持長鉢自持無人爲擎者長鉢安左畔舊鉢安右畔自持而去此之治罰乃至盡形或破來應好護持違者得越法罪　僧祇云是持綴鉢比丘若故打破波逸提或二師知識等憫其洗鉢妨道藏去不見已更乞無罪　比丘尼捨墮小三衆突吉羅是謂爲犯

開緣不犯者五綴漏若減五綴漏更求新鉢若從親里索若從出家人索若爲他索他爲巳索若不求而得若施僧得鉢時當次得若自有價買畜一切無犯不犯者最初未制戒等

第二十三使非親織衣戒

總釋

此是共戒尼結亦同大乘爲衆生故不同學律攝云惱物生譏制斯學處

緣起處

佛在給孤獨園

起緣人

跋難陀欲縫僧伽黎入城至諸居士家乞得線遂多作是念言我可更於異處索線縫僧伽黎比丘云衣服難得應辦三衣我今寧可織作三衣即持線往與織師彼手自作維自看織諸居士譏嫌少欲比丘聞白佛呵責結戒

所立戒相

若比丘自乞縷線使非親里織師織作三衣者尼薩耆波逸提

釋義自乞者在在處處自乞　縷線者有十種如上十種衣線也　織師非親里與線者非親里犯織師非親里與線者是親里或織師是親里與線者非親里或與線者非親里織師是親里皆犯

犯緣此戒具足三緣方成本罪一貪心自乞二非親與織三織衣巳成

定罪此中犯者自乞縷線使織師織作衣捨墮　若看織若自手作維盡突吉羅

捨懺不還等得罪同前　僧祇云自行乞縷越毘尼心悔　得者越毘尼罪　織成者捨墮　根本云若酬價織者無犯　薩婆多云若自織令五衆織皆突吉羅　若爲無衣故從非親里乞縷欲作衣亦突吉羅　若少衣正應乞衣不應乞縷作衣若須縷縫作帶無犯　比丘尼捨墮三小衆突吉羅是謂爲犯

開緣不犯者織師是親里與線者是親里若自織作鉢囊針氈若作禪帶十誦云佛聽腰病比丘畜禪帶如爲舍利弗故聽畜三種帶縧織帶辮帶毳縧帶五分云廣作不聽過人八指狹作不應減五指應一種色作不應雜色作毋論云除錦上色白皮革條一切得用作帶坐時當用自束作帶法廣一磔手長短隨身量亦名倚帶若作腰帶若作帽若作襪若作鑷熱巾裹革屣巾無犯不犯者最初未制戒等

會詳薩婆多論云爲除惡法故爲止誹謗故爲成聖種故而結此戒

第二十四求織好衣戒

總釋

此是共戒尼犯亦同大乘同制即是惡求多求　律攝云招世譏嫌制斯學處此戒二緣合結

緣起處

佛在給孤獨園有一居士是跋難陀知識出好線令織師織作如是衣與

起緣人

織師語跋難陀跋難陀言若與我織者廣大極好堅緻中我受持織師言線少跋難陀至居士家更乞線居士婦出線箱恣意擇取好者持與織師織師言價少報言但

與我織我當更與價居士從他處還見非我先所勅織衣問知其故便生譏嫌少欲比丘聞白佛訶責結戒戒文如後唯無自恣請之句有居士自恣請與比丘衣疑不敢荅居士欲與比丘貴價衣比丘少欲知足欲得不如者疑不敢索佛言先受自恣請者不犯當如是說戒

所立戒相

若比丘居士居士婦使織師爲比丘織作衣彼比丘先不受自恣請便往織師所語言此衣爲我作與我極好織令廣大堅緻我當少多與汝價是比丘與價乃至一食直若得衣尼薩耆波逸提

釋義居士居士婦使織作衣下明施主背後發心彼比丘先不受自恣請下明愛好多欲此衣爲我作與我極好織令廣大堅緻極好織者謂更要精細光澤廣大織時極打令其堅緻牢密也極好織是總標廣大堅緻是別釋我當少多與汝價少多者一錢乃至十百價者謂金銀錢寶等乃至一食直是極少之義乃至最少與其一餐之工價也

犯緣此戒具足四緣方成本罪一多欲貪好二非親居士三勸織許直四得衣入手

定罪此中犯者先不受自恣請便往求衣若得者捨墮　不得者突吉羅　捨懺不還等得罪同前　僧祇云若但往勸不許價得衣者越毘尼罪　比丘尼捨墮三小衆突吉羅是謂爲犯

開緣不犯者先受自恣請往求知足減少求若從親里索從出家人索或爲他或他爲已或不索而得無犯不犯者最初未制戒等

第二十五瞋奪衣戒

總釋

此是共戒尼亦同犯大乘同制三賢以捨心爲首十地以檀度爲先　律攝云因取衣事不忍廢闕譏嫌煩惱制斯學處

緣起處

佛在給孤獨園

起緣人

難陀弟子善能勸化難陀是跋難陀之兄有一共住弟子名曰達摩常懷慚恥追悔爲心於諸學處愛樂尊重善能勸化跋難陀欲共人間遊行即先與彼衣餘比丘語言跋難陀痴人不知誦戒不知說戒不知布薩羯磨後餘時跋難陀欲共人間行即不隨行乃索先所與衣不復相還跋難陀瞋恚強奪取衣比丘高聲言莫爾比丘房比丘聞來集問知其故白佛呵責結戒

所立戒相

若比丘先與比丘衣後瞋恚若自奪若教人奪取還我衣來不與汝若比丘還衣彼取衣尼薩耆波逸提

釋義瞋恚者僧祇云瞋恚不喜九惱事也若自奪若教人奪取還我衣來不與汝奪者強取也或手奪或口奪或手口俱奪謂本有希望而與衣情既不遂而返奪之也若比丘還衣彼取衣衣入手成犯

犯緣此戒具足三緣方成本罪一情非折伏二瞋恚奪取三衣離彼身藏舉巳

定罪此中犯者若自奪若教人奪取藏舉者捨墮　若奪而不藏舉者突吉羅　若著樹上墻下籬上橛上龍牙杙上衣架上繩床上木牀上若小褥大褥上若机上若

地敷上取離處捨墮　不離處者突吉羅捨懺不還等得罪同前　僧祇云合與別奪別與合奪合與合奪別與別奪別奪者得衆多波夜提　合奪者得一波夜提　若比丘與比丘衣時作是言汝住我邊者與若不住者奪若汝適我意者與不適意者還奪爲受經者與不受經者還奪一切無犯　若比丘賣衣未取直若錢直未畢還取衣者無罪　若奪俗人衣者越毘尼心悔　薩婆多論云奪四衆衣突吉羅

此戒體比丘先根本與他衣後爲惱故暫還奪取捨墮衣捨還他波逸提懺　若先根本與他衣後根本奪應計錢成罪（根本與者謂實意與彼衣非有希望而與也根本奪者表非折伏暫奪也計錢成罪者謂直滿五錢成盜罪也）若先暫與他衣後便奪取無罪

若和尚爲折伏弟子令離惡法故暫奪衣無罪　比丘尼捨墮餘三衆突吉羅是謂爲罪

開緣不犯者不瞋恚言我悔不與汝衣還我衣來若彼人亦知其人心悔即還衣若餘人語言此比丘欲悔還他衣若借他衣著無道理還奪取若恐失衣若恐壞若彼破戒破見破威儀若被舉若滅擯若應滅擯若命難梵行難如是一切奪取不藏舉不犯不犯者最初未制戒等

第二十六過七日藥戒

總釋

此是共戒尼亦同犯大乘比丘同學此是制罪　律攝云因病藥事貪煩惱故制斯學處

緣起處

佛在給孤獨園諸比丘秋月風病動形體枯燥又生惡瘡世尊聽諸比丘時與非時服五種藥當食當藥不令粗現

起緣人

畢陵伽婆蹉此云餘習大論云是長老常患眼痛乞食常度恒水到恒水邊彈指言小婢駐流水即兩斷得過乞食是恒水神往白佛佛弟子常罵我言小婢駐流佛言畢陵伽婆蹉懺謝恒神即合掌語恒神言小婢懺謝是時大衆笑之云何懺謝而復罵耶佛語恒神汝見彼合掌懺謝不懺謝無慢而有此言當知非惡此人五百世來常生婆羅門家常自憍貴輕賤餘人本來所習口言而已非心憍也具德經云能苦中善行悲行畢陵伽婆蹉是在羅閱城多有所識亦多徒衆大得酥油生酥蜜石蜜諸弟子積聚藏舉處處流漫房舍臭穢諸長者譏嫌比丘白佛訶責結戒

所立戒相

若比丘有病殘藥酥油生酥蜜石蜜齊七日得服若過七日服者尼薩耆波逸提

釋義病者僧祇云病有二種一主病謂饑渴二種二客病有四百四病風大不調有一百一病火大不調有一百一病水大不調有一百一病雜症有一百一病若風病當油脂治熱病當用酥治水病當用蜜治雜病嘗盡和諸藥治殘藥酥油生酥蜜石蜜齊七日得服薩婆多云此戒體若病比丘須七日藥自無淨人求清難得應從淨人手受從比丘口受已遺著一處七日內自取而食若病重口不受亦得服設看病比丘手受口受亦成受法如是受已聽共殘宿隨意而食故云殘藥也酥者是牛羊等酥油者是苣藤蔓菁及木蜜等汁五種脂如法澄濾而服蜜謂蜂蜜石蜜謂蔗糖中擬齊七日者謂聖制數極齊七日過此成犯

犯緣此戒具足三緣方成本罪一有貪味心二是七日藥三過限不捨

定罪此中犯者一日得藥畜乃至七日得藥畜八日明相出七日所得藥盡捨墮如長

衣戒中不異雅七日之別爾若犯捨墮藥不捨更貿餘藥一捨墮一突吉羅　捨已懺罪竟僧當還彼比丘藥彼比丘所有過七日酥油塗户響蜜石蜜與守園人若至七日所捨與比丘食之若減七日應還此比丘作白二羯磨此比丘取已當用塗脚若然燈　捨懺不還等得罪同前此五長戒中一事根本律云應在午前當淨洗手受取其藥一同梵行邊作如是說　具壽存念我苾芻某甲有此病緣清淨醫藥我今守持於七日内自服及同梵行者如是三說若服一日即告同梵行者云此病藥已服一日餘有六日在我當服之乃至七日皆應告知過七日已尚有餘藥應捨與淨人或與求寂　律攝云為好容儀或著滋味或求肥盛或詐僞心服食諸藥皆惡作罪　五分云應捨與僧僧捨與白衣沙彌若用然燈塗足捨藥比丘不得用一切皆不得噉　比丘尼捨墮三小衆突吉羅是謂為犯

開緣不犯者本律如前捨懺中明十誦律云若重病不犯食四舍消藥時應作是念我以治病故舍不為美味四舍消藥酥油蜜石蜜善見云若酥未滿七日布施沙彌至第八日若有急須用得就沙彌乞食無罪不犯者最初未制戒等

第一十七雨浴衣求用非時戒

總釋

此是不共戒尼犯不同大乘同制　律攝云貪求利養多乞雨衣違出離行故制斯學處

緣起處

佛在給孤獨園毘舍佉母請佛及僧明日食時至遣婢至僧伽藍中白時到時天大雨諸比丘盡雨中浴婢至遥見比丘盡裸形浴謂是裸形外道還白主母母復遣往白佛及比丘至受供訖母請八願願與客比丘食遠行比丘食病比丘食病比丘藥瞻病人食供給比丘粥供給比丘雨浴衣與比丘尼浴衣佛皆聽許

起緣人

六羣比丘聞佛聽畜雨浴衣即一切時春夏冬常求雨浴衣不捨雨衣便持餘用現有雨衣猶裸形浴諸比丘白佛訶責結戒

所立戒相

若比丘春殘一月在當求雨浴衣半月應用浴若比丘過一月前求雨浴衣過半月前用浴尼薩耆波逸提

釋義春殘一月者謂西域國風以四月為一際以十二月十六日至四月十五日為春四月十六日至八月十五日為夏四月八月十六日至十二月十五日為冬四月而無秋分今云春殘一月在謂春際已過三月餘有一月在故云殘也一月者即三月後十五日四月前十五日是名春殘一月也當求雨浴衣當求者世尊聽許乞索勸化求時不應從小家處處求一尺二尺應從殷有大家中求若一人邊得衆多人邊得是名求雨浴衣者薩婆多云畜雨浴衣凡有二事天雨時以障四邊於中澡浴若天熱時亦以自障於中浴二以夏月多雨常裹三衣擔持行來半月應用浴謂三月十六日以去應求應作四月一日以去當用澡浴擔持行來若比丘過一月前求雨浴衣過半月前用浴過一月前求者即三月十六日以前求索過半月前用浴者謂四月一日以前浴是名前求前用也

犯緣此戒具足二緣方成本罪一心貪過求二慢教過用

定罪此中犯者三月十六前求四月一日前用捨墮　捨懺不還等得罪同前　僧祇云此衣不得受當三衣不得淨施不得著入河中池中浴不得小小雨時著浴當大雨時被浴若雨卒止垢液者著入餘水中浴無罪　餘時亦不得裸身浴當著舍勒（即短裙也）或餘故衣不得著雨衣種種作事若食欲以油塗身若病時若多人行處得繫兩頭作障至八月十五日當捨一比丘僧中唱　大德僧聽今日僧捨雨浴衣如是三說若至十六日捨者越毘尼罪　捨已得用作三衣亦得說淨亦得入餘水中浴種種著作無罪　薩婆多云比丘尼得畜浴衣不得畜雨浴衣以尼弱劣擔持爲難是故不聽若閏三月不應前三月求作雨衣應後三月十六日求作雨衣比丘不畜雨浴衣無罪　善見云雨時四月合春末十五日一百三十五日用若有雨浴衣不用裸形洗浴突吉羅　比丘尼等四衆突吉羅是謂爲犯

開緣不犯者三月十六日求四月一日用若捨雨衣已乃更作餘用若著浴衣浴若無浴衣若作浴衣若浣染若舉處染（該是深字誤寫染字）無犯不犯者最初未制戒等

第二十八過時受畜急施衣戒

總釋

此是共戒尼結同罪大乘爲衆生故不同制亦須如法淨施　律攝云於安居中共分衣利因生違惱爲求衣事過限廢闕譏嫌煩惱制斯學處

緣起處

佛在毘蘭若受婆羅門請夏安居竟五分云毘蘭若邑有婆羅門名毘蘭若波斯匿王以此邑封之十誦云字阿耆達是婆羅門王　薩婆多云阿耆達者以供養火故佛告阿難汝往語婆羅門我受汝夏安居訖今欲人間遊行阿難往告時婆羅門自責九十日中竟不供養佛僧佛九十日惟食馬麥佛言過去世時有比婆葉如來在槃頭摩跋城中與大比丘衆俱有槃頭王與諸臣民請佛供養及比丘僧爾時城中有婆羅門名山王教五百童子王設會先請佛默然許之王還具饌已畢即執香爐啓曰惟願屈尊來受我供佛勅大衆往詣王宮食畢各還時為病比丘請食而歸過婆羅門所時婆羅門見食香美便起妬意此髡頭沙門正應食馬麥不應食甘饌亦教童子言此等師主皆食馬麥時婆羅門者則我身是五百童子者五百阿羅漢是我時言他食馬麥故受諸苦報經歷地獄無數千歲今雖得佛由此殘緣我及衆等於毘蘭若邑食馬麥九十日以償殘報也往世尊所禮佛足已却坐一面善見云却者猶如日轉一面者在一邊智慧之人到宿德所坐避六法何謂六法一者極遠若欲共語言聲不及故二者太近觸忤宿德故三者上風身氣臭故四者高處不恭敬故五者當眼前贍視難故六者在後宿德共語迴轉難故言却坐一面離此六法也世尊為說妙法令心歡喜婆羅門設供并施衣佛聽比丘受夏衣

起緣人

六羣即一切時常乞衣安居未竟亦乞衣亦受衣跋難陀在一處安居竟聞異處安居比丘大得利養即往彼處處分衣分大得衣持來入祇洹精舍諸比丘聞嫌責白佛佛以無數方便訶責時舍衛國波斯匿王境內人民反叛波斯匿王晉言和悅西域記云正名鉢邏斯那唐言勝軍淨法師譯為勝光仁王經云是波斯匿王已於過去十千劫龍光王佛法中為四地菩薩梨師達多富那羅二大臣梨師達多此云仙授又云仙施又云仙與謂從仙人邊求得子故富那羅或云富蘭那此云故舊又翻宿舊是仙授之兄此兄弟二人是波斯匿王大臣於拘薩羅國錢財巨富無與等

者而能於佛及四部衆等共受用不計我所雜阿含經彼自說言波斯匿王欲入園觀令我乘於大象載第一宮女一在我前一在我後我坐其中象下坂時前者抱我頭後者攀我背象上坂時後者抱我頭前者攀我衿彼諸婇女為娛樂王故衣繒綵衣著衆妙香瓔珞莊嚴我與同遊常護三事一者御象恐失正道二者自護心恐生染著三者自護持恐其顛墜我於爾時於王婇女無一剎那不正思惟佛讚長者善哉善哉能善護心然富蘭那崗修梵行離欲清淨不著香華遠離凡鄙持戒為勝梨師達不崗修梵行然其知足達四聖諦智慧為勝後時二俱命終佛記二人一持戒勝一智慧勝二俱同生一趣同一受生同於後世得斯陀含果生兜率天一來世間盡苦邊際王勑使征二大臣作是念我等往征未知得還否欲爲僧設食并施衣諸比丘以安居未竟不敢受衣白佛佛言聽諸比丘受急施衣結戒

所立戒相

若比丘十日未竟夏三月諸比丘得急施衣比丘知是急施衣當受受已乃至衣時應畜若過畜者尼薩耆波逸提

釋義十日未竟夏三月者謂自恣猶有十日在即七月初六日未至七月十五日故云十日未竟夏三月也急施衣者受便得不受便失薩婆多云若王施若王夫人施若王子施大官鬪將施以諸貴人善心難得又難可數見若女欲嫁時以至婿家不得自在故今得自在以物施僧若病人施以善心故以物施僧令存亡有益因急事施故名急施衣也衣時者自恣竟不受迦絺那衣一月受迦絺那衣五月　自恣十日在若比丘得急施衣比丘知是急施衣應受受已即十日應畜到自恣竟不受迦絺那衣一月受迦絺那衣五月　若自恣九日在得急施衣比丘知是急施衣應受受已即九日應畜到自恣竟不受迦絺那衣一月受迦絺那衣五月更增一日如是自恣八日七日六日五日四日三日二日若自恣一日在後更增九日准知若過畜謂過一月五月成犯

犯緣此戒具足三緣方成本罪一有貪畜心二非急施衣三過前過後畜

定罪此中犯者得急施衣若過前過後捨墮（過前者謂七月初五日已前而輒受衣畜過後者謂一月五月竟不淨施等而仍畜）捨懺不還等得罪同前（五長中一事也）薩婆多云除十日急施衣一切安居衣必待自恣時分若安居中分突吉羅　根本云若在夏中或施主欲自手行施取亦無犯　若差得藏衣苾芻或施主作是語我行還自手當施雖過時分畜亦無犯　比丘尼捨墮三小衆突吉羅是謂爲犯

開緣不犯者得急施衣不過前不過後不犯若奪衣失衣燒衣漂衣過前不犯奪失燒漂想若險難道路不通乃至命難梵行難若彼受寄比丘或死或出行捨戒賊劫惡獸害等過後無犯不犯者最初未制戒等

第二十九後月離衣過六夜戒

總釋

此是不共戒大乘比丘同學　律攝云因不善護身離衣事故及慢教煩惱制斯學處

緣起處

佛在給孤獨園諸比丘夏安居訖後迦提一月滿在阿蘭若處住多有賊難刦奪衣鉢又打撲比丘比丘皆趣祇桓精舍聚住佛問知其故聽留一一衣置舍内

起緣人

六羣聞佛聽留衣置舍内便留衣置舍内囑親友比丘已出行受囑比丘出衣晒之

諸比丘問知其故白佛訶責結戒

所立戒相

若比丘夏三月竟後迦提一月滿在阿蘭若有疑恐怖處住比丘在如是處住三衣中欲留一一衣置舍內諸比丘有因緣離衣宿乃至六夜若過者尼薩耆波逸提

釋義夏三月竟 謂前安居者坐夏三月已竟至七月十五日故云夏三月竟 後迦提一月滿在阿蘭若 按迦提翻功德又翻昴星昴星直此月故謂七月十六日至八月十五日是夏安居最後一月故云後迦提一月也言滿在阿蘭若者謂受後安居者雖同前安居者七月十五日自恣仍須住滿三月為期以終後安居之局故云滿在阿蘭若處也 阿蘭若去村五百弓遮摩羅國弓長四肘用中肘量 如離衣戒中釋 有疑者疑有賊盜恐怖者中有恐怖賊盜 留一一衣 僧祇云一一衣者僧伽梨鬱多羅僧安陀會不得寄僧伽梨安陀會得寄鬱多羅僧文無僧伽梨不得入聚落乞食安陀會以著身故不得單著僧伽梨 舍內者邨聚也有因緣者 五分云若塔事和尚阿闍梨事及以他事 六夜者 薩婆多云從七月十六日次第六夜聽阿蘭若安居比丘離衣宿所以聽者外國此六夜中間是賊發時是故聽也 彼六夜竟第七夜明相未出前若捨衣若手捉衣若至擲石所及處 言擲石所及處者非蘭若界限乃是寄衣聚落之勢分也過者犯

犯緣此戒具足三緣方成本罪一有慢敎心二是離三衣三違制過限

定罪此中犯者離衣六夜竟第七夜明相未出前不捨衣不手捉衣不至擲石所及處住第七夜明相出犯捨墮 除三衣已離餘衣突吉羅 捨懺不還等得罪同前

五分云若一宿二宿乃至五宿事訖不還突吉羅 律攝云至第七夜明相未出得惡作罪 此謂故不作捨衣乃至擲石所及處心懷慢敎是故先得惡作

(明相出時便得捨墮)善見云寄衣已六夜一往看見衣已還阿蘭若處(如是相續六夜往看不犯)餘四衆突吉羅是謂爲犯

開緣不犯者已經六夜第七夜明相未出到衣所若捨衣若手捉衣若至擲石所及處不犯若奪失燒漂不捨衣不手捉衣不至擲石所及處不犯若船濟不通道路險難一切難緣等不捨衣不手捉衣不至擲石所及處一切不犯不犯者最初未制戒等

第三十迴僧物入已戒

總釋

此是共戒尼犯亦同大乘同制即取十方僧物入已 律攝云由貪煩惱制斯學處

此戒二緣合結

緣起處

佛在給孤獨園

起緣人

有一居士欲飯佛及僧布施好衣跋難陀聞即往語言居士衆僧有大善利威力福德施僧者多汝今食施衆僧衣可施我居士聽之次日請僧至舍居士見長老比丘威儀具足發大聲悔比丘問知其故白佛呵責結戒斷僧物入已捨墮諸比丘不知是僧物非僧物爲許僧不許僧後乃知是僧物已許僧或有作捨墮懺悔者或慚愧者佛言不知無犯當如是說戒

所立戒相

若比丘知是僧物自求入已者尼薩耆波逸提

釋義僧物者爲僧故作未許僧已許僧已捨與僧僧祇云僧有八種比丘僧比丘尼僧容僧去僧舊住僧安居僧和合僧不和合僧物者衣鉢坐具針筒下至飲水器僧祇云有八種物時分夜分七日終身隨物重物不淨物淨不淨物自求入已者自往求索以僧物攝歸入已

犯緣此戒具足四緣方成本罪一心貪取二是僧物三作僧物想四物已入手

定罪此中犯者知是僧物自求入已捨墮

若物許僧轉與塔　若許塔轉與僧許四方僧轉與現前僧　許現前僧轉與四方僧　許比丘僧轉與比丘尼僧　許比丘尼僧轉與比丘僧　許異處與異處皆突吉羅　已許作許想捨墮　已許疑突吉羅　未許作許想突吉羅　未許疑突吉羅　捨懺不還等得罪同前　僧祇云若有人欲布施問比丘言應施何處荅言隨汝心所敬處復問何處果報多荅言施僧果報多復問何等清淨持戒有功德僧荅言僧無犯戒不清淨者若持物來施比丘應語言施僧得大果報若言我已曾施僧今正欲施尊者受之無罪　若知物向僧迴令向已捨墮是物僧不應還僧應受用若迴與餘人波逸提　知物向此畜生迴與餘畜生越毘尼心悔　五分云若施主自迴欲與僧物與已不犯　薩婆多云若物向僧與前人說法令物自入已捨墮物則還僧向三二一比丘突吉羅　以物施此塔迴向彼塔物即入彼塔不須還以福同故比丘作突吉羅懺　以物施此僧祇迴向餘僧祇物入餘僧祇不須還以

僧祇同故比丘作突吉羅懺　以自恣臘與此衆僧迴向餘僧自恣物應還與此衆僧以自恣物所屬異故比丘作突吉羅懺若不還計錢成罪　面門臘亦如是　知物向一人迴向餘人應還取此物已歸此物主作突吉羅懺若不還彼物計錢成罪

律攝云見他將物施無恥衆自觀已身福勝施彼爲益施主便迴入已者無犯

比丘尼捨墮三小衆突吉羅是謂爲犯

開緣不犯者若不知若已許作不許想若許少勸令與多若許少人勸與多人欲許惡勸與好者或戲笑語若誤語獨處語或眠中語欲說此乃錯說彼一切無犯不犯者最初未制戒等

會詳法苑云貪有二種報一者多欲謂因前世縱恣貪欲心無止息故感今生業習不忘倍復增勝而生貪著也二者無厭謂因前世貪求不已展轉馳逐故感今生業習不忘欲心轉盛用之無度求之無厭也

三結問

諸大德我已說三十尼薩耆波逸提法今問諸大德是中清淨不三問

四勸持

諸大德是中清淨默然故是事如是持

毘尼關要卷第八

毘尼關要卷第九

清金陵寶華山律學沙門德基輯

五九十波逸提法分四初總標二別列戒相三結問四勸持

初總標

諸大德是九十波逸提法半月半月說戒經中來（若論篇聚俱屬第三前三十事因財生犯此九十事無因而犯貪染雖輕慢教無滅唯無財事為異縱有過量作牀衣等但違教而作不類三十唯截壞而後懺悔也又斯波逸提法性該六聚凡屬故作若輕若重於方便位皆有不敬聖教波逸提罪此篇於諸篇中獨得墮稱所謂墮落燒煮覆障不如意處也如佛告目連曰若無慚愧輕慢佛語犯波逸提如夜摩天壽二千歲墮泥犁中於人間數二十四億四十千歲觀此聖說自當誡勗身心慎思言行則無非而不除無戒而不淨者也）

二別列戒相有九十條初知而妄語乃至九十與佛等量作衣戒

第一知而妄語戒

總釋

此是共戒尼犯亦同大乘同制救衆生故得開此是性罪　律攝云由詐妄事覆藏煩惱制斯學處

緣起處

佛在釋翅搜迦維羅衛國尼拘類園中

起緣人

有釋迦子字象力（按舍衛國有聚落名象力因聚落以稱名也後於舍衛國命終雜阿含經佛記云此人犯三種非法所謂慳貪愚癡瞋恚當墮地獄中偈云若生不善心成就貪瞋癡此身自作惡還復害於已如芭蕉生實自害於其身若無貪瞋癡是名為智慧不害於已身是名勝丈夫是以應除斷貪瞋癡大患）善能談論常於外道梵志論義若不如時便違反前語若僧中問是語時即復違反前語於衆中知而妄語諸梵志譏嫌諸比丘聞白佛呵責結戒

所立戒相

若比丘知而妄語者波逸提

釋義知而妄語者律攝云是決定心表非錯誤妄語者謂對了知人違心異說作誑誑言名爲妄語也不見言見不聞言聞不觸言觸不知言知見言不見聞言不聞觸言不觸知言不知見者眼識聞者耳識觸者鼻舌身三識知者意識薩婆多論云見聞覺知以三根性利力用偏多各分爲名三根性鈍力用處少總名爲覺又復三根能取遠境界各分爲名三根近取境界故合爲名也

犯緣此戒具足三緣方成本罪一有妄語心二正說時知是妄語三說聽了了

定罪此中犯者若不見不聞不觸不知言我見聞觸知等知而妄語波逸提　本不作妄語意妄語時知是妄語妄語已不憶是妄語故妄語波逸提　於大衆中知而妄語說而了了波逸提　說而不了了突吉羅　說戒時乃至三問憶念罪而不說者突吉羅　薩婆多論云若遣使妄語若書信妄語盡突吉羅　根本律云違心而說皆得墮罪　若不違心而說者無犯比丘尼波逸提小三衆突吉羅是謂爲犯

開緣不犯者不見言不見不聞言不聞不觸言不觸不知言不知見言見聞言聞觸言觸知言知意有見想便說者無犯不犯者最初未制戒等

會詳律攝云佛之弟子言常說實不應爲盟自雪表他不信故設被誣謗亦不應作誓雪者洗也謂自洗清白也十誦律云不得自呪呪他不得以物自誓誓他不得自投竄令他投竄呪與投竄一

種故（即今投狀訴神等事）

法苑珠林云妄語二報一多誹謗謂因前世不務誠實妄語無信故感今生多被他人誹謗也二爲他人所誑謂因前世專以妄語欺誑於人故感今生爲人之所誑惑也

第二毀呰語戒

總釋

此是共戒尼犯亦同大乘同制若但毀呰

梵網云若佛子無事謗他良人善人罪結輕垢若合自讚即自讚毀他戒攝結重若增上煩惱犯者失菩薩戒此是性罪

律攝云由出家人事不忍煩惱制斯學處

緣起處

佛在給孤獨園

起緣人

六群比丘斷諍事以種類罵比丘比丘慚愧忘失前後不得語諸比丘聞白佛訶責

結戒

所立戒相

若比丘種類毀呰語者波逸提

釋義種類毀呰者卑姓家生行業亦卑伎術工巧亦卑或言汝是犯過人或言汝多結使人或言汝禿盲人或言汝禿瞎人

卑者旃陀羅種（此云屠者應法師云此云嚴熾一云主殺人乃是西方屠殺之輩以惡業自嚴行時搖鈴持竹以爲幖幟故以爲名若不爾者王必罪之或翻可畏法顯傳云名爲惡人與人別居若入城市則擊竹以自異人則識而避之不相搪揬）除糞種竹師種車師種　卑姓者拘湊（此是天竺卑小之姓也）拘尸婆蘇晝（此是天竺卑小種族）迦葉（此翻龜氏其先代學道有靈龜負圖而出因以爲姓是天竺諸婆羅門之一姓）

而非首族也　阿提黎夜或云阿支羅比天竺多此姓也婆羅墮此云捷疾或云利根本行集翻重幢此是婆羅門十八姓中之一姓元居卑末也
若非卑姓習卑伎術即是卑姓　卑業者
販賣猪羊殺牛放鷹鷂獵人網魚作賊捕
賊者守城知刑獄　卑伎術工巧者鍛作
木作瓦陶作皮韋作剃髮作簸箕作　犯
者波羅夷僧殘波逸提波羅提提舍尼偷
蘭遮突吉羅惡說　結者從瞋恚乃至五
百結　盲瞎者盲瞎禿躄跛聾瘂及餘衆
患所加　若比丘罵餘比丘言汝生卑賤
家汝業卑伎術卑汝犯汝結使汝瞎禿如
是等若面罵若喻罵若自比罵面罵者言
汝是旃陀羅家生除糞家生乃至衆患所
加喻罵者汝似旃陀羅汝似除糞種等自
比罵者我非旃陀羅種我非除糞種我非
衆患所加毀呰者欲令前人羞愧此有二一由瞋忿二因傲慢
犯緣此戒具足三緣方成本罪一有毀呰
心二作毀呰語三說而了了
定罪此中犯者若比丘種類毀呰語了了
者波逸提　不了了者突吉羅　若以善
法而面罵若喻罵若自比罵善法者阿蘭
若乞食補衲衣乃至坐禪人　面罵者汝
是阿蘭若乃至坐禪人　喻罵者汝似阿
蘭若乃至坐禪人　自比罵者我非阿蘭
若乃至坐禪人　若說了了不了了皆突
吉羅　五分云毀呰餘四衆突吉羅　比
丘尼毀呰比丘比丘尼波逸提　毀呰餘
三衆突吉羅　律攝云毀呰俗人亦得惡
作　若求寂等於苾芻等而毀呰得惡作
罪　對中方人作邊地語對邊地人作中

方語若他解者得根本罪若不解者得惡作罪　薩婆多論云若輕毀狂心亂心病壞心在家無師僧越濟人一切在家人聾人六罪人（犯四根本破和合僧出佛身血）盡突吉羅　若遣使書信突吉羅　設有先出家而後癩病者一切僧事得共作若食時莫令坐衆中　比丘尼波逸提三小衆突吉羅是謂爲犯

開緣不犯者相利故說爲法故說爲律故說爲教授故說爲親厚故說或戲笑說或因語次失口說或獨說夢中說欲說此錯說彼無犯不犯者最初未制戒等

會譯法苑珠林云惡罵二報一常聞惡音謂因前世口無禁忌發言粗惡令不忍聞故感今生常聞穢惡之音也二恒有諍訟謂因前世恃力怙勢好諍健訟惡逆無德故感今生常致諍訟而不和也

第三兩舌戒

總釋

此是共戒尼犯亦同大乘同制　梵網經云見持戒比丘手捉香爐行菩薩道而鬬遘兩頭謗欺賢人無惡不造等此是性罪　律攝云依門徒事由畜衆煩惱制斯學處

緣起處

佛在給孤獨園

起緣人

六群傳彼此屏語遂至衆中未有鬬事而生鬬已有鬬事而不滅諸比丘白佛訶責

結戒

所立戒相

若比丘兩舌語者波逸提

釋義兩舌者律攝云爲離間事謂離間恩義挑唆鬬諍　比丘鬬亂比丘比丘尼式叉摩那沙彌沙彌尼優婆塞優婆夷國王大臣外道異學沙門婆羅門如是互相鬬亂　鬬亂者某甲說是言汝是旃陀羅種除糞種乃至衆患所加如前毀呰戒中不異是名兩舌也

犯緣此戒具足三緣方成本罪一有心鬬亂二傳彼此屏語三說聽了了

定罪此中犯者比丘鬬亂說而了了者波逸提　不了了者突吉羅　薩婆多云若以八事傳向四衆突吉羅八事者一種二伎三作四犯五病六相七煩惱八罵　傳向在家無師僧若遣使書信狂心亂心病壞心聾瘂越濟人六罪人一切在家人盡突吉羅　除此八事更以餘事者云汝是多眠多食人戲笑人若言汝欺誑人多情詐人如是向比丘說者聞與不聞盡突吉羅　若不傳彼此語但二邊說令離散者突吉羅　律攝云爲離間意他不了時但得惡作罪　比丘尼波逸提三小衆突吉羅是謂爲犯

開緣不犯者破惡知識破惡伴黨破方便壞僧者破助破僧者破作非法非律羯磨者破若爲僧爲塔廟若和尚同和尚阿闍黎同阿闍黎若知識親友若數數語者無義無利欲方便作無利義破如是等人無犯不犯者最初未制戒等

會詳法苑珠林云兩舌語二報一得蔽惡眷屬謂因前世兩舌使人朋儔分離乖間皆生怨惡故感今生得蔽惡眷屬也二得不和合眷屬謂因前世兩舌離間人之親

愛使不和合故感今生得不和合眷屬也

第四與婦女同室宿戒

總釋

此是共戒尼犯亦同大乘同制避世譏嫌及護梵行律攝云由女人事婬染煩惱制斯學處

緣起處

佛在給孤獨園

起緣人

尊者阿那律或云阿那律陀此云無滅昔施食福人天受樂於今不滅淨名疏云或云阿泥盧豆或云阿兔樓馱梵音楚夏不同耳此云如意或云無貧過去饑世曾以稗飯施辟支佛九十一劫天人之中受如意樂故名如意爾來無所乏斷故名無貧佛之從弟斛飯王子西域記云阿泥律陀舊曰阿那律者訛也 根本云昔迦羅村馱佛制底之處與大供養時有群賊欲行竊盜入制底中見其燈闇遂便挑舉覩佛尊容情生歡喜即發大願願我來世得遇大師承事無惓得妙天眼人中第一由彼願力今獲天眼最爲第一從舍衛國向拘薩羅中路至無比丘住處卽聞一婬女家常止賓客即往借宿門下結跏趺坐繫念在前時拘薩羅國諸長者亦來投宿門屋下坐相逼近婬女生慇念心令入舍內尊者結跏趺坐繫念在前婬女室中然燭竟夕不絕婬女於初夜來求作夫尊者默然不荅不視到後夜復求作夫尊者復不荅不視何以故由尊者得無上二俱解脫故成實論云二俱解脫者一慧解脫二心解脫慧解脫者謂以智慧斷無明惑業之縛而得解脫也二心解脫者謂因此心離於貪愛之縛而得解脫今尊者見思斷盡不染情欲故不荅不視此婬女即脫衣前捉尊者以神通力踊身在空婬女慚愧著衣合掌懺悔至三尊者即下本處說微妙法婬女得法眼淨受三歸五戒爲優婆夷次日尊者受其供

養而去還僧伽藍向諸比丘說少欲者嫌責白佛結戒

所立戒相

若比丘與婦女同室宿者波逸提

釋義婦女者人女有知命根不斷室者有四周墻壁障上有覆或前敞而無壁或有雖覆而不徧或雖覆徧而有開處（室者實也人物實滿其中是謂曰室）

犯緣此戒具足四緣方成本罪一知有婦女二堪行婬境三同室無隔四脅臥著地

定罪此中犯者若比丘先宿婦女後至或婦女先至比丘後到或二人俱至若欹臥（欹音谿不正臥）隨脅著地波逸提　隨轉側波逸提　若天女阿修羅女龍女夜叉女餓鬼女同室宿突吉羅　若黃門二根人同室宿突吉羅　晝日婦女立比丘臥突吉羅

薩婆多云此戒亦身教成罪亦人上成罪一臥一波逸提十臥十波逸提是名身教成罪若一臥有一女人一墮罪有十女人十墮罪是名人上得罪　若白衣舍內房舍各異若比丘在一房中女人在餘房比丘不閉房户突吉羅　閉户無犯　若樹下突吉羅　五分云若同覆異隔若大會說法若母姊妹近親疾患有知男子自伴不臥皆不犯　律攝云若天龍女可見形者及傍生女同處宿咸得惡作　小傍生女不堪行婬者不犯　若有父母夫主等守護者同宿無犯　比丘尼波逸提小三衆突吉羅是謂爲犯

開緣不犯者比丘不知彼室內有婦女而

宿若比丘先至而婦女後至比丘不知若屋有覆而四邊無障或盡覆而半障或盡覆而少障或盡障而不覆或盡障而少覆或半覆半障或少覆少障或不覆不障露地無犯此室中若行若坐無犯若頭眩倒地若病臥無犯或爲強力所捉若爲人所縛若命難淨行難無犯不犯者最初未制戒等

第五同未受大戒人三宿戒

總釋

此是共戒尼犯亦同大乘比丘同學　律攝云由眠宿事不寂靜煩惱制斯學處此戒二緣合結

緣起處

佛在曠野城

起緣人

六群與諸長者共在講堂宿六群中有一人亂心睡眠轉側形露有比丘以衣覆已復更轉側露形第二比丘復以衣覆尋復轉側形起（善見云臨欲眠時應先念佛念法念僧念戒念天念無常不先作念心即散亂是故露身形也）長者譏笑調美時眠比丘慚愧無顏餘比丘亦慚愧無顏少欲比丘白佛訶責結戒不得與未受大戒人共宿

佛在拘睒毘國諸比丘言佛不聽與未受大戒人共宿當遣羅云去時羅云無屋住往佛厠上宿（善見云羅云入佛厠以袈裟敷地而眠所以入佛厠者以淨潔故多人以香花供養）佛知往厠所作謦欬羅云亦作謦欬聲世尊知而故問此中有誰荅言我是羅云問汝作何等荅諸比丘言不得與未受具戒人共宿驅我出佛授指令捉

將入自房共宿明日集比丘告言汝等無慈心乃驅出小兒是佛之子不護我意耶自今聽比丘與未受大戒人共二宿若至三宿明相未出時應起避去若至第四宿應自去或使彼去當如是說戒

所立戒相

若比丘與未受大戒人共宿過二宿至三宿波逸提

釋義未受大戒人者除比丘比丘尼餘未受戒人是（謂三小衆及白衣也）過二宿至三宿者（薩婆多論云所以聽二宿者若都不聽或有失命因緣以憐愍故得共二宿以護佛法故不聽三宿）

犯緣此戒具足四緣方成本罪一未受具人二共房無隔三過限不遺四脅臥著地

定罪此中犯者本律得罪同前戒　僧祇云若與未受具人同屋宿第三宿時當異房若露地露地風雨雪寒時當還入房坐至地了若老病不堪坐者當以縵障若齊項若齊掖縵下至地不得容猫子過若道行時無帳縵者若未受具人可信者應語言汝眠我當坐比丘欲眠時當喚使覺我眠汝坐若眠汝無福德　薩婆多云若共宿過二夜已第三夜更共異人宿波逸提以前人相續故若共宿二夜已移在餘處過一宿已還共宿無過　十誦云有病比丘使沙彌供給雖臥無犯是中有不病比丘不應臥　根本云如在行路過二宿通夜應眠勿生疑惑　目得迦云不合與俗人求寂授學人（即學悔人）別住人同坐必有難緣無犯　比丘尼波逸提三小衆突吉羅

是謂爲犯
開緣不犯者同前
會詳薩婆多云結戒者爲佛法尊重故爲
息誹謗故
第六與未受戒人共誦戒
總釋
此是共戒尼犯亦同大乘比丘同學　律
攝云由教授事制斯學處
緣起處
佛在曠野城
起緣人
六群與諸長者共在講堂誦佛經語聲高
大如婆羅門誦書聲無異亂諸坐禪者諸
比丘聞白佛訶責結戒
所立戒相

若比丘與未受戒人共誦者波逸提
釋義未受戒者除比丘比丘尼餘者是共
誦者（五分云並誦者俱時誦或授聲未絕彼已誦或彼誦未竟此復授）句
義非句義句味非句味字義非字義　句
義者與人同誦不前不後諸惡莫作衆善
奉行自淨其義是諸佛教（句義者偈中一句是名句又云有字義味是名爲句句足義足是名句義）非句義者如一人說
諸惡莫作未竟第二人抄前言諸惡莫作（非句義者如一人說句未了第二人復抄前而言者句既未了共義有缺名非句義）
句味者二人共誦不前不後眼無常耳無
常乃至意無常（句味者謂字雖同其義有別故云句味也）非句
味者如人未稱眼無常第二人抄前言眼
無常（非句味准前知）字義者二人共誦不前不後
阿羅波遮那　非字義者一人未稱言阿
第二人抄前言阿（義味等同前　文殊菩薩法一品云阿羅跛者）

那者是滿一切願義何以故阿字樂欲菩
提義羅字染著不捨衆生義䭾字第一義
諦義者字妙行義那字無自性義樂欲菩
提不捨衆生染第一義諦中行行修習諸
法無有自性纔說此陀羅尼一切如來所
說法攝入五字中能令利益衆生般若波
羅蜜多
成就

法者佛所說聲聞所說仙人所說
諸天所說
犯緣此戒具足四緣方成本罪一未受具
人二是三藏文句三不先教誨四同誦了
了
定罪此中犯者與未受戒人共誦一說二
說三說若口授若書授了了波逸提　不
了了突吉羅　天子阿修羅子夜叉子龍
子乾闥婆子畜生能變形者同誦說而了
了突吉羅　若師不教言我說竟汝可說
者師突吉羅　若授弟子經應教言待我
誦斷汝當誦若不受語者不復得教　僧
祇云雖比丘尼受具戒亦不得教　善見
云若長行同誦者隨字得罪若佛涅槃後
迦葉爲上座五百羅漢所集三藏若共未
受具戒人同誦此法者得波逸提　若法
師所撰文字共同誦者不犯　戒因緣經
云若比丘向未受戒者說一句戒波逸提

由六群向沙彌說毘尼故制蓋以五篇之
名唯大僧法沙彌等必不可聞聞則成盜
法重
難故

律攝云若不請輙爲人說得越法罪
比丘尼波逸提三小衆突吉羅是謂爲
犯
開緣不犯者我說竟汝說一人誦竟一人
書若二人同業同誦或戲笑語疾疾語獨
語夢中語欲說此錯說彼無犯不犯者最
初未制戒等
第七向未具人說他粗罪戒

總釋

此是共戒尼犯亦同大乘同制　義疏云說過者有兩一陷沒心欲令前人失名利等二治罰心欲令前人被繫縛等此二心皆是業主必犯重戒若獎勸心說及被差說罪皆不犯又犯七逆十重前入失戒失戒後說但犯輕垢　律攝云此由未近圓事不忍煩惱制斯學處此戒三緣合結

緣起處

佛在耆闍崛山有行波利婆沙摩那埵比丘在下行坐

起緣人

六群語諸白衣此等人犯如是如是事故衆僧罰使在下行坐有過比丘聞之慚愧餘比丘亦慚愧白佛訶責結戒犯粗惡罪不得向未受大戒人說時諸比丘不知粗惡罪不粗惡罪後乃知是粗惡罪或有作波逸提懺悔者或有畏慎者佛言不知不犯故更加知字後舍利弗爲僧所差在王衆中說調達過生畏慎心佛言僧差無犯當如是說戒

所立戒相

若比丘知他有粗惡罪向未受大戒人說除僧羯磨波逸提

釋義粗惡罪者波羅夷僧殘　未受大戒人者除比丘比丘尼餘者是　除僧羯磨者（僧白二羯磨差說無犯）僧者同一羯磨同一說戒

犯緣此戒具足四緣方成本罪一知是粗罪二僧不差說三所對未具戒人四說而了了

定罪此中犯者知他比丘有粗惡罪向未受大戒人說而了了波逸提　不了了突吉羅　除粗罪已更以餘罪向未受大戒人說突吉羅　自犯粗惡罪向未受大戒人說突吉羅　除比丘比丘尼以餘人粗惡罪向未受大戒人說突吉羅(餘人者出家三小衆及在家二衆也)粗惡粗惡想波逸提　粗惡疑突吉羅　非粗惡粗惡想突吉羅　非粗惡疑突吉羅　僧祇云比丘尼雖受具戒亦不得向說　根本云若於不知俗家作不知想疑向彼說得墮罪　若於知俗家作不知想疑向彼說得突吉羅　若於不知俗家作先知想疑不犯　五分云教向甲說而向乙說教說此罪而說彼罪皆波逸提　十誦云若羯磨此比丘作說罪人餘比丘說者突吉羅　若令向此人說此處說向餘人餘處說者突吉羅　若僧作隨意隨時隨處說罪羯磨者說無犯(問五分教向甲說而向乙說等皆波逸提十誦向餘人餘處說突吉羅此二何從答既被僧差則所向雖或失當宜從十誦結輕設以惡心欲令陷沒故向乙說宜從五分結重也)薩婆多云向未受具戒人說二篇罪名波逸提　說罪事突吉羅　若說下三篇罪名突吉羅　說罪事亦突吉羅　不問前比丘有罪無罪向未受具戒人說其粗罪盡波逸提　若遣使書信印亦突吉羅　若說出佛身血壞僧輪對首偷蘭　若說四事邊十三事邊一切偷蘭遮突吉羅　比丘尼波逸提三小衆突吉羅是謂爲犯

開緣不犯者若不知若衆僧差粗惡非粗惡想若白衣先已聞無犯不犯者最初未

制戒等

會詳薩婆多云結戒者爲大護佛法故若向白衣說比丘罪惡者則前人於佛法中無信敬心故寧破塔壞像不得向未受具戒人說比丘過惡若說罪過則破法身故可不愼之

第八向外人說證法戒

總釋

此是共戒尼犯亦同大乘同制　律攝云因未近圓人似求名利似有貪故制斯學處戒因緣經中乃向沙彌說故制

緣起處

佛在毘舍離獼猴江邊樓閣精舍

起緣人

知而故問婆裘園比丘頗實爾耶荅言實爾佛言汝等癡人眞實猶不得向人說況不實呵責結戒准此義即前大妄語戒因緣並起不實者結重實者從輕結集之時輕重各列

所立戒相

若比丘向未受戒人說過人法言我見是我知是實者波逸提

釋義如初篇第四戒中更無異故不出

犯緣此戒具足三緣方成本罪一實得上人法二舉意向未受具人說三說而了了

定罪此中犯者若彼眞實有此事向未受大戒人說而了了者波逸提　不了了突吉羅　若手印書若作知相遣人了了波逸提　不了了突吉羅　若天子阿修羅子夜义子乾闥婆子龍子餓鬼子畜生能變化者向說得上人法了了不了了盡突

吉羅　向受大戒人非同意者說突吉羅　自稱言我得根力覺道禪定解脫三昧向人說者波逸提　五分云受大戒人不問而向說語語突吉羅　不犯者泥洹時說　律攝云對俗人現神通得惡作罪神者如比丘有大神力能無量變化震動大地以一爲多以多爲一若近物遠物是神非通通者若墻壁高山徹過無礙如行虛空夌虛如鳥入地如水履水如地身出烟燄如大火聚日月威光以手捫摸乃至梵天身得自在是名通也今云神通二法合說不犯者爲顯聖教現希有事或欲令彼所化有情心調伏故雖現無犯　言我清淨持戒突吉羅　若說天龍鬼神來至我所爲名利故波逸提　若言旋風土鬼來至我所爲名利故突吉羅　若實誦三藏隨所誦經隨所解義隨所問荅爲名利故向人說者突吉羅　摩得勒伽云向狂人散亂心人重病人說突吉羅　比丘尼波逸提小三衆突吉羅是謂爲犯

開緣不犯者若實得上人法自言是業報不言是修得向同意比丘說若說根力覺道解脫三昧不向人說我得或戲笑語獨語夢中語欲說此錯說彼無犯不犯者最初未制戒等

會詳薩婆多云結戒者爲大人法故若自稱德行覆藏過罪是小人法爲平等法故若自稱聖德則賢愚各異前人於衆僧無平等心故

第九與女人過說法戒

總釋

此是共戒尼犯亦同大乘同學須護譏嫌必若不起譏嫌隨機廣畧爲說無犯此是

制罪　律攝云因說法事婬染過限譏講煩惱制斯學處此戒三緣合結

緣起處

佛在給孤獨園

起緣人

迦留陀夷詣一大長者家在姑前與兒婦耳語說法姑見問婦說何等事婦言與我說法姑言若說法者當高聲令我等聞云何乃耳中獨說耶乞食比丘聞白佛訶責結戒與女人說法波逸提時有女人請比丘說法比丘畏慎白佛佛言聽比丘與女人說法不得過五六語諸比丘復以畏慎心以無有知男子便休不與女人說法佛言自今已去除有知男子聽過五六語與女人說法如是請授五戒說五戒法受八戒說八戒法說八聖道法十不善法十善法諸女問義以無知男子皆不敢爲受爲說荅義佛言自今已去聽無知男子乃至問義若不解當廣說起緣雖多唯三緣制戒故云三緣合結也

所立戒相

若比丘與女人說法過五六語除有知男子波逸提

釋義女人者人女有知未命斷能解知善惡言義法者律攝云謂是如來所說或聲聞所說五語者色無我受想行識無我受戒犍度云世尊食後告五比丘色無我若色是我者色不增益而我不受苦若色是我者應得自在欲得如是色不用如是色以色無我故而色增長故受諸苦如是色亦復不能得隨意欲得如是色便得不用如是色便不得受想行識亦復如是六語者眼無常耳無常鼻舌身意無常無常經云假使妙高山劫盡皆散壞大海深無底亦復有枯竭大地及日月時至皆歸盡未曾有一法不被無常呑淨名疏云身無常等者決擇記云約生老病死配之緣初起

名生本無有故無常也老奪盛色故無強也病爲疾苦所侵故無力也死來滅壞故無堅也此約麤事無常亦云一期無常言速朽之法不可住也此約細無常亦云剎那無常若悟此生滅無常得四沙門果故即藏教義也過者律攝云過五至六過六至七是名過也有知男子者解粗惡不粗惡事僧祇云若盲若聾若眠亦名無知男子若減七歲若過七歲不解好惡語義味不名有知男子若七歲若過七歲解好惡語義味是名有知男子　薩婆多云有知男子者謂解人情語言意趣可作證明者要是相解言語若方類不同者一切不聽男子必是白衣一切出家人亦不得以事同故正使衆僧集會若有女人若多若少無有知男子不得爲說得爲尼說法一切尼衆以教誡法故無過犯緣此戒具足四緣方成本罪一人女有知解二所說佛法三無知男子四過說了了定罪此中犯者爲女人說法過五六語除有知男子說而了了波逸提　不了了突吉羅　若天女阿修羅女龍女夜叉女乾闥婆女餓鬼女畜生女能變化不能變化者爲說過五六語了了不了了盡突吉羅　五分云爲女人說五六語竟語言法正齊此從坐起去更有因緣復來坐爲說不犯　若說五六語竟更有女人來爲後女人說如是相續爲無量女人說皆不犯若自誦經女人來聽若女人問義要使得解過五六語皆不犯　薩婆多云女者能受婬欲者若石女若小女未堪任作婬欲者突吉羅　若說世間常事突吉羅　比丘尼波逸提三小衆突吉羅是謂爲犯

開緣不犯者若五六語有知男子前過說若無知男子前授優婆夷五戒及說五戒法與八關齋說八關齋法說八聖道及十不善十善法及女人問義若不解廣爲說

若戲笑語疾疾語獨語夢中語欲說此錯說彼無犯不犯者最初未制戒等

會詳法華云不應於女人身取能生欲想相而爲說法亦不樂見若入他家不與小女處女寡女等共語亦復不近五種不男之人以爲親厚不獨入他家若有因緣須獨入時但一心念佛若爲女人說法不露齒笑不現胸臆乃至爲法猶不親厚況復餘事

第十掘地戒

總釋

此是共戒尼犯亦同大乘同學此是制罪

律攝云由作鄙業妨廢正修因壞地事制斯學處此戒二緣合結

緣起處

佛在曠野城

起緣人

六群與佛修治講堂自手掘地諸長者譏嫌斷他命根諸比丘聞白佛呵責結戒不聽自手掘地六群復教人掘言掘是置是諸長者復譏嫌佛言當如是說戒

所立戒相

若比丘自手掘地若教人掘者波逸提

釋義自手掘地者已掘地未掘地若已掘地經四月被雨漬還如本十誦云地有二種生地不生地多雨國土八月地生少雨國土四月地生除是名不生地文八月謂驚蟄後立冬前四月謂夏四月　律攝云生地者謂未曾掘若曾經掘被天雨濕或餘水霑時經三月是名生地若無雨濕及餘水霑潤時經六月亦名生地異此非生自作教他成犯

犯緣此戒具足四緣方成本罪一是生地二生地想三故掘四要傷土

定罪此中犯者若用鋤或以钁斲或以椎或以鎌刀刺乃至指爪掐傷地一切波逸提　打拴入地波逸提　地上然火波逸提　有地想波逸提（謂地作地想非是砂石想）若不教言看是知是突吉羅（此是淨語令彼淨人自知所應掘應置此丘法不得直言掘是置是也）僧祇云若河邊坎上以脚蹋墮蹋蹋波夜提　坎岸邊行土崩無犯　若營事比丘多塔物僧物欲藏地中若在露處生地不得自掘當使淨人知若在覆處死地得自掘藏釘栓拔拴亦爾　若死土被雨已不得自取使淨人取盡雨所洽際然後自取無罪　掘地波夜提　半沙越毘尼罪　純沙無罪　若石薑石糞灰亦如是　薩婆多云不生地觸上乾土突吉羅　下侵濕地犯墮　墻根齊築處不犯以異於地故雖築治若濕相淹發犯墮　尼欲取菜草土當遥言其處有好者淨來若到邊指示犯也　蟻封雨時犯突吉羅以非根本實地故若中生草觸草犯墮封土犯突吉羅者有少相連分故屋下地犯墮通覆處地若土起犯突吉羅及下地犯墮　十誦云掘不生地一掘一突吉羅　掘生地一掘一波逸提　若比丘作師匠欲新起佛圖僧坊畫地作模不犯餘比丘畫者犯罪　若金銀等鑛若雌黃赭土白墡處生石處黑石處沙處鹽處掘者不犯　根本律云若營作比丘欲定基時得好星候吉辰無有淨人應自以拴釘地記疆界深四指者無犯　比丘尼波逸提小三衆突吉羅是謂爲犯

開緣不犯者若語言知是看是若曳材木曳竹若籬倒地扶正若反甎石取牛糞取崩岸土若鼠壞土若除經行處土若除屋内土若來往經行若掃地若杖築地若不故掘一切不犯無犯者最初未制戒等

第十一壞鬼神村戒

總釋

此是共戒尼犯亦同大乘同學此是制罪律攝云因種子及鬼神邨事以譏嫌無悲煩惱制斯學處

緣起處

佛在曠野城

起緣人

告諸比丘有一曠野比丘修治房舍自斫樹耶答言實斫呵責結戒

所立戒相

若比丘壞鬼神村波逸提

釋義鬼神者非人是婆沙云鬼者畏也謂虛怯多畏又云威也能令他畏其威也又希求名之爲鬼謂彼餓鬼恒從他人希求飲食以活性命光明疏云神者能也大力者能移山塡海小力者能隱顯變化故曰神也村者一切草木是村有五種一根種呵梨陀即黄薑也憂尸羅即香葶也此云茅香根正法念處經云是冷藥草名根本云香附子貿他致吒是雀頭香盧揵即黄連也及餘根所生者是因根生故名根種也枝種者柳舍摩是菩提樹也婆羅醯陀謂貝多羅樹也此二種樹見交廣有餘方不見及餘枝種等是因枝發生故云枝種節生種者蘇蔓那華人云須曼那此云善攝意亦名蘇摩那華其色黄白極香樹不至大高三四尺下垂如蓋其華香氣與末利花相似蘇羅婆詳未蒱醯那是外國草名也勒蓼亦云即是蓼草其味苦辣類有多種天蓼亦云水紅草多生水傍苗莖尺餘葉大色赤白馬蓼葉大同前卑濕之地亦生水蓼生淺水中葉大有黑點毛蓼冬根不死葉上有

毛白蓼紅蓼香蓼禾蓼等及餘節生種者是　覆羅種
者是虛中種也甘蔗竹葦藕根及餘覆羅生種
者是覆羅未知何義諸部節種子種者子還生子者是
即如稻麥蕎豆粟等子還生子故若斫截墮故名壞鬼神
村也律攝云村者聚義謂是林薄諸鬼神鳥獸等稟生命者託之而住猶若人
村壞者是拗拉拔摧斬截摧傷之總名也
犯緣此戒具足四緣方成本罪　一是生草
木二草木想三故壞四斫截斷
定罪此中犯者於五生種中若生生想自
斷若教他斷若自炒教他炒自煮教他煮
波逸提　若生疑突吉羅　生非生想突
吉羅　非生生想突吉羅　非生疑突吉
羅　草木七種色青黃赤白黑縹青白色即淺青
色也紫色　生草木作生草木想若自斷教
他斷若自炒教他炒自煮教他煮波逸提

生草木疑突吉羅　生草木非生草木
想突吉羅　非生草木生草木想突吉羅
非生草木疑突吉羅　若打拴著樹上
波逸提　若以火著生草木上波逸提
若斷多分生草木波逸提　若斷半乾半
生草木突吉羅　若不言看是知是突吉
羅　五分律云若比丘一一所須語淨人
言汝知是若不解復語言汝看是若不解
復語言與我是　若爲火燒若折若斫知
必不生不犯　住處庭中生草聽使淨人
知　摩得勒伽云以灰土沙覆生草突吉
羅　語餘人言取是果我欲食突吉羅
生果未淨全咽突吉羅　取木耳突吉羅
打熟果落突吉羅　打生果落波逸提
善見云木倒笮比丘而不死雖手中有

刀斧等寧守死不斫木掘土以脫命何以故掘土斫木得墮智慧人寧守戒而死不犯戒而生　若人放火燒寺爲護住處得剗草掘土以斷火不犯　若水中翻蓮花淨萍突吉羅　若離水波逸提　若須花果得攀樹枝下使淨人取不犯不得令枝折若樹高淨人不及比丘得抱淨人取不犯　若樹押人比丘得斫樹掘地以救其命不犯問上云不倒笮比丘不得斫木掘土以脫命下云若樹押人比丘得斫樹掘地以救其命此二義何從荅木笮比丘不得斫木掘土正謂自利寧守戒而死不犯戒而生也樹押餘人得斫樹掘地務當救人不犯禁戒自他俱利正與大乘教意相符也　薩婆多云不問有種子無種子要須淨而食不淨果若合子吞咽突吉羅若嚙破波逸提　第三分云不應不淨果便食應作五種淨法食一火淨二刀淨三瘡淨四鳥啄淨五不中種淨是中初後兩種淨已都食餘三種淨應去子食不應噉不淨果菜不應自作淨不應自手捉令人作淨應置地使人作淨作淨已不應不受而食　律攝云若蒲桃瓜果總爲一聚於三四處以火拄之此便爲淨若刀爪一一皆須別淨　僧祇云有國土作穀聚畏非人偷以灰火燒上作識即此爲淨如摩摩帝有倉穀未淨畏年少比丘不知法使淨人火淨至倉穀盡比丘怕得語言春去不犯　比丘尼波逸提小三衆突吉羅是謂爲犯　五分云餘三衆無故殺生草木突吉羅　薩婆多云三衆是淨人不犯問今此二律其義何從荅若無故殺生草木必從五分結罪若爲三寶營作即依薩婆多無犯開遮得所義無乖謬也

開緣不犯者言看是知是若斷枯乾草木若於生草木上曳木曳竹若生草覆道以杖披遮令開若以瓦石拄之而斷傷草木若除經行地土及掃經行來往處地誤撥斷生草木若以杖築地撥生草木斷無犯

不犯者最初未制戒等

會詳根本云凡授事人爲營作故將伐樹時於七日前在彼樹下設諸祭食誦經咒願說十善道讚歎善業復應告言若於此樹舊住天神應別求居止此樹今爲三寶有所營作過七日已當斬伐之若伐樹時有異相現者應爲讚歎施捨功德說慳貪過若仍現異相即不應伐若無別相應可伐之　薩婆多云結戒者爲不惱衆生故爲止誹謗故爲大護佛法故凡有三戒大利益佛法一不得擔二不得殺草木三不得掘地若不制三戒一切國王當使比丘種種作役有此三戒帝主一切息心　根本雜事云得叉尸羅國有醫鉢羅龍王化身爲摩納婆形（此云儒童）持滿篋金徧遊諸處說偈問言何處王爲上於染而染著無染而有染何者是愚夫何處愚者憂何處智者喜誰和合別離說名爲安樂若有解者即以金篋供養然無有人能解釋者漸行至婆羅痆斯國復如是唱有人報言有上智人住阿蘭若名那剌陀當解斯義未幾那剌陀至龍以偈問彼聞記憶告言十二年後當爲汝解釋龍言太長久漸求減至七日時那剌陀即往告五比丘五比丘答言汝可問佛即詣鹿林禮足而坐佛爲說

法證預流果願求出家佛言先爲摩納婆解釋頌義然後出家應如是荅第六王爲上染處即生著無染而起染說此是愚夫愚者於此憂智人於此喜愛處能別離此則名安樂彼若不解更爲說頌若人聞妙語解已修勝定若聞不了義彼人由放逸彼若更疑汝可對彼以爪截葉若問世尊出世報言已出若問何處報言在施鹿林時那剌陀受佛教已至龍王所具荅如上彼龍化作轉輪聖王往世尊所佛言汝愚癡人於迦攝波佛時受佛禁戒不能護持感此下劣長壽龍身今者何故還起詐心汝今可復本形龍言世尊我是龍身多諸怨惡恐有衆生共相損害佛勅金手神爲之守護龍王別至一處遂復本形身有七頭頭尾相去有二百驛一一頭上各生一翳羅大樹被風搖動膿血皆流霑污形骸臭穢可惡常有蠅蛆諸蟲徧其身上晝夜咂食是時龍王即以本身詣世尊所禮足却住白言唯願世尊爲我授記當於何日捨此龍身佛言當來人壽八萬歲時有佛出世號曰慈氏爲汝授記當免龍身龍王悲哭諸頭眼中一時淚出成十四河駛流驚注佛令裁止勿致損國龍禮佛足忽然不現大衆問其往因佛言迦攝波佛時此龍於佛法中出家修行善閑三藏具習定門經行翳羅樹下以自策勵樹葉打頭即便忍受後時繫心疲倦從定而起策念經行葉還打頭極痛發瞋怒心即以兩手折其樹葉投地作如是語迦攝波佛於無情

物上見何過咎而制學處令受斯苦由彼猛毒嗔心毀戒命終墮此龍中

第十二異語惱他戒

總釋

此是共戒尼犯亦同大乘同學此是性罪律攝云由違惱事瞋恚煩惱制斯學處

此戒二緣合結

緣起處

佛在拘睒毘國瞿師羅園中

起緣人

尊者闡陀犯罪諸比丘問言汝自知犯罪耶即以餘事報言汝向誰語爲說何事爲論何理爲語我爲語誰耶是誰犯罪罪由何生我不見罪云何言我有罪諸比丘白佛佛以無數方便呵責聽僧與作餘語羯磨結戒餘語者波逸提後便觸惱衆僧喚來不來不喚來便來應起不起不應起便起應語不語不應語便語諸比丘白佛呵責已聽僧與闡陀作觸惱羯磨當如是說戒

所立戒相

若比丘妄作異語惱他者波逸提

釋義妄作異語者善見云若比丘見闡那捉銀錢比丘語言何以捉銀錢荅言我捉錫錢非銀錢或見飲酒語言汝何以飲酒荅言我飲水語言汝何以與女人獨坐屏處荅言有智男子是名餘語或時默然不荅　律攝云如有苾芻問苾芻言爾見如是相貌苾芻及俗人男女不使作惱心而荅之曰如此之人我不曾見但見兩脚從此而去或時默然是謂異語惱他

犯緣此戒具足三緣方成本罪一有心惱他二餘語觸惱三僧與作羯磨已

定罪此中犯者僧未作白作餘語汝向誰

說爲說何事爲論何理爲我說爲餘人說我不見此罪如是語者盡突吉羅　若作白已如是語者盡波逸提　若未白喚來不來不喚來便來應起不起不應起便起應語不語不應語便語一切突吉羅　若作白竟一切波逸提　若上座喚來不來突吉羅（違逆衆僧結重　違逆上座結輕）僧祇云若僧中問異答異得波夜提　若多人中和尚阿闍黎諸長老前問異答異越毘尼罪　律攝云若於僧伽及尊重類稱理之教垢心違惱亦得墮罪　非稱理教作違惱言得惡作　若向不解人而作違惱亦惡作罪　若差知衆事以垢惡心應作不作不應作而作皆得墮罪　若無惡心得惡作罪　五分云若輕戒波逸提　師令掃地不掃教順掃而逆掃皆突吉羅　根本云若苾芻見獵人逐麞鹿等入寺內彼問頗見有鹿從此過不不應答言見若是寒時報言可入溫室向火若是熱時報言可入凉室飲水若彼云我不疲倦我問走鹿應自觀指甲報言我見指甲若更問者應觀太虛報言我見太虛若彼云我不問指甲及太虛然問可殺有情於此過不即應徧觀四方作如是念於勝義諦一切諸行本無有情報言我不見有情此皆無犯若餘問時不如實答皆得墮罪　比丘尼波逸提小三衆突吉羅是謂爲犯

開緣不犯者重聽不解前語有參差汝向誰說乃至我不見此罪若欲作非法非毘尼羯磨若僧若塔寺若和尚阿闍黎親舊

知識欲爲作無利益羯磨不與和合喚來不來教莫來便來不犯若一坐食若不作餘食法食若病喚起不起不犯或舍崩壞或燒或毒蛇入舍乃至命難梵行難教莫起便起不犯若惡心問上人法汝說是不與說不犯若作非法非毘尼羯磨若僧塔寺和尚阿闍黎親舊知識爲作無利益教莫語便語不犯若小語疾疾語夢中語若獨語欲說此錯說彼不犯　律攝云若口有病含藥不言無犯　不犯者最初未制戒等

毘尼關要卷第九

毘尼關要卷第十

清金陵寶華山律學沙門德基輯

第十三嫌罵戒

總釋

此是共戒尼犯亦同大乘同學此是性罪

律攝云由謗讟事瞋恨煩惱制斯學處

此戒二緣合結

緣起處

佛在耆闍崛山尊者沓婆摩羅子爲衆僧

所差知僧臥具及差僧食

起緣人

慈地比丘相去眼見耳不聞處自相謂言

此沓婆摩羅子有愛恚怖癡餘比丘語言

汝等莫說彼有愛恚怖癡報言我等不面

說在屏處譏嫌耳諸比丘白佛呵責結戒

譏嫌波逸提慈地復齊沓婆摩羅子聞而

不見處言有愛恚怖癡諸比丘言佛制戒

譏嫌波逸提報言我等不嫌是罵耳佛言

當如是說戒

所立戒相

若比丘嫌罵波逸提

釋義嫌罵者若面見譏嫌背面罵面見嫌

者齊眼見耳不聞處言有愛恚怖癡背面

罵者齊耳聞不見處言有愛恚怖癡

犯緣此戒具足三緣方成本罪一有心嫌

罵二前人羯磨所差三言說了了

定罪此中犯者嫌罵比丘說而了了波逸

提　不了了突吉羅　若上座教汝嫌罵

若受教嫌罵突吉羅　薩婆多云此戒體

僧先差十四人瞋譏是人者波逸提　若

捨羯磨瞋譏是人突吉羅　若遣使書信突吉羅　善見云譏嫌被僧差人波逸提嫌餘人突吉羅　比丘尼波逸提小三衆突吉羅是謂爲犯

開緣不犯者其人實有愛恚怖癡恐後有悔恨語令發露若戲笑語獨語夢中語欲說此錯說彼不犯不犯者最初未制戒等

第十四敷僧臥具不舉戒

總釋

此是共戒尼犯亦同大乘同學此是制罪律攝云因臥具事由輕慢煩惱制斯學處

緣起處

佛在給孤獨園城中有一長者欲請衆僧飲食

起緣人

十七群取僧坐具在露地敷經行望食時到不收攝便赴彼食僧坐具即爲風塵土坌蟲鳥啄壞汚穢不淨諸比丘還白佛呵責結戒

所立戒相

若比丘取僧繩牀木牀若臥具坐褥露地敷若教人敷捨去不自舉不教人舉波逸提

釋義僧者 律攝云有六種僧一者四人僧二者過四人僧三者現前僧四者四方僧五者主僧六者客僧此中僧者謂四方僧物也 繩牀有五種旋脚繩牀直脚繩牀曲脚繩牀入陛繩牀無脚繩牀　木牀亦如是　臥具坐褥者或用坐或用臥褥者用坐也 律攝云臥褥長四肘濶三肘四邊縫合貯以毛絮毛謂羊毛絮謂木棉荻苕劫貝蒲臺雜絮并故破物或糞掃衣以如是物內在褥中拍令平正於中橫豎以線交絡勿使棉絮聚在一邊或打毛

爲褥復安表裏坐褥謂小方坐褥也露地敷謂無蔭覆處也若自敷
若教人敷數者謂施張安布也去後若彼有舊住比
丘若摩摩帝若經營人當語言我今付授
汝汝守護看此謂教人舉也若都無人者當舉著
屏處而去若無屏處自知此處必無有破
壞當安隱持粗者覆好者上而去即自舉也若
即時得還便應去若疾雨疾還若中雨中
行得還若少雨少行及得還不壞坐具者
應往比丘應次第作如是方便去雖不自舉不教
人舉但覩時景不壞具褥得去
犯緣此戒具足三緣方成本罪一是四方
僧物二故心不舉三兩脚過限
定罪此中犯者若不作如是方便而行初
出門波逸提　若一足在門內意欲去而
不去還悔一切突吉羅　若二人共一牀
坐下座應收而去下座作如是意謂上座
當收而上座不收下座犯波逸提　復以
非威儀故突吉羅　上座意謂下座當收
而下座不收上座犯波逸提　若二人不
前不後俱不收二俱波逸提　及餘空繩
牀木牀若几浴牀臥具表裏地敷繩索毳
紵放在露地不收便去突吉羅　若敷僧
臥具在露地不收入房坐思惟突吉羅
薩婆多云若露地敷僧臥具已不囑人遊
行諸房突吉羅　若自臥具不隨時舉突
吉羅所以時舉者一畏雨濕二畏日暴三
畏風吹若雖有覆障而日雨所及處皆墮
罪　善見云他人私物不舉突吉羅　比
丘尼波逸提小三衆突吉羅是謂爲犯
開緣不犯者若取僧繩牀木牀踞牀若几

臥具坐褥在露地自數若教人數去時應語舊住人乃至次第作方便去無犯（如文中說）二人共一牀坐下座應收諸餘空繩牀木牀若几浴牀若臥具表裏若地敷繩索毳紵敷在露地收取而去若在露地敷僧坐具收攝已入房思惟無犯不犯者最初未制戒等

會詳律攝云凡是僧伽所有衣服不將餘物襯替不合受用其所替物亦非踈破若僧敷具有破穿處應須縫補若斷壞者應爲連接若不堪修補者用充燈炷或爲拂箒或斬和泥用塗墻壁塡孔隙令施主增福凡聽法時不應與比丘尼及俗人求寂授學人相近而坐有難緣者非犯　無夏者不應共三夏者同坐一夏者不得與四夏者同坐二夏以去得共大三夏者同坐若白衣舍處所迮時雖鄔波馱耶同坐非犯　不應一牀二人同臥有慚愧者無犯若在行途得大帔中間衣隔同臥無犯薩婆多云結戒者爲行道安樂故爲長養信敬故爲令檀越善根成就故

第十五僧房不舉臥具戒

總釋

此是共戒尼犯亦同大乘同學此是制罪

律攝云由敷具事不敬煩惱制斯學處

緣起處

佛在給孤獨園

起緣人

有客比丘語舊住比丘我在邊房中敷臥具宿異時不語舊比丘便去僧臥具爛壞

蟲嚙色變時舊住比丘不見客比丘謂是命過遠行等到房觀看乃見臥具爛壞白佛呵責結戒

所立戒相

若比丘於僧房中敷僧臥具若自敷若教人敷若坐若臥去時不自舉不教人舉波逸提

釋義僧房者（謂四方僧房房者於四威儀得爲受用也）若僧房中敷僧臥具若坐若臥去時若有舊住比丘經營人若摩摩帝當語言與我掌護牢舉（此謂教人舉也）於中若無人付授不失當移牀離壁高支牀脚持枕褥臥具置裏以餘臥具覆上而去若恐壞敗當取臥具氈褥枕置衣架上豎牀而去（此是自舉也）

犯緣同上

定罪此中犯者不作如是方便而去出界外波逸提一脚出界外還悔而不去突吉羅　若期去而不去突吉羅　若即還不久二宿在界外至第三宿明相未出若自往若遣使往若語摩摩帝若知事人汝掌護此物若不爾者波逸提　比丘尼波逸提小三衆突吉羅是謂爲犯

開緣不犯者敷僧臥具若坐若臥去時有舊住人若摩摩帝若知事人語言汝守護是物若無知事人如上收舉而去若房舍崩落火燒毒蛇在内盜賊虎狼師子強力所執若被繫若命難梵行難若時還不久若二宿界外第三宿明相未出自去若遣使語舊住人汝掌此物若水陸道斷一切難緣第三宿不得遣使語掌護此物者無犯不犯者最初未制戒等

第十六強奪止宿戒

總釋

此是共戒尼犯亦同大乘同學此是性罪

律攝云自恃凌他因生觸惱由臥具事情生不忍制斯學處此戒二緣合結

緣起處

佛在給孤獨園

起緣人

六群及十七群在拘薩羅道路行至無比丘住處村十七群語六群言汝等是我上座應先求住處我等後當求六群報言汝等去求我不求住處十七群即往求得宿止處敷臥具竟六群知已往語言汝等當起以大小次第止宿十七群不允六群強任座間敷坐具宿十七群高聲言諸尊莫爾諸比丘聞白佛呵責結戒戒文如後雖無知字時諸比丘不知是先住處非先住處後乃知是先住處或有作波逸提懺悔者或有畏慎者佛言不知不犯當如是說戒

所立戒相

若比丘知先比丘住處後來強於中間敷臥具止宿念言彼若嫌迮者自當避我去作如是因緣非餘非威儀波逸提

釋義知先比丘住處者先比丘者是最初敷具者是住處者是房舍於四威儀得受用者是後來強於中間敷臥具止宿後來者後至比丘也強者不從人意欺凌於他中間者若頭邊若脚邊若兩脇邊臥具者草敷葉敷下至地敷念言意中作念非是口言彼若嫌迮者自當避我去於其中間縱肆坐臥逼迮他人令彼生惱彼若嫌迮當自避去不必言語相遣也作如是因緣非餘者謂作強逼迮惱亂因

緣非爲餘事也非威儀縱横坐臥惱亂於他皆是非威儀中事

犯緣此戒具足三緣方成本罪一知他先住二有逼惱心三強敷已竟

定罪此中犯者知他先得住處後來強於中間敷臥具止宿隨轉側脇著牀波逸提　僧祇云後來眠他牀是上座者應語長老不知世尊制戒耶若眠比丘是下座者應呵責汝不善知戒相云何後來眠他牀上　若比丘在他處經行見先比丘來應避去　若夜眠時雖振動寱語不作擾亂意無罪　薩婆多云若自敷若使人敷能敷者波逸提　不能敷者突吉羅　此戒體不得強違前人意有所爲作若爲惱他故閉户開户閉向開向然火滅火然燈滅燈若唄咒願讀經說法問難隨他所不樂事作一一波逸提必以惱他心故成罪比丘尼波逸提小三衆突吉羅是謂爲犯

開緣不犯者先不知若語已住若先與開門若門寬廣不相妨礙若有親舊人言但於中敷我自當爲語其主若倒地若病轉側墮上若爲勢力所持若被繫閉若命難梵行難無犯不犯者最初未制戒等

第十七牽他出房戒

總釋

此是共戒尼犯亦同大乘同學　律攝云由嗔忿故於四方僧住處牽他令出因臥具事及攝養煩惱制斯學處

緣起處

佛在給孤獨園

起緣人

六群及十七群在拘薩羅道中行至小住處十七群言長老去敷臥具六群報言汝自去我何豫汝事十七群自喜淨潔入寺掃洒房舍令淨敷好臥具止宿六群知已即入語言長老起隨次第坐十七群未允六群瞋不喜強牽驅出房十七群高聲言莫爾莫爾比房比丘問知其故白佛訶責

結戒

所立戒相

若比丘瞋他比丘不喜僧房舍中若自牽出教他牽出波逸提

釋義瞋他不喜者（謂心懷忿恚不喜前人同房止宿也）牽出者（或以口牽或以手牽或手口俱牽自作教他是也）

犯緣此戒具足四緣方成本罪一是守戒比丘二瞋恚牽出三是僧房中四前人出户

定罪此中犯者若自牽若教人牽隨所牽多少隨出户多少一一波逸提　若閉他著户外突吉羅　若持物擲著户外突吉羅　若持他物出突吉羅　五分云若將其所不喜人來共房住欲令自出若出若不出皆突吉羅　牽餘四衆出突吉羅　尼牽比丘比丘尼出波逸提　牽餘三衆出突吉羅　若牽無慚愧人若欲降伏弟子而牽出者無犯　薩婆多云若先作殺心強牽出死者波羅夷　不死者偷蘭遮　若牽比丘尼婬亂心牽摩捉者僧殘　僧祇云若牽比丘出時彼比丘若抱柱若捉户若倚壁如是牽離一一處一一波夜提　若口呵叱遣彼比丘隨語離一一處

者一一波夜提　若方便驅直出門去得一波夜提　律攝云舍欲崩倒牽出病人不犯　若有苾芻是鬬諍者戒見軌式多有虧違如此之人瞋而曳出若無善心亦得惡作　若於非僧房處曳出清淨苾芻得惡作罪　若破戒人衆共驅出若倚門若抱柱咸應斫去并推出之事殄息後所斫截處僧應修補　或門徒等冀其懲惡牽出房時無犯　然不應令出其住處

比丘尼波逸提小三衆突吉羅是謂爲犯

開緣不犯者無恚恨心隨次第出若共宿二夜至三夜遣未受戒人出若破戒破見破威儀若爲他所舉若爲他所擯若應擯有命難梵行難驅逐如此等人無犯不犯者最初未制戒等

會詳律攝云若於住處龍蛇忽至應彈指語曰賢首汝應遠去勿惱苾芻若不去者應持輭物而羂去之勿以毛繩等繫勿令傷損於草藂處安詳解放待入穴已然後捨去若棄蚤虱等應於故布帛上觀時冷熱而安置之此若無者應安壁隙柱孔中任其自活　薩婆多云爲不苦惱衆生故爲滅鬬諍故而結此戒

第十八重閣坐脫脚牀戒

總釋

此是共戒尼犯亦同大乘同學　律攝云由臥具事瞋恚煩惱制斯學處

緣起處

佛在給孤獨園

起緣人

諸比丘在重閣坐脱脚牀上坐不安庠閣下有比丘止宿閣薄牀脚脱墮下比丘上壞身血出仰向恚罵諸比丘聞白佛呵責結戒

所立戒相

若比丘若房若重閣上脱脚繩牀木牀若坐若卧波逸提

釋義房者若僧房若私房　重閣上者立頭不至上者是　脱脚牀者脚入陛脱者不堅牢也謂尖脚如栓形揷入陛中即揷脚牀名脱脚牀也　若坐卧下結成所犯

犯緣此戒具足四緣方成本罪一是重閣二牀是脱脚三閣下有人四坐卧著牀

定罪此中犯者在重閣上坐脱脚牀若坐若卧隨脇著牀隨轉側波逸提　除脱脚牀已若在獨坐牀或一板牀或浴牀一切突吉羅　僧祇云閣下無人坐無犯　薩婆多云若牀脚不尖者不犯設尖不用力坐卧不犯　此戒體必是重閣尖脚坐牀安牀處底薄用力坐卧波逸提　凡比丘坐法一切審詳不審詳必有所傷兼壞威儀突吉羅　比丘尼波逸提三小衆突吉羅是謂爲犯

開緣不犯者若坐旋脚繩牀直脚繩牀曲脚繩牀無脚繩牀若牀支大若脱脚牀安細腰即横桄也若彼重閣上有板覆若重厚覆若反牀坐若脱牀脚坐無犯不犯者最初未制戒等

第十九蟲水澆泥草戒

總釋

此是共戒尼犯亦同大乘同制此是性罪

律攝云由用水事無慈悲煩惱制斯學處此戒二緣合結

緣起處

佛在拘睒彌國

起緣人

尊者闡陀起大屋以蟲水和泥教人和諸長者嫌責沙門釋子無有慈心害衆生命諸比丘聞白佛呵責結戒諸比丘未知有蟲水無蟲水後乃知有蟲水或有作波逸提懺者或有畏愼者佛言不知無犯當如是說戒

所立戒相

若比丘知水有蟲若自澆泥若草若教人澆者波逸提

釋義水者謂池河井水釋名云水者準也準平物也其德能潤萬物澄之則清混之則濁堰之則止決之則流俱八種功德有蟲律攝云或自觀有蟲或他觀有蟲不觀有蟲客來蟲俱生蟲總有二種蟲一謂眼見二是濾得乃至微細有命者言水亦收漿醋等物有蟲俱不得用若自澆泥若草泥者草泥菩泥象屎泥牛屎泥等草者百卉之總名即茆芒等草澆者沃也即溉灌者是自作教他並皆成犯

犯緣此戒具足三緣方成本罪一水有蟲二有蟲想三自教澆用

定罪此中犯者若知水有蟲以草若土擲中者波逸提　除水已若有蟲酪漿若醋若漬麥漿以澆泥若草若教人波逸提若以土若草著有蟲清酪漿中醋中若漬麥漿中若教人波逸提　有蟲水有蟲想波逸提　蟲水疑突吉羅　無蟲水有蟲想突吉羅　無蟲水疑突吉羅　善見云

自澆者隨息一一波逸提　若教他澆者隨語語得波逸提　十誦云隨蟲死一一波逸提　比丘尼波逸提小三衆突吉羅是謂爲犯

開緣不犯者不知有蟲作無蟲想若蟲大以手觸水令蟲去若漉水洒地一切無犯不犯者最初未制戒等

會詳僧祇云若比丘營作房舍須水若池若河若井漉取滿器看無蟲然後用若故有蟲當重囊漉諦觀之若故有蟲至三重若故有蟲當更作井如前諦觀若故有蟲當捨所營事至餘處去蟲生無常或先無今有或今有後無是故比丘日日諦觀無蟲便用　薩婆多云若欲作住止處法先應看水用上細氎一肘作漉囊令持戒審悉者漉水竟看器中向日諦看若故有蟲者應三重作漉水囊若三重作漉水囊故有蟲者此處不應住

第二十覆房過三節戒

總釋

此是共戒尼犯亦同大乘同學此是制罪律攝云由房舍事貪慢煩惱制斯學處

緣起處

佛在拘睒毘國瞿師羅園中

起緣人

闡陀起大房覆有餘草更重覆故有餘草第三覆猶餘草在念求索爲難更覆不止屋便摧破居士譏嫌諸比丘聞白佛呵責結戒

所立戒相

若比丘作大房舍戶扉窓牖及餘莊餝具指授覆苫齊二三節若過波逸提

釋義作大房舍者多用物薩婆多云用三十萬錢功用甚大律攝云大住處有二種大一形量大二施物大此據形大戶扉窓牖戶者通人出入處一門曰戶又曰內門爲戶扉者戶扇也窓牖者通光明處在墻曰牖在屋曰窓及餘莊餝者刻鏤彩畫 指授覆苫者覆有二種縱覆橫覆苫者葢也編茅草覆物也按西國所造屋宇臺觀板屋平頭壁泥石灰覆以甎墼或苫茅苫草及以板木戶牖垣墻蜀畫雕鏤種種奇製嚴餝非一今云及餘莊餝具乃總標一句也齊二三節者節者重也但齊二三重覆則止過即成犯故曰二三節也本律釋文稍有參差恐譯文之誤也五分義明五分云若至第四重若草若瓦若板覆一一波逸提若觀斯義三節無違至四成犯

犯緣此戒具足三緣方成本罪一作屋疾成二三覆不止三指授覆竟

定罪此中犯者二節覆已第三節未竟不去至不見不聞處第三節竟波逸提 若捨聞處至見處捨見處至聞處一切突吉羅 根本云若是熟甎及以木石或可施主欲得疾成雖過重數並皆無犯 薩婆多云凡作房法有三品上中下覆房法各自有限若下房以中上房覆法者以鎮重故兼頓成故若用草覆草草波逸提 若中房以上房覆法者亦鎮重故若用草覆草草波逸提 若隨上中下覆法者以頓成故一波逸提 若不頓壘墻成無犯 比丘尼波逸提三小衆突吉羅是謂爲犯

開緣不犯者指授覆苫二節竟至第三節覆未竟至不見不聞處水陸道斷及一切難緣等不去至不見不聞處無犯不犯者最初未制戒等

第二十一自往教尼戒

總釋

此是不共戒尼結不同大乘比丘同學必若觀機知有大益不犯然在末運尤宜慎重清凉大師願言足不履尼寺之塵必有切緣方許無事不聽此是制罪　律攝云此由尼事貪心希望招世譏嫌待緣煩惱制斯學處

緣起處

佛在給孤獨園與大比丘衆五百人夏安居盡是衆所知識如舍利弗等五百比丘尼大愛道爲首於舍衛國王園中安居時大愛道往世尊所白言唯願聽諸比丘與比丘尼教誡說法世尊聽許隨次差上座大比丘教誡尼爲說法時般陀尊者當往般陀或云莎伽陀或云槃陀伽此云小路邊生又翻繼道而所誦惟一偈　入寂者歡喜　見法得安樂　世無恚最樂　不害於衆生　世間無欲樂　出離於愛欲　若調伏我慢　是爲第一樂　三說已三入四禪諸羅漢比丘尼皆大歡喜六羣尼調戲譏嫌於是尊者現通而去

起緣人

時六羣自往教誡不說正法惟說一切世俗論乃至笑舞跛行等六羣尼大歡喜羅漢尼以恭敬心故默然無語大愛道白佛乃制僧中差教授尼人時六羣作是言僧不差我等教授尼即出界外更互相差往教誡諸比丘聞嫌責白佛佛乃制成就十法者然後得教授尼戒律具足一多聞二

誦二部戒利三決斷無疑四善能說法五族姓出家六顏貌端正尼衆見便歡喜七堪任與尼衆說法勸令歡喜八不爲佛出家而被法服犯重法九滿二十歲若過十如是等可教誡尼與比丘結戒

所立戒相

若比丘僧不差教誡比丘尼者波逸提

釋義僧者一說戒一羯磨　不差者僧祇云僧不作羯磨名不差十法不成就不名爲差衆不成就白不成就作羯磨不成就亦不名爲差根本云具七法者衆應差教授尼一持戒二多聞三住耆宿位四善都城語五不曾以身汚尼六於八他勝法善能分別七於八尊重法能善解釋　教授者八不可違法何等八百臘比丘尼見初受戒比丘當起迎逆問訊禮拜請令坐一比丘尼不得罵比丘不得誹謗言破戒破見破威儀二比丘尼不得舉比丘罪言汝所作爾汝所作不爾不得作自言不得遮他覓罪不得遮他說戒自恣比丘尼不得說比丘過失比丘得說比丘尼過失三已學於學式叉摩那從衆僧求受大戒四若比丘尼犯重法應半月在二部僧中行摩那埵五比丘尼於半月當從衆僧中求索教授人六比丘尼不應無比丘處夏安居七比丘尼夏安居訖當詣衆僧中求三事見聞疑自恣八如此八法應尊重恭敬讚歎盡形壽不應違教誡何故說此八不可違法謂佛姨母及五百舍夷女人從佛三請出家佛未允以疾滅正法故後阿難啟請再三方許佛說八敬阿難依制宣傳諸女奉行名爲八敬比丘尼尊行八法正法無滅所以半月教誡仍宣入敬令正法久住　薩婆多論云教誡教授有何差別荅曰遮無利益故名教誡與有利益故名教授又教住正念故名教誡教住正知故名教授乃至令修世間善法故名教誡令修出世間善法故名教授比是差別耳

犯緣此戒具足三緣方成本罪一心有貪求二不差輒往三教誡出語了了

定罪此中犯者比丘應剋時到尼亦剋時迎若比丘剋時不至突吉羅　尼至時不迎突吉羅　若聞教授師來比丘尼當出半由旬迎供給所須辦洗浴具爲作粥種種飯食不作如是供給者突吉羅　若僧不差或非教授日而往與說八不可違法突吉羅　若僧不差而往與說法者波逸提　若比丘僧病應遣人禮拜問訊若比丘僧不和合衆不滿足應遣人禮拜問訊若不突吉羅　若比丘尼僧病及不和合衆不滿足者亦當遣人禮拜問訊若不突吉羅　五分云若不差教誡尼語語波逸提　教誡餘二女衆突吉羅　若比丘僧不差爲教授故入尼住處除因緣波逸提因緣者尼病是名因緣　若僧不差爲教授故入尼住處隨入多少步步波逸提若一脚入門突吉羅　善見云若不說八敬先說餘法突吉羅　若先說八敬已後說餘法不犯　十誦云比丘應誦尼戒莫令忘失何以故諸女人喜忘智慧散亂我泥洹後諸尼當從大僧問戒法　四衆突吉羅是謂爲犯

開緣不犯者比丘剋時至尼剋時迎乃至辦種種供具若僧所差與說八不可違法若衆僧病僧衆不滿別部不和合遣信禮拜若尼病衆不滿不和合亦遣信禮拜問訊衆僧若水道留難一切難緣等不遣人禮拜問訊如是等無犯不犯者最初未制

戒等

會詳僧祇云教誡尼不得從日没至明相出不得深猥處不得露現處當在不深不露處若講堂若樹下不得十四日十五日月一日二日三日應從四日至十三日往教誡不得教誡不和合尼衆到已應問尼僧和合不若言不和合應遣使呼來若不得來者應與教誡欲不得偏教誡不得長語教誡

第二十二教尼至暮戒

總釋

此是不共戒尼不同制大乘同學息世譏嫌律攝云因譏嫌事制斯學處

緣起處

佛在給孤獨園

起緣人

尊者難陀（增一阿含云爾時牧牛難陀憑杖而立遥聞佛所説法即得解悟求佛出家受具足戒是時彼在閒靜處而自修克成阿羅漢果此非佛弟難陀）爲僧所差教授比丘尼已默然而住大愛道言我等欲得聞法願更與我等説尊者與説法已默然而住復更重請説法難陀好音聲爲説法聽者樂聞遂至日暮（根本云難鐸迦尊者佛遣彼爲尼衆説法教誡時五百苾芻尼聞法得阿羅漢果　薩婆多云維衛佛滅後有王起牛頭旃檀塔種種莊嚴此王有五百夫人供養此塔各發願言我等將來從此王邊而得解脱爾時王者今難陀是五百夫人者今五百尼是以本願因緣故應從難陀而得解脱）尼出祇桓城門已閉即依城塹中宿晨旦在前入城諸長者譏嫌沙門釋子無清淨行諸比丘聞白佛呵責結戒

所立戒相

若比丘爲僧差教授比丘尼乃至日暮者波逸提

釋義爲僧差者僧祇云十法成就衆成就白成就羯磨成就故云爲僧差　律攝云共教授尼人一被差已盡壽教授更不須差教授比丘尼者爲説八不可違法及餘法是也乃至日暮者律攝云指其分齊日既沒已名非時雖在時中若諸尼衆立而不坐或復營務紛擾未息或身有拘礙而爲説法亦日非時也

犯緣此戒具足三緣方成本罪一是大尼二教説八敬三日已暮

定罪此中犯者若教授比丘尼乃至日暮波逸提　除教授若受經誦經問義若以餘事乃至日暮突吉羅　除比丘尼若爲餘婦女受誦經若問義若以餘事至日暮突吉羅　律攝云日暮日暮想等二重二輕二無犯　若通夜説法或寺門相近或城門不閉或同在城中或尼衆在白衣舍此皆無犯　尼等四衆突吉羅是謂爲犯

開緣不犯者教授尼日未暮便休除婦女已若爲餘人教誦受經問義及以餘事不犯若船濟處説法尼聽與賈客共行夜説法若至尼寺中説法若來寺中請教授人値説法聽無犯不犯者最初未制戒等

第二十三譏謗教尼戒

總釋

此是不共戒尼制不同大乘同學　律攝云由懷嫉心制斯學處

緣起處

佛在給孤獨園尼聞教授師來半由旬迎安處房舍飲食牀座具洗浴處

起緣人

六羣僧不差故生嫉妬心言諸比丘教授尼無有真實心但爲飲食故諸比丘聞白佛呵責結戒

所立戒相

若比丘語諸比丘作如是語比丘爲飲食故教授比丘尼者波逸提

釋義爲飲食故（僧祇云食者麨麪飯魚肉復次有食名色聲香味觸）（教授者若阿毗曇若毗尼）

犯緣此戒具足三緣方成本罪一生嫉妬心二言爲飲食教授三說而了了

定罪此中犯者作是言諸比丘爲飲食故教授尼乃至誦受經若問說而了了波逸提　不了了突吉羅　五分云若言爲供養故教誡比丘尼及餘三衆突吉羅　若言比丘行十二頭陀行坐禪誦經作諸功德皆爲供養利故語語突吉羅　僧祇云若言爲醫藥者得越毗尼罪　若語比丘尼作如是語彼比丘爲飲食故教誡汝等得越毗尼罪　若語比丘尼彼比丘爲醫藥故教誡汝等得越毗尼心悔　尼等四衆突吉羅是謂爲犯

開緣不犯者其事實爾爲飲食教授尼爲飲食故教誦經受經若問若戲笑語獨語夢中語欲說此錯說彼無犯不犯者最初未制戒等

會詳維摩詰經云不嫉彼供不高己利而於其中調伏其心常省己過不訟彼短什師曰如一比丘林中坐禪時至須食持鉢出林路逢惡賊引弓射之比丘怒已自責不生惡心又指腹語賊汝應射此我爲

彼出林故致斯惱此腹之罪耳省已恕物類如此也

第二十四與非親里尼衣戒

總釋

此是不共戒尼不同結大乘不同學爲利衆生故然在末法應須審愼　律攝云因致譏嫌制斯學處此戒三緣合結

緣起處

佛在給孤獨園

起緣人

一乞食比丘威儀具足有比丘尼見便生善心數請彼比丘比丘不受異時衆僧分衣物此比丘持分出門見此尼來即以與之意彼不收尼輒受之比丘數數向人嫌責彼尼諸比丘聞白佛訶責結戒不聽與比丘尼衣諸比丘皆畏愼不敢與親里尼衣佛言聽與親里尼衣更加非親里三字祇桓中二部僧共分衣物二部錯得尼持衣相換比丘未允佛言若貿易聽當如是說戒

所立戒相

若比丘與非親里比丘尼衣除貿易波逸提

釋義（如三十事中）

犯緣此戒具足三緣方成本罪一尼非親里二與非貿易三彼已取竟

定罪此中犯者與非親里比丘尼衣除貿易波逸提　五分云若與破戒邪見親里尼衣突吉羅　與非親里餘二女衆衣突吉羅　薩婆多云若與應量衣波逸提與不應量衣物突吉羅　律攝云若尼被

賊現闕衣服設使非親里與之無犯　尼等四衆突吉羅是謂爲犯

開緣不犯者與親里衣共相貿易與塔與佛與僧無犯不犯者最初未制戒等

第二十五與非親里尼作衣戒

總釋

此是不共戒尼不同制大乘同學　律攝云因致譏嫌制斯學處此戒二緣合結

緣起處

佛在給孤獨園

起緣人

有比丘尼欲作僧伽棃至僧伽藍中語迦留陀夷願尊者與我作衣報言汝等喜來催促故不能作尼言我不相催作竟與我即與裁之作男女行欲像尼來取衣即襞與之語言不得妄解披著亦莫示人時到當著在尼僧後行尼如其教即著後行諸居士見高聲大笑大愛道問知其故白諸比丘比丘白佛呵責結戒不聽與比丘尼作衣諸比丘皆畏慎不敢與親里尼作衣佛言親里者不犯當如是說戒

所立戒相

若比丘與非親里比丘尼作衣者波逸提

釋義作衣者（作者謂割刺浣染衣者謂僧伽棃鬱多羅僧安陀會）

犯緣此戒具足二緣方成本罪一尼非親里二自手裁縫

定罪此中犯者若與非親里比丘尼作衣隨刀截多少波逸提　隨縫一針亦波逸提　若復披看牽挽熨治以手摩捫若捉角頭挽方正安帖若緣若索線若續線一

切突吉羅　五分云取衣突吉羅　割截時染時皆波逸提　縫時針針波逸提尼等四衆突吉羅是謂爲犯

開緣不犯者與親里尼作若與僧與塔作若借他衣著浣染治還主無犯不犯者最初未制戒等

第二十六與尼屏處坐戒

總釋

此是不共戒尼犯不同大乘同學護世譏嫌　律攝云因招譏誚制斯學處

緣起處

佛在給孤獨園

起緣人

迦留陀夷與偷蘭難陀比丘尼各有欲意在門外共一處坐諸居士見皆共嫌之各相謂言汝等觀此二人共坐猶如夫婦亦如鴛鴦諸比丘聞白佛呵責結戒

所立戒相

若比丘與比丘尼在屏處坐者波逸提

釋義屏處坐者一比丘一比丘尼屏處者見屏處聞屏處見屏處者若塵若霧若烟若雲若黑闇不見也聞屏處者乃至常語不聞聲處

犯緣此戒具足三緣方成本罪一是屏處二無智人三身相近坐

定罪此中犯者若獨與比丘尼屏處坐波逸提　若盲而不聾聾而不盲突吉羅立住突吉羅　僧祇云若尼請一比丘食一尼共比丘坐一比丘尼來往益食益食尼去時比丘隨一一時得波夜提　五分

云與餘二女衆坐亦波逸提　薩婆多云經行已還坐波逸提　隨起還坐隨得爾所波逸提　尼等四衆突吉羅是謂爲犯開緣不犯者若比丘有伴若有智人若行過卒倒地若病轉倒或爲力勢所持若被繫閉若命難梵行難無犯不犯者最初未制戒等

第二十七與尼同期行戒

總釋

此是不共戒尼不同犯大乘同學此是制罪　律攝云由譏嫌故制斯學處此戒三緣合結

緣起處

佛在給孤獨園

起緣人

六羣與六羣尼在拘薩羅人間遊行諸居士見皆共嫌之諸比丘聞白佛呵責結戒不聽與比丘尼共行諸比丘不先與尼共期道路相遇畏慎不敢共行佛言若不期無犯更加共期二字後衆多比丘從舍衛欲至毘舍離時衆多尼亦往欲得同行以佛結戒故不敢共行比丘前去尼在後行爲賊所刦失衣鉢諸比丘白佛佛言當如是說戒

所立戒相

若比丘與比丘尼同期一道行從一村乃至一村除異時波逸提異時者與估客行若疑畏怖時是謂異時

釋義期者言共去至某村某城某國土（僧祇云共期者若今日若明日若半月若一月）同期一道行（總標乃至村間）

別釋道者村間有分齊行處是僧祇云道行者三由延二由延一由延一拘盧舍除異時是遮制中之開聽與估客行估客者根本作商旅　律攝云商旅者若離此伴無由進路爲此聖開除餘緣故此中行法者苾芻尼食苾芻應持若至食時更相授與有病苾芻應共𦚢去若人少者尼亦助舁應在頭邊不應近足若至村落隨病所須爲覓醫藥若尼有病准此應知是謂異時

犯緣此戒具足三緣方成本罪一有心共期二發足同行三至村里分齊

定罪此中犯者與比丘尼同一道行乃至村間分齊處隨衆多少界多少一一波逸提　非村空處行乃至十里波逸提　若減一村減十里突吉羅　若多村間同一界行突吉羅　方便欲去共期莊嚴一切突吉羅　僧祇云若共車伴行止息發去時喚尼來勿使不及伴作是語者波逸提

若言去去姊妹勿使失伴無罪　比丘共商人隨道行商人先入聚落比丘不知道行法見尼問言姊妹示我道來即名共期若尼來舉一足得越毘尼罪　舉二足波夜提　言去示我道路者無罪　若聚落中請比丘食不知檀越家處見尼問言知某甲檀越家處不示我處來即名爲期若舉一足越毘尼罪　舉二足得波逸提

律攝云地行爲契後遂乘空現身共期隱形而去皆得惡作　薩婆多云不期而偶共同道當使相去不聞聲處若相聞已還突吉羅　與餘二女衆期行同犯亦波逸提　十誦云若有王夫人共行不犯　尼等四衆突吉羅是謂爲犯

開緣不犯者不共期大伴行疑恐怖處若

爲力勢者所持若被繫命難梵行難無犯不犯者最初未制戒等

第二十八與尼期同船戒

總釋

此是不共戒尼犯不同大乘同學　律攝云由譏嫌故制斯學處此戒三緣合結

緣起處

佛在給孤獨園

起緣人

六羣與六羣尼共乘船上水下水居士譏嫌比丘白佛呵責結戒不聽與尼共乘一船諸比丘不期而乘一船皆畏慎佛言不期無犯後衆多比丘欲渡恒河有衆多尼亦欲渡恒河以佛結戒故不敢與尼共渡尼讓比丘先渡船至彼岸暴雨水漲未還之間日時已暮諸尼即在岸邊宿夜遇賊劫奪佛言直渡者無犯當如是說戒

所立戒相

若比丘與比丘尼共期同乘一船上水下水除直渡者波逸提

釋義上水下水上者逆流而上下者順流而下除渡成犯

犯緣此戒具足二緣方成本罪一有心共期二兩脚入船

定罪此中犯者共期同乘一船上水下水除直渡若入船裏波逸提　若一脚在船一脚在地若方便欲入而不入若共期莊嚴一切突吉羅　薩婆多云與尼議載船突吉羅　若一比丘與一尼共期載一船一波逸提　乃至與四尼共載一船四波逸提　隨尼多少隨得爾所波逸提　若

四比丘與一尼共載一船各得一波逸提亦隨尼多少得爾所波逸提　與式叉摩那沙彌尼共期同船同犯亦波逸提若尼與比丘各在異船共期無白衣伴波逸提若不期必使語聲不相聞處若相聞突吉羅　尼等四衆突吉羅是謂爲犯

開緣不犯者不共期若直渡彼岸船師失濟上水下水或爲力勢所持或被繫命難梵行難無犯　根本云篙棹柁折隨流而去或避灘磧或柁師不用其語此皆無犯　十誦云欲直渡爲水所漂去無犯不犯者最初未制戒等

會詳律攝云若苾芻等將行之時預先一日應白二師我今有事詣彼村坊聽不隨師不應違逆若無二師應白上座所有臥具囑他守護於同行伴普告令知勿有病人捨棄而去出門之時應相告曰今日我等不有遺忘事不應可斟量所依商旅善惡進不無令廢闕於自同伴更相顧戀有讐隙者不應共行若有因緣須共行者應懺摩已與之同去凡涉路時應爲法語勿出惡言或爲聖默然勿令心散亂若至天神祠廟之處誦佛伽他彈指而進苾芻不應供養天神若於路次暫止息時或至泉池取水之時皆誦伽他其止宿處應誦三啟自整威儀問停止處

第二十九尼讚得食戒

總釋

此是不共戒尼犯不同大乘同制是邪命自活故　律攝云因不敬事制斯學處此

戒三緣合結
緣起處
佛在給孤獨園有一居士請舍利弗目連於露地敷好坐具
起緣人
偷蘭尼往居士家見已即問欲請比丘耶報言我請舍利弗目連尼言居士所請是下賤人若先語我我當爲請龍中之龍問言何者是龍中之龍尼言尊者提婆達多等是語頃二尊者至尼語居士言龍中之龍已至居士言汝向者言是下賤人今云何言龍中之龍耶自今以去勿復來往我家二尊者食訖還僧伽藍佛知而故問今日受請食得充足耶荅曰食雖充足我於居士家亦是下賤人亦是龍中之龍佛問知其故呵責提婆達多部黨已結戒遣比丘尼勸化得食者波逸提時諸比丘不知有勸化無勸化後乃知有勸化或有作波逸提懺者或有疑者佛言不知不犯羅閲城中有大長者是黎師達親友彼作是言若黎師達來至羅閲城者我當爲黎師達故供養衆僧有尼聞此語默然在懐異時尊者入城尼聞往語長者即遣信請尊者及衆僧食黎師達問云何知我來至此耶長者言家所供養尼見語尊者言若爾我不應食長者言我不從此尼語設食我先有誓願尊者言雖有此語我亦不應食即止不食往白世尊佛言若檀越先有意者不犯當如是說戒
所立戒相

若比丘知比丘尼讚歎教化因緣得食食除檀越先有意者波逸提

釋義讚歎教化者阿練若乞食人著糞掃衣作餘食法不食一坐食一摶食塜間坐露地坐樹下坐常坐隨坐持三衣讚偈多聞法師持律坐禪釋論云美其功德名爲讚讚之不足又稱揚之名爲歎也得食食者上食字飲食也下食字呑咽也從旦至中得食食有五正食五不正食釋於後文除檀越先有意者律攝云謂彼施主先生此念營辦飲食擬施其人設令讚歎具戒多聞此亦非犯由聞讚歎遂便不食是故復言除先有意者

犯緣此戒具足三緣方成本罪一大尼讚歎二有教化想三食已入咽

定罪此中犯者知比丘尼教化得食食咽咽波逸提　除此飲食已教化得餘襯體衣燈油塗足油正法念處經云此足跟通於眼脈以油灌鼻以油塗足能令眼明淨一切突吉羅　教化教化想波逸提　教化疑突吉羅　不教化教化想突吉羅　不教化疑突吉羅　五分云以餘四衆讚歎因緣得食食突吉羅　薩婆多云乃至教以少薑著食中比丘食者突吉羅　此戒體但偏讚其德不問凡聖盡食者波逸提　若不曲讚功德但說布施沙門福德甚大比丘食者無罪　尼等四衆突吉羅是謂爲犯

開緣不犯者若不知若檀越先有意若教化無教化想若尼自作檀越若檀越令尼經營若不故教化而乞食與無犯不犯者最初未制戒等

第三十與婦女同行戒

總釋

此是不共戒尼犯不同大乘同學　律攝云由道行事譏謗煩惱制斯學處此戒二緣合結

緣起處

佛在給孤獨園毘舍離女嫁舍衛人與姑共諍還詣本國

起緣人

阿那律從舍衛往毘舍離婦欲同行荅言可爾即與同行時夫主不在後日還家即問毋婦何所在毋言與我鬬競逃去不知所在夫主逐之於道路得婦語尊者言何故將我婦逃走耶荅言止止莫作此語我等不爾長者言云何言不爾汝今現與我婦同道行其人即打阿那律幾斷命根尊者於下道在一靜處結跏趺坐入火光三昧長者見即懺悔謂四姓中豪族望重世禮自居有德者之稱淨名疏云國內勝人稱爲長者原西國與此方所稱不同彼以貴姓豪族富商大賈積財鉅萬咸稱長者此方乃有德之稱謂年耆德艾事長於人稱爲長者法華文句云具十德名長者一姓貴二位高三大富四威猛五智深六年耆七行淨八禮備九上歎十下歸尊者還僧伽藍向諸比丘說有少欲者白佛呵責結戒戒文如後准無共期時諸比丘不共期道路相遇畏慎不敢共行佛言不共期不犯當如是說戒

所立戒相

若比丘與婦女共期同一道行乃至村間波逸提

釋義並同前與尼期行戒中無異

犯緣此戒具足三緣方成本罪一有心共期二人女堪行欲境三至村齊限

定罪此中犯者共尼期行不異　律攝云

若化女天女龍女半釋迦女二根若未堪行婬女同路行咸得惡作　尼等四衆突吉羅是謂爲犯

開緣不犯者亦同前戒　根本云若他遣女人引道或迷於道路女人指授無犯不犯者最初未制戒等

毘尼關要卷第十

毘尼關要卷第十一

清金陵寶華山律學沙門德基輯

第三十一過受一食戒

總釋

此是共戒尼制亦同大乘同學　律攝云因過宿食事招世譏嫌制斯學處此戒二緣合結

緣起處

佛在給孤獨園時拘薩羅國有無住處邨有居士爲比丘作住處常供給飲食在此住者聽一食

起緣人

六群往彼住處經一宿得好美飲食故復住第二宿復得美食彼於此住處數數食居士譏嫌諸比丘聞白佛呵責結戒時舍利弗詣此一宿明旦得好食於彼得病念世尊制戒即扶病而去病遂增劇諸比丘白佛佛言聽病比丘過受食當如是說戒

所立戒相

若比丘施一食處無病比丘應一食若過受者波逸提

釋義施一食處者在中一宿食者乃至時食病者離彼村增劇者是十誦云病者下至竹葉所傷無病過受成犯

犯緣此戒具足三緣方成本罪一無病緣二過受食三食入咽已

定罪此中犯者若無病比丘於彼一食處過受食咽咽波逸提　除食已更受餘襯身衣燈油塗脚油盡突吉羅　十誦云過一宿不食突吉羅　律攝云於此宿在餘

處食得惡作罪　若餘處宿於此處食得波逸底迦　比丘尼波逸提小三衆突吉羅是謂爲犯

開緣不犯者一宿受食病過受食若居士請住我當與食我等爲沙門釋子故設此宿處供給飲食若不得沙門釋子亦當與餘人耳若檀越次第請食若兒女姊妹兒婦次第請食或一切難緣等過食者無犯不犯者最初未制戒等

第三十二展轉食戒

總釋

此是不共戒尼不同犯大乘同制此是制罪　律攝云此由食事過分廢闕不寂靜譏嫌煩惱制斯學處此戒三緣合結

緣起處

佛從羅閱城出遊行人間時世穀貴乞食難得有沙㝹婆羅門以五百乘車載滿飲食經冬涉夏隨逐世尊伺候空缺設供而無空日阿難爲其白佛佛告阿難汝可往語婆羅門明旦以此食具作粥與諸比丘食後當受時食時婆羅門觀諸供養皆無餅即辦種種粥及餅供養佛及僧佛言食粥有五事善除饑除渴消宿食大小便調適除風患居士聞佛聽僧食粥及餅皆大歡喜

起緣人

有一少信大臣見佛及僧大得供養如是言此非少福田者辦肥美飲食請僧時阿那頻頭諸居士即於其夜辦種種粥送至僧伽藍中僧先食濃粥後往大臣家不能

多食大臣嫌之我爲衆僧作種種好食云何先食濃粥方受我食瞋恨白佛佛爲説法得法眼淨羅閱城中有火信樂師其事亦爾世尊呵責諸比丘已結戒不聽展轉食諸病比丘所請食處無有隨病食及藥若有隨病食及藥畏慎不敢食恐犯展轉食佛言聽病比丘展轉食後一居士請佛及僧設食供養復一居士亦請佛及僧設食及衣供養諸比丘畏慎白佛佛言布施衣時不犯當如是説戒

所立戒相

若比丘展轉食除餘時波逸提餘時者病時施衣時是謂餘時

釋義展轉食者請也請有二種若僧次請別請也食者飯麨乾餅魚及肉（展轉者謂此家食已餘處復食）病者不能一坐食好食令足　施衣者自恣竟無迦絺那衣一月有迦絺那衣五月若復有餘時施食及衣　若今日得多請食應自受一請餘者當施與人如是言　長老我應往彼今布施汝（此謂但施食無衣也）

根本云餘時者病時作時道行時施衣時此是時（此創制中分外別開時也）

犯緣此戒具足三緣方成本罪一多請不捨二是正食三食入咽

定罪此中犯者若不捨前請受後請食者咽咽波逸提　不捨後請受前請食者咽咽突吉羅　十誦云病比丘若一請處不能飽應受二請第二處不能飽足應受第三請第三處不能飽應受已漸漸食乃至日中不應受第四請　聽節日數數食

十誦毘尼序云阿難先受他請忘不憶復同佛受波斯匿王請以食著口乃憶知有二請不與他一請不敢吐食爲恭敬佛故又不敢咽食爲持戒故佛知阿難心悔告令心念與他便食優波離問佛餘人亦得爾不佛言除五人一坐禪人(專心禪定故) 二獨處(無人對說故) 三遠行人(造次就路容有多忘對說恐難故) 四長病(久疾患者形體羸弱故) 五饑時依親里住(現前無比丘故)餘悉不聽 摩得勒伽云若先受無衣請後受有衣請不犯語比丘言就此食當爲汝覓衣食食不犯 語比丘言此間食餘處隨意食食不犯 律攝云若一舍或寺中或阿蘭若若爲求肥悅或樂美食而數食者得惡作罪 若輕賤心或懷矯詐而不食者亦得惡作 尼等四衆突吉羅是謂爲犯

開緣不犯者病時施衣時若一日有多請自受一請餘者施於人若請與非食或食不足或無請食者或食已更得食或一處有前食後食無犯不犯者最初未制戒等

第三十三別衆食戒

總釋

此是共戒尼犯亦同大乘同制此是制罪律攝云因提婆達多制斯學處此戒八緣合結

緣起處

佛在耆闍崛山

起緣人

提婆達多教人害佛復教阿闍世王殺父惡名流布利養斷絶通已五人家家乞食

時諸比丘聞白佛呵責結戒不聽別衆食時諸病比丘有請處不得隨病食及藥有好隨病食及藥畏愼不敢受恐犯別衆食佛言聽病比丘受別衆食諸比丘自恣已迦提月中作衣諸優婆塞恐比丘不得食疲苦請與比丘食比丘言但請三人我等不得別衆佛言聽作衣時受別衆食有居士欲施食及衣請諸比丘食比丘恐犯別衆佛言聽施衣時別衆食有衆多比丘與諸居士往拘薩羅同道行乞食時到欲詣村乞食居士言我當與食比丘畏犯別衆即入村乞食伴便前去比丘在後不及爲賊所劫佛言聽險道中受別衆食更結道行時後有衆多比丘與諸居士乘船順流而去乞食時到欲入村乞食居士言但去

我等當供給飲食比丘恐犯別衆上岸入村乞食船伴前去諸比丘後來爲賊劫奪衣服佛言聽比丘乘船時別衆食有衆多比丘從拘薩羅國遊行詣一小村諸居士念衆僧多而村落少我等寧與衆僧作食勿令疲苦即請比丘明日食比丘畏愼白佛佛言聽大衆集時別衆食缾沙王姊子名曰迦羅爲諸沙門施食欲於外道沙門中出家往白缾沙王王問欲於何處出家答言欲於尼揵子中出家王問言與我曹沙門設食不迦羅言大王何者是沙門耶王言沙門釋子是也迦羅言我竟不與設食王言汝今往與沙門釋子設食即往僧伽藍中請諸比丘食諸比丘畏愼白佛佛言聽沙門施食時得別衆食當如是說戒

所立戒相

若比丘別衆食除餘時波逸提餘時者病時作衣時施衣時道行時乘船時大衆集時沙門施食時此是時

釋義別衆者若四人若過四人五分云若於界內別請四人以上名別衆食若次請不犯根本云別衆食者別別而食律攝云別衆食者謂不同處食若四苾芻同一界內下至一人不同食並名別衆食十誦云以二利故遮別衆食一者隨護檀越以憐愍故二者破諸惡欲比丘力勢故凡別衆有其二義一者爲衆而成僧即如四分調達通已五人家家乞食二者別於衆即如根本一界同居別別而食五分受請必須僧次薩婆多僧祇淨食必打揵椎請食私房無緣不聽聖制分明不可違越食者飯麨乾餅魚及肉謂是正食簡非餘食病時者下至脚跟甓　作衣時者自恣竟無迦絺那衣一月有迦絺那衣五月乃至衣上作馬齒一縫　施衣時者亦一月五月及餘時施食及衣餘時者七月十一月設有施食及衣亦名衣時道行時者下至半由旬來者去者　乘船時者下至半由旬內上下大衆集時者食足四人長一人爲患五人十人乃至百人長一人爲患食少人多故薩婆多云衆僧集會或以餘緣或以法事極少舊比丘四人客比丘四人名爲大衆集　律攝云大衆食時者謂作世尊頂髻大會若五年大會若六年大會此大會日隨施主心各處設食若四若五隨意分食　頂髻大會者世尊爲菩薩時五歲而除頂髻給孤長者爲佛作五年大會於六歲時重立頂髻長者爲佛作六年大會俱云大會時也沙門施食者在此沙門釋子外諸出家者及從外道出家者是　若比丘無別衆食因緣彼比丘即當起白言我於此別衆食中無因緣欲求出聽出若餘人無因緣亦聽使出若二人三人隨意食若四人若過四人應分作二部更互入食　若比丘有別衆食因緣欲求入尋即當起白言我有

別衆食因緣欲求入當聽隨上座次入有因緣者即前七緣是也此是時者即開別衆之時也

犯緣此戒具足三緣方成本罪一無緣別衆二是正食三食入咽已

定罪此中犯者別衆食咽咽波逸提　若有因緣不說突吉羅　僧祇云若三人食一人不食若三圓具一未圓具皆無犯若以食送彼乃至鹽一一與彼衆處食皆無犯謂檀越在布薩界中請僧食或以食乃至鹽一一送本界僧中即非別衆食也或施主言但來入者我皆與食此謂不遮客來比丘或施主別造房施住我房者我皆與食斯亦無過　十誦云若三比丘別共一處食第四人取食分不犯　若道行乘船昨日來今日食明日行今日食皆波逸提　薩婆多云若僧祇食時應作四種相一打揵椎二吹貝三打鼓四唱令令界內聞知此四種相隨定作一勿使雜亂不成僧法若不作相而食僧伽食者食不清淨名爲盜僧祇食不名別衆食乃上品獨頭偷蘭若作相食者設使內有比丘無比丘若多若少若來不來但使不遮一切無咎若使有遮雖打揵槌食不清淨名盜僧祇食爲遮外來客比丘也得罪如前若大界內有二處三處各有始終僧祇但一布薩若食時但各打揵椎一切無遮清淨無過此謂法同食別界中布薩等法共同飲食各別然必打揵槌名爲如法也若檀越請四人以上在布薩界內食應布薩處請僧次一人若送一分食不爾犯墮　若二處三處亦如是　若聚落內雖無僧界設二檀越請四人以上於二處食應打揵椎二處互請一人若送一分

若更有異比丘應如法入乃至一人若不互請及送食分者墮罪　根本云有五因緣早請食來在房中食一是客新到二將欲行去三身嬰病苦四是看病人五身充知事　目得迦云若檢校人應於齋食先取自分食之無過　比丘尼波逸提小三衆突吉羅是謂爲犯

開緣不犯者病時作衣時施衣時道路行時乘船時大衆集時沙門施食時若三人四人更互食若有因緣去無犯不犯者最初未制戒等

會詳雜阿含云如來何故制別衆食而聽三人共一處食如是之意爲欲擁護於諸人故使不損減復爲制伏惡欲比丘斷除於人多眷屬故稱僧名字多有所求減損諸家破壞衆僧使作二部故令如法比丘不得供養衣服飲食非法比丘多獲利養惡欲比丘既得供養與淨行者而共諍訟故十誦云以二利故遮別衆食一者隨護檀越以憐愍故二者破諸惡欲比丘力勢故

第三十四過三鉢受請戒

總釋

此是共戒尼犯亦同大乘同學此是制罪律攝云此由食事多貪煩惱制斯學處

此戒二緣合結

緣起處

佛在給孤獨園有一女人名伽若那是大村女來鬱禪國與人作婦經歷數月遂便有身還父母家

起緣人

有比丘來乞食者自持食施後其夫遣使呼還因諸比丘盡取其食方更辦具其夫已更取婦又波羅柰城外衆商賈車伴共宿有一乞食比丘入此賈客營中乞食一信樂賈客取鉢盛滿美食與比丘出營未遠復有比丘來乞食如是展轉他食都盡更市糴糧後不及伴爲賊所劫諸比丘聞白佛佛呵責結戒諸病比丘畏慎不敢過受食佛言聽當如是說戒

所立戒相

若比丘至白衣家請比丘與餅麨飯若比丘欲須者當二三鉢受還至僧伽藍中應分與餘比丘食若比丘無病過兩三鉢受持還至僧伽藍中不分與餘比丘食者波逸提

釋義白衣家者有男有女（僧祇云剎利婆羅門毘舍首陀羅家）請比丘與餅麨飯（餅麨飯者所謂大小麥米豆如是等種種餅麨飯也）當問其主言爲是歸婦食爲是商賈道路糧若言歸婦食賈客道路糧者食已出還僧伽藍中白諸比丘某甲家有歸婦食有賈客道路糧若欲食者食已應出若欲持食還者齊二三鉢我今不持食來

若持一鉢食來還與諸比丘共分食之當語餘比丘言某甲家有歸婦食商賈道路糧若至彼家食者即於彼食若持食還應兩鉢我已持一鉢還　若持兩鉢還應共餘比丘分食之語諸比丘乃至欲食者即彼家食欲持來者應取一鉢我已持兩鉢還　若盡持三鉢還分與諸比丘食白餘比丘乃至欲食者於彼家食慎勿持還我

已持三鉢來　若比丘欲須者當二三鉢受律攝云鉢有三種謂大小中大者可受摩揭陀國二升米飯於上得安豆并菜茹以大拇指一節鉤緣不觸其食斯爲大鉢量小者受一升米飯二內名中言二三鉢者若取大鉢一中鉢一小鉢一或唯大鉢二或大鉢一小鉢二或中鉢二小鉢一或中鉢一小鉢二或中鉢三小鉢三三鉢者謂極多受三鉢也持還至僧伽藍中應分與餘比丘食善見云若取二鉢一鉢自食一鉢與比丘僧若取三鉢一鉢自食二鉢與比丘僧不得與知識白衣無病過兩三鉢受者有病不限其數無病佛制當遵　律攝云過受者謂大鉢三或大鉢二兼處中鉢一或大鉢二兼小鉢一或大鉢一兼處中鉢二　根本云要而言之取他食時過四升半米飯分量以上當得墮罪若施主任取多少者無犯

犯緣此戒具足三緣方成本罪一歸婦食商賈道路糧二無病過三鉢受三兩足過限

定罪此中犯者無病過兩三鉢受出彼門波逸提　若一足在門內一足在門外方便欲去還住者突吉羅　若不問歸婦食賈客道路糧而取食突吉羅　若持至僧伽藍中不分與餘比丘食者若不語餘比丘突吉羅　律攝云若即此座過三鉢食或除餅麨但將餘物或施主歡喜隨意將去並無犯　比丘尼波逸提小三衆突吉羅是謂爲犯

開緣不犯者兩三鉢受食病者過受食問歸婦食商客道路糧還僧伽藍中分與餘比丘共食白餘比丘使知村處若彼自送至僧伽藍中得受若彼送至比丘尼寺中亦得受無犯不犯者最初未制戒等

會詳律攝云有三種虛損信施一施主信心施持戒者受已與犯戒人二信心施正見者受已與邪見人三過量而受不自噉

食乃至長受一掬之食除其施主先有隨意如斯三事並名虚損信施當招惡報

第三十五不作餘食法戒

總釋

此是不共戒尼犯不同大乘同制此是制罪　律攝云因食飽更食貪餮無厭制斯學處

緣起處

佛在給孤獨園與諸比丘說一食法讚歎一食法諸比丘食佉闍尼食若飲漿服藥便當一食形體枯燥顏色憔悴佛問阿難白諸上事佛言聽諸比丘一座上食飽滿諸比丘或食佉闍尼食若飲漿服藥便令飽足更不復食形色枯悴佛又聽食五種食若飯麨乾餅魚及肉得令飽足諸病比丘雖得好食不能一坐食形體枯悴又聽病比丘數數食病人無足食法時病比丘得好美食食不能盡與瞻病人足食已不敢食便棄之衆鳥來爭食鳴喚佛言聽瞻病者食病人殘食無餘食法諸比丘清旦受食舉已入村乞食食已還取所舉食與諸比丘諸比丘已足食不敢食便棄之衆鳥爭食鳴喚佛聽取所受食作餘食法食之有一長老多知識比丘入村乞食大得積聚一處共食持餘食來與諸比丘諸比丘足食已不敢食遂棄之衆鳥爭喚又聽比丘從彼持食還當作餘食法而食之當如是作餘食法言大德我足食已知是看是此作餘食法彼應取少許食已當語彼比丘言我止汝取食之

起緣人

有一比丘貪餮不知足食不足食不知餘食不餘食得便食之諸比丘聞白佛呵責結戒

所立戒相

若比丘足食竟或時受請不作餘食法而食者波逸提

釋義足食者五種食飯麨乾餅魚及肉於五種食中若食一一食令飽足　有五種足食知是飯謂知食體是正食若非正食不名足食　知持來謂知男女等持食來授與　知遮謂已作足食想遮止不須　知威儀謂行住坐臥四威儀中知是行受食非住坐臥也　知捨威儀謂行受食今已住坐臥故云捨　律攝云食飽足者作遮止言心生棄捨若心未棄捨縱出遮言未成遮足若更食時但得惡作若作了心唱言休足此便成遮足　不作餘食法而食者得墮十誦云以二利故聽受殘食法一看病比丘因緣故二比丘有因緣食不足故十誦殘食即本律餘食凡足食已得食須作法而食令謂得而便食故云不作餘食法食也

犯緣此戒具足三緣方成本罪一足食已捨威儀二不作餘食法三食已入咽

定罪此中犯者足食已捨威儀不作餘食法得而食之咽咽波逸提　佉闍尼食者根枝葉華果油胡麻黑石蜜磨細末食足食已不作餘食法得而食之咽咽波逸提　若足食已爲他作餘食法不成餘食法突吉羅　若知他足食已作餘食法　若自手捉食作餘食法　若持食置地作餘食法　若使淨人持食作餘食法　若淨人前作餘食法　以不好食覆好食上作餘食法　若受他餘食法盡持去如是一

切不成餘食法突吉羅　足食足食想波逸提　足食疑突吉羅　不足食足食想突吉羅　不足食疑突吉羅　僧祇云聽一人作殘食餘人盡得食　若比丘持食來欲作殘食即於鉢上椀中作殘食者正得椀中名作殘食鉢中食不名作若椀中食汁流入鉢中得俱名殘食　若並兩鉢作殘食若前人正一鉢中食者正一鉢得名作殘食若二鉢上若餅若菜通覆横上者二俱得名作殘食餘種種器亦爾　若國土少比丘處比丘食已有大檀越持種種飲食至比丘已起去當云何若彼間有直月維那諸知事人未食足者當從彼人邊作殘食若彼已食足若上座未足當於上座邊作殘食若上座羞不能人中作者當合座舉上座至屏處作殘食若上座已足者有客比丘來者當問長老今日自恣足未若客比丘言我未得夏安居云何得自恣足當知是人不知律相更問汝食未若言已食復問檀越自恣與不若言長老何處自恣食水菜不足況餘食當知不足應從彼作殘食若言已足者僧應作方便不應破檀越善心若衆中有大沙彌將至戒場與受具足教作殘食法已然後當食五分亦用此義　若一切粥新出釜畫不成字一切果一切菜非別衆食非處處食非足食　律攝云有五蒲膳尼即可噉食一飯二麥豆飯三麨四肉五餅又五珂但尼即可嚼食謂根莖葉華果　若先食五嚼食及乳酪菜等後受五噉食無犯　若先食五噉

食更食五嚼食及乳酪菜等名犯　應知有五未足之言謂授食時未即須者應報言且待且去且有且待我食且待我盡若兼且言名曰未足若無且聲便是遮足若未爲足意設作足言亦不成足得惡作罪由言不稱法故若得餘食作法食者自身樂住施主得福欲作法時洗手受食持就一未足苾芻或雖已足未離座者對彼作法彼若未遮足應取兩三口食若自足已便不合食應以手按而告之言斯是汝物隨意食之　有五不成作餘食法一身在界內對界外人二不相及處善見云二肘半外三在傍邊四在背後五前人離座翻此便成

比丘尼等四衆突吉羅是謂爲犯

開緣不犯者食作非食想不受作餘食法非食不作餘食法自取作餘食法不置地作餘食法乃至手及處作餘食法若與他他與已作餘食法若病不作餘食法病人殘食不作餘食法若已作餘食法無犯律攝云若北方果及天神藕斯等難得之物或復饑年飲食難得不作餘食法食之無犯不犯者最初未制戒等

會詳毘尼母云比丘受人施不如法爲施所墮有二種一者食他人施不如法修道放心縱逸無善可記二者與施轉施施不如法因此二處當墮三塗應施者若父母貧苦應先受三歸五戒十善然後施與若不貧雖受歸戒不中施與復有施處治塔人奉僧人治僧房人計其功勞當酬作價若過分與爲施所墮施病者食當作慈心

隨宜與之若錯誤與食爲施所墮嬰兒牢獄繫人懷妊者當以慈心施之勿望出入得報詣僧坊乞者若自有糧不須施與若無糧食施之無咎若比丘不坐禪不誦經不營佛法僧事受人施爲施所墮若前人無此三業知而轉施與者受者皆爲施所墮寧吞鐵丸而死不以無戒食人信施若足食已更強食者不加色力但增其患是故不應無度食也

第三十六使他犯餘食法戒

總釋

此是不共戒尼犯不同大乘同學　律攝云欲令他犯返詰過故制斯學處此戒二緣合結

緣起處

佛在給孤獨園

起緣人

一比丘貪餮不知足食不足食不知餘食不餘食得而食之異比丘語言未曾有如汝貪餮嗜食者不知足食不足食不知餘食不餘食得而食之彼聞心懷恚恨於異時見彼比丘食已不作餘食法殷勤請與食即受食之貪餮比丘語言未曾有如汝貪餮不知足食不足食不知餘食不餘食得而食之不知厭足報言我雖食而未足彼比丘言汝食先已飽足彼言知我足食耶答言知諸比丘聞白佛呵責結戒時諸比丘未知足食不足食後乃知已足食或有作波逸提懺悔者或有畏愼者佛言不知不犯當如是説戒

所立戒相

若比丘知他比丘足食已若受請不作餘食法殷勤請與食長老取是食以是因緣非餘欲使他犯波逸提

釋義知者若自知或從他聞知或彼自言我已足食故知食者謂正食簡餘非食足者如前釋殷勤請與食長老取是食長老稱呼之辭內懷瞋恚外現殷勤欲報先讐強勸令食以是因緣非餘欲使他犯欲使他犯戒生惱因緣非爲餘事

犯緣此戒具足四緣方成本罪一心懷瞋恨二知他足食三不作法與四食已入咽

定罪此中犯者若彼即受食之咽咽二俱波逸提　若與令食彼不食棄之與者突吉羅　若與令食彼不食舉置　若與令食彼轉與餘人　若不作餘食法與彼作餘食法而食之　若與病人食欲令他犯持病人殘食與他欲令他犯　若作餘食法已與他欲使他犯與者皆突吉羅

足食足食想波逸提　足食疑突吉羅

不足食足食想突吉羅　不足食疑突吉羅　尼等四衆突吉羅是謂爲犯

開緣不犯者先不知足食不足食想若與令棄而食之若與舉置而食之若令遣與人取而食之若未作餘食法與令作餘食法食彼不作餘食法而食之若持病人殘食與不令他犯作餘食法與不令他犯無犯不犯者最初未制戒等

第三十七非時食戒

總釋

此是共戒尼亦同結大乘同制　律攝云因長貪招譏制斯學處

緣起處

佛在耆闍崛山

起緣人

難陀跋難陀入城觀看伎樂向暮方還迦留陀夷日暮入城乞食至一懷妊婦女家婦女持食出門值天雷電暫見其面怖稱言鬼鬼即隨身迦留陀夷言大妹我非鬼我是沙門釋子婦女恚言沙門釋子寧自破腹不應夜行乞食尊者還向諸比丘說少欲者白佛呵責結戒

所立戒相

若比丘非時受食食者波逸提

釋義時者明相出乃至日中按此時為法四天下亦爾謂比丘依四洲住即准彼處日出至日中為受食之時也若東洲日出北洲日中南洲半夜西洲日沒東洲日午南洲日出西洲半夜北洲日沒　東洲日沒南洲日中西洲日出北洲半夜　東洲半夜南洲日沒西洲日中北洲日出瞻部洲僧向餘三洲住但依彼處時而食莫過日中也故云四天下亦爾也非時者從日中乃至明相未出薩婆多云從晨至日中世人營事作飲食故名為時從中至後夜分宴會嬉戲自娛樂時比丘遊行有所觸惱故名非時又比丘從晨至中是乞食時應入聚落往來遊行故名為時從中至後夜分應靜拱端坐誦經坐禪各當所業非是行來入聚落時故名非時也食者有二種佉闍尼食五不正食蒱闍尼食五正食

犯緣此戒具足三緣方成本罪一非時受食二非時想三食已入咽

定罪此中犯者非時受食食咽咽波逸提

若非時過非時波逸提　七日過七日波逸提　盡形壽藥無因緣服者突吉羅

非時非時想波逸提　非時疑突吉羅

非時時想突吉羅　時非時想突吉羅

時疑突吉羅　比丘尼波逸提三小衆
突吉羅是謂爲犯
開緣不犯者時有乞食比丘見他作黑石
蜜中有𠠎尼畏慎不敢非時噉佛言聽噉
無犯作法應爾此無正翻義當雜物律云諸比丘入村乞食見作石蜜以雜物和之皆有疑不敢非時食佛言聽非時食作法應爾五分云作石蜜時擣米著中本草云西戎用水牛乳汁米粉和沙糖煎煉而作石蜜根本羯磨云然西國造沙糖時皆安米屑如造石蜜安乳及油佛許非時開其噉食而爲防麤相長道資身
時有病比丘服吐下藥比煮粥熟頃日
時已過應煑麥令皮不破漉汁飲之無犯
若喉中哯出還咽無犯不犯者最初未制
戒等
會詳婆沙論云如來自誕生王宮以至涅
槃於中曾無非時之餐謂諸佛性恒處中
道不著二邊故離非時食以表中道故制
中食而中前得食者表前方便得有證義
亦令身心獲現利故中後不食則少眠睡
無宿食患身輕安隱易得入定有如是義
故令中食　舍利弗問經云舍利弗白佛
言有諸檀越造僧伽藍厚置資給供來世
僧有似出家人非時就典食者索食與者
食者得何等罪其本檀越得何等福佛言
非時食者是破戒人是犯盜人非時與者
亦破戒人亦犯盜人盜檀越物非施主意
施主無福以失物故但有發心置立之善
舍利弗言時受時食時不盡者非時復食
或有時受至非時食復得福不佛言時食
淨者是即福田是即出家是即僧伽是即
天人良友是即大人導師其不淨者猶爲
破戒劫盜餓鬼爲罪窟宅非時索者以時

非時非時輙與是典食者是名退道惡魔名三惡道破器是癩病人壞善果故諸婆羅門不非時食外道梵志亦不邪食況我弟子知法行法而當爾耶凡如此者非我弟子非法之人盜與盜受一團一撮片鹽片醋死墮燋腸地獄吞熱鐵丸從地獄出生猪狗中食諸不淨又生惡鳥人恠其聲後生餓鬼還僧伽藍中處都圊內噉食糞穢並百千萬歲更生人中貧窮下賤所可言說人不信用不如盜一人物其罪尚輕割奪多人福田故斷出世道故　毘尼序云病比丘服吐下藥中後心悶佛令與熬稻華汁飲與竟悶猶不止佛令與竹笋汁與竟不瘥佛令囊盛米粥絞汁與飲病猶不瘥佛令將至屏處與米粥　根本百一羯磨云有五種果若時非時若病無病並隨意食一訶黎勒此云天主持來（其味苦溫無毒固腸洩痢咸安斂肺而喘嗽俱止利咽喉下食積除脹滿）二毘醯勒三菴摩勒即嶺南餘甘子形似梹榔食之除風四末栗者即胡椒（味辛大熱下氣溫中除風去痰）五畢茇利即蒟醬　內法傳云牙中食在舌上臓存未將淨水重漱已來涎唾必須外棄若日時過更犯非時　觀水觀時是曰律師

第三十八殘宿食戒

總釋

此是共戒尼犯亦同大乘同制此是制罪

律攝云由此非法制斯學處

緣起處

佛在耆闍崛山

起緣人

尊者迦羅常坐禪思惟時到入城乞食自念日日乞食疲苦我寧可食先得者後得食當持還即如所念爲之諸比丘於小食大食上不見迦羅疑命終遠行等後見問知其故白佛呵責結戒

所立戒相

若比丘殘宿食而食者波逸提

釋義殘宿者今日受已至明日於一切沙門釋子受大戒者皆不清淨十誦云大比丘未手受而共宿者名曰內宿噉者突吉羅若已手受舉共宿者名殘宿食噉者波逸提食者有二種正食非正食

犯緣此戒具足三緣方成本罪一殘宿食二作殘宿想三食已入咽

定罪此中犯者若舉宿食而食咽咽波逸提　非時過非時食者波逸提　七日藥過七日食者波逸提　盡形壽藥無因緣而服者突吉羅　宿作宿想波逸提　宿疑突吉羅　非宿宿想突吉羅　非宿疑突吉羅　薩婆多云共食宿有三種若受食已作已有想若共宿若不共宿經宿突吉羅　食則波逸提　若自手捉食名惡捉捉時突吉羅　作已有想經宿亦突吉羅食亦爾　若食不受不捉作已有想經宿突吉羅食亦突吉羅　不問共宿不共宿但作已有想名內宿若他比丘食共宿無過　十誦云先自取果後淨人受而食突吉羅　不二種觸食食無罪一清淨比丘誤觸二破戒比丘無慚愧觸天食過中可食以無實體故也可七日受　尼陀那云所餘

餅果持與求寂明旦還得食之若有希望心與時惡作食時犯墮　若總無希望心不犯　目得迦云若病者貧設是殘觸酥油服之無罪　善見云若衆多比丘共行唯一沙彌比丘各自擔糧至食時各自分分沙彌得分已語比丘言今持沙彌分與大德易得已復與第二座易展轉乃至衆多食皆無犯若沙彌不解法比丘自持食分與沙彌展轉易得食不犯　比丘尼波逸提小三衆突吉羅是謂爲犯

開緣不犯者宿受食有餘與父母塔作人作房舍人計價與異時乞食從彼人得鉢有孔鍱食入中彼擿洗穿壞如法洗餘不出者無犯若宿受酥油脂用灌鼻若縮鼻時酥油隨唾出應棄之餘無犯不犯者最

初未制戒等

毘尼關要卷第十一

毘尼關要卷第十二

清金陵寶華山律學沙門德基輯

第三十九自取食戒

總釋

此是共戒尼犯亦同大乘比丘同制此是制罪　律攝云因其非法制斯學處此戒二緣合結

緣起處

佛在給孤獨園

起緣人

有一比丘常乞食著糞掃衣時城中諸居士爲命過父母兄弟姊妹夫婦男女於四衢道頭或於門下河邊樹下祭祀供養彼比丘自取食之諸居士譏嫌諸比丘白佛呵責結戒諸比丘疑不敢自取水及楊枝佛言聽當如是說戒

所立戒相

若比丘不受食若藥著口中除水及楊枝波逸提

釋義不受者（律攝云謂不從授學人苾芻尼式叉摩那求寂男女并諸俗類而受得也）受有五種受手與手受或手與持物受或持物授手受若持物授持物受若遙過物與與者受者俱知中無觸礙得墮手中是謂五種受　復有五種受食若身與身受若衣與衣受若曲肘與曲肘受若器與器受若有因緣置地與是謂五種受

食者佉闍尼食及五正食藥者奢耶尼食（此無正翻意取含消爲義　根本羯磨云奢耶尼者偏檢梵本全無此名）謂酥油生酥蜜石蜜

犯緣此戒具足三緣方成本罪一不從人

受二作不受想三食已入咽定罪此中犯者不與食自取著口中除水及楊枝咽咽波逸提　非時過非時食者波逸提　七日藥過七日食者波逸提盡形壽藥無因緣不受而食者突吉羅不受不受想波逸提　不受疑突吉羅受不受想突吉羅　受疑突吉羅　五分云除嘗食但不得咽聽從龍受食天受食鬼受食獼猴受食以施主語受食不得受擲食食　律攝云時有施主持諸供養列在衆前本心擬施家中火起棄食往救無人授食時欲將過佛言應作北洲想自取而食若受得食有不受食墮中若有淨人更令其授必無授者撥去食之若汁墮中多卻方食若先受得小兒來觸更受方食若是病人無人可受不受無犯問四分遥擲物與便成受五分不得受擲食此義何從答四分謂有因緣遥擲與心非輕慢故成受食五分既無因緣擲過而與心既無敬故制不食比丘尼波逸提小三衆突吉羅是謂爲犯

開緣不犯者取水及楊枝若乞食比丘鳥啣食墮鉢中若風吹墮鉢中除去此食乃至一指爪餘者無犯不犯者最初未制戒等

會詳薩婆多云有四人得從受食男女黃門二根非人畜生亦成受食凡受食者一爲斷竊盜因緣故二爲作證明故從非人受食得成受食不成證明所以聽非人邊受食者曠絕之處無人受食是故聽之若在人中非人畜生及無智小兒一切不聽也又爲止誹謗故爲少欲知足故生他信

敬心故如昔有一比丘與外道共行止一樹下樹上有果外道語比丘上樹取果比丘言我比丘法樹過人不應上又言搖樹取果比丘言我法不得搖樹落果外道上樹取果擲地與之語取果食比丘言我法不得不受而食外道生信敬心知佛法清淨即隨比丘於佛法中出家尋得漏盡

第四十無病索好食戒

總釋

此是不共戒尼制不同大乘同制菩薩縱使有病不得食魚肉　梵網云夫食肉者斷大慈悲佛性種子是故一切菩薩不得食一切衆生肉等　律攝云因生譏嫌制斯學處此戒二緣合結

緣起處

佛在給孤獨園

起緣人

跋難陀有一商主爲檀越詣彼言我今欲得雜食商賈問言有何患乃思此食報言無所患但意欲得耳商賈言我曹常賣買生活猶尚不能得雜食況出家人諸比丘聞白佛呵責結戒諸病比丘皆畏慎不敢乞得已不敢食佛言聽當如是說戒

所立戒相

若比丘若得好美飲食乳酪魚及肉若比丘如此美飲食無病自爲已索者波逸提

釋義若比丘得好美飲食下不索而得無有過罪下文故索而成犯好美食者乳酪魚及肉薩婆多云所以名美食者以價貴故以難得故以愈病故或美食非美藥乳酪酥等是或美藥非美食生酥油是亦美食亦美藥酥肉魚脯是非美食亦非美藥訶梨勒等是無病自

爲已索者病者黃爛癰痤痔病不禁黃病種種病必須美飲食病可除瘥是故聽乞聽食也自爲者二種若自索若使他爲已身索也

犯緣此戒具足三緣方成本罪一無病緣二是美飲食三得食入咽

定罪此中犯者無病自爲身乞如此美飲食咽咽波逸提　律攝云無病而乞無病而食得波逸底迦及惡作罪　無病從乞有病而食乞得小罪食時無犯　有病從乞無病而食乞時無犯食時墮罪　有病從乞有病而食無犯　若乞時欲得餘物者他持食與報言姊妹我飯已足若問更何所須即便隨情所欲從乞無犯　若施主言有所須者隨意可索隨乞無犯　或從天龍藥叉毘舍乞求皆無犯　比丘尼及三小衆突吉羅是謂爲犯

開緣不犯者病人自乞爲病人乞若不乞而得無犯不犯者最初未制戒等

第四十一自手與外道食戒

總釋

此是共戒尼犯亦同大乘同制然觀機宜可與不可　律攝云由外道事長物譏嫌制斯學處此戒二緣合結

緣起處

佛將千二百五十弟子從拘薩羅至舍衛國薩婆多云千二百五十人者優樓頻螺迦葉兄弟門徒千人舍利弗目揵連等二百五十人皆是善來所以常偏稱千二百五十人者是諸人同是婆羅門中出家故又以門徒師衆大故又俱是善來故又皆是阿羅漢故是佛常隨衆也

起緣人

諸檀越供養大得餅食佛勅阿難與僧分

餅分已有餘勑與乞人有一躶形外道女顏貌端正阿難付餅餅黏相著謂是一餅與此女女問傍人得幾餅彼言我得一餅彼即復問汝得幾餅報言我得二餅彼婦女言彼與汝私通何得與汝二餅阿難聞即懷愁憂諸比丘聞亦復不樂有一梵志在此食已向拘薩羅逢一篤信瞻相婆羅門問從何來報言我從舍衛國來復問乞食可得不報言可得問從誰得報言禿頭居士邊得問言何者禿頭居士報言沙門瞿曇是婆羅門言汝是何人食他食已發此惡言諸比丘以此二緣白佛結戒諸外道等皆怨言一二外道有過我曹復有何過而不得食耶比丘白佛佛言欲與食者當置地與若使人與當如是說戒

所立戒相

若比丘外道男外道女自手與食者波逸提

釋義外道男女者躶形異學人在此外道出家者是心不達理心遊理外故名外道薩婆多云佛言除佛五衆餘殘出家人皆名外道此躶形發起因人制戒及餘外道皆不聽自手與食也外道有九十六種不出六師門徒一師有十五種教以授弟子爲教各異弟子受行各成異見如是一師出十五種異見師別有法與弟子不同師與弟子通爲十六種如是六師有九十六種師所用法及其將終必授一弟子如是師師相傳常有六師　央掘經云無量阿僧祇劫有佛號拘孫陀羅跋陀羅法欲滅時有一蘭若比丘名佛慧檀越施無價衣因賊劫打破其身躶形懸手繫於樹而去採花婆羅門見之起妄執云沙門必知袈裟非解脫因拔髮躶形外道因是而起其比丘後得脫取樹皮赤石塗以自障結草作拂用拂蚊蟲出家外道從見是而起比丘暮入水浴以牧牛人所棄與衣障身即襲衣三日浴外道從見是起比丘以身瘡蠅等唼食以灰塗身塗灰外道因見此起比丘以火炙瘡癰痛難忍遂投巖而死因此事火投巖外道起也如是九十六種外道皆因是比丘種種形而起效而行之食者五正食五

不正食

犯緣此戒具足三緣方成本罪一是外道二自手與食三授受已竟

定罪此中犯者躶形外道若男若女自手與食者波逸提　若與而受波逸提　與而不受突吉羅　方便欲與而不與還悔者一切突吉羅　薩婆多云若自手與一切九十六種異見人食不問在家出家𥙿形有衣悉波逸提　若衆僧與外道食無過正不得自手與　五分云若外道來乞應已分一摶別一處使其自取不應持僧分與　尼等四衆突吉羅是謂爲犯

開緣不犯者若捨著地與若使人與若與父母與塔作人別房作人計作食價與若力勢強奪無犯

根本云或欲以食因緣除彼惡見與亦無犯　十誦云不犯者若彼有病若親里若求出家時與（謂四月與波利婆沙之時也）未受食不應與他先受已後當與彼若繫閉人急須食人妊身女人應正觀多少與之畜生應與一口不犯者最初未制戒等

會詳賢愚經云目連擕福增比丘入海行次見一大樹多蟲圍唼其身乃至枝葉無有空處如針頭許大呌震動如地獄聲比丘問目連目連告曰是瀨利吒營事比丘用僧祇物華果飲食送與白衣受此華報後墮地獄唼樹諸蟲即是得物之人也

第四十二詣餘家不囑授戒

總釋

此是共戒尼犯亦同大乘同學　律攝云

由俗家事過限廢闕煩惱制斯學處此戒

六緣合結

緣起處

佛在給孤獨園有一長者與跋難陀親友作是念若跋難陀來入城者當為彼故飯食衆僧

起緣人

興時跋難陀入城長者聞即請比丘食諸比丘到長者家待跋難陀跋難陀小食時詣餘家時垂欲過乃來使諸比丘食不滿足諸比丘白佛結戒不聽先受請小食時至餘家有一大臣是跋難陀親友大得甘果勅人持果語跋難陀分與僧跋難陀後食已詣餘家時過乃還使衆僧不得食新果佛呵責結戒不聽前食後食詣餘家城中大有請處諸比丘皆畏慎不敢入城佛言聽相囑授入城諸比丘不知當囑授誰佛言囑授比丘若獨處一房中當囑授比近住者更加不囑授之句病比丘先語檀越家作羮作粥作飯畏慎不敢入城佛言聽病比丘不囑授復結除病時作衣比丘或有所須皆畏慎不敢入城佛言聽作衣時不囑授復加作衣時後施衣時到或有已得施衣處或有方當求索彼畏慎不敢入城佛言聽布施衣時不囑授入城當如是說戒

所立戒相

若比丘先受請已前食後食詣餘家不囑授餘比丘除餘時波逸提餘時者病時作衣時施衣時是謂時

釋義先受請者（謂先受四姓家請食已）前食者明相出至食時是　後食者從食時至日中是家者有男有女所居也（餘家者謂非所請之家）　不囑授者若比丘囑授欲詣村而中道還失前囑授後若欲去者當更囑授若比丘囑授欲詣村不至所囑授處乃更詣餘家失前囑授若欲往應更囑授而去若囑授至白衣家乃更至庫藏處聚落邊房若比丘尼僧伽藍中若即白衣家還出失前囑授應更囑授而往　餘比丘者同一界共住也　作衣時者如上一月五月乃至衣上作馬齒一縫　施衣時者亦如上一月五月及餘時勸化作食并施衣者是也

犯緣此戒具足三緣方成本罪一同衆受請二詣餘家不囑三兩足過限

定罪此中犯者先受請已前食後食詣餘家不囑授比丘入村除餘時波逸提　若一脚在門内一脚在門外方便莊嚴欲去而不去一切突吉羅　薩婆多云雖大界内近寺白衣家不白亦犯墮　若白而還晚令僧生惱者突吉羅　比丘尼波逸提三小衆突吉羅是謂爲犯

開緣不犯者病時作衣時施衣時不囑授比丘若無比丘不囑授至庫藏聚落邊房若至比丘尼僧伽藍至所囑白衣家若爲力勢所持或命難梵行難無犯　律攝云若語施主我設不來應與僧食勿廢闕若施主不以此人而爲先首並無犯不犯者最初未制戒等

第四十三食家强坐戒

總釋

此是共戒尼結亦同大乘同學　律攝云由向俗家事爲婬煩惱制斯學處

緣起處

佛在給孤獨園

起緣人

迦留陀夷與齋優婆私互相繫意乞食至其家就座而坐時齋優婆私洗浴莊嚴夫主心極愛敬夫主問言欲須何等報言須食即使婦出食與之食已坐住不去其夫瞋言猶故不去欲作何等我今捨汝出去隨汝在後欲何所作乞食比丘聞白佛訶責結戒

所立戒相

若比丘在食家中有寶强安坐者波逸提

釋義食者男以女爲食女以男爲食（律攝云謂男女交會更相受用故名食也）寶者硨磲瑪瑙眞珠琥珀金銀（此戒在食家强坐妨他男女交會而得罪不從有寶而犯過）强安坐者（律攝云不問舍主自縱己心不隨他意故云强也違制成犯）

犯緣此戒具足三緣方成本罪一有食之家二非顯露處三獨身安坐

定罪此中犯者在食家中有寶强安坐者波逸提　盲而不聾突吉羅　聾而不盲突吉羅　立而不坐突吉羅　十誦云若女人受一日戒男子不受若男子受一日戒女人不受是家中坐突吉羅　若二俱受者不犯　律攝云若天女及半擇迦等咸得惡作　比丘尼波逸提小三衆突吉羅是謂爲犯

開緣不犯者若入食家中有寶舒手及戶

處坐若有二比丘爲伴若有識别人或有客人在一處不盲不聾或從前過不住或卒病發倒地或爲力勢所持或繫閉或命難梵行難無犯　十誦云不犯者若斷婬家若受齋家若更有所尊人在坐若是舍多人出入無犯不犯者最初未制戒等

第四十四食家屏坐戒

總釋

此是共戒尼結亦同大乘同制　律攝云由詣他家事及婬煩惱制斯學處

緣起處

佛在給孤獨園

起緣人

亦由前人與優婆私在戶扇後坐共語乞食比丘至彼家聞迦留陀夷語聲嫌責白

佛訶責結戒

所立戒相

若比丘食家中有寶在屏處坐者波逸提

釋義屏處者若樹墻壁籬柵若衣障及餘物障

犯緣此戒具足三緣方成本罪一有食家中二獨與女人三屏處共坐

定罪開緣如前故不重出

第四十五與女人露地坐戒

總釋

此是共戒尼亦同結大乘同制煩惱如前制斯學處

緣起處

佛在給孤獨園

起緣人

亦由前人與齋優婆私在露地共一處坐

乞食比丘白佛呵責結戒

所立戒相

若比丘獨與女人露地坐波逸提

釋義女人者有智命根不斷　獨者一女人一比丘（僧祇云獨一女人更無餘人設有餘人若眠癡狂心亂苦痛嬰兒非人畜生亦名獨也）

犯緣此戒具足三緣方成本罪一是女人堪行欲境二獨無伴侶三身相近坐

定罪此中犯者罪相如前　十誦云相去一丈坐波逸提　相去丈五坐突吉羅過二丈不犯　律攝云若與非人女半擇迦女及未堪行婬境若聾騃等共坐咸得惡作　餘不犯等同前

第四十六使他不得食戒

總釋

此是共戒尼犯亦同大乘同學　律攝云由伴屬事不忍煩惱制斯學處

緣起處

佛在給孤獨園

起緣人

跋難陀與餘比丘共鬬結恨在心異時語彼比丘隨我到村當與汝食時到與彼入舍衛城將至無食處周迴徧行餘有少時跋難陀念言至祇桓中日時已過語彼言未曾有汝是大惡人比丘問言我作何等過今由汝故并使我不得食長老速去我共汝若坐若語不樂我獨坐獨語樂語已便至有食家而食時彼比丘至祇桓中日時已過不得食乏極諸比丘知白佛呵責

結戒

所立戒相

若比丘語餘比丘如是語大德共至聚落當與汝食彼比丘竟不教與是比丘食語言汝去我與汝一處若坐若語不樂獨坐獨語樂以此因緣非餘方便遣去波逸提

釋義大德稱呼之詞共至聚落當與汝食誘誑之語食者有五種飯麨乾餅魚及肉　語言汝去此是總標一句下文別出驅遣之語我與汝一處若坐若語不樂獨坐獨語樂根本云語謂讀誦坐謂禪思以此因緣非餘正謂令其絕食而生憂惱因緣非爲餘事而驅遣空還也方便遣去假設言詞驅遣言今由汝是大惡人使我不得食設此方便而遣去豈是實事耶

犯緣此戒具足三緣方成本罪一心有嫌恨二許食同往三遣離見聞

定罪此中犯者若方便遣去捨見聞處波逸提　捨見處至聞處突吉羅　捨聞處至見處突吉羅　方便遣去自捨見聞處波逸提　捨見處至聞處捨聞處至見處皆突吉羅　五分云作此惱餘四衆突吉羅　尼作此惱二衆波逸提　惱餘三衆突吉羅　十誦云未入城令還突吉羅　若入城門令還突吉羅　若未入白衣家外門中門内門令還突吉羅　若入内門未至聞處令還突吉羅　若至聞處令還者波逸提　比丘尼波逸提小三衆突吉羅是謂爲犯

開緣不犯者與食遣去若病若無威儀人見不喜者語言汝去我當送食至僧伽藍中彼若破戒見威儀若被擧若被擯若應

擯若見命難梵行難方便遣去不以嫌恨故無犯　律攝云若隨醫教爲病令斷食者無犯不犯者最初未制戒等

第四十七過受藥戒

總釋

此是共戒尼亦同制大乘同學若爲衆生故索不犯　律攝云由他施事多求煩惱制斯學處此戒六緣合結

緣起處

佛在釋翅搜迦維羅衛尼拘律園中摩訶男釋種（摩訶男此云大名是佛叔之子大佛一月得斯陀含道）請衆僧供給藥恭敬上座施與好者

起緣人

六群自相謂言彼恭敬上座與好者於我等無恭敬心我等當往其家求索難得所無有藥即往語言我等須如是如是藥摩訶男報言家中有者當與若無者詣市買給六群言汝家中可無如是如是藥而請衆僧與藥汝有愛又復妄語摩訶男言我先有誓要請衆僧家中所有供給若無者當詣市買與汝今云何言我有愛是妄語人耶長老去我今已往不復供給衆僧藥也諸比丘聞白佛訶責結戒受四月請與藥不得過諸病比丘畏慎不敢過受佛言聽病比丘過受藥諸居士常請比丘與藥諸比丘畏慎不敢受佛言聽諸比丘受常請供給藥後摩訶男復作是念不可以一二人故斷衆僧藥更請衆僧供給藥諸比丘各各畏慎不敢受佛言聽受更請與藥諸比丘便計前日數佛言不應計前日數

應從斷藥還與已來日從此爲數時諸居士請比丘與分藥比丘畏愼不敢受佛言聽諸比丘受分藥又有居士請比丘與盡形壽藥比丘不敢受佛言聽受盡形壽藥

當如是說戒

所立戒相

若比丘受四月請與藥無病比丘應受若過受除常請更請分請盡形壽請波逸提

釋義四月者夏四月請與藥（僧祇云或夏四月或冬四月或春四月檀越請不必定或四月或一月半月期滿已不得更索若請前食不得索後食請後食不得索前食藥及餘物亦爾若言盡壽受我四事供養爾時隨意索律鈔云報命支持勿過於藥藥名乃通要分爲四一時藥從旦至中聖教聽服事順法應不生罪累二非時藥諸雜漿等對病而設時外開服限分無違三七日藥約能就法盡其分齊從以日限用療深益四盡形壽藥勢力既微故聽久服方能除患形有三種一盡藥形二盡病形三盡報形）無病比丘應受者（謂病者不局請限病瘥方止無病過則成犯）病者醫所教服藥也

常請者其人作如是言我常與藥　更請者斷已後更請與藥　分請者持藥至僧伽藍中分與　盡形壽請者其人言我當盡形壽與藥　請者有四種或有請夜有限齊藥無限齊或有請藥有限齊夜無限齊或有請藥有限齊夜有限齊或有請夜無限齊藥無限齊　云何夜有限齊藥無限齊彼作夜分齊不作藥分齊我與如許夜藥　云何藥有分齊夜無分齊彼作藥分齊不作夜分齊作如是言我與如是藥　云何夜有分齊藥有分齊彼作夜分齊藥分齊如是言爾許夜與如是藥　云何夜無分齊藥無分齊彼不作夜分齊藥分齊如是言我請汝與藥　是中夜有分齊

藥無分齊夜有分齊藥有分齊應夏四月受請（謂夏必有定期不改移故不言日而言夜者夜必該日故）是中藥有分齊夜無分齊夜無分齊藥無分齊應隨時受（既無限齊但隨施意不須定於期限也）

犯緣此戒具足三緣方成本罪一受請藥二過限更索三受得入咽

定罪此中犯者若過受咽咽波逸提　十誦云索得波逸提　不得突吉羅　索訶梨勒等苦藥得不得盡突吉羅　律攝云四月未竟請粗食更求好者惡作罪　食便得墮　請好食更索粗者索時惡作食時無犯　善見云檀越施藥應作藥用不得作食用與油乞酥犯突吉羅　五分云若人施僧藥執事比丘應問爲留聚落中爲著僧坊內若言留聚落中須時應語我須如是藥爲我辦勿使乏若言留僧坊內應白二羯磨差五法比丘不隨愛恚癡畏知藥非藥者作守僧藥人　比丘尼波逸提小三衆突吉羅是謂爲犯

開緣不犯者受四月請與藥病者過受常請更請分請盡形壽請不犯無犯者最初未制戒等

第四十八觀軍陣戒

總釋

此是共戒尼亦同犯大乘同制　律攝云由觀軍事情亂煩惱制斯學處此戒二緣合結

緣起處

佛在給孤獨園波斯匿王土境人民反叛時王自領六軍征伐（謂萬二千五百人爲軍周制天子六軍諸

侯大國三軍次國二軍小國一軍

起緣人

六群往至軍中觀看波斯匿王言諸尊在此欲何所爲六群報言我無所作來看軍陣耳王聞不悦復問言今欲何所至耶報言欲詣舍衛見佛王言若至舍衛持我名禮拜問訊世尊持此一裹石蜜奉上以此因緣具白世尊時六群即往見佛具白上事佛呵責已結戒往觀軍陣波逸提有大臣兄弟二人兄名黎師達弟名富羅那王使領軍征伐此二人渴仰欲見比丘即遣使往請諸比丘畏慎佛言有請喚者聽往

當如是說戒

所立戒相

若比丘往觀軍陣除時因緣波逸提

釋義陣者若戲若鬬律攝云陣有四種一槊刃勢二車輪勢三半月勢四鵰翼勢軍者象軍馬軍車軍步軍西域記云西國戰士驍雄畢選子父傳業遂窮兵術居則宮廬周衛征則奮旅前鋒象則披以堅甲牙施利距一將安乘授其節度兩卒左右爲之駕馭車乃駕以駟馬兵帥車乘列卒周衛扶輪挾轂馬軍散禦逐北奔命步軍輕捍敢勇克選負大樐執長戟或持刀劍前奮行陣凡諸戎器莫不鋒銳所謂矛盾弓矢刀劍鉞斧戈殳長矟輪索之屬皆世習矣除時因緣薩婆多云因緣者若王王夫人太子大臣諸將如是等遣使喚往者不犯爲止誹謗故若喚不往當言比丘有所求時不喚自來無所求時故喚不來爲沙門果故若往說法或得須陀洹乃至阿那含又長信敬善根故又以道俗相須長養佛法故是以聽往以歡喜心故得沙門果故

犯緣此戒具足三緣方成本罪一是軍陣二有心往觀三見境分明

定罪此中犯者往而見者波逸提　不見者突吉羅　方便莊嚴欲觀而不去一切突吉羅　若先在道行軍陣後至比丘應

下道避不避者突吉羅　薩婆多云若不故往以行來因緣道由中過不犯　若住立看壞威儀突吉羅　若左右顧看突吉羅　僧祇云軍來詣精舍不作意看無罪作意看越毘尼罪　下至看人口諍越毘尼罪　律攝云若觀天龍阿蘇羅等軍亦得惡作乃至故心觀鶉鴿等鬬並惡作罪若賊軍欲至須往觀望知其遠近不犯根本云若見軍時不應説其好惡　尼陀那云有打鬬者不應往看若見諍者急捨而去　比丘尼波逸提小三衆突吉羅是謂爲犯

開緣不犯者若有事往若彼請去或力勢者將去若先前行軍陣後至下道避若水陸道斷及難緣等不避無犯不犯者最初未制戒等

會詳薩婆多云爲佛法尊重故爲滅誹謗故爲息諸惡法增長善法故而結此戒

第四十九軍中過三宿戒

總釋

此是共戒尼亦同結大乘同學　律攝云由觀軍事及掉亂心制斯學處

緣起處

佛在給孤獨園

起緣人

六羣有因緣至軍中宿諸居士見自相謂言我等爲恩愛故在此宿耳此沙門復在此何爲耶諸比丘白佛呵責結戒

所立戒相

若比丘有因緣聽至軍中二宿三宿過者波

逸提
釋義有因緣者若王王夫人太子大臣諸將等請若爲僧事塔事私已事有所啓白有因緣至軍中得二宿住第三宿明相未出時應離見聞處謂極止齊三不經明相也犯緣此戒具足二緣方成本罪一自至軍中二無緣過宿
定罪此中犯者軍中二宿已至第三宿明相未出不離見聞處明相出波逸提　若離見處至聞處離聞處至見處皆突吉羅
五分云雖有因緣若書信得了應遣書信若須自往然後往事訖便還勿經宿若不了應一宿一宿不了應再宿復不了應三宿若了不了過三宿波逸提　若事即了不應宿而宿突吉羅　僧祇云若爲塔爲僧營事不訖應離軍一宿已得更宿若城邑遠不能往者應離軍見聞處宿宿時應語軍外邏人言我暮欲在其處宿勿謂是異人若軍人來到僧伽藍中住不應捨去雖多宿無罪　比丘尼波逸提小三衆突吉羅是謂爲犯
開緣不犯者得二宿已第三宿明相未出離見聞處若水陸道斷及難緣等不離聞見處不犯無犯者最初未制戒等
第五十觀軍陣鬬戰戒
總釋
此是共戒尼結亦同大乘同制　梵網云若佛子不得以惡心故觀一切男女等鬬軍陣兵將劫賊等鬬也　律攝云令軍怖及掉亂心制斯學處
緣起處

佛在給孤獨園

起緣人

六羣有因緣二宿三宿軍中住彼在軍中觀軍陣鬬戰六群中一人爲箭所射同伴比丘以衣裹之輿還諸居士問言此人何所患耶報言無患向觀軍陣鬬戰爲箭所射居士譏嫌諸比丘白佛呵責結戒

所立戒相

若比丘二宿三宿軍中住或時觀軍陣鬬戰若觀遊軍象馬力勢者波逸提

釋義軍者一種軍乃至四種軍或有王軍居士軍或時觀軍陣鬬戰者若戲鬬若眞實鬬陣者四方陣圓陣或半月形陣或張甄陣或函相陣　若觀遊軍象馬力勢者第一象力第一馬力第一車力第一步力僧祇云强弱相傾觀其事勢是名力勢

犯緣此戒具足三緣方成本罪一兩陣合戰二有心往觀三見其形勢

定罪此中犯者往而見者波逸提　不見突吉羅　方便莊嚴欲往而不往者突吉羅　若先在道行軍陣後至應避不避者突吉羅　薩婆多云此戒體比丘在軍中二宿時故往看軍著器杖牙旗幢旛兩陣合戰波逸提　設不在軍二宿住時故往看乃至軍陣合戰亦波逸提　若坐不見故立看者突吉羅　乃至見軍幢旛波逸提　五分云觀鳥獸鬬突吉羅　比丘尼波逸提小三衆突吉羅是謂爲犯

開緣不犯者有因緣若有所白若請喚若爲力勢所持去或命難梵行難若先前行

軍陣後至下道避若水陸道斷及諸難緣不避無犯不犯者最初未制戒等

毘尼關要卷第十二

毘尼關要卷第十三

清金陵寶華山律學沙門德基輯

第五十一飲酒戒

總釋

此是共戒尼亦同結大乘同制　律攝云由乞求事譏嫌煩惱制斯學處

緣起處

佛在支陀國或云支提又云制地

起緣人

尊者娑伽陀娑伽陀此云善來根本云初生之日容儀可愛父母歡喜唱言善來因與立名號曰善來具德經云聲聞中能具火舉神通修伽陀是爲佛作供養人借宿辮髮梵志家毒龍室中結跏趺坐龍放火烟尊者亦放火烟龍恚復放身火尊者亦放身火即滅龍火使無光色降此毒龍盛著鉢中時拘睒彌主是優塡王也亦在此宿見是神力更增篤信欲與供養問尊者何所須報言止止此即爲供養我已復白言願說所須六羣爲索黑酒尊者醉飽中路倒地而吐衆鳥亂鳴佛知而故問阿難具白佛呵言癡人如今不能降伏小龍況能降伏大龍佛言飲酒有十過失一者顏色惡二者少力三者眼視不明四者現瞋恚相五者壞田業資生法六者增致疾病七者益闘訟八者惡名流布九者智慧減少十者身壞命終墮三惡道自今已去以我爲師者乃至不得以草木頭內著酒中而入口呵責已結戒

所立戒相

若比丘飲酒者波逸提

釋義酒者木酒秔米酒餘米酒大麥酒若

有餘酒法作酒者是　木酒者梨汁酒閻浮菓酒善見云其形如沉苽大紫色酸甜甘蔗酒舍樓伽菓酒藕根是也㲊汁酒㲊音繠莖間有刺實如耳璫紫赤色本草㲊子啖之止鼻衂久服輕身益氣不饑葡萄酒　梨汁酒者若以蜜石蜜雜作乃至葡萄酒亦如是

犯緣此戒具足二緣方成本罪一是酒二貪飲入咽

定罪此中犯者若酒酒煮酒和合若食若飲者波逸提　若飲甜味酒突吉羅　若飲酸味酒突吉羅　若食麴若酒糟突吉羅薩婆多云噉麴犯者此麴以麥及藥草以酒和卧之後乾持行和水飲之令人醉也餘麴無犯酒作酒想　酒疑　酒無酒想皆波逸提　無酒有酒想　無酒疑並突吉羅　律攝云凡作酒色酒香酒味或闕一闕二而飲能令人醉皆得墮罪　若不醉人飲得惡作　若體非酒而有酒色飲之無犯　摩得勒伽云若以酒熏時藥非時藥七日藥無酒性得服　善見云若酒煮食煮藥故有酒香味突吉羅　無酒香味得食　比丘尼波逸提小三衆突吉羅是謂爲犯

開緣不犯者若如是病餘藥治不差以酒爲藥若以酒塗瘡一切無犯不犯者最初未制戒等

會詳薩婆多云若過是罪者此酒極重飲之者能作四逆除破僧逆以破僧要自稱佛故亦能破一切戒及餘衆惡也　婆沙論云若不防護離飲酒戒則總毀犯諸餘律儀曾聞有一鄔波索迦禀性仁賢受持五戒專精不犯後於一時家屬大小當爲

賓客彼獨不往留食供之時至取食醎味多故須更增渴見一器中有酒如水爲渴所逼遂取飲之爾時便犯離飲酒戒時有鄰雞來入其舍盜心捕殺烹煮而食於此復犯離殺盜戒鄰女尋雞來入其室復以威力强逼交通緣此更犯離邪行戒鄰家憤怒將至官司時斷事者訊問所以彼皆拒諱因斯又犯離誑語戒如是五戒皆因酒犯故遮罪中獨制飲酒又酒令失念增無慚愧其過深重故偏制立

第五十二水中嬉戲戒

總釋

此是共戒尼犯亦同大乘同學　律攝云因生譏嫌制斯學處

緣起處

佛在給孤獨園

起緣人

十七羣在阿耆羅婆提河唐言無勝水中嬉戲波斯匿王與末利夫人此云勝鬘又花名此夫人本守末利園善結花鬘故名　增一阿含經云我聲聞中第一得證優婆斯篤信堅固所謂末利夫人是在樓觀上遥見語末利夫人言看汝所事者夫人言此諸比丘是年少始出家者在佛法未久或是長老癡無所知夫人即遣使白佛呵責結戒

所立戒相

若比丘水中嬉戲者波逸提

釋義水中戲者放意自恣從此岸至彼岸或順流或逆流或此沒彼出或以手畫水或水相澆灒乃至以鉢盛水戲弄

犯緣此戒具足二緣方成本罪一是水中

二有心戲弄

定罪此中犯者水中嬉戲波逸提　除水已若酪漿若清酪漿若苦酒若麥汁器中嬉戲突吉羅　律攝云若以指彈作聲爲戲調心皆得惡作若學浮者無犯如世尊說苾芻應習浮恐有難緣不能浮渡若以水洒弄他時隨滴多少咸得墮罪　爲取涼冷水洒無犯　五分云摶雪弄草頭露突吉羅　十誦云槃上有水若坐牀上有水以指畫之突吉羅　善見云水深沒脚背於中戲波逸提　若摇船弄水突吉羅比丘尼波逸提小三衆突吉羅是謂爲犯

開緣不犯者若道路行渡水從此岸至彼岸或水中牽材木若竹若簰順流上下若取石取砂若失物沉入水底此没彼出或欲學知浮法擢臂畫水濽水一切無犯不犯者最初未制戒等

會詳薩婆多云爲佛法尊重故爲長養敬信故不廢正業故爲修正念故而結此戒

第五十三相擊攊戒

總釋

此是共戒尼結亦同大乘同學　律攝云以指擊攊因笑過分遂致於死制斯學處

緣起處

佛在給孤獨園

起緣人

六羣中一人擊攊十七羣中一人乃令命終（薩婆多云十七羣擊攊死者是年少小比丘也）諸比丘白佛呵責結戒

所立戒相

若比丘以指相擊攊者波逸提

釋義指者手有十脚有十（言擊攊者以手指或脚指及以餘物觸彼身癢而取笑故也）

犯緣此戒具足三緣方成本罪一有心擊攊二是手足持三觸彼人身

定罪此中犯者以手脚指相擊攊者一切波逸提　除手指脚指已若杖若戶闟若拂柄及一切餘物相擊攊者一切突吉羅

律攝云若苾芻以一二指乃至十指擊攊他時各獲墮罪　若二人身俱頑痺而擊攊者得惡作罪　薩婆多云擊攊比丘尼三衆六罪人五法人（行調達五法）狂心亂心病壞心在家無師僧如是等盡突吉羅盲瞎聾瘂波利婆沙摩那埵得戒沙彌不見不作惡邪不除依止等四羯磨人盡波逸提　若教人擊攊突吉羅　五分云擊攊沙彌乃至畜生突吉羅　摩得勒伽云若身根壞指挃突吉羅　比丘尼波逸提小三衆突吉羅是謂爲犯

開緣不犯者不故擊攊若眠觸令覺若出入行來若掃地若杖頭誤觸無犯不犯者最初未制戒等

第五十四不受諫戒

總釋

此是共戒尼犯亦同大乘同學　律攝云由不忍煩惱制斯學處

緣起處

佛在拘睒彌國瞿師羅園中

起緣人

闡陀欲犯戒諸比丘諫言汝莫作此意不應爾闡陀不從即便犯諸比丘白佛訶責

結戒

所立戒相

若比丘不受諫者波逸提

釋義不受諫者律攝云若尊人所說不應違止有所言教不應違逆但嘿然恭敬而住不嫉不恚除罪惡心恒爲敬仰

犯緣此戒具足三緣方成本罪一自知所爲非法二智人呵諫三諫而不納

定罪此中犯者若他遮言莫作是不應爾若自知所作是然故作犯根本不從語突吉羅　若自知所作非然故作犯根本不從語波逸提　比丘尼波逸提小三衆突吉羅是謂爲犯

開緣不犯者若無智人來諫報言汝可問汝二師學問誦經知諫法然後可諫若戲笑語若獨處語若夢中語欲說此錯說彼一切無犯不犯者最初未制戒等

會詳毘尼母云不應受五種人諫一無慚愧二不廣學三常覓人過四喜鬪諍五欲捨服還俗

第五十五恐怖他戒

總釋

此是共戒尼結亦同大乘同學或觀機折伏不犯　律攝云由戲弄事不寂靜煩惱制斯學處

緣起處

佛在波羅棃毘國

起緣人

時尊者那迦波羅比丘此云龍護亦云象護此比丘於現生

(中亦證淨法增一云我聲聞中第一比丘曉了星宿預知吉凶那迦波羅是)侍佛供給所須世尊在經行處經行諸佛常法若經行時供養人在經行道頭立初夜已過請佛入房世尊黙然中夜後夜過復請世尊入房時佛黙然那迦波羅欲恐怖佛使令入房即反被拘執作非人聲恐怖沙門我是鬼佛言當知此愚人心亦是惡

訶責結戒

所立戒相

若比丘恐怖他比丘者波逸提

釋義恐怖者若以色聲香味觸法恐怖人云何色恐怖或作象形馬形鬼形鳥獸形如是等色恐怖人(問此是常所見事何以爲怖荅以非時故令人怖也　僧祇云色者在闇地悚耳皺面反眼吐舌乃至曲一指喂喂作恐怖相)聲者象聲馬聲驢聲鬼吽聲怔鳥聲如是種種聲作恐怖　香者若根香薩羅樹香(此云出生若云薩羅計則青膠香也)樹膠香(梵語杜魯此云薰陸狀如桃膠西域記云南印度阿吒釐國有薰陸香樹葉似棠梨本草云出天竺那鄲南方草物狀曰出大秦國樹生海邊沙中盛夏樹膠流沙上形似白膠類如松脂黃白色天竺者色白那鄲者夾綠色香不甚又云乳香亦共類也凡是樹脂不作香者皆名膠香)皮香膚香葉香華香果香美香臭氣以此諸香恐怖人　味者若酸若甜若苦若澁若鹹若袈裟味如是種種味令恐怖　觸者若以熱(若以火炙戶鑰使熱觸彼身言火起)若冷(若扇風言衣風若水洒言雨雪)若輕(若以輕細衣覆上言雲墮)若重(持重鐵壓上言壁倒)若細若粗若滑(若優鉢羅華莖若戶鈎觸彼身言是蛇)若澁(若鉢頭摩華莖觸彼身言是百足)若軟若堅如是觸恐怖人法者語前人言我見汝相夢汝當死若失衣鉢若罷道汝和尚阿闍黎亦爾若父母得重病若命終以如是法恐怖人(薩婆多云)

若比丘語餘比丘汝莫於生草菜中大小便當墮地獄餓鬼畜生是名法恐怖相

犯緣此戒具足三緣方成本罪一有心恐怖二用色等六法三說而了了

定罪此中犯者若比丘以色聲香味觸法恐怖人若說而了了波逸提　不了了突吉羅　薩婆多云若比丘自以六事怖若教他怖餘比丘若能令怖若不能令怖皆波逸提　除此六事更以餘事怖比丘者突吉羅所謂若以多眠多食多言語當墮地獄餓鬼畜生　若怖比丘尼三衆乃至一切在家人盡突吉羅　律攝云若以可惡事令生畏惱有怖無怖解其言義便得本罪　若以可愛色聲等事畏惱得惡作罪　若說地獄傍生餓鬼情存化導彼雖生怖者無犯　比丘尼波逸提小三衆突吉羅是謂爲犯

開緣不犯者或闇地坐無燈火或大小便處遥見謂言象若賊若惡獸便恐怖若至暗室中無燈火處大小便處聞行聲若觸草木聲若謦欬聲而怖畏若以色示人不作恐怖意若實有是事若見如是相或夢中見若當死或罷道若失衣鉢二師亦爾若父母重病當死若戲笑語疾疾語獨語夢中語欲說此錯說彼一切無犯不犯者最初未制戒等

第五十六過洗浴戒

總釋

此是共戒尼犯亦同大乘同學　律攝云由洗浴事過分煩惱制斯學處此戒六緣合結

緣起處

佛在羅閱祇迦蘭陀竹園中有池水瓶沙王聽諸比丘浴

起緣人

六羣於後夜入池浴王與婇女亦至聞洗浴聲問左右知是比丘王言莫大作聲勿使不及浴而去時六羣以種種細末藥更相洗乃至明相出王竟不得浴而去諸臣譏嫌比丘白佛呵責結戒半月應洗浴諸比丘盛熱時身體汗垢臭穢畏愼不敢浴佛言聽熱時數數浴諸病比丘身垢臭穢或大小便汚畏愼不敢浴佛言聽病時數數浴諸比丘作時汗垢臭穢佛言聽作時數數浴諸比丘風雨中行塵坌汚穢佛言聽風雨時數數浴諸比丘道行身熱汗垢塵坌佛言聽道行時數數浴當如是說戒

所立戒相

若比丘半月洗浴無病比丘應受不得過除餘時波逸提餘時者熱時病時作時風雨時道行時此是時

釋義半月洗浴者僧祇云若十日浴數滿十五日復應浴若十四日乃至一日浴應從浴日數要滿十五日乃更浴是名半月洗浴非謂初一日至十五日名爲半月也熱時者春四十五日夏初一月是熱時薩婆多云春殘一月半夏初一月是二月半名熱時以天竺早熱是名天竺熱時如是隨處熱時早晚數取二月半於中浴無犯病時者下至身體臭穢是謂病時僧祇云病時者癬疥瘙癰痤如是種種病須浴得適意聽浴作時者下至掃屋前地僧祇云作時者作泥作治房舍若通水溝若抒井若泥房舍若掃地若洗浴和尚阿闍黎乃至掃塔院僧院下至五六動掃帚得名作時風雨時者下至旋風一滴雨著身薩婆多云風時必有塵土坌身體雨時必使雨水濕衣汚

染身體或風雨二俱是爲風雨時也道行時者下至半由旬若來若往者是　如上不得取前後當取現在

犯緣此戒具足三緣方成本罪一非開緣二有心洗浴三水已澆身

定罪此中犯者半月洗浴除餘時若過一遍澆身波逸提　若水澆半身亦波逸提若方便莊嚴欲洗浴不去一切突吉羅

薩婆多云若比丘昨日來今日浴明日去今日浴波逸提　比丘尼波逸提小三衆突吉羅是謂爲犯

開緣不犯者半月洗浴熱時病時作時風雨時道行時數數浴若爲力勢持强使洗浴無犯　律攝云若有要緣須渡河澗若繞灘磧若過橋堤脚跌墮水或時悶絶他以水澆若爲學浮若遇天雨並皆無犯若在時内須數洗者應守持心方爲洗浴

五分云若洗師及病人身體已濕因浴不犯　僧祇云若無上諸時當作陶家浴法先浴兩髀兩脚後洗頭面腰背臂肘胸腋無犯不犯者最初未制戒等若禮懺結壇日須洗浴斯出聖言非犯叢林大衆普浴亦應非犯

第五十七露地然火戒

總釋

此是共戒尼犯亦同大乘同學　律攝云因掉戲煩惱制斯學處此戒三緣合結

緣起處

佛在曠野城

起緣人

六羣自相謂言我等在上座前不得隨意

言語即出房外在露地拾諸柴草樹株然火向炙空樹株中有毒蛇火氣熱逼從樹孔出比丘皆驚取所燒薪散擲東西迸火燒佛講堂世尊訶責結戒不聽露地然火病比丘畏慎佛言聽病比丘露地然火諸比丘欲爲病比丘煮粥羹飯若熏鉢若染衣若然燈若燒香皆畏慎不敢作佛言如此等事聽作當如是說戒

所立戒相

若比丘無病自爲炙身故在露地然火若教人然除時因緣波逸提

釋義病者若癬疥瘙癢黃爛風病如是種種病須火得安樂故開無犯自爲炙身故在露地然火謂戒體必在無覆障處若在溫室廚屋浴堂中然不制若吹令發燄若翻轉柴薪令火熾盛故曰然也除時因緣者若爲病人煮粥羹飯若直月若監知食事若炊直然火然燈若在廚屋中溫室中浴堂中然火若爲和尚阿闍棃然火若熏鉢煖水染衣然火如是等因緣皆聽故曰除時因緣

犯緣此戒具足三緣方成本罪一處無覆障二柴薪燄火三自然教他

定罪此中犯者無病爲自炙故在露地然火若然草木枝葉紵麻芻摩若牛糞糠麩一切波逸提　若以火置草木枝葉紵麻牛糞糠麩中然者一切波逸提　若被燒半燋者擲著火中突吉羅　若然炭突吉羅　若不語前人言汝看是知是者突吉羅　五分云爲炙然火燄高至四指波逸提　僧祇云持炬行欲抖擻不得在未燒地當在灰上若瓦上若炬火自落地即在上抖擻無罪　律攝云若放野火得窣吐羅罪　比丘尼波逸提小三衆突吉羅是

謂爲犯

開縁不犯者語前人言看是知是若病人自然敎人然有時因縁看病人爲病者煮粥羹飯若在厨屋中溫室中浴堂中若熏鉢若煮染衣汁然燈燒香一切無犯 薩婆多云若行路嵗寒不犯無犯者最初未制戒

會詳第四分云向火有五過一令人無顏色二無力三眼暗四令多人聞集五多說俗事 僧祇云然火有七事無利益一壞眼二壞色三身羸四衣垢壞五壞牀褥六生犯戒因縁七增世俗言論

第五十八戲藏衣鉢戒

總釋

此是共戒尼犯亦同大乘同學 律攝云由調戲事不寂靜煩惱制斯學處

縁起處

佛在給孤獨園有居士請衆僧明日食十七羣持衣鉢坐具針筒著一面經行望食時到

起縁人

六羣伺彼背向時取而藏舉時到尋覓六羣在前調弄餘比丘觀察知彼藏舉白佛呵責結戒

所立戒相

若比丘藏比丘衣鉢坐具針筒若自藏敎人藏下至戲笑者波逸提

釋義藏比丘衣鉢坐具針筒者此之六物乃沙門要具合畜之物故得本罪不合畜者但得惡作 若自藏若敎他藏或爲惱他而藏乃或自或他咸制不應 下至戲笑者或至嬉戲取笑而藏

並同制斷

犯緣此戒具足三緣方成本罪一有心調弄二所藏六物三藏舉已竟

定罪此中犯者若自藏教他人藏下至戲笑波逸提　僧祇云三衣中若藏一一衣波夜提　若僧祇支及餘衣等越毘尼或云僧卻崎唐言掩腋衣用覆左肩右開左合火年比丘乞食露現胸腋為女所愛佛制此衣掩其胸腋三種鉢一一藏波夜提　若鍵鎡及餘器越毘尼　藏尼師壇波夜提　藏餘敷具越毘尼　若有針合藏波夜提無針越毘尼　薩婆多云若覓不得波逸提　若不覓得突吉羅　若藏石鉢金銀瑠璃一切諸寶鉢若覓得不得盡突吉羅　若藏五大上色衣及餘雜毛衣盡突吉羅　五分云藏餘四眾乃至畜生物突吉羅　尼藏二眾物波逸提　藏三眾物皆突吉羅　比丘尼波逸提小三眾突吉羅是謂為犯

開緣不犯者相體惜而取舉若在露地為風雨所飄漬取舉若物主為性慢藏所有衣鉢坐具針筒放散狼籍為欲戒勅彼故而取藏之若借彼衣著而不收攝恐失便取舉之若以此衣鉢諸物故有命難梵行難取藏之一切無犯不犯者最初未制戒等

第五十九不問主輙著淨施衣戒

總釋

此是共戒尼結亦同大乘同學　律攝云此由衣事及廢闕煩惱制斯學處

緣起處

佛在給孤獨園

起緣人

六羣眞實施親厚比丘衣已後不語主還取著諸比丘聞白佛訶責結戒

所立戒相

若此丘與此丘此丘尼式义摩那沙彌沙彌尼衣後不語主還取著波逸提

釋義與衣者淨施衣也淨施衣有二種一者眞實淨施二者展轉淨施眞實淨施者言此是我長衣未作淨今爲淨故與長老作眞實淨作此眞實淨者善見云正得掌護不得用云何得用若施主語言此是我衣隨長老用若作是語得用無罪展轉淨施者此是我長衣未作淨今爲淨故與長老彼應如是語長老聽長老有如是長衣未作淨今與我爲淨故我便受受已當問言欲與誰耶應報言與某甲彼應作如是語長老有是長衣未作淨今與我爲淨故我便受受已與某甲此衣是某甲所有汝爲某甲故守護持隨意用 是中眞實淨施者應問主然後取著展轉淨施者語以不語隨意取著 式义摩那此云學戒女律云十八童女二歲學戒又云小年曾嫁十歲者與六法十誦云六法練心能持六法方與受具二年練身可知有胎無胎事欽云式义尼具學三法一學根本謂四重是二學六法所謂染心相觸盜四錢斷畜生命小妄語非時食飲酒也三學行法一切大尼戒並須學之若六法中隨一犯者更與二年羯磨僧祇云在大尼下沙彌尼上坐沙彌沙彌尼南山別行篇云沙彌此翻息慈謂息世染之情以慈濟羣生也又云初入佛法多存俗情故須息惡行慈也後不語主還取著此謂眞實淨施衣著用必須問主不同展轉淨施隨意著用也

犯緣此戒具足二緣方成本罪一眞實淨施衣二不語主取著

定罪此中犯者眞實施衣不語主而取著波逸提　薩婆多云此戒體本與他衣作誑心與欲使役故令作已有想作已便奪波逸提所以不與重者不根本與故　比丘尼波逸提小三衆突吉羅是謂爲犯

開緣不犯者若眞實淨施語主取著展轉淨施語以不語取著無犯不犯者最初未制戒等

第六十著不壞色衣戒

總釋

此是共戒尼犯亦同大乘同制　梵網云應教身所著袈裟皆使壞色等　律攝云由衣服事譏嫌煩惱制斯學處

緣起處

佛在給孤獨園

起緣人

六羣著白色衣居士譏嫌似王大臣諸比丘聞白佛呵責結戒

所立戒相

若比丘得新衣應三種壞色一一色中隨意壞若青若黑若木蘭若不壞色著餘新衣波逸提

釋義新者若是新衣若初從人得壞色者染作青黑木蘭也青律攝云取訶黎勒或研或擣和水成泥塗鐵器中停經一宿和以煖水染物成青非真青也　黑僧祇云名字泥不名字泥名字泥者呵黎勒鞞醯勒阿摩勒合鐵一器中不名字泥者實泥若池井泥如是一切泥即染物成皂色也　木蘭僧祇云若呵黎勒鞞醯勒阿摩勒如是比生鐵上磨取汁染衣是名木蘭即紫絳色十誦云若得青衣應泥茜淨得泥衣應青茜淨得泥謂黑色茜乃草名亦作蒨即木蘭色也茜衣應青泥淨得黃赤白衣應青泥茜三

種淨（此謂如法壞色）若不壞色下（違制成犯）
犯緣此戒具足二緣方成本罪一堪守持
衣二不壞色著用
定罪此中犯者若比丘不壞色著餘新衣
波逸提　若重衣若輕衣不作淨而畜突
吉羅　若非衣鉢囊革屣囊針線囊襌帶
帽襪攝熱巾裹革屣巾不作淨畜突吉羅
若以未染衣寄白衣家突吉羅　僧祇
云僧伽黎鬱多羅僧安陀會雨浴衣覆瘡
衣尼師壇作淨者善不作淨者波夜提
薩婆多云凡五大色若自染突吉羅若作
衣不成受應量不應量一切不得著　若
先得五大色衣後更改作如法色則成受
持　若先作如法色後以五大色壞者不
成受持　若作三點淨者得一切處著

若非純青淺青及碧作點淨得作衣裹舍
勒（應法師譯爲內衣似今短裙也）外若不現得著若作現
處衣盡不得著若赤黃白色色不純大者
亦如是　除富羅革屣餘一切衣卧具物
乃至腰帶盡應三點淨　一切如法色衣
不如法色衣不作淨著者皆波逸提　若
衣故點滅猶是淨衣不須更點淨若先點
淨衣更以新物段補十處五處但一處作
淨不須一一淨也　若革屣若得靴應令
白衣著行五六七步即是作淨　若先衣
財時作點淨後染作色成已若更不點淨
無咎以先淨故　僧祇云作淨時不得大
不得小極大齊四指極小如豌豆或一或
三或五或七或九不得如華形　若浣氎
時有泥墮上若鳥鳥泥足蹈上即名爲淨

若作僧伽棃趣一角作淨若一條若半條補者亦作淨鬱多羅僧安陀會亦爾五分云應三種色作誌若不作誌著著波逸提　若不著宿宿波逸提　比丘尼波逸提小三衆突吉羅是謂爲犯

開緣不犯者若得白色衣染作青黑木蘭若重衣若輕衣亦作淨畜若非衣鉢囊乃至裏革屣巾皆作淨畜若衣染已寄白衣家若衣色脫更染無犯不犯者最初未制戒等

辯譌今人不閑律典或點淨已更不說淨謂點淨即說淨也不知二種淨法戒制各別罪結兩途說淨乃離畜長之愆點淨而免新衣之過烏可混淆即如一切漿以水作淨得飲一切果菜作淨已聽食一切新衣作淨聽著何得點淨而爲說淨耶達者詳之

第六十一殺畜生命戒

總釋

此是共戒尼犯亦同大乘同制犯重　梵網云乃至一切有命者不得故殺此是性罪　律攝云由生命事無悲煩惱制斯學處此戒二緣合結

緣起處

佛在給孤獨園

起緣人

迦留陀夷不喜見烏竹弓射之遂成大積居士譏嫌諸比丘白佛訶責結戒不聽斷畜生命諸比丘坐起行來多殺細蟲或有作波逸提懺者或有畏愼者佛言不知不

犯當如是說戒

所立戒相

若比丘故殺畜生命者波逸提

釋義故者有心行殺表非錯悞　畜生者不能變化者

梵語底栗車此云畜生由因諂曲業故於中受生又梵云帝利耶瞿榆泥伽此云旁行又云旁生其形旁故因行不正受果報旁負天而行故曰旁行徧於五趣皆有地獄有無足者如娘矩吒蟲等有二足者如鐵嘴鳥等有四足者如黑犾狗等有多足者如百足等　鬼趣中有無足者如毒蛇等有二足者如鳥鵄等有四足者如狐狸等有多足者如六足百足等　人趣三洲中有無足者如一切腹行蟲等有二足者如鴻雁等有四足者如象馬等有多足者如百足等　北洲中有二足者如鴻雁等有四足者如象馬等餘者無　四王及三十三天中有二足者如妙色鳥等有四足者如象馬等有多足者如寶蜂等餘皆無也上四天中唯有二足如色鳥等餘皆無也有水陸空行三類具胎卵濕化四生

三殺法如波羅夷戒中此不繁錄

犯緣此戒具足三緣方成本罪一有心故殺二命根已斷三是旁生不能變形者

定罪此中犯者故殺畜生命波逸提　方便欲殺而不殺突吉羅　律攝云使癲狂者行殺害時彼雖無犯教者本罪　五分云畜生者除龍餘畜生是龍雖是畜而能變化具神力守護國土保綏正法其功用與諸天相類故殺者犯偷蘭遮　摩得勒伽云欲斫藤誤斫蛇不犯欲斫蛇誤斫藤惡作罪　欲斫蟲誤斫地欲搦蟲而搦土皆得惡作罪　比丘尼波逸提小三衆突吉羅是謂爲犯

開緣不犯者不故殺或以瓦石刀杖擲餘處而誤斷生命若經營作房舍手失瓦石而誤殺若土墼杖木若柱櫨棟椽如是手捉不禁墮而殺者作如是衆事無有害心

而死者無犯不犯者最初未制戒等
會詳地持經云殺生之罪能令衆生墮三惡道若生人中得二種果報一者短命二者多病如是十惡一一皆俻一者殺生何故受地獄苦以其殺生苦衆生故所以身壞命終地獄衆苦皆來切已二者殺生何故出爲畜生以其殺生無有慈惻行乖人倫故地獄罪畢受畜生身三者殺生何故復爲餓鬼以其殺生氾緣慳心貪著滋味故復爲餓鬼四者殺生何故生人而得短壽以其殺生殘害物命故得短壽五者殺生何故兼得多病以殺生違適衆患競集故得多病當知殺生過惡如是　薩婆多云爲憐愍故爲斷罪惡故爲長敬信心故而結此戒

毗尼關要卷十三

毘尼關要卷第十四

清金陵寶華山律學沙門德基輯

第六十二飲蟲水戒

總釋

此是共戒尼結亦同大乘同制此是性罪律攝云由害衆生命故制斯學處此戒二緣合結

緣起處

佛在給孤獨園

起緣人

六羣取雜蟲水飲用居士譏嫌比丘白佛訶責結戒諸比丘不知有蟲無蟲後乃知有蟲或有作波逸提懺或有畏慎者佛言不知不犯當如是說戒

所立戒相

若比丘知水有蟲飲用波逸提

釋義蟲者（僧祇云非魚鱉等謂小小倒子諸蟲乃至極細微形眼所見者　薩婆多云蟲水者若眼所見若漉囊所得一時舍利弗以淨天眼見空中蟲如水邊沙如器中粟無邊無量見已斷食經二三日佛勅令食凡制有蟲水齊肉眼所見漉囊所得耳不制天眼見也）飲用者（前制澆泥草等此制一切不得用用有二種內用謂身所須飲者入口至腹此局內用外用者謂澆灌浣衣等　用字乃通於內外飲字唯局於內隨何所用皆名曰用也）

犯緣此戒具足三緣方成本罪一有蟲水二有蟲想三飲用

定罪此中犯者知是雜蟲水飲用波逸提　若雜漿苦酒清酪漿漬麥汁飲用波逸提　有蟲水有蟲想波逸提　有蟲水疑突吉羅　無蟲有蟲想突吉羅　無蟲疑突吉羅　僧祇云比丘受具已要當畜漉水囊應法漉灌行時應持漉水囊看水時

不應天眼看亦不得使闇眼人看下至能見掌中細文者得使看水看水時不得厭課當志心看不得太速不得太久當如大象一廻項若載竹車一廻項無蟲應用若有蟲者應漉用若水中蟲極微細者不得就用洗手面及大小行　若檀越家請比丘食應問汝漉水未若言未漉應看前人是可信者應敎漉水若不可信者不得語令漉莫傷殺蟲比丘應自漉用問從何處取水隨來處還送蟲水瀉中若先取水處遠者若有池水七日內不消盡者得以蟲水著中若無池水者當著器中盛水持來養之若天大雨有暴水以蟲水瀉中作是言汝入大海去　律攝云有五種眼不應觀水一患瘡眼二睛翳眼三狂亂眼四老病眼五天眼不觀不漉咸不合用若苾芻無濾水羅不應往餘邨餘寺所到之處知無闕乏不持去無犯　若順河流一度觀水無有蟲者齊一拘盧舍隨意飲用 五里是也 然須中間無別河入若不流水及逆流水一度觀時齊一尋內得用 或云八尺或云六尺 若知彼人是持戒者存護生命縱不觀察得彼水時飲用無犯凡一觀水始從日出迄至明相未出已來咸隨受用　薩婆多云凡用水法應取上好細氎縱廣一肘作漉水囊令比丘持戒多聞深信罪福安詳審悉肉眼清淨者令其知水法漉水置一器中足一日用明日更看若有蟲者應更好漉以淨器盛水向日諦視若故有蟲應作二重故有蟲者應三重作若故有蟲不應此

處住應急移去若用有蟲水隨爾所蟲死一一波逸提 根本云以絹繫君持口細繩繫項沉放水中擡口出半待滿引出仍須察蟲但是綽口瓶瓨無問大小以絹縵口隨時取水極是省事 比丘尼波逸提小三衆突吉羅是謂爲犯

開緣不犯者先不知有蟲無蟲想若有粗蟲觸水使去若漉水飲無犯不犯者最初未制戒等

會詳僧祇云波羅脂國有二比丘共伴來詣舍衛問訊世尊中路渴乏無水前到一井一比丘汲水便飲一比丘看水見蟲不飲飲水比丘問言汝何不飲荅言世尊制戒不得飲蟲水彼復勸言長老但飲勿令渴死不得見佛荅言我寧喪身不毀佛戒遂便渴死飲水比丘漸到佛所佛問汝從何來又問汝有伴不彼即具以上事荅佛言癡人汝不見我謂得見我彼死比丘已先見我（十誦云彼持戒者不飲水便死即生三十三天得天身具足先到佛所禮足聞法得法眼淨故曰先見我也）若比丘放逸懈怠不攝諸根雖共我一處彼離我遠彼雖見我我不見彼若有比丘在海彼岸能不放逸精進不懈斂攝諸根雖去我遠我常見彼彼常見我（放逸之人雖生聖世不異末法不放逸者雖生末世不異正法佛身真常本無出世及與滅度願有智之士莫起像去法滅盡想而自委棄誓當精進不懈斂攝諸根嚴淨毘尼勿輕小罪常如面奉慈顏親承妙旨當見靈山一會儼然未散也）緇門警訓云漉囊乃行慈之具濟物之緣大行由是而生至道因茲而剋

第六十三故惱他戒

總釋

此是共戒尼犯亦同大乘同學　律攝云由戲弄事掉舉煩惱制斯學處此戒二緣合結

緣起處

佛在給孤獨園十七羣往語六羣長老云何入初禪乃至第四禪若自尸羅皎潔志在禪門專修五法則色界清淨四大自現身中緣是次第獲得根本四禪種種勝妙支林功德爾乃因起欲網果居色界從初禪至四禪通名禪者禪是西土音此翻棄惡能棄欲界五蓋等一切諸惡故或翻功德叢林或翻思惟修又翻爲定今不具釋言根本者以無量心背捨勝處一切處神通變化及無漏觀慧等種種諸禪三昧從四禪中出故稱根本初禪五支一覺支二觀支三喜支四樂支五一心支二禪四支一內淨支二喜支三樂支四一心支三禪五支一捨支二念支三慧支四樂支五一心支四禪四支一不苦不樂支二捨支三念清淨支四一心支云何入空無相無願云何得須陀洹果乃至阿羅漢果耶

起緣人

六羣報言如汝等所說者則犯波羅夷法非比丘十七羣往問上座若有作如是問云何入初禪乃至阿羅漢爲犯何罪上座報言無犯十七羣言我向如是問六羣彼言我等自稱得上人法犯波羅夷非比丘即知爲作疑惱諸比丘聞白佛訶責結戒時衆多比丘集在一處共論法律有一比丘退去心疑作是言彼諸比丘與我作疑惱諸比丘白佛佛言不故作者無犯當如是說戒

所立戒相

若比丘故惱他比丘令須臾間不樂波逸提

釋義疑惱者若爲生若爲年歲若爲受戒若爲羯磨若爲犯若爲法也　爲生時疑者問言汝生來幾時耶報言我生來爾所

時語言汝不爾所時生汝如餘人生是謂生時疑　云何年歲時疑問言汝幾歲報言我爾所歲語言汝非爾所歲如餘受戒者汝未爾所歲是謂年歲生疑　云何受戒生疑問言汝受戒旣年不滿二十又界内別衆是謂受戒生疑　云何羯磨生疑問言汝受戒時白不成羯磨不成非法别衆是謂羯磨生疑　云何於犯生疑語言汝犯波羅夷乃至惡說是謂於犯生疑　云何於法生疑汝等所謂法者則犯波羅夷非比丘是謂於法生疑　令須臾間不樂者（三十須臾為一晝夜非謂多時令他疑惱乃至令須臾間不樂亦成犯也）

犯緣此戒具足二緣方成本罪一有心故惱二其事虛僞三言說了了

定罪此中犯者故惱他比丘以生時乃至法時說而了了波逸提　不了了突吉羅　五分云令餘四衆疑悔突吉羅　尼令二衆疑悔波逸提　令餘三衆疑悔突吉羅　薩婆多云更以餘事欲令疑悔突吉羅所謂語比丘言汝多眠多食多語等是人非比丘非沙門非釋子若以此六事令餘人疑悔者突吉羅　若以此六事遣使教人突吉羅　僧祇云若有人來欲受具足若不滿者語言且住待滿二十若彼便於餘處受具足來者不得語令疑悔　若比丘臨受具足時若羯磨不成就應彈指語長老汝羯磨不成就若臨時不語者後不得語令疑悔　若瞎眼瘻脊跛脚身體不成就來受具足者應語言但爾住彼若於餘處受具足來者不應語令疑悔（此謂身根）

（不具也但爾住者但得沙彌戒而已）若病人來欲受具足應語言但爾住若彼便於餘處受具足來者不得語令疑悔（病者卽白癩乾痟等病）語者皆得越毘尼罪　若俗人越毘尼心悔　比丘尼波逸提小三衆突吉羅是謂爲犯

開緣不犯者其事實爾彼非爾許時生實無爾許歲實年不滿二十界內別衆羯磨不成就非法別衆實犯波羅夷乃至惡說若彼爲性粗踈不知言語便言如汝所說自稱上人法犯波羅夷或戲笑語疾疾語獨語夢中語欲說此錯說彼無犯不犯者最初未制戒等

第六十四覆他麤罪戒

總釋

此是共戒少分不共尼覆波羅夷得波羅夷尼覆僧殘得波逸提大乘同制　梵網經云一切犯戒罪應教懺悔等　問設舉他罪不犯說四衆過耶答佛制不得向外人說不制僧中如法舉過也儻姑息縱容養成巨慝令彼罪惡日深有玷法門慈悲之士豈甘坐視也哉此是性罪　律攝云由舊伴屬事覆藏煩惱制斯學處此戒二緣合結

緣起處

佛在給孤獨園

起緣人

跋難陀數數犯罪向一親厚比丘說汝勿語人後二人共鬬彼比丘向餘比丘說跋難陀犯如是如是罪我先忍不說今不忍故說諸比丘聞白佛訶責結戒彼比丘不

知粗罪不粗罪後乃知粗罪或有作波逸提懺者或疑者佛言不知不犯當如是說戒

所立戒相

若比丘知他比丘犯粗罪覆藏者波逸提

釋義他比丘者律攝云若持戒若破戒有苾芻相皆曰苾芻也粗惡罪者四波羅夷十三僧殘是律攝云初二部及此方便根本云何故此二名為粗惡自體及因皆粗弊可惡故言粗惡方便者母經云如人欲作四波羅夷事身所作及口所說無慚愧因此二處必成波羅夷事是名粗惡又復一處濁重僧殘邊成僧殘方便是也是二偷蘭名濁重何者非濁重波逸提提舍尼自性偷蘭突吉羅如是等亦是不善身口所作但非大事方便以是義故非粗惡濁重也覆藏者覆心覆夜成犯

犯緣此戒具足三緣方成本罪一是粗惡罪二知而覆藏三已經明相

定罪此中犯者知他比丘犯粗罪小食知食後說突吉羅　食後知至初夜說突吉羅　初夜知至中夜說突吉羅　中夜知至後夜欲說而未說明相出波逸提　除粗罪覆餘罪者突吉羅　自覆藏粗罪突吉羅　除比丘比丘尼覆餘人罪突吉羅

粗罪粗罪想波逸提　粗罪疑突吉羅　非粗罪粗罪想突吉羅　非粗罪疑突吉羅　善見云若比丘知他比丘粗罪覆藏第二比丘復覆藏如是百千人共覆藏皆犯波逸提　十誦云見他犯罪向一人說便止若聞若疑不須說　薩婆多云覆藏粗罪有三種覆藏波羅夷僧殘波逸提覆藏出佛身血壞僧輪得對首偷蘭遮下三篇得突吉羅　僧祇云說時不得趣向人說當向善比丘說若彼罪比丘兇

暴若依王力大臣力兇惡人力或起奪命因緣傷梵行者應作是念彼罪行業必自有報彼自應知喻如失火但自救身爲知餘事爾時但護根應無犯下至俗人五戒若一一覆藏者越毘尼心悔　摩得勒伽云天眼舉他罪突吉羅天耳亦如是　比丘尼波逸提小三衆突吉羅是謂爲犯

開緣不犯者先不知粗罪不粗罪想若向人說或無人可說發心言我當說未說之間明相已出若說或命難梵行難不說無犯不犯者最初未制戒等

第六十五減歲與授具戒

總釋

此是共戒尼少分不共曾嫁女十二歲受具大乘同學　律攝云由近圓事攝衆煩惱制斯學處此戒二緣合結

緣起處

佛在羅閱城迦蘭陀竹園城中有十七羣童子先爲親友最大者年十七最小者年十二來求出家

起緣人

諸比丘度令出家受大戒不堪一食夜半患饑高聲啼哭與我食來世尊靜處思惟聞小兒啼聲知而故問阿難具白佛言不應授年未滿二十者大戒若年未滿二十不堪忍寒熱饑渴暴風蚊虻毒蟲及不忍惡言種種苦痛不能堪忍又復不堪持戒不堪一食年滿二十堪如上事與比丘結戒彼比丘不知年滿不滿後乃知不滿二十或有作波逸提懺者或有疑者佛言不

知者無犯當如是說戒

所立戒相

若比丘年滿二十應受大戒若比丘知年不滿二十與受大戒此人不得戒彼比丘可訶癡故波逸提

釋義若比丘年滿二十應受大戒（此戒相中二句若比丘俱是能授之師滿與不滿乃是求具之人年滿授受如法如律師無過犯資無賊住否則弟子與師俱招大罪）律攝云能授者謂鄔波馱耶阿遮利耶并餘僧伽滿足十夏方住師位復須成就五法一知有犯二知無犯三知輕四知重五於別解脫經廣能開解於諸學處創結隨開若遇難緣善知通塞常誦戒本能決他疑戒見多聞自他俱利威儀行法無有虧犯具如是德名親教師由其親能教出離法故若苾芻雖近圓已於諸學處不識重輕設六十夏仍須仗託明德依止而住若師小者唯除禮拜自餘咸作此即名爲老小苾芻不得與他出家及受近圓也阿遮利耶有其五種一求寂阿遮利耶謂授三歸五十學處二屏教阿遮利耶謂於屏處問其障法三羯磨阿遮利耶謂近圓時秉白四法四依止阿遮利耶乃至一夜依之而住五教讀阿遮利耶下至授彼四句伽他此之五人並當師位能生軌範總名軌範師也 此人不得戒彼比丘可訶癡故（非但所受之人不成受具復應呵能授之師不審根器好攝門徒好爲人師皆癡無所知故癡之一字出呵責之詞）

犯緣此戒具足三緣方成本罪一爲秉具和尚二知年未滿三羯磨已竟

定罪此中犯者和尚若知若疑未滿二十

與受具戒三羯磨竟波逸提　二羯磨竟三突吉羅　一羯磨竟二突吉羅　白竟一突吉羅　爲作方便乃至集僧盡突吉羅　若僧知若疑一切突吉羅（即九師也）薩婆多云年未滿二十不聽者以其輕躁不耐寒苦若受大戒人多訶責若是沙彌人則不訶故也尼十二得者爲夫家所使任忍衆苦加猒本事也　僧祇云若前人不知者當問其父母親里若復不知者當看生年板若復無是者當觀其顔狀觀時不得直觀形體或貴樂家子形大年小當觀其手足成就不若如是復不知者當問何王何歲國土豐儉旱澇時節　受戒犍度云若得阿羅漢即名受具足　比丘尼波逸提小三衆突吉羅是謂爲犯

開緣不犯者先不知信受戒人語若傍人證若信父母若受戒已疑佛言聽數胎中年月數閏月若一切十四日說戒以爲年數者無犯　律攝云若近圓時年實未滿而作滿想後有親友報云不滿應數胎月閏月若滿者善若不滿者退爲求寂更受近圓不爾則成賊住若年十九作二十心而受近圓後經一年親友來見報云不滿或自憶知不滿或年十八而受近圓後經二歲同前憶知期等皆名善受正教難逢是開聽故（開聽者謂數胎中月及以閏月十四日布薩而得足滿二十故也）不犯者最初未制戒等

劈邪辯譌

近聞有說戒之師知沙彌年不滿歲輒與受具曰和尚借一歲或闍黎教授各借一

歲或於七僧中借一歲而爲善受具足律爲本受具人忘却年歲言滿二十和尚諸師信彼語故與受具已方自憶知生年未滿或是親族言未滿即以本人胎中月數足之如或不滿以閏月足之又或不滿以僧一年十八十五日布薩六十四日布薩俱作十四日布薩足之再若不滿退爲求寂若經布薩便成賊住豈有師知而故授律有大訶不成具足律藏未曾見有借歲受具者也倘若有幾十未滿歲人欲求具足師俱借年補他歲者豈不自招短壽之報耶如曰吾已悟性明心律已師人予乃禪律並行躬操實踐律有借歲授具之法强作是説者即法中大魔破壞正法故復招謗佛謗法之愆是一顛迦沉三苦海無解脱期或云我不怖墮三途捨身爲人我以身命布施有何不可即如金剛經云初日分以恒河沙等身布施中日分復以恒河沙等身布施後日分亦以恒河沙等身布施乃至無量百千萬億刧以身布施不如聞此經典信心不逆其福勝彼何不聞此律典信心不逆遵制奉行其福亦爾安得將此生身而行布施報墮三塗甘心受苦耶真是愚癡呵呵

第六十六發起諍事戒

總釋

此是共戒尼犯亦同大乘同制　梵網經云應生慈心善和鬭諍而反亂衆鬭諍等

律攝云由起諍事不忍煩惱制斯學處

此戒二緣合結

緣起處

佛在給孤獨園

起緣人

六羣鬭諍如法滅已後更發起作是言汝不善觀不成觀不善解不成解不善滅不成滅令僧未有諍事而有諍事起已有諍事而不滅諸比丘白佛呵責結戒時諸比丘不知諍事如法滅不如法滅後乃知如法滅或有作波逸提懺者或有疑者佛言不知者無犯當如是說戒

所立戒相

若比丘知諍事如法懺悔已後更發起者波逸提

釋義諍者有四種言諍覓諍犯諍事諍如法者如法如毗尼如佛所教後更發起作如是言不善觀不成觀不善解不成解不善滅不成滅（不善觀不成觀者謂不善觀察稱量現前諍事也不善解不成解者謂不善解諍事之根源及四諍中是何等諍事根源未諳施法與事相違故云不成滅也）

犯緣此戒具足三緣方成本罪一是四諍之事二知如法滅已三說而了了

定罪此中犯者說而了了波逸提　不了了突吉羅　除此諍已若餘鬭諍罵詈後更發起一切突吉羅　若自發起已鬭事者突吉羅　除比丘比丘尼已共餘人鬭諍罵詈後更發起者突吉羅　觀作觀想波逸提　觀疑突吉羅　不成觀有觀想突吉羅　不成觀疑突吉羅　薩婆多云此戒體不問羯磨不羯磨但僧和合如法作已後還發起不問衆中屏處盡波逸提

若是僧制不入佛法還更發起突吉羅

若非佛法非僧法人和合作巳作非法

心還更發起無罪　比丘尼波逸提小三

衆突吉羅是謂爲犯

開緣不犯者若先不知若觀作不觀想若

事實爾不善觀乃至不成滅若戲笑語疾

疾語夢中語欲説此錯説彼無犯不犯者

最初未制戒等

第六十七同賊伴共行戒

總釋

此是共戒尼犯亦同大乘同制此是制罪

律攝云由行路事譏嫌煩惱制斯學處

此戒三緣合結

緣起處

佛在給孤獨園

起緣人

有衆多比丘從舍衛欲至毘舍離時賈客

伴欲私度關不輸王稅問諸比丘欲至何

所比丘報言欲至毘舍離賈客言我等可

得與諸尊共伴不報言可爾卽與共行私

度關守關人捉得將至王所王卽問言此

賈客私度關沙門復有何事守關人報言

與此人爲伴王問言諸尊知此人不輸王

稅不報言知王言若實知者法應死王念

言豈當殺沙門釋子但訶責放去諸臣不

服諸比丘聞白佛呵責結戒諸比丘不知

共伴行後乃知是賊或有作波逸提懺者

或有疑者佛言不知者無犯彼比丘不結

要疑佛言不結要不犯當如是説戒

所立戒相

若比丘知賊伴結要共同道行乃至一村間
波逸提
釋義賊伴者若作賊還若方欲去（梵語株利此言賊賊者害也凡偷盜劫殺皆曰賊律攝云賊者若竊盜若強奪若偷稅人曲路而過僧祇云賊相貌有三種可知香色莊嚴香者在曠野中食熟肉生肉氣色者常恐怖色莊嚴者終日結束而黑髮黃凶惡似闍羅人是三種名爲賊相不應共行）
結要者共要至城若至邨　道行者邨間
處處道行
犯緣此戒具足三緣方成本罪一知是賊
伴二結要同行三至村間分齊
定罪此中犯者如前婦女同行戒不異
五分云共惡心比丘期行突吉羅　若諸
難緣不犯　十誦云若險難處賊送度者
不犯　根本云若迷失道彼來指示雖同
行不犯　僧祇云與女賊共行波逸提
與叛負債人共行越毘尼罪　比丘尼波
逸提小三衆突吉羅是謂爲犯
開緣不犯者若先不知不共結伴逐行安
隱若力勢所持若被繫縛將去若命難梵
行難無犯不犯者最初未制戒等

第六十八不捨邪見戒

總釋
此是共戒尼犯亦同大乘同制即謗三寶
戒攝則犯重　律攝云由邪思事僻執煩
惱制斯學處

緣起處
佛在給孤獨園

起緣人
有比丘字阿黎吒（此言無相）有如是惡見生我
知佛說法其有犯婬欲非障道法諸比丘

欲除彼惡見諫而不捨白佛佛訶責已聽僧爲作訶諫白四羯磨結戒

所立戒相

若比丘作如是說我知佛所說法行婬欲非障道法彼比丘諫此比丘言大德莫作是語莫謗世尊謗世尊者不善世尊不作是語世尊無數方便說犯婬欲是障道法彼比丘諫此比丘時堅持不捨彼比丘乃至三諫捨此事故若再三諫捨者善不捨者波逸提

釋義我知佛所說法行婬欲非障道法下正明依事結戒此有二義一者謂邪見深沉謬解佛語由佛制居家五戒唯制邪婬又維摩居士給孤長者現有妻室而證聖果遂生邪見二者阿棃吒比丘先是外道弟子外道邪師遣入佛法中倒亂佛法其人聰明利根不經少時通達三藏即便倒說佛法非障道法者習行其事不障聖道謂不障初禪二禪三禪四禪空無相無願三解脫門須陀洹道乃至阿羅漢果故云行婬欲非障道法也彼比丘諫此比丘言大德莫作是語大德稱呼詞莫作是語遮止惡言此總標一句以下諫辭也謗世尊者不善謂佛凡所說法離欲清淨寂滅無爲汝言非障道者非理謗佛此非善事乃是惡因必招惡果故名不善也世尊無數方便說犯婬欲障道法無數方便者如前婬戒種種呵欲過惡能障聖道則初禪乃至阿羅漢果也堅持不捨乃至三諫屏處諫若再三諫僧中白羯磨諫

犯緣此戒具足三緣方成本罪一心執惡見二非理謗法三僧中如法三諫不捨

定罪此中犯者唱三羯磨竟波逸提　作白已二羯磨竟捨三突吉羅　作白已一羯磨竟捨二突吉羅　白已捨者一突吉羅　若白未竟捨者突吉羅　若未白作是語我知佛所說法行婬欲非障道法一切突吉羅　彼比丘諫此比丘時餘比丘遮若比丘尼遮若有餘人遮餘人即小三衆汝莫

捨此事衆僧諫以不諫一切突吉羅　比丘尼波逸提小三衆突吉羅是謂爲犯

開緣不犯者初語時捨若非法別衆諫若非法和合諫法別衆法相似別衆法相似和合非法非毘尼非佛所教若無諫者無犯不犯者最初未制戒等

會詳大般若經云若染色欲於生梵天尚能爲障況得無上正等菩提是故菩薩斷欲出家能得無上菩提非不斷者菩薩摩訶薩於五欲中深生厭患不爲五欲過失所染以無量門訶毀諸欲欲爲熾火燒身心故欲爲穢惡染自他故欲爲魁膾於去來今常爲害故欲爲怨敵長夜伺作衰損故欲如草炬欲如苦果欲如利劍欲如火聚欲如毒器欲如幻惑欲如闇井欲如詐親旃陀羅等菩薩摩訶薩以如是等無量過門訶毀諸欲　法苑珠林云二種邪見報一者生邪見家謂因前世邪僻覆心起諸妄見故感今世不具正信之心而生邪見之家也二者其心諂曲謂因前世邪見心不正直故感今生心常諂曲也

第六十九黨惡見人戒

總釋

此是共戒尼犯亦同大乘同制事及煩惱如上此戒二緣合結

緣起處

佛在給孤獨園阿黎吒惡見衆僧呵諫而不捨諸比丘白佛佛呵責已聽僧與阿黎吒作惡見不捨舉白四羯磨作羯磨已

起緣人

六羣供給所須共同羯磨止宿言語諸比丘白佛訶責結戒諸比丘不知有如是語不如是語後乃知有如是語或作波逸提懺者或有疑者佛言不知者無犯當如是說戒

所立戒相

若比丘知如是語人未作法如是邪見而不捨供給所須共同羯磨止宿言語者波逸提

釋義知如是語人者我聞世尊說法行婬欲者非障道法未作法者若被舉未爲解（謂未解羯磨也）不捨者衆僧訶諫而不捨惡見供給所須者有二種若法若財法者教修習增上戒增上意增上智學問誦經財者供給衣服飲食卧具醫藥　共同羯磨者（薩婆多云作白白二白四羯磨布薩說戒自恣差十四人羯磨也）止宿者屋有四壁一切覆或一切覆不一切障或一切障不一切覆或不盡覆不盡障　言語者（謂評説一切善惡法事也）

犯緣此戒具足三緣方成本罪一知如是語人二爲僧所舉三脇卧著地

定罪此中犯者若如是語人先入比丘後來比丘先入如是語人後至若二人俱入隨脇著地轉側一切波逸提　五分云共語語語波逸提　共坐坐坐波逸提　共宿宿宿波逸提　共事事事波逸提　雖捨惡見僧未解羯磨亦波逸提　若作惡見僧未羯磨突吉羅　十誦云若教他法若從他受法若與他財若取他財若共宿一切突吉羅　薩婆多云起已還卧隨起還卧一一波逸提　若通夜坐不卧突吉

羅　僧祇云若有比丘爲和尚阿闍黎所嫌比丘不得誘引言我與汝衣鉢疾病醫藥牀褥卧具汝當在我邊住受經誦經若覲彼比丘因緣必當捨戒就俗者得誘取已當教言汝當知和尚阿闍黎其恩甚重難報汝應還彼目下住無罪　舉不舉想共住共食無罪　不舉舉想共住共食越毘尼罪　舉舉想波夜提　不舉不舉想無罪　比丘尼波逸提三小衆突吉羅是謂爲犯

開緣不犯者（共女人同室宿不異故不重出）根本云若彼身病看侍無犯或共同居令捨惡見亦無犯　不犯者最初未制戒等

會詳薩婆多云爲滅惡法故爲佛法清淨故而結此戒

第七十畜被擯沙彌戒

總釋

此是共戒尼犯亦同大乘同制　律攝云與共住事畜養煩惱制斯學處此戒二緣合結

緣起處

佛在給孤獨園跋難陀有二沙彌一名羯那二名摩睺迦自相謂言我從佛聞法其有行婬欲非障道法諸比丘聞白佛佛訶責此一沙彌已聽僧與作訶諫白四羯磨立二沙彌眼見耳不聞處彼二沙彌衆僧呵諫而故不捨聽僧與此二沙彌作惡見不捨滅擯白四羯磨

起緣人

六羣便誘將畜養共止宿諸比丘聞白佛

呵責結戒彼二沙彌城中擯出便徃外邨城外擯出還入城中諸比丘不知是滅擯不滅擯後乃知是滅擯或有作波逸提懺者或有疑者佛言不知不犯當如是說戒

所立戒相

若比丘知沙彌作如是言我從佛聞法行婬欲非障道法彼比丘諫此沙彌如是言汝莫誹謗世尊謗世尊者不善世尊不作是語沙彌世尊無數方便說婬欲是障道法彼比丘諫此沙彌時堅持不捨彼比丘應乃再三訶諫令捨此事故乃至三諫而捨者善不捨者彼比丘應語彼沙彌言汝自今已去不得言佛是我世尊不得隨逐餘比丘如諸沙彌得與餘比丘二三宿汝今無是事汝出去滅去不應住此若比丘知如是衆中被擯沙彌而誘將畜養共止宿者波逸提

釋義知沙彌作如是言乃至三諫而捨者善（並如前釋）彼比丘應語彼沙彌言汝自今已去不得言佛是我世尊（披緇離俗稱佛為師惡見深沉誹謗佛法非佛弟子故不得言佛是我世尊）不得隨逐餘比丘（謂沙彌二利悉皆隨僧法憑僧受食從僧分既擯之後一切無分故也）如諸沙彌得與餘比丘二三宿汝今無是事（不捨惡見擯出僧坊不得效諸如法沙彌二三宿共住）汝出去滅去不應住此（謂絕其蹤跡不容與清衆同居攪亂佛法）誘者若自誘將若教人誘（誘者以言語相勸引動其心也）畜者若自畜若與人 共止宿者（釋在前文）

犯緣此戒具足三緣方成本罪一知僧已擯二有心畜養三共同止宿

定罪此中犯者若比丘先入宿滅擯者後至若滅擯者先入比丘後至或二人俱至

隨脇著地轉側波逸提　薩婆多云若敎擯沙彌經法若偈說偈偈波逸提　若經說事事波逸提　若別句說句句波逸提　若與衣鉢乃至終身藥皆波逸提　若通夜坐不卧亦波逸提　與滅擯羯磨若還俗作白衣後還作沙彌卽先羯磨若受具戒亦卽先羯磨若根變作沙彌尼亦卽先羯磨　僧祇云若沙彌爲二師所嫌比丘不得誘呼共住我當與汝衣鉢醫藥敎汝經若比丘知是沙彌因此還俗者得輭語誘取已語言和尚阿闍黎恩重難報汝當還彼目下住　若驅不驅想無罪　不驅驅想越毘尼罪　驅驅想波逸提　不驅不驅想無罪　比丘尼波逸提小三衆突吉羅是謂爲犯

開緣不犯者同女人共宿戒此不重出

第七十一拒諫難問戒

總釋

此是共戒尼犯亦同大乘同制　梵網經云若佛子應學十二部經誦戒日日六時持菩薩戒解其義理佛性之性等　律攝云由遮止事嫉妬煩惱制斯學處

緣起人

佛在拘睒彌國瞿師羅園中

起緣人

闡陀比丘餘比丘如法諫時作是言我不學此戒當問餘智慧持律比丘諸比丘聞白佛呵責結戒

所立戒相

若比丘餘比丘如法諫時如是語我今不學

此戒當難問餘智慧持律比丘者波逸提若爲知爲學故應難問

釋義如法者如法如律如佛所教　我今不學此戒此乃拒諫之言我用汝語而學毘尼　不當難問餘智慧持律比丘者難問者謂以巧言語問餘智慧持律者謂嚴淨毘尼輕重開遮通達無礙此乃反叱能諫之人況汝愚癡自無智慧而不閑法律欲諫我耶爲知爲學故應難問者知者欲知毘尼差別義理學者博學開遮成壞二持通曉故聽

犯緣此戒具足三緣方成本罪一如法諫勸二違拒不納三說而了了

定罪此中犯者說而了了波逸提　不了了突吉羅　比丘尼波逸提小三衆突吉羅是謂爲犯

開緣不犯者彼比丘癡不解故語言汝還問汝和尚阿闍黎汝可更學問誦經或戲笑語疾疾語獨語夢中語欲說此錯說彼無犯不犯者最初未制戒等

會詳律攝云有五種人不應爲說毘柰耶藏謂性無所知强生異問或不爲除疑而問或試未故問或惱他故問或求過失故問

毘尼關要卷第十四

毘尼關要卷第十五

清金陵寶華山律學沙門德基輯

第七十二輕呵戒

總釋

此是共戒尼犯亦同大乘同制　菩薩戒本經云若菩薩如是見如是說言菩薩不應聽聲聞經法不應受不應學菩薩何用聲聞法爲是名爲犯衆多犯是犯染汚起此是性罪　律攝云因輕毀事心不忍可制斯學處

緣起處

佛在給孤獨園衆多比丘集一處誦毘尼

起緣人

六羣恐彼誦律通利必當數數舉我罪徃語言長老何用此雜碎戒爲若欲誦者當誦四事十三事餘者不應誦若誦者使人懷疑憂惱餘比丘觀察六羣欲滅法故作是語耳白佛訶責結戒

所立戒相

若比丘說戒時作是語大德何用說是雜碎戒爲說是戒時令人惱愧懷疑輕訶戒故波逸提

釋義說戒時者若自說戒若他說戒時若誦時　雜碎戒者薩婆多云以十二年前佛常說一偈今說五篇名爲雜碎僧祇云除四事十三事餘者是也令人惱愧懷疑此乃具述實情由多犯衆戒聞誦說時其心不喜曰惱憶所犯罪愧於他人隱惡在心情懷憂戚罪愆未曾露悔猶豫在心曰疑故云惱愧懷疑也輕訶下所犯

犯緣此戒具足三緣方成本罪一欲令他廢學毘尼二所訶是具足戒三言說了了定罪此中犯者說而了了波逸提　不了

了突吉羅　毀呰毗尼波逸提　毀呰阿毘曇及餘契經突吉羅　僧祇云未說時訶越毘尼罪　說時訶波夜提　說已呵越毘尼心悔　五分云若欲令人遠離毘尼不讀不誦而毀呰者波逸提　若欲令波羅提木义不得久住而毀呰者偷蘭遮　毀呰經亦如是（若欲令經法不久住亦得偷蘭）毀呰餘四衆及在家二衆戒突吉羅　比丘尼毀呰二部戒波逸提　毀餘五衆戒突吉羅

新受戒人生疑廢退心敎未可誦戒不犯　薩婆多云凡經中有隨律經說時呵者盡波逸提除隨律經說餘經時隨多隨少呵者盡突吉羅何以訶戒經罪重餘經罪輕戒是佛法平地萬善由之而生又佛弟子皆依而住若無戒則無所依又入佛法之初門若無戒者無由入泥洹城又是佛法瓔珞莊嚴佛法是故呵毀罪重　比丘尼波逸提小三衆突吉羅是謂爲犯

開緣不犯者若語言先誦阿毘曇然後誦律先誦餘契經後誦律若有病者須差然後誦律當勤求方便於佛法中得沙門果然後誦律不欲滅法故作是語或戲笑語疾疾語夢中語獨語欲說此錯說彼無犯不犯者最初未制戒等

會譯善見云學毘尼有五德一身自護戒二能斷他疑三入衆無畏四能伏怨家五令正法久住云何身自護戒持戒清淨無有缺漏云何能斷他疑有比丘犯罪狐疑不能決判若來諮問依律爲判云何入衆無畏以知律故隨事能作云何伏怨家

如離車子起十非法能依律除滅云何令正法久住一身自隨法二令他得法因法故正心持律因持律故得入禪定因禪定故而得道果我滅度後毘尼即是汝大師下至五人解律在能令正法久住若中天竺佛法滅邊地有五人受戒滿十人往中天竺得與人受具足戒是名令正法久住乃至二十人得出罪是名令正法久住以律師持律故佛法住世五千年　五百問云佛言吾滅度後若有比丘比丘尼誹謗如是毘尼者當知是人是魔朋侶非吾弟子如是人輩世世學道不成不出三界

薩婆多云爲尊重波羅提木叉故爲長養戒故爲滅惡法故而結此戒

第七十三無知戒

總釋

此是共戒尼亦同犯大乘同制　律攝云由不敬事亂心煩惱制斯學處

緣起處

佛在給孤獨園

起緣人

六羣中一人當說戒時自知罪障恐清淨比丘發舉便先詰清淨比丘所語言我今始知是法戒經所載半月半月說戒經中來諸比丘察知白佛呵責結戒

所立戒相

若比丘說戒時作如是語我今始知此法戒經所載半月半月說戒經中來餘比丘知是比丘若二若三說戒中坐何況多彼比丘無知無解若犯罪應如法治更重增無知罪語

言長老汝無利不善得汝説戒時不用心念不一心攝耳聽法彼無知故波逸提

釋義説戒時者若自説戒時若他説戒時若誦戒時 作如是語我今始知此法戒經所載我一向謂長老等集誦戒律乃聽説耳今日始知戒經中來謂我不開戒律或當無過咎也 薩婆多云實先知言始知犯妄語墮罪此中正結不專心聽罪也餘比丘知是比丘若二若三説戒中坐何況多餘比丘乃清淨者是察知其人已曾經二三次布薩應知持犯何況多經布薩而不知也若犯罪應如法治更重增無知罪不以不知故無罪隨其所犯如法毘尼治復更增無知解波逸提也如汝無利不善得此句總呵毘尼不諳於佛法中出家近圓不善得其中利益故也不用心念不一心攝耳聽法餘覺餘思也律攝云有六過失謂無信心失無敬心失無樂欲失緣外境失心惛沉失生勞倦失彼無知故由不聽學故兩無知由不知故多犯衆戒結成所犯

犯緣此戒具足三緣方成本罪一心不敬二布薩曾經三無所知解

定罪此中犯者若説戒不善用意思惟一心聽法無知故重與波逸提 若不與者突吉羅 僧祇云受具足已應誦二部毘尼若不能者當誦一部乃至若復不能者當誦五衆戒乃至四三二一衆戒及偈布薩時當廣誦五衆戒若復不能乃至四衆三二一衆戒及偈餘者僧常聞不誦者越毘尼罪 僧中應使利者説餘人專心聽不得坐禪及作餘業若於四事乃至七滅諍法中間隨不聽隨得越毘尼罪 一切不聽波逸提 此罪不得趣向人悔當衆中持戒有威德人所敬難者於前悔前人應訶言長老汝失善利半月説波羅提木叉時汝不尊重不一心念不攝耳聽法

訶已波夜提悔過　律攝云若聞必芻尼
不共學處作如是語得惡作罪　若共學
處便得本罪　若老耄無所識知依實說
者無犯（耄音帽惛忘也八十九十日耄）比丘尼波逸提小
三衆突吉羅是謂爲犯
開緣不犯者未曾聞說戒今始聞若未曾
聞廣說今始聞若戲笑語疾疾語獨語夢
中語欲說此錯說彼無犯不犯者最初未
制戒等

第七十四謗迴僧物戒

總釋

此是共戒尼犯亦同大乘同學　律攝云
因鬪亂事不忍煩惱制斯學處

緣起處

佛在耆闍崛山耆婆摩羅子典僧牀座臥
具及分飲食彼以僧事塔事故外人有爲
初立寺初立房作池井而設會布施不得
往衣服破壞垢膩不淨興時有人施僧貴
價衣僧共議以此衣與之白二羯磨與

起緣人

六羣亦在中既與衣已作是語諸比丘隨
所親以衆僧衣與之諸比丘聞白佛呵責
結戒

所立戒相

若比丘共同羯磨已後如是言諸比丘隨親
厚以衆僧物與者波逸提

釋義共同羯磨者（謂同集情和秉法已）親厚者同和
尚同阿闍黎坐起言語親厚者是　物者
衣鉢針筒尼師壇下至飲水器
犯緣此戒具足三緣方成本罪一同和秉

法二謗隨親與物三說而了了定罪此中犯者說而了了波逸提　不了了突吉羅　薩婆多云此戒體若僧和合作羯磨不作羯磨與知事執勞苦人若僧祇物若自恣物和合已後便訶言隨親厚與波逸提　凡衆僧中若爲僧執勞苦人若大德及貧匱者若僧和合與盡得與之若與欲和合後呵者波逸提　若在外來訶者突吉羅　此戒不必言隨親厚與但言不應與盡犯　僧祇云遮有三種與已遮波夜提　與時遮越毘尼罪　未與時遮越毘尼心悔　比丘尼波逸提小三衆突吉羅是謂爲犯

開緣不犯者其事實爾隨親厚以衆僧物與之或戲笑語疾疾語獨語夢中語欲說此錯說彼一切無犯不犯者最初未制戒等

會評薩婆多云爲滅鬬諍故爲滅苦惱故爲得安樂行道故而結此戒　法苑珠林云無義語有二種報一者謂因前世語言無義卽是虛妄故感今生雖有言說人亦不信用也二者不能明了謂因前世語言無義皆因暗昧故感今生有所言說而亦不明了也

第七十五不與欲戒

總釋

此是共戒尼犯亦同大乘同學　律攝云由評論事不寂靜煩惱制斯學處此戒二緣合結

緣起處

佛在給孤獨園衆多比丘集一處共論法毘尼

起緣人

六羣恐爲我等作羯磨即從坐而去諸比丘白佛呵責結戒諸比丘或營僧事塔事及瞻病事疑佛言聽與欲當如是說戒

所立戒相

若比丘衆僧斷事未竟不與欲而起去者波逸提

釋義僧者一說戒一羯磨事者十八破僧事法非法乃至說不說等是名事斷事者謂斷當評論僧祇云斷事有二種一者說法毘尼二者作折伏羯磨乃至別住羯磨事也不與欲者身既來集有緣聽白僧與欲而去故不與欲令僧不成辦事

犯緣此戒具足三緣方成本罪一同僧法事二不與他欲三兩脚出户

定罪此中犯者僧斷事未竟不與欲而起去動足出户外波逸提　一足在户外一足在户內方便欲去而不去一切突吉羅

僧祇云若欲大小便須臾還不廢僧事無罪　若說法毘尼應白去不白去者越毘尼罪　若衆多比丘聽誦經應白去不白去者越毘尼罪　若誦經止者作餘語去者無犯　五分云若屋下羯磨隨幾過出一一波逸提　若露地羯磨出去僧面一尋波逸提　若神通人離地四指波逸提　若僧不羯磨斷事出去突吉羅　若私房斷事來而去者突吉羅　若僧不羯磨斷事及私房斷事沙彌得在其中起去突吉羅　式叉摩那沙彌尼亦如是　比丘尼波逸提小三衆突吉羅是謂爲犯

開緣不犯者有僧事塔事瞻病事與欲若口噤不能與欲若非法非毘尼羯磨或爲僧爲塔寺爲二師親厚知識方便作損減無利作無住處羯磨如是不與欲去一切

無犯不犯者最初未制戒等

第七十六與欲後悔戒

總釋

此是共戒尼犯亦同大乘同學　律攝云由悔恨煩惱制斯學處

緣起處

佛在給孤獨園

起緣人

六羣中有犯事者恐衆僧彈舉六人共相隨不相離使諸比丘無由得與作羯磨異時六羣作衣衆僧得便遣使喚來衆僧有事六羣言我等作衣不得往僧報言不得來者可令一人持欲來六羣即令一人受欲來僧即與此一人作羯磨六羣悔言羯磨不成我以彼事故與欲不以此事諸比丘聞白佛呵責結戒

所立戒相

若比丘與欲已後悔者波逸提

釋義與欲已（欲有通局局者半月布薩與清淨欲自恣言與自恣欲不通餘法通者但言與欲羯磨則通一切法盡得作唯除説戒自恣）後悔者（謂欲令彼羯磨不成作辦　律攝云此戒與前學處有差别者前望羯磨事已先知此據不知但遮其欲）

犯緣此戒具足三緣方成本罪一如法羯磨二與欲後悔三説而了了

定罪此中犯者與欲已後悔作如是言汝等羯磨不成我以彼事故與欲不以此事

說而了了波逸提　不了了突吉羅　五分云僧不作羯磨斷事後呵突吉羅　薩婆多云若僧如法作一切羯磨事已後呵言不可波逸提　若僧作一切羯磨事作不如法當時力不能有所轉易故默然不呵後言不可無罪　除僧羯磨一切非羯磨事衆僧和合共斷決之後更呵者若順法順毘尼者波逸提　若是王制僧制不順法毘尼突吉羅　比丘尼波逸提小三衆突吉羅是謂爲犯

開緣不犯者其事實爾非法羯磨不成若戲笑語疾疾語獨語夢中語欲說此錯說彼一切無犯不犯者最初未制戒等

第七十七屏聽鬭諍戒

總釋

此是共戒尼亦同犯大乘同制鬭遘兩頭此是性罪　律攝云由鬭諍事不忍煩惱制斯學處

緣起處

佛在給孤獨園

起緣人

六羣聽諸比丘鬭諍言語向彼人說未有諍事而有諍已有諍事而不滅諸比丘察知白佛呵責結戒

所立戒相

若比丘比丘共鬭諍已聽此語向彼說波逸提

釋義鬭諍者有四種言諍覓諍犯諍事諍

聽此語向彼說者（聽者屏聽他語耳根發識亦用意識分別好惡言詞若隔壁隔籬若户邊若隔幔若隔石若隔草默然而聽語者評論彼人好

惡而相傳彼此薩婆多云以能破佛法令僧爲二部是故制

犯緣此戒具足三緣方成本罪一知是鬬諍二故往屏聽三至聞其聲

定罪此中犯者往聽他諍比丘語往而聞波逸提　不聞突吉羅　若方便欲去而不去一切突吉羅　若二人在闇地語若隱處語當彈指若謦欬驚之若不爾者突吉羅　若道行有二人在前共語亦當彈指謦欬若不突吉羅　律攝云若情無向背若忽遇聞若聽其言欲令消殄無犯薩婆多云此中諍人及餘不諍來聽及向人說不說皆犯　五分云默聽餘四衆語突吉羅　善見云往步步突吉羅　至聞處波逸提　爲欲自改往聽不犯　比丘尼波逸提小三衆突吉羅是謂爲犯

開緣不犯者若二人在闇處共語彈指謦欬二人在屏處語彈指謦欬在道行二人在前行共語若後來謦欬彈指若欲作非法非毘尼羯磨若爲僧爲塔寺爲二師親友知識欲作損減無利無住處等羯磨欲得知之而往聽無犯不犯者最初未制戒等

會詳僧祇云若比丘共餘比丘鬬諍結恨作是罵詈我要當殺此惡人然後捨去比丘聞已得語彼人長老好自警備我聞有惡聲有諸客比丘來知事比丘聞客比丘作是言我等當盜某庫藏某塔物某僧淨厨某比丘衣鉢聞是語已默然應還應衆僧中唱言諸大德某庫藏某塔物某僧淨

廚某比丘衣鉢當警備我聞惡聲應使前
人知　若比丘多有弟子日暮案行諸房
知如法不若聞說世俗語不得便入訶責
待自來已然後誨責曰汝等信心出家食
人信施應坐禪誦經云何論說世俗非法
事此非出家隨順善法若聞論經說義問
難荅對不得便入讚歎待自來已然後讚
美汝等能共論經說義講佛法事如世尊
說比丘集時當行二法一者賢聖默然二
者講論法義

第七十八瞋打比丘戒

總釋

此是共戒尼犯亦同大乘同制若以怨報
怨以打報打罪結輕垢若無端起瞋及忿
恨增上不受懺謝犯重　律攝云由伴屬
事不忍煩惱制斯學處

緣起處

佛在給孤獨園

起緣人

六羣一人瞋打十七羣比丘其被打人高
聲大喚比房比丘聞白佛訶責結戒

所立戒相

若比丘瞋恚故不喜打比丘者波逸提

釋義瞋恚不喜者瞋名九惱及非處起瞋恚者忿恨也學人凡夫有乃至阿羅漢亦有不喜心者打者擊也若身身分身方便身者一切身是身分者若手若腳若肘若膝若齒若爪甲是名身分身方便者若捉杖瓦石等打若遙擲是名身方便

犯緣此戒具足三緣方成本罪一心生瞋
恚二身器行打三已著彼身

定罪此中犯者以手石杖打比丘者一切

波逸提　除杖手石若以餘戶關曲鈎拂柄香爐柄挃者一切突吉羅　薩婆多云若打三衆突吉羅　若打得戒沙彌盲瞎聾瘂波利婆沙摩那埵比丘悉波逸提　若打他或波羅夷或僧殘或偷蘭遮或波逸提或突吉羅　若殺心打他死者波羅夷不死偷蘭遮　若婬亂心打比丘尼式叉摩那沙彌尼白衣女人悉僧殘　若無殺意但瞋心打比丘波逸提　打不滿突吉羅　摩得勒伽云打三種人突吉羅謂賊住本不和合本犯戒若以把沙把豆等擲衆比丘隨所著得爾所波逸提　不著突吉羅　僧祇云打比丘尼偷蘭遮重於吉羅輕於墮罪　若惡象馬牛羊狗來不得打得捉杖木瓦石等打地作恐怖相　若畜生來入塔寺中觸突形像壞華果樹亦得以杖木瓦石打地恐怖令去　五分云打畜生突吉羅　比丘尼波逸提小三衆突吉羅

是謂爲犯

開緣不犯者若有病須人椎打若食噎須椎春若共語不聞而觸令聞若睡時以轉側安上若往來經行時共相觸若掃地時杖頭誤觸一切無犯不犯者最初未制戒等

第七十九瞋搏戒

總釋

此是共戒尼犯亦同大乘同制煩惱緣起處起緣人如前不異但此戒以手搏十七羣故制

所立戒相

若比丘瞋恚不喜以手搏比丘者波逸提

釋義搏者謂作打勢而擬其手名之爲搏餘部名擬擬者像也爲作打相善見云手不著身名手搏也薩婆多云此與前戒打擬爲異餘義盡同前戒若打波逸提舉擬欲打便止突吉羅以打不滿故此戒本意不規打直欲掌擬令其惱怖但擬波逸提如本意欲女人身上出精若遂意僧殘若不出精直摩捉便止偷蘭遮若本心直規摩捉樂意僧殘此二戒亦爾

犯緣此戒具足三緣方成本罪一心有瞋恚二所舉手足三欲令惱怖

定罪此中犯者瞋恚以手搏比丘波逸提除手已若户鬬拂柄香爐柄挃一切突吉羅　十誦云以手掌脚掌向他波逸提舉餘身分向他突吉羅　五分云手擬及波逸提　不及突吉羅　律攝云作打心而擬其手初舉手時便得本罪　若一舉手向多苾芻隨其多少准人得罪　僧祇云擬比丘尼偷蘭遮對首輕偷蘭也擬式叉摩尼沙彌沙彌尼越毘尼罪　比丘尼波逸提小三衆突吉羅是謂爲犯

開緣不犯者若他打舉手遮若惡象來若盜賊來若惡獸來若持刺來舉手遮無犯若渡水若欲從溝瀆泥水處過相近舉手招喚餘比丘觸彼若彼不聞語手挃令聞若眠時若行入出觸彼若掃地若以杖誤觸一切不故作無犯不犯者最初未制戒等

第八十無根僧殘瞋謗戒

總釋

此是共戒尼犯亦同大乘同制即無事謗他良人善人向同法者說結輕垢若向外人說犯重　律攝云由同梵行事不忍煩

惱制斯學處

餘並同前不出

所立戒相

若比丘瞋恚故以無根僧伽婆尸沙謗者波逸提

釋義根者見根聞根疑根見根者實見美墮精見與女身相觸見粗惡語見自歎身或見媒嫁若餘人見從彼聞是謂見根聞疑准知除此三根已以餘謗者是爲無根

犯緣此戒具足三緣方成本罪一心懷恚忿二實無三根三言説了了

定罪此中犯者瞋恚故以無根僧殘謗説而了了波逸提　不了了突吉羅　僧祇云謗比丘尼偷蘭遮　謗式义摩尼沙彌沙彌尼越毘尼罪　謗俗人越毘尼心悔

律攝云若窣吐羅罪謗若前人不領解語咸得惡作　比丘尼波逸提小三衆突吉羅是謂爲犯

開緣不犯者有見聞疑根若説其實欲令改悔而不誹謗若戲笑語疾疾語獨語夢中語欲説此錯説彼無犯不犯者最初未制戒等

會詳法苑云瞋有二種報一者常爲他人求其長短謂因前世不能容物稍不如意卽與嗔恨故感今生被人伺求長短動輒得咎也二者常爲衆人之所惱害謂因前世瞋惱衆人令不安隱故感今生常被多人之所惱害也

第八十一輒入王宮閫戒

總釋

此是共戒尼亦同犯大乘同制末運尤所當愼設令喚請亦不應輒入若具大神力威德任從不犯　律攝云由詣王宫事幷譏染煩惱制斯學處

緣起處

佛在給孤獨園末利夫人見佛聞法得法眼淨爲優婆私還至宫中勸波斯匿王令得信樂聽諸比丘入出宫閤無有障礙

起緣人

迦留陀夷往入王宫時王與夫人晝日共眠夫人遥見尊者來即起披衣拂座令坐夫人失衣墮地形露慚愧而蹲尊者尋還語諸比丘波斯匿王第一寶我今悉見諸比丘問知白佛訶責結戒

所立戒相

若比丘刹利水澆頭王種王未出未藏寶而入若過宫門閾者波逸提

釋義刹利水澆頭王種者取四大海水取白牛右角收拾一切種子盛滿其中置金輦上使諸小王輿王與第一夫人共坐輦上大婆羅門以水灌王頂上若是刹利種水灌頂上作如是立王名爲刹利王水澆頭種若是婆羅門種毘舍首陀羅種以水灌頂作如是立王亦名爲刹利王水澆頭種　未出者王未出婇女未還本處　未藏寶者金銀真珠硨磲碼碯水精瑠璃貝玉一切衆寶瓔珞而未藏舉（薩婆多云未藏寶者王已出外夫人未起共進御時所著寶衣輕明照徹內身外現以發欲意未藏此衣名未藏寶　五分云寶者所重之物及諸女色皆名爲寶）若過宫門閾者

闑者門限也門下橫木爲内外之分限

犯緣此戒具足三緣方成本罪一是王宫二無緣輒入三兩足過限

定罪此中犯者若過宫門闑者波逸提若一足在門外一足在門内發意欲去若共期而不去一切突吉羅　除刹利種若入餘粟散小王豪貴長者家入過門闑者一切突吉羅　薩婆多云王及夫人大臣太子勢力強將入不犯　入天龍鬼神宫門突吉羅　入空宫門不犯　比丘尼波逸提三小衆突吉羅是謂爲犯

開緣不犯者若王已出若婇女還本處所有金寶瓔珞已藏舉若有所奏白若被請喚或爲力勢所執持去若命難梵行難一切無犯不犯者最初未制戒等

會詳律攝云入王宫有十過失一宫人有娠便疑苾芻行不淨行二宫中失物三密言出外四王子有損五王身有損六舉大臣七黜國相八國人苦害九往征餘國十輒聚軍師如是等事咸疑苾芻

第八十二捉寶物戒

總釋

此是共戒尼犯亦同大乘爲衆生故不問處所但酌機緣此是制罪　律攝云由珍寶事多貪煩惱制斯學處此戒三緣合結

緣起處

佛在給孤獨園有外道弟子道行止息忘千兩金囊而去

起緣人

衆多比丘從後來見此金囊自相謂言且

持去若有主識者當還卽持去時彼居士前行數里乃憶疾還諸比丘遥見必是金主卽問言欲何所至報言我於某處止息忘千兩金囊今往取之諸比丘卽出金囊示之言是汝物非耶報言是但此中物何故少比丘言正得爾許耳居士卽詣官了之王波斯匿問諸比丘比丘言我等所得止有此耳居士言我所有物者乃至若干王卽勑人如彼所說斤兩取庫中金來著囊中其囊不受王言此非汝物汝更自求去卽治其罪更税家財物并此金一切入官諸比丘聞白佛呵責結戒不得捉寶舍衛城中諸女人節會日毘舍佉母莊嚴瓔珞從祇桓邊過念言不宜著瓔珞具見佛脱身寶衣積置樹下見佛佛爲説法甚大歡喜心存於法忘取還家比丘見不敢取白佛佛言聽在僧伽藍内見有遺物爲不失堅牢故取舉之更結除僧伽藍中有衆多比丘從拘薩羅國至一無住處村止宿巧師家巧師以金銀置舍内而去比丘爲守護故竟夜不眠還以白佛佛言在他家止宿時若屋中有物爲堅牢不失故應收舉又開及寄宿處當如是説戒

所立戒相

若比丘若寶及寶莊餝自捉若教人捉除僧伽藍中及寄宿處波逸提若比丘在僧伽藍中若寄宿處捉寶若以寶莊飾自捉教人捉當作是意若有主識者當取作如是因緣非餘

釋義寶者金銀真珠琥珀硨磲碼碯瑠璃

貝玉生像金　寶莊飾者銅鐵鉛錫白鑞以諸寶莊飾也　自捉教人捉除僧伽藍中及寄宿處（謂開此二處自捉教他此爲非犯外捉不開故也　薩婆多云若僧籬墻外復非白衣住處不應取）若比丘在僧伽藍内若舍内若寶若寶莊飾自捉若教人捉當識囊器相識裹相識繫相應解囊器看知幾連綴幾未連綴幾方幾圓幾故幾新若有求索者應問言汝物何似若相應應還若不相應語言我不見如是物若有二人俱來索應問言汝物其形何似若言相應還若不相應當語言我不見如是物若二人語俱相應應持物著前語言是汝等物各取　若有主識者當取作如是因緣非餘（此謂雖開聽自他舉捉未取之間當作是念此非我物有主識者當還之爲彼藏舉堅牢作如是因緣非爲餘事也）

犯緣此戒具足三緣方成本罪一是寶物二非伽藍及舍内三自捉教他

定罪此中犯者在僧伽藍内若舍内若寶若寶莊飾若自捉若教人捉若不識囊相裹相繫相突吉羅　若不解囊不看幾連綴幾未連綴幾方幾圓幾新幾故一切突吉羅　十誦云捉偽珠突吉羅　人間金銀寶地牀器比丘不應行坐用天上金銀寶地牀器比丘應行坐用　根本雜事云不應於寶器中食或往天上或至龍宫無餘雜器者設金寶器亦應取食　律攝云若觸輪王七寶隨其所應得輕重罪一得衆教（觸女寶得僧殘）二得墮罪（觸珠寶及輪寶也）餘四無犯（謂主兵主藏馬象四寶是）比丘尼波逸提小三衆突吉羅是謂爲犯

開緣不犯者若至僧伽藍內若寄宿處若寶若寶莊餝若自捉若教人捉識囊相裹相繫相解看知幾連綴幾未連綴及方圓故新乃至來索語相應者令持去若是供養塔寺莊嚴具爲堅牢故收舉如是一切無犯不犯者最初未制戒等

會詳根本云時諸苾芻咸皆有疑以何因緣毘舍佉母不失錢財佛告諸苾芻乃往古昔迦葉波佛涅槃之後有一老母奉持戒行時訖栗王宮人遊戲園中遺瓔珞具時彼老母得此瓔珞繫竹竿頭上欲求本主時王遣人尋此瓔珞於老母處得已奉王王見物喜恠其奇異嗟歎老母問曰旣有好心理合嘉賞今何所欲老母白王更無所欲不求現利願以此緣於未來世所生之處得不失財報由昔淨心今受斯果往時老母者卽毘舍佉母是由於往時不藏他物發願力故於生生中雖失珍寶終還獲得是故苾芻得他物時勿盜藏舉如是應學

毘尼關要卷第十五

毘尼關要卷第十六

清金陵寶華山律學沙門德基輯

第八十三非時入聚落戒

總釋

此是共戒尼犯亦同大乘同學息世譏嫌故　律攝云由入村事招俗譏謗制斯學處此戒二緣合結

緣起處

佛在給孤獨園

起緣人

跋難陀非時入村與諸居士樗蒱比丘勝居士不如以慳嫉故便言比丘晨朝入村爲乞食故非時入村爲何事耶諸比丘聞白佛訶責結戒比丘或有僧事塔寺事瞻病人事佛言聽有因緣囑授已入聚落不知囑授何人佛言當還囑比丘若獨處一房當囑授比房者當如是說戒

所立戒相

若比丘非時入聚落不囑比丘者波逸提

釋義時者從明相出至中　非時者從中後至明相未出（廣釋如非時食戒）　囑者（薩婆多云入聚落時若總白入聚落隨意所至也若別相白若先不白隨見異寺比丘白不犯應云）大德一心念我某甲比丘非時入聚落至某城邑聚落某甲舍前人荅言可爾（此別相白僧）祇云應言長老我非時入聚落前人荅言可爾（此謂總白也）

犯緣此戒具足三緣方成本罪一是非時二有緣不囑三已入郵門

定罪此中犯者非時不囑授動足初入郵門波逸提　一脚在門內一脚在門外方

便欲去而不去一切突吉羅　十誦云若白已入聚落還所住處即以先白復至聚落波逸提　若不白入聚落隨經過大小巷隨得爾所突吉羅隨入白衣家一一波逸提　若八難中一一難起不犯　僧祇云二比丘在阿練若住欲俱行展轉相白若一人説已行後人復欲行應白餘比丘若無餘比丘應作是念若道中邨門若聚落邊見比丘當白白已然後入　摩得勒伽云若無比丘應白餘四衆　比丘尼波逸提小三衆突吉羅是謂爲犯

開緣不犯者營僧事塔寺事瞻病人事囑授比丘道由村過若有所啓白若爲請喚或爲力勢所執或被繫縛將去或命難梵行難無犯　律攝云若阿蘭若苾芻須入邨中或路在兩村中間若乘空入若無苾芻囑餘俗人者無犯　不犯者最初未制戒等

第八十四作高牀戒

總釋

此是共戒尼犯亦同大乘同學　律攝云由卧具事憍恣煩惱制斯學處

緣起處

佛在給孤獨園

起緣人

迦留陀夷預知世尊必從此道來即於道中敷高好牀座佛言當知此癡人内懷弊惡訶責結戒

所立戒相

若比丘作繩牀木牀足應高如來八指除入

陛孔上截竟若過者波逸提

釋義足應高如來八指律攝云謂中人一肘薩婆多云一指二寸也八指該有一尺六寸不得過除入陛孔上陛孔者郎卵眼是謂除入卵孔桙頭巳還餘外牀脚有一尺六寸為定量截竟過者截竟郎是作竟過量犯墮作而未竟罪得方便薩婆多云所以不入捨墮者以截斷故截使應量入僧中悔

犯緣此戒具足三緣方成本罪一自為作牀二作不應量三過作已成

定罪此中犯者自作繩牀木牀足應高八指截竟過者波逸提　作而不成突吉羅若為他作成不成一切突吉羅　十誦云應截已悔過若未截僧應勅令截不勅不聽盡突吉羅　五分云得高牀施應作是念此牀不如法我更截不作是念受波逸提　僧祇云若自作終日坐上一波夜提　起已還坐一一波夜提　他牀而坐上者越毘尼罪　支牀脚亦應量當使堅牢若客比丘來次第付牀得過量牀應語知事者言借我鋸來問作何等荅言此牀過量欲截令如法若知事者言莫截檀越見者或能不喜若不久住者鑿地埋脚齊量止若久住應齊埋處木筒盛脚勿使壞若檀越家坐牀脚高不應懸脚坐應索承机或索塼木承足若福德舍中牀高坐者無犯　薩婆多云若下濕處聽八指支脚過八指盡犯也　比丘尼波逸提小三衆突吉羅是謂為犯

開緣不犯者若作足高八指若減八指若他施已成者截而用之若脫却脚無犯不犯者最初未制戒等

第八十五兜羅綿貯褥戒

總釋

此是共戒尼犯亦同大乘同學　律攝云由惱他事制斯學處

緣起處

佛在給孤獨園

起緣人

六羣作兜羅綿貯繩牀木牀大小褥居士譏嫌無有慈心斷衆生命似王大臣諸比丘聞白佛訶責結戒

所立戒相

若比丘作兜羅綿貯繩牀木牀大小褥成者波逸提

釋義兜羅綿者白楊樹華楊柳華蒲臺華名義集云兜羅綿或云妬羅綿妬羅是樹名綿從樹生因而立名卽如柳絮蘆荻等花也　薩婆多云兜羅者草木花綿之總稱也貯者律攝云謂於牀上敷布其綿便用布襌隨時掩覆大褥者爲坐臥故小褥者爲坐故大小雙遮俱不聽也　薩婆多云以世人所畜故又人所嫌故喜生蟲故又若臥輭褥上後得寒及粗鞕時不堪忍故成者波逸提

犯緣此戒具足三緣方成本罪一是兜羅綿二貯牀褥三作已成

定罪此中犯者若自作教他作成者波逸提　不成突吉羅　若爲他作成不成一切突吉羅　五分云若坐坐坐波逸提若臥臥臥波逸提　若他與受波逸提要先棄然後悔過若不爾罪益深　僧祇云若貯枕枕頭支足越毘尼罪　若病枕頭支足無罪　若兜羅貯皮枕得二越毘尼罪　若爲律師法師數尼師壇及坐具散華著上不得坐拂却而坐無罪　根本

云袈應撤去罪應說悔對說罪者應問言袈撤去未若不問者得惡作罪　比丘尼波逸提小三衆突吉羅是謂爲犯

開緣不犯者若鳩羅草（未見翻譯）文若草（十誦文闍草五分文柔草未見翻譯）娑婆草（此草甚爲柔輭翻云臓草）若以毳（獸毛也）劫貝（木棉花也）碎弊物若用作支肩物作輿上枕無犯不犯者最初未制戒等

第八十六作骨牙角針筒戒

總釋

此是不共戒尼不同犯大乘同學　律攝云由針筒事譏嫌煩惱制斯學處

緣起處

佛在耆闍崛山

起緣人

有信樂工師爲比丘作骨牙角針筒廢其家業財物竭盡無復衣食世人譏嫌求福得殃諸比丘聞白佛呵責結戒

所立戒相

若比丘作骨牙角針筒刳刮成者波逸提

釋義骨者（僧祇云象馬牛駝龍等骨及餘骨等）牙者（象牙魚牙摩伽羅牙猪牙及餘牙等）角者（牛角水牛角犀角鹿角羊角等）針筒者（律攝云有二種應畜一葦二鐵又有四種針筒應畜銅鐵鍮石及赤銅不應用金銀瑠璃等寶作畜針筒者應密藏舉）刳刮者（刳者剖虛其中刮者刮削摩治使令光澤　薩婆多云針筒者以是小物故所以不入三十事中又應破故若還主主不受若與他則生惱施僧則非法唯毀棄貪好故不淨故犯也）

犯緣此戒具足四緣方成本罪一心存貪好二用骨牙角三是作針筒四自作已成

定罪此中犯者若作骨牙角針筒自作教他刳刮成者波逸提　不成突吉羅　若爲他作成不成一切突吉羅　律攝云若

得先成者受用無犯若對苾芻說悔罪時彼應問曰所作針筒已打碎未若不問得惡作罪　僧祇云不破悔過者越毘尼罪尼等四衆突吉羅是謂爲犯

開緣不犯者若鐵若銅若鉛錫若白鑞若竹若木若葦若舍羅草即是甘蔗草用作針筒不犯若作錫杖頭鏢鑻若作傘蓋子今時穿絨爲嚴餙作子連綴如瓔珞及斗頭鏢即傘頂也如今時作銀頂若作曲鈎若作刮汚刀若作如意若作玦⿰王丑若作匙若作杓若作鈎衣⿰金刮用刮衣令光直或用刻爲痕使針行之以直也若作眼藥篦若作刮舌刀若作擿齒物若作挑耳篦若作禪鎮比丘坐禪時聽作禪鎮置額上以自警覺　十誦云禪鎮作孔已以繩貫孔中繩頭施紐挂耳上去額前四指著禪鎮禪鎮一墮聽一舒脚二墮二舒脚三墮應起行若作熏鼻筒律攝云吸烟鼻筒此筒法長十二指以鐵作或一嘴雙嘴吸烟入鼻可治諸疾如是一切無犯不犯者最初未制戒等

第八十七過量作具戒

總釋

此是不共戒尼制不同大乘同學　律攝云由不依量制斯學處此戒二緣合結

緣起處

佛在給孤獨園時世尊不受請檀越送食諸佛常法若不受請徧行諸房舍見衆僧臥具敷在露地不淨所汚時天大暴雨佛以神力令臥具不爲雨漬諸比丘還以此因緣告言乃至不爲雨漬當知此汚是有欲人非是無欲人是有瞋恚人非是無瞋恚人是癡人非是無癡人也若外道仙人離欲者無有此事況阿羅漢若比丘念不散亂而睡眠者無有此事況阿羅漢自今

已去聽比丘爲障身障衣障卧具故作尼師壇事鈔云爲身者恐坐地上有所損故爲衣者恐無所替三衣易壞故爲卧具者恐身不淨汚僧牀褥故不將餘用今時持用禮佛及僧反爲恭敬此非聖意

起緣人

六羣便多作廣長尼師壇訶責結戒迦留陀夷體大尼師壇小不得坐知佛從此道過便在道邊手挽欲令廣大世尊知而故問荅言欲令廣大是故挽耳佛告諸比丘聽更益廣長各半磔手當如是說戒

所立戒相

若比丘作尼師壇當應量作是中量者長佛二磔手廣一磔手半更增廣長各半磔手若過截竟波逸提

釋義尼師壇者敷下坐根本云尼師但那唐言敷具謂敷僧卧具上隨時坐卧也長佛二磔手廣一磔手半此明本制數量更增廣長各半磔手則橫量有三尺二寸豎量該四尺也義淨律師云然其大量與自身等頂上餘有一磔手在斯乃與卧具相當若其量小不堪替卧律攝云尼師但那應兩重作疊爲三分在下一分應截斷作葉與三衣葉同所以南山律祖錯裁坐具天人指授乃作加法以垂後式

犯緣此戒具足三緣方成本罪一爲已作二違教過量三造作已成

定罪此中犯者作尼師壇若長過量廣不過量廣過量長不過量廣長俱過量若自作若教他作成波逸提　不成突吉羅若爲他作成不成突吉羅　僧祇云尼師壇是隨坐衣不得作三衣不得淨施及取薪草盛巨磨唯得敷坐若道路行得長疊著衣囊上肩上擔　十誦云應截斷已悔過若未截僧應勅令截　尼等四衆突吉

羅是謂爲犯

開緣不犯者應量作或減量作若從他得已成者裁割如量若疊作兩重無犯不犯者最初未制戒等犯緣定罪開緣後三戒並同

會詳戒壇經云尼師壇如塔之有基也汝今受戒卽五分法身基也良以五分由戒而成若無坐具以坐汝身則五分定慧無所從生

第八十八過量作覆瘡衣戒

總釋

此是不共戒尼不同制大乘同學 律攝云由諸苾芻過量而作制斯學處

緣起處

佛在給孤獨園諸比丘患瘡疥膿血流出汚衣汚卧具佛言聽畜覆瘡衣諸比丘覆瘡衣粗多毛著瘡舉衣患痛佛言聽大價細輭衣覆瘡上著涅槃僧若至白衣家請坐時應語言我有患若主人言但坐當褰上涅槃僧以此衣覆瘡而坐

起緣人

六羣便多作廣長覆瘡衣諸比丘問佛制三衣不得過此是何衣六羣言是覆瘡衣諸比丘嫌責白佛呵責結戒

所立戒相

若比丘作覆瘡衣當應量作是中量者長佛四磔手廣二磔手裁竟過者波逸提

釋義覆瘡衣者有種種瘡病持用覆身長佛四磔手廣二磔手者長有六尺四寸廣則三尺二寸此爲定量裁竟過者成犯

犯緣如上過量作具戒

定罪此中犯者如前不異十誦云乃至瘡瘥後十日若過是畜波逸提應同長衣犯捨墮僧祇云若屈量縮量水洒量欲令乾已長大作成波夜提 受用越毗尼罪 尼等四衆突吉羅是謂爲犯

開緣不犯者亦如前同

第八十九過量作雨衣戒

總釋

此是不共戒尼不同制大乘同學 律攝云由諸苾芻過量而作制斯學處

緣起處

佛在給孤獨園毗舍佉母作雨浴衣遣人持詣僧伽藍中與諸比丘

起緣人

六羣聞聽作雨浴衣便多作廣大雨浴衣諸比丘白佛訶責結戒

所立戒相

若比丘作雨浴衣應量作是中量者長佛六磔手廣二磔手半過者裁竟波逸提

釋義雨浴衣者諸比丘著在雨中洗浴長佛六磔手廣二磔手半長有九尺六寸廣有四尺是爲應量若過量裁竟悔罪

犯緣定罪開緣並如前

會詳薩婆多云凡比丘浴若露覆室要不共白衣及覆上身要當著竭支即僧祇支是掩腋衣也一當有羞媿二喜生他欲想故昔有羅漢比丘洗浴有一比丘見其身體鮮淨細輭便生欲心後不久男根墮落卽有女根休道爲俗生子後遇見便識知本所因羅漢教令悔過用心純至還得男根故宜不

露形也婬持戒大比丘及沙彌罪同破七寶塔勸人令出家精進斯福同塔也

第九十與佛等量作衣戒

總釋

此是不共戒尼不同制大乘同學　律攝云由招譏過制斯學處

緣起處

佛在釋翅搜尼拘類園中尊者難陀短佛四指　此云歡喜是佛親弟姨母大愛道生與佛身相似有三十相唯少白毫相千輻輪相身長一丈五尺四寸四月九日生佛後度令出家爲說胎經獲阿羅漢果於佛聲聞弟子中善護諸根能防外境最爲第一　諸比丘遥見彼來謂是佛來即起奉迎至乃知是難陀彼此慚愧諸比丘白佛佛制難陀比丘著黑衣

起緣人

六羣與如來等量作衣或過量作諸比丘白佛訶責結戒

所立戒相

若比丘與如來等量作衣或過量作者波逸提是中如來衣量者長佛十磔手廣六磔手是謂如來衣量

釋義等量過量下　明制戒法以下明定衣量　如來衣量者長佛十磔手廣六磔手　薩婆多云佛身丈六常人半之衣量廣長皆應半也佛弟難陀短佛四指衣應減長中一尺廣中四寸難陀先著上衣佛著中衣令不聽過等聽著下衣常人則下中下也又佛衣如金詰施加毛氎色亦爾故難陀衣宜當覆沙令同比丘衣色文覆沙者此云壞色准量則佛衣長一丈六尺廣有九尺六寸謂以長短壞色用別如來衣之色量也

犯緣定罪開緣亦如前戒

會詳僧祇云作時或減量不得過量當隨自身量是僧伽黎有三種上者長五肘廣

三肘中者長五肘一不舒手廣三肘一不舒手下者長四肘半廣三肘一不舒手鬱多羅僧亦爾安陀會上中二種亦爾下者長四肘半廣二肘一不舒手　律攝云若減此量不得罪若過五肘已上皆得惡作五分云肘量長短不定佛令隨身分量律云度身而衣故也

三結問

諸大德我已說九十波逸提法今問諸大德是中清淨不三問

四勸持

諸大德是中清淨默然故是事如是持

六四悔過法分四　初總標二別列戒相三結問四勸持

初總標

諸大德是四波羅提提舍尼法半月半月說戒經中來

釋波羅提提舍尼者此無正翻事鈔准義翻向彼悔從對治境以立名　律攝問曰自餘諸罪亦聽對說云何於此得對說名答曰謂於住處現有苾芻皆須一一別對陳說不同餘罪故受別名又犯罪已即須陳說不得停息亦異餘罪詳斯四法事同貪惱由生二過故佛禁之一以飲食長自煩惱二由無厭退他信敬今此悔篇雖次墮章然其罪事逾於逸提

二別列戒相分四初從非親尼受食乃至第四恐怖處取食也

第一受非親尼食戒

總釋

此是不共戒尼不同制大乘但觀可受不

可受不問親里非親里然在末世與尼踈絶爲是 律攝云由苾芻尼事譏嫌煩惱制斯學處此戒四緣合結

緣起處

佛在給孤獨園時世穀貴人民饑餓乞求難得

起緣人

蓮華色比丘尼乞食所得盡持與比丘如是三日不得食有長者乘車覲王驅人避道尼因避道墮深泥中面掩地而臥長者慈愍勅人扶起問知其故譏嫌比丘不知義讓諸比丘聞白佛訶責結戒諸比丘不敢受親里尼食佛言聽受病比丘疑不敢受非親尼食佛言聽受非親尼持食置地不敢取或使人授與亦不敢取佛言聽受當如是說戒

所立戒相

若比丘入村中從非親里比丘尼若無病自手取食食者是比丘應向餘比丘悔過言大德我犯可訶法所不應為我今向大德悔過是法名悔過法

釋義邨中者必以村中成犯薩婆多去若天祠中多人聚中與若沙門住處與聚落外與比丘尼祇云坊舍中與不犯非親如前病者不謂小小病謂疥癩黃爛瘡病癰瘂人所惡賤是名爲病自手取食食者自手取食者顯非置地與使人持與謂手從尼授受食者必須入咽而得罪故曰自手取食食也是比丘應向餘比丘悔過言此犯罪比丘應向餘清淨持戒者對說悔罪悔過言者即自陳首所犯事下文乃是悔詞大德我犯可訶法正陳罪體所不應爲世尊所遮非比丘所應爲事自責之詞也我今向大德悔過不敢覆匿而陳露也僧祇云前人應問汝見罪不荅云見罪語言

慎莫更作荅言頂戴持是法名悔過法總結上文

犯緣此戒具足四緣方成本罪一是村中二身無病三尼非親里四自手取食食定罪此中犯者入村中從非親里比丘尼若不病自手受食食咽咽提舍尼　五分云若比丘在郵外尼在郵內比丘在村內尼在村外若比丘在空尼在地若比丘在地尼在空如是受食皆突吉羅　僧祇云非親里尼邊自手受飲食時越毘尼罪食時犯悔過法　非親里非親想　非親里疑皆犯悔過　非親里親里想　親里非親里想　親里疑皆越毘尼罪　親里親里想無犯　爲餘人受越毘尼罪　爲病人受無罪　尼等四衆突吉羅是謂爲犯

開緣不犯者受親里尼食若病若置地與使人與若在僧伽藍中若在村外與若在比丘尼寺內與無犯　律攝云若尼爲施主施食非乞得受取無犯　不犯者最初未制戒等

總釋

第二不止尼指授食戒

此是不共戒尼不同制大乘同學　律攝云由飲食事譏嫌煩惱制斯學處

緣起處

佛在給孤獨園

一起緣人

多比丘與六羣在白衣家內食六羣尼爲六羣索羹飯與此羹與此飯而捨中間不

與乃越次與六羣而食之諸比丘嫌責白佛訶責結戒

所立戒相

若比丘至白衣家內食是中有比丘尼指示與某甲羹與某甲飯比丘應語彼比丘尼如是言大姊且止須比丘食竟若無一比丘語彼比丘尼如是言大姊且止須比丘食竟者是比丘應悔過言大德我犯可訶法所不應爲我今向諸大德悔過是法名悔過法

釋義白衣家內者有男女者是　指示與某甲羹與某甲飯指示者即指教檀越偏與其食　大姊且止須比丘食竟大姊乃稱呼之詞且止即遮止之語須待比丘食竟或言且止少時待諸比丘食竟或言小住待諸比丘食竟或言小却待諸比丘食竟若止者善不止者第二第三語令止也　若無一比丘下結成所犯

犯緣此戒具足四緣方成本罪一在白衣家二大尼偏指與食三見聞不止四受食入咽

定罪此中犯者若無一比丘語言大姊小止須比丘食竟而食者咽咽提舍尼　五分云餘二女衆教益食不語言小却者突吉羅　比丘教益食不平等突吉羅　僧祇云若不語受者越毘尼罪　食者犯悔過法　不滿三呵而食者越毘尼罪　滿三訶不止食者無罪　一人訶已一切食無罪不見不聞者食無罪　律攝云若在門外食應問門內無苾芻尼指授食不若不問者得惡作罪　若見有尼出入亦應問之若不問者亦得惡作罪　尼等四衆突吉羅是謂爲犯

開緣不犯者若語言大姊且止須比丘食

竟若尼自爲檀越若檀越設食令尼處分
若不故作偏爲與此置彼如是一切無
犯　僧祇云若檀越未曾請僧不知儀法
爾時尼得敎安置形像敎益食法然後應
坐　不犯者最初未制戒等

第三學家受食戒

總釋

此是不共戒尼不同制大乘同學　律攝
云由乞食事譏嫌煩惱制斯學處此戒四
緣合結

緣起處

佛在耆闍崛山中

起緣人

有居士家夫婦俱得信樂爲佛弟子諸佛
見諦弟子常法於諸比丘無所愛惜乃至
身肉若諸比丘至家者常與飯食及諸供
養故令貧窮比居譏嫌先大富饒供養沙
門釋子反得貧弊諸比丘聞白佛聽僧與
居士作學家羯磨結戒有比丘先受學家
請疑不敢往佛言聽先請者往病比丘疑
不敢受學家食佛言聽受彼置地與若使
人與疑不敢取佛言聽受當如是說戒

所立戒相

若先作學家羯磨若比丘於如是學家先不
請無病自手受食食是比丘應向餘比丘悔
過言我犯可訶法所不應爲我今向大德悔
過是法名悔過法

釋義學家羯磨者謂夫婦俱證聖果名爲學家有一居凡不名學家也學者對無學而言若愛結斷盡則果證無生名曰無學我生已盡羅漢支佛已斷分段生死故說我生已盡梵行已立得有餘果證故說梵行已立所作已辦凡夫

人天所不能辦七種學人先所未作慮僞煩惱斷故說所作已辦不受後有羅漢支佛所斷煩惱更不能受後有故說不受後有無法可學故云無學若初二三果俱惑未盡有法須學有惑須斷故曰學也惟此學人處在居家故曰學家謂刹利婆羅毘舍首陀四姓之家羯磨者謂佛聽僧與作適護法白二羯磨一切比丘不聽至其家而受飲食護世譏嫌增長道意　無病自手受食食者此有三開若先受請或病或置地與使人與聖成開聽外則成犯

犯緣此戒具足三緣方成本罪一作學家羯磨二無緣輒受三食已入咽

定罪此中犯者先不請又無病於如是學家中自手受食食者咽咽提舍尼　尼等四衆突吉羅是謂爲犯

開緣不犯者若先受請若有病若置地與若從人受取若學家施與後財物還多無犯彼學家財物還多從僧乞解學家羯磨佛言僧應與作白二羯磨解　十誦云若居士財物損減不增長若乞不乞不應捨學家羯磨若財物增長乞不乞皆應與捨若不增不減乞應捨不乞不應捨　律云時諸比丘皆疑不敢受已解學家羯磨居士食佛言聽諸比丘受食無犯　不犯者最初未制戒等

會詳五分云若婦是聖夫是凡或夫是聖婦是凡皆不應與作學家羯磨若夫婦俱是聖無慳貪心財物竭盡乃與作學家羯磨　僧祇云若僧已作學家羯磨者不得如鳥鳥遠避射方絕不往應時時往看爲說法論法事若學家欲布施者應語且置汝邊我自知時若先請後作羯磨不得取大價重物得取小小輕物若學家言尊者何故不受是施謂我貧耶爾時應語汝不

貧如世尊說須陀洹人成就四法於聲聞中爲最大富何等四一者於如來應正徧知生堅固信根沙門婆羅門諸天世人所不能壞二者於法生堅固信根三者於僧中生堅固信根四者於戒生堅固信根沙門婆羅門諸天世人所不能壞是爲四法成就如來聲聞中不貧最爲大富如是說令生歡喜

第四恐怖處受食戒

總釋

此是不共戒尼不同制大乘同學　律攝云因生譏謗由飲食事譏嫌煩惱制斯學處此戒四緣合結

緣起處

佛在釋翅搜尼拘類園中

起緣人

舍夷城中諸婦女俱梨諸女人（舍夷是彼姓氏俱梨是其種姓）持飲食詣僧伽藍中供養諸盜賊於道路嬈觸諸比丘聞白佛佛言諸比丘應語諸婦女莫出道路有賊恐怖若已出城應語言莫至僧伽藍有賊恐怖與比丘結戒時諸檀越先知有疑恐怖而故持食來比丘疑不敢受佛言先語檀越聽受諸病比丘亦疑不敢受佛言聽受時有施主以食置地與若教人與亦不敢受佛言聽受當如是說戒

所立戒相

若比丘在阿蘭若迥遠有疑恐怖處若比丘在如是阿蘭若處住先不語檀越若僧伽藍外不受食在僧伽藍內無病自手受食食者

應向餘比丘悔過言大德我犯可訶法所不應爲我今向大德悔過是法名悔過法

釋義在阿蘭若迥遠有疑恐怖處阿蘭若者或名阿練若大論翻遠離處薩婆多翻閑靜處天台云不作衆事名之爲閑無憒故名之爲靜或翻無諍謂所居不與世諍即去聚落五里處也肇法師云忿競生乎衆聚無諍出乎空閒故佛讚住阿蘭若也迥遠者謂遠離城邑寂寥處是先不語檀越比丘請檀越言汝莫出城道路有賊恐怖若已出城應語言莫至僧伽藍中道路有賊恐怖是曰先語檀越者即施主也常能捨施自可越渡貧窮苦海也若無病自手取食食下結成所犯律攝云前三學處過由村舍起此一學處過在空林也

犯緣此戒具足四緣方成本罪一恐怖蘭若二不語檀越三無緣開聽四受食入咽

定罪此中犯者在阿蘭若迥遠處住若先不語檀越於僧伽藍外不受食僧伽藍內無病自手取食食咽咽提舍尼　尼等四衆突吉羅是謂爲犯

開緣不犯者若先語檀越若有病若置地與若教人與若來受教勅聽法時比丘自有私食令授與無犯　五分云若軍行經過與食若賊自持食與不犯　不犯者最初未制戒等

三結問

諸大德我已說四波羅提提舍尼法今問諸大德是中清淨不三問

四勸持

諸大德是中清淨默然故是事如是持

毘尼關要卷第十六

毘尼關要卷第十七

清金陵寶華山律學沙門德基輯

七衆學戒法分四初總標二別列戒相三結問四勸持

初總標

諸大德是衆學戒法半月半月說戒經中來

釋律攝云衆多學法者謂於廣釋所有衆多惡作惡說咸攝在衆學法中如苾芻不應鼓樂以鏡照面等事是故總言衆多學法也　此篇有違罪結突吉羅　善見云突者惡也吉羅者作也　聲論正音突悉吉栗多　律云式叉迦羅尼義翻應當學胡國譌云尸叉罽頼尼胡僧翻守戒也此罪微細持之極難故隨學隨守以立名

薩婆多問曰餘篇不言應當學而此戒獨爾答曰餘戒易持而罪重犯則成罪或衆中悔或對首悔此戒難持而罪輕脫爾有犯心悔念學罪即滅也以戒難持易犯故當慎心念學不結罪名直言應當學也此篇大小雙行性遮齊護浮囊不洩乃是菩薩本心勿輕小愆還成最後之唱於諸戒中若犯小戒乃至微細當受苦報無有限齊

二別列戒相

此衆學法總為十例一著衣服事二入村事三坐起事四食噉事五護鉢事六便利事七說法事八佛塔事九道行事十觀望事頌云齊整著裙袈裟二入村十一坐二六噉嚼事有二十一護鉢二事便利三三聚說法軌二十敬塔房像二十六道行二事觀望一斯皆沙門應學法　諸部每缺佛塔准本部則十例也僧祇六十七法　五分一百八法　十誦一百十三法　解脫戒本七十六法　根本四十

三法　獨於本律有百法初不齊整著
內衣乃至一百不與持蓋者說法
第一不齊整著內衣戒
總釋
此是共戒尼犯亦同大乘同學　律攝云
此等皆由法式事譏嫌煩惱制斯學處以後准知更不重出
緣起處
佛在給孤獨園
起緣人
六羣著涅槃僧或下著或高著或作象鼻
或作多羅葉或時細攝居士譏嫌似王大
臣如似節會戲笑俳說人著衣諸比丘聞
白佛訶責結戒
所立戒相

當齊整著涅槃僧應當學
釋義涅槃僧者涅槃謁也應云泥縛些那或云泥伐散那西域記云唐言裙既無帶襻其將服也集衣爲攝束帶以條攝則諸部各異色乃黃赤不同釋名云裙者羣也連接羣幅也不齊整者或時下著繫在
臍下下者齊蹕骨下或時高著謂褰齊膝或作象
鼻垂前一角或作多羅樹葉垂前二角律攝云謂捉裙邊細疊成攝腰邊總聚形若多羅葉上聚下散者是也或時細
攝謂繞腰攝皺律攝云齊整者離不齊整者衣過也　僧祇云齊整著不得如婬女賣色法左右顧視爲好不好應著令如法齊整著
定罪此中犯者若故作犯應懺突吉羅
以故作故犯非威儀突吉羅言應懺吉羅者故違佛教則犯戒體罪也非威儀吉羅者威儀不整罪由事生故曰非威儀突吉羅二罪同時而得懺時但悔戒體吉羅非威儀罪亦同滅喻如伐樹但伐根本枝葉亦除也此罪懺時亦爾兩悔則非若不故作突吉羅此謂誤犯責心突吉羅也
五分云若不解不問而作此著突吉羅

若解不慎而作此著突吉羅　若解輕戒輕人而作此著波逸提（諸部俱有不恭敬戒波逸提）比丘尼亦爾　律攝云若苾芻不依佛教不顧羞恥欲爲非法著捉衣開張得責心惡作　若披著身得對說惡作　若苾芻有順奉心而著不如法或時忘念或是無知非法著者惟犯責心惡作　如是於餘學處准此應知　尼等四衆突吉羅是謂爲犯

開緣不犯者或齋中生瘡下著若脚蹲有瘡高著若僧伽藍內若村外若作時若道行無犯　薩婆多云若比丘沙彌遠行來時應踝上二磔手上至膝下比丘尼式叉摩那沙彌尼一切時踝上二指正使行來不得高也　不犯者最初未制戒等

會詳事鈔云世尊處世深達物機凡所施爲必以威儀爲主故此百事大乘悉皆同學息譏生信自護護他倍應嚴淨除是諸大菩薩示現逆行在處不論若是學地凡夫難越準繩　律攝云爾時世尊作如是念過去諸佛云何教聲聞衆著衣服耶是時諸天前白佛言如淨居天所著衣服世尊即以天眼觀知如諸天所說無有異也因制苾芻披著衣法（准諸部文義此篇制在四篇之前爲佛初成道七日還本國住尼拘律園時度八王子及五百釋種出家以本是豪貴驕奢本習氣未除多犯威儀中事世尊一一制斷結集時以罪事輕重次第故列於後不可不知）

第二不齊整著三衣戒（緣起處緣起人並如前戒）

所立戒相

當齊整著三衣應當學

釋義不齊整者或高著過脚蹲上或下著下垂過肘露脇或作象鼻者下垂一角或作多羅樹葉者垂前兩角後褰高也或細攝者細攝已安緣齊整反上者是定罪同前　僧祇云若泥時作時手得抄舉若放恣諸根不如法被衣者越毗尼罪開緣不犯者或肩臂有瘡下著或脚蹲有瘡高著若道行作時無犯

四衆同前

會詳舍利弗問經云修供養時應偏袒以便作事作福田時應覆兩肩現田文相云何修供養如見佛時問訊師僧時應拂牀掃地卷衣裳乃至種種供養云何作福田時應請乞食坐禪誦經經行樹下人見端嚴有可觀也

第三反抄衣戒緣起處緣起緣入同前

所立戒相

不得反抄衣入白衣舍應當學

釋義反抄衣者或左右反抄衣著肩上

律攝云不得偏抄一邊露現形體　僧祇云若乞食若取食時畏汚衣故得抄衣但莫令肘現無罪若精舍中食上和尚阿闍黎長老比丘前坐不得抄衣若抄者得抄一邊不得抄兩邊若偏袒者抄左邊若通肩被者得抄右邊若見長老比丘應還下若放恣諸根反抄衣坐家内者越學法定罪如前　僧祇云若風雨時得抄一邊若偏袒右肩得抄左邊若通肩被衣得抄右邊不得令肘現無罪　四衆同前

開緣不犯者或時有如是病脇肋有瘡若

在道行若作時無犯

第四反抄衣入家内坐戒

所立戒相

不得反抄衣入白衣舍坐應當學此戒但以坐爲異如前故不出

會詳毋經云比丘入檀越家之所行法不應調戲不應自恃憍慢不應輕躁不應無忌難所説不應雜亂無端緒語不應坐處遠故低身就他共語復不應相逼坐共談不應偏蹲跪坐不中大喚而坐雖執威儀不應示現有德相貌而坐不應累脞而坐不應累膝而坐不應累脚而坐不應用手左右撈摸而坐不應動脚不住而坐不中大甕器上而坐不中與比丘尼及女人獨靜房内坐不得下處坐爲高坐人説法是名入家中比丘坐法

第五衣纒頭入家内戒並如前戒

所立戒相

不得衣纒頭入白衣舍應當學

釋義衣纒頭者總捉衣兩角著左右肩上

定罪同前

開縁不犯者或肩臂有瘡等

第六衣纒頭入家内坐戒

不得衣纒頭入白衣舍坐應當學以坐爲異

第七覆頭入家戒縁起處同前

起縁人

六羣以衣覆頭入白衣舍居士譏嫌如盜賊故制

所立戒相

不得覆頭入白衣舍應當學

釋義覆頭者若以樹葉若以碎段物若以衣覆頭行　律攝云以衣物覆頭猶如新嫁女　僧祇云全覆頭及兩耳

定罪同前

開緣不犯者或患寒或頭上瘡生命難梵行難覆頭而走無犯

第八覆頭入家坐戒

不得覆頭入白衣舍坐應當學

釋義僧祇云不得覆頭坐家內若精舍中食上和尚阿闍黎長老比丘前不得覆頭坐若風寒雨時若病若頭患風不得全覆當覆半頭令一耳現若見長老比丘時當挽却若屏處私房覆頭無罪若放恣諸根覆頭坐家內者越學法 餘有開遮同前以坐爲異

第九跳行戒 緣起處同前

起緣人

六羣跳行入白衣舍居士譏嫌似鳥雀故制

所立戒相

不得跳行入白衣舍應當學

釋義跳行者雙脚跳　僧祇云不得先下脚指後下脚跟當先下脚跟後下脚指若脚心有瘡當側脚行作蔽瘡物繫之平脚行

定罪同前

開緣不犯者若爲人所打若有賊若惡獸若有棘刺或渡渠或渡坑塹或渡泥跳過者無犯

會詳五百問云昔有優婆塞請一比丘欲與作一領好衣比丘隨去中道有一小水

比丘躑渡優婆塞便嫌心念我謂是好比丘欲與一領好衣而便跳躑溝坑當與半領衣以是無著知其心念前行見水復故跳躑賢者復念當與一張粗氀前行見水復躑過賢者復念當與一頓食無著復知其念前行見水便舉衣涉渡賢者問何以不躑渡比丘言卿前與我一領衣一躑過水正得半領復一躑正得一張粗氀復一躑正得一頓食我今所不躑者恐復失食賢者乃知是得道人便向懺悔將歸大供養以此驗之知比丘不得躑過坑水

第十跳行入家坐戒

不得跳行入白衣舍坐應當學 如前釋

第十一蹲坐舍內戒 緣起處同

起緣人

有居士請衆僧食六羣蹲坐比座以手觸之即倒露形居士譏嫌似裸形婆羅門故制

所立戒相

不得白衣舍內蹲坐應當學

釋義蹲坐者若在地若在牀上尻不至地

定罪同前 僧祇云不得抱膝坐交脚坐若放恣諸根抱膝坐家內者越學法 四衆同前

開緣不犯者若尻邊生瘡若有所與若禮若懺悔若受教誡無犯

第十二手叉腰戒 緣起處同前

起緣人

六羣手叉腰行入白衣舍居士譏嫌如世人新婚娶得志驕奢故制

所立戒相

不得手叉腰入白衣舍應當學

釋義手叉腰者以手叉腰匡肘或一手叉兩手叉

定罪同前

開緣不犯者脇下生瘡若作時若道行

第十三叉腰家坐戒

不得手叉腰入白衣舍坐應當學

釋義手叉腰者匡肘妨比座　十誦云不得掌扶頰坐　僧祇云若精舍中食上二師前長老比丘前不得叉腰坐若老病若風動腰痛叉腰無罪　醫痤瘡癬以藥塗之畏汚衣故叉腰無罪　若見上座來應下若放恣諸根叉腰坐家內者越學法餘並同前

第十四搖身行戒緣起處起緣人同前

所立戒相

不得搖身行入白衣舍應當學

釋義搖身行者左右戾身趨行戾身斜曲也字從犬出戶而身曲戾也行而張足曰趨釋名云疾行曰趨疾趨曰走律攝云如銜色女搖身而行

定罪同前　比丘尼搖身趨行犯波逸提

三小衆突吉羅

開緣不犯者或時爲人所打迴戾身避杖或被賊惡獸或逢擔棘刺人如是戾身避或渡坑渠泥水處於中搖身過或時著衣迴身看衣齊整不無犯　僧祇云若老病身振風雨寒雪揺無罪

第十五搖身入家坐戒

不得搖身行入白衣舍坐應當學

第十六掉臂行戒緣起處起緣人同前

所立戒相

不得掉臂行入白衣舍應當學

釋義掉臂者垂臂前却也　僧祇云若先是王子大臣本習未除應當教言汝今出家當捨此俗儀從比丘法　律攝云猶如小兒及癲狂類馬勝雍容行道感採菽信樂出家鶖子安詳乞食攝外道反邪歸正凡行路非大人相者皆應遠離

定罪同前

開緣不犯者或有如是病或爲人所打擧手遮或值惡獸盜賊或逢擔棘刺人來擧手遮或渡河水或跳渡坑塹泥水或共伴行不及以手招喚無犯　僧祇云若欲呼人不得雙擧兩手當以一手招

第十七掉臂行入家坐戒

不得掉臂行入白衣舍坐應當學

釋義僧祇云不得動手足家内坐者不得動手動足舞手舞足並折草坐當安詳靜住若問四塔者得指示是生處得道處轉法輪處般涅槃處無罪　檀越欲起精舍得指地形勢此中可起講堂此中可起溫室此中可起僧房得指示無罪以坐爲異餘並同前

第十八不好覆身戒緣起處同前

起緣人

六羣不好覆身行入白衣舍居士譏嫌似婆羅門故制

所立戒相

好覆身入白衣舍應當學

釋義不好覆身者處處露現　僧祇云好覆身者應用緻物作内衣若用疎物者應兩重三重若内衣疎者鬱多羅僧應緻物

作若欝多羅僧踈者僧伽黎應用繳物若
僧伽黎踈者欝多羅僧應用繳物坐時不
得坐衣上當一手褰衣一手按坐具然後
安詳而坐謂生世譏嫌壞威儀故也
定罪同前
開緣不犯者或時被縛若風吹衣離體無
犯
第十九
好覆身入白衣舍坐應當學
第二十左右顧視戒緣起處同
起緣人
六羣左右顧視行入白衣舍居士譏嫌似
盜竊人左右顧視故制
所立戒相
不得左右顧視行入白衣舍應當學

釋義左右顧視者處處看　僧祇云諦視
行時不得如馬低頭行當平視行防惡象
馬牛當如擔輦人行不得東西瞻視若欲
看時回身向所看處　律攝云不高視者
舉目視前一踰伽地是爲視量踰伽量者
長四肘也不應傍視亦不迴顧端形直視
徐行而進
定罪同前
開緣不犯者或仰瞻日時節或命難梵行
難左右處處伺求方便道欲逃走無犯
第二十一
不得左右顧視白衣舍坐應當學
釋義根本云在白衣舍他不請坐不應輒
坐不應不善觀察而坐因迦留陀夷坐殺小兒故制僧
祇云坐時不得如馬延頸低視當平視勿

令不覺檀越持熱器摝揬手面若精舍中二師前長老比丘前坐時不得左右顧視當平視餘者同前以坐爲異

第二十二寂靜入家戒緣起處同前

起緣人

六羣高聲大喚行入白衣舍居士譏嫌似婆羅門衆故制

所立戒相

靜默入白衣舍應當學

釋義不靜默者高聲大喚若囑授若高聲施食　僧祇云若欲喚者應彈指若前人不覺者當語近邊人若精舍中食上二師前長老比丘前坐不得高聲大喚若欲語時語比坐如是展轉第二第三令彼知律攝云不應同俗多作言説不大呌呼如童兒類設有須喚他不聞時應請俗人爲其大喚

定罪同前

開緣不犯者若聾不聞聲須高聲喚或高聲囑授若高聲施食若命難梵行難高聲而走無犯

第二十三

靜默白衣舍坐應當學

第二十四戲笑入家戒緣起處同前

起緣人

六羣戲笑行入白衣舍居士譏嫌如獼猴故制

所立戒相

不得戲笑行入白衣舍應當學

釋義戲笑者露齒而笑　僧祇云若有可

笑事者不得出斷現齒呵呵而笑應制忍之當起無常苦空無我想思惟死想若不可止當自齧舌若復不能止者當以衣角遮口徐徐抑制

定罪同前　摩得勒伽云欠時不遮口突吉羅

開緣不犯者或時有如是病或脣不覆齒或念法歡喜而笑不犯

第二十五

不得戲笑白衣舍坐應當學

第二十六不用意受食戒 緣起處同

起緣人

有居士請僧食自手斟酌種種飲食六羣不用意受食捐棄羹飯居士譏嫌云何不用意受食貪心多受如穀貴時故制

所立戒相

用意受食應當學

釋義不用意受食者棄羹飯食　律攝云凡受食時極須存念不應寬慢致令鉢破

五分云一心受食者左手一心持鉢右手扶緣

定罪同前　僧祇云一心受食時不得兩手按鉢在脚前當先淨洗手滌鉢行食至當一心受若直月監食人後來得索水洗手滌鉢無罪若放恣諸根不一心受食者越學法

開緣不犯者或鉢小故食棄飯或還墮案上無犯

第二十七溢鉢受食戒 緣起處同前

起緣人

六羣溢鉢受食捐棄羹飯居士譏嫌如饑餓人故制

所立戒相

當平鉢受食應當學

釋義不平鉢者溢滿　律攝云不得滿者受食之時應觀其鉢勿令流溢所有羹菜不應多請後安飯時恐溢出故行食未至不應遥喚隨到受之勿生貪想若預申鉢表有貪心鉢臨食上（臨者自上臨下也）是醜惡相

定罪同前

開緣不犯者或鉢小或時還墮案上無犯

第二十八

平鉢受羹應當學（同前戒中）

第二十九不等受食戒（緣起處同）

起緣人

有居士請衆僧食自手斟酌飯及羹時下飯已入内取羹比取羹還六羣食飯已盡與羹已復還取飯比取飯還食羹已盡居士譏嫌如饑餓人故制

所立戒相

羹飯等食應當學

釋義不等者飯至羹未至飯已盡羹至飯未至羹已盡

定罪同前　僧祇云不得先取羹後取飯當先取飯案已後取半羹若國俗法先行羹後行飯者當取鍵鎡拘鉢受若無者當作樹葉椀受復無葉者得以鉢受羹但受飯時應以手遮徐徐下鉢中莫令溢出若比丘病宜多須羹者多取無罪若故恣諸根不羹飯等受者越學法　四衆同

開緣不犯者或時正須羹不須飯或時正須飯不須羹或日時欲過或命難梵行難疾疾食無犯

第三十不次第食戒（緣起處同前）

起緣人

六羣比丘不次第取食居士譏嫌如猪狗食亦如牛驢烏鳥食故制

所立戒相

以次食應當學

釋義不次第者鉢中處處取食食　僧祇云剜食者剜四邊留中央當先受飯案著一邊後受羹合和而食當次第取若欲與人者得截半與十誦云不得鉢中擇好食

定罪同前

開緣不犯者或患飯熱挑取冷處食若日時欲過若命難梵行難疾疾食無犯

第三十一挑鉢中食戒（緣起處同）

起緣人

六羣挑鉢中而食令現空（謂現空相更欲得食）居士譏嫌似牛驢駱駝猪狗如烏鳥食無異故制

所立戒相

不得挑鉢中而食應當學

釋義挑鉢中者置四邊挑中央至鉢底

定罪同前

開緣不犯者若患飯熱開中令冷若日時欲過若命難梵行難疾疾刮鉢中食者無犯

第三十二自爲索食戒

此戒二緣合結（緣起處同）

起緣人
六羣自爲已索食如饑餓時居士譏嫌故制諸病比丘皆有疑不敢自爲索食亦不敢爲他索若他索食與亦不敢食佛言皆聽當如是説戒
所立戒相
若比丘不病不得自爲已索羹飯應當學
定罪如前
開緣不犯者若病者自索若爲他他爲已索若不求而得無犯
第三十三以飯覆羹戒
此戒二緣合結緣起處同
起緣人
有居士請衆僧食自手斟酌羹飯與一六羣比丘羹已識次更取羹比丘即以飯覆

居士還問言羹在何處比丘默然居士譏嫌似饑餓人故制不得以飯覆羹結戒已諸比丘請食羹污手污鉢污衣疑不敢以飯覆羹佛言聽以飯覆羹當如是説戒
所立戒相
不得以飯覆羹更望得應當學
釋義僧祇云若比丘迎食慮污衣者不得盡覆當露一邊若一切覆者前人問得未應荅已得　律攝云羹飯不得互掩者意欲多求長貪心故應於飲食生厭離想是爲出家所應作事隨得隨食少欲爲念
定罪同前
開緣不犯者若請食或時正須羹有時正須飯無犯
第三十四視比座食戒緣起處同

起緣人

六羣中一人得食分少見比座分多即語居士言汝與食不平等有愛居士言我平等相與何言有愛耶故制

所立戒相

不得視比座鉢中應當學

釋義視比座鉢中者誰多誰少耶

定罪同前

開緣不犯者或時有如是病若比座病若眼闇看得食不得食淨不淨受未受無犯　僧祇云若監食人看食何處得何處不得無犯　若共行弟子若依止弟子病看其鉢中是應病食不無罪若看上座爲得食不無罪

第三十五不繫鉢想食戒緣起處同

起緣人

六羣受羮飯已左右顧視比座取其羮藏之彼自看不見羮問言我向受羮今在何處比座言汝何處來耶荅言我在此置羮在前左右看視而今無爾諸比丘白佛制戒

所立戒相

當繫鉢想食應當學

釋義不繫鉢想者左右顧視也　僧祇云不得放鉢在前共比座語若有因緣須共左右語者左手撫鉢上若行食到第三人時當先滌鉢豫擎待至

定罪同前

開緣不犯者或比座比丘病若眼闇爲受取瞻看淨不淨得未得或看日時或命難

梵行難欲逃避左右看視者無犯
會詳智度論云思惟此食工夫甚重計一
鉢之飯作夫流汗合集量之食少汗多此
食辛苦如是入口即成不淨宿昔之間變
爲屎尿本是美味惡不欲見行者思之如
是弊食我若貪著當墮三塗如是觀食當
厭五欲

第三十六大摶飯食戒緣起處同

起緣人

六羣大摶飯食令口不受居士譏嫌似猪
狗駱駝驢牛烏鳥食故制

所立戒相

不得大摶飯食應當學

釋義大摶者口不容受　僧祇云不得大
不得小如婬女人兩粒三粒而食當可口

食

定罪同前　僧祇云上座當徐徐食不得
速食竟住看令年少狼狽食不飽

開緣不犯者或日時欲過或命難梵行難
疾疾食無犯

第三十七張口待飯食戒緣起處同

起緣人

六羣受食食未至先大張口居士譏嫌如
前故制

所立戒相

不得大張口待飯食應當學

釋義大張口者飯摶未至先大張口待
僧祇云比丘食時當如雪山象王食法食
入口已以鼻作後分齊前食咽已續内後
團不得張口而待　律攝云摶者謂以手

䖏飯非多非少可口而内非是摶令相著

定罪同前

開緣不犯者或日時欲過或命難梵行難疾疾食無犯　僧祇云若口有瘡得豫張口無罪

第三十八含食語戒緣起處同

起緣人

六羣含飯語居士如前譏嫌故制

所立戒相

不得含食語應當學

釋義含食語者飯在口中語不可了令人不解　僧祇云若食上和尚阿闍黎長老比丘喚時咽未盡能使聲不異者得應若不能者咽已然後應若前人嫌者應荅言我口中有食是故不即應　律攝云食在口中不應言說同白衣法

定罪同前

開緣不犯者或時噎而索水或命難梵行難無犯

第三十九遥擲食戒緣起處同

起緣人

六羣摶飯遥擲口中居士譏嫌如似幻師故制

所立戒相

不得摶飯遥擲口中應當學

定罪同前

開緣不犯者若被繫縛擲口中食者無犯

僧祇云若酸棗若蒲萄如是種種乃至熬豆挑擲噉無罪

第四十遺落飯食戒緣起處同

起緣人

六羣受食不如法手把飯摶齧半食居士譏嫌似猪狗駱駝驢牛烏鳥故制

所立戒相

不得遺落飯食應當學

釋義遺落者半入口半在手中　僧祇云不得齧半還著鉢中當段段可口食若麨團大當手中分令可口若餅當分作分齊令可口

定罪同前

開緣不犯者或噉薄餅燋飯若瓜甘蔗噉菜及諸果等不犯

第四十一頰食食戒（緣起處同）

起緣人

六羣頰食食居士譏嫌如獼猴故制

所立戒相

不得頰食食應當學

釋義頰食者令兩頰鼓起似獼猴狀　僧祇云從一頰迴至一頰當一邊嚼即一邊咽

定罪同前

開緣不犯者或日時欲過或命難梵行難疾疾食無犯

第四十二嚼飯作聲食戒（緣起處同）

起緣人

六羣嚼飯作聲居士譏嫌似猪狗駱駝牛驢烏鳥故制

所立戒相

不得嚼飯作聲食應當學

釋義律攝云不彈舌食者施主設食其食

過甜故爲彈舌詐現酸相不噂噍食者其
食實酸故噂噍脣作聲而現甜相　十誦
云啜粥不得作聲嗽根莖等勿令大作聲
　僧祇云不得全吞食使嗗嗗作聲若咽
喉病無罪
定罪同前
開緣不犯者嚼乾餅及燋飯甘蔗瓜果等
第四十三大噏飯食戒緣起處同
　起緣人
六羣大噏飯食居士如前譏嫌故制
　所立戒相
不得大噏飯食應當學
釋義大噏飯者張口遥呼噏氣出爲吹氣入爲吸謂引食入口也老子曰將欲歙之必故張之是也
定罪同前

開緣不犯者若口痛若食羹若食酪酪漿
蘇毘羅漿此漿作法先遣淨人擣大麥器中盛之著水經二三日小小酢也淨濾飲之　若苦酒即醋也因有苦味俗呼爲苦酒無犯
第四十四舌舐食戒緣起處同
　起緣人
六羣吐舌食居士如前譏嫌故制
　所立戒相
不得舌舐食應當學
釋義舌舐食者以舌舐飯揣食　僧祇云
吐舌食者吐出舌以食著上然後合口
不得反覆舐手食　不得舐手食若酥油
等著手當就鉢緣上概聚一處然後取食
定罪同前
開緣不犯者或時被縛或手有泥及垢膩
污手舌舐取無犯　僧祇云不得嗽指食

若蜜及鹽等著指得嗽無罪　若直目及監食人欲知生熟鹹淡甜酢得著掌中舌舐無罪　若病得置鹽掌中舐無罪

第四十五振手食戒緣起處同

起緣人

六羣振手而食居士譏嫌似王大臣故制

所立戒相

不得振手食應當學

釋義僧祇云若振手時不得向比坐振若食著手當向已前振若鉢中抖擻　律攝云手有食水不振餘人繫心而食克軀長道

定罪同前

開緣不犯者或時有如是病或食中有草有蟲或有不淨欲振去之或有未受食手觸而汚手振去之無犯

第四十六手把散飯食戒緣起處同

起緣人

六羣手把散飯食居士譏嫌似雞鳥故制

所立戒相

不得手把散飯食應當學

釋義散飯者散棄飯也　律攝云不手散食者不得如雞爬食

定罪同前　十誦云食墮所受草葉上者應食若有土者吹土却而食或有多土著者水洗得食

開緣不犯者或時食中有草有蟲或有不淨汚或有未受食捨棄無犯

第四十七汚手捉飲器戒緣起處同

起緣人

六羣以不淨膩手捉飲器居士譏嫌似王
大臣故制
所立戒相
不得污手捉飲器應當學
釋義污手者有膩飯著手　僧祇云比丘
食時應護左手當以左手受飲器拄脣而
飲不得口深含器緣亦不得令緣觸鼻額
不得盡飲當留少許當口處瀉棄之更以
水滌次行與下若左手有病瘡者右手就
鉢緣上淨㮣去膩淨水洗若不淨以葉承
取飲已如上　律攝云凡欲食噉皆須土
屑澡豆等淨洗手已方捉食器飲器及淨
水瓶
定罪同前
開緣不犯者或草上受葉上受洗手受無
犯
會詳五百問云昔有一執事比丘處分作
飲食常手拄器言取是用是日日常爾不
懺命終墮餓鬼中有一比丘名無著於夜
上厠聞喚聲問汝是誰荅言我是餓鬼問
本作何行墮餓鬼中荅於此寺中爲僧執
事問汝本精進何由墮此荅不淨食與衆
僧云何不淨荅衆僧有種種麤器盛食以
指拄器教取是用是犯墮罪三說戒不悔
轉至重以是故墮餓鬼中兩手擗胸裂皮
肉摶喉吹𠸄問何以擗胸荅蟲敢身痛故
問何以呻喚荅餓極欲死問欲食何物荅
意欲食糞而不能得以諸餓鬼推排不能
前無著言我知柰何鬼言願僧見爲呪願
無著即還向衆具說衆與呪願後便得糞

食不復呻喚以是證故知大比丘不得汚手觸僧器物若非僧器手受得行與僧無犯

毘尼關要卷第十七

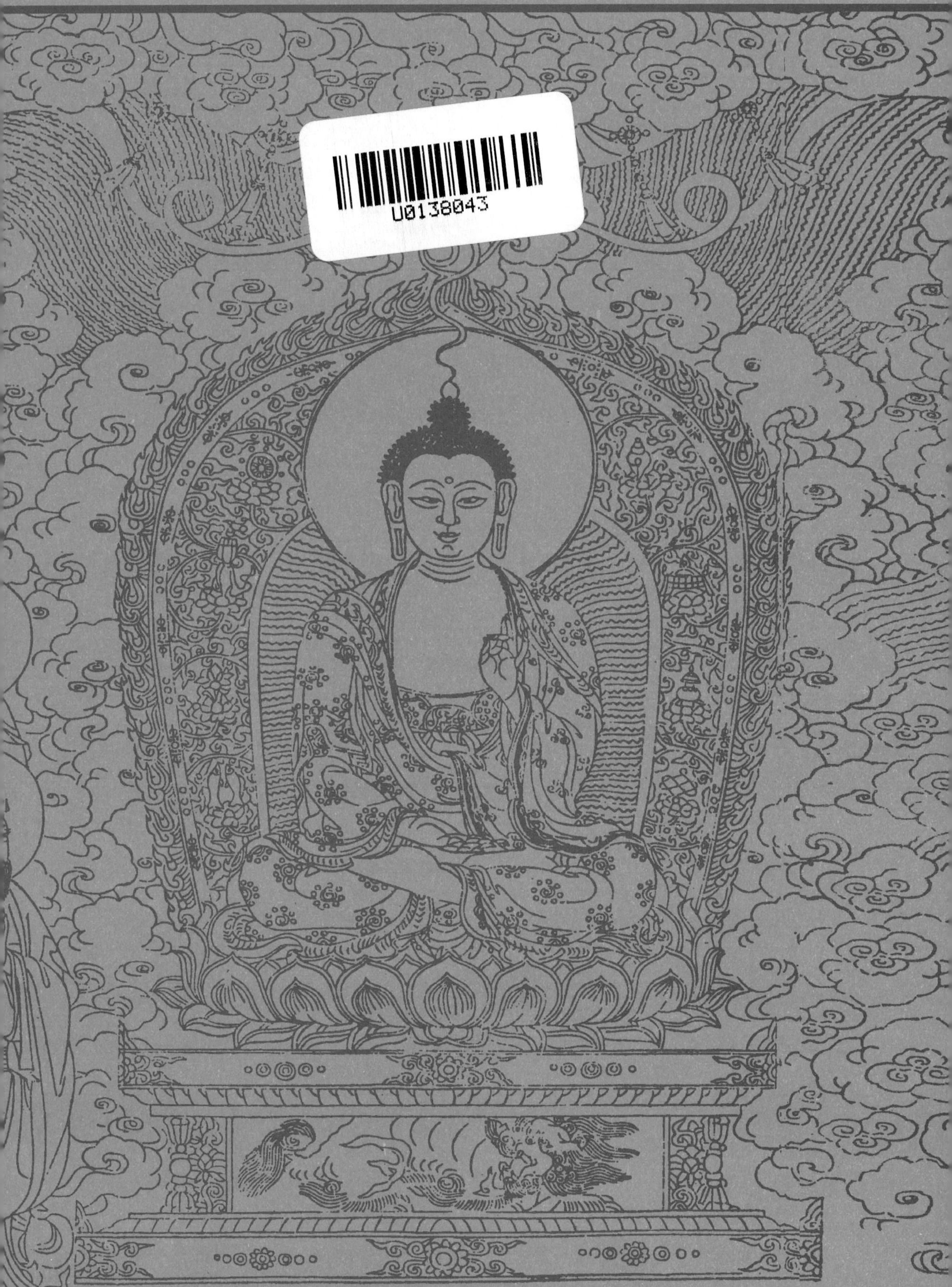